王生瑞文学作品集

王生瑞 / 著

天马之乡传奇

敦煌文艺出版社

图书在版编目（CIP）数据

天马之乡传奇 / 王生瑞著. -- 兰州：敦煌文艺出版社, 2019.12（2022.9 重印）
（王生瑞文学作品集）
ISBN 978-7-5468-1771-2

Ⅰ. ①天… Ⅱ. ①王… Ⅲ. ①长篇小说 – 中国 – 当代 Ⅳ. ① I247.5

中国版本图书馆CIP数据核字（2019）第 167481 号

天马之乡传奇
王生瑞文学作品集

王生瑞　著

责任编辑：罗如琪
封面设计：陈　珂
版式设计：如　琪

敦煌文艺出版社出版、发行
地址：（730030）兰州市城关区读者大道 568 号
邮箱：dunhuangwenyi1958@163.con
0931-8159371（编辑部）
0931-8120135（发行部）

三河市嵩川印刷有限公司印刷
开本 880 毫米×1230 毫米　1/16　印张 34.25　插页 4　字数 600 千
2020 年 5 月第 1 版　2023 年 1 月第 2 次印刷
印数：1001~3000

ISBN 978-7-5468-1771-2
定价：98.00 元

如发现印装质量问题，影响阅读，请与出版社联系调换。
本书所有内容经作者同意授权，并许可使用。
未经同意，不得以任何形式复制。

2010年作者王生瑞与老伴在北京天安门广场

作者简介

王生瑞，男，1938年8月出生。甘肃省武威市双城镇人，毕业于西北师范大学。高级经济师，兰州市作家协会会员，甘肃省作家协会会员，中国文艺家联合会副主席。

参加工作以来，曾在中共甘肃省委宣传部任干事，省"五七"干校当教员，甘肃省政府任干事，省财政厅政研室主任，办公室主任。又参与创办甘肃省经济管理干部学院、甘肃行政学院的工作，历任省经管学院党委委员、副院长，省行政学院党委书记、副院长等职。两次当选为甘肃省党代会代表，省政协第八届委员。结合实际工作需要，主持编写或单独完成并出版了《开发大西北的财政战略》《中国现代化概论》《中国的经济体制改革》《甘肃财税志》等专著。还在全国及地方报刊上发表了《经济效果与经济调整》《市场机制与转换企业经营机制》《造就现代企业家队伍》等数十篇文章，其中一些专著和文章曾获省部级奖励。

1998年以来，在调查研究的基础上，为西部开发、甘肃振兴，提出十几件提案，立案并为提高有关方面的工作发挥了一定作用。又于2005年至2015年连续出版了长篇叙事抒情诗《情缘》《天良》，长篇小说《天马之乡传奇》《旅游记》。上述作品中的一些诗词曾被一些书刊广为转载，并获中国诗书画出版社，瑞典皇家艺术学院等学会、协会的奖励。《有话要说》《文论集萃》是最近完成的两部专著。同时，自参加工作以来，始终秉持全心全意为人民服务的宗旨，努力发挥共产党员的先锋模范作用，努力用先进生产力、先进的思想文化和反映人民大众的根本利益要求自己，不论何时何地，担任什么职务，都以实现绝大多数人民的根本利益为出发点和归宿，做到了鞠躬尽瘁，问心无愧。

编者的话

《王生瑞文学作品集》共六部七册，内容丰富，形式多样，容量大，思想性、艺术性、可读性强，为精神文明的建设提供了正能量。

文集有丰富的内容，广涉自然、社会、人生的各个方面，从一定意义上讲，记录了社会主义革命、现代化建设、改革开放的伟大实践，再现了时代风貌，人生感悟，讴歌了对祖国、对人民，包括壮丽山河、灿烂文化、悠久历史的热爱，颂扬了英雄先烈、辛勤劳动，回味了人生经历、理想信念、事业成就、价值追求，事事处处以物寓情，以情感人，催人泪下，使人奋进，难能可贵。

文集形式多样，有诗歌，有小说，有散文，有文论。就诗词而言，有格律诗，自由诗，有四字句、五字句、六字句、七字句、八字句、长短句等等，通过多种形式再现了社会生活，表达了作者的思想感情，易懂、易记、易诵，惟妙惟肖，印象深刻。

文如其人，作品集是作者人品的诗化。作者亲身参加了社会主义革命，现代化建设，改革开放实践，丰富了阅历，树立了牢固的共产主义理想信念和公仆意识，以及科学的价值观和人生观，高度的政治思想素质，强烈的社会责任观念，形成了科学的观察力，分析力、认识能力，能从祖国、人民、党的领导和人生观、价值观的高度，去认识、去反应、去概括、去凝聚，可以说，文集是作者人品的文字化、形象化，是作者政治思想品行的结晶。

《王生瑞文学作品集》有较强的艺术感染力。作者在事业巅峰时刻，突患重病，做过几次大手术，处在生与死的临界。若不失去，何解珍贵，将要永别，感慨万千。在生死关头，对人生，对人情冷暖，对人性人情，有更深刻的观察和体会。在丰富的社会实践和生活基础上，作者感悟了人生，升华了精神境界和思想境界，并把人事风物形象化、具体化、典型化、大众化，艺术的再现了人的本质。从灵魂深处，精神境界的高度，抒发了以人为本，关心人，爱护人，尊重人的高贵品质，有益于和谐社会建设。

　　文集产生于作者晚年。老牛自知夕阳短，不用扬鞭自奋蹄，作者在与衰老和病痛的顽强抗争中，情感激动，思想的火花格外晶亮，都反映在作品上。诸如：夕阳无限好，只是近黄昏，黄昏亦有美，不必太伤神；夕阳好比酒，愈陈愈清醇，莫要酗且醉，却要仔细品……使人生形象化、具体化，使作品力透纸背，沁人心肺，感人至深。

　　文集涉及长过程，广领域，多角度，有广度，有高度，有深度，且分量大，对艺术欣赏、启迪智慧、感悟人生、丰富精神生活、提高品行修养是有益的，是丰富的精神食粮，我们将这套凝聚着老人一生心血的文学作品出版，正是践行社会主义核心价值观、增强文化自觉和文化自信的具体体现。

序 言

陈宗立

《天马之乡传奇》是一部反映农村生活的长篇小说。内容丰富，故事性强，人物性格独特鲜明，细节精致入微，场面真实具体，意蕴宽广深厚，生活气息浓重，文笔通俗流畅，可读性强，是一部值得欣赏的文学作品。

一是内容丰富。作品是在扎实的生活基础上产生的。小说以天马义化的意蕴为话题，以20世纪的百年为历史，丝绸之路上的天马之乡即古堡镇为社会和自然环境，西部农民的生产与生活实践为内容，社会主义的先进文化为指导，以张、王、李、赵四家老百姓为主要角色，塑造了一群有血有肉、各俱个性特征的人物，再现了那个时代的社会风貌，反映了那群人的生活，记录了特定时代、特定环境的历史，从时代的高度、自然条件的客观事实、社会制度的深度，反映了两三代农民的沧桑命运，以追求时代进步、社会发展、良好生态环境、和谐的人际关系为奋斗目标，让人们憧憬天蓝、水碧、山青、人和的美景，激励人们奋发向上、积极进取、团结奋斗、协调和谐的人文精神。

二是故事性强。社会大动荡、大变革、大变化时期，必然是人们思想活跃、社会实践活动频繁、事件纷繁复杂的时期。农民的命运与这种社会实践息息相关。清朝末年的腐朽统治，民国时期的内忧外患，军阀混战，广大农民生活在水深火热之中，特别是农村妇女，处在社会的最底层，命运更为悲惨。为了争取生存条件，在死亡线上的激烈斗争，又激化了人们之间的矛盾。一方面是耕者无其田，筑者无其屋，织者无其衣，劳者无其食；另一方面则是朱门酒肉臭，生活腐化堕落。在贫富悬殊的社会环境下，不可能有和谐的人际关系。

中华人民共和国成立了，一个久病的巨人站立了起来，古堡镇的农民和其他农村一样，庄稼人当了家，做了社会的主人。但是，外有帝国主义势力的封锁包围；内有各种社会力量仍在为各自的利益进行着斗争，一个新的社会尚不稳固，新的制度仍不健全，旧社会遗留下来的是千疮百孔的现状，农村经济贫困，文化落后的状况不可能很快改变，各种社会弊病，仍然困惑着农村，缠绕着农民。刚刚翻身做了主人的庄稼人，面对的是改变一穷二白状况的紧迫任务。他们排除重重阻力，战胜种种困难，终于初步改变了贫困面貌，打下了新农村经济社会和文化基础。

但是，高度统一的计划经济体制，一大二公的所有制形式，平均主义大锅饭的分配原则，仍在束缚着农民的手脚，影响农业生产力的发展，妨碍农民生活的进一步提高。改革开放的实行，家庭联产承包经营责任制的建立，又一次强化了他们农村主人翁的地位，让他们再一次主宰自己的命运，激发了农民的社会主义积极性。加上农业科学技术的推广，工业对农业、城市对农村的支援，强有力地推动了农业生产的发展。古堡镇的农业生产、农民生活、社会发展又有了新的进步。顺时代潮流，合自然规律，迎人群需要，构建和谐社会，成为当务之急。一群主宰着自己命运的新型农民，又以新时代主人的姿态，行走在向小康社会前进的快车道上，建设着新农村，创造着新生活。

三是人物个性鲜明。比如主人翁之一的张老二，经历了民国时期内忧外患、兵荒马乱，又从事了新中国成立后农村社会变革、生产发展、艰苦奋斗实践，从中成长并锻炼出公而忘私、倔强刚强、坚忍不拔的新型农民品质。又如农村妇女的典型王三姐，没有哥哥弟弟，父母拉郎配，给她招一个女婿，可女婿赌博输了钱，为抵债将她出租给聋子周二，又意外地惹了一场官司，吃尽了苦头，生了一女一男。父亲又糊涂地以为她是家破人亡的祸星，后来第一个丈夫又欲赎回她，她终于觉悟、成熟、坚强起来，主宰自己的婚姻，撕毁租佃合同，拒绝了赎回自己的要求，并为受苦受难的姐妹们伸张正义倾诉冤仇，登台斗争恶霸花保长，长了妇女们的志气，灭了恶霸的威风。成长为妇女主任后，又为农村妇女解放奔走呼号。历尽曲折坎坷，由柔弱变为坚强，由任人摆布转变为自己主宰自己命运，锻炼出自强自立，老练成熟，勇敢果断的新型农村妇女。还有红西路军老战士欧阳义、初小老师赵树仁、老财李有富、民间艺人赵瞎贤、农村妇女张大妈等一批经历曲折坎坷、多姿多彩、有血有肉、个性典型的农民角色，读来感人至深，印象深刻。

四是描写细微。张大嫂对失明婆婆张大妈无微不至地关怀、孝敬，张二嫂对丈夫张老二生死危险的担心、牵挂、追寻、操劳等等，都反映在字里行间，使人可信，感人肺腑。

五是具体真实。大到古堡镇的来历、地理位置、自然环境；小到乡亲们从古堡镇的进进出出、喜怒哀乐时的不同情感流露、感触，使人若身在其中，如临其境，有触景生情之感。

语言也有鲜明、准确、精炼、生动的特点，既活灵活现地反映了当时当地的人物、事件，又通俗、流畅、易懂。

作品之所以具有这些特点，与作者的生活基础、人生阅历直接相关。作者出生在农村，长在农村，从事过农村生活、生产的实践活动，后来成长为高级知识分子、领导干部。从农村到城市，从省内到省外，国内到国外，又有返回农村探亲访友的经历，亲身的体会、观察、思考、对比、鉴别，对农村的历史与现状、地理与人文、经济与文化及社会风俗，都比较了解。使宏观看微观，又以小见大，显示农村生活成为可能，并将这种可能，通过艰辛的劳动转变为现实作品。

当然，要写好"天马之乡传奇"这样一个主题，反映一个长时期、广地域、大容量的农村生活和农民命运是不容易的，不周之处在所难免，恳请读者多多批评指正。

楔子

　　谁没有命运，人一脱离母体，便与命运结伴而行。不是交好运，便是遭厄运，鲜有平安无事。

　　巍巍雪山脚下，茫茫大漠南面，丝绸古道之上，长城遗迹之旁，骏马啸啸地方，张王李赵各姓，繁衍生息不断，伴随悠悠历史，度过漫长岁月，兴衰际遇皆有，恩怨情仇难免，充满悲欢离合，剪不断，理还乱。

　　时而地震、洪水、干旱、风暴轮番袭来，乡民遭灭顶之灾；时而兵祸频繁，城门失火，池鱼遭殃，导致乡亲命运舛误、生灵涂炭，百姓朝不虑夕，生命唯浅。

　　一阵儿外患袭来，鬼子兵兴妖作怪，扔炸弹，杀人放火，致地方不宁，人心惶惶；一阵儿内争不熄，战火纷飞，富豪劣绅层层盘剥，贪官污吏巧取豪夺，众百姓如老牛负重，身处艰难竭蹶绝境。

　　兴业者梦断古堡，革命者亡命刑场，青壮年被抓到兵营，慈母泪若串珠断线，最是红颜命薄，美人祸多，风尘血泪，如泣如诉；怨声载道，呻吟阵阵。

　　望长天，乌云滚滚；视大地，乌烟瘴气乱哄哄。看破的，遁入空门；消极的，逃离红尘；违命者苦苦挣扎；不认命的，奋起抗争。

　　终就时来运转，十万雄师进县城；叱咤风云，扭转乾坤；旭日东升，光芒万丈；驱散乌云，枯木逢春。作恶者，自食其果；劳苦大众翻身做主人。

　　尤那红颜，新的打扮，新的风姿；喜笑颜开，自主婚姻；人前头走路，主席台上发声；扬眉吐气竞风流，且看斯人尊容。

　　赤脚汉主宰天地间，战天斗地，重新安排河山，掘地三丈寻水，拦河筑坝扼命脉咽喉；变天堑为通途，造绿色屏障战风暴沙尘。

　　传说中的天马，沉睡地下近两千年，竟然横空出世，领略人间春色，且周游世界各国，再展中华风采，昭示神州古堡的复兴。

　　巧手抹去紧箍咒，甩开膀子创新业，造得天蓝风清水碧山青，花好月圆，人寿年丰；好一派风和日丽艳阳天，恰一个天时地利人睦和谐社会。

　　张王李赵各姓，家家户户人群，共顶一片天，同踩一块地；你中有我，我中有你，你离不开我，我少不了你；和为贵，好兴利；共谋国泰民安，繁荣幸福。

　　　说人生，慨时世，叹命运；告别连连灾祸，迎来和谐社会，说来话长，引出天马之乡命运篇，古堡传奇上下部。

目录

上部

第 一 集	师生问答	1
第 二 集	天马传说	14
第 三 集	血沃古堡	28
第 四 集	天塌地陷	36
第 五 集	灭顶之灾	44
第 六 集	三姐遭殃	51
第 七 集	宝贝殒命	60
第 八 集	曲谱遭焚	69
第 九 集	瞎弦悲歌	76
第 十 集	心病心医	102
第十一集	水血惨剧	112
第十二集	五十大板	119
第十三集	半路姻缘	129
第十四集	命运舛误	140
第十五集	美人祸多	148
第十六集	女儿血泪	155
第十七集	妙语释惑	163
第十八集	七进七出	175
第十九集	千里寻夫	181
第二十集	飞来横祸	194
第二十一集	勇斗群狼	200

第二十二集	尴尬比武	212
第二十三集	黎明之前	221
第二十四集	幸遇恩人	229

下 部

第二十五集	雄师进城	237
第二十六集	自食其果	244
第二十七集	物归原主	261
第二十八集	弄假成真	272
第二十九集	人鬼之间	284
第三十集	志纯情真	298
第三十一集	阳光大道	311
第三十二集	三姐新姿	326
第三十三集	盲母情缘	344
第三十四集	饮水思源	355
第三十五集	便池淘金	370
第三十六集	河水欢歌	384
第三十七集	山谷明镜	396
第三十八集	重操旧业	409
第三十九集	脚下有路	417
第四十集	力荐英才	435
第四十一集	福星临门	446
第四十二集	欧阳雪莲	455
第四十三集	天马再世	464
第四十四集	绿色屏障	476
第四十五集	四喜盈门	491
第四十六集	和谐之春	508
尾声		529
后记		534

上　部

第一集　师生问答

弟子们刨根究底问祖先
赵老师古堡历史细道来

人有一个特点：过好今天，盼着明天，不忘昨天。即过好现在的日子，盼着将来的生活，间或，也念叨着过去的岁月。一言以蔽之，既要过好眼前的生活，又关心身前身后的事。对于这个特点，不同的人又有不同的表现。中年人最讲实际，致力于过好现在的生活。老年人因年迈力衰，来日不多，往前看，没盼头，往往好回忆过去，包括过去的苦难和甜蜜。若是信迷信的人，盼着来世上天堂，别下地狱。不信鬼神的人，则把希望寄托在儿孙身上，希望他们出息得好。对于青少年来说，则努力于当前的功课，奋斗将来的前程，追求美好的理想和人生的价值，有时候，也想知道父母的过去，甚至爷爷的事情。此皆人之常情，天理使然。

一天下午的体育课和课外活动时间正好下雨，赵老师的私塾里体育课不能上，课外活动不好搞，学生们只好在教室里躲雨。学生们都知道赵老师有好多故事，就要求赵老师给大家讲个故事。赵老师反过来问同学们："你们愿不愿意知道咱们古堡乡的来历，张王李赵各家的故事？"

同学们异口同声地回答："愿意，愿意！"并要求赵老师"快讲，快讲。"

赵老师便打开了他的故事匣子。

他说，我们的爷爷的爷爷，原来大都在黄河以东的中原地方生活，年年在那里春种秋收过日子。距今两千年前，中国的北面和西北面有一个民族，叫匈奴，非常强悍、野蛮。他们依靠强大的马队，经常侵略中国，骚扰老百姓的和平生活，掠夺中国的财物和人口。小骚扰小抢劫，大侵略大掠夺，见财物便抢，遇着人就抓，把老百姓抓去给他们当奴隶，像牲畜一样对待、使唤。把财物掠夺回去供他们吃喝、享受。当时的中国尚不强大，朝廷也比较软弱，便一再忍让。年年给匈奴进贡，送金银财宝，皇帝甚至把自己的公主嫁给匈奴头目，结亲戚讨好，巴结匈奴乞求和平。但是，结亲是结亲，好处是好处。匈奴为了更大的利益，并不领情结亲戚的事情，反而尝到了甜头，觉得你软弱可欺，更变本加厉地侵略、掠夺，侵占中国的土地，抢劫中国的财物，掠夺中国的人口，搅挠得中国上下不得安宁。

　　后来，中国出了个称作汉武帝的皇帝，动员老百姓，组成了强大的军队，派将军卫青率兵抗击北面的匈奴，派霍去病率兵抗击西北方的匈奴。河北的赵家，山西的王家，陇西的李家，还有原住在西北的张家的老百姓，他们的子弟就参加了军队，一部分跟卫青去打中国北面的匈奴，一部分跟上霍去病抗击西北方的匈奴。历时几十年，经过多次的战斗，终于把匈奴彻底打败了。剩下的残兵败将逃到了很远的地方。没有逃跑的，有的归顺了汉武帝，有些留在了包括古堡乡的西北一带，同中国的老百姓一块儿劳动生活。

　　为了巩固胜利果实，汉武帝实行"徙民实边"政策，将中原人民迁入边陲，保卫国家的长治久安，又修筑长城，同东面秦始皇的长城连接起来。在新修的长城上，每隔五里筑一个烽火台，贮有狼粪或柴草，派哨兵站岗放哨，每隔十里筑一个城堡，驻扎较多的士兵备战。哪个烽火台的哨兵发现入侵者，便点燃起狼粪，狼粪燃烧时其烟是垂直上升的，冒得很高，老远的地方都能看到。所以古诗中有狼烟直的诗句。没有狼粪的烽火台，便点燃柴草冒烟报警。驻扎在城堡里的中国士兵，就冲向报警的烽火台，去消灭入侵者。从此以后，保卫了边境的安全与和平。

　　咱们爷爷的爷爷的爷爷，有一个姓张的士兵，由于英勇善战，在抗击匈奴的战斗中立了大功，升为将军，驻扎在郡城，就是现在的县城。他派他的部下及迁徙来的中原百姓，有姓张的、姓王的，也有姓李的、姓赵的，驻扎在我们现在居住的这个古城堡。其中，有的士兵的母亲、姐妹，曾经被匈奴劫掠去当奴隶，打败匈奴又救了回来，也留住在这个古城堡，同兵士们一起保卫边境。一面保卫国家，一面开荒种地、生产粮食、棉花，保证士兵的生活需要和战马的饲料。为了长治久安，稳定守卫边境驻军的军心，以便长期驻扎和生活，又动员士兵把老家家属搬来随军驻扎。张姓的住一块地方，王姓的住一块地方，李姓的、赵姓的也各住一块地方，就发展成现在的张家庄、王家庄、李家庄、赵家庄。各庄之间互相团结，相互关照，发展生产，保卫祖国，一代一代传了下来。

现在大家看到的那些断壁残垣，高高的土墩子，就是那个时候修的长城、烽火台、城堡，就是原来的古城堡，为了叫起来方便，又简称为古堡，久而久之，习惯成自然，就叫成古堡了。这就是咱们古堡乡的来历。张王李赵各庄，就是古堡乡管辖的村庄，修筑古堡、保卫古堡的，就是我们的爷爷的爷爷的爷爷。

"啊吆，原来是这样，老师不说，我都不知道我们是哪里来的。"张姓学生感慨地说。

一个姓李的学生发问："那么，我们姓李的呢？来自何处，现在怎样？"

赵老师答道："就是我前面说过的，李家来自陇西，距这里最近，黄河以东、靠近陕西。李家是个大姓，人口很多。汉武帝抗击匈奴侵略，动员青年参军，李家的一些青年就参加了，跟着霍去病将军去抗拒匈奴。战争胜利后一些人就留守在这里继续保卫边疆。陇西的李姓还有很多人，像唐朝的许多人都姓李，皇帝也姓李，都源自陇西一带。后来，读书的、经商的、做官的、当兵的走向各地，遍布全中国，大都来自陇西，不是你们的兄弟姐妹，便是你们的叔叔阿姨。可是，你见了他们，都认不得了。"

"哈哈哈！"大家一阵哈哈大笑。

"照老师说来，王家来自山西，那么，在山西以前又在哪里？"一个王姓学生问。

赵老师说："山西之前，王姓原在陕西渭河一带，跟周文王、周武王同一个姓，都姓姬。"赵老师一边讲着，一边在黑板上写了个"姬"字，接着说：周成王的一个太子，本来是应继承王位的，因不听父王的话，被废了太子职位，驱逐出王宫。他渡过黄河，来到山西的一个山区居住、生活，可老百姓都知道他是周王的儿子，仍称他王子。传得多了，称呼时间长了，久而久之，习惯成自然，他就姓王了。他本人也顺其自然，不作纠正，也纠正不了。因此，姓姬的人就变成姓王的了，这个周成王的原太子，成了老百姓，娶媳妇生儿子，子又生孙，孙又生子，子子孙孙就多得不得了，反而比未改姓的姬家更多了。

大家又是一阵哈哈大笑。

小孩子看人，首先就看他是好人，还是坏人。同学们又问："我们的祖先有没有坏人？"

赵老师回答说："我们的祖先大都是好人，也有坏人。在离我们不远的地方，有一个庙是为好人修的，庙前面有一个碑是为坏人立的，这个庙叫苏武庙。汉朝时朝廷要派人去匈奴那里议和，朝中有一个郎官，自告奋勇去执行这个艰巨而危险的任务。他到匈奴那里，据理力争，要求匈奴与中国和平相处，不要发动侵略战争。匈奴不仅不接受他的和平主张，反而逼他投降匈奴，把他扣留了下来。他宁死不投降。匈奴就叫他去放羊，他在大漠荒原，渴了饮冰雪，饿极了吞羊毛毡，就是不屈服、不变节，坚持了十九年，由青年熬到中年，终于回到了祖国的怀抱。人们不忘他忠于祖国和人民的气节和品质，为他修庙宇，叫苏公祠，他放过羊的山，叫苏武山，世世代代纪念他。也有背叛祖国的，如汉朝一个叫李陵的将军，朝廷派他带兵抗击匈奴，他打了败仗被俘虏后，投降了匈奴，人们为了警示后人，给他立了一个耻辱碑，就竖在苏公祠的对面，昭示人们学习苏武的爱国精神，不要如李陵那样当祖国的罪人。"

张姓学生问："那么，匈奴到哪里去了？"

赵老师回答说："匈奴被打败后，其最高统治者单于及奴隶主贵族们，逃遁到大沙漠以北，没有逃走的则归服了汉朝。还有其他一些少数民族，也与汉族和睦共处。以中国的中央政权为宗主，以儒学及佛教为尊，思想上互相影响，经济上互通有无，也有互相通婚的。互相依存，互相融合，共同发展，向东，与中原密不可分地联系在一起；向西，与西亚各地你来我往，古堡所在的广大地区，成了丝绸之路的交通要冲。政权统一于汉族中央政权，社会的民风习俗融合于中原，人民节俭朴实，勤劳憨厚，讲究礼让，质而不野，友好相处。正是由于各民族的互相影响，相互依存，互相融合，相互发展，共同组成了伟大的中华民族，各民族悠久而厚重的文化蕴集成了中华文化，互相依靠、团结互助、奋发向上、共同前进，镕铸了中华民族的民族特征，形成了中华民族的民族精神，龙马文化即是中华民族的纽带和象征，凝聚着各族人民，和谐共处、团结互助、开拓进取走向繁荣富强之路。"

当时有一个名字叫金日磾的人，曾经是古堡乡一带的人，他原是匈奴休屠王的儿子，他的父亲被另一个匈奴的王爷所杀，他和母亲归入了汉朝，在朝廷的黄门署养马场养马。过了好长一段时间，汉武帝在一次宴游中，顺便要看看马场的情况。金日磾等十几个人牵着马从汉武帝面前经过。其他牵马的人都偷看皇帝及其随从，只有金日磾目不斜视。汉武帝看着他身材高大，体格健壮，容貌威严，行止端正，喂养的马又壮又好时，感到很惊奇。又得知他是匈奴王爷的儿子，当下就授给官服，让他作马监，监督养马事宜。后来又提升为光禄大夫，成了汉武帝的亲近侍臣。金日磾虽然身居要职，成为皇帝的红人，但他小心谨慎，从不越轨行事，皇帝外出让他陪同，皇帝入宫，则随侍左右。这种特殊的待遇，引起朝廷中许多显贵的嫉妒，私下议论纷纷，抱怨皇帝不该如此器重一个匈奴的儿子。汉武帝听到这些议论后，对金日磾不但未减少宠爱，反而更加器重。

金日磾的母亲死后，汉武帝下诏画像于甘泉宫，并写了"休屠工阏氏"的题词。金日磾每次看见母亲的画像和题词后，总要祭拜一番，哭上一场才离去。

金日磾有两个儿子，都长得很逗人，汉武帝很爱他们。大儿子叫弄儿，时常在汉武帝身边玩耍。有一次，弄儿玩耍时从后面抱住了汉武帝的脖子，金日磾碰上了狠狠地瞪了儿子一眼，弄儿害怕了，边跑边哭道"父亲生气了！"汉武帝责怪金日磾不该生孩子的气。以后，弄儿长大了，在皇宫里竟与宫女们嬉戏，又被金日磾看见了，他厌恶弄儿的放荡行为，于是把他杀了。汉武帝对此非常伤感，金日磾向皇帝叩头谢罪，汉武帝对他更加敬重。

宫中有一个叫江充的大臣，编造谣言诬陷太子，说太子为篡位要谋害皇帝。汉武帝一时信以为真，指示江充捕杀太子，致使太子自杀。有一对叫莽何罗的侍卫兄弟俩，在陷害太子的事件中立了功，受到了皇帝的赏赐。后来，汉武帝发觉太子冤枉而死，于是诛灭了江充，莽何罗怕被牵连，阴谋谋害汉武帝，结果被金日磾发现并抱住了行刺者，保住了汉武帝的性命。

金日磾做汉武帝的近卫大臣几十年，始终忠心耿耿，行为端正，举止严谨。汉武帝赐他宫女，他不近身，想把他的女儿纳入后宫，他也不答应，一心为皇帝尽忠效力。

后来，汉武帝病重，嘱托霍光和金日磾辅佐新太子，当辅政大臣。金日磾说:"我是匈奴人,这样做会使匈奴人看不起汉朝的。"于是他就当了霍光的副手。

汉武帝生前曾有遗诏,封金日磾为侯,新皇帝继位后要宣布这个封号,他以新皇帝年幼为由,不肯接受封号。辅政一年多以后,金日磾卧床不起,才在病床上接受了封号,不久他就病死了。

一个姓张的学生又问:"难道我们张家从此以后就没有好人了吗?"

赵老师答道:"多的是,别看古堡乡地处偏远,穷乡僻壤,可尊老敬贤成风,祖先大都来自中原,受文化传统影响,喜好办学校,教书育人,因此出了很多文化人,在京城和外地做官的也不少。在清朝雍正年间,古堡乡出了一位称张道台的大官,就是有名的好人。他因很孝敬父母,以举孝廉被应征当官。按当时的规矩,凡是被应征的人都要集中到京城,由主管部门列出名单呈报皇帝,皇帝召见。被召见的人总爱在皇帝面前夸耀自己的文采,吹嘘自己的考试成绩。皇帝在召见他们时问道'你们的秀才考试成绩一定是高等的吧?'张道台回答道'秀才所学深浅不同,成绩的好坏很难以考试的文章定论。而且看阅文章的人看法也不一样,所以我的成绩不一定是高等的。'皇帝一听非常高兴,对着身边左右的人说'毕竟西北人老实',于是就提拔他为知县。"

他去任知县的那个地方,由于吏治腐败,官盗勾结,互相分赃,弄得人民生活很不安定。当地有姓黄的兄弟俩人,依靠自己的武艺和勇气,纠集数百人,盘踞百花山为盗,又用盗来的钱财买通官吏,肆意危害老百姓。人民称他们为大黄、二黄,对他们一点办法都没有。张道台到任后,对这两个大盗的事未加过问,只是抓盗贼,每抓获后给以重刑,衙役如果抓不住盗贼也严加惩治。这样一来,盗贼和衙役都很害怕他,盗贼抓得差不多了。一天,张道台召集衙役,挑选武艺高强,体格健壮的几十人,亲自率领来到百花山,把大黄、二黄叫出来说:"老百姓和盗贼不能并存,官府和盗贼不能并立,盗贼和盗贼也不能并行,你给我说清楚,是谁指使你们猖狂到这种程度?你们抢掠老百姓的财物而肥了他人,实在太愚蠢了"。

张道台威风凛凛,义正词严,大黄二黄吃惊地跪在地上,供出了几个分赃的衙役。张道台又说:"这样看来你们是从犯,他们是首犯。今天,如果你能率领你所有的人向官府投降,我将保证免你们死罪。"大黄二黄听后,就率领山上的盗贼投了降。回到县衙后,张道台就把通贼的衙役们都治了罪。从此以后,百花山没有了盗贼，人民也安居乐业了。

有人问张道台："为什么你很容易就抓住了大盗？"

张道台回答说："我一直在清除他们的帮凶，帮凶没有了，大盗的锐气已被夺了，所以很容易就成功了。"

这件事由他的上司向皇帝作了禀报，皇帝很高兴，立即提升他为知府，进而升为道台。当时地方官的官位分督、道、府、县，总督管数省，道台仅低于总督，张道台一时声名显赫。后来，他以父母年老多病，无人赡养为由辞官回家。他回家的行李很简单，车上只有几箱子书，别无金银财物。

他回到古堡地方，把书捐给书院，又编地方志书，实事求是地记录地方兴衰荣辱，晓喻后人积德行善，奋发向上，给地方做了一件又一件的好事。

"你说了张家祖先的好人好事，那我们王家就没有这样的祖先吗？"一王姓学生问。

"有，一样有！"赵老师接着回答。

古堡地方的王家，在清朝乾隆年间，有一个青年人考上了进士，按当时的学历，仅次于状元，是很高的学历。只有学问很高深的人才能考得上。考中进士后，他先在朝廷任职，接着在许多县府任知县，后来又升为知州，是相当于专员、州长的大官。他的为官之道就是清正廉洁，精兵简政。他每到一地上任，做的第一件事就是裁减冗员，说衙门多一个人，老百姓就多受一人之累。当先精简衙门里多余的人。他办事光明正大，从不行贿受贿，在老百姓中声望很高。且资格也老，该由县官晋升州官了，他的上司想借此机会要他给自己送贿赂，就可以给他升官。他生气地说："我难道是用钱求官的人吗？"他写诗道"羞闻白兔营三窟，每对黄金凛四知。"把那种捞好处的人比作兔子经营兔窝一样，并以此廉政自勉，从不为个人名利而阿谀奉承。

再是秉公办事，从不徇私舞弊。他在一个州任州官时，严格考试制度。原来，该州每次考童生，桌子凳子自带，其中常有在桌子、凳子里暗藏夹带的，甚至各学馆的老师闯进考场给学生讲解题义，代为答卷的。考场作弊已成陋习，人们都习以为常，不以为怪。他到任后，彻底打破陈规，一反这种陋习，采用闭卷考试办法。所有考试用具都不准自带，统统由官府供给，并严格规定，当天完不成答卷的，可以吃住在考场继续答卷，由官府供给饮食；凡作弊的，一律取消考试资格并除名。考试的童生一听到这个规定都很害怕。但考了四五次后，都能遵守规定。有才能的，成绩好的，都能录取，从此革除了考试徇私舞弊的陋习。

他因病辞官回老家的时候，老百姓都舍不得他走，送行的人一程又一程不忍离开。有人还作诗为他饯行："公为百姓来，百姓送公去；渠水如许清，看公走马处。"

李学生又问："你说了张家、王家的好祖宗，那么李家呢，有没有？"

"怎么没有？李家有的是好祖宗！"

赵老师接着说。李家的祖先中有一个叫李清源的，他品学皆优，亦考中了进士，曾任过好几个县的县长。他每到一地做官，都勤勤恳恳为老百姓办事，清正廉洁，一尘不染。一次兄弟两个为争夺家产到他县衙里打官司，兄弟两个为打赢官司，争先恐后给他送礼。而他只是收礼，却不判官司。兄弟俩以为送的礼少了，在暗地里争着多送。经过多次送礼收礼后，他传兄弟两人都到衙门来，又把他们送的礼分别摆在各自面前，对兄弟两个说："这许多东西都是你们兄弟俩悄悄送给我的吧！我也是从农村来的，知道老百姓创业的艰难。你们的爷爷、父亲，辛辛苦苦一点一滴积攒，才有了这些资产，如果不能用心保住，就是很不孝了。何况还要拿它送官府、打官司、争输赢。与其拿先人的财物喂肥他人，还不如把它均分，财产还在自家兄弟手中。"

经他这么一说，兄弟两个都愣住了，紧接着，兄弟两个都惭愧地哭了起来，于是他把兄弟两个送的财物统统退还给他们。从此，兄弟两个都和睦相处了。这件好事很快就传开了，人们都说李知县好，是明镜知县，意思是说，李知县若镜子一样，高悬在堂上，办事光明正大，一尘不染。

赵老师又说："古堡一带李家的祖先里还有一个大诗人，是唐朝时代的人，名字叫李益。虽是进士出身，但官运不济。多半在兵营里，一直干些抄抄写写的事情。李益在官场上虽未飞黄腾达，但他的诗名与大诗人李贺齐名，尤以七绝见长。大诗人韦应物称颂李益'二十挥篇翰，三十穷坟典，群书五府至，名为四海扬（闻）。'其后王建高度评价李益对诗坛的影响：'大雅废已久，人伦失其常；天若不生君，谁复为文纲。'中书舍人令狐楚奉唐宪宗旨意编选专为皇帝欣赏的《御览诗》，选入李益诗三十六首，为入选各家之冠。明人胡应麟在他所著的《诗薮》中评价说：七言绝句，开元以来，便当以李益为第一。如《夜上西城》《从军北征》《受降城闻笛》诸篇，皆可与太白、龙标竟爽，非中唐所得有也。《夜上西城听凉州曲二首》中一首写道：'行人夜上西城宿，听唱凉州双管逐；此时秋月满关山，何处关山无此曲。'《从军北征》写道：'天山雪后海风寒，横笛偏吹行路难；碛里征人卅万，一时回首月中看。'朴素白描，诗风清新，言有尽，意无穷。堪与李白、王昌龄的七绝比肩。如此杰出的诗人还有。古人有诗云：'莫道古堡是边城，文物前贤起后生；不见古来盛名下，先于李益有阴铿。'不再赘述。"

"赵老师，说来咱们古堡地方的张家、王家、李家的祖先，都有好人、名人，唯独未提到赵家，难道赵家尽是不肖子孙、无名之辈？"赵老师的侄子发问道。

赵老师答道："古堡的赵家同张家、王家、李家一样，对开拓边疆、建设古堡家园都做出了贡献，古堡地杰人灵，赵家一样出了许多好人、名人。比如赵知县，他就是古堡地方的杰出人物。他祖上就是书香门第，读书人出身，品学兼优，朝廷派主考官合试陕甘两省应考秀才，他考了个第二名，主考官觉得他的文章哲理精深，辞藻优美，说理畅达通顺，颇有文采，推荐给朝廷，入太学担任旗学教习并收作学生。之后，他学习更加刻苦勤奋，学问也更有长进，以后又考中进士，出任一个县的知县。任职期间，清正廉洁，秉公办案，办理了许多民间诉讼积案，深得老百姓的称赞。同时不断读书写文章，尤爱诗词歌赋，写出了一些佳作，名声大振，广为传颂。他的顶头上司知府亦喜爱诗词，并有诗稿成卷。有一天，这位知府召集所属知县举行酒宴。在酒宴上拿出他的诗卷向大家请教，座中人都对上司的作品大加奉承吹捧。唯独此赵知县一言不发。上司再三向他请教后，他只说诗卷用的宣纸好，字也写得好，却对诗作的内容、文采只字不提。致使上司知府的脸烧得发红、难堪，下不了台。从此便对赵知县怀恨在心伺机报复。"

赵知县的老师在朝廷中做官，有人告发他的著作中有诽谤朝廷的文章，朝廷派赵知县的上司去查抄其老师的家，正好查抄出赵知县给他老师的信，信中对老师说了一些心里话："初官知县，不谙刑名，相验乃甚苦"几句，知府就抓住把柄向朝廷进谗言，说赵知县对知县职务有不满情绪，更有人揭发他在读书时，窗户里吹来的风刮乱了书的页码，他顺口说："清风不识字，何须乱翻书。"此话本是描述了实情,并无政治意义。欲加之罪,何患无辞,上司整下级总有机会,恰恰逮了个正着,又多了一条罪状,他的上司不仅定了赵知县老师的死罪,也定了赵知县的死罪。

同学们听后,一个个深深叹息,叹息好个赵知县死于文字罪。

赵老师继续讲故事:再一个是赵济世,他是古堡地方有名的医生。他出身于书香门第,自幼博览群书,读遍经、史、子、集、《黄帝内经》《难经》《伤寒论》李时珍的《本草纲目》,学识渊博,满腹经纶,尤爱医学,曾中清朝的拔贡。但是清朝末年政治腐败,国运不昌,军阀混战,民不聊生,人民处在水深火热之中,他虽然一肚子学问,却报国无门,便决定从医,立下"不为良相,便为良医"的志向,以悬壶济世,解除人民的疾病为己任。

由于他精通中医中药、针灸医术,为人治病是药到病除、针到病愈。患者无不交口称赞。求医者络绎不绝。但他为人耿直不阿,胸怀坦荡,光明磊落,傲视权贵,同情受苦受难的老百姓。对急危患者有求必应,有钱也看,无钱也看。遇到贫困病人即慷慨解囊相助。为了帮助贫苦病人,特为他的药铺立下规矩,以他一把梳胡须的银梳子为标志,凡持他银梳子抓药的,药铺都不向患者收钱。为不少穷人解决了无钱治病的困难。

有一次,一个青年搀扶着一位脸色苍白的老大娘来看病,他给看了病,开了处方,但老大娘却不让儿子买药。他细问,方知其家中已无米下锅了。他立即给了几串铜钱叫买粮,并叫他持银梳子抓药,再三叮嘱赶快去治病,不要耽误。

又一次的一个冬天夜里,北风呼啸,寒气透骨,大雪纷飞,他已入睡,几个农民抬着一病人叩门,求他给病人治病。病人已昏迷不醒,他立即给病人喂药、扎针,使病人转危为安。原来,这病人是给有钱人干活的长工,因被逼带病拦坝堵水,一连劳累了几天几夜,过度劳累加上天冷受寒就昏了过去。他非常愤慨,给了药钱,治好了其病。

可是,对于军阀、权贵、作威作福者,则避而远之,因此被他们称为"赵大架子"。时隔不久,郡城镇守使的爱子害伤寒,病情危重,就着仆人请赵济世。他不予理睬。差人回报镇守使,气得镇守使脸色发青,但为了给儿子看病,只好亲自去请。当他到赵济世家时,他还在睡午觉。镇守使即令差人叫醒他,他一听是差人在叫,就没好气地说:"去去去,没看见我身体不适吗?"随即伴装入睡，镇守使无奈，只好亲自到床前请他起床。镇守使掀起他的被子，拍拍他的肩膀说："真好福气，红日当午还酣睡不起。"这时他才转过身来说："不知大驾光临，有何贵干？"

镇守使只好以央求的口气说："我儿子染病危笃，烦劳先生前往医治。"他才乘轿而去。但轿子行到镇守使衙门时，轿夫抬着轿子要从偏门进去，赵济世立即命令轿夫"停轿，停轿！"镇守使不解其意，忙问："先生，这是何意？"赵济世正色道："论职，我乃堂堂贡生；论礼，我乃大人请来的贵客；论事，我乃一城名医，何不开正门相迎，岂有此理！"接着又命轿夫："掉转轿头送我回家！"镇守使急了，赶忙命令衙役打开正门，才把他迎了进去。

学生们异口同声地赞扬："有志气，有志气！"

赵老师的侄子向左右看了看同学们说："怎么样？我们赵家的祖宗怎么样？"

未等他问完，赵老师接着说："咱们张王李赵各姓的好祖宗远不止这些，还有好多好多，我只列举了其中极个别的一部分。但祖宗是祖宗，我们是我们。祖宗代替不了我们，要紧的是我们要学好，要争气。继承祖宗的传统，发扬他们的光荣，发展他们的事业。"

同学们异口同声地说："明白，明白，现在好好学习，将来效力国家，为祖宗增光添彩。"

"这就对了，其实远远不止这些，我们的祖宗还留下了许多宝物。"

"什么宝物？"学生们又发疑问。

"你们真是打破砂锅问到底，还怪砂锅不结实，没完没了。"

赵老师接着说："长城、烽火台、古城堡遗址、寺庙、耕地、水渠等等，还有石窟、碑刻、竹简、塑（造）像、鼓楼、佛塔。我们古堡镇北面的观云台就是其中之一。以及书籍、字画什么的。汉朝以前没有纸，我们的祖先就把字刻在竹片子上，一片一片，再用细绳把竹片串接起来，一卷一卷捆起来，我们的祖先管它叫竹简，咱们古堡一带已经发现了不少竹简。

"再后来，蔡伦发明了纸，就用纸代替竹片，在上面写字、印书、作画，我们古堡一带就有我们祖先的不少字画。还有我们的学校，这里的初小、乡上的完小、县城的中学（古时候叫学馆），也是咱先祖建立起来，遗留下来的，教育出了许多优秀人才，前面说过的那些好祖先，最初都是从这些学校学习出来的。除了地面上的，还有埋在地下，没有发现的，不知还有多少宝物。古时候的人信鬼神，信来世，把许多东西埋入坟墓，准备来世使用。传说在汉朝，古堡地方张家祖先，有一个张将军，打了一辈子仗，骑了一辈子马，酷爱马，他和其子孙用铜铸造了许多骏马。他死后，他的子女们为了表孝心，把这些铜马都陪葬于他墓穴中，几世几劫，时过人迁，后世的人只听过传说，并不知道葬于何方，埋在何处。类似的文物还多着哩。地底下还有咱们祖先的遗骨。他们已经长眠于地下。我们作为他们的子孙后代，应该珍惜祖先的劳动与血汗，是他们改造了这里的自然与社会，创造了光辉灿烂的历史和文化，我们应当继承他们的遗产，发扬光大，增光添彩，创造更加美好的未来，书写丰富多彩的新篇章。他们若黄泉有知，一定会为我们欣慰的。

"咱们的祖先世世代代以来，劳动生活在古堡乡一带，互相娶媳妇、嫁女儿，结成亲戚，生儿育女，子又生孙，孙又生子，子子孙孙传到现在。张王李赵各姓，你中有我，我中有你，谁也离不开谁，人口也繁衍生殖，由当初的几十口人，增加到现在的几千人。

"在长期的历史发展中，张王李赵各姓有昌盛，亦各有衰败。谁家的子孙好学上进，勤劳勇敢，聪慧有方，谁家就昌盛了；谁家的子孙不学好，不务正业，游手好闲，吃喝嫖赌，就衰败了；或遇天灾人祸而家破人亡。由于这些原因，各姓有穷有富，财富在各姓之间转来转去，有时候张家富了，其余各姓穷了，有时候，李家富了，其余各姓又穷了。各姓之间亦互有恩、互有怨、互有情、互有仇。有时候你同我好，有时候又同他好，兴衰际遇，恩怨情仇，剪不断，理还乱。就是在同一个姓中，也是互有兴衰穷富。一言以蔽之，命运不同，情况各异。

"历史进到了清朝，赵家有人在朝廷或外地做官，门庭显赫，张家也是人丁兴旺，人才辈出，成为地方上的名门望族。而且，张家与赵家门当户对，娶了赵家的姑娘，结为儿女亲家，好上加好，一荣俱荣，兴旺发达。三十年河东，三十年河西，到了清朝末年，历史大逆转，乾坤大颠倒。赵家在外地做官的沾上文字狱，蹲了大牢，身首分家，家产被查抄拍卖，顿时家破人亡，家业衰败了下来。

"张家因响应民主共和革命，沾上犯上作乱，危害朝廷之罪，也被杀了头，家产被查抄没收，顿时情况大变。而李家则趁机廉价购买了赵家、张家被拍卖的家产，顿时暴发了起来，成为城乡有名的大财主，城里有商店字号，乡下、镇上有铺子，庄园几处，良田几千亩，好生了得。"

说到这里，"时间到了，该回家了，放学！"

第二集 天马传说

李有富欲兴养马业
李有铭诠释相马经

  古堡地方乡民固有好民风，首推孝敬父母，因此产生了曲艺《贤孝》，使孝敬父母成为时尚。再是敬贤，重视文化，尊重文化人。再其次是兄弟和睦，夫妻恩爱，如是者人夸人颂。除此以外，还有一个爱好——爱马，把马看作财富的体现，力量的尺度，雄壮的标志，美丽的象征，地位的标准。历来，凡能养得起马的人家都要养马，甚至以相马为职业。因此，形成了养马的习俗和传统。

  另外，苍天造就了这块肥美的土地。南有绵延千里的雪山，巍峨的峻岭，茂密的森林，宽广的草场，山中有充足的雨雪，若巨人母亲的丰乳，以肥美甜蜜的乳汁，源源不断地供给森林、草场和农田。哺育千百万各族儿女生活、成长，也成就了古堡的老百姓。山脚下是一马平川、地域辽阔的平原，供人们放牧牛羊牲畜，发展农业。再往北是大漠，白天天高云淡，红日高照，温暖；黑夜寒气逼人，巨大的温差，使饲草储蓄了较高的糖分，成为羊肥马壮的优良条件。汉族、藏族、回族等众多的民族，世世代代在这块土地上繁衍生息，造就了发达的畜牧业、农业。以此为基础，又开通了丝绸之路，骏马嘶鸣，驼铃声声，往来于中原和西域之间。经济的发展，交通的方便，东西交流的进行，形成了独特的爱马、敬马、信马的马文化。

  如此重要的战略要地，成了世代兵家的必争之地。强大的匈奴骑兵不断与汉族、藏族、乌孙、大宛等民族争夺这块肥美的土地。他们最终将乌孙、大宛赶了出去，并欲进一步吞并中原，形成匈奴的一统天下。因此，中国与匈奴展开了长期的反侵略战争。

匈奴之所以能屡屡侵略中国，就是因为他们有强大的骑兵。中国在长期抗击匈奴的战争中充分地认识到了马的重要性，为了进行反侵略战争并赢得胜利，必须要培育优良的马匹，组建强大的骑兵。因此，汉武帝致力寻找优良的马种，从乌孙找着了乌孙马，又从大宛寻到了大宛马，在千里走廊的渥洼地发现了野马，使之相互交配，改良品种，终于培育出了优良的凉州马。继之大量繁殖发展，组建起了强大的骑兵。所以素有"凉州大马，横行天下"之说。

卫青、霍去病率领以凉州大马组建的强大骑兵，驰骋于中国的北部、西北一带，终于彻底打败了匈奴，保卫了国家的安全。为了巩固胜利，保证优良马匹的来源，又在南山之中建立了巨大的马场，同时修筑了新的长城、烽火台、城堡，驻扎骑兵，一旦有事，机动性很强的骑兵迅速出击，有效地巩固着中国的国防。

良马的优越性、反侵略战争的洗礼、丝绸之路交通的必需、畜牧业和农业的发展、肥美草场的保障，使人民养成了养马、育马、训马、用马、赛马的独特民风，把马当作交通运输的重要力量，视马为财富多少、家业大小、社会地位高低的标志。无马者寒酸小气，有马者有头有脸，有钱有势的人更要饲养较多的马匹，寻求最良的马种，不仅用它来发展农牧业和交通运输业，亦用它来显示自己的财富与身份。

与此同时，又产生了马文化，马已不再是单纯的牲畜和生产工具，而是赋予社会意识和文化意蕴。随着儒学的传播，道教的影响，佛教的传入，各民族习俗文化的互相影响，取长补短，形成了地域的、民族的、丰富多彩的人文精神，具有了独特的民族特点、地域特点、历史特点，集中到一点，便体现在形象而生动地骏马身上。

古堡地方的大财主李有富，在其爷爷和父辈手上已经成了殷实之家，到了他的手里，又进一步发展了家业，良田几千亩，庄园好几处，马车几十辆，骡马上百匹。供子弟们骑乘不说，浩浩荡荡的马车队往来于城乡之间，驰骋于广阔的田野与草场，秋收之后，他骑着高头大马，率领马车队，挨村逐户向佃农收租，阵势显赫，好不威风气派。

李有富生成长就一个高大、肥胖、膂力过人的身躯，与其身高马大相随，又傲气十足，目空一切，一向好大喜功，争强好胜。一心想发展家业，光宗耀祖，显示自己的本领。虽有上百匹骡马，仍嫌不足，意欲大兴养马业，扩大马车队伍，尤其要寻求最优良的马种，骑最好的骏马，好与他远近闻名的大财主身份相匹配。白天想的是马，夜里梦的是马，心里筹划的是马，嘴里口口声声念叨的是马。一日上午，马车队都去城里跑运输，马夫们有空，他便来到马厩中，与长工、他的堂兄弟李有铭议论养马的事宜，尤其是如何寻求良马的问题。

说起李有铭，看似萎靡不振，呆头呆脑，衣着破旧，行为邋遢，却颇有些来历。人不可貌相，海水不可斗量，虽是个老实疙瘩，三脚踢不出一个屁来，可对于养马、相马，却有一肚子学问。在那养马业发达、相马士吃香的时代，他的祖先就干起了相马的行当。从他父亲往上数，到爷爷、太爷的早八辈子，都是相马的，靠给人相马，也就是专门鉴定马的优劣好坏挣钱，养家糊口过日子。虽没有积攒下什么家业，可积累了满脑子相马、养马的知识。传到他手上，仍然是个相马匠。到清朝末年以来，由于朝廷腐败，外患不断，内乱频仍，兵荒马乱，社会动荡，养马业萧条，相马匠也缺生意做，光靠给人相马难以维持生活，便来到李老财家给他养马。李老财酷爱马，意欲发展养马业，也知道李有铭颇有相马学问，便来同他闲聊如何相马，如何寻求良驹好马的学问。

"有铭老哥，干的怎样？喂马喂得顺心不顺心？"李有富问。

"谈不上顺心不顺心。"李有铭回答并继续说，"都是张口货，要吃、要喝，知冷、知热，有脾气，吵闹、叫唤、还咬仗、尥蹶子，得没日没夜的侍候，弄不好会出乱子。喂养这群畜生也够累人的。不过，看着它们吃草嚼料的劲头，吆喝它们，它们也能听懂人话，也有灵性。你待它们好，它们也听人话，有苦有乐。倒把家里的烦心事撂在一边去了。"

李有富又说："言归正传，你们祖上都是相马的，你把相马的事说来让我听听。"

"三句话不离本行。你愿意听，我便给你说来。"李有铭接着说，"相马这个行当，如今目下眼前，虽然不景气，可也是一个正经行业。七十二行，行行有学问，行行出状元。要说明白，须从头说起。"

正说着,赵老师找上门来了,"在贵府里找不着你,嫂夫人说你到马厩去了,我便找到这里来了。"

"有什么急事?"李有富问。

"没有,没有什么急事,是娃娃们打架的事。"赵老师说,"你儿子李春光仗势欺人,打了别的学生,我已教训处理完了,给你说一声,请你不要护短。"

"那是自然。"李有富说,"没有要紧事也罢,我们在议论相马的事,你愿意听,就坐下来一起聊聊。"

"最好,最好。"赵老师说,"整天在学生娃群里混,似一群麻雀,叽叽喳喳,吵吵嚷嚷也够烦人的,换个话题,听听也好。"边说边坐了下来。

李有富看了看李有铭说:"你接着说相马的事。"

"要说相马,得从伯乐说起。"李有铭继续说,"他是相马的老祖宗,伯乐是秦国人,祖宗八代都是相马的。他跟其父亲学相马开始,相到四十多岁了,仍是个相马士,没积累下家业,也没有什么社会地位,因此被人瞧不起。老婆唠叨埋怨不说,连儿女们都轻视他,心中颇不是滋味。此时,他从同行那里得知,太子嬴政也是爱马如命,他忽然眉头一皱,计上心来,动了给嬴政献马的念头。凭着他丰富的相马术,四处寻求,终于得了一匹没有一根杂毛的枣红色良马,精心饲养、训练。马是很有灵性的牲畜,善解主人的用意,冬练三九,夏练三伏,终于练出了日行千里、夜行八百的能力。伯乐便寻机会把这匹马献到了嬴政的手中。

"人是穿鞋戴帽各有所好,嬴政酷爱马,又信迷信,一见这匹枣红色的马,颇有喜气,便生三分高兴,又骑着试用,果然不错,迅捷如飞,迎着朝阳东行,一天工夫便到了东海边。翌日清晨,伫立海岸看海,若观仙景一般。旭日冉冉升起,海潮波涛汹涌,恰似海潮将太阳托起。联想到枣红马如海潮一样,欲把自己推上天子宝座。不久之后,嬴政果然继承了父亲的宝座,当上了秦国的国王。

"嬴政更把这匹枣红马当作国宝,并在召见楚、齐、燕、韩、赵、魏六国使节时,在他们面前加以演示、夸耀,各国使节当见这匹枣红色骏马的奔驰,快如闪电,疾如狂风,前蹄、身子、后蹄伸成一条线,肚皮擦着地,于地面上飞跑，尘土在马后飞扬，好生了得。嬴政又乘着这匹马巡游秦国各地。所到之处，百姓人山人海，夹道欢迎，当见该马浑身上下，火炭般泛红，无半根杂毛，闪耀着丝绸一样的红光，从头至尾身长一丈，从头到蹄，身高八尺，嘶鸣若山洪咆哮，奔跑似腾空入海之状，是何等的威风气派！再也想象不出比它更好的马了。

"千里马易得，伯乐难求，嬴政体会到识马是件天下难事。伯乐献上千里马，立下了功劳，便给他封了官，从此才有了伯乐相马之说，伯乐便有了出头之日，扬眉吐气，欣喜若狂。他的妻子、儿女都对他刮目相看。"

赵老师插嘴道："说到相马，早在秦国的伯乐之前就有了。早在三千多年前的周朝，就出现了专门鉴定马的职务，叫'质马'。到了春秋战国时期，由于战事频繁，对良马的需求量大大增加，促进了养马业的发展。伴随马的重要性和对马的认识，产生了相马的学问，用以识别马的优劣。进而产生了以相马为职业的专家。接着制作了良马标准的马式，作为选择良马的样板。由于判断良马的角度、方法、标准不同，因而形成了相马学的各种流派，如赵国的王良，秦国的九方皋等。最出名的当属秦国的孙阳，他著了《相马经》一书，世人敬仰他相马的技术超群，而称他为伯乐。《相马经》一书和伯乐相马一直流传至今，反而把伯乐的真名——孙阳给忘了。"

李有富望了李有铭和赵老师一眼说："你们两个讲了这么多来龙去脉，究竟怎样相马还是没有说。"

李有铭解释道："我这就说如何相马。从马的外形看，耳朵要尖而小，如斜削的细竹筒，转动灵活，耳听八方，说明听觉锐敏，好驯养；眼睛大而有神，如铜铃一样，方能看得远，辩的真，表明心肺功能好；鼻孔大则肺活量大；牙齿尖利则胃口好，背欲短而长；脊欲大而抚；宽阔的胸膛，才能吸入更多的空气，因此胸要直而出，腹下平而满，腿细而长，则能快跑；蹄盘大则着地稳。若是这样，便可以判定它是好马。

"有了相马的学问，就有掌握此学问的人，即相马士。伯乐便是相马士。到了汉朝，有名的相马士有东门京、伏波将军马援，还有金日磾。"李有铭说。"

"有铭兄弟说的对，"赵老师补充道，"我也说说如何相马。根据古人相马的经验，鉴定马匹时，要选择地势平坦、光线充足的地方。鉴定方法有眼观、手摸、尺测等，分为驻步鉴定和步样鉴定两种。驻步鉴定时，与马相距一丈至一丈五尺左右，首先目测马的品种、类型、外貌、体质、气质、体形结构及营养、健康状况。然后按头颈、躯干、四肢的顺序鉴定各个部位，最后再进行步样鉴定。

"从内外角度讲，有外貌和体质两个方面，必须把二者结合起来。要选择那些体形俊美，各部位发育正常，匀称协调、体质结实、力速兼备、气宇轩辕的马。"

"什么是马的气质呢？"李有富问。

李有铭抢先答道："所谓马的气质，就是马的悍威，与它表现的风采、品位有很大的关系。而且与马的体力及饲养管理相联系。公马有烈悍、上悍、中悍、下悍之分。越强悍烈马，越力量大、速度快。在鉴定时，对公马和乘马有更高的要求。

"头有直头、兔头、半兔头、凹头四种，凹头者最差池。颈有直颈、鹤颈、鹿颈，越后者越不佳。背要广而平直，腰部宽短者为佳，凹腰与凸腰者皆不佳。胸廓长、深、宽者为好。"等等。

李有富说："这还差不多。经你们这么一说，是良马，还是劣马，就好辨别了。"

赵老师又补充道，汉武帝为了反抗匈奴的侵略，到处寻求好马良驹。在伊犁和巴尔喀什湖一带寻得乌孙马，即西极马，在大宛获得汗血马，称为天马，在凉州一带的渥洼地获得野马，命名太乙天马，并做了太乙之歌："太乙贡兮天马下，沾赤汗兮沫流赭，骋容与兮驰万里，今安匹兮龙为友。"意即太乙天神赐给我的是天马，奔跑起来流着赤色汗和唾沫，放开驰骋，可以超越万里，只有腾云驾雾的龙才配得上与它做朋友。此后，西域的天马良种，与凉州的太乙天马杂交培育，优化改良，培育出了凉州大马，进而繁衍生殖，迅速发展，组建成了强大的骑兵，打败了匈奴，使汉朝的边境安宁下来，由此出现了"天马行空"的成语，国都洛阳则传唱：凉州大马，横行天下的歌谣。

李有富又问："凉州大马有什么好处？"

赵老师答道："凉州大马的好处是体格高大，威力强大，速度快，蹄脚坚硬而耐磨，且能走左右摆动的对侧快步，适合装备全幅披挂的重甲骑兵。在漫长的丝绸古道上行走，体现了中华民族昂首挺胸、勇往直前、奋斗不息的精神。对马的厚爱和崇尚，反映了一种人文意蕴，与龙文化一样，反映的都是中华民族的民族精神，即所谓龙马精神。"

李有铭又接上说，"好马还得会喂养，会训练、会驾驭。据我们的祖上说，好马要有好主人、好骑手，有好草好料，会使唤。"

赵老师说："你说得完全对。相传，汉朝培育出的纯种凉州大马中，有一匹枣红马，脾气异常强悍火烈，能日行千里，夜行八百，驮物千斤，驾车拉万斤。万马奔腾中它跑在最前面，它一声震天般的呼啸嘶鸣，群马皆惊慑发悸跟进。但它很挑剔，日食上等豌豆十斤以上，好草一百多斤，非南山的冰雪水、泉水不饮，非冰草不食。平庸的骑手一个蹶子就甩得老远。非高明的骑手不能驾驭。汉武帝将这匹马赐给骠骑将军霍去病，真是良马遇上好骑手。霍去病自然是懂马识马的，每天好草精料喂养，清泉水饮用，每次骑乘、训练回来，都定时定点遛马，洗涮干净。稍有不适则仔细诊断、调理。人识马的脾性，马懂人的用意，马对人是心领神会，缰绳的松紧，腿脚叩的轻重，口哨的声调，无不体会尽晓明了，莫不配合默契。霍去病骑着这匹宝马良驹，在前头奔腾驰骋，嘶鸣呼啸，率领千军万马，奔腾冲刺，方踏平了匈奴。

"霍去病部下有个张将军，把匈奴打败后，被派到管辖古堡地方的郡城，驻扎下来治理地方。张将军跟随霍去病与匈奴作战，东西驰骋，乘骑几多马匹，身经百战，深知马的重要，也颇晓马的脾性，对马怀有深厚的情谊，养成了酷爱马的嗜好。战争结束，刀枪入库，马放南山，可张将军爱马、惜马习性仍旧，仍然潜心喂养带回的马匹。尤其他乘骑的一匹枣红色的千里驹，酷爱有加，不曾稍减。后来，这匹立下汗马功劳的好马终就衰老死亡，他疼惜万分，难以忘怀。

"古人云，'祸福相依'，宝马良驹依然。因为是尤物，福固所至；也因其优良，祸也来临。原来，越是好马，越勇猛迅捷，也越悍烈，性子上来，最难收拾，难以驾驭。人们为了好驾驭，便在其未长大成年前割去其睾丸，使其丧失繁殖能力。这一割不要紧，虽然其体力不减，马的性格温柔多了，可马的悍烈少了，勇猛也减了，不成其宝马良驹了。最糟糕的是马的繁殖能力衰减了。宝马良驹的发展繁衍大受影响，难以维继。"

李有铭接着说："你说的，我也听人说过，为了保留天马的品种，张将军派部下四处寻觅，后来终于在一个马场找到了这种马的母马和马驹，高价购买了回来。越是良马越是难以繁殖培育。而且良马不乱伦，不与其兄妹调情，不与产它的母马交配。张将军的部下为了保留这种稀少的良马纯种，在冬去春来，马匹发情季节，用好草精料喂养，加入鸡蛋促其发情。在交配时节，将作为种马的儿马与母马的眼睛蒙住，诱导其交配，终于交配成行。

"在交配成行，马夫们兴高采烈，揭下蒙眼睛的布带之际，发生了惊人的一幕：马驹子发现它所交配的母马正是生产它的母马，烈悍的性子顿时若火一样的点燃起来，爆发开来，乱蹦乱跳难以收拾，竟至挣脱主人往前疯狂地奔跑而去。人们都夫追捕。人哪里追得上马跑，儿马顷刻跑得无影无踪。主人带一班人向着马跑去的方向，沿着马蹄印迹寻去，寻来追去，来到一个悬崖陡坡面前，断了踪迹。左顾右看企图寻到新的去向和踪迹。正在人们东张西望之时，又一个令人惊愕的镜头出现了，有人惊叫着指向悬崖下面，众人顺其手指所向，儿马躺在那里。显然是跳崖而死。原来，它为与母亲交配而羞愧，为乱伦而懊恼，气愤至极，竟然跳崖自杀。

"在场的人大为惊讶，他们虽然知道马有灵性，懂得主人的心意，会遵照主人的口令走停奔跑，或站立起卧，万万没有料到，它还竟有马不乱伦的灵性与操守。以至于因乱伦而自杀身亡。只好如实禀报张将军。"

赵老师接上说道："张将军在马背上奋战了几十年，与马赴汤蹈火，同甘共苦，同命运共呼吸，对马怀有深厚的感情。他识马、懂马、爱马、疼马、惜马、怀念马，何曾些微淡漠、忘怀。而今，对马的灵性又有了更深刻的认识——不乱伦乱序。对马的灵性又升了一档——纯洁、神圣。因此，敬仰马的精神，崇敬马的俊美、刚烈、力量、速度、气节、神圣。

"老人都有怀旧的习惯，张将军亦然。特别对那戎马倥偬、壮怀激烈、出生入死的军旅生活岂能淡忘，无不时时刻刻在脑际萦怀。马的形象、马的气质、马的勇猛、悍烈、马的奔腾跨越、赴汤蹈火怎能消失，人之将亡，更加耿耿于怀，念念不忘。

"他想记录它、反映它，但马没有语言；他想画马，把马的俊美悍烈画下来，可他只是一个骑手，缺神来之笔。于是请来赵画师，在丝绢上给他画马，可是赵画师不是骑手，并不真正识马、懂马，只可描形，不能显神。难以反映马的风采、悍烈、速度，画稿一张又一张，张将军总缺感觉，看不上眼。

"他又请来高明的柯木匠给他刻木马。数月之后，雕刻出一架架木马。张将军睁眼一看，所有的木马虽然有头颈，有躯干，有四肢，有尾巴，亭亭玉立，但就是缺少生机活力，木呆呆的，没有他心目中那种奔腾跳跃、昂首嘶鸣的动态和雄姿。

"他又请来一位素有名气的雕塑匠，意欲用红黏土塑马。采最好的红胶土，碎土、磨粉，筛了又筛，箩了又箩，合泥、揉泥、制支架、塑泥巴，塑出一座座有鼻子有眼、有棱有角的泥马，可总是塑不出马的强大力量和风驰电掣般地速度。且泥马远不及原马那种钢筋铁骨和结实牢固的肌肉，总是心不满，意不足。

"最后，他又请来铸造五铢钱的郑铜匠，与之商议铸铜马的事宜。郑铜匠翻阅了赵画师描画的一张张骏马图，远观近看，仔细辨别其优缺点；又一件件看木雕马，抚摸它的各个部分，体会它的长处、短处；又退到旁边，观察它们的轮廓；紧接着，郑铜匠又观看一座座泥塑马，先远处观它的形态，又趋到跟前，认真端详泥马的细枝末节，欲寻觅其美中不足。

"接下来，郑铜匠又询问张将军对马画、木刻马、泥塑马的评价。张将军说，真马可以从四面八方围观它、抚摸它，而画马则不能，且文静有余而生动欠缺；木马倒是可以绕着它看它的各个方面，可没有活灵活现，缺良马的欢蹦乱跳，总摆脱不了木头木身子的感觉；泥马虽对马的神态、肌肉纹理反映细腻、真实，却反映不出马的强大有力、飞速奔跑的动态和悍烈，且不结实牢靠。若能做一些能够从四面八方围观、抚摸，又强劲有力、奔腾跳跃、剽悍火烈、好马良驹的那个样子，则最是极好。"

李有铭又说："马虽然都长四条腿，但奔跑的姿势和步伐并不一样。有些马奔跑起来，要么是前蹄子都离地，后蹄子都着地；要么是前蹄子都着地，后蹄子都离地，马体颠簸得很厉害，而有的马奔跑起来却是对侧步，即或者是左前蹄、左后蹄同时离地，右前蹄、右后蹄同时着地，或者是左前蹄、左后蹄同时着地，右前蹄、右后蹄同时离地。其步伐不是前后蹄交替前行，而是左右蹄交替前进，未骑过马的人体会不到，用这种对侧步奔跑，马的身体比较平稳，骑马者比较舒适。铸马应当反映这种步伐。"

"你说得完全对。"赵老师接着说，"为了把马铸造好，郑铜匠建议，应做一次赛马演示，并请赵画师、柯木匠、米塑匠都亲临现场观看、体会。张将军采纳郑铜匠的提议，专门组织马队在草原上竞赛，为了让郑铜匠他们看个仔细，与兵士一起，亲自骑马在草原上驰骋奔跑，来回演示了几圈。

"观看之后，郑铜匠又说，要把铜马铸得栩栩如生，让你心满意足，必须请画师、木匠、泥塑匠与我通力合作。各取其长，各避其短，先画出马的图样，让将军和大家评品，若不行，再重画，直到满意为止。再依画图做出木制样品，再对照木制样品进行修补完善，若你满意，再套制出泥土模具，然后将铜液浇铸于模具内成形，冷却后取出样品进行评品，一下不行再次，再次不行第三次，直到你满意为止。"但是，张将军终因年迈力衰，未等铸好铜马，就走完了人生历程。留下终生遗憾。

"张将军的儿子及孙子们相继承袭了他的职务，也为了完成他的遗愿，继续依郑铜匠的意见，便要求大家如此这般，不厌其烦地进行劳动操作。经过多年的辛劳，终于铸造出了活灵活现、欢蹦乱跳，大家都心满意足的良马样式，继而又制作出了气势非凡、排列有序、将军出行的仪仗俑。面对着这些个宝马良驹的样式，雄赳赳气昂昂的仪仗队，子孙们仿佛又回到了老人当年的军旅之中和沙场之上，发出慷慨激昂的感叹，不时观看欣赏、抚摸评品，回忆着老人爱马、惜马、怀念马、失马、崇尚马的心情，理解着他脱离军旅、离开戎马生涯的失落感及他平静、但苍凉的和平生活。

"他的儿孙们深知老人爱马、惜马的习性，为了表达儿孙们的孝心，便将其生前追求的铜马、仪仗俑合葬于他的墓穴中。并在其墓旁尽孝、守墓数年。张家的子子孙孙护坟不止，敬香拜谒不停。"

赵老师补充说，历史进到了唐王朝，朝廷亦十分重视养马业。"出师之要，全资马力，"为加强军力建设，在管辖古堡一带的郡城设置监牧，专司马政。自贞观至德麟年间，良马蕃息达七十万匹，分八坊四十八监，以致天下以一缣易一马。唐玄宗李隆基在早年时，曾主持过古堡所在郡城的马政，任检校陇右诸牧监使。他的副手王毛仲在郡城养马多所建树，备受唐玄宗宠幸。当王毛仲在开元十三年出嫁女儿时，他还派丞相宋璟去祝贺。王毛仲的儿子刚出生，就被封为管马的五品官。可以说，王毛仲的儿子是中国历史上最年轻的马官。

安史之乱后，兵祸频仍，战乱不停，边防削弱，地方不宁，各种社会势力纷争不息，水利失修，土地荒芜，旱魔施孽，森林毁于战火，草原干裂，饲草枯萎，神骏干渴难耐，逃的逃，死的死，只有那能耐干旱的骆驼，尚能在沙化的土地上生存，填补马匹留下的空隙。

古堡地方张家可能就是张将军的子孙，张将军的坟墓及陪葬品铜马等，既未载于史册，也无家谱流传，更无书籍述说。张将军的子孙因为生计问题，或居原地，或奔走他方，随历史潮流而变化。古有改朝换代平坟墓的规矩，随着历史的变迁，朝代的更迭，古堡地方各姓的坟墓，也是平了又建，建了又平，张将军的坟墓也早已被平了，几世几劫，在其之上又不知盖过多少房舍，毁过几多建筑。原来的地方亦是面目全非，无人知晓，陪葬于其中的铜马，也是无人所知，仅仅留下些如风似雨的传说，时断时续，在古堡地方的乡民中流传着。乡民们只忙春种秋收，操心过日子、度岁月，谁把千百年前的传说当回子事情。

"历史发展到了清末民初，古堡地方又在上演新的兴衰史。张家、赵家衰落，王家子孙惨淡经营，你们李家则交上了好运，家业一年比一年扩大、发展，还要再兴养马业。"赵老师说。

李有富听了这些历史故事之后，又问李有铭："照你的相马经，我家这一百多匹骡马该如何看？"

李有铭反问："你是东家，我是长工，你是想听长工的话，还是要听相马者的话，也就是说，你想听真话，还是要听恭维、奉承的话。"

李有富答道："我当然要听真话，不想听恭维的话。"

李有铭说："你若是这样，那就恕我直言，我也不当马屁精，也不拍你家马的屁股。实话实说，你这一百多匹大牲口，除过骡子，只说马，大致可分三种类型。最好的是你乘骑的那匹枣红马，个头也大，毛色也可以，往最好哩说，勉强算个二等马；再下来是第三等，就是雪里白、菊花青和干草黄，其余的那几十匹马，就上不了等，挂不上齿了。"

要是没有赵老师在场，李有富可能就发火了。因为有赵老师在，才不便发作。他听了这个评价后，睁大眼睛，愣了好大一会，眉头皱成了疙瘩，脸色青一阵、紫一阵，双下巴的嘴唇子撇了又撇，与头一样粗的脖子上青筋一鼓一鼓，直待平静下来后方说："原来是这么个样子，与我的看法大不一样，真是出乎我的预料。我原以为，在这方圆几十里之内，再没有比我家好的马了！"

"东家你听我细说，"李有铭又解释道，"不怕不识货，就怕货比货，拿你的马与骑兵队伍的马一比，立马就显出优劣。你的这么多马，若让骑兵挑的话，最多能挑上七八匹，就是枣红马、雪里白、菊花青、干草黄等这些，其余的马，很少能挑得上、上得了阵的。"

听到这里，李有富拍大腿、动脚，似乎又沉不住气了。

赵老师看在眼里，明在心里，插话说："有铭说的不无道理，且听他细说，叫他说完。"

李有铭继续说，"就你最好的枣儿红来说，虽然它红的发亮，可仍有杂毛，粗略看不明显，仔细一看就能发现。真正纯种的宝马良驹是没有杂毛的。有杂毛就不是纯种。其他的那三匹马也有这种情况。至于其他的几十匹马，毛病可就多了。除了个头嫌小外，有的马头，不是凸头，就是凹头，耳朵也过大。这种马头绝非良种的马头。再说脖子，有的马颈像鹤颈，有的马颈像鹿脖子，都不理想。有的马腰背，不是凹的，就是凸的，说明发育不良。不是良马的腰背。有的马胸廓不够长，不够宽，不够深，说明心肺欠发达。我是相下马的，又是给你喂马的，添草喂料时，顺便提提，就连马尾巴也欠尾力，说明缺乏抵抗力。特别要论到马腿，懂马的人都知道，马腿细长、蹄子大的跑得快、着地稳，而你的这些马，大都是粗腿小蹄子，拉车驮物可以，若乘骑、奔跑则不行。"

李有富听到这里才点了点头。

赵老师又补充道："有铭说的在理。我看书看的杂，家里也有相马的书，闲来无事也顺便翻看，有时也听人议论马的长短，间或也有说到你家马的。远近几十里乡村之内，数你家马最好，可是，山外有山，楼外有楼，若与官家的马比，与骑兵的马比，那就比下去了。人也往往囿于自家的圈子，总觉得自家的好，一跳出这个圈子，把眼光放大点，看远点，情况就不一样了。这也难怪你，人人都一样。"

李有富这才心平了，服气了，便慢腾腾地说："是有理，看来，我的这一群吞料、吃草的畜生，也就是这么个样子。"

可是，李有富向来是一个好出风头，不甘居于人下的人。他也不愿自家的马不如人家的马，不仅自己要比别人财大气粗，自己的马也应比别人的马强。更兼李有铭、赵老师把他家的马评价成这个样子，刺激了他的神经，伤了他的自尊心，觉得丢人。他决心要花些本钱，添置宝马良驹，争这口气，撑撑门面，骑上上等马，四处走走，耍耍威风，也不亏我李老财的身价。于是他日思夜想，思谋出两个主意。一个主意是把村民传说的古人张将军子孙所铸的铜马寻找着，再一个是骑上他的枣红马，带上李有铭，到城里的骡马交易市场和马场去看看，意欲寻购到真正的宝马良驹。

可是，李有富欲兴养马业，寻找宝马良驹的梦，终就是一个难圆的梦。他是乡下的一个土财主，孤陋寡闻，他哪里晓得，他所依靠的蒋介石已是江河日下，到行将灭亡之际，解放军已由战略防御转入战略进攻，国民党军队处处被动挨打、节节败退。且为了扭转败局，四处抓壮丁、派马签。他来到骡马交易市场，则一片萧条冷清景象，仅有几匹老弱病残的马匹，虽有人卖，却无人问津。他又要去马场，李有富偕同李有铭，一日来到有山有水，风光旖旎，脚下一条河流由高而下，随地势拐弯抹角，拍岸撞石、湍急而流，河水清澈见底，河中怪石嶙峋，激起堆堆雪白的水沫。他正在俯视河水，突然一声鸟鸣，抬头仰视一只雄鹰在山峰上翱翔，但见一座座山峰，有的像莲花、有的似蟠桃，山上松柏茂密，林中间隙一股瀑布若匹白练飘洒而下，煞是好看。在近看河水北岸山崖上，一层层、一间间石窟依山势而建，再走到山脚前一个石窟，之间刻着"马蹄寺"三个大字，在看说明，只是字迹斑驳，仿佛是说天马行空、腾飞路过此地，被这里的美丽风光所吸引，边奔走边欣赏、在悬崖绝壁上三蹄腾空，一蹄着地，踩下了一个深深的马蹄印，由此取名"马蹄寺。"

此时天色已晚，便暂时吃住在寺中。椐僧人讲，北凉王的母亲路过此地时突然病重，进而辞世。北凉王就地为母亲举行葬礼，在发送那天，空中出现五色彩虹，彩虹中间似有八瓣莲花，下雨似绛各色鲜花。待葬礼结束，花雨连同彩虹随之消失。后来，每逢这葬礼祭奠日，空中再现彩虹，洒下花雨，且奏出美妙动听的仙乐，凉王醒悟到，此乃母亲显灵。并回忆母亲的世时，就乐善好施，救苦救难，主张多做好事，勿犯恶行，祈求风调雨顺、五谷丰登、六畜兴旺、保佑乡亲国泰民安，言出即行。

凉王为了孝敬母亲、纪念母亲，发扬他的高尚精神，便在北山崖上开凿了洞窟，塑造了母亲的巨幅雕像，及时祭奠，马蹄寺从此香火兴旺世世代代不断、千百年传承至今。

第二天，他们离开马蹄寺赶路到大马场，站到山坡上望去，只见辽阔的草场上，成千上万的马在那里吃草，红的、黄的、白的、黑的，大马、小马都有，到傍晚，牧马人一声呼啸，马群皆往马场的棚栏走去。第二天天一亮，他又来到原地方，只见旭日之下，一马当先，万马奔腾，往草场跑去，好个阵势。他来到马场大门前一问，却碰了一鼻子灰。别说挑选购买，就是连大门都不让进，守门的说："这年月，兵荒马乱的，有今天，没明天，谁来与你谈马生意。"只好没精打采的往回走。

至于张将军的铜马，更是捕风捉影的传说，摸不着门道，找不着下落。东奔西跑，忙碌了一个月，搞得人困马乏，空手而归。

未料，刚进家门，抓壮丁的、派马签的就登了门。抓壮丁好打发，有的是钱和粮，出一个壮丁的雇丁费，千儿八百斤麦子了事。可是马签是硬任务，无马的出钱，有马的必须得出马，且必须是好马。

李有富意欲发展养马业、购买宝马良驹，可他的打算是逆潮流而动的，连同他所属的阶级反动派，都是行将灭亡的社会势力，到了日薄西山，气息奄奄，他的美梦如肥皂泡一样，也只有破灭的结果。

第三集 血沃古堡

官逼民反　王兆民亡命刑场
前仆后继　张梦飞梦断古堡

　　清朝末年，清王朝反动腐朽统治，导致外患频仍，内政腐败，处于摇摇欲坠之中。为了苟延残喘，维持反动统治，又横征暴敛，开征名目繁多的苛捐杂税，搜刮民脂民膏。更兼水利失修，连年干旱，庄稼歉收，饥荒不断，古堡地方人民处在水深火热、饥寒交迫之中。知府知县不思救灾救民，反而加征田粮赋税，乡约保长借收税、收捐、征兵，层层加码勒索，日夜催交，逼得乡民走投无路，怨声载道。

　　古堡乡民王兆民、张梦飞，与众多乡亲同命运、共呼吸，一起挣扎在死亡线上。当此贪官污吏横征暴敛，乡亲民怨沸腾之际，岂能无动于衷，等闲视之，坐以待毙。

　　王兆民仅兄弟两人，弟弟是老二王先民。他们祖祖辈辈以务农维生，幼年丧父，难兄难弟由寡母抚养。弟弟生性软弱，胆小怕事，一心务农持家，而王兆民则逞强好胜，好管事情，且跟清末武举的祖父习武，练得钢筋铁骨、肌肉发达，膂力过人，武艺高强。更兼生性直爽豪放，好见义勇为、打抱不平，多行扶贫济困、帮人危难，颇有"雪中炭"之美誉。

　　有一年，县城的陈铁匠在饥寒交迫的无奈之中，偷了观云台中关公的大刀打铁器换口粮，被地方豪绅发现后欲处死他。陈铁匠的妻子耳闻王兆民好打抱不平，便情急生智，找王兆民母亲说情求救。王母嘱咐大儿子设法搭救。王兆民于夜里潜入关押陈铁匠处，把捆绑他的绳索结子解开，将其放了，并给了盘缠让其远走高飞。为了掩人耳目，复挽好绳索疙瘩，制造了摆脱索套、自行逃跑的假现场。

又有一户周姓人家，为老父生病、医病、治丧，致生计困难，把土地暂时典当给李老财家，换取典当费，立下字据，日后赎回。当周家度过危困时日，依约要赎回土地时，李老财家出于扩张家业之目的，仗势欺人，故意设置障碍，刁难周家，阻挠其赎回土地。周家亦素知王兆民好打抱不平，便找他求助。王兆民早也闻知此事，更觉周家依据合约赎地理所当然，便帮周家找李家论理。李家知道王兆民艺高胆大，为人仗义，且理亏于周家，不敢拒绝，只好收了典当费用，归还了土地。

此类打抱不平之举多多，不再赘述。

当此民生凋敝、民怨沸腾之际，王兆民便联络同乡好友、习武师弟张梦飞起事。鸟有头就飞，人有头便起，此时民众若干柴一堆，只要遇火就会燃烧起来。当王兆民、张梦飞一声号令，乡民便群起响应，数千乡民进县城到县署请愿，要求豁免加征税赋，县署对乡民的合理要求则置若罔闻，不予理睬，进而激化了民怨。愤怒的群众推倒巡警岗楼及巡警总头目的豪宅，更使矛盾激化得难以收拾。当局增派大批训练有素的骑兵军警进行残酷镇压。暴动乡民本是在田间分散劳动惯了的，并未进行军事训练，也缺武器装备，更无严密的组织和纪律约束，如何经得起大批军警的镇压，结果被铁骑冲击得四零五散。请愿首领王兆民侥幸逃入南山之中。军警抓他未着，便抓跟他举事的人，逮捕了许多群众，欲治犯上作乱之罪。王兆民不愿连累乡亲，也为了保护师弟张梦飞，主动投了案，结果被押解到省城，投入监狱。

王兆民被押解到省城后，官府藩台设酒宴利诱，以要职、厚禄进行收买，要其交代举事实情与谋事同志。王兆民丝毫不为所动，且一脚踢翻了酒席桌子："汉子做事汉子当，要杀要剐任你们！"官府见利诱收买无效，便将他杀害于刑场。他以鲜血和生命闪烁出了民主的曙光。

当年曾被王兆民搭救出来的陈铁匠，闻讯救命恩人被押解到省城，主动多次前往探监，并企图设法搭救，结果未能如愿。在异常悲痛之际，购置棺木到刑场收尸成殓，并雇脚户拉运到家乡，与其弟弟王先民、其妻与幼子，把他予以安葬。

清王朝封建势力与广大人民的这种压迫与被压迫、剥削与被剥削的矛盾，若水火难容，岂能靠镇压所能解决。杀了王兆民，自有后来人。广大人民已经不能照旧生活下去，反动统治亦不能照旧统治下去，不是被推翻，就是被镇压下去。不是鱼死，就是网破。被师兄保护逃走的张梦飞，继承师兄的遗志，继续进行着反抗清朝在古堡一带封建统治者的斗争。

张梦飞，外号叫"张猛子"。名副其实，一幅雄伟壮实、勇猛威严的仪表。他生长得虎头虎脑，四方大脸，浓眉大眼，突楞鼻子，厚唇大嘴，两轮大耳紧贴脸的侧面，虎背熊腰，长臂大手，粗腿大脚，且天资聪慧敏捷，耿直豪爽，声音洪亮，说话若敲钟一般，嗡嗡灌耳，震人心扉，浑身鼓着力量，充满沉稳与自信，一看就是一个顶天立地的汉子。

张梦飞出生于一个殷实家庭，幼年入当地的私塾读书，因他性情豪放不羁，宜动不宜静，对死啃四书五经缺兴趣，对硬记八股文没耐心，而对《水浒》《说唐》等小说饶有兴趣，爱不释手。尤对书中的英雄人物、画像痴情、着迷。边读边临摹，甚至在课堂上看小说、描摹画像。这还罢了，更在于佩服、崇拜小说中的英雄豪杰，欲立志长大后要做打富济贫、除暴安良的《水浒》好汉。古堡乡民云："少勿读《水浒》，壮别读《三国》。"意谓少年读《水浒》，容易将他们引上打富济贫、犯上作乱、图谋不轨之路。其实，官不逼，民何反。这当然是一种多虑和担忧，可对于张梦飞却是一言中的，即妨碍学业，也影响了他的志向。

果不其然，他在课堂上看小说、临摹《水浒》人物画像的事被老师发现，引得老师大发雷霆，严厉训斥，并罚他一天之内画出一百二十个《水浒》人物头像。出乎老师预料，张梦飞欣然接受处罚，一声不吭地画将起来，按规定时间和数目画了出来。当作处罚的额外作业，呈送给老师批阅。老师不看则已，一看惊诧：形态各异，栩栩如生的一百二十个人头画像，令老师大为吃惊、格外高兴。一改此前怒目而视、责备训斥的态度，禁不住"奇童、奇童"地夸奖之词脱口而出，一有机会就大加宣扬："此生将来必成大器。"

张梦飞除了爱好小说、字画外，也和《水浒》英雄一样，喜欢打拳抡棍、使枪弄刀，同师兄王兆民一起，跟其祖父练习武艺。进而改文习武，骑马射箭。也正因为如此"不务正业"，屡考秀才不中，改考武秀才则一考中的。绘画书法，形式不同，道理一样；文艺与武艺，体各有殊，艺理皆同。心有灵犀一点通。精于此艺，理解彼艺，触类旁通，一通皆通。他既练习武艺，又兼修诗词书画，互相印证参悟，皆有长进，终丁崇武尚文，文武兼备，才华横溢于乡里。乡亲们夸奖他是文武双全之才。加上他仗义执言，打抱不平，在古堡远近闻名遐迩，多有赞誉。

张梦飞的婚姻，可谓是门当户对，佳人与才子的完美匹配。他娶的妻子是张赵氏，是古堡乡的名门望户赵家的女儿

张赵氏的父亲赵清芳，是清末进士，中进士后，先在朝廷供职，后来外派做地方知县。张梦飞则是古堡地方文武双全、家喻户晓的才子。娶了张赵氏，做了知县大人的女婿，是何等的显赫荣耀。结婚短短十年有余，不到三十岁的张赵氏每隔两年生一个孩子，一连生了五个小子，真是人丁兴旺。

张梦飞的妻子张赵氏，虽已是五个孩子的母亲，但并不显老，仍俱青春的活力与生气。她有极好的高窕而匀称的身材，比一般妇女高大，在浓密的黑发中露出端庄大方、丰满而又秀美的脸，两道柳叶细眉配着一双黑白分明的大眼睛，且闪出聪慧而慈祥的目光，深蓝色的大襟上衣和裤子，显出几分庄重，她的脚也不是从清朝走过来的三寸金莲，而是略加裹束的半大子脚。整个身子呈现出高大、慈祥、诚实、稳重、牢靠，使人不得不肃然起敬。

张梦飞自第一次暴动被镇压下去，师兄壮烈献身，且被保护逃亡后，云游国民革命热烈之东南一带，观察革命形势，阅读孙文主义学说，深受民主革命的影响，决意回到故乡，配合国民革命发展，再举义旗。他从外地考察回来后，秘密进行暴动的准备工作，筹集武器，发展力量，致力推翻古堡一带的封建统治。于武昌起义之前，再次举行了武装暴动。由于清王朝的省总督派兵镇压，终因敌强我弱，力量悬殊，暴动归于失败，张梦飞被捕入狱。

张梦飞再次暴动未成功入狱之后，武昌起义已成功，其妻子张赵氏探监看望时，将此消息悄悄告诉于他。他听到此大好消息，欣喜若狂，欢庆兴奋之际，又与一块的同志取得联系，约定起义事宜："十月二十五，先杀州知府；马踏古堡城，席卷古堡地。"同时计划买通狱卒，劫牢反狱，开监放囚，然后打开城门，在城南寺庙会合各路起义力量，取上所筹武器，壮大起义队伍，配合全国的国民革命。

未料，起事机密泄漏，知府先发制人，于辛亥革命武昌起义后的第五天，即十月十五日凌晨三时，秘密地将张梦飞杀害于县城大十字，暴尸示众。

张赵氏再次去牢房探视张梦飞。路过县城大十字，只见围着许多人，因探视丈夫要紧，只管急急忙忙地赶路，并未旁顾人群在围看什么。待他到牢房探视时，狱卒却说："看不上了，你要看到大十字看去，你男人已于夜间在那里被砍了头。"

　　张赵氏听后，简直不敢相信自己的耳朵，武昌都起义了，怎么会杀害我丈夫呢？稍一沉思后，又不得不相信。突然的噩耗，毫无精神准备的猛烈打击，她几乎昏倒过去，陪他的大孩子急忙把她扶住，才未跌倒在地。他极力稳定着情绪，强打着精神，挺了挺身子，便风风火火，跌跌撞撞，便往大十字走去。正如狱卒所说的，丈夫已躺在大十字街头的血泊之中。

　　更有奇者，张梦飞的舅老，即妻子张赵氏的哥哥，领着孩子，来到妹夫遇难之处附近，当着围观群众的面，在众目睽睽之下，裸着全身在大街上行走，在衙门附近拉屎拉尿。其孩子说："别这样，你看那么多人！"他却说："哪里有人！没有人！如果有人，你姑父这样的革命者，大好人，怎么会被杀害！"以表示对封建势力的不满愤怒。

　　此人是谁？就是古堡的名人、怪人——赵秀才。

　　其家中本是书香门第、官宦人家，其父就是受文字狱牵连、冤死的赵清芳。赵秀才生来绝顶聪明，才智过人，且博览群书，知识渊博。可他恃才傲物，好独出心裁，作文不循八股文章法，且爱用典故作对联，写奇文，讥评人事，所以屡试不第，直到中年才考上秀才。再考进士，仍因他的观点见解不合时务，终就未被录取，这更助长了他恃才傲物、蔑视权贵的怪脾气。从此之后，便失意科考，不求仕途，在私塾教书维生，兼搞吟诗填词、对对联取乐，以鸣不平，泄怨愤，排遣不平之心。他所写对联，对仗工整，切中时弊，原汁原味，有雅有俗，形象生动，惟妙惟肖，鞭挞贪官污吏，入木三分；作文哲理精妙，辞藻华丽，章法严谨，滴水不漏，仁者智者，大加赞赏；庸者俗者，和者甚众，很合众人口味，使人无可挑剔。故博得"狂生"之名。

　　一次，他路过来到县衙前，县衙六房几个"稿爷"正在那里以作对联为戏。其中一个斯文"稿爷"出了上联："兵、刑、工、礼、户、吏，六房六位案总。"要其他人对出下联。其他几位"稿爷"抓耳挠腮，苦思冥想，竟一时对不出下联。赵秀才一听，眼珠子一转说："马、牛、羊、鸡、犬、猪，一圈一路畜生。"令六位稿爷无言以对。紧接着他又补对道："稻、粱、黍、麦、菽、稷，一仓一类杂种。"对完对联后，袖子一甩，头一抬，身子一转，扬长而去，骂得几位"稿爷"又羞又恼，但无可奈何他。

赵秀才本对朝廷随意判案、草菅人命，诬陷好人，冤死其父心怀怨愤，如今又将与自己观点一样气味相投的其妹夫杀害，不由怒火中烧，难以排解，便在大庭广众之前，拉屎拉尿，光着身子在众人前行走。羞辱一班贪官污吏刽子手。

封建统治者虽然腐朽，却顽固透顶。你不打它就不倒。虽然清朝皇帝在武昌起义的强力冲击下，不得不宣布退位，可是皇帝的退位，不等于其地方势力的倒台，它在古堡乡一带的反动势力仍然牢牢地维护着其统治地盘和利益，对革命力量进行残酷的镇压和杀害。

因为它是顽固的，又是疯狂的，为了维护其反动统治，如同困兽犹斗，向它的对手进行疯狂的反扑，进行垂死的挣扎，致使革命力量受到进一步的损害。张梦飞便是这种疯狂反扑、垂死挣扎的受害者。

封建势力又是虚弱的，他们不敢面对人民群众的请愿和暴动，不敢搞公开审判，生怕公开审判自己下不了台，控制不了局面，只好卑鄙地采取秘密杀害手段，张梦飞就被这样暗杀了。可是，事实总就要大白于天下，罪行并不因暗杀而掩盖，革命者的壮举也不会因秘密杀害而埋没。

然而封建统治者又是狡猾的，两千多年的专制统治，盘根错节的势力基础，使他们练就了对付被统治者的反革命手段，不可能一朝一夕就能消失的。在民主革命的大势所迫下，它们已经名不正、言不顺，不得不变换手法，搞换汤不换药，换牌子、剪辫子，摇身一变，以民国官员的面貌出现，用孙猴子钻进铁扇公主肚子的方式，继续兴妖作怪，损害革命。随着王兆民、张梦飞等革命势力的被杀害，家产被抄没，使革命的果实被篡夺，革命者人亡家破，而封建势力仍然我行我素，继续着封建统治和封建剥削。这就是辛亥革命在古堡乡所在地方的真实情况。

辛亥革命若雨后彩虹，出现在南天天际，如昙花一现，很快又被乌云遮住了。古堡地方的乡亲们云："东虹日头西虹雨，若出南虹无干土"，果不其然，秋风劲吹，黄叶纷飞；秋雨绵绵，滴滴拉拉，天气阴霾，下个不停；凉气拂面，彻骨生寒。在如此浓浓的秋风秋雨萧瑟之下，身着月白色汗衫的张赵氏，禁不住冷得叩牙，浑身颤抖。张赵氏与她的亲哥哥"狂生"赵秀才，以及患难与共的乡亲们，强忍着悲痛，冒着秋雨，来收张梦飞的尸体。张赵氏边哭边说："这到底是怎么回事？武昌起义成功了，还要杀害民主革命的战士。"

赵秀才回答说："豺狼难改吃羊的本性，狗改不了吃屎的恶习。这是封建统治者的本能使然，不到彻底完蛋，是不会放下屠刀的。"

"梦飞死得好冤呀，眼看着革命成功了，就要出狱了，反被杀害了。"张赵氏继续哭诉道。

赵秀才解释道："历史就是这样，是由英雄和小丑共同扮演的，而妹夫是英雄，那些封建势力和刽子手，终究是小人、小丑。表演得越充分，暴露得越彻底。"

"虽然英雄，可人没了。"张赵氏愤怒不平道。

赵秀才说："时间是公道的，历史最终将证明梦飞是正确的、伟大的；人民是公道的，乡亲们自有公论。妹夫虽然死了，历史将记着他的壮行，人民不会忘记他的功劳。而那些腐朽的封建势力，残暴的刽子手，将永远被钉在历史的耻辱柱上。"

由于革命果实被篡夺，封建势力的继续统治，革命群众仍在继续受苦受难。张梦飞的妻子、孩子们，陷入了更加痛苦的深渊。

历史的曲折，使张赵氏横遭厄运，灾祸不断。先是张赵氏的父亲张梦飞的岳父，在外地做地方官任上，因遭诬陷牵连，犯了文字罪，被身首移位，家产被查抄、拍卖，娘家顿时衰落下来。紧接着张梦飞因响应孙中山的民主革命，搞农民暴动，被残酷杀害。家产也大部被查抄、拍卖，仅留勉强糊口的薄田和不能使用的马驹子。娘家、婆家厄运连连，灾祸频仍，所有不幸，一下子都降临到了张赵氏的头上。五个孩子，即张松林、张柏林、张杏林、张竹林、张茂林，老大十岁，以下一个比一个小两岁。张赵氏失去了丈夫，五个孩子没有了父亲。失去亲人的悲痛，精神上的打击，生活的重担，全压在了张赵氏的肩上。一个官宦人家的千金，才子的夫人，一下子落到这步田地，真是从天堂坠到地狱，陷入无穷无尽的灾难、困苦之中。短短时间，若风刀霜剑肃杀繁茂草木一样，将张赵氏的青春与活力减刹了，把丰满壮实的身姿瘦损了，整个人儿换了模样，衰老了许多，唯一没变的是笔直的腰杆仍挺立在那里。命运是多么不幸，现实是何等无情！为了孩子们，只有逆来顺受，认命、从命。面对现实，接受现实，把唯一的希望寄托在孩子们身上过日度月。

辛亥革命的成果被篡夺后，古堡一带地方的统治者，依然是一帮腐朽的封建官员。省上的都督就是袁世凯安插的亲信、红人。他上行下效，利用手中的权力，到处安插亲信、爪牙。在管辖古堡乡的县城，也安插了他的亲信、爪牙郑士仁。他当官就是为了捞一把。一上任便着手敛财纳贿，无所不用其极。利用催交欠粮、欠款和诉讼案件，千方百计勒索老百姓。居然在公堂上设一木架，专门吊打欠粮、欠款和其他受害者，老百姓称之为"人肉架子"。已经民穷财尽的乡亲，遇上这个凶神恶煞，真是雪上加霜，难以活下去了。

古堡一带，因历史悠久，文化积淀深厚，多有文化名人和在京城及外地官宦人家的后代，珍藏有祖上遗留的字画古玩，也成了郑士仁猎取的对象。古堡乡赵家自然免不了搜刮。赵清芳因文字狱牵连，早已查抄，他仍不放过。听说赵家有某画家所画的画卷，意欲强迫收购，本人视为祖传宝贝，不愿出卖，便逮捕关押，进行讹诈，硬是被勒索了去。张梦飞因素爱字画，亦有收藏，加之闹暴动斩首、查抄，所剩无几，仍然骚扰不已，没完没了。听说其遗有某名画家的画卷，以鉴赏为名，强制借去，结果是肉包子打狗，有去无回。

字画古玩等文物，本是文明的见证，历史的记录，可是在腐朽势力猖獗的年代，却成了野蛮掠夺的对象。革命者本是推动历史进步的新生力量，但在反动派当道的时候，却成了被摧残的对象；革命是历史的火车头，可反动势力则欲将革命扼死在摇篮里。在辛亥革命后军阀混战的历史条件下，新生事物与腐朽势力，革命与反革命，进步与反动又展开了新的斗争，新的较量。革命家属反沦落为罪犯之家。仍是受压迫、受剥削的对象，孤儿寡母的张赵氏一家的遭遇，可想而知。她们的日子就更加艰难了。

第四集　天塌地陷

天摇地动　张氏兄弟死里逃生
尸横遍地　家家户户频传哭声

　　再难活的人也得活，再没法过的日字也得过，张赵氏寡母带孤儿，经过几十年艰苦岁月的煎熬，孩子们终于长大成人，老大老二且娶了媳妇。伴随孩子们的长大成人成家，人们对他的称呼也变了，叫他张大妈。

　　辛勤的庄稼人一向都有早起干活的习惯，尤其是春种夏管秋收的农忙时节。农历四月二十三早晨，天刚麻麻亮，张老大家的马驹子嘶叫得最厉害，啸鸣不断，蹦跳不停。不知何故，张老大就起床去看。原以为是受了什么惊吓，或是草吃光了，准备给添草。他在马槽上一看，草并未吃完，也未发现什么异常现象。可马驹子仍连奔带跳、嘶鸣不断，意欲挣脱缰绳奔出去。张老大在狐疑之中来到院子里，也再无什么动静，便收拾锄头、铲子等锄草用具，准备下地除草。张大嫂也起了床，开始做早饭。张大妈则操起扫帚打扫院落。隔壁的张老二夫妇亦起来，各干其事，开始一天的农家事务。

　　突然地下隆隆作响，天际闪出昏黄的火光，顿时鸡鸣、狗吠、牛哞、驴叫、马啸响成一片，同时墙倒屋塌，尘土飞扬。起了床的人意欲逃奔，哪里站得住脚，一个个被摇倒在地。再欲爬起来，可哪里能站立起来。颠簸摇晃了不到吃一碗饭工夫，房屋、马厩、羊圈、鸡舍、院墙、院门统统塌的塌，倒的倒，被夷为平地。到处废墟一片。牲畜、家禽死的死、伤的伤，茅草搭的马厩虽坍塌，幸好马驹子未伤着。张大妈的妹妹来串亲戚，看姐姐，起得迟，便被压在倒塌的房屋之中，当场殒命。

　　凡未砸死、压伤的人，都慌乱地站立起来，惊惶失措，东张西望，不知发生了什么事。只见天地之间一片混沌，粉尘弥漫，仿佛天地未开。待定下神来，明白是怎么一回事时，一看到屋塌墙倒和亲人死伤的惨状，顿时又陷入悲惨欲绝的境地，呼天喊地地哭喊起来。整个村子都处在一片恐怖之中。虽然是旭日初升时刻，却全被乌烟瘴气所笼罩，没有丝毫平常的朝气。张大妈正持着长把的扫帚在打扫院落，突觉地皮抖动起来，震动的她难以立足，刹那间，整个大地剧烈地摇晃起来，还未明白是怎么回事已将她摇倒在地，欲站立却爬不起来，顷刻间墙倒屋塌，尘土飞扬，一片昏天黑地的混沌景象，满眼是弥漫的土味、碎土块、乱石头、整个院落被夷为平地。她突然想到妹子还没起床，马上去找她，可废墟一堆、无从下脚、便疯了似的边找边喊："妹子妹子""救人救人"大后人也同时寻找起来二后人两口子也奔了过来，一块寻找起来。还是大儿子清醒判断出了姨妈睡觉的方位，立刻挖掘起来，都七手八脚的挖寻，扒开尘土，撕去树枝茅草，搬开椽子屋梁，终于找到了姨妈的身体，原以为是埋在了下面，挖出来就完事了，可以被压的浑身土灰、披头散发、满脸是血，待要扶起来，那里能行，只是瘫软的坐立不住、张大妈连抱带叫，却没有一点回应，一摸鼻孔，竟然没有一丝气息。这下子她惊呆了、傻眼了、发愣了，立马便号啕大哭起来，望一眼废墟，看一下妹子，浑身抖动、语不成声，失声断语地哭个不停。

  张大妈自来与妹子亲切友好，这是他唯一的亲妹子，真正的亲若手足，虽然各嫁丈夫自奔东西，仍然常来常往。自从自己的丈夫死亡，妹子更是常来看望，安慰自己，是同气连枝，说心里话的贴心人。万万没有想到，她来看望自己，却祸从底下冒出来，竟然夺走了她的生命。事情发生的太意外，太突然，没有丝毫的心理准备。虽然家里的房舍全毁，也不及失去妹子剜心割肉般疼痛、她简直受不了，撑不住，连连失去亲人的打击、实在太沉重、太悲痛了。

  但是，面对如此严重的大地震，他不得不正视事实、接受现实。毁灭性的灾祸，家家户户都有伤人死人的事、不得不与乡亲一起抗震救灾，救死扶伤。她艰难地、顽强地挺着，化悲痛为力量，同儿子、儿媳一道，将妹子的尸体抬到树荫下，停放妥当，用自己的外衣将她的头罩住。与儿媳轮流守护。直到妹夫家来人接妹子走去。她无可奈何地望着妹子身影的消失，那个思念，那个迷惑、悲痛，总在她心中萦回缠绕，不断不消。

张老大立刻明白，这是发生了大地震，马上醒悟到救人是最要紧的。便寻找铁锹、镢头等挖土的工具，却找不到东西在何处。欲走路，又不知路在哪里；要迈步，都无处搁脚。他便四处盲目奔走，察看情形，听动静。一听到声息，就赤着双手挖掘起来。挖出一个个埋在废墟中的人。渐渐地，处处都是挖土找人的人。

幸好，张大妈健在，妻子也在，张老二夫妇都在，都成婚不久，没有儿女。而老三、老四、老五兄弟，有的外出打工，有的在外地当学徒，打杂，尚不知情况，除了姨妈被压死之外，别无死伤。

他们兄弟俩又盲目行走，碰上两个灰头土脸的人，认不清面目，从说话声中才听出是五爷、六爷。他们举目四望，整个张家庄不见了，除了断垣残壁，便是碎土块、乱石头。欲进门，无门可进；欲找人，不知从何处找，恍若在强沙尘暴中一般，又好像在做噩梦，陷入悬崖绝壁的黑暗世界。好端端的房舍刹那间不见了；多么熟悉的门户没有了。他们踩着碎土块、乱石头，摇摇晃晃，盲目地走着，走着；挖呀，刨呀，在一块鼓起的废墟处挖起来。挖去土块，又揭去墙皮，拨拉开浮土，露出了花色，又仔细轻轻吹去灰尘，显然是一个人的肩膀、胳膊，却没有动静，待拉开木头，只见满是乱头发、污血的头颅，已经没气了，认出是张五爷的儿媳。忽然又听到微弱的"救命"声，寻声找去，在一处墙倒屋塌之处挖将起来。取掉土块，搬开木料，撕去柴草，露出了被子，还未待挖出头来，被子突然被掀了起来，钻出一个人来，仔细一看，却是侄儿子张小宝。挖人者、被挖者皆大欢喜。原来，张小宝正在熟睡，突然屋顶塌了下来，压在了他身上，他欲起，起不来；要翻身，翻不过来，虽不疼痛，就是动弹不得。只好呼救，并奋力动弹，恰被张老大他们听见，终于救出这个二壮小伙子。

渐渐地，人手越来越多，到处都是寻人、挖人、救人的人。毕竟是农村，没有高楼大厦，尽是土坯房子茅草棚，倒塌容易，清理废墟找人亦不难。找出活着的，皆大欢喜；挖出砸死、压伤的，都悲痛。张老大的姨妈死了，五爷的儿媳死了，孙子没了……整个村子几十户人家，几百口人，竟然死伤了几十号人，差不多家家户户都有不幸悲痛事。

张老大张老二走着，走着，寻着，寻着，不知转悠了多长时间，渐渐地觉得口干舌燥，浑身乏力，腹中噜噜作响，才明白肚子饿了，已到中午，该吃饭了。早餐没有吃，又该吃午饭了。可是水在哪里？饭在哪里？

倒是张大嫂心细，在张老大他们寻人救人的同时，她开始寻找厨房的位置。清理中找出了埋在土中的锅台，接着找到了锅盖，消除掉尘土，揭开锅盖，啊！半生不熟的山药米拌面的稀饭还在。终于在悲伤、疲劳、干渴、饥饿中些微露出了一点希望，略给她带来一丝安慰。她又找碗找筷子，皆埋在尘土之中，木勺还好，筷子也找着了，碗也寻出来了，只是破了，不是压碎了，便是破为两半牙。不管怎么样，总可以将就着吃饭，她将这些擦干净，又将锅盖盖上，去寻找丈夫。

往常，在村子里走门串户找人，经左邻右舍又过东家西家，少不了拐弯抹角，费一阵功夫。如今，张家庄已成废墟，要找人除了立着的树木，再没有什么遮挡视线的建筑，她看见丈夫和他弟弟，还有其他几个人正疲惫地聚在一处，她便伸张着手臂，摇摇晃晃地踩着破土块乱石头，朝他们走去。到了跟前便说："劳累了大半天，肚子饿了吧！走，吃饭去！"大家一听，有些不相信自己的耳朵，反问道："你说的什么？""吃饭去！"张大嫂说。

张老二大张着嘴：

"都震成这副样子了，还有什么饭吃！"

"你们去了就相信了。"张大嫂说。

张老大附和着媳妇说："走吧，咱们都走吧，好歹凑合着吃一点，压压饥再说。"大家便起身，跟着张大嫂走去。来到了张大嫂清理出来的锅台跟前。张大嫂伸手揭开锅盖，大家异口同声："真的，有饭吃！"便各找一处地方席地而坐，张大嫂便用豁箩碗盛着洋芋小米稀饭一一送到各位的手上。又饥又渴，精疲力竭之际，能吃上一碗热腾腾的小米稀饭，真是再可口不过了。不一会儿便碗中一干二净，锅里一看到底。人是铁，饭是钢，来了精神。

张大妈毕竟见得多，经历过地震，知道在这最困难的时刻，最需要稳定情绪，鼓劲儿，硬挺着开口道："能活着就好，算我们有福气。房子塌了墙倒了，只要有一口气，有两只手，就有办法。走的已经走了，活着的还要过日子，打起精神来，该干啥的就干啥，天塌地陷，房倒屋塌，吓不倒咱们。"

张五爷怀着失去亲人的悲痛，声音哽咽地说："大嫂说的在理，只要有一口气,就要过日子,要行动起来,挺着腰杆干,不能泄气松劲,躺倒爬下,有天大的难处,总要像个人样儿,要像大侄儿媳妇这样,一样地活人。"

张老大乘势布置说:"人死不能复生,活着的还要吃饭。人是铁,饭是钢,一顿不吃心发慌。先寻锅台,担水,找米下锅,先顾肚子要紧,咱们分头来,妇女们张罗吃的喝的,清理炉灶,生火做饭,老人们商量处理亡人后事的办法,辞世的人太多,光靠自家人处理忙不过来,要靠大家帮衬着搞,发送。再抽些手艺人搭席棚,准备晚上过夜的事。"

张老二接着说:"吃水最要紧,干啥都离不开水,我领几个人到涝池担水去,保证大家用水。"

张五爷最后说道:"就照大侄子说的,我们分头行动!生死由命,活下来的人总得过日子,天塌下来得大家顶着;地陷下去,靠众人来填平。一样要水行磨转。旧张家庄没有了,再盖一个新张家庄,天靠不住,地靠不住,知县大人靠不住,我们的日子,还得靠我们自己过,天大的困难只有靠我们自己克服,行动吧。"

老百姓是天,老百姓是地,老百姓是顶天立地的台柱子,主宰着天地之间的社会。一场大地震,夺走了众多乡亲的生命,夷平了家园,破坏了他们生活的条件,生产的手段,他们又从废墟上爬起来,抖掉身上的尘土,揩干净泪水,忍受着失掉亲人的悲痛,投入了抗震救灾,恢复生活,重建家园的斗争,做饭的做饭,担水的担水,搭席棚的搭席棚,照料伤号的照料伤号,埋头苦干起来。

席棚还没有搭完毕,地又动起来了。大家又一阵惊慌,张五爷说:"这是余震,大地震之后都会有小地震,但是不会紧接着再来一次大地震,房屋反正没有了,它能再把我们怎么样,该干啥的照常干。"

经过紧张的救灾劳动,水担回来了,饭做熟了,大家都吃了一顿饱饭,住人的席棚子也搭起来了,生活的秩序恢复得有点眉目。摆在乡亲们面前的最大最急的事是发送亡人的丧事了。人命关天,生死大事,非同一般。人不论降生出世,还是仙逝归天,都少不了要兴师动众的折腾一番。正常情况下,人是一个接一个单独来到人世的,也是一个又一个单独走掉的,他们的来去都是自然现象,不用商量,也难以商量。虽是生死大事,人命关天,却是一个又一个单独处理的，总是比较容易处理。而这次的丧事，面对的是同时死去的几十个人，差不多涉及到每家每户。大地震毁灭了一切，要啥没啥，求亲告友也无用，远亲近邻都是一样的惨景。棺材做不及，墓坑挖不及，再加即将进入炎热的夏天，天时不允许久搁不丧。急待从速发送掩埋。当地习俗，死了人都要请和尚或道士，打醮念经，做水陆道场，超度亡灵，方能发送了事。

于是，张五爷打发张老大张老二去请和尚，张老大他们先去找董道士，一路上都是裂开大缝的土地，房倒屋塌的废墟，哭天喊地的人群，目不忍睹的惨象，耳不忍听的哭声，认不出昔日的村庄模样。好不容易寻到董道士的住地，哪里有庄园房舍，依然是碎土坯乱石头一堆，待要请董道士，村人惊异地回话："请董道士！你去西天请吧，他已经归天了！"没奈何，张氏兄弟又去请朱道士，拐弯抹角，越过一堆堆废墟，穿过一座座乱石土坯，直到下午，方走到朱道士所在地方，仍然是倒塌的房屋一大片。

待到找着朱道士本人，他唉声叹气直摇头道："幸好老祖宗保佑，人没损失，可哪里有道具器皿，都被倒塌的房屋埋了，砸了，挖寻了一天，鼓破了，锣烂了，道袍弄脏了，就剩唢呐未咂扁，约请的人接二连三轮着来，都没办法应付。请包涵，快回吧！"

张老大再三央求，亦说："那就吹吹唢呐吧，我们是一个庄子的，一个祖宗的，都姓张，几十号人，好歹都得发送发送，让他们好上路。"

在张氏兄弟再三邀请下，朱道士终于答应明天去吹吹唢呐。

张氏兄弟二人回来禀报五爷后，通知各户加快准备丧事的步伐。这已是大地震后的第三天了，必须在第四天下午发送。习俗礼仪，固不能少，但只好因陋就简，丧事简办，但白色的装扮少不了，白帽子、白褂子、白鞋，没有新布用旧布，衣服正面不能穿翻过来穿。童男童女、房舍、幡子的纸货没有，黄表、冥钱不能少，没有新的旧的替代，统一吹打奏乐，分工负责进行掩埋。

第二天上午，朱道士师徒二人只带唢呐应约而来，与张五爷、张老大等会面商量，张五爷已将悼词草就，待道士修订宣读。

到了午后，各家各户的男女老幼齐集在清理出来的空地上，先奏唢呐，接着宣读悼词，宣读悼词之后，又奏唢呐。

  但见张家庄的废墟上，跪着一大群人，白帽、白衣、白鞋，一色的银装素裹。一听悲哀凄凉悠扬婉转的唢呐声，在场的所有人顿时悲哭起来，男人女人的哭嚎，娃娃的涕哭，哭成一片，惊天地，泣鬼神，声震寰宇，随风飘向四面八方，尤那悲哀、婉转、悠扬地唢呐，格外震人耳膜，牵人心弦，动人情感，整个现场沉浸在悲壮、哀号、痛哭之中。约莫一顿饭工夫，唢呐停吹，朱道士宣读悼词：

  苍苍天空 茫茫大地
  芸芸众生 悠悠亘古
  客观规律 自然法则
  生殖繁衍 世代交替
  有血有肉 有性有灵
  盈盈乐乐 何等惬意
  不测未预 突降灾星
  天塌地陷 墙倒屋倾
  日月无光 大地暗昏
  瞬息之间 夺人生命
  涂炭生灵 万物含悲
  啊呀哎吆 呻吟阵阵
  含冤怀魂 何能瞑目
  有道是
  老天瞎眼 大地混沌
  劝慰各位 接受命运
  贫富在天 生死由命
  怨天何益 恨地何用
  既然遇上 顺之应之
  一路走好 莫怨莫恨
  切莫亵渎 好生修炼
  超凡脱俗 离开红尘

或乘仙鹤　　飞升天堂
或入九泉　　另觅仙境
转世再生　　投胎为人
再交好运　　长命百岁
亡者姓名　　一一如下
……

接着唢呐又吹奏，忧伤哀婉，声声含悲，哭声阵阵，男女互应，突然，又是天摇地动，紧接着一阵风掠过，送葬队伍起程，急急忙忙奔向祖坟，依辈份大小顺序落入坟茔中。

大地震过后，小震就没有断过，隔三岔五，不是轰隆隆响一阵，就是摇晃一下；不是摇晃几下，就是颠簸几下。地震在继续，生活也在继续，幸好是夏天，背日头下山劳动惯了的庄稼人，或铺着地盖着天，风餐露宿地生活，或面朝黄土背朝天劳动着。

经历过这次大地震，男女老少似乎都发生了变化。经受了失去亲人的痛苦，亲历了墙倒屋塌的生死考验，度过了无吃无喝的日子，忍受了伤痛流血的磨难，认识到了大自然的残酷，天灾的无情，人间的冷暖。通过这场血与火、生与死的洗礼，老人又多了对生命的观察体会，壮年人更坚强了，青年人又成熟了一些，就连小孩子也懂事、听话多了。抗震救灾的斗争，加深了乡亲们之间的友谊，看到了团结的力量，更看清了与大家同甘苦共患难的张五爷、张大妈、张老大、张老二一班人，他们的形象似乎又高大了些，乡亲们与他们更亲切了。他们不是唯利是图，只顾自己的人，而是患难与共的亲人。

第五集　天顶之灾

福无双至　祸不单行
地震刚过　洪水冲来

　　大地震过后不久，到春末夏初，小麦抽穗灌浆时候，麦田急需浇水，恰恰在这节骨眼上，渠里却没有水了，大家都急得火烧火燎，更加赤日炎炎，张氏兄弟眼看着麦子被晒捲了叶子耷拉下杆儿，急得嗓子里冒烟，眼睛里生火。中游王家庄的人，下游李家庄、赵家庄的人，也来到上游查看水情，原以为是张家庄的人截留了水源，他们实地一看，不只是中游下游没水，上游也没有水，不是张家庄浇地不放水，而是根本就没有水。

　　于是他们共同沿着渠道上行，欲弄清楚断水的根源。走着，走着，只见不是这里的地面断裂，就是那里的渠道被震得歪歪扭扭。不论上行到哪一段，渠里都没有水，大伙更疑惑起来。

　　往年，在这个季节，天气一天天炎热起来，山上的积雪也消融的越来越多，渠中的水也越来越多，真是大自然的巧妙安排，苍天的造化。冬天下雪积雪，春夏消融，汇溪成河，潺潺流入麦田，哺育着庄稼的成长，养育成千成万的庄稼人，成就着山下原野村庄的风光和城市的文明。可今年怪了，地震后却没水了，他们越看疑窦越深，一个个面面相觑，你看我，我看他，他看你，疑云满脸。水到哪里去了，边疑边走，越走越疑，直至到渠首的山脚跟前。

　　不看则已，一看大吃一惊，这里的地形地貌发生了翻天覆地的变化，曾经熟悉的山头、沟壑变得不认识了。原来，大地震把河谷两面的山体摇塌，使土石滚入沟壑中，使其堆积成坝，将山谷两边的山体合拢，使人员畜生不能通行，也挡住了山中溪水的正常流动，断了水渠的来源，形成了堰塞湖。大地震崩塌乱石沙土堵塞物并不结实，经过河水的冲刷、侵蚀、溶解塌方造

成地震后的再次灾害，堰塞湖的水位急速上升。湖水若漫滥或决堰而出，便可形成洪峰，导致重大洪灾

张老二本是个急性子、莽撞人，越是疑惑，越加性急，不管三七二十一，他第一个攀爬到土石的最高处，他鼓动其他的人也跟上来观看。接下来张老大、王家庄、李家庄、赵家庄寻水的人也攀爬到了土石堆起的堰顶。但见，山水流到出口的山体合拢处，被迎头堵住，顿时聚积起来，回旋流动。今年天气格外炎热，消融的雪水更多，水越聚越多，聚积的愈来愈高，形成一个远高于山口外平川地面的湖泊，成了一个高高悬着的天池。若不及时排除乱石放水，一旦来水积聚到一定高度，漫过堤坝，或者决堰而下，形成洪峰，水渠沿岸岂不遭灭顶之灾！险情危若累卵，村民的生命财产恰如倒悬。张氏兄弟偕同王家庄、李家庄、赵家庄的乡亲们，眼看水情危机，刻不容缓，立刻往回返。将水患的危险和严重性如实禀报乡约，又陪乡约去找县府，要求县府即刻组织人马开挖堵塞，徐徐排水，消除水患，否则后果不堪设想。

县长答曰："工程浩大，县府无力开挖，待禀报省府定夺。"县府把关于水患危情报告送省府，此时正值国民军才进省，忙于新旧政权更迭，人员交替，招兵买马，安插官职，根本不把人民的死活当回事，致使张老大他们的危情禀报石沉大海，杳无音讯。结果，山水继续上涨，积水盈满横溢，于大地震后不到一个月光阴，积水冲破临时堆起的淤坝，居高临下，势如排山倒海，声若炸雷轰顶，洪峰像沙尘暴，遮天蔽日地扑下来，造成灭顶之灾。洪峰所到之处，淹没村庄，卷走人口、牲畜，冲毁庄稼。沿渠两岸村庄一水漂，成百上千来不及逃避的村民皆被卷走。真是祸不单行，刚刚遭受了大地震的灾民，还未喘过气来，又遭到洪水的洗劫。

真是万幸，由于张氏兄弟他们发现水患危情早，尽力疏导村民转移到距离水渠较远、地势较高地方，洪水来临，张氏兄弟等人来到距洪水较近的高地查看水情，但见洪峰后浪推前浪，汹涌澎湃，波涛滚滚流来，且大有愈来愈凶猛的势头。判断可能是山体垮塌堆成的淤坝被彻底冲毁所致，处境十分危急。在急于撤退之际，同村一个叫愣娃的堂侄子，突然跑到他们的前面看热闹，初生牛犊不怕虎，他哪里知道眼前的危急处境，顿时令大人惊慌失措，毛骨悚然。连喊带叫欲去拉他，说时迟，那时快，一波洪峰猛扑过来，

竟将愣娃卷走了。凄厉一声"不好！"紧急情况不容他犹豫，便猛地跳入洪水，向愣娃游去。张老二生就高大、魁梧的身躯，相貌堂堂气宇轩辕，气度不凡。他一般不戴帽子满头是乌黑、浓密、坚硬的半茬子头发，自然地生长着。长方形的面孔白里透红、生机盎然、春光满面。宽大的前额中间眉宇向下竖着一股肌肉，吊着一个苦胆似的大鼻子，耸起在脸上，显山露水，将整个面孔提示、支撑了起来。前额下端、眉宇向外、缘起两道剑眉有力地向左右鬓间伸去，两道眉毛之下，一双眼睛大而饱满，却不圆睁而且是向两侧延伸长着，上眼皮眼线粗而且长若鹰眼一般，将炯炯目光凝集起来，放射出去。

　　因他身材高大，看人观物减少仰视，习惯于俯视和平视、远看，或者左右横觑。虽两轮耳朵紧贴脸侧长着，竟能左右只顾其耳。若解他的心态，一看眼神便可知大概。他目光里似乎包含着智慧、情感、心意和态度。他看人一眼其亲人倍感亲切，朋友能体会出信赖，对手引以为尊重，仇人则觉发怵，目光是那样地喜形于色、坦然明了，没有丝毫隐藏。楞鼻子下方一张向内收敛、往两边延伸的嘴，嘴唇多是封闭着，似是若有所品、若有所思显示凝神坚定、沉着。若说话，似撞钟声音洪亮有力，直冲人的耳膜。他一看愣娃被卷走，张老二虽然会游泳，哪识得洪水的水性，再说，人力岂能与如此凶猛的洪水相比，决堤的洪水势若万马奔腾，猛冲狂奔急速向前突进，张老二拼尽吃奶的力气，奋力追赶，哪能追得过洪峰的势头，与愣娃相距越来越远，转眼间，不见了愣娃的影子。张老二仍然奋力顺水向前追去。哪晓得，在波涛汹涌的洪水中要寻找一个小孩是难上加难，真如大海捞针。张老二就是有天大的本领也是惘然，但他仍不放弃一线渺茫希望，一面奋力追赶，一面左顾右盼地搜寻。只见水上尽是漂浮的木板、柴草、麦苗、树枝、番瓜藤、西瓜藤，还有随水翻滚的鸡、鸭、猪、羊，偶然也有人及骡、马、牛。他奋力挣扎，就是找不见愣娃的人影。

　　一波一波的洪水不断涌来，到处是一片汪洋。此时此刻，人是多么渺小，微不足道，只有随波逐流任其漂浮，又随水流由白天进入黑夜，由黑夜进入白天……渐渐地，他游得越来越费力了，总感到身不由己，力不从心。俗语说，人往高处走，水往低处流。就是在一般情况下，向下行的水也是又急又快，更何况是破堤而下的洪水。他有些难以支持，直往下沉的感觉，便向一块木板游去，奋力一蹬脚，右手抓住木板，紧接着两手牢牢抱住木板，感觉省劲了一些，便浮在水面。但是只有顺水漂行之力，没有自由游泳的能耐。漂着，漂着……只见洪水一个劲地向北、向东流去。水流与他下水时地方不同，水面越来越宽，像扇子那样，由集中到分散，再到展开，水势也由猛扑、猛冲、狂奔趋向较慢、舒缓。这时，他已经浑身乏力，没有一点劲了。加上长时间在冷水中浸泡，似在抽搐、打哆嗦。他预感到这不是好兆头，便咬紧牙关，更牢地抱住木板，任其自然漂行，以减少体力消耗。

忽然，他觉得脚踩到了什么，以为是冲下来的什么物体，又不像，再一试双脚都触到了，它并不随水流动，而是被抛到后面，原来是脚踩着了陆地。于是，他一边继续顺水漂行，一边双脚顺着水的流向迈步。水越来越浅，流速越来越慢，一些较高的陆地终于露出了水面，再顺水漂行一会后，又露出了大腿。他本想自由走动，哪里走得动，腿脚沉重如石，毫无气力，不听使唤，直到大片陆地露出水面，洪水停止流动，便一屁股坐在了泥水地上，缓歇起来。

他抬头转颈一看，满地一片惨景，到处是死鸡、死羊、死猪，还有淹死的毛驴、黄牛、骡马。最令他触目惊心的是一丝不挂、东一个、西一个的死人，仰躺着身子的女人，面着地趴着的男人。眼前的惨状使他目不忍睹，毛骨悚然。他又一次体会了大自然的残酷，灾害的无情，生命的脆弱。他为失去生命的乡亲痛心，悲哀，心情无论如何平静不下来。因此，他想了不少，这次洪灾本来是可以避免的，他们早就向乡约，向县府禀报，县府借口工程浩大，无力开挖，推到省府，省府忙于政权交替，哪顾水患的危机、人民的死活，终于酿成天大的灾祸，致使这么多人惨死于洪水之中。面对这些惨死的赤裸躯体，心底里产生出难以言状的痛苦的悲哀。他并未为自己侥幸活下来而庆幸，他觉得这些乡亲们似以死亡在抗议，用惨状在控诉。成百上千乡亲无声地在揭露、抗议、控诉那班不顾他们死亡的官僚政客。怒火在他胸中燃烧，他恨不得把那班封建官僚碎尸万段，恨不得把县府放一把火烧了。

满腔怒火的张老二，忘记了饥饿、疲劳、疼痛，奋然站立了起来，他要立即回到母亲、大哥、妻子和乡亲们那里。他辨别了一下所处方位，这里好像是沙漠，对了，这一带与耕地、村庄不远，是农田、绿地的边缘，是沙漠地带。分散开来的水流，流到这里已是强弩之末，加上干涸沙漠的吸纳和渗透，水量骤减，便将冲卷来的庄稼、家禽、牲畜和人员搁浅在上面。辨清方位之后，他打算逆着洪水冲来的方向往回走。他一边走，一边四处观察有关愣娃的人影。但是，越往回走，水却越多越深，不时看见树木上挂着麦苗、绳索、衣服、布条。他明白了，那些尸体所以赤裸着，是由于水的冲撞鼓荡，将衣裤拉扯了下来，且挂在了树上，女的躺着，是因为妇女臀部沉重的原因；男的膀宽量重，故面着地趴着。越走，心情越加沉重；越走，越发体力难支。艰难地找啊，找啊！找啊，找啊！哪里有愣娃的影子。

　　吃力地走啊，走啊，水也越来越深，太阳也靠近地面，饥肠辘辘作响，浑身绵软欲瘫，没有丝毫力气了。他明白，此时无论如何不能瘫倒，否则就永远起不来了。急需寻点吃食才能支撑，便停止了逆水行走，举目四望，发现了炊烟，一处，两处，三处……便朝较近的炊烟走去。看似不远，费好大劲总是走不到跟前。要是往日平常走这段路是不费吹灰之力的。眼前的他，已是一天一夜滴水未进口，粒米没粘牙，体力消耗竭尽，在死亡线上挣扎的人。为了回到母亲跟前，妻子跟前，大哥、大嫂跟前，无论如何要挺住，一步，两步；再一步两步；再坚持，又一步，两步，终于走到最近的冒炊烟处。是一个老大妈和头上裹着白布条的一男一女两个年轻人，正聚在一处芦苇席棚前做晚饭。张老二说明来意之后，老大妈赶紧命儿子扶其坐下，又进一步向自己询问家中情况和到此处的原因。张老二有气无力地一一道来，他们三人一听，顿时睁大了眼睛，惊诧起来。那老大妈连声说道："我的天呀！算你命大！那么大的洪水，淹死了那么多人，斜三横四地躺着趴着，你倒活了下来。命大，命大，有福，有福！大难不死，必有后福……"

　　原来，这一家人姓顾，顾大爷在大地震中遇难，留下她们三个人，年长的妇女是两个青年的妈妈，男子是她的儿子，女的是她的儿媳。张老二一看顾大妈，由不得想起自己的母亲，想到母亲挂念自己的急迫心情，恨不得插上翅膀，马上飞到她的身旁。

　　"这是什么地方？"张老二禁不住问道。

　　顾大妈答道："是羊路乡。我们现在住的这个高坡叫苏武山，你看那个庙，叫苏公祠。据传说，很久很久之前，一个叫苏武的人，在这一带放过羊,曾是个大官,是个大好人,人们忘不了他的好处,把这块地方叫了羊路乡,把这个高坡称之为苏武山,给他修了庙,叫苏公祠。"

在张老二听得入迷之际,儿媳妇端来了稀汤面的晚饭。顾大妈第一个叫张老二先吃。张老二人生地不熟,自觉先吃似乎不妥,正在迟疑,顾大妈又说:"快吃,快吃!你大难不死的来了,我就是不吃不喝也要救你一命!"接着看了一眼正端着饭的女青年介绍道:"她叫花儿。"

又用手指着男青年,"他叫柳儿。"

两个人也劝自己快吃。饥饿、干渴至极的张老二这才吃了起来,三下五除二地吃毕了晚饭,意欲起身回家,起了几下,硬是站立不起来。

顾大妈看着他艰难费力,便挽留着说:"天已经大黑了,缓歇一宿,明天一大早再走不迟。"

张老二本已困乏至极,吃饭更加瘫软了,要起来却无论如何站立不起来,只好歇了下来。一觉睡到第二天太阳升到半空中方醒。要马上起身赶路,顾大妈又让他喝了小米稀饭才放行。

自打张老二跳入水中救愣娃起,张大妈又涕哭起来,她也真是儿多娘苦,多灾多难,牵肠挂肚,割舍不尽。清朝末年,父亲在官场上因文字狱牵连,被凌迟处死。丈夫因参加反清革命,被砍了头。抛下她和五个尚未成人的孩子,好不容易拉扯长大。

一个寡妇,抚养五个孤儿,谈何容易。虽是读书人家,可落得连日子都过不下去的地步,还念什么书,上什么学?过日子,找活路要紧。除留老大在身边,帮自己种庄稼,看门户外,只好求亲戚,找朋友,找吃饭的路数。老二跟人学泥瓦匠,干打庄盖房的活;老三跟上陈铁匠当学徒,抡大锤打铁;老四跟人学织布、染布;老五到人家杂货店打杂。穷人的孩子早当家,总算长大成人,能混一碗饭吃。谁料想,四儿子、五儿子被抓了壮丁当了兵,难得一见。如果两儿子有个三长两短,怎么受得了。她本是个十分要强的人,可她毕竟是个女人,是个母亲,没有了丈夫,远走了四儿、五儿,一个儿子一根神经,根根连着妈的心,再多不嫌多,缺一个了不得。已经失去的太多,若再失去两儿子,剜心割肉的疼痛,牵肠挂肚的难受,如何承受。

大儿子、大儿媳天天宽心,时时劝勉,可不见老二何能奏效?二儿媳双眼泪汪汪，不言自明，是担心丈夫的好歹，与婆婆同病相怜。常言道：水火无情，陷入那么大的洪水，她们不敢多想，也不愿多想，只求老天保佑。整天茶饭难进口，整夜睡不着，只是暗自流泪。

愣娃的爹妈也不时来转悠，一为打听愣娃的消息，二是也安慰婶娘张大妈，可这只能频添愁绪，并无减缓担心之作用。五爷也日日来探望，其意不言自明。

至于大哥大嫂，与张老二亲若手足，即是弟弟，又是妹夫，骨肉至亲，何能割舍，拉扯牵挂，至为关切。面对此情此景，虽不绝望，却也担心。一方面，觉得弟弟身高马大，体强力壮，又会游水，人也机灵，兴许能躲过劫难；另一方面，深知水火无情，难免三长两短，万一有个闪失，好生了得！

家人、乡亲的心若十五个吊桶在井中打水，七上八下之际，张老二却牵着马驹子出现在众人面前。原来，张老二饲养马驹子最勤、最周到，只要有空，不是添草就是喂料，不是放牧，便是牵出去溜达，人马至亲，马通人性，友谊分外深沉。自张老二救愣娃跳水后，马驹子总是嘶鸣不断，焦虑有加。这一日竟挣脱缰绳跑了出去，恰与从顾大妈处回来的张老二半道上相遇，张老二就顺手牵着回来了。众人一看见张老二、马驹子出现在面前，一个个惊奇地瞪大了眼睛，霎时又转过神来，掀起一阵喧闹。第一个反应过来的又是张二嫂，她本内向含蓄，这时候，埋藏在心中的担心、思念、后怕、高兴，同时一下子释放了出来，连同身子一起扑到张老二的怀中，什么顾忌、讲究、规矩统统抛在了一边！最是张大妈，顿时又哭又笑："我的儿，怕死我了，想死我了！"边哭边笑唠叨不停。张老大夫妇站立旁边，双眼都眯成一条缝，嘴大张着笑个不停，五爷不停地捋着胡须，边笑边说："我说二侄子身高马大，体强力壮，会游水，机灵能干，果不出所料，不就回来了吗！"

张老二回来的消息不胫而走，传遍张家庄的男女老少，他们都曾替他担心、后怕、挂念、唠叨。回来了，也都喜笑颜开，前来看望，令张老二应接不暇。又是大地震，又是发洪水，不是财产损失，就是生离死别，不幸、悲剧一个接一个，张老二为救人又被洪水卷去，在这多灾多难的时刻，又使大家多了一分担心、悬念；张老二的归来，冲去了一份担心，带来了一份欢乐，乡亲自然是喜在心中，笑在脸上。

第六集　三姐遭殃

城门失火　殃及池鱼
军阀复辟　百姓遭殃

　　古堡镇所在的县城区域，本由封建军阀马家军统治，执掌政治、军事、税务大权，兼营军火、羊皮、鸦片烟等生意，搜刮民脂民膏无数，老百姓受够了欺压、剥削，国民军进驻后，强龙压不住地头蛇，仍然撼不动马家军的统治，人民的窘状没有丝毫改变。大地震震塌了县府的房屋，压死了旧县长，国民政府趁机会派任了新县长，接着，国民军轰跑了马家军。

　　军阀司令在仓皇逃跑时，将装有传家宝的铁匣子交给其老婆带着走。贵妇人嫌其重，不便逃跑，临时托付给一个脸上有一颗痣的同路女子带走。此女子便是王三姐。

　　古堡镇王家庄的王三姐，素与其妹妹王四姐甚密，自四姐不幸被人糟蹋，出家仙姑寺削发为尼以来，从未与其会面，又遭大地震后生死不明，甚是思念惦记。此时，正值小麦四轮水浇毕，不再锄草，而夏收尚未到时，意欲抽空看望四妹一趟，便收拾几件素色衣服、鞋袜，准备些许干粮，直往仙姑寺而来。还未到达目的地，便遇上马家军仓皇出逃，在兵荒马乱，人心惊恐之时，为躲避不测，便急急忙忙出城往家里赶。在回家赶路途中，一个贵妇人便求她帮忙，将铁匣子交给她携带，在兵荒马乱中便失散了。王三姐也是赶路的人，亦嫌其累赘，又顺便交给了同行的一个男子带走，自个单独回了家。

　　马家军不甘心失败，更心疼多年搜刮积蓄的金银财宝被抄没一空，时刻伺机报复，终于在次年七月的一日早晨四时左右，开始攻打县城。在县城的西南角，爬云梯登上了城墙，与守城的国民军、军警、民团展开了争夺战。

国民军寡不敌众，纷纷溃退，一部分退到城中街巷，大部分撤到城门楼子上居高固守。马家军一边用火器攻打，一边放火烧城楼，终于焚毁了城门楼子，烧死了在楼上固守的国民军。

马家军攻下城后，在四处追击国民军，挨门逐户盘问搜查。因国民政府的人留着分头，穿中山装，且多是南方人，凡门户敞开者，逐人盘问，根据口音、穿着、发型的不同，分别进行处理。若逢关门闭户者，用大刀劈开，不分男女老幼不是枪打，便是刀砍，难有幸免。尤对国民军、士兵、军警、公务员、穿中山装留分头者格杀勿论。

在追击、搜捕、枪杀的同时，大肆抢劫商店字号。若献出金银财宝者，可以免死；若惜财保财者，叫你人财两空。南街的义聚公商号店主人爱财如命，只给商品，不给金银，便将店主人全家杀害，把金银财宝抢劫一空。东街的隆盛通食品店，店主人除摆上食品招待外，亦献出金银货币，店主人才幸免杀戮。

在追杀国民军人员、抢劫金银珠宝的同时，放火焚烧房屋建筑，许多学校、寺庙、文化古迹、城市建筑，甚至富户豪宅被焚毁，将繁华的街道变成了屠场、瓦砾堆。

接着又从城内追到城外，将战火漫延到城市郊区，又燃烧到古堡镇，进行枪打、刀砍、抢劫、放火。国民政府的县长在守城中负伤，随从将其营救护送到古堡镇的大麻地里躲藏，马家军一直将他搜寻到躲藏地，把他斩首，将头挂在城门上示众。凡遇着国民军、军警、公务员、穿制服者、留分头者与在城里一样，格杀勿论。古堡镇小学有的老师，因留着分头，穿着制服，同遭杀害。

为了找回镇守使马司令的藏宝匣子，到处搜捕脸上有痣的女子。凡是脸上有痣的女子，不用多问，先抓起来，带到镇守使衙门严刑拷打、逼供，闹得满城风雨。城里没有找出结果，又到城外大肆搜捕，搅得人心惶惶，鸡犬不宁。

可怜王三姐，白生生的脸上，在眉宇之间正好生长有一个痣，又是镇守使仓皇出逃时出城的，恰遇上镇守使太太托付帮助携带宝贝匣子。如何能躲过马家军大队人马，梳子梳、篦子刮、拉网式的搜捕，一直追赶到她的家里来。

王三姐她们一家人正在吃午饭，突然一群虎狼兵闯进家门，不问青红皂白，穷凶极恶地进行搜查，翻箱倒柜，将家中翻了个底朝天，也没有搜寻出要找的东西，反而把家中折腾了个乱七八糟。找不着东西便抓人，将王三姐绳捆索绑，架在马背上带走了。

说起王三姐，也颇有些来历和故事，也经受过不少酸甜苦辣。她母亲娘家的娘家，很久以前的祖上，曾经是郡城所在地的一个王爷，向朝廷求婚，娶了皇帝宗室的一个公主为妻。该公主本是天仙下凡般的人物，美女的化身，美人之胎，繁衍了许多子女。此后几世几劫，历经社会变迁，朝代交替，世事沧桑，其子子孙孙也变成了平民，传到王三姐的母亲，仍不失其美人骨血。其母亲嫁给王老二后，三年生一个小孩，连着生了七个孩子，没有一个男孩。中间夭折了两个，活下来五个，一个赛过一个，生长的金枝玉叶般俊俏，到了十五六岁，出脱的青葱似的青翠、挺拔、艳丽。邻里羡慕地夸赞是五朵金化。

王三姐姐妹们，确都有一样地鸭蛋形脸儿，雪白细嫩的皮肤，黑大水灵传神的眼睛，鼻子又棱又尖，樱桃小嘴净白细牙，一匹浓密乌黑的秀发，银铃般的嗓子，窈窕挺拔的身段，均匀细嫩的肌肉，一看就是美人的胚子丽人的料。而那王三姐又特别，在两道柳叶眉之间，生长有绿豆大小的一颗红痣，更增添了引人注目的风采，人们称这是美人痣，确有道理。本来是丽人，再增添这颗美人痣，更吸引人们的眼睛，免不了多看几眼。那眉峰或耸或平，或皱或舒，或愁丝恨缕，或眉开眼笑，千种情愫，万般风韵，莫不反映在眉宇之间，凝结于那颗珍珠似的红痣上。叫人解不开的吃不透，人见人爱，人见人迷。

大姐嫁给了张老大，她在婆家生活中，看着张老二五大三粗，一身的男子汉气派，暗暗敬慕。大姐与二姐一向亲密，二姐比她小三岁，也到出嫁年龄，二姐常来看望大姐，与张老二由生到熟，并不回避。

大姐有意试探二姐："你愿嫁个什么样的男人？"

二姐答道："要么不嫁人，守爹妈过一辈子；要嫁就要嫁个真正的男子汉，顶天立地，支得住，靠得上。若是木不呆呆，憨不兮兮，萎靡不振的，三锤子砸不出一个屁来的窝囊废，宁可不嫁！"听话听音，话中有话，张老二正是二姐心中的那种男人。此时的张家虽不富裕，可也尚未完全衰落，日子尚能过得去。便问："我家二弟怎样？"这一问倒搔到了二姐的心窝里、发痒处、意思上。加上他们姐妹好得难舍难分。二姐心想，要是嫁给张老二，可一举两得，可以与大姐在一块，于是二姐便半推半就地说："得由爹妈说了算。"把球踢到了爹妈处，把心意表到了爹妈身上。

　　大姐利用回娘家的机会，先对她妈提说此事，王二娘反问她的意思，大姐如实说了自己的看法。王二娘说："你说好，我相信，你说行，我赞成。"至于她爹，对于儿女亲事一般都是听她妈的话，她妈一给他说，他便说："你们都说好，就按你们说的办。"

　　回头又试探张老二的态度。张老二多次见过王二姐，从心底深处羡慕二姐，仰慕二姐与他大嫂一样，一表人才，活泼爽朗，满心喜欢，求之不得，便说：

　　"不晓得人家愿意不愿意！还得妈妈说了算。"

　　大姐明白，这是愿意的表示。便又给婆婆提说，张大妈一百个愿意，有大媳妇说亲，免得她费神操心，了结她一番心事。于是，张老二娶了王二姐，弟兄俩成了挑担关系。在张家，大姐与二姐以大嫂二嫂相称。到王家，仍以大姐二姐姐妹称呼，时移势移，情移事易，无猜无疑，相处如初。

　　转眼间，王三姐长到了十六七岁，又到了出嫁年龄。她爹妈深为没有儿子遗憾。大姐二姐一个接一个地出嫁，成了人家的人，眼看三姐也要走了，四姐五姐终究也是人家的人，出嫁是迟早的事，不免心中空落落的。眼看着夫妻俩一天天地老了，女儿们都走了，将来的日子怎么过，不免愁绪满腹，伤感起来。想来想去，给三姐找个上门女婿是防老的办法，便托人物色招女婿。媒妁便介绍了邻村赵家的老二。

　　这赵家，祖上曾是书香门第，官宦人家。老一辈的赵秀才虽办私塾教书，可因其父亲牵连文字狱而被处死，家业已经衰败下来，小字辈弟兄五个，老大赵树仁及老二也到成婚年龄，老三、老四、老五半大不小，娶媳妇的难事一个接一个地来临，只是地少房子缺，家境贫寒，连生活都难以维持，更何况要花钱娶媳妇添口吃饭占房子，都是为难愁人烦心的事。既然王家有这个打算，真是天赐良机，如果办成了，少一张吃饭的口，占房子的身子，又了结一件为难人的事，岂不两全其美。至于赵老二及王三姐本人，毕竟年轻骨肉嫩，都没有决定终身大事的能力。若论王三姐的意愿，她到有意老大赵树仁，又是读书人，教书先生，人也本分牢靠。可婚姻大事，只依媒妁之言、父母之命，哪能随她自己心愿，更谈不上感情基础，加上赵老师是老大，是顶门立户的，又是老师，不可能入赘当招女婿，便沿着男大当婚，女大当嫁习俗，无可奈何地接受了赵老二这个倒插门的女婿。

未料入赘女婿赵老二是个不成器、不争气的人，他原不是踏实的庄稼汉，也非精益求精的手艺工匠，刻苦读书的文化人，更不是善理财、勤经营的买卖人，却是一个不务正业的混混子。画龙画虎难画骨，知人知面不知心，他常与社会上不三不四的人交往。入赘之后，王三姐也拴不住他，仍背着岳父岳母与妻子，参加赌博且输了钱，无法偿还赌债。此时，正好邻乡一个国民军老兵叫周二，因炸弹爆炸震聋了耳朵，带一笔退伍费回家讨老婆过日子，于是赵老二便打起了老婆的主意，欲将王三姐出租给他，筹一笔钱还赌债，并与中人商定，私下里将王三姐出租给周二，周二出租金给赵老二偿还赌债。口说无凭，立下字据为证，只见合约上写着：

> 赵老二欠赌资若干，无力偿还，拟将妻子王三姐出租给周二，从头到脚，从左手到右手，从右腿到左腿，统统租给周二，五年为期。若五年内如数偿还租金，便领回王三姐。如果到期不能还回租金，王三姐永远归周二所有。口说无凭，以字据为证。抄一式两份，各执一份。一手交人，一手拿钱。
>
> 某年某月某日

出租人和租人的人皆在字据上按了手印。赵二与周二拿着字据到岳父家办理王三姐的交割手续。

王氏夫妇与王三姐突然一听此事，一看字据，顿时气得浑身发抖，七窍冒烟，欲打无力，欲骂，气得骂不出口。赵二进一步出言："若不同意，也可以钱代人，代他偿还了所欠赌债也行。"

听了赵二此言，王氏夫妇稍微冷静，略思片刻，感到代女婿还钱，除了过日子的土地房屋，哪里来的闲钱还债；若顶上土地，拿什么过日子。再说，这样的女婿摆脱了也好，要不然终就是个累赘，反而是个害，不仅养老防老靠不住，女儿也一辈子受累。王三姐呢，本来与赵二无情无义，格格不入，跟他一起过日子尴尬别扭，度日如年，反不如离开他干净，便勉强又与周二在一块度日。

万万没有料到，祸从天降，落下一个灾星来。脸上生有一颗痣，原由不得自己，更因此引来这样的麻达，命运为什么单单捉弄她，马家军闯进她家门，搜寻东西不着，便将王三姐五花大绑，带上她的男人周二，绑架到镇守使衙门。先由镇守使太太对质认人：

"一点不差，正是此人，眉心长着一个红痣，别说是一百个，就是一千个一万个里头也挑不出一个，我看得一清二楚，没错！"镇守使太太作证说。

既然太太说的没错，镇守使便坐堂，一班随从出手，用刑逼供起来：

"你叫什么名字？"

"我叫王三姐。"

"某月某日，你是不是从县城出来？"

"就是的。"

"太太是否给你托了一个铁匣子？"

"就是的，就是她让我帮她带铁匣子。"

"铁匣子呢？"

"本不是我的东西，我要它干啥，再说我嫌它沉重，我又交给一个顺路的男子。"

"这个男子在哪里？"

"我不知道，我不认识。"

"不认识，你为什么让他带东西？"

"铁匣子太重，我赶路不方便。"

"你老实交代！"

"我说的句句是实话。"

"你不老实交代，你看看这些东西，足够你受的！"

王三姐连看也不看答道："我知道的都说了，放我回家！"

"说得倒轻巧!说不出铁匣子的下落,你休想回家!"

"谁知道那个男子在哪里,出城的人多的是,我从哪里找?"

"不老实交代,押起来!"便将她带到一个有门无窗的牢笼里,关了起来。

到了下午,仍是镇守使坐堂,随从却换了一班人,又审问起来。

"你老实交代,只要交出铁匣子,你就可以回家了。"

"铁匣子真的不在我手里。"

"你要是交出铁匣子,长官有赏!"

"东西不在我手里,就是想交也交不出来。"

"你不老实,有你的苦头吃!"

接着又审问她男人,她男人是聋子,若茶壶里煮饺子,有口倒不出,不是所答非所问,便是一个劲地摇头,把头摇得像货郎子的拨浪鼓似的。

到了第二天上午,又接着审问。这一回是动真格的了,先是用木板子打手心,打一下问一句,又无结果。

接着,将她双手吊起来,用鞭子抽。抽一阵,问一下,抽一阵,问一下,仍无结果。

随后又用老虎凳,背靠柱子,将大腿绑在长凳子上,脚脖子下垫一块砖头,"招不招!"再垫一块砖头,"说不说!"疼的王三姐"啊呀啊呀"直叫唤,哪里顾得上再答话,照样毫无结果。

拷打用刑逼供,整整一个上午后,又送进了牢笼里。

三番五次地用刑,折磨得王三姐遍体鳞伤,浑身似针尖扎,锥子锥地钻心般疼痛。她无法接受这种对待,她忍受不了如此重刑和疼痛。她觉得生不如死!再说实话,仍然是挨打受刑;若是说假话,承认了,又交不出东西。真是叫天天不应,呼地地无声。到了无路可走地步。此时此刻,她真的不想活了,只有等死了。

在这生死关头,自懂事以来的记忆都涌上心头:父母为什么没有生自己为男孩?自己要是个男孩,也不会遭如此的难。既然生成了女孩,为什么脸上又生一颗痣?要是不生这颗痣,也不会遇上这倒霉的事,两个姐姐都出嫁,嫁了好男人,唯独自己,给招来个女婿,又偏偏不争气,赌博输了钱,给自己脸上抹黑,给父母丢人,又将自己租给人,女人难道不是人?租自己的男人，又是个聋子，除了摇脑袋，乱哼哼，什么话都听不见，答不出。又想到妹妹四姐，在麦田里锄草时被"花叫驴"强暴，羞于见人出家去了仙姑寺，剃了一头乌黑的头发做了尼姑，大地震后死活不明，自己去看望又寻人不着，偏偏又遇上代拿铁匣子的事，沉重难带，只好顺便托给路人，恰恰不知去处。若是铁匣子轻一点带回家中，马家军搜查交出去不就没事了，谁晓得是那么重。铁匣子重也罢了，若托了熟人带着也知下落，偏偏又是个不知下落的生人，自己跟上吃苦头。到如今，在这里板子打，鞭子抽，又坐老虎凳，吃尽了人间的苦，受够了生死疼，看来，我是生就的苦命人。王三姐怨来怨去怨不完，真是：

女儿怨，怨时光，生不逢时，降生到人妖颠倒世界上；群魔乱舞，魑魅魍魉；朵朵鲜花遭摧残，姐妹们多灾多难。

女儿怨，怨爹娘，女儿私情不体谅，哪顾情愿不情愿；红脸黑脸拉郎配，把女婿招到洞房。

女儿怨，怨新郎，原来是个负心汉，夫妻情分全不讲，千金玉体当牛羊，任意处置和租佃。

女儿怨，怨新夫，聋子耳朵两面长，苦口婆心，大声小声听不见；千言万语不能传，一腔私情无处诉，无尽苦水自个咽。

女儿怨，怨自个是薄命娘，谁叫是女儿身子女儿脸，生就的身子注定的命；人们言，红颜命薄，美人祸多；自个本不信，如今奈何天！

王三姐觉得是苍天有意惩罚自己，命运活该如此。若是命运注定，我就认了，听天由命。只是铁匣子未找着，事情没有完，还要继续挨打受刑吃苦头，怎么能忍受？要寻死，在这牢笼里，没有刀子可以自杀，缺乏绳子能够上吊。想着想着，头脑昏昏沉沉，竟然晕了过去。不知过了多长时间，忽然听见有人叫："三姐，三姐！"原以为又要过堂受刑罚，睁眼一看，方是爹妈在叫自己。

自王三姐被抓走后，王老二夫妇陷入了乌烟瘴气之中，满脑子的疑团：女儿到底犯了什么罪，又是翻箱倒柜搜东西，又是抓人，抓去二天杳无音讯，便来探望女儿，到关押三姐牢笼里来。

王三姐一见爹妈不打紧，一肚子的冤枉，满脑子委屈有了诉说的对象，顿时连哭带诉,将事情的来龙去脉说了个一清二楚。父母一听,搜家、抓走女儿的迷团才被解开。看见女儿被折磨成这个样子,打在女儿的身上,疼在自己的心上,那个自责,这个内疚,还有无奈,一起释放出来,王二娘顿时号啕大哭起来,哭得死去活来,没完没了。反过来,又是女儿劝母亲了:

"都是命运不好,连累的爹妈担惊受怕……"直劝到天黑爹妈起身回家去。

第二天上午,王三姐又被带到大堂上,继续受刑逼供。正在拷打受刑审问,疼得大喊大叫时,忽然有人呼喊"铁匣子找到了,铁匣子找到了!"接着一个人一面喊,一边来到了堂上。乃是守门的马家军士兵。

原来,王氏夫妇探望过王三姐出去后,在回家的路上,王二娘一面走,一面哭喊:"救救我女儿,行行好,救救我女儿!"引起了路人的关注。她走个不停,哭叫个不停,哀号声声,震人心扉,招来更多的路人围观,询问究竟。真是天无绝人之路,地有救人之途,围观的人群中正有知晓铁匣子下落者,深深同情王氏夫妇和受害的女儿,便引二老去找铁匣子的下落。拐弯抹角走了不远,便到一家关着门的住户。

引路人连声喊叫:"陈师傅,陈师傅!"但见应声开门,出来一个四十多岁的男子,浓眉大眼,络腮胡子,膀宽腰圆,若浑身是劲的力疙瘩。此人正是被王兆民救助过的陈铁匠,还是他,在王兆民被押往省城关押期间,他不顾路途遥远和花销多少,前去探望,企图营救无果,又买棺材,将恩人收尸成殓,运回家乡安葬。他一听是铁匣子的事,毫不隐讳推托,直爽豪放地说:"有,有,有!"

陈铁匠和王老二也都互相认出来了,一块安葬过王兆民的,一边应说着,一边将铁匣子拿出来,叫王氏夫妇看。王氏夫妇求其"行行好,救救女儿,交出铁匣子。"陈铁匠连声:"没说的,没说的!"意欲马上就交铁匣子。引路者说:"已是晚上,怕是关上了城门,进不去。"建议第二日一大早去不迟。陈铁匠同意引路者的意思,并挽留王氏夫妇吃饭,暂住,劝慰宽心。第二天一大早,陈铁匠便偕同王氏夫妇,来到镇守使衙门,秉明来意,显出物件,一个门卫便连走带喊,来到审讯王三姐的堂上,禀报主子。主子收下铁匣子终于放了王三姐。

王老二夫妇和三姐深记着陈铁匠的好处,将其看作救命恩人,多谢不说,常有来往,这是后话。

第七集　宝贝殒命

大涝之后遇大旱
宝贝孙子遭厄运

　　古堡镇地方连遭大地震、洪灾、兵祸，元气大伤，人员、牲畜、房屋、粮食损失很大，人民生活困苦至极。又逢大旱，既无雨水，又无山水，加上渠道等水利设施震坏后尚未修复，渗漏严重，土地干涸，严重影响了春播。春旱不算旱，秋旱二年半，接着连旱二年，许多土地第二年又未种上，勉强种上的，禾苗枯萎，基本绝收。古堡镇北部边缘的泉水地区稍好点，但也受干旱的影响，水位下降，水量很小。且泉水面积少，杯水车薪，无济于事，终于酿成饥荒。

　　到第三年的春夏之际，青黄不接，饥荒达到了高峰。政府腐败无能，面对严重饥荒，未采取任何措施，任饥荒蔓延。问题愈来愈严重，外出逃荒要饭者甚众。地方绅士和商会人士出头，办舍饭场，施放舍饭，也是僧多粥少，排队吃舍饭，有的排到后面的，等了半天，连一勺稀饭也未轮到。

　　县城供应舍饭的消息传出后，乡下及邻县的灾民不断拥来，灾民一天比一天多，而舍饭则一天天的减少，最终捐助告罄，舍饭场不得不关闭。一些灾民为了吃一碗舍饭，流落他乡，饿死他乡，成了异域之鬼。这一年的冬天，天气特别的冷，尤其是腊月份，出奇的冷，"腊七腊八，冻掉下巴"，冻伤了好些灾民。真是饥寒交迫，冻饿死的人不断增加。

　　接着又是疫病流行，白喉在城乡蔓延，特别是儿童的发病率高，死亡率高。城乡的穷人，饭都吃不上，哪有钱给孩子看病，染上疫病，只好活活等死。

　　此时，大地震中毁坏的房屋正在陆续修复和重建，县城的富商字号，便利用灾民中的青壮年劳动力，趁机修建深宅大院。张氏兄弟本是庄稼人，理应守着土地务农，但天灾人祸断送了生产条件，要种子没种子，要耕牛没耕牛，浇水没水，要吃饭没粮食，无奈之中，不得不离开土地，抛下家园，给城中豪富们搞土木工程。

张老大上有老母亲，下有小孩子，不宜离家出远门，便就近找活路干。张老二、张老三则去城里给富商家搞土木工程。都是管饭不给工钱。就是管饭，也只是让你维持劳动能力，能干活，并不叫你吃饱喝足。张老二给一家富商干泥瓦工，烧石灰和泥浆，供砌墙之用。张老三则临时改干木工活，拉大锯，锯木料。兄弟俩从早到晚，半饥不饱，累得精疲力竭。不干没饭吃，只好耐着性子干着。

青壮年男人出去干活混饭吃，妇女和老弱孩子，只好守在家里苦熬，日子越来越艰难。苞谷芯子、树皮、草根、观音土等等，凡能撑肚充肠的东西都吃过来了，仍然难以维系。得到城里供应舍饭消息，张大妈欲与二儿媳要去城里试一试，混碗舍饭吃，减少家中吃饭人口，顺便去看看在城里干活的儿子们。

便说："大儿媳有小孩，脱不开身，在家里守着；二儿媳与我去。"

第二天一大早，便背上破褡裢上县城。小半天的路程，足足走了大半天。已到下午才进了城。不时看到衣裳破烂、面黄肌瘦的灾民三三两两，或流动，或席地歇息。打问到供应舍饭的地方后，便就近来到城隍庙。但见庙门口支架着几口大锅，正在熬小米汤，吃舍饭的人则手持锅碗瓢盆在那里排队。张大妈婆媳俩顺便排上队等候。不管男女老少，轮到者都是一勺子稀饭。发放一勺，走一个，后面的顶上。所有排队的人，双眼都紧盯着打饭的勺子转，缓慢地向前移动。眼巴巴地望着、担心着，生怕轮到跟前没有了。

终于轮到了张大妈婆媳俩，给婆婆前一勺，给儿媳后一勺。接下来走到一块空地席地而坐。张二嫂看一眼婆婆，看一眼碗里的小米汤，意思是怎么办。张大妈会意地说："看什么？快吃吧！走了二三十里路，排了半大天队，早就该吃饭了！"吃了起来说："人是铁，饭是钢，一顿不吃饿得慌，要不是这一勺子米汤，怎能挨到明天！"又饿又渴，又是稀汤，几下就喝完了。

张二嫂说："长了这么大，我是头一回要饭，吃舍饭。"

张大妈说："到哪山打哪柴，到了哪里说哪里的话。你年轻，你们娘家又是有房子有地的人家，挨过多少饿，受过多少难，我是过来人，什么苦没吃过，什么罪没受过？到了这一步，就走这一步的路，说这一路的话。害羞、害怕都过不了这个坎儿。要不然连一勺子米汤都喝不上。"

从此开始，张大妈婆媳俩就天天来吃舍饭。上午一顿，下午一顿。但是，灾民越来越多，队排得越来越长，舍饭却越来越少了。排在后面的，白白站了半天，连一勺稀饭也没有得到。地方绅士和商会的捐助终究难以维继，舍饭场办不下去了，终于停业了。可怜远道闻讯而来的灾民，迫切地希望化为失望，连一勺米汤也未喝到，有的饿死在城里，落了个饿死鬼。

张大妈婆媳俩，在舍饭场停办之后，便去寻找在城里干活的两个儿子。从东街到西街，又从西街绕到北街，再去南街，凡有兴土木的地方都去寻找。要么不让接近，要么处处找不着，正在灰心丧气、精疲力竭之际，不知所措时，盲目地路过一条小巷的工地时，"妈妈！"忽然听到耳熟的声音，分明是老二的叫声。驻足转首寻声一看，从和泥浆的地方走来一个大个子。看那身材、步伐姿势，正是老二。婆媳俩喜悦之际，又大吃一惊，出现在面前的人浑身发白，再仔细一看，白头发，白脸，白衣，白裤，更不用说脚也是白的。

原来，他在干烧石灰、和泥浆的活。是将生石灰在火中烧熟后，放水一浇，便发热膨胀冒气，喷出白灰来，然后将烧好的石灰和成泥浆，运送给泥瓦匠砌墙去。在烧石灰、和泥浆、运送泥浆过程中，石灰水溅到身上一星半点，由少到多，于是将人染成白色的了。要不是张老二叫他妈，她们是无论如何也认不出来的。

二嫂看着丈夫的这副样子，由不得心里一阵难受，泪水在眼睛里转圈儿。她们还未及张口，张老二反问："你们怎么来了？"张大妈便将进城吃舍饭的事简要道来。还未说完，一个工头模样的人便恶声恶气地催促："快干活，快点！泥浆供不上了，快点！"

张老二不得不抛下妈妈和媳妇去干活，一边向前走着，一边回头告别她们。张大妈婆媳俩只好在原地歇息，再等会面、说话的机会。等了好大一会儿，张老二送泥浆返回来。他原以为妈妈和媳妇已经走了，未料到仍在等他，他只好再过来。张大妈问："老三在哪里干活？"

张老二回答:"也在这里,在院墙里面拉大锯,锯木头,进不去出不来的。"还未说上几句话,工头又过来干涉,对张大妈婆媳俩说道:"走开,走开!"

又对张老二道:"你还吃饭不吃饭了?不想吃了也走开!"

在人屋檐下,哪能不低头,堂堂正正的六尺之躯,哞哞叫的牛脾气,不得不赶紧去干活,临走,皱着眉头,投来无奈的目光,算是送她俩走去。

张大妈婆媳俩,怀着各自的心酸、无奈、遗憾,迈开了脚步,漫无目的走着。张大妈想:我对他总是哄着、鼓励着使唤、说话,何曾大声粗气地说过他,没想到在这里受这种对待。张二嫂看着这一切,对婆婆说:"原以为能在这里吃碗饭,想不到连多说几句话都不能,简直是监牢里的囚犯!"

她们不愿给儿子添麻烦,便走着,走着,不知再要去何处。张大妈忽然想起瘸妹来,意欲看一下她,便说:"走,咱们去看一下瘸妹。"

"瘸妹是谁?"张二嫂反问道。

张大妈:"瘸妹是我亲侄女,是孩子们二叔的女儿,她走时,你还未娶过来。她一岁多时,她的腿被烫坏了。由于冬天睡的炕烧得过热,大人睡得太死,孩子嫩弱,把孩子的腿烫得直哭,待大人醒来抱她时,她的左腿已经烫坏了,人还没有长大,就成了残废了。小小年纪,拄着棍子学走路,她爹妈好不容易把她拉扯到八九岁,可她爹得急病死了,她妈年轻守不住,又嫁人了,也不能带着她去第二个婆家,万般无奈之中,我家又缺个女孩儿,我就把她收留了。我们有一碗吃,就有她一碗饭吃,我抚养她到十五六岁,正在为她的终身大事犯愁,此时我娘家的侄子瞎弦赵老三走村串户唱贤孝。"

"这我听说过。"二嫂附和说。

张大妈接着说:"当时赵瞎弦一个人,拿着一条探路棍,背着一把三弦子,以卖唱为生。我们都爱听贤孝,又是冬闲季节,便延揽到我们家来唱。凡在家的人都听,瘸妹也在听,邻居们也来听,围了一炕一地的人。听到高兴处,大家都快乐;听到悲哀处,都替古人担忧,流眼泪,满屋子的啼哭声。瘸妹虽腿瘸,却身残志不残,且脑瓜灵活记性好,听曲子听得很着迷,悟得出故事的来龙去脉,与贤孝中的人物共悲共喜。赵瞎弦又去别的邻居家唱贤孝,她也拄着棍子到别的邻居家去听。听回来后,我就边开玩笑、边试探:"你爱听曲子,干脆跟上他去,可以经常听!"

说的有意,听者有心,她也不大不小了,渐渐懂得人间情事。男大当婚,女大当嫁,看自己的残腿,不能干农活,没人会娶她;想到自己的终身大事,难有归宿和依靠;也不能依靠大妈一辈子,不免暗中伤心落泪。一听我的试探话,她很快悟出了意思,答道:"要是真的能行,我也愿意。"我乘此机会,就去试探赵瞎弦的口气:"赵师傅,你的贤孝唱得真好,大家都爱听,唱到人的心窝里了。有一个姑娘她愿意跟上你,天天听你的曲子,只是她的腿有点跛,不知你愿意不愿意?"

赵瞎弦在卖唱生涯中,饱尝了失明的痛苦、艰难、孤独、凄凉的滋味,巴不得有一个引路人,陪伴自己卖唱人生。听了我姑妈的话,瞎弦的脑子何等聪明,一听便明白真意,真是求之不得,爽快地表白:"好姑妈,愿意,愿意!巴不得,巴不得!"

婚姻大事,要复杂也复杂,要简单也简单,不论是复杂或简单,只是个形式和过程,只要男女双方般配、愿意,就可以结为夫妻。赵瞎弦是卖艺维生的自由职业者,不依靠任何人,瘸妹也没有自己的父母,就由我做主主持,简事简办,结成了夫妻,在赵瞎弦离开张家庄时,她便左手拄棍,右手牵着丈夫的探路棍,迈上了伴唱应和的人生道路。

赵瞎弦是远近有名的民间艺人,唱响了古堡镇的庄庄村村,又从农村唱到了县城。雁过留声,人过留名,虽是一个瞎弦,可无人不知,何人不晓。凭着他深厚的贤孝功底,又在城里站住了脚跟,瘸妹与他也是有缘分,破锅也有个破茬头,有这一半,便会有另一半,一半对一半,结合在一起形成了一个完整的人。

瘸妹在跟随丈夫听贤孝、伴奏应和中,不仅解意,且很动情,十分执着,全身心地投入,已经和贤孝融为一体,贤孝也是她的事业,是她的生命,是她活人的价值,是她追求的人生目标。空闲时间,总想到养她、疼她、关心她、成全她的张大妈,日子过得宽余些了,也想报答她。事又凑巧,张大妈与儿媳张二嫂,正朝张瘸妹住地走去,路过城隍庙门,只见围着一群人,近前一听,正是弹唱声,趋到跟前仔细听,恰是赵瞎弦在弹唱,便挤进人群听,又被瘸妹发现,张瘸妹一看出张大妈,那个意外的惊喜,那个亲热的劲儿，那个忙乱，统统表现了出来。待曲终人散之时，赶紧招呼、引路，带领到住处来，又是让座又是倒水，忙的不宜乐乎。张大妈又给瘸妹介绍了二儿媳妇。

瘸妹夫妇应和道："知道，知道，是王三姐的二姐。知道，知道。"张大妈便将进城吃舍饭，看望你堂哥堂弟的事，给瘸妹夫妇叙说一二。

瘸妹深知张大妈的为人，牢记她的好处。她来看望、登门拜访真是求之不得，一定要留她婆媳俩吃饭住下，说说心里话。吃过晚饭，瘸妹关切地询问了张家庄的情况，张大妈则东家长、西家短的，述说了一个晚上，大地震死人的情况，发洪水淹死了谁谁，闹旱灾逃荒要饭等等，尽是些伤心、酸楚的事，每每引得瘸妹夫妇唉声叹气，嗓门哽咽，尤其是瘸妹，无不心里发酸，两眼流泪，直到夜深人静。

第二天起来，张大妈婆媳俩急着回家，瘸妹左拦右挡，赵瞎弦也帮着其挽留，好不容易，稳住了她们，吃过早饭，又述说了起来。

瘸妹说："你们不要看我们是卖唱的，可日子过得比你们宽余。大家都爱听我们的曲子。过去正常年景，城里唱，乡里的关系人家也请着唱，蛮红火的。家中有红白事情，或者这个祝寿，那个生日，还有打庄盖房的好事情，唱都唱不过来。只要唱了，总要表示心意，或钱，或粮，虽然不多，可天天有个麦儿熟。天长日久，积攒下来，也多少有些积蓄。这些年，天灾人祸不断，大比不上前几年的光景，可也能将就着过。你们看，墙上挂的筐子、篮子、袋子、盒子，装的全是干馍馍，都是过去进城的、出城的、做买卖的、拉肥料的，听了曲子，你给一个饼子，他给一个馒头，我们俩是吃不完的，便晒干存起来，比那些逃荒要饭的强，你别担心我们吃不上饭。你们的恩情，我一辈子忘不掉，我们唱的是贤孝，知道为人要贤惠，对老人要孝敬，这是积德行善的好事，素日平常，每每想着要报答报答，总是没有机会。这回来了，不要见外才是。没有别的像模像样的东西送你，带些干馍馍，在这饥荒年景是用得着的，可以压压饥。"说着装着，破旧褡裢的两头都装满了。

张大妈日日念孙子，夜夜梦孙子，恨不得插上翅膀飞回家去，抱着孙子亲一顿。瘸妹夫妇俩深解老人的心情，也不再挽留，便送别到大路上。

张大妈婆媳俩顺着大道，径直朝回家的方向走去。走着走着，一个年轻大汉猛不防叫她们："大妈大嫂行行好，给点吃的！"双手伸得老长老长。张大妈急着赶路，也不愿将瘸妹给的东西转送给别人，可看着他可怜兮兮的样子，心一软，便掏出一块馍馍干给他。不料，他一看背的都是吃的，接了给他的不说，还要抢整个褡裢子，张大妈婆媳俩大吃一惊，着实生气，着急起来，拼命将他推挡了过去，赶紧快走，急欲摆脱抽身，忙不迭地走了一阵，再没有听到他追赶的脚步声，于是边走边回头看了一眼。只见那年轻大汉仍坐在原地方未站立起来，更不用说来追赶她们了。看样子，即使是年轻大汉，饿得有气无力时，也没有力量来追抢她们了，又急急忙忙往回赶，生怕再遇到不测。

张大妈想着，回到家里，孙子一定会蹦跳着扑到怀里来。可一进家门，并非如此，竟不见孙子的人影儿，便扑向儿媳的屋里，没有。又到自己的屋里，也没有。儿媳眼看着婆婆急急忙忙找孙子的样子，失去孩子的疼痛顿时发作起来，禁不住跪地痛哭起来："蛋蛋啊蛋蛋，妈对不住你！"张大妈煞时惊呆了！稍冷静一下方有所醒悟，一定是蛋蛋发生了意外，可不知是出了什么事，急的直跺脚，拍大腿："到底怎么了？快说！"

原来，张大妈在家时，粮食就快告罄了，张大妈去城里吃舍饭后不久，就断粮了。家中的日子越发难以维系。张大嫂靠搜集苞谷芯子磨面度日。后来又吃榆树皮、树叶子，磨成草粉，熬成糊糊，或做成窝窝头吃，直到挖草根充饥，又苦又涩，难以吞咽，大人勉强可以吃一些，小孩如何能吃这些东西，无论怎样哄劝，就是不吃。蛋蛋饿的一个劲地直哭。据有人说，墙角下的观音土可吃，孩子勉强吃了一点，可吃下去肚子又鼓又胀，拉不下屎来。最初能哭一下，后来干脆无力哭了，没两天就咽气了。

张大妈不听则已，一听，轰地一下晕过去了。妯娌俩吓坏了，着急了，急忙学着通常的急救做法，又是抹胸脯，又是掐人中穴；又是呼叫，又是摇身子，好一阵子才清醒过来。待清醒过来后，则连哭带叫："我的蛋蛋，你好苦啊！我的宝贝，奶奶没把你养好，我的眼珠儿，你走了，我还有什么活头？我的心肝，你没有了，我活着有啥意思，我的嫩肉肉，奶奶也不活了，奶奶也跟你去……"

妯娌俩越发没辙了，手足无措，急的转圈圈，忙乱中，情急生智，大嫂吩咐二嫂："你守着，我去把咱们妈请回来，兴许她能说进去！"

张大嫂、张二嫂的妈，是王家庄王老二的女人，人称王二娘。王家庄距张家庄不过几里路，没过几个时辰，王二娘就被请回来了。她们是亲家母，年纪相仿，脾气相合，一进门便抓住张大妈的手："亲家母，我看你来了，你什么时候离家进城吃舍饭，也不告诉我一声，我都纹丝儿不知道，天天念叨你，你平安回来就好，咱们俩好好说说心里话。"

张大妈一听，话题对茬，气味相投，心情转而舒缓下来，可又说："我的孙子没了，叫我怎么活啊！好心疼的蛋蛋，我给他要来的馍，他没吃上一口就走了！"

王二娘说："生死由命，富贵在天，命大的，长命百岁；命短的，来了就走。这世道，挨饥受饿，活着也是活受罪，还不如死了自在！你看这些年，又是大地震，又是发洪水，又是兵荒马乱，又是闹饥荒，天灾人祸不断，死了多少人？男的女的，老的少的，成百上千的死！你我能活到今天，算是命大！过去听人说'人吃人，狗吃狗，鹰雀乌鸦叨石头'，我总不相信，现在我算是相信了。我的老头子去树林里拾柴火，看见有处在烧火，并嗅到一种异常的腥臭气味，走到跟前一看，一个男子竟然在烧烤一个死小孩。他边烤边撕着吃，还招呼'你来尝尝'。我老头子从不说假话，这下子我算是相信了。"

张大妈也说："我们在城里吃舍饭时，一块儿等候吃舍饭的人也议论，他们那里发生了人吃人的事。不过他们说，凡吃过死人肉的人，都眼睛发红，浑身燥热，活不了多久就都死了。看来，同种不相食，人是不能吃人的。"

王二娘道："那也是没有办法的事。人饿极了什么事干不出来，偷盗的，抢劫的，卖儿卖女的，卖身的，都是不得已的做法，我还听人说有的地方，死的人多了，埋都埋不及。"

张大妈道："可不是吗，我们吃舍饭那阵子，城里经常看到往城外抬死人，据说一天要抬出几十个死人。"

"哎，这是什么世道！还叫人活不活了？"王二娘应和着说。

张大妈："现在的世道真是祸不单行，大地震后发山洪，山洪之后闹旱灾，还有什么马家兵杀人放火，闹饥荒，一个一个的天灾人祸，接二连三地落到老百姓的头上。我这次进城吃舍饭，到处都是逃荒要饭的人。为了活命，背井离乡，四处流浪；为了一勺子米汤，队伍排的像闹社火的一长串。排在前头的好歹还能轮上一勺，排到尾巴上的，锅巴子都沾不上边，白白站了半天队。再后来舍饭场都没有了，连一勺米汤都没处喝了。夜晚渗凉渗凉的，街台上、屋檐下、墙角里，处处是逃荒的人。到第二天，有些醒来了，有些就醒不来了。我亲眼看到的，一个接着一个的往城外抬死人，死了也是个饿死鬼，成了孤魂野鬼，到阴间去，谁给他们烧张纸？不知道世界上造了什么孽，这么多人跟上受苦受难，要不是遇上这个坏世道，我的蛋蛋也不会走的。"

　　王二娘一听，话题又回到孙子的身上，怕是又要哭喊起来，急忙打岔道："要不你就到我家去住几天，我们亲家俩好好唠叨唠叨。"儿媳俩也害怕再扯到娃娃的话题上再又哭又喊地闹腾起来，赶紧异口同声地附和道：

　　"对对对，到我们娘家去吧，你们俩好好说说心里话，再把去城里吃舍饭的事儿叙说叙说，也叫我们爹妈听听新鲜！"

　　于是，张大妈便跟上王二娘，由二嫂陪着来到了王二娘家。

第八集　曲谱遭焚

虎狼兵焚烧贤孝谱
曹瞎弦弹唱悲喜曲

　　由于地方封建势力的重新复辟及进驻古堡所在地的冯玉祥国民军，因在蒋、冯、闫混战中失败而撤走，在古堡一带彻底成了顽固封建势力马家军的统治地盘，人民继续遭受着残酷的压迫和剥削，仍处在水深火热之中，烧杀抢掠又落到了赵老师头上。说到赵老师，祖祖辈辈皆是读书人家，其祖父曾考中清末进士，并在朝廷和地方做过官，虽受文字狱的牵连被杀了头，家业衰败了下来，毕竟是书香门第，门风遗韵，文化传统并未根绝，子孙中总有人在传承着祖宗香火。赵老师的父亲，即张大妈的哥哥，也曾中过秀才，是古堡地方有名的狂生、怪才。以办私塾、教书维生。因其思想观点与时政不合，进士未第，从此失意官场仕途。因看不惯朝廷的腐败无能，官场的黑暗恶行，致牢骚满腹，抑郁寡欢，壮志难酬，终就过早地离开了人世，留下了五个儿子和衰败的家业。幸有长子赵树仁，学业有成，继承了他的事业，继续当私塾老师。

　　这赵树仁，虽未发扬光大祖宗遗业，却也小有建树，他除了办私塾、教国文外，还潜心保存祖宗遗留下来的文化遗产，诸如经史子集等，还广泛收集地方趣闻轶事、民歌小调等等，家中收藏颇丰。一有闲空，便要翻阅欣赏；每有所得，就动笔记录下来。月复一月，年复一年，竟然形成高高的一摞手稿，又字斟句酌，一遍又一遍地校对，生怕挂万漏一；翻来覆去地推敲润色，唯恐贻害后人。不断地坐冷板凳、爬桌子，一笔一画地誊抄，何曾松懈消停。

　　人就是这样一种有特殊嗜好的灵物。穿鞋戴帽，各有所好，志趣不同，各有追求。酒徒嗜酒为最，烟鬼没烟不成，色狼淫荡无羁，财迷惜财如命；好官者总嫌纱帽小，虔诚的信徒则再难超脱出来。人又是高级动物，除了衣食住行用等物质生活，又过精神生活，什么理想、信念，人生的意义，价值的追求，讲是非原则，辨真假、善恶、美丑，讲究高雅，贬斥庸俗，欣赏美好，厌恶丑怪、识尊卑、讲荣辱。若有满足，心情愉悦，每有平衡，心安理得。如果说低等动物是靠本能在行动，那么人，则既靠本能，又以意识为指导生活，也就是说人既过衣食住行用的物质生活，又过丰富多彩的精神生活，因有价值和意义的追求，好恶的讲究便是其中之一。而赵老师的嗜好和精神生活则与众不同，酒色财气皆不沾边，功名利禄不追求，唯对书本如醉如痴，看作生活的意义和人生的价值追求。兼收并蓄，总嫌其少；升华讲究，精益求精；把时间和精力全部投入其中；略有余钱剩米，也花在书本上。到头来，若孔夫子搬家，尽是书。除了一大堆书籍字画，别无家产，终归仍旧是一个穷秀才。

虽然如此，地方上也离不开他，他也给乡亲们做了不少有益的事。继承父业，办学教书，培养了不少文化子弟；过年过节，给大家写对联，每每受到百姓的尊敬。还收集整理地方史志，水文资料，案件诉讼等等，帮助受害者申冤，引经据典，颇有力道。功底浅薄的人是难以对付的。最值得一提的是收集整理民歌小调，积少成多，汇集成册。口头传闻经他记录，修饰润色，提炼升华，便上一个档次。过年过节，繁荣文化生活，捧场助兴，皆用得着。乡亲们拜访，有求必应。对改善精神风貌，晓喻为人处事，规劝纠纷琐事颇有好处。又将记录材料辗转传抄，扩大了影响，得以流传后世，这些轶事趣闻，经他的收集整理，反复修改，清理誊抄，竟然形成了几十万字的手稿。他将此视为地方的精神财富，规劝人的依据，传家的宝贝，劳动的成果和奋斗的成绩，倍加珍惜、爱护，谨防遗失、损伤。意欲刻印成书，流传后世。

《贤孝》的曲谱和唱词，便是他做的好事之一。说到《贤孝》，是民间艺人的曲艺，它通过弹唱故事，感化人们为贤行孝，故名"贤孝"。以自弹自唱，以唱为主，是说唱结合的曲艺形式。基本乐器是三弦子，也有配板胡、二胡、撞铃、竹板的。曲调有甜音、悲音、哭音之分，多为盲人弹唱，故称之为"瞎弦"或"瞎贤"。

《贤孝》原无唱本,靠口传心记传播流传,多在茶园、走街串巷、家中堂会进行。自赵老师收集、整理、加工润色之后,方有了本子,曲谱更加规范系统,唱词有根有据,凝练精彩。内中除了整本的长卷,如《鹦鸽盗桃孝母》等等外,亦有谈情说爱、歌颂爱情婚姻的;亦有唱劳动生活的,如《走西口》《送哥哥》《绣荷包》等等。词儿诸如:

"春风吹来柳叶长,我拿新枝望哥哥;娘问女儿望什么?我数柳树有几棵。""大雁南飞叶儿落,我在坡上望哥哥;娘问女儿望什么?我数大雁有几多""古堡镇,地方邪,乡民人人爱唱歌;白天不唱没法活,夜晚不唱睡不着。"

赵老师不仅是一个国文功底深厚的才子,且是非常痴情的文人,受书香门第家风的熏陶,知识渊博,熟读唐诗宋词元曲,尤其精通乐理韵律,善琴棋书画,以教私塾维生,属才了、情痴情种一类人物。他结识了邻乡钟财主的女儿,情投意合,意欲结为良缘。可是钟财主重财轻才,不愿意叫女儿跟上穷秀才受穷,以"门不当,户不对"为由,违背女儿的意愿,拒绝了赵老师的求婚,并把女儿许配给另一家门当户对的权财主,不日即将迎娶。由于命运舛误,硬是棒打鸳鸯散,拆散了一对郎才女貌、佳偶良缘。不料,钟姑娘也是个情痴情种,性格刚强的烈性女子,宁死不从,就在迎娶之日上吊自杀,以死殉情,以示对封建婚姻的反抗,对赵老师的痴心钟情。

钟姑娘悬梁自尽的消息传出之后,赵老师肝肠寸断,悲痛欲绝,难以排解。那情那意怎能了断,那身段面容何能消失。闲静时走神,走路时想着她,吃饭没味道,睡觉乏瞌睡,魂牵梦绕,缠绵纠葛,怎能消弭。

每过钟财主家门,无不伤感揪心,每每勾起第一次见面的情景。钟姑娘的一言一行,一举一动,无时无刻不在他脑海中萦绕。血脉似乎随钟姑娘的话音流动,心脏伴钟姑娘的脚步在跳动,冷暖依姑娘的面容而变化,心情随姑娘的悲喜而起伏,千种思念,万般情愫,统统释放出来,化作时间的节奏,声音的旋律,或快急或舒缓,或欢快明朗,或抑郁忧伤,或似溪水潺潺流过,或遇险滩巨石,碰撞激荡。又像春风拂面,和煦温暖,又若暴风骤雨,令他打战发怵。时而若狂风恶浪,雷鸣电闪,时而若雪花飘飘,无声无息，促他兴奋亢进，悲喜交集，闪现出心灵的火花，终于流淌出了心声的曲调。于吟诗填词时辅以曲调，在弹琴中谱出曲子，给诗词插上音乐翅膀，进而凝结在白纸黑字上，形成了系统的曲子，归入那厚厚的手稿之中。

钟姑娘走了之后，使赵老师的情感世界一片空白。对于情痴情种的赵老师来说，陷入了极大的孤独和苦闷之中。对于他来说，怎么能在情感的真空中度过，痴情的人走了，时时处处顿觉茫然，难熬难度。此时此刻，另一个光闪闪的亮点投入了视野，这个亮点就是王三姐。她来得恰是时候，正是她填充了赵老师空空若也的情感世界，使他又焕发了青春的活力。可是命运又是那样的不巧，王家没有儿子，要招倒插门的女婿干活，而赵树仁是文化人，是私塾老师，有他的文化事业，显然不是合适的对象，结果由其弟弟充当了这个角色。

赵老师与王三姐的婚姻美梦，若白驹过隙，一闪而过。又一次的婚姻舛误，使赵老师再度陷入了消极苦闷之中。后来虽然又找了一个伴侣，却是没有感情基础的无奈婚姻，夫妻生活是同床异梦，味同嚼蜡。别别扭扭地生活着。一有闲暇，便以吟诗填词打发时光，或抚琴奏曲，宣泄情愫，排解对钟姑娘的思念，对王三姐的留恋，诗才和痴情若流水一样进入曲子里，使曲谱更加感人肺腑，润人心田。

赵老师在业余的文艺生涯中，又结识了民间艺人曹瞎贤，结为至交，并将自己收集、整理、加工过的贤孝宝卷和曲谱又反馈给曹瞎贤，使曹瞎贤的弹唱更升华了一格。经他弹唱，广为流传，几近家喻户晓，人人皆知，倡导尊老敬贤，声援老弱病残，关爱儿童子侄，怜悯孤儿寡母，鞭笞坏人坏事，谴责贪官污吏，抑制歪风邪气，端正民风民俗，深受乡亲欢迎。

百姓中素有"三不敢"的口头禅，一是不敢惹歌伎、舞女。她们与达官贵人多有来往，若得罪了她们，通报给有权有势的人，吃不了得兜着走，说不定会招祸挨整。二是不敢惹唱曲子的瞎弦，若做了不贤不孝的事，被他们编入曲子，广为传唱，谁受得了。三是不敢惹文人，他们写状子，写文章，著书立说，谁若做了坏事恶事，被写进去，广泛传播，甚至流传后世，若秦桧一样。"人从宋后少名桧，岳王坟前愧姓秦"，既就是当事人不在了，其子孙后代如何抬得起头？对赵老师也是一样，人们有敬的一面，也有怕的一面。敬而远之也就罢了，最怕的是莫过于他写状子，写文章，著书立说，若提上一笔，好生了得。

谁料到，人敬人怕的赵老师也有招祸的时候。此时，适值县府来了一个新任知事，他除了精通为官仕途、敛财之道外，还有收藏字画古玩的嗜好。每到一地，广为搜集索取，不嫌其多，只嫌其少。这个县知事深知其上司也有这一嗜好，为了巴结上司，好不断升迁，便布置爪牙，巧取豪夺，无所不用其极，作为讨好上司的见面礼。

赵老师家是有名的书香门第，又喜好书籍字画，谁个不知，何人不晓。自然传到了知事的耳朵里，使唤手下爪牙广为搜集，硬是软硬兼施勒索起来。或借口观赏，借而不还，赖账；或利用权势，强迫收买；或捏造事故，买人诬告，逮捕入狱，甚至勾结匪盗，伺机盗窃，巧取豪夺，无所不用其极。因此把赵老师的字画统统拿走了。对于厚厚的手稿，大块的文章，则不屑一顾。虽然字画、翰墨等留传下来的文化遗产损失了，赵老师亲自撰写的、收集整理的民歌小调、地方史资、趣闻轶事、贤孝曲谱歌词等几十万字的蝇头手稿，总算未被拿走，侥幸地保留了下来，不幸中的万幸，赵老师稍感侥幸，心里略觉平衡、安慰。

他搬出凳子，垫在书橱下，爬上爬下，检点着自己的手稿，有民歌小调，什么《林音女降香》《十万金》《盗灵芝》《三娘教子》《唱封神》《说水浒》《张果老过桥》《卖膏药》《割韭菜》等等，还有《王哥放羊》《小姑贤》《光棍难》《寡妇务农》《吃粮人》《杨家父子》一卷一卷，最是那整本的宝卷《岳山宝卷》《湘子宝卷》《二度梅宝卷》《观音宝卷》《包公宝卷》《和家宝卷》，一卷又一卷爱不释手。如对《鹦鸽宝卷》时而捧在手中，或抱在怀里，还放在书桌上翻着看，是他写了多少遍改了多少遍，熬了多少夜多少天才成文成卷的。清楚地记得是村上的孝子敬母启发了他，以物喻人，托鸟言情成文的：天冷时捡柴草垫在窝里，热了时展翅膀搭上凉棚；老母亲得了想儿之病，睡在那草窝中不能起身，每日里不思想吃食饮水，就是仙苹果也无所用心，小鹦鸽见母亲身患疾病，满眼中痛流泪问母一声……字字句句皆是他亲历亲见的事实，一字一句都是自己心血的结晶。

在长的整本宝卷中，在短小的山歌小调中，有三段式的十字句，有两段的七字句，有六字句、五字句，有四字句、三字句，还有长短句，无不是依情依事，因时因地制宜，字斟句酌抠出来，反复推敲定下的。曲不离口，拳不离手，他翻了又翻，看了又看，品了又品，嚼了又嚼，品尝不够，爱不释手，心想幸好未被拿走。

他哪里料到，前脚走了狼，后脚来了虎，国民军撤走，马家军重返县城。枪打刀劈，抢劫、放火又大闹起来，在城里烧杀抢劫之后，又将兵祸蔓延到赵老师所在的古堡镇地方。又是抢金银财宝，还搜刮古玩字画，虽然是教书先生，幸好，赵老师剃了清朝时的辫子，却未留分头，也未穿中山装，只套着一件浅色的长袍，登一双缝有双杠、鞋尖朝上的朝鞋，避免了砍头之灾。可是赵老师是有名的书香门第，教书老师，岂能幸免，灾祸再一次降临到他家的院中。

一伙虎狼兵，闯进家里来，翻箱倒柜，抄了个底朝天，哪里有那么多的古玩字画。宝物经得起一而再，再而三的搜刮，也没有搜寻到什么金银财宝、古玩字画。虎狼兵欲望很大，折腾了半天却一无所获，眼看要空手而回，欲火难平，一怒之下，放火烧了起来。赵老师双膝跪地，苦苦求饶，引经据典，说理力争，哪里能叫这帮强盗发善心，明哲理，一双无缚鸡之力的手，如何能阻拦野蛮横行的强盗行径。"秀才遇上虎狼兵，金玉良言全无用"，眼睁睁将他小小的四合院，满架整屋的书籍都烧光了，最割肉剜心的是把他毕生精力、潜心收集整理、撰写誊抄的几十万字的手稿，付入熊熊烈火，一焚烧之。

赵老师眼看着这帮强盗的野蛮行径，又气愤至极，又无可奈何。急得跺双脚，拍大腿，跳蹦蹦，干瞪眼，望着虎狼兵趾高气扬、扬长而去，竟然跪在地上大哭起来，悲痛欲绝，难以自制。

几十万字的手稿，凝结了他毕生的心血，是他人生价值的追求，是他呕心沥血劳动的结晶，是生活的内容和精神寄托，是唯一留给子孙后代的传家宝。他把此看作比财产还值钱，比生命还珍贵的东西，认为，财产损失了还可以再挣来，生命由子孙后代可延续，而这些手稿，是自己独有的，失之难以再得，毁了不能再生。

他想着想着，若老寡妇死了儿子，没盼头了，没活头了。他觉得，这一辈子完了，全完了，他人未老心已老。认为只剩下残年余力，在人世上没有多少时间了，没有丝毫希望了，所有的寄托和意义都丧失了。若是庄稼人，如果今年歉收，明年尚有希望，而对于他来说，人生岂能重来，奋斗毕生的成果竟全被一火焚烧，唯一的寄托也没有了，活着还有什么奔头，还有什么意义和希望！可怜著书人，毕生穷酸苦；都说老师傻，谁解其中意。满腔的愤怒和悲痛，一肚子的惋惜和遗憾，统统交织在一起，把赵老师推倒了，摧垮了，从此卧床不起。

幸好，他传授给曹瞎弦的贤孝曲子、唱词，仍在弹唱、传播。

第九集　瞎弦悲歌

赵老三拜师寻饭碗
曹瞎弦名师出高徒

　　前面曾说到张大妈将侄女张瘸妹，许配给唱曲子的赵瞎贤，并跟随赵瞎贤走上了卖艺谋生的艰难人生道路。

　　说起这赵瞎弦，他颇有些来历。他们的祖上，是有名的大读书人，确实称得上书香门第，其祖父曾考上清朝末年的进士，在朝廷做了官，成了官宦人家，是何等荣耀显赫，家业也一度兴旺发达过一阵子，可好景不长，后来牵扯进文字狱的案子，被砍了头。从此，波及到子孙后代，家业开始衰败下来。到了他父亲手上，便靠变卖家具文物、土地房产糊口度日。后来，只剩下些许薄田，一院破屋的景况，靠办私塾教书维生。到了赵老三这一代，更是光阴窘迫，难以维系。虽然人未亡，可家业已破。弟兄五个，高不能，低难就，只好各奔前程，各找生路。但毕竟有些家风传统，祖宗的文墨影响犹有存留，不时闪现些翰墨余韵。孩子辈弟兄五个，老大考上过举人，在父亲遗留的私塾做教书先生。赵老二是个二球货，无业可守，无营生可干，交往些不三不四的人，在社会上胡混。后来入赘做了王老二家的上门女婿，以王三姐为妻。又因赌博输了钱，不得不将王三姐出租给周二为妻，得租金还了赌债，上了新疆。赵老四无路可走，看破红尘，干脆出家当了和尚。赵老五投师于当地一个道士，念经吹唢呐，做道场跑龙套什么的。这里专说赵老三。

　　赵老三后来俗称赵瞎贤或赵瞎弦，叫赵树礼，他的名字除了他的父母和弟兄们晓得，别的人一般不得而知。当地有个不成文的习俗，称呼人，或者叫尊称，或者叫贬称，难尊难贬者，则以排行为称呼。对于有钱的，称老财,诸如钱老财、李老财等等。对于有官衔的,哪怕只是芝麻粒儿大的职务,甚至跟上干打杂差事的,也称呼其差事名称,诸如李保长、王甲长之类。对于身体有明显特征,或从事某种职业的,就称呼其身体特征、职业名称,诸如陈铁匠、赵瞎贤等等。对于无钱无势无官衔,无身体突出特征的,就姓氏加弟兄们的排行相称,张老大、王老二等等便是如此。不仅对男人是如此,对妇女亦是这样。未嫁人的,叫王大姐、王二姐;嫁人的女子,随男人的姓,加上娘家的姓,再加上一个氏字,或张王氏,或王张氏,或称张大嫂、王二嫂等等。习惯成自然,久而久之,人们只知道其官衔、职业与绰号什么的,倒不知其名字了,可谓是"只知其人,不知其名"。赵瞎贤的称呼便由此而来。

赵瞎贤自幼双目失明,这是令他父母最割肉剜心的事。对于别的孩子,穷是穷,人是健全的,好歹能寻碗饭吃,唯独这赵老三,眼睛瞎了,难找事情干,难寻一碗饭,宁叫耳朵聋,不可眼睛瞎,为他父母的,就是老死时,也难以闭上眼睛,这是最放心不下的事情。学艺卖唱便是唯一出路。于是便想方设法,千方百计,寻求高明的瞎贤,投师学艺,为的是寻个糊口吃饭的营生。

他的父母东托西找,通过大儿子赵树仁及赵老三的舅舅,终于找到了名师曹瞎贤。这曹瞎贤,弹唱技艺高,名气大,对拜他为师的人,要求尤其严格苛刻。除了必须有信得过的中人作担保外,还要过好几道关口。

曹瞎贤本人就是高人传授、名师指点成的,自幼勤学苦练,成师出名的。他原是弹唱民歌小调,走村串户卖艺维生的,颇有些弹唱功底。在弹唱卖艺过程中,来到了赵家庄,得到了一个高人的指点,使曲调规范化、系统化,又接受了唱词的编纂技巧,学到了许多整本整本的曲艺书目。从此,他的演艺水平又升华到了一个新的高度,更受听众的欢迎。这个高人就是赵老师赵树仁。

原来,曹瞎贤卖艺弹唱走村串户,来到了赵家庄,他的弹唱声传到了赵老师的耳朵里,与他发生共鸣,心领神会聚到一起。赵老师将自己的曲谱用琴声演示给曹瞎贤,让他试弹。曹瞎贤本是音乐功底深厚、悟性很高的民间艺人,他依曲转轴调弦拨弹校音,按曲谱抚弦,依情变调,或急或缓,或高或低弹奏了起来。赵老师的曲谱到了曹瞎贤的手里，真是激情遇上歌手，佳曲谱逢上知音，被弹奏得激情流淌，淋漓尽致。时而微声细气，时而斥责怒吼，一阵儿裂石断金，一阵儿鼓声咚咚，一会儿缠绵婉转，一会儿又嬉笑怒骂；或娓娓道来，倾诉无限深情；或风风火火，喷放盛怒狂暴；若喜，似母亲逗孩童玩乐；若气，令你咬牙切齿；若悲痛，由不得叫你悲痛欲绝；若欢乐，引你手舞足蹈；若亢奋，促你奋进奔驰；若消沉抑郁，又使你无精打采。弹奏到微妙处，曲子随风顺气飞扬飘荡，又像放风筝，手操着丝线，或收或放，或高或低，任其依兴起舞。时而似狮吼虎啸，骏马嘶鸣，时而像风声鹤唳，令人毛骨悚然。一阵儿蜜蜂嗡嗡，蝉儿颤音，一阵儿又像雀儿唧唧，喜鹊嘎嘎，真是黄莺声声清脆，杜鹃息息啼血，震人耳膜，动人心弦，激人情绪，催人泪下。赵老师的曲子，词儿，经曹瞎贤弹奏演唱，响彻村村寨寨，东西南北，成为古堡镇地方家喻户晓，人人皆知的曲目，成为功成名就的艺人。

这曹瞎贤走出了自己成材成名的道路，也有他个人的切身体会。外行看热闹，内行听门道，他深知凡卖唱从艺者，不是人人可以干的，也不是谁都可以成功的，吃这碗饭，走这条路，必须具备先天的资质，更加上后天的勤学苦练，吃得了苦中苦，受得了难中难，方能成功从艺。从艺难，从艺难，没有高低没有深浅；卖艺难，卖艺难，未卖艺者不知其苦，凡卖艺者才知难上难。这个行道绝非三天打鱼、两天晒网，见异思迁，好高骛远，一蹴而就就能成功的。若拜他为师，务必遵循这个铁律般的道理，必须有天分、俱吃苦耐劳者方收其为徒。

赵老三经舅父为中人担保，引领到曹瞎贤寓所，简单介绍后便开始考核。曹瞎贤令赵老三在自己对面坐定，伸出右手抚摸其前额，由左至右，又由右至左，再从上到下，又从下到上，若衡量尺寸似的，抚摸了个彻底。接下来又抚摸其双手，先右手，一个指头一个指头地抚摸，由指根到指尖，由指尖到指根。摸完右手的每一个指头之后，又摸左手，亦是每一根指头都不放过，还把每个指头的尖尖捏住，上下左右的摇晃，似是在查考其手指的关节。

待左右手摸完之后，担保人问师傅："怎么样？"

曹瞎贤回答："等等，别忙！把鞋袜脱了！"

赵老三便将鞋袜都脱了。曹瞎贤又伸出右手，从其左膝盖骨顺摸下去，把左脚从脚背到脚底，由脚后跟到脚指头尖，一一摸遍，又如前法，把其右脚摸了个遍。

担保人问："为什么要摸头、摸手又摸脚？"

曹瞎贤答曰："唱贤孝者，头一条是要聪明，记性好，额宽者头大，头大者聪明。"

"那为什么要摸手？"担保人问。

曹瞎弦："弹三弦子离不开手，手大，指头细长且灵活者，才能弹好三弦子。"

"这也罢了，摸脚又是为何？"赵老三问。

"对了！算你问到了地方上。靠弹唱卖艺吃饭，要穿百家衣，吃百千家饭，串千门万户，走东串西，走南串北，脚板不硬朗不行，你有没有这个精神？"

"有！我有这个精神。"赵老三回答说。

再接下来，曹瞎贤又唱道："远看金桥修得好，近踏金桥不大牢，说得鲁班气愤了；千军万马过了多少，把你的毛驴子过了几遭。说得张果老发怒了，四大名山驴后头抛，手举钢鞭把驴儿叫，骑上毛驴儿就过桥，桥牢不牢走着瞧。"

曹瞎弦刚刚唱完，就命赵老三重复唱一遍。

赵老三原板原调，一字不差地重唱了一遍。

担保越听越惊奇，便对曹瞎贤说："怎么样，我给你推荐的徒弟没错吧，我若看不上的，不会给你师傅介绍。"

曹瞎贤仔细思谋着摸头、摸手、摸脚，测耳朵、听嗓音的情况，回答说："还行，这个徒弟我收下了。你们回去把铺盖拿来，再拿半年的吃食，外买一把三弦子。"

瞎子学艺不念书，死记硬背靠功夫。学艺期间，曹瞎贤始教传统曲目，先是教《小姑贤》，教一个，背熟一个，直背得像瓦罐里倒核桃，滚瓜烂熟，一字不差，再教下一个。又连续教了《王哥放羊》《老来难》等十几个曲目。

接着曹瞎贤又教习故事编纂技巧，提高其悟性。师傅只传授前半段，不传授后半段，要求徒弟根据前半段的内容，悟出后半段的内容，唱出后半段的词句。曹瞎贤传唱《莺莺送张生》第一段：

　　　　送亲人送到一里亭，
　　　　几只鹅鸭送亲人，
　　　　思着吃来想着用，
　　　　且把我小妹挂在你心。
　　　　园子里的韭菜绿茵茵，
　　　　刀割韭菜留着根，
　　　　亲人哥哥一去几时来，
　　　　留恋不住堂前送，
　　　　大清早抛下我一场空。

曹瞎贤唱完第一段，命赵老三接续第一段，唱出下一段。

赵老三思谋着，上一段送到一里亭，下一段应该送到二里亭，可送到二里亭要唱什么，一时悟不出要干什么，唱什么词儿，支支吾吾起来。

曹瞎贤即刻停止传授，命他下去领悟去，什么时候悟出内容，编出词句，唱合适以后，什么时候再传授新的段子。

对赵老三来说，师傅教什么就学什么，这不是难事，只要多留心，牢牢记住就行了。难的是融会贯通，举一反三，能从师傅传授的第一段内容，悟出第二段的内容，编出恰当的词句，这是颇费脑筋的事，哪能马上唱得出来，一时心中无谱，口中语塞，支支吾吾起来。

曹瞎贤命其钻入地窖中，排除外界的一切打扰，专心致志地领悟去，什么时候领悟出来，准备好了，什么时候上来。

要知道，编纂新的内容、词句谈何容易，这要有丰富的阅历，要了解张生告别莺莺故事的社会背景、生活环境，要熟悉莺莺的心理活动，必须掌握故事发展的客观规律和必然过程，以及相关的人事关系。这对年轻骨嫩、不能读书、涉世未深的赵老三来说，当然是难上加难的事情。

在领悟过程中，他除了吃饭、睡觉人小便外，天天在地窖里度过，反复温习已教过的曲目，仔细琢磨曲艺的内在道理，领悟故事的编纂技巧。天长日久，终于悟出了个中玄机诀窍，根据莺莺送张生第一段的内容，悟出了第二段的相应内容，编出了适当的词句，出了窖，向师傅演唱、汇报：

　　　　送亲人送到二里亭，
　　　　头上的金钗拔一根，
　　　　这根金钗有多重，
　　　　一两三钱零三分，
　　　　舍去我金钗能再买，
　　　　舍去我哥哥难再来，
　　　　栽树要栽松柏树，
　　　　为人要为真君子，
　　　　栽下松柏树冬夏常青，
　　　　为下了真君子我幸福一生。

曹瞎贤一听，感觉过得去，认为该徒弟有悟性，可以继续教下去。便依前面的内容、教法，继续传授新的内容。传授前一段，命其悟出后一段。从民歌小调的演唱接续，到整套大书的演唱接续，又传授了十几套大型传统曲目。并结论性地概括了编纂技巧："千古文章一人串，全看会串不会串，不会串者粥饭一锅，善于串者葡萄一串。"赵老三听了心领神会，牢牢地记住了这个要旨。

再接下来，演练三弦子的弹奏技巧。从转轴调弦、校音到弹奏指法，再到整个曲子的弹奏，一弹致底，直到准确熟练为止。又练中途变调由慢到快，由低到高，由慢板到快板，再由高由快突然停顿，再续弹起来，反复弹奏，反复演练，也在地窖中练习，直到师傅认可而止。

随后又将演唱和弹奏结合起来，边弹奏、边演唱，根据唱词的内容，或悲或喜，或高昂或低吟，或演唱或道白，弹奏相应的曲调。直到配合默契，协调自然，师傅认可。

没有金刚钻，别揽瓷器活，没有硬功夫，难以在演艺市场上立足、维生，也不能使曲目代代相传；但若把绝招毫无保留地都传授给徒弟，则又怕失去看家本领，丢掉师傅的饭碗。担葱的恶嫌卖蒜的，文人相轻，卖唱行业里也是一样，对最拿手的绝招诀窍，不到万不得已，是不会毫无保留地全部传授给徒弟的，通过整整一年的传授演练，赵老三出师了。

师傅领进门，修行靠自身。要想成为高明的瞎贤，赢得听众，站住脚跟，靠创出自己的牌子打天下。赵老三走上了独自卖艺为生的道路。

白天，盲目地走村串户，有听众、有施舍，自食其力；没听众、没施舍，由乞讨维生。走东串西，居无定所，忙忙碌碌行走。夜晚，在屋檐下，墙角里，背风处，野庙中度过。一步一步地摸索着人生道路，于饥寒交迫中体会着生活的艰辛。处在最底层体会世态炎凉。其实，对盲人来说，白天同黑夜并无不同，都是一样的黑暗。没有劳动能力，缺乏生活的手段，仅背一把三弦子，手握一根探路棍，走走再走走，停停再停停，眼睛是盲目的，生活也是盲目的。虽不能眼观六路，却要耳听八方。风声、雨声、雷声，狗的犬吠、牛的哞叫、马的嘶鸣、雀儿的唧唧、喜鹊的嘎嘎以及蟋蟀的悲秋，寒蝉的颤音，声声入耳，从中体会着大自然的绚丽多姿，声息韵律炎凉节奏。

更有人世上的一切，街谈巷议，悲痛的诉说，闲情逸致，历史传说，小孩的嬉闹，大人的闲谝，甚至吵嘴骂仗，都是他的精神营养，统统吸纳进来，编在曲子里，弹在三弦上，充满乡土气，人情味，无不震人耳膜，感天动地，动人心弦。

他的唱词，充满着社会不公不平，人间的恩怨情仇；穷人的酸辛，恶人的行径。对好人好事的褒扬，对坏人恶人的鞭笞，倡导贤惠孝敬，斥责不贤不孝。

他没有专门的弹唱场合，固定的时间。农家炕头、庙会、茶馆，夏天的树荫下，冬天的向阳背风处，街头巷尾，都是他演唱的地方。农闲季节、婚丧、生日、祝寿等等都是他弹唱的机会。他没有特定的听众，男女老少有求必应，点到即唱。

人间不能没有音乐，辛劳的庄稼人，饥寒交迫的游民，遭受不幸的人群，心急火燎的灾民，都需要不同的音乐安抚、放松、慰勉。他那悠扬婉转、低吟高亢的曲子，如泣如诉的唱词，有情有义的弹奏，明了晓畅的道白，安慰了不平的心境，放松了紧绷的神经，抚平了皱起的眉头，平缓了焦急烦燥，滋润了人们的心田，使那些受苦受难的人们，得到精神的安慰，心理的平衡。

社会需要他的弹唱，抑恶扬善，鞭笞时弊，伸张正义，斥责邪恶，正本清源。人民想听到他的弹唱，那些打短工的、扛长工的、受压迫、受剥削的、遭受不幸的人们，有不公不平需要倾诉，有忧愁愤怒需要排解，他的弹唱，如代言人一样，替他们鸣着不平。

那些被封建礼教捆绑束缚的妇女，被公婆虐待的儿媳，没有婚姻自由的闺女，渴望婚姻自由、民主和解放，他的弹唱，点燃了她们生活的希望。

那些饥肠辘辘、啼饥嚎寒的乞丐，他们的精神也空虚饥饿，既需要肌体的温饱，也需要精神食粮的充实，他的弹唱，填充了他们的空虚。

那些被社会抛弃的老弱病残，鳏寡孤独，他们也是人，为了能够活下去，也需要精神的支撑，活人的勇气。

既就是那些不敬不孝、不贤不惠的俗人、愚人、恶人，也需要音乐开启他们的良知，去除愚昧无知，需要舆论的监督，正义的谴责。开导他们弃恶扬善，去除陋习。

赵瞎贤的弹唱，则适应了人民的需要。他足迹遍布东西南北，唱响家家户户，唱出了他们的心里话，成了他们的知音，成为他们的贴心人，为他们呐喊呼号，为他们喊冤叫屈，为他们鸣不平不公。他在仗义执言、鞭笞邪恶、伸张正义、抑制歪风。荡涤着污泥浊水，抗击着乌烟瘴气，鼓舞着清风和正气。

他的弹唱，若一阵细雨甘霖，滋润着燥热的社会空气；若一缕和煦的阳光，温暖着阴森恐怖的寒夜；又似温暖的春风，复苏着万事万物；又恰如一剂苦口良药，在扶持着，在激活着健康的新生力量；也在抑制和医治着沉疴顽疾。

赵瞎贤弹唱的贤孝，是古堡镇地方的历史传承，是祖先业绩的美丽传说，是古堡人民智慧和风韵的结晶，是古堡地方的灵魂，是子弟们的教科书，它教化和启迪着这块肥壤沃土的主人，如同人口的世代繁衍，历史的发展,不断地传承着,谱写着继往开来的新篇章。

赵瞎贤深得高明师傅曹瞎贤的真传,又师古而不囿古,在传统曲目的基础上,依据社情民意的发展演变,结合自己的观察体会,又充实丰富了新的内容。他的弹唱,内容源远流长,兼容并蓄,包容性强,领域很广。既博采众长,又独具特色,充满通俗质朴、原汁原味,集知识性、趣味性、群众性于一体,适合人民大众的口味。

没有评委会为他评奖,老百姓的应和唱对,鼓掌和酬谢,便是实实在在公正公开、客观的评奖;也没有获得过什么奖状、奖牌,父老乡亲的街谈巷议,称赞,便是最好的奖状奖牌。

他弹唱技艺高超,功夫硬朗,字正腔圆,音色明亮,唱词滚瓜烂熟,并能依景依情,自编自唱,随手弹奏,加上张瘸妹的和谐配合,有男声有女声,有三弦弹奏,又有撞铃、响板和声,有男声演唱,又有女声道白,演唱弹奏样样皆精,思路广阔,反应敏捷,任意发挥,得心应手,比别的同行更增添了一分风韵,深受听众的欢迎。利用农忙季节,又去县城弹唱,先小巷,后大街,再到十字路口、庙会、人多势众的热闹地方,顿时声名大震,议论纷纷。

有贤孝必有赵瞎贤,有赵瞎贤必有听众,雁过闻声,人过留名,凡他经过的地方,凡听过他演唱的人,皆晓其人,都知其名。他演唱贤孝的美名,深深印在人们的心中,人人讲究贤惠孝敬,户户劝人弃恶扬善,蔚然成风,成为古堡地方普遍的乡风民俗。

又是一个秋收冬藏后的农闲季节,该是乡亲们听贤孝的大好时机。古堡地方的贤孝爱好者成立了"贤孝会",组织场次,安排演唱次序,分摊演唱酬劳,并知会赵瞎贤夫妇明白。

赵瞎贤经名师传授,高人指点,个人勤学苦练,对原有的传统曲目又进行了丰富充实,提炼升华,还新编了一些新的曲目,唱响农村县城,功成名就,早有报答乡亲父老的夙愿。再加上张瘸妹伴他走村串户演唱,耳濡目染,历练有加,配合默契,唱和应对自然,成为他的得力助手,也欲赴家乡表演一番。

不日,赵瞎贤夫妇来到赵家庄,进行他们报答家乡的第一场演唱。先到他们父母亲家中住上,这是他熟悉的地方,一进两间的房间,一个通铺炕占了房子的一半,另一半是炕下屋内的活动空间。赵老先生夫妇自三儿子出师卖艺以来,这是父子、母子第一次相会,虽不是进士及第,荣归故里的光荣,亦不是望子成才的显赫,然也不辜负养育一场。寻了一个饭碗,略解了父母的揪心之疼,且领了一个媳妇回来,成就终身大事,小两口相互有了依靠照应,又多了一份安慰。更有贤孝会在此接待安排,自是欣慰欢喜。

晚饭吃毕,便准备开场。赵家庄的父老乡亲们素有爱听贤孝的传统,一听到赵老三要给大家唱贤孝,一是新鲜,一是爱好,便三三两两地拥了进来,老年的在炕上坐定,年轻的于地下就座,不大一会坐了满满一屋子,迟来无处坐的,便在窗子外、门外或坐或立选择了自己的位置,又围了半院子。贤孝会的组织者笑开了言:"各位父老兄弟姐妹,承蒙光临寒舍,来听相孝的演唱,不胜荣幸,满屋生辉,打心底里高兴,现在就由赵瞎贤给大家演唱,请多多包涵。"

赵老三便左手转轴调弦,右手校音试弹,铮铮地弹响声起,正如白居易的琵琶行,曲调未成,却饱含深情,个个平心静气,竖耳静听,精神专注,赵瞎贤微微摇动身子,右手续续弹奏,勾起听者无限心事。他左手在三弦上上推下滑右手左挑右弹,听者激情渐渐上扬,一阵儿大弦嘈嘈如急雨,一会儿小弦切切如私语;接着是嘈嘈切切错杂弹,好像珍珠玛瑙落玉盘,听着心里七上八下乱跳弹。一会儿像鸟儿啾啾鸣叫,引大家仔细品味;一阵儿若狮吼虎啸,使听者顿觉紧张,忽然间若裂石断金天塌地陷,致大家颇觉慌乱,紧接着咯咯喳喳若冰上行走,又使大家谨慎小心。忽然铮铮一两声,好似弦断声息,此时无声胜有声。突然间,似敲锣打鼓热闹喧哗,致大家精神振奋,又像铁骑突出刀枪轰鸣,把大家带到了古战场的环境。高低快慢弹奏一阵后,赵瞎贤便开了言:

父老乡亲听我言　牛郎织女我来唱
茫茫天河贯南北　划作河东和河西
河东有个织女星　河西住着星牵牛
织女本是天帝孙　神仙身子神仙命

心里装着人间事　　生来手巧心又灵
织得一手好云锦　　随风顺气任卷舒
天上云锦颜色鲜　　那是织女亲手染
日日都去织云锦　　美化天上与地面
河西有个好后生　　凡胎俗骨老百姓
天生一副好模样　　心地善良体格壮
寻草牧牛乃生计　　终日放牧在河西
织女心里最相知　　奈何天河相隔离
牛郎一半乃织女　　织女一半是牛郎
天生一个完整人　　岂能分住东和西
分居不是长久计　　终究相会在一起
织女自去嫁牛郎　　便备嫁妆迁河西
甜甜蜜蜜度日月　　生得一男又一女
拉扯儿女侍丈夫　　云锦纺织不能顾
日久天长云锦稀　　天帝知晓发大怒
责令织女回河东　　重新再将云锦织
略念一丝爷孙情　　每年七夕会一次
从此二星各一方　　孤苦伶仃把日度
牛郎当爹又做妈　　汤饭洗渍均操持
更兼牛犊张口货　　家中牧场难兼顾
儿女哭妈声悲凄　　丈夫念妻欲断魂
织女重新织云锦　　身在织机心河西
女儿幼小离开母　　男儿稚嫩不懂事
夫婿本是男儿身　　如何做得母亲事
日日思来夜夜念　　何时盼到七月七
春夏秋冬怎个度　　一年三百六十日
七月七日终于到　　洋洋银河怎个渡
忽然喜鹊若大群　　翅膀连连搭成桥
昂首举目远处眺　　一副担子有人挑

　　　　晃晃悠悠走过来　　原是夫婿及儿女
　　　　哇的一腔声和泪　　一儿一女扑在怀
　　　　牛郎在旁看得清　　鼻子一酸泪遮目
　　　　急急忙忙走过来　　夫妻儿女抱一起
　　　　离别之苦固难熬　　相聚之喜何短促
　　　　天帝之命不可违　　团聚仅仅一刻时
　　　　痛哭一场话未叙　　眼看又要长别离
　　　　母亲儿女扯不脱　　丈夫妻子难割舍
　　　　天帝无情人有情　　此情绵绵无绝期
　　　　但愿天帝开开眼　　成全一家四口子

张瘸妹道白：

　　　　牛郎织女一支曲　　引得满房哭声凄
　　　　贤孝悠悠震耳膜　　个个于怕湿淋淋
　　　　听曲听得人落泪　　莫为古人来担忧
　　　　劝君莫要再啼哭　　民歌小调又一支

赵瞎贤弹唱：

　　　　二月里来二月八　　我们俩沟沿上搭上话
　　　　指着石头把誓发　　我俩心里不变卦
　　　　我给妹妹送一朵花　　妹妹接住头上插
　　　　走来走去到处夸　　闲言碎语我不怕

张瘸妹唱：

　　　　十月里到了天气冷　　我给王哥缝袖筒
　　　　王哥把我手来拧　　啊吆啊吆直叫疼
　　　　何年何月到婆家　　日日夜夜在一搭

　　曲子一变，腔调一改，两种内容，两种情景，一改忧愁啼哭之态，直引得大家哈哈大笑。
　　接着又弹唱《花灯记》等几个传统曲目，直到夜深人静之时，赵瞎贤将弦拨子当心一划，插入弦中。听众才情切切、意绵绵、身依依、丝连连地起坐，三步一回头，五步一停留地离去。

赵家庄弹唱完毕，便由张瘸妹引路来到了张家庄。张大妈等一向痴迷贤孝，更加侄女婿来弹唱，愈加喜之不尽，顺理成章地接待起来，也不与邻居商量，就在自己家安顿下来，且放出风去，茶饭酬谢均由她来担承，不劳大家破费，愿听弹唱者，欢迎光临。当天，晚饭吃过之后，便弹唱了起来。

先由张瘸妹开场白："我是张瘸妹，大家是知道的，是张家庄的女儿，张大妈和各位婶娘叔叔都帮助过我，疼爱过我，我终生不忘乡亲们的恩惠。滴水之恩，涌泉相报，今晚我陪夫婿给大家弹唱贤孝，略表薄意。今晚弹唱的曲目是《小鹦鸽孝母》，故事发生于大宋年间，在仙果山沙柳树上，有两个飞禽叫黄鹦，一公一母，生了三个小鹦儿，长子叫八鸽子，次子叫野鸽子，三子叫鹦鸽儿。一日公鹦去山中打食未归，音讯不知。母鹦去山中寻找丈夫，亦找不见踪影，只得自己独自觅食喂养小鹦儿们。母鹦十二分地疼爱鹦儿，整天早出晚归打食不止。故事就从这儿开始。

赵瞎贤紧接着介绍弹唱：

有母鹦在山中打食寻水

喂养得他兄弟们长大成人

八鸽子他生来会说人话

野鸽子自来是亦会人言

尤其那鹦鸽儿最是灵巧

能说话会做事把母孝敬

一个个羽毛丰满翅膀长硬

腾空而起远走高飞出了远门

八鸽儿去了潼关地界

飘抛了生身母不报娘恩

野鸽子它飞到雁门关外

梧桐树招了亲忘了娘恩

唯有那鹦鸽儿年纪最小

时刻地尽着心孝敬娘亲

天冷时找柴草垫在窝里

热了时展翅膀搭上凉棚
老母亲得了个想儿之病
睡在那窝草中不能起身
每日里不思想吃食饮水
就是那仙苹果无心所用
小鹦鸽见母亲身患疾病
满眼中痛流泪问母一声

划拉一下，三弦突然停住，张瘸妹道白：

却说那鹦鸽儿见母生病，上前便问母亲："你不喝水，不吃食，饿坏了身子，孩儿我如何担当得起？"那老黄鹦回答："我山中苹果无心所用，娘一心想吃个美味桃子。要是能吃上个美味桃子，娘的病兴许就好了"。小鹦鸽问母亲："仙桃在哪里？"母亲说："此桃出在东京汴梁张家园中。"小鹦鸽又问："去此地有多少路程？"老黄鹦回曰："此地倒也不远，今日早去，明日晚就能回来。"小鹦鸽一听此言，便欲去为母亲摘桃子。

赵瞎贤接着唱：

叫一声我的娘听儿一言
我决意要奔到东京汴梁
摘桃子来山中孝敬母亲
老母亲听此言大吃一惊
咋夜里为我娘做了一梦
梦见儿盗桃子被人拿住
娘醒来就觉得胆战心惊
睁眼看原来是一场噩梦
娘有心叫你去张家园中
摘桃子快回来治好娘病
但知那打猎人心肠太狠
只恐怕伤着了我儿性命
小冤家你若是有个好歹
娘在山老弱身靠于何人

小鹦鸽开了言对娘说明
叫一声老母亲且请宽心
哪里有是非灾祸一梦就真
你母亲在窝中切切放心
白日里我高飞无人看见
到晚来落在那空林之中
飞得高飞得快一路前行
为儿的不怕那打猎之人
老黄鹦听儿言心中欢喜
叫孩儿快回来免娘伤心
若到了张家园多多小心
要防那天罗网罩在林中
小鹦鸽回一言孩儿知道
叫母亲你不必吩咐安顿
从此日小鹦鸽赶着寻食
一日里备食水要用三日
把这些食和水为娘备全
一点头辞别了生身母亲
急忙忙飞出了仙果山中
越那江又跨河飞往前行
一路上在空中观看景致
即到了张家园桃子树上

张瘸妹道白：却说那鹦鸽儿落到仙桃树上，自觉双腿无力，两膀酸疼，原是长途飞行劳累，不免歇一会儿，忽然观得绿树成荫，鲜花盛开，情不自禁地吟唱起来：

树叶飘香景色艳　　黄花遍地金光闪
仙桃人吃人长寿　　赛过瑶池那风光

鹦鸽这一吟唱不打紧，却惊动了园主人张三，张三正在园中务习花果，忽听得悦耳的吟唱，身不由己地抬头一看，却是红嘴绿毛的一只飞禽，生长得十分俊美好看。

赵瞎贤紧接着道白弹唱：

    那张三见鹦鸽心中喜欢
    我生来没见过这等俊鸟
    红嘴喙绿毛儿实在好看
    像仙鹤缺少个嘴上红毛
    心想着去把你活活抓住
    装笼里挂堂中闲散我心
    上前来撒下了天罗地网
    四下里牢牢地一起封死
    我手里拿的是金弓银弹
    照着那俊鸟儿手不留情
    小鹦鸽于树上正在歇息
    忽听得弓弦响惊飞腾空
    不由得四下里乱飞乱撞
    没想到落在了天罗网中

张瘸妹道白：张三的天罗网罩住了一只红嘴绿毛的俊鸟，匆匆忙忙把它捉在手中，小鹦鸽身落人手，两眼落泪口吐人言：求告大爷，放我一命，那仙果山沙柳树上有我老母亲，待我寻食喂养。那张三闻听鹦鸽之言，大惊大喜，竟然捉到一只口吐人言之鸟，便回说：灵鸟，你既然会吐人言，那就说出缘何到我园中！

赵瞎贤接着弹唱：

    小鹦鸽未开口眼中流泪
    叫一声张老爷听我原委
    我在那仙果山沙柳树上
    有母亲老黄鹦正在等我
    我父母费尽了千辛万苦
    在树上生下了三个孩童
    老父亲去打食无影无踪

不知存不知亡哪知吉凶
老母亲勤打食喂养孩儿
喂得我三弟兄长大成人
两哥哥双双地飞出窝中
丢下了老母亲忘了娘恩
唯有我鹦鸽儿岁数最小
远打食近寻水喂养母亲
老母亲得了个想儿之病
有珍贵和美味懒得沾唇
满山的仙果无心所用
想吃你仙桃治疗疾病
望三爷你今日饶了我命
日后我定不会忘你恩情
在此间我死了不大要紧
最担心饿坏了我的母亲

张瘸妹道白：张三听后，心中暗想，我母亲年高七旬，没见过这样稀罕美鸟，不若拿去与我母亲消愁解闷。那张三拿了鹦鸽来到堂前，口称母亲万福，张老太婆一睁眼，只见孩儿手拿红嘴绿毛俊鸟一只，真是好看，便问道这只鸟有什么贵重处？张三回答说，这只鸟吟诗作词，样样精通，就是这样的珍贵神奇。张老太婆听了此言，心中欢喜，便说道：这鸟生来世上，铜铃叫调，红嘴绿毛，确实好看。不能放你，拿到街上去卖些银两，与我做一身老衣，为我养老送终，岂不甚好。

赵瞎贤接上唱到：

那张三拿鹦鸽来到汴梁
串小巷上大街出售鹦鸽
吸引了众百姓许多人等
就把那卖鸟人围到街中
一个说没见过这等俊鸟
一个说像仙鹤它又不白

>　　这个说似孔雀个儿又小
>　　那个说真不知它叫啥鸟
>　　众百姓围看着议论纷纷
>　　忽听那铜锣当当当有声
>　　呼的呼叫的叫命人让道
>　　有皮鞭抽的那你奔他逃
>　　亦不知来的是什么官僚
>　　细端详原来是南阳包公
>　　那包公吩咐了王朝马汉
>　　停了轿问百姓为何喧闹

张瘌妹道白：王朝马汉回禀，一个人拿红嘴绿毛的俊鸟叫卖，那些百姓围住观看。包公道：拿来我看！王朝马汉前来对卖鸟人说：卖鸟人，把鸟拿来让包大人观看。张三急忙来到轿前跪下，口称老爷。包公便问：你这鸟要卖吗？张三连连说：正是。包公又问：你要卖多少银钱？张三说：此鸟不比别的凡鸟，要卖三两黄金叶子。包公说：我想把此鸟买回去，挂在万树楼上，与夫人消闲解闷。便买了此鸟打轿回府。到了府中，吩咐丫鬟送食喂水好生照料。梅香叫珠珠道：你看这扁毛，喂食不吃，给水不饮，若是饿瘦了，老爷回来责怪我们如何是好？珠珠上前责问道：你这扁毛畜生，为何给水不饮，喂食不吃？并拿小棍轻轻敲打了几下。那鹦鸽正思念母亲心切，受了丫鬟敲打，便骂了起来。

赵瞎贤弹唱：

>　　鹦鸽骂你是奴才真奴才
>　　你主人用黄金将你买来
>　　带进了大人府无啥用处
>　　朝奉茶晚端馍拾人破鞋
>　　骂一声奴才真是个奴才
>　　穿一身好衣服要装富人
>　　骂一声你奴才真是奴才
>　　八辈子脱不了奴才皮袋

骂得那二丫鬟无言以对
禁不住放嗓门号啕大哭
好端端惊动了包公太太
走过来看明白追问究竟
奴才们跪在地如实交代
这扁毛说奇怪真是奇怪
水不饮食不吃还骂奴才
太太你若不信亲自问来
包太太转过身细问鹦鸽
不吃食不饮水却是为何
鹦鸽答道太太有所不知
我正在思念我窝中老母
她过来却将我打了一顿
太太问你母亲做何生计
小鹦鸽细说了前因后果
望太太积德行善将我放
我永世忘不了你的恩情
包太太听此言好话回答
你因是我老爷用钱所买
要放你还要等老爷定夺

张瘸妹道白：再说老黄鹦在山中等了数日，终不见鹦鸽回来，心中暗想，我孩儿一定是被人拿住了，水尽食绝，老黄鹦饿得发慌，叫一声我的儿身在何处，不知存不知亡吉凶难卜，颤巍巍欲离窝去找孩儿，要去东京汴梁与儿相会，到京城若是能母子相会，就死在黄泉路我也心甘。我的儿你若是有个闪失，那时节我老身依靠何人。老黄鹦哭得如痴似泥，双腿发软翅膀无力浑身酸疼，抬起头不由得黄花落地，低下头却又是黑花再生，扑闪闪摇晃晃跌在半空，碰在那树枝上滚了下来。

赵瞎贤接着弹唱：

可怜那老黄鹦死在荒野

惊动了此间的土地山神
土地爷与山神兴师动众
刮起了摧枯拉朽一场大风
花英英树叶叶铺天盖地
掩埋了老黄鹂那个尸首
玉皇帝王母娘娘展眼观看
看尘世闹嚷嚷忙碌不停
那乌鸦孝母亲殷勤反哺
难道说人吃饭不孝双亲
吾慈悲尘世间救苦救难
杨柳枝净水瓶常青不断
要唤醒众多的善男信女
你若是辨善恶做了好人
死了后过金桥步步高登
你若是做了恶罪孽深重
终就是躲不过地狱火坑
听此卷存好心避灾免难
万不可做恶施孽屈害好人
人恨人天不容反而加罪
天恨人躲不过七灾八难
存好心做好事积德行善
发善心施慈悲功德无量

张瘸妹道白：这里老黄鹂饿死在茫茫树林，万物含悲，土地山神发威，用树叶花瓣将其掩埋不说，却说那包公回府端坐二堂，命丫鬟将太太请来。丫鬟忙请了李氏夫人来到堂前，夫人说：老爷唤我前来有何话说？包公说：我买来的巧鸟，它会吟诗诵词，会吐人言，请你来同乐。夫人说：我听说此鸟原来是仙果山的，有孝敬母亲的心，老爷看在它孝心上，积点阴功，将它放了吧！包公说：你这样说话差理，我用三两黄金将它买来，怎能将它白白放了！李氏夫人把鹦鸽前后说的来龙去脉如此等等与包公说了个明白。包公说：既然如此，它与我老爷咏诗一首再说。鹦鸽闻言便说：老爷要我咏诗，以什么为题呢？包公说：就照我的黑脸，夫人的白脸说来我听。

鹦鸽咏道：

　　　　黑字写在白纸上　　离胎落地乌绫床
　　　　乌鸦落在碳山上　　坐在朝中叩居王
　　　　白字生在白银庄　　离胎就落象牙床
　　　　玉莲生在雪山上　　头戴凤冠见君王

包公听罢大乐：咏的诗果然好，你确实是一只巧鸟，本舍不得放你，照夫人的话，念你孝敬母亲的一片好心，只好把你放了。且说鹦鸽获得自由，便急欲去张家园盗仙桃报母。

赵瞎贤弹唱：

　　　　且不说黑包公正在惋惜
　　　　再说那小鹦鸽展翅腾空
　　　　一下子飞到了汴梁城外
　　　　霎时间又来到张家园中
　　　　小鹦鸽落在了仙桃树上
　　　　自言那张老太婆猎狗畜生
　　　　得了那金叶子无处使用
　　　　若不是吃那药便是跳绳
　　　　再骂那张三人无有颜面
　　　　耽误了我行程急坏母亲
　　　　摘一双小仙桃飞出园子
　　　　两行程并一程急往前行
　　　　越九江过潼关又跨平原
　　　　不觉得来到了桂花城中
　　　　再到那仙果山沙柳树上
　　　　窝巢中不见了我的娘亲
　　　　小鹦鸽不见母魂飞天外
　　　　好是那自害了我母黄鹦

叫一声老母亲难见儿面
不知母去何处丢下孩童
儿出外我的娘与我吩咐
我今日不见娘哪里找寻
急着找哭着寻无影无踪
小鹦鸽无奈何号啕大哭
把仙桃且放在窝巢之中
待儿去山野里细细寻找
小鹦鸽寻母亲惊天动地
惊动了当地的土地山神
刮大风整刮了两天两夜
吹去了树叶子露出尸首
小鹦鸽于空中往下一看
原来是老母亲死在林中
小鹦鸽正哭得死去活来
好似那万把刀割肉剜心
醒来后多半日方能言语
叫一声老母亲看看孩童
不怨天不怨地不怨你儿
只怨那世界上图利小人
别怨我到今日不尽孝心
怨张三活捉我上街卖金
卖到了包公的南阳府中
多亏他包太太体谅儿童
好生说劝包公放我回程
赶着飞赶着行来到山中
到窝中不见了你的身影
为儿的不甘心满山寻找
有山神指点我找到林中

到此时才寻着生身母亲
儿心中这些苦有谁知闻
叫母亲你若知儿的苦心
我有叫你有应回我一声
叫母亲你与我托上一梦
为儿的把冤屈说与你听
阳世间母和我不能相见
就是那九泉下也要见你
小鹦鸽只哭得惊天动地
惊动了鸟中王凤凰鸟君
那凤凰把旨意急往下传
传遍了百鸟们同致祭奠
有孔雀和乌鸦头里先行
仙鹤儿白鹤儿后面紧跟
那天鹅和地鹅不敢怠慢
其后面还跟着鲲鹏一群
普天下百鸟儿络绎不绝
落满了仙果山整个山头
红嘴鸦备供斋灵前所献
啄木鸟做寿房一片真心
黑乌鸦在灵前读念祭文
铜嘴鸟慢慢地诵念经文
白骨鸟不怠慢往来接客
长脖雁亦戴孝哭得伤心
海娃子在灵前烧钱奠纸
八鸽子野鸽子哭成泪人
有黑鹰来斟酒招呼宾客
沙鸡子不住地时时操心
那天鹅在灵前三拜九叩

    鹦鸰儿只哭得昏迷不醒
    有孔雀祭奠着站在坑前
    有喜鹊守坟墓毫不松懈
    在堂前安葬了黄鹦尸首
    葬礼毕众飞禽各回本窝
    小鹦鸰灵堂前守孝报恩

张瘸妹道白：葬礼毕，鹦鸰儿进了孝子洞，于洞中念母哭五更。

赵瞎贤弹唱慢板：

  一更里来好伤心，想念母亲泪纷纷，窝中思念老母亲，丢下孩儿一场空，我的天呀我的娘。

  二更里来倍酸心，祷告各路过往神，神灵保佑托一梦，窝中哭泣到三更，我的天呀我的娘。

  三更里来半夜深，鹦鸰正在睡梦中，梦见我母来团圆，醒来不见母亲面，我的天呀我的娘。

  四更里来泪纷纷，睡思梦想念娘亲，泪如秋凉阴雨下，鹦鸰冻得浑身抖，我的天呀我的娘。

  五更里来天渐明，东方升起太阳神，我母死得太凄惨，哭得鹦鸰归了阴，我的天呀我的娘。

张瘸妹道白：却说鹦鸰哭泣到五更，可怜伤心过度，一命归阴，魂魄不散，冤气冲天，惊动了上方的观世音菩萨。观音菩萨正坐莲台，忽觉一阵耳烧眼跳，慧眼观看，早知原委：原来鹦鸰子有难，我何不下凡救它一命。菩萨坐莲台起身，右手拿了杨柳枝，左手持着净水瓶当即来到凡世间。

赵瞎贤弹唱：

    小鹦鸰念母亲魂随母去
    惊动的观音母下了天台
    脚踩着莲台座千层万叶
    净水瓶杨柳枝祥光闪烁
    那菩萨来到了孝子洞中
    杨柳枝净水瓶一指还魂

且把那绿毛变成了白毛
传与你天地人大道真经
蹲在那菩萨的莲台座下
救度在苦柴山林木之中
小鹦鸽从此时得了大道
常伴着观世音享受供奉
列位们若要是不大相信
菩萨的金殿上看得分明
这宝卷写的是理通天地
劝善女劝善男一心向善
那扁毛孝顺母得了仙道
世上人怎不如扁毛飞禽
百鸟中九十九都孝双亲
唯有那蛇蝎子忘恩负义
人若是学孝道照学鹦鸽
到将来不成仙也享幸福
劝世人早回头诚心向善
万不可做恶孽忘了父母
常言说二爹娘就是活佛
我奉劝众世人孝敬双亲
人世上人出生修行为正
孝父母敬长辈相依相亲
有孝子听宝卷孝心更重
不孝儿听宝卷心亮三分
把一本鹦鸽卷暂且念完
送神仙观世音且上西天

张瘸妹道白：有道是

　　西方路上一只鹅　　口含灵芝念弥陀
　　扁毛也会行孝意　　人不孝行奈若何

赵瞎贤弹唱鹦鸽宝卷，众听者莫不感动万分，一个个哭声连连，手帕儿泪水淋淋，赵瞎贤弹唱完毕，听者们哭声仍哽咽不停。

张瘸妹道白：再唱一支《王哥放羊》，赵瞎贤重新转轴校音，三弦铮铮：

正月里来正月正
东庄的社火西庄行
娃娃老人往后站
我与尕妹见一面
二月里来二月八
我与尕妹种庄稼
……

一直唱到夜深人静，曲终收拨当心划，三弦一声如断金。赵瞎贤将拨子插入弦中，起身颔首告谢，乡亲们方依依不舍缓缓离去。唯有那张大嫂丝纹不动，原来她听得认真着迷，心领神会个中精髓。执意行动，孝敬婆婆，虽然婆母张大妈泪干眼瞎，张大嫂孝敬毫不放松，在古堡地方亦传为美谈。

第十集 心病心医

忧国忧民 赵老师绝望病榻
同病相怜 欧阳义心病心医

赵老师自马家军放火烧了他的房子，焚毁他书稿，痛不欲生，陷入绝望，昏倒在地，被他妻子和邻居，抬往他私塾的办公室暂住，从此一病不起，皆由其貌合神离的妻子送饭送水维持。

他的学生及孩子家长，一个个络绎不绝地前来看望、慰问。欧阳义的养子、养女，即张老三留下的张小三和张小月，亦在赵老师那里上私塾，将此消息传给了经常外出行医看病的继父。欧阳义从孩子口中听到赵老师患病卧床的消息，即刻前来探望和诊断。欧阳义见赵老师平躺在卧榻上，听见自己进来，侧转脸来看了一眼，身子动了动，伸出瘦削而骨节分明的手臂，摇摆了一下示意自己坐下，仍旧仰躺着。未戴帽子，发短而稀疏，宽宽的额下，一双深陷而失神的眼睛，眼帘低垂，眉宇紧皱，嘴唇紧闭，面色苍白，整个面部都集中地现出心事重重、苦闷至极的神态。欧阳义看了他的面色，听了声音，问了发病经过，号了双手的脉象，说道："你虽是身体清瘦、虚损，并没器质性大病，仅为功能性衰弱，无碍生命，主要是精神不畅、心情郁结所致。"

赵老师说道："唉！你说得对，可我这个病，恐怕一辈子也好不了了。"

"从何说起？"欧医生问。

"不瞒你说，我这个病，旁人不清楚，只有我自己明白。"赵老师继续说，"这是终生的病，再高明的医生也医治不了。"

"那我说与你听，你看对号不对号。"欧医生继续说，"你这病由三个原因引起，第一是书稿和曲谱被焚烧了，这是你十几年的心血结晶，毁于一

第十集·心病心医

旦,又体弱多病,无法弥补,岂不可惜;第二,忧国忧民,连年兵荒马乱,社会动荡不安,国家山河破碎,百姓生灵涂炭,对于忧国忧民的你真是无可奈何;第三,家中夫妻不睦,无人理解沟通,有话无处诉说,悲情无法排解宣泄。于是觉得事业失败,国家遭难,人民水深火热,家庭没有温暖,便绝望了,一蹶不振,就病倒了。"

赵老师瞪大双眼,愣了好一会儿:"知我者,欧医生也!所以我说,我的病一辈子也好不了了,这些病因消除不了,我的病能好吗?"摇了摇头,又"唉"了一声。

欧医生说:"你的病因可以消除。"

人世上的事是当事者迷,赵老师是当事者,他陷于其中,利害在其中,困惑在其中,迷乱在其中,不能自拔。

"可以消除!笑话。烧掉的东西何能复原,世道乱成这个样子,你有什么办法?生米煮成熟饭的婚姻,岂能改变?"又把右手摆了几摆,头摇了几摇,把脸转向另一面。

旁观者清。欧医生既未因书稿被焚而痛心,也明了山河破碎,人民遭殃的原因,也未陷入夫妻不和的尴尬中,处在旁观者的地位。因此,对赵老师的事观看的比较清楚。

欧医生说:"不怕人老,就怕心老,你不必悲观,且听我说,你的书稿虽然被烧了,但书稿的内容和精神已在流传,你填的词儿,你谱的曲子,你传给了曹瞎弦,曹瞎弦收了赵老三为徒弟,传授给赵老三,赵老三又从农村唱到城里,再从城里弹唱到乡下,家喻户晓,难道你没有听到,有谁的书像你的书如此这样的传唱?"

赵老师恍然醒悟:"我怎么没听,他到我们家中唱,我亲耳听过的,只是,我光想的是写在纸上的书,忽略了瞎弦口头传唱,笨,笨,我真笨!"边说,边用右手,把脑门拍了两下。

"而且",欧阳义接着说,"你教了那么多学生,他们识了字,也接受了你的思想。我家的两个孩子就给我说过你讲课的内容。什么'仁义礼智信',什么'修身齐家治国平天下'等等,说得入情入理,有鼻子有眼,他们难道不是你的弟子,难道是他们自己瞎编的?"

"对，对，你说的都在理。"赵老师附和道。

欧阳义接上说，"这些孩子，本来像一张白纸，是你教他们识了字，会算数，懂得了做人的道理，其中有的学生说不定会成为学贯古今、经邦济世的栋梁之材。他们是不会忘记你的，你的形象，你的学问，你的人品，会使他们受益一辈子，这是你人生最大的寄托和安慰，这是烧不了，抹不去的，你信不信？"

赵老师点了点头。"如果从社会财富的角度说，"欧阳义接着说道，"有两种社会财富，即物质财富和精神财富，相应地，也就有两种生产，一种是物质财富的生产，包括生产质料和生活资料的生产；一种是精神财富的生产，这是对自然规律和社会规律的理论认识和观念反映，由于客观规律的复杂性，反映这种规律的认识也是复杂的，要经过从感性认识到理性认识的反映过程，要有丰富的生活阅历、充足的经验积累，理论概括，经提炼和升华才行，这是一种复杂而艰苦的劳动，不是谁都可以从事的，只有具有相当文化知识修养，且经过艰苦的、创造性的劳动才能产生。这种产品对人来说，虽然没生活资料那样迫切，诸如害病了必须吃药，饥饿了必须吃饭，但它们对人们的生产与生活不可或缺的，它的作用是非常广泛而深刻的，特别是优秀的精神产品，其作用是很大，你写的贤孝便是这样，能开启人的智力影响人的思想品德，这是古堡地方的乡亲们共同创造、流传下来，又由你记录加工、再创造而形成的，凝结了许多人的心血，是深受群众喜爱和欢迎的，这是可以流传后世的精神财富，能够影响子孙后代，造福社会，是物质财富所不能代替的，对于劝导弃恶扬善端正民风是必需的。被烧掉当然非常可惜，这不仅是你个人的损失，也是古堡地方的损失，很有必要重写，也是你的责任。

欧阳义接着又说："保得青山在，何怕没柴烧，你写过的书稿，都是你深思熟虑过的东西，你并没有忘记。只要你健在，就可以重新写出来，比初次写要容易，而且会写得更好，我希望你再提起笔，重新写，我希望能看到你的新书。"

赵老师回应道："可以，只要有一口气，我就可以再写。只是这世道太糟糕了，命运操在人家手里，由人家胡作非为，叫人没盼头！"

"现在就说这世道,"欧阳义说,"也不是不变的。当前的兵荒马乱是暂时的,也不会永远这样乱下去。社会总是要向前发展的,中国总是要进步的,人民大众终究是要求和平,求发展,希望过好日子的,他们的利益和愿望总是对的,这是历史发展的总法则,这个大趋势是谁也阻挡不了的。天下总是分久必合,历史总是由乱到治,由反动到进步,由黑暗到光明,由独裁到民主,由动荡向安定发展的。就跟人身上的脓包一样,由于发炎、化脓,就生起脓包,弄得人浑身不舒服。只要把脓包剜去,消除发炎的病根,不再化脓,人就舒服了。现在兵荒马乱的原因,就在富的太富,穷的太穷,极少数人专制独裁,压迫多数人,剥削多数人。在军阀、富豪之间也你争我夺,争夺地盘和私利,这就导致了社会动荡,兵荒马乱。只要改变了人压迫人、人剥削人的制度,就能消除社会弊病,社会就会安定团结,人民也就会安居乐业了。"

"你说得有道理,看来不能悲观失望。"赵老师继续疑问道:"历史虽然如此,可是,什么时候才能医好这种社会弊病,消除兵荒马乱,那是猴年马月的事,我这辈子恐怕看不到了。"

欧阳义说:"你说的是如何实现这个目标的问题,也就是说,怎样把这种可能转变为现实性的问题,这就是夺取政权,由人民大众当家做主。没有权力是被动的,被动的人是没有自由的。这就是要夺取枪杆子、印把子,把它掌握在人民大众的手里。有了政权,就可以凭借它维护人民大众的权益,为老百姓谋幸福,发展人民的利益。一旦人民掌握了枪杆子、印把子,就可以实现社会的民主、平等、繁荣、进步,共同富裕。"

欧阳义继续解释道:"自由是对客观规律的科学认识和对客观世界的正确改造,我们要认识世界,改造世界,就是要认识中国社会,比如咱们古堡镇,李保长、李老财掌握着政权和土地等绝大多数的社会财富,而广大人民,包括你赵老师,既没有政治权力,又没有物质财富,处在受压迫、受剥削的地位,只能靠出卖力气,过着饥寒交迫的生活。要实现民主平等,就要改造这种不公平的状况,推翻军阀、富豪等封建势力的统治,废除剥削和压迫,实现耕者有其田,民主和自由,共同富裕的美好社会。现在的中国,虽然大多数地方仍处在封建势力压迫、剥削之下,但在解放区,已经消除了人压迫人、人剥削人现象，实现了人民大众当家做主。解放区的今天，就是我们的明天。我们这里，一定也可以实现这个目标。"

赵老师又疑问："可是，在我们这里，红军为什么失败了？"

欧阳义解释道："因为在这里，红军西路军的力量比较弱小，而封建势力比较强大，但是，这只是局部的、暂时的。新生事物是不可战胜的，他们代表进步势力，好比小孩子一样，虽然他们暂时还比较弱小，但他们是新生事物，终究要一天天成长、发展壮大，强盛起来。并最终战胜反动的腐朽势力。人民受压迫、受剥削的问题是根本性的，不解决就消除不了病根，终究是会解决的，古堡镇是有希望的，前途是光明的。"

赵老师说："那又如何认识我的命运问题？"

欧阳义讨论道："人的命运，离不开客观因素，也离不开主观因素，既取决于客观条件，同时事在人为。人总是生活在一定的朝代，一定的地域，一定的人群当中，我们的命运必然受到这些因素的影响和制约。我们离不开当代的时间、地点、条件，孤立地生活，想入非非，为所欲为。"

"所以我说，只有听天由命了。"赵老师说。

"不完全是这样，"欧阳义接着说，"一方面，环境决定命运，另一方面，人也可以改变环境，从而改变自己的命运。除了客观因素的一面，还有主观因素的一面，事在人为的因素。比如，在同样的条件下，不同的人，命运是不同的。有些人认命，听天由命，接受命运，逆来顺受，任人摆布，导致悲惨的结局，像你初恋时与钟姑娘的情形，就是这样，再恋时与王三姐的情况以及如王四姐等等。而有些人则不认命，不接受客观环境的安排，顽强地与命运抗争，力图改变不幸的命运。"欧阳义停顿了下来。

"快说，快说，别说一半，留一半。"赵老师说。

"你是熟读经史子集的，"欧阳义接着说，"司马迁的《报任安书》列举的文王拘而演周易；仲尼厄而作《春秋》，屈原放逐，乃赋《离骚》；左丘失明，厥有《国语》；孙子膑足，《兵法》修列；不违迁蜀，世传《吕览》；韩非囚秦，《说难》《孤愤》；诗三百篇，大抵圣贤发愤之所为作也。这些人都是在极端困境中改变了自己的命运。"

赵老师说："是的，这我知道，我确实钦佩他们在逆境中的奋发有为，可现在的世道，如何才能改变呢？"

欧阳又回答道："不仅是可能的，而且是可以实现的。"又反问道："什么是命运？"

"天时、地利、人和呗，或者说，天时不如地利，地利不如人和。"赵老师答道。

欧阳义继续述说："对，一方面，要顺天时，合地利，和人群，即所谓顺乎时代潮流，因地制宜，合乎人群之需要。人民大众是社会的主人，是历史发展的动力，人民的利益和要求决定社会发展的方向和进程，人民大众要求民主、自由、科学进步、共同富裕，这是不可抗拒的。反动势力之所以反动，就是逆潮流而动，独霸一块地方，谋取一己之私利，压迫老百姓，剥削人民大众，必然引起人民大众的反压迫、反剥削的斗争，并推翻其反动统治，这是历史发展的大趋势，是不以反动势力的主观意志为转移的。世界上，有的国家已经人民当家做主，中国迟早也会实现的，所以，我说不仅是可能的，而且是可以实现的。"

赵老师附和道："有道理，有道理。你是医生，为什么也能看出社会的毛病？"

欧阳义回答道："人体与社会比较，有区别点，也有共同点。中医看病，主张阴阳平衡、辨证施治。人体生病，就是不平衡所致。比如阴阳、虚实、寒热、燥湿、酸碱、心理与生理失衡等等。要通盘考虑，避免头痛医头，脚疼医脚。虚则补之，实则泄之，寒则温之，燥则润之，体病体治，心病心医。人与人异，病与病不同，要区别情况，对症下药，方能奏效。"

欧阳义继续说："现在，社会的弊病是：穷的路有冻死骨，富的朱门酒肉臭，贫富悬殊，苦乐不均，军阀老财不劳而获，富得流油；种田的人无地，劳动的人饿肚子，这种状况是维持不下去的，不平则鸣，不公则愤，有压迫就有反抗，有剥削就有反剥削，这些病因不消除，社会弊病就难医治，治的办法就是推翻封建统治，平均地权，民主自由，消灭剥削，实行耕者有其田，建立平等自由、共同富裕的新社会。天下为公，才能天下太平；民主共和，才能消除兵荒马乱。物极必反，混乱到极点，便是转变的起点，进步必然代替反动，文明终就战胜野蛮，光明必然代替黑暗，乌云即将散去，曙光就在前头。"

赵老师听后兴奋地说:"与君一席话,胜读十年书,一点不假!国事固然是这样,可我家里的经是难念的,相爱的结不成婚姻,不投缘的倒成了夫妻。"

提起赵老师的婚姻,说来话长。他年轻时曾有一个相好的姑娘,就是钟财主的女儿,因门不当、户不对,其父母干涉,导致钟姑娘上吊死亡,留下终身遗憾。后来与王三姐好,也因种种原因而告吹。而他父母给他物色了一个比他大四岁的对象,他不同意,他父亲说,女大三、抱金砖,这么好的对象就是打着灯笼也找不到,为什么不要?赵老师回答道:"你说得好,你要去,我不要。"他父亲训斥道:"混账,有你这样说话的吗!"

毕竟是封建社会,包办婚姻,依媒妁之言,父母之命,结成了貌合神离的婚姻。结果是有情人异床同梦,过过过;无情者同床异梦,错错错。尴尬的婚姻,别扭的夫妻,生米熟饭,吃也得吃,不愿吃也得吃。

欧阳义深表同情,但又认为,并不是不可维持的婚姻。便劝解道:"夫妻关系也是可以改变的,人生本来就是个旅客,夫妻则是人生之路上的伴侣,一生一世来去匆匆,几十个春秋,'花开花红,不过百日,美丽青春不过十年',一晃就过去了,夫妻相伴地走完人生旅程。其中,有的是喜剧,谈情说爱,度蜜月过日子,生儿育女,看似很浪漫,其实也自然平常。婚姻是永恒的主题,对于每一个人来说,是终身大事,若放在历史的长河和社会大环境中看,不过是人口繁衍的正常现象。婚姻本来是一种合乎社会和自然规律的正常现象,由于种种外在原因,人为的干涉,酿成了不同结果;有的是悲剧,导致了痛苦,甚至家庭不幸,殉情死亡,有的是凑凑合合婚姻,虽有磕磕碰碰,也没什么誓不两立、你死我活的矛盾,由于生活的需要勉强维持到老,陪伴一生。这是大部分人的婚姻。至于具体形式,一些人是青梅竹马,先恋爱,自主婚姻;有些人是媒妁之言,父母之命,先结婚,后恋爱。也有的是命运的遭遇和挫折,半路里走到了一块。有男就有女,有女就有男,互相是对方的一半,构成一个完整的人,健全的家庭。

"情投意合的夫妻只是一种理想和愿望,现实的婚姻并非完全如此。为了生活,为了幸福,只有磨合切磋、互谅互让,过日度月,处理好了,双方得益，发展为美满的婚姻；如若处理得不好，将横生枝节，发展扩大，会酿成悲剧，对双方、对家庭、对社会都不好。如果不能改变对方，就适应对方，或者既改变对方，也改变自己，使双方距离拉近，相互协调，相互适应。"

赵老师认真地听着，不时地点点头。

欧阳义继续说："夫妻生活的基础是感情，但感情不是从来就有，一成不变的。没有感情的，可以培育感情；有感情的，弄不好也可以破裂。既然走到一起来了，又没有根本性的分歧，就应当向好的方向发展。人生是短暂的，青春是瞬间的，夫妻更是短暂的，美好生活更是弹指一挥间，人应该珍惜人生，珍惜夫妻，珍惜美好的青春。如果不能改变现状，就面对现实，承认现实，接受现实，培育感情，发展感情，创造美满幸福的婚姻，度过今后的日月。"

赵老师似有动情，似有所悟。

欧阳义看了一眼赵老师，看出他情有所动，便继续说："封建社会，有多少自由恋爱结成婚姻的，就是皇帝也未必如此，酿成了多少婚姻悲剧，可是美满幸福的婚姻也不少。情投意合的，不一定成为夫妻；萍水相逢、邂逅相遇，结成幸福夫妻的也有，可见事在人为。应该向前看，努力向好处发展，培育爱情的花朵，结出爱的成果。就拿我来说，我在红军里有一个非常好的知己女友，可频繁的战争和行军，哪能结成夫妻，长征到古堡镇一带，我们在敌强我弱下遭到失败，我腿受伤了，流落在这一带，她下落不明，后来得知她也受伤被俘，敌人逼她投降，她宁死不屈，结果被敌人杀害了。后来张老三死了，张三嫂疯了，我同情她，关心她。为了生存，我们走到了一起，为她治病，医治精神创伤，把我对前友的感情转移到她身上，日复一日，月复一月，她的病也好了，孩子也一天天长大了，也有感情了。怀念是怀念，现实是现实，最好是把怀念融入现实中，才是最好的怀念"。

正说着，赵老师的妻子来了，理和情相遇到了一处。赵老师在欧阳义一席肺腑之言的感召下，将身子挪动了一下，示意妻子靠自己就座，从此开始了新的、美好的夫妻生活。

愁一愁，白了头，笑一笑，十年少，赵老师未服一粒药丸，没喝一碗汤药，感到自己的事业传承未断，国家有希望，人民有希望，夫妻可修好，精神一振,便下了病榻。白天登讲台讲课,夜晚伏案重写书稿。日复一日,月复一月,送走了今年,迎来了明年,终于把书稿送到欧阳义手里,请其过目。

赵老师讲课也更生动、丰富、有趣了。他的私塾是初小,四个年级,国文、算数、唱歌、体育及画图课就他一个老师,他的专长是国文,可教学的需要,这些课不开不行,不讲不行。只能边教边学,先当学生,后当先生,学而不厌,诲人不倦,精益求精,严谨治学,一专多能,触类旁通。教画图,悟出了画的空间艺术,画花草树木,后生长的先画,先生长的后画,互不妨碍;画人物,先轮廓后眉目,线条粗细曲折搭配,布局疏密得当,色彩浓淡相宜,颇得精妙,深受学生欢迎,同行赞赏。

讲语文课,紧密结合学生实际,既教识字作文,又将社会历史、为人处事糅合进去。"现在,我们虽然很穷,但是,到你们长大的时候,就会光明幸福的。现在用清油点灯,用牛耕地,住破平房,吃山药米拌面,穿补丁落补丁的衣裳,用绳子在井里打水,或吃涝池水,好多人糠菜半年粮,忍饥挨饿,挨冷受冻。将来,点灯不用油,耕地不用牛,住的小洋楼,吃土豆烧牛肉,自来水往家里流,还可配上千里眼、顺风耳,坐汽车,坐飞机,天上游。"因他打破死背硬记、满堂灌,学生们学得津津有味。

赵老师与书,如同布帛菽粟,须臾不能分离,毕生念书、教书、著书,书就是命,书就是生活,书就是工作,书就是他人生的价值和意义。既以书为苦,为书所累;也以书为好,以书为乐,真是苦在其中,乐在其中。

自给赵老师看病后,欧阳义仍在惦记赵老师,不知心病好的若何。一日上午有空,便来学校看望。走进校门,他正在教室上课,便悄悄坐在教室窗户下旁听,不知前面讲的啥,半路里只听他讲"勤奋"。只听他讲:"成功之道,在于勤奋,买卖人经商,要薄利多销,脑勤、嘴勤、手勤、腿勤,累月积年,积珠累寸,方能赚钱;庄稼人种田,亦不误农时,起早贪黑,春种夏管秋收,颗粒归仓,寸草不弃,才户殷家实;卖艺人则曲不离口,吊嗓子、习词儿,日日不断,天天不误,台上一分钟,台下十年功,方能字正腔圆,一举一动,恰到好处,博得观众喜爱;拳棒手则拳不离手,鸡鸣起舞,使枪弄棒,一招一式,精益求精,才能立于不败之地。读书人也一样,要习好学问，务必勤学好问，一字一句，一丝不苟，日积月累，由少到多。十年寒窗，九载熬油，读万卷书，下笔如神，方能得其精髓。

"反之，懒惰乃败事的行径。凡懒惰者，业无所守，艺无所进，财无所积，生无所求，混日混月，虚度年华，若掐掉头的苍蝇，乱飞瞎碰；或如盲人骑瞎马，夜半临深池，难免跌入深渊；或迈上歪门邪道误入歧途。懒则馋，馋则占，占则贪，贪则变，变则腐，腐则败，身败名裂……"

欧阳义听着听着，不知不觉，聚精会神入了迷。待赵老师下了课，走出教室，发现他坐在那里发呆，急忙搀扶他起来时，他才明白过来，哈哈一笑："听你一堂课，若听戏一样，是一种艺术享受，令人茅塞顿开，若吃了一颗仁丹，令我耳聪目明，脑子清醒，过瘾，过瘾！"

第十一集 水血惨剧

上下游争水 酿人命惨剧
李老财主谋 为官司定调

　　值此国不泰、民不安之际，古堡地方也是多灾多难。紧接着大地震，发洪水，闹干旱之后，又是兵祸来临，焚烧了赵老师家的房子和书稿，致使赵老师心病缠身卧床不起。虽经欧医生心病心医，重登讲台，可古堡地方仍是风不调雨不顺，因缺雪少雨，南山来水少，在小麦浇水的高峰期，争水纠纷不断，吵嘴打架连连，继续发生流血事件和伤人死人事件。由南山山谷，流出一河雪水，经过干渠分水闸，分出一股，流入古堡乡的支渠，灌溉上万亩土地，处在上、中、下游的张家庄、王家庄、李家庄、赵家庄的农民，轮流用这股水浇灌各自的土地，上游浇完中游浇，中游浇完下游浇，下游浇完再轮到上游浇，循环轮流，周而复始。今年由于山中来水少，浇灌进度慢，刚刚轮到上游浇水。处在上游的张氏兄弟，张老大、张老二、张老三正在给麦子地里灌水，下游李家庄上来一大班人与之争水。一见面就气势汹汹地质问张老大："为什么不往下放水？"李小义说。

　　张老大回答："才轮着我们刚开始浇。"

　　"我们的麦子都快旱死了！"李小义强调说。

　　"你看，我们的麦子就要晒死了。"张老大说。

　　"放水的时间已经到了，该放水了！"李小义争辩道。

　　"我们的麦子还没浇完，等浇完了就放！"张老二争辩道。

　　李小三说："不管你浇完没浇完，时间到了就该放水！"

　　这里是支渠上游的水闸处，是石头砌成的拦水闸，闸门两边的石料中间竖着开一道槽，横着放置几块闸板拦水。下游的人眼见不肯放水，群起而上，要抽闸板。恰恰是石头上钉钉子，硬碰硬。张老二性起，抡起铁锨扑上去阻拦，将对方的两个人追赶到灌有水的麦地里打起来。这两个抵挡不住，又上来两个人帮着打。张老二身高力大，眼疾手快，一个人敌四个人，铁锨的铃当啷直响，打得不可开交。李家庄在水闸跟前的四个人，仍争着抽闸板，张老大又力战，赶跑两人，且追上去在另一块麦田对打起来。李家庄剩下李小义、李小三两个人，与张老三争夺水闸控制权。张老三骑在闸板上不相让。对方的两个人把张老三推下闸板，落入水中。张老三虽立在水中，仍手搬闸板不松手。张老三是学打铁的，颇有气力，且不怕火。若是在陆地上力战李小义、李小三不成问题，可是一落入水中便失去优势，一人对付两个人，便难占上风。幸亏水不深，张老三一边搬住闸板不放，一边腾出一只手，抓住李小义的脚脖子往下一拉，也将其拖入水中，并乘势将其按入水中。对方的李小三也跳入水中帮李小义的忙，两个人合力将张老三压在身下，一再的往水中按压。弄得张老三翻不起身、换不上气。岸上的张老二、张老大分别与对方的四个人、两个人厮打，始是用铁锨对打，后来干脆都扔掉铁锨，赤手空拳在泥水地里摔打。张老二一招一式摔一个人，对方上一个摔一个，上一双，摔一双，把对方一个个都滚得如泥鳅一样，不能再还手。张老二占着优势，抽空转身观看水闸处的动静。忽然发现水中的人不再厮打，对方的两个人站立水中不动，自家老三则在水中转悠。感觉情况不对，遂抛下对手，往水闸奔来。

此时，张家庄的人听说在水闸处争水发生武斗，也纷纷拥来，忽然有人大喊："不好，淹死人了！"张老二也到了跟前，与大家一起把死者抬上岸来，放在水渠边上，死者正是张老三。显然是腹中灌满了水。便将他头朝下放置，让其吐水。此时，有的人又给张老三做人工呼吸，双手按在胸脯上，一起一压许久，结果一点动静都没有，两手一推，直摇头。

围观的人群中正好有张老三的婆姨张三嫂，她看着自己的男人平躺在那里，救也没救过来，又气又急、又惊又吓，当下就昏了过去。人们又忙着给她掐鼻子下方的人中穴，揉大拇指、食指中间的合谷穴，掐揉了好一会才清醒过来。

她睁眼一看，丈夫仍死躺在那里，又大哭大闹起来，匍匐在死者身旁，哭天喊地："孩子谁来养呀！我可怎么过啊！"一会儿捶地，一阵儿碰头，猛地又站立起来，连喊带跑，向水渠中扑去，"活不成了，我不活了。"幸好被众人拦挡住。

人命关天，出了死人的大事，争水的事自然顾不上了，劝人的劝人，抬人的抬人，大伙儿又忙碌死人的事了。

多少年来，又是地震、洪灾，又是旱灾、瘟疫，更加战乱不停，社会混乱，水利失修，十年一大旱，五年一中旱，三年一小旱，庄稼是三年丰收，三年平收，四年歉收，佃农的日子是饱三年，饥三年，吃糠咽菜过四年。

正常年份，古堡乡这里，从第一次春灌到封冻前的最后冬灌，一年一共要浇十次水，称为十轮水，夏禾一般要浇四到五轮水才成熟。如能浇到四次，甚至五次，丰收就定局了。尤其是第三轮、第四轮是收获的关键。收多收少在于肥，有收没收决于水，如果浇不上这两轮水，歉收是不用说的，日子就没法过了，更不用说地租和各种开销了。

水利灌溉系统分为季节河、干渠、支渠、毛渠，水源是大雪山融化的雪水和雨水，积雪多，雨水多，上游来水多，各种渠系就水流多，争水的矛盾就少；如果水源枯竭来水少，争水的矛盾就十分尖锐激烈。古堡乡紧靠的南山，由西到东成百上千里长，由南到北几十里宽，山区有丰富的水源。山中的积雪是一座固体水库，终年白雪皑皑，雪水涓涓，川流不息，好比一个健壮丰美的巨人母亲，用她甘甜肥美的乳汁，哺育着千百万各族儿女，支撑丝绸之路上商贾东西往来的食宿给养。灌溉着一块块沙漠绿洲，成就了一座座城镇和丝绸之路，谱写了千里走廊的悠久历史，哺育了光辉灿烂的东西文化。

自然环境水源的状况，影响着社会的安定和繁荣，干旱缺水时争水激化了人们之间的矛盾，往往引起人群之间的纠纷诉讼，或者殴斗战争，甚至导致流血的事件，酿成社会悲剧和家庭的不幸。大者季节河流域各干、支渠之间，为争水源，发生大规模的水利纠纷，诉讼、武斗；小者，在一条水渠的上游、中游、下游之间，总是纠纷不断，诉讼不停，打架斗殴时有发生，特别是在春夏季灌溉的高峰时节，矛盾更为尖锐激烈。真正季节是金，水流是油，水利是命脉。有的地方，为了分水争水，用请客吃饭饮酒解决，如果请客吃饭解决不了就进行武斗，简单者用铁锹、镰刀、斧子等生产工具对打；

第十一集·水血惨剧

复杂者动用棍棒刀剑，甚至枪炮等武器，为争命脉，流血死人是免不了的。

前面说的仅仅是小规模、低层次的争水纠纷。争水的打斗因张老三的死亡而暂时停止，但是争水的矛盾并未解决。干旱在持续，上游的麦地尚未浇灌完，而下游等水迫不及待，家家户户都心急火燎，人人都口鼻冒烟，眼睛发火。五月大热天，张老三的后事如何了结，也一刻不能迟缓，按照当地的规矩，如此重大的事情，必须找李老财定夺。

李老财是全支渠最有钱有势的人。张家庄、王家庄、李家庄、赵家庄几百户人家，分别居住在上游、中游和下游，一条支渠灌溉着一万多亩土地，李老财一家就有几千亩地，并分布于上中下游各处，有的雇长工耕种，有的出租给佃农耕种，他坐收地租。

说到李老财，之所以成为古堡乡地方有钱有势的巨富，自有他的发家史。他祖上原给他留下一份厚实的家业，到他父亲手里，又借着这些家业，发展壮大起来。到了他手上，先把赵家吞并了，又把王家吞并了。张老大的父亲因响应孙中山领导的民主革命，反抗清朝的腐朽统治，被杀了头，查抄、拍卖了家产，他乘此机会又廉价购买了其部分田产。接着又放高利贷，进一步扩大了家业，把势力扩张到整个支渠流域。

王家的爷爷于春天患了肺痨病，为了治病借了他的债。春天借一斗，秋天还斗半，又背了一屁股的债。病没治好，人还死了，没法还债，只好用土地顶抵欠债，这样，王家失去了土地，没法生活，又租李家的地，交地租。

经一番折腾后，进一步壮大了李家的家业，王家成了穷光蛋。唯有一眼水井，王家仍可取水，因为土地没了可租借着种，房子可以挤着住，但不能不吃水。最后商定：水井两家共用，只在通水井的墙角处开一个小门，供王家打水进出。

除古堡镇外，他的势力还扩张到别的乡。临乡周家的男人吸鸦片烟成瘾，毒瘾发作无法忍受，就给李家典当东西，买鸦片烟吸。开始是典家具、农具，接着是典卖土地，压低价格典当，到时按价赎回，周家的大烟鬼败家子如何能够赎得起？如此此消彼长，财产相互移位，命运你我颠倒，家业败的败、兴的兴。张家、王家、赵家等的好些家产成了李家的家产。马不喂夜草不壮，人不发横财不富。李家便暴发为大财主。大庄园几处，房屋几百间，土地几千亩。以财产为根基，又开商店，供子弟上学读书，有了文化，有的当老师，有的做地方官，真正成为有钱有势、有头有脸、一言九鼎的土皇帝，人仰人敬，时来运转，求他租地的、打短工的、扛长工的、调解各种纠纷的都离不开他。为了活下去，破财买关系、通关节，少不了求他、巴结他。他家凡有红白事情，诸如生了千金小姐、少爷哥儿，或是有人升了学、做了官，或有婚丧嫁娶，都要送礼。礼少了不体面，礼多了伤穷人，水往低处流，人往高处走，财向富处滚，结果是，穷得越穷，富得越富。

每到秋收之后，李老财骑着高头大马，率领骡马大车，到张、王、李、赵各庄，向佃户收地租。把佃户的仓库，或者挖个底朝天，或者仅留下种子，好第二年再收地租。结果是，李老财家富得流油，猪狗都吃的细米、白面、带肉的剩饭，而佃户则是糠菜半年粮，衣不蔽体，食不果腹。真是朱门酒肉臭，路有冻死骨。同样住在古堡地方，共顶着一片苍天，光景则是众者在地下，一个在天上。

李老财族属本家弟兄、堂弟兄，有的经营商号，有的当教师，而李老财本人则坐镇家中，主持家务。经济上举足轻重，政治上有权有势，而他的堂兄弟李有财，又经他一手扶持当上了保长，整个支渠水系地方，再没出其右者的人家。大小事情，小到弟兄们分家，邻里争水纠纷等等，不得不找他处理、说话，也只有他说了话才算数，因此上凡事都去找李老财处理；至于处理的公道与否，当事者双方只好遵循。

这一次争水打架死人的事，少不了也找他处理。首先是上游死了人的张家。张家也是不大不小的族户，有张老大、张老二、死了的张老三，老四老五弟兄们、堂侄子们，族人商定由张五爷牵头，领上侄子张老大去找李老财处理。

这李老财，真名叫李有富，他四十岁左右，其最突出的特点是"大"，大胖子；体重足足二百多斤，肥头大耳，双下巴，脖子与头一般粗，一双又圆又突出的大眼睛，宽鼻子，大方嘴，在其一帮子弟兄们中他又是老大。他力气也大，一辆铁皮包的大轱辘车少说也有四五百斤，一般的人两个人未必抬得动，他一个人用腰部顶住车轴的中间，撑起来还能在外院子里走一圈。

李老财吃饭又快又多，他爱吃干拌面，由他的女儿亲自一碗一碗从厨房里来回端，头碗吃完了，第二碗还端不及接不上，大海碗干拌一顿能吃六七碗。

对于他的胖大，长工们在私下议论纷纷，有的说："他这等胖大，他的老婆怎么能驮得起、受得了！"有的说："车拉千斤地顶着，男人再胖炕撑着，女人自有她的驮劲，再胖大的男人也能驮得起，受得了。"有的说："可不是么，他的老婆还不是生了三男两女。"议论的长工们哈哈大笑起来。

李老财经常的习惯是好逞能爱管事，惯于说一不二。家中的事、社会上势力所及的事，不找他不行，违背他意愿也不行。争水打架死人的问题，自然得找他。在事发后的当天，张五爷和侄子张老大就登门来了。他有三处庄园，在上、中、下游的张家庄、王家庄、李家庄各一座。他现在住在中游的王家庄庄园，外围是一丈多高的青砖围墙，开一个供大轱辘车、骡马进出的大门，并停放和喂养在外院。张五爷二人进入大门，通过外院后，又去里院。里院的院墙有三四丈高，一丈多厚。里院的门设有两道，外面一道，里面一道。门框、门扇都用铁皮包裹着，且用铆钉密密麻麻的铆住。中间有一个天井，仰头向上一看，天似一块小镜子。他们过了里外两道铁门，才进入里院。里院四面都是雕梁画栋的深廊檐房子，抬头往上看，里院的院墙像城墙，设有瞭望垛口，有巡逻用的人行道。除了正门的门楼，四角还有角楼。

据说，站在巡逻道上往下看，四周的村庄尽收眼底，众房矮小而李老财的里院若鹤立鸡群。院虽然很大，由于院墙很高，廊檐很深，并不显得明亮，似有阴暗、深奥和恐怖的感觉。过了院子，径直向北走向正厅，跨上五级台阶，才是李老财的会客厅。里面的房舍全是用砖瓦、木料建筑。别的不说，光是那木料，都是从南山的原始森林里挑选、砍伐、运输来的。有的工匠算计过，将建筑所用木料，在里院墙内一根挨一根地竖着放，都放置不下。

张五爷及张老大进了会客厅，向李老财躬身请安。李老财俨然端坐在太师椅上，身子一动不动，只点了点头，眼睛代理不理地扫视了他们二人一眼。张五爷便禀报了争水打架和张老三死亡经过，还没把话说完，李老财便打断禀报："知道了，知道了！我给你们做主，我来处理，我不会搁着不管的，你们先回去，等着。"

张家庄的人前脚走，李家庄的人就到了，也是李家庄有头有脸的头面人物李登高、李登云、李登贵。论辈数，本是李老财的长辈堂叔叔，可是在李老财面前，他们没有摆老资格的钱财权势，不得不老爷长老爷短的尊称呼叫，躬身弯腰。一见面，李老财劈头就问："怎么搞的！怎么把人家人打死了？"

李登高赶紧辩解："不是打死的，是淹死的。"

李老财责备着说："不管是打死的，淹死的，反正死了人，动下麻达了，得有个说法。你们得请客吃饭，才能了结。"

李登高连连应声："说得是，说得是！"

李老财："再不多说，你们去把李保长给我叫来。"

保长李有财很快就到了，又是点头哈腰，又是老爷长老爷短，殷勤不迭地请示道："争水死人咋办呀？"

李老财训示道："分水死人两件事，合在一起处理，先去给乡约禀报知道，找他给知县报案。少不了立案、验尸、判决。再是给张老三办丧事，免不了请人吃饭。李家庄花钱埋死人，请张家族人吃饭。然后把筷子收集起来，有多粗一捆筷子，就放多粗一股水！"

保长连声称："妙，妙，妙；高，高，高！"

李老财又紧贴着李有财的耳朵说了些悄悄话，李有财又连声应道："照办，照办，你放心，你放心。"

边应答边退出来走了。

第十二集　　五十大板

打人命官司　　远赴省城讨公道
换汤不换药　　劳民伤财空回家

张老三意外死亡，张老大兄弟和媳妇，为避免母亲难受，并未及时告诉母亲，可张大妈还是知道了。不知则已，一知道，又割去了一块心头肉，心疼的马上就病倒了。

张老三殒命，李保长火速上报乡约，乡约立刻上奏知县。人命大事，不容迟疑，知县马上带领承审、书记官、检验吏等一班人马，来到古堡乡现场验尸。只见死者仰面平躺在水渠旁边，即刻着手验尸。只听仵作唱报："死者张老三，现年三十岁，面色青紫，眼睛睁，眼球略为突出，嘴张，口有泥沙，鼻中有泥沙，肚腹鼓胀，两臂微弯曲，两手握拳，双腿微弯曲，别无外伤，实系鼻腔进水，口腔灌水，呛水气闭身死。"无误。当场填表，取仵作结论入卷。

紧接着，由原班人马，带着命案当事人，匆匆忙忙往县衙返回。待到县城，已是傍晚时节。各自安顿住下，吃晚饭、过夜，只等第二天升堂开庭审案。

第二天上午，就开庭升堂，对涉案人依次审问起来。

先提报案人乡约。据供："小的其时正在家中，未临现场，争斗致死人命，并未亲历亲见，仅据该保李保长所言，如实向知县大人奏报事实。"

接下来原告人张老大口供："我们正守着水闸浇水，李小义等八人来到水闸处。李小义质问我，'放水时间到了，为什么不放水？'我回答，你看，我们的麦地还未浇完。水太小，进度太慢，才轮到我们浇水。若放了水，我们的麦地咋办？若放了水，等到下一轮来，我们的麦子早早死了。李小义争辩道，'不管三七二十一，时间到了就该放水，这是规矩。'我家老三并未开口，只守着闸板。李小义等八个人，见我们不答应放水，就一拥而上，要抽闸板。我家老二就阻拦，把他们四个人追赶到麦地里对打起来，剩下的人又要抽闸板，我又阻拦两人到另一块地里对打起来，我家老三仍按着闸板，他们有两个人与我老三争夺闸板。结果李小义、李小三把我家老三推入水中打斗起来。李小义、李小三，共同打斗我家老三。我正在与另外两个人争斗，回头一看，我家老三在水中一动不动，我就松开了手来帮我家老三。等抬上岸来，已经不动弹了。是实，请知县大人明察公断。"接着在供词上按了手印。

原告张老二供："按规矩是该放水了，但水太小，我们前面的浇水进度太慢，才轮到我们浇水，若抽去闸板放了水，半月以后再轮到我们，麦子早旱死了。按实情不能放水。他们八个人就一起来抽闸板，我阻拦他们四个人正在地里对打，结果李小义、李小三就把我家老三推到水中，打将起来。我们正在撕打中，我回头一看，我家老三在水中一动不动，我就下来帮我家老三，等抬上岸来，已经不动了。是实。求知县老爷明断。"

被告李小义招供："我觉得，吵来吵去，也不答应放水，看来只有动手了。我一边吵嚷着，一边与我们李小三抽闸板。张老三牢牢按住闸板，我们就把张老三推入水中，张老三又抓住我的脚脖子，把我拉入水中。李小三就下水帮我，共同扼住张老三的脖子，将他按入水中，我们怕他翻上来，未敢松手。没料到，他乱扑腾一阵子后就死了。求父母官大人宽恩。"是实。画押。

被告李小三招供："事情就是这些，没有不同意见。是实。"画押。

验尸、取证、提审后，知县宣布休庭，当事人均暂时拘押，等候审判结果。乡约等无关人回家。

乡约回到家中，立刻将审判情况禀报给李老财。两人一起猜测审判结果，并商议对策。

李老财心想，生死大事，人命关天，没有了断是不成的，终得了断出个结果，无论结果怎样，自己不是当事人，都与我无关。但是，原告与被告，都是我的佃户，不论谁赢谁输，地租都不能少，为此，麦地都需要浇水，应当及时分水，不能叫那一方的麦子旱死，才能收上地租，才对我有利。便对乡约说："不能单独追究被告人的责任，只考虑死人一方，而应该兼顾当事人双方的情况。可由下游的人出资埋葬死人，请上游的人吃饭消气，将大事化小，小事化了，不了了之为好。至于死者的遗孀、孩子，应由其亲属抚养。"说完后，托付乡约六十两白银，供打点之用。

乡约收拾好银子，火速向县衙知县处走去。

在休庭之后，与此同时，知县便为张老三的人命案劳思伤神动起脑筋来。心想，人命关天的大事，岂能含糊，必须明察细问，秉公断案。不管千条理、万条理，死者是主要受害者，总得有个合理的了结和交代。杀人偿命，欠债还钱，历来如此。致死人命者，即就是不偿命，也必须赔偿人命钱，否则，岂不是让人家白死了不成。且主犯就两个人，牵扯并不多，直接责任人很明显。若不秉公断案，类似的案子都无法判决。绝不能各打五十大板，不了了之。应对致死人命者严加惩处，既对死者鸣冤昭雪，也不亏我知县大老爷的声望和名誉，意欲复庭后公断了结。正在此时，手下人禀报，张老三一案的乡约有事禀报。知县即刻向手下人回话，传令乡约禀报张老三一案情事。

乡约点头哈腰施礼作揖之后，便将李老财之意一字不漏地禀报知县，并特意将大事化小，小事化了的好处；认真断案，恐难以收拾的害处，格外阐明强调，如此等等情况说了个一清二楚。临走，放下雪花白银六十两，说道："只为慰劳知县父母官大人为民辛劳，劳心费神，别无他意。"

乡约走后，知县的脑筋又开动起来，着实令他劳思伤神一番，自问自答：张老三命案，是认真，还是得过且过？是大办还是小办？要大事化小，小事化了行不行？仔细斟酌，权衡起来：要治罪，治谁的罪，若治李小义、李小三两个人，他们不只是为自己争水，也是为下游几十户、几百号人争水；要治他们偿命或赔钱，又治不下去。再说，他们不是故意致死人命，而是在互相争斗撕打中用力有失轻重，动作有失分寸，导致对方死亡，如果要他们偿命赔钱，又怕下游几百号人人多势重，不会答应，必然起哄闹将起来。大事化小可不可以？据乡约禀报，张老三的家里只剩下孤儿寡母，孤儿幼小稚嫩，争不了大人的理；其女人乃妇道人家且疯癫了，也不是论理闹事的人。其兄张老大、张老二两个哥哥,早已分家立户,各过各的日子,毕竟非直接的利害相关的人,即就是要出来论道理、打官司,一个佃户人家,其花费也消受不了。看来,死者一方势单力孤,不足为虑。大事化小言之有理。再看那白花花的六十两银子,确是闪光耀眼,千里做官,一年辛劳,才拿多少薪水?还有,四五月份,赤日炎炎,尸首不宜久放,只需迅速断案,快快埋葬。吃人家的嘴软,拿人家的手短,知县的主意来了个大转弯。想到这里,便传令升堂开庭判案。承审官、仵作等一班人马各就其位,原告、被告及乡约与案有干系者统统到堂,听候审判结果:

  古堡乡乡民争水致死张老三命案

  古堡乡乡民张老三于某月某日与下游乡民李小义、李小三等人在争水中发生纠纷,互相厮打,以致张老三在水中被呛身死。经仵作检验,鼻腔、口腔均有泥沙,眼睁,眼球突出,头发中有泥沙,肚腹鼓胀,面色青紫,别无外伤,确系在水中争斗厮打中口鼻灌水,闭气致死,无误。原告张老大、张老二所供,与事实相符,被告李小义、李小三等人供认不讳,乡约为地方民事转奏此事,与此案无关。

  据此,张老三命案事实确凿,实系上下游村民为争水引发纠纷,于厮打争斗中死亡,并非故意伤害致死,固不追究李小义、李小三的刑事责任。为安慰死者,丧葬费用由下游村民负担,死者遗孀、小孩,由其胞兄弟代为抚养,余不牵涉。此判决上报省院复审,如有不服,可上诉。

准咨

某年某月某日

  初审宣判即毕,被告方原无疑意。原告方既无诉讼经验和精神准备,又为死者后事着急,来不及决定不服与上诉复审之事,有待酝酿商量之后再说。

  乡约则来到李老财家,商议执行判决、埋葬死人事宜。李老财又派人将保长李有财叫来,待保长来后坐定,李老财便将事先与保长商量好的意思说了出来。判决中本无分水之事,可李老财借此执行判决,将分水的意思夹带进去，更于死人一方不利。并着保长通知张氏兄弟，执行判决等上述事宜。

张老大、张老二听了宣判，总觉得官司判得有失公道，弟弟死得太冤枉；更想到，自家死了人，还要赡养死者的遗孀和孤儿，还要给下游分水，倒像是自己输了理，结果又是自己吃了大亏。更不知道李老财借执行判决，又夹带私利，给下游分水，占了便宜。

但是，五黄六月烈日天，弟弟尸首不能久放，急需快快办理丧事要紧。官司判的公正与否，是否上诉，怎样上诉，待丧事处理完毕之后再说。便当即给五爷说道，并按保长布置，向本家族人通知到，于是，张氏兄弟二人按规定的时间、地点，分头去通知族人。

当张家族人按规定时间，来到张老大院中，保长李有财宣布："先埋人，后吃饭。"

当地有个不成文的习俗：大凡在外非正常死亡者，不能抬入本家堂屋停放，不能入祖坟，均在野地里寻个地方草草埋了完事。张老三的孩子尚小，老婆又疯疯癫癫的，不能提出不同主张，只好按着习俗办。用茅草席子盖住，由张老大、张老二轮流看护着等候埋葬。

张家族人等埋葬了张老三后，又吃了饭，李保长和甲长等到各个饭桌子将筷子收集起来并捆好。大家尚不解何意，正在纳闷时，李保长发话道：

"死人也埋了，饭也吃了，就该办分水、放水的事了。"

他两手捧着收集并捆好的筷子，上下晃动着又说："多粗一捆筷子，就放多粗一股水！"

李老财紧接着说："我们是按知县大人的判决办事的，原原本本，并未走样。我李老财也说一不二，一言九鼎，谁要不服气，今天的饭钱由谁出，一桌子饭四百多斤麦子，十几桌子饭四五千斤麦子，就由谁出。"

实际上，一桌子饭值不了四百多斤粮食，这是李老财先声夺人吓唬人，快刀斩乱麻了事的办法。

张家的族人一听，个个面面相觑，目瞪口呆，不知该做如何反应。过了片刻，大家安下神来，思考过后，觉得李老财财大气粗，有权有势，借的是执行知县大人的判决，又有保甲长帮腔助势，还有四五千斤粮食的饭钱，小家小户的穷人谁出得起。再说张三嫂又疯疯癫癫的，孩子们也小，还得妯娌们照顾、抚养，正经忙都忙不过来，谁能再承担这么多的额外负担？只好哑巴吃黄连，有苦难言，吞声咽气作罢。

　　李老财为何作此安排，完全是由他的利益决定的，上中下游都有他的土地，张家庄、王家庄、李家庄都有他的佃农，打架争水的当事人双方就是他的佃农，死了人没有个交代不成，而如果不往下放水，下游的收成受影响，会损害他的利益；如果把水全部放下去，上游的人气难消不说，上游的地未浇完，导致歉收也影响他的地租，而十几桌子饭钱，实际上没有那么多，摊在下游各户头上也负担得起。下游分了水，得了实惠，而我李老财无所失却有所得，这正是自私自利、阴险狡猾，与保长贴耳说的悄悄话。

　　世上没有比母亲失去儿子、白发人送黑发人更悲痛的事了，况且是突然意外死亡，张大妈如何不伤心至极。失去丈夫，失去了孙子，再失去三儿子，一次又一次的不幸，一而再地沉重打击，折磨着她，摧残着她。然而，张大妈毕竟是经历了多次大灾大难、生死离别的人，犹如高山岩石中生长的苍松，饱经几多风霜雨雪吹打的，她是坚强的，挺拔的，她又一次地挺住了。如同挺过以往多次失去亲人一样。在世事沧桑、生离死别之后清醒起来，平静下来。她又扶着炕沿下了地，依着墙壁站立了起来，来看望她的三儿媳及孙子孙女。她抚摸着孙子孙女的头，鼓励他们："不要怕，还有你妈，还有我，还有伯伯婶婶们，会疼你们的，你们爸是个好爸，他是为大家的事情而死的，人们不会忘记他，你们要快快长大成人，像你们爸一样，多做好事，当个好人，无愧于你们爸的好儿子、好女儿。"

　　一批又一批的邻里、乡亲都来看望她，张三嫂到平静如常，点头谢意。

　　待张老三的丧事办理完毕，紧接着又该搞夏收了。小暑大麦熟，大暑小麦熟。季节不等人，上诉申冤、讨公道的事只好往后推了。人老一秋，田黄一日，麦子说熟就熟了，收割麦子如龙口夺食，熟七成收十成，熟十成收七成，一刻都迟疑耽搁不得。加上张老三不在了，少了人手，要帮张三嫂割麦子，张老大、张老二的担子更重了，还担心遇上苍天打雷、下暴雨，若收不及时，一年的辛劳，全家的希望可就落空了。张氏兄弟男女老少齐上阵，起五更，睡半夜，忙碌了二十多天，才将收割、打碾、归仓搞完毕。这个时候，上诉申冤讨公道的事又冒了出来。

不平则鸣，不公则愤。张老大越想越气愤，在自己屋里对妻子说："难道人白死了不成！李老财不但未受损失，反而两头得好处。而我们死了人，又要赡养弟媳和侄子，没得到任何补偿，这口气怎么也咽不下去。越想越觉得咱们老三死得太冤枉，咱要打官司。"

张大嫂气愤不平地应和道："我也气不过，可是有什么法子！胳膊扭不过大腿，人家财大气粗，认命吧，忍了算了。"

正在张老大与妻子议论之际，张老二也来进了屋。一进门便说："这口气我咽不下去，弟弟被人淹死，没有赔偿，凶手不惩办，不追究，负担叫我们背上，难道人就白死了，我气不过！"

张老二就是个袖筒里入棒槌，直入直出的直杆子人，有一股二愣子劲，牛脾气。跟他爸一样，若牛一般犟，宁折不弯，撞着南墙不回头。这次争水，他的二愣子劲就上来了。对方人多势众，八个人一齐上来，他毫不怯阵，抡着铁锨就扑上去，一下了把对方撵到麦子地里打起来，个人抵四个人，把对方打得招架不住。要不是回过头来关照张老三，说不定把对方要放倒几个。现在张老三被淹死了，没有丝毫补偿，还要背上孤儿寡母的抚养费，依他的脾气，如何能忍气吞声？"常言说，卖他三亩地，也要争口气，若不争这口气，吃饭无味，睡觉不实。"

张老大应和道："谁说不是，我正跟你嫂子在议论此事。"

正说着，张大妈拄着棍子走进来，她是听到两个儿子的议论声过来的。张大嫂急忙扶着婆婆在炕沿上坐下。张老大继续说："本不想惊动你老人家，你来了，顺便就给你说一下，我们想上诉，为老三申冤讨公道！"

"这口气是难咽，"张大妈停了停又说，"难咽也得咽，天是富人的天，地是富人的地，天下乌鸦一般黑，能申什么冤，能讨什么公道！还不是瞎子点灯白费蜡。你们一定要去，你们也是大人了，我也不拦你们，不过要跟你们五爷讨讨主意。"

张老大应和道："这是自然的。"说着就去找五爷。

张五爷在家正坐在凳子上将胡须吸旱烟，一边抽一边想，总觉得三侄子死得太冤枉，李老财总是占便宜，张家庄总是吃亏，作为张家庄的长辈，脸上无光，愈想愈胀气。

恰在此时，张老大弟兄两个来到，"五爷，我们咽不下这口气。"便钻进了他耳门子，"我们的弟弟死得太冤枉！李老财总是占便宜！"

五爷应道："我跟你们一样憋气。"

"知县宣示，不服可以上诉，我们要上诉！"张老大继续着说。

张老二又说："卖他三亩地，也要争争气！"

张五爷说："我老了，不中用了，活不了几年了，不能陪你们去打官司，争气，上诉要靠你们。"

"这个自然！"张家弟兄齐声应道，"但是，状子得你写！"张老大要求着说。

"当然！别的劲使不上，写状子还可以！"

不久，状子也写好了，典了三亩地，拿着典当费，外出的东西也准备就绪，转眼间到了冬天的农闲季节，张氏兄弟二人驾上单套马车，拉上人吃马喂的东西就上路了。白昼一日比一日短，天气一天比一天寒冷，雪下得又大又厚，天地皆白成一片，在冰天雪地之中，他们顶风冒雪，晓行夜宿，过县城，穿峡谷，翻雪山，下坡道，走平川，再沿黄河岸东行，整整七天七夜，来到过河的渡口地方，渡口对岸就是省城。

幸好，天寒地冻，黄河冰封，冰面上人来车往，倒也方便。二人观望了一阵，张老大在前面引路，张老二赶车，不到一会儿就过了黄河，又问路寻店，来到一条由东北向西南的斜道上住进了一家车马店。

第二天上午，便去省府衙门递上诉状。但见一个黑漆大门，由黑衣兵丁把守，一派阴森黑暗，令人生畏的感觉。张老大怯生生、颤巍巍地上前说明来意之后，卫兵叫出一个公差模样的人，接住了诉状，并说："每天上午来这里等候讯息。"张家弟兄二人别无他事，也无闲心，专心致志等待复审的机会，天天来这里打探消息。

张家的人要上诉，李家庄的应诉当事人李小三等三人也动身上了路。还有乡约也同他们一起同车赴省城而来，三大套的骡马大车，人强马壮，先他们二日早到。

自县上初审及县府上报的案件公文，由驿站快马加鞭，昼夜不停地传送，已经早好几十天就送到了省上。

转眼间，又过了十天半月，张氏弟兄二人，继续来府前等待观看，正好乡约、李氏兄弟三人亦来此处。不大一会公人传出话来："原告进庭过堂。"

待张老大二人进去坐定，审案者问过姓名，问过与死者的关系后，又问原告为什么要上诉复审，张老大即将前次审案情况与判决结果复述一遍，特别申述：弟弟死得冤枉，没有追究凶手责任，死者难以瞑目，抛下孤儿寡母无人抚养，我们不服，恳求知府青天大老爷明察公断。正申述间，审案人身边的一官员插话道："现在是民国了，不准称呼知府大老爷，改称院长、推事。"如此等等。

张老大连声说道："小民无知，冒犯院长大老爷，推事大老爷，小民冤枉，小民不服知县所判，恳请民国大老爷开恩，重新审判，为死者鸣冤昭雪，为小民讨个公道……"

还未等申述完毕，又令指定律师辩护。律师亦只是依律复述了法律原文，并无新意，等"辩护"后，推事传话："传被告人进庭过堂！"

但见李氏等三人进来坐定，推事一一问过李氏三人的姓名之后，又命李小三复述了致死张老三的前因后果，并无异意，供认不讳。乡约也应命复述了姓名、身份及报案经过，再是被告的律师辩护，如此等等，不需赘述。推事宣布休庭退堂，听候最后宣判。

张氏兄弟二人又天天来到法院门前观望等候。左等右等，心急火燎；耐着性子，苦撑硬熬半月之后，到第十七天下午，通知要开庭宣布复审结果。法院院长、推事等一班公人端坐公堂之上，原告被告及乡约在台下各归其位，竖耳恭听结果。只听台上发出话说：

"古堡乡乡民争水纠纷致死张老三案

据古堡乡所在县府奏报，古堡乡乡民张老三等三人与古堡乡乡民李小三等人，因上游下游争水，引起纠纷，发生争斗撕打，导致张老三在水中被呛气闭身死，检验取证无误；原告张老大、张老二等口供无误；被告李小三、李小义供认不讳，张老三确系双方在撕打中呛水气闭身死。起因乃是上下游为争水灌溉小麦而发生纠纷，并非故意致人死亡。依据清朝法律某条某款，原判亦有道理，固复审仍维持原判。"

请注意，民国判官司依据清朝法律，并不是作者笔误，而是事实确系如此。一九一一年十月十日辛亥革命后，成立了"中华民国"，并由"中华民国"任命了地方的行政官员和法院院长、推事，由其审理诉讼案件。可民国并未制定出法律，固仍依照清朝法律审判官司，而且这边陲偏僻的地方官员们也大都是原班人马，只是换个牌子、头衔，剪去辫子，实际是原班人马依清朝法律判案，岂有不输官司的。直到民国二十二年，即一九三三年，才制定出民国法律。可此官司早已打完了，此是后话。

张氏兄弟二人，一听复审仍维持原判，顿觉大失所望，懊丧至极，越发垂头丧气。若放了气的皮球，两个人无言无语，没精打采，垂着头向车马店走去。来到店中，冷坐凝神，相对无言，却不约而同地算计起来，自商议上诉起，来省等复审，到复审维持原判，一个多月，所备盘缠将告罄，人生地不熟，真是呼天天不应，叫地地无声，求人无门道，别无打算，更无新图，只有收拾回家，准备春播事宜，结算差旅花费。

第二天，即装好行囊，套好马车，扬鞭起程，沿来路往回走。不久便到黄河渡口。但见河面仍冰光闪闪，可行人稀少，车马皆无，大不似来时树木银装素裹、溜冰滑雪者你来我往之情状。举目四望，似有寒气消退，大地回暖的征兆。兄弟俩略作停留，仍照来省方式，从冰面上过河。由张老大在前面引路，张老二驾车随后。缓缓而行。待走到河冰中间，不料马前蹄打滑而跪在冰面，一个趔趄一颠，踩破了冰面，马奋力挣扎，结果，越挣扎冰窟窿越大，张老二拼命往出拉揣，哪里能拉得出来。禁不住"不好！"大叫起来。未等张老大回身帮忙，马已陷入冰窟窿，紧接着，马车也渐渐陷了下去，眼看没救了，张老二只好无可奈何的双手松开了缰绳。

真是，为了争口气，典了三亩地；赴省打官司，复审又败诉；劳民且伤财，冤案难申诉，张家从此就彻底衰落了。

第十三集　半路姻缘

二妯娌探索弟妹新前程
欧阳义救死扶伤行仗义

张三嫂一看丈夫直挺挺躺在水渠岸上，又吃惊又发急，连忙扑上去，又是呼叫又是摇动不停。原以为是水呛昏了，可以苏醒明白过来的，未料想又叫又摇，仍然一动不动。这下子真急了，真怕了，一急一怕一惊，竟然昏了过去。

乡亲们又给她掐人中穴，揉合谷穴，好不容易清醒了过来，她侧脸一看僵躺在那里的丈夫，又昏过去了。等再次清醒过来后，便索性大哭大闹起来，"不活了，我不活了。"一边连喊带叫，一边向渠水扑去，幸亏被众人拦住，拉回其家中放置在土炕上。又双脚乱蹬，身子一挺一挺的直挺，鼻子里不停地哼哼哼，没完没了地乱折腾。直到挺累了，没劲了，才平静下来。等恢复过气力来，仍是如此这般地又挺又哼，难以自制。一儿一女，眼看着父亲死去，母亲又成了这个疯样子，直急得哇哇大哭。母亲和儿女，一呼一应的乱动哭涕，整个家里乱成了一锅粥。张大嫂与张二嫂不得不守护着她。

守到夜晚，张大嫂对张二嫂说："二嫂，你先陪一会儿，我去找孩子他爹想想办法。"

张老大正为三弟的死亡，麦田的浇水和李老财处事不公在生闷气，老婆风急火燎地叫他，真是火上浇油，发火道："你安静点好不好！"

老婆一看不是说话的时候，又返回三嫂家中，对二嫂说："我来陪一会儿，你去叫二哥来看看咋办。"二嫂回去叫丈夫，丈夫也未看病人，就径直去庙里找欧阳义来，给做了镇静安神的治疗。

关于欧阳义，说来话长，他是红军西路军路过时留下的伤病员，是南方人，原是中医，参加红军后，在救治伤病员过程中又掌握了外伤的医治护理技术。他在一个叫什么铺的地方，为所在部队打掩护的战斗中，左大腿后部负了伤，弹片仍裹在里面。由于腿伤，主力部队撤出战斗时行动不便，被留了下来，初时在山洞里躲藏，有时在野庙里度日，当时正好来到离张家庄不远的一个庙即观云台里面，靠香客的供斋养伤。正在饥饿、冻馁、伤痛的一个下午，张老二为外出谋生，来到庙中拜佛爷，正在脚下叩头烧香，念念有词，祷告菩萨保佑时，被欧阳义暗中听见，看到他对佛爷恭敬虔诚，忠厚老实之态，研判他积德行善，要做好事，相信不会报告官府，同时，丰富的阶级斗争阅历，做好以防万一的不测的准备，就咳嗽一声，与他打个招呼：

"给你点钱，给我送点食品。"

张老二寻声望去，在佛像侧旁钻出一个人来，只见身材矮小单薄，面黄肌瘦，且两眼深陷，衣着破旧，拄着一根棍子，斜依佛像站立着，以商量的口气说了给钱买食品的话。张老二一看这副景况，便判断是落难之人，恻隐之情油然而生，略加思考，便答应了他的请求。约定在夜幕降临之后，给送些吃的来。待他走后便绕到庙的后墙处观望动静。心想，若是独自一人来便没有问题，若是领着人来，便是发生了不测，做好躲避的路数。待到约定时间，看见他只一个人来，由远至近，直到庙门跟前，并左顾右盼之后进了庙门，欧阳义的心才落了肚，又轻轻地跟了进来，在泥佛爷背后接待了他，他给送来了杂面馍馍，这人便是张老二。张老二觉得自己求佛爷保佑，是碰上了活菩萨，是应验了，心中踏实了，做了件善事，返回了家中。

欧阳义的腿伤，由于没有治疗机会，缺乏治疗条件，裹在腿中的弹片始终没有取出来。只能保守治疗，防止发炎感染而已。腿总是一瘸一拐的，人家叫他"地不平"。直到国共合作抗日实现之后很久，国民党不再追捕红军人员了，他才出来活动，由于腿伤不能长途跋涉，还要联络其他受伤的战友，寻找他的恋人，便未去寻找大部队，就地生活就地行医。后来，寻到了负伤的其他同志，有的打短工，有的扛长工，并得知女友何玉莲被捕牺牲的消息。

欧阳义认为，张三嫂的疯癫，是因为对丈夫的意外死亡毫无精神准备，受到突然打击，惊吓，精神受到强烈刺激，导致了神经错乱。最需要的是镇静，静养，放松；特别需要亲人的关心、爱抚，使神经系统镇静下来，才能慢慢恢复，也许会好的。他便给了些镇静的药，让其多睡觉，多休息。

大嫂二嫂轮流陪伴，看护不断，她的男娃女孩始终守在身旁。当她睁开眼睛时，男孩儿便叫："妈妈，我不再调皮了，听你的话"，女儿也一声又一声地叫妈妈，一时之间，孩子们似乎长大了许多，懂事了不少。又是梳妈妈的头发，数母亲的手指头，她倒比前一阵子规矩了一些，不再乱滚乱爬、乱动手动脚了。

有一天张三嫂又大哭起来了。原来，她醒后总觉得缺少了个什么，一思索，是丈夫不在了，便哭叫起来了。她又怕孩子们玩水，总是跟着孩子们，结果跑到了淹死她男人的水闸跟前，又爬下哭了起来，触景生情，是水闸触动了她的神经。一有需要，他们就去找欧阳义来给医治，欧阳义交代大嫂二嫂及孩子们，别引她到水渠那里去，别让她一个人待在家中，身不离人。

面对张三嫂的不幸，大嫂两口子相互议论。

大嫂："不侍候不行，侍候，我们的事谁来干。"

张老大："先侍候着看，兴许就好了。"

二嫂对丈夫："怎么办啊！"

丈夫："什么怎么办？"

"我们就这样侍候下去行吗？"

"自己家的人，我们不侍候谁侍候？都是弟兄们，妯娌们，打断骨头连着筋！"

"不是不愿侍候，是忙不过来，负担不起！"

"招上这种祸事，行也丢不开，不行也丢不开，认命就是了！再说，亲不亲，一条根，不尽心尽力，也对不住九泉之下的三弟。"

夏收了，龙口夺食，十万火急。大哥大嫂、二哥二嫂，又顾收麦，又顾家务，除忙自己的事，又帮三嫂的事，真是忙坏了。男人女人，大人小孩都瘦了一圈儿，着了层黑颜色似的。

两个多月之后，三嫂的病情似乎又好一些了，可仍病恹恹的，无精打采，情绪时好时坏，脑子一会犯傻要呆，一会儿清醒明白。清醒时，由儿女陪着走动走动。七月十三这一天下午，来到大嫂房间，看见大嫂在准备黄表纸冥钱，说是七月十五上坟敬祖宗，勾起了她给丈夫上坟的念头。

三嫂跟张老三真是一对儿，别说打架吵嘴的事没有，就是顶嘴脸红的事也没听说过。张三嫂很内向，非常尊敬丈夫，爱护丈夫，大小事儿，都顺着丈夫，丈夫就是她的天，就是她的地，就是她的主心骨，一点都离不开丈夫。张三嫂是逃荒出来嫁给张家的，她老家远在一个山大沟深的干旱贫困山区，遇到几十年不遇的大旱年景，整个家乡颗粒不收，家家户户断粮断炊，别说是吃饭，就是喝水都跟不上，不出去逃荒要饭就只有等死，人们都成群结伙四处逃荒要饭。

当时十五六的张三嫂就是其中的一个。处在生死关头，还管什么闺女不闺女，活命是第一要紧的大事，父亲领着弟弟、她与母亲一道，随大流走上乞讨路。今天在这里行乞，明天在那里讨要。历经曲折坎坷，体会到凡是有水有树荫有庄稼的绿色地方，便是有饭吃的地方，就能要上饭，结果就讨饭来到了张家庄这个地方。张家庄虽不富裕，毕竟是水灌地区，庄稼虽有丰有欠，总不至于绝收，断粮断水，张三嫂与母亲要饭到了张家门上，此时张老三二十多了，婚姻还无着落，张大妈在发愁着急之时，看见这姑娘虽衣着破旧，一副面黄肌瘦的饥饿状况，但一观大概，高挑匀称的身段，眉清目秀的面庞，羞羞答答的举止，一副无可奈何的样子，顿时发了恻隐之心，动了慈悲为怀之情。更生了说亲的念头，身不由己地主动接待，给以家常便饭的礼遇，间或问长问短，不知不觉便问到了年龄、家庭、人口和婚姻状况，姑娘母亲只好实话实说。又进一步问到姑娘对婚姻的意向和态度。

正问着，张老三下工回家吃晚饭，不经意间与姑娘互相看了一眼。已到晚间时候，便临时安顿一个地方将就住下。当晚，张大妈征求儿子的意向："看得上看不上那个姑娘？"儿子并无思想准备，忽然听到这个提问，愣了起来，略作回忆思考，想到对那个女子的见面和印象，倒没有不喜欢的感觉，便说："由妈妈定。"

第二天上午，母女俩正准备起程前行继续逃荒时，张大妈主动来看望，并一边安慰一边试探地说："先别忙走，我还有话要对你说。待吃过饭再说。"

母女俩开始思考起来，不知主人要说些什么话。忽然，想起昨天吃晚饭时间的情况，及打问女儿的婚姻状况等，又想到待自己不像对待一般逃荒人

第十三集·半路姻缘

的样子，莫不是提这个事？可又想到我们是逃荒的人，绝对不会是这个事，便自问自答，等她要说什么事再说。送早饭时，女主人又来了，女主人是个健谈而直爽的人，一边看她们，一边直截了当地试探："你们看我们的小三怎么样？"

女儿自然未开口，她妈妈答道："你们一家人都好，你也好，你小三也好，是我们逃荒以来遇到的最好的人。"但是回答还没有进入正题。

女主人又说："我们的小三还没有说下媳妇，想找个对象，不知你们女儿愿意不愿意？"

仍是姑娘母亲答话，看了女儿一眼，便说道："我们是逃荒的人，只图有一碗饭吃，女儿的婚姻没顾着想。"

沉默间又想到这个家，这个地方，是平原，有水，比自己山大沟深的家好多了。至于说小伙子，看样子是本分人，又想到，女儿终究是人家的人，是要嫁人的，近处远处且不论，只要找个好婆家，不像家乡十年九旱没饭吃，没水喝，虽近在跟前，还免不了逃荒要饭，便拿定主意说："只要你们愿意，我们就愿意。"

婚姻这事情，虽说是终身大事，但要复杂也复杂，要简单也简单。对于名门大户官宦门庭，有钱有权有势的人家，确实是大事，又是门当户对，又是生辰八字，又是彩礼嫁妆，这规矩那讲究，宁是隆重至极，马虎不得的。对于贫穷人家，没钱讲究，也讲究不起，虽是终身大事，终究是大事小办。便向女儿试探地看了一眼，女儿便点了头，这门亲事就定了事来。剩下的娶亲、拜天拜地拜高堂对拜等等，不过是个程序过场而已，不必赘述。就这样，他们便成了两口子，一晃几年，成了有儿有女的中年人。穷日子穷过，苦在一起，累在一起，爱在一起，疼在一起，张三嫂是张老三的一半，张老三也是张三嫂的一半，两个人就是同命运、共呼吸的一个人，何曾分离过一丝半缕。

万万想不到丈夫淹死水中，埋到土里，面对无法想象的残酷现实，想不通也得想通，不接受也得接受，无处说，只好到坟上去说，执意要去给张老三上坟。妯娌们想劝也劝不住，硬拦也拦不住。她拿了纸钱，拿了馒头果品来到了张老三的孤坟前，还没等纸钱燃烧起来，便哭着诉说起来："娃他爹，你不该争水打架，你不会游泳，为什么下水；你不该说走就走了，你不该留下我们，你知不知道，我不能没有你，你可知道娃儿们太小，没有你，我如何拉扯，你走了叫我怎么活人？"哭个不停，诉说个没完。妯娌两个宁是死拉活拽地送到她家中。

不久又到中秋节，她又去坟上诉说起来："今天是八月十五日，你知道不知道？俗话说，五月端阳穿出来，八月十五端出来，家家户户吃月饼，你看到没看到？春种秋收总是你管，白天黑夜浇水本是你的事，如今叫我怎么办，我本是操持家务的，如今田间家里两头跑，孤苦伶仃一个人，我妇道人家怎个整，你知道不知道。"

腊月三十日，她又烧纸到坟上，照例又哭又说："我的酸甜苦辣你知道不知道，人家又是张灯结彩，又是鞭炮噼啪，又敬老人又烧香，又吃团圆饭，我们家谁来办？年货置办谁来管，饭桌上没有你，我没有男人，孩子没有爹，孩子没人给压岁钱，家家户户喜洋洋，痛苦悲伤叫我怎过年，酸甜苦辣有谁知，你在黄泉可有知？"

有话就往坟上跑，"娃他爹，你明白不明白，严冬黑夜多么长，夜夜看天天不亮，没有你说话，缺少你陪伴，只有数星星望月亮，忽然你到我身旁，你有说有笑又要闹，我俩做爱玩耍多热闹，亢奋高兴催人醒，醒来原是一场梦。梦醒一去空喜欢，空房长夜怎个熬，夜间梦你，白天想你，你知道不知道。"

不结婚，未谙人情世故，不生儿育女，不解父亲母亲。张三嫂自嫁给张老三，才成了一个真正的女人，过起了成人的生活，体会到夫妻的情分，男人的重要，她把张老三看作不可分离的心上人，夫妻生活是他的重要内容，相依相伴天经地义。男人的突然死亡，使她疯了，没有男人的日子她害怕，少了男人的孤独她受不了了，只好往坟前跑，有苦向死人诉，有话向死人说，无事就去上坟，上坟成了她生活中不可缺少的一部分。

大嫂二嫂看在眼里，记在心里，想在脑子里，她们妯娌三个本相处的融洽协调，三妹遇此不幸，都是做女人的，最相知，最理解。看着她经常往坟前跑，深解寡妇的艰辛。

大嫂对二嫂："三妹将来怎么办啊！我们能陪她一辈子吗？"

二嫂:"就是啊,我们能代替她的男人吗?"

"这样下去终究不是过日子。"大嫂与丈夫议论,"弟媳咋办啊?"

"什么意思?"

"我说的是将来怎么办?总不能又寡又疯一辈子。"

二嫂也对丈夫说:"弟媳终究如何是好?守寡都快两年了,老这样下去终究不是个活法。"夫妻俩也只是闲扯一扯,并没有扯出个结果来。

不了不好,不好不了,三妹的事情明摆在那里,就成了大家说话的题目。大嫂又与二嫂议论起来:"我说二嫂,三妹子的事,到底怎么办啊?"

"可不是么,又疯癫,又拖着两个累赘,即就是好了,带上两个拖累谁要。"

"谁晓得还能不能完全好!"

"我倒有个主意,让她与欧阳一块过!"

"可不是么,欧阳是外来人,没田没地,无家无舍,也缺个伴儿。"

"还有,他经常给三妹子看病,挺热情,挺耐心的,实在是个可心的人。"

"再说,一男一女,合在一起,才是一个完整的人。两家合一家,才是一个全换的家,取长补短,各自方便。"

"还有,欧阳多次给三妹子看病,三妹子也不拒绝、生分,三妹子好像习惯了。"大嫂又对二嫂说,"我给孩子他爹说说,你给二哥也说说,他们是大男人,大主意由他们拿。"

大嫂给张老大说后,张老大忽然醒悟说:"这倒是条路子,看来女人有女人的周到细致处,我怎就没有这样想?只是孩子咋办?"

大嫂:"活人总不能叫尿憋死,大人的事了结了,还愁什么小人的事?"

张老大:"有一条不能含混,两个娃娃,都是张家的人,是老三的骨血,不论女人跟谁走,娃娃终究是张家的人,不能更姓,不能改名!"

大嫂又说:"二叔跟欧阳有交往,让他去跟欧阳说说。"

大哥说"行"。

二嫂也给丈夫说到了,二哥一听,哈哈一笑:"亏你们想得出,女人就会为女人着想,女人就会为女人打算!"

二嫂:"谁说女人只会为女人打算,欧阳是男人,我这也是为男人打算。"

"有理!有理!"张老二应道。

大嫂又过来，给二嫂述说了他们两口子商量的结果，并想叫二哥去给欧阳说。

欧阳义原是部队上的医务人员。晚饭后张老二就到庙里来与欧阳会面，接触面广，认识人多，又在后勤部门，后勤部门女同志多，认识的相好的自然是有的。虽说是终年行军打仗，但并不能妨碍男女相爱的事。他与一个姓何的女兵队的干部好上了。后来部队被打散了，打听不到消息，把他急得什么似的，总是为她提心吊胆。后来马家军处决一批红军人员，他才从布告中得知，他的恋人牺牲了。她是女兵队的干部，敌人逼她投降，逼她登报声明，以争取别的红军战士。用尽了各种刑法，她坚贞不屈，宁死不从，壮烈牺牲。欧阳义听到这个讯息，万分悲痛，相爱的人牺牲了，婚姻自然就终结了，可是那份恋情岂能遗忘。

他把对战友、恋人的一腔痴情、友谊，深深埋藏在心中，暗暗下定决心，一定要活下去，坚持下去，挺住，坚持，无论多么危险、艰难、困苦，也要挺住，完成他们的未竟事业，他把这种责任化为力量，继续为人民的事业奋斗。他的责任、使命是解放全人类，他得活着，不光是自己的事，也是为她的恋人，为成百上千烈士活着，是为千百万劳苦大众活着，将自己比作一粒种子，不是普通的种子，而是红色的种子，要让他发芽、生根、开花、结果。

他正在想着这些事情，忽然张老二来了，打破了他的寂静，终止了他的思路。他又是让座，又是倒水，忙个不迭。张老二与欧阳是老交情，老知己，无话不说，便喧谎起来。

张老二："我们是大水冲了龙王庙，一家子不识自己人，想当初，你是红军遗留下的伤兵，我是走投无路的穷人，在佛爷脚前交上了你。"

欧阳义："可不是吆，虽然你姓张，我姓欧阳，原来都是一样的穷人。"

寒暄一阵之后，张老二就话锋一转，便开门见山、直截了当地进入了正题：

"你就这样过着能行吗？这总不是个办法。"

"怎么不行，爬雪山过草地都过来了，从死人堆里爬出来的人，还有什么不行？"

"我是说，你既不是和尚，也不是道士，不信佛，不尊道，老一个人住在庙里过日子，到底也不是个活法。"

"还有什么活法？从参加革命队伍那一天起，我就准备吃苦受累，随时准备流血牺牲，我一块的同志，有的牺牲在战场上，有的被敌人杀死在刑场上，有的在同日本侵略者作战，我住在这里，一边养伤，一边为劳苦大众做点事，尽点力，有什么不行？"

"当然行，当然行！你听我说，你不是要为劳苦大众服务吗，有一个人，那么困难，那么痛苦，那么孤独，你为什么不解决她的问题？"

"你这是从何说起？"

"我说的是张三嫂的事，也是你的事，你们一个是光棍，一个是寡妇，何不结为夫妻，对她有好处，对你也没有坏处。"

"原来是这个事，你就是为了这个来的？"

"正是。"张老二又把他与张二嫂的想法、大哥大嫂的意见都说了一遍。

欧阳说道："原来你们都商量好了。"

"就是，我来就是再跟你商量！"

"你让我想一想，等以后回话。"

欧阳毕竟是阅历丰富的老红军，是既有理想，又讲究实际的人，凡事不轻易处理、随便拿主意。但是，一经考虑成熟，拿定主意，也不轻易更改。对张老二的建议也是这样，他陷入深深的沉思：回大部队看来不行了，腿不方便，不适合行军打仗，再说已经两年多了，部队的情况也在变，不一定回得去；回原籍，山高路远，再说江西老家在围剿反围剿的斗争中，亲人死的死，亡的亡，去了也无依无靠。张家庄，在我最困难的时候，是他们帮助了我，收留了我，相互间建立了鱼水情谊。离不开，也舍不得。至于张三嫂，她历经灾难，落到这步田地，确实需要人帮助、关怀，她的病急需要治疗、安慰，总会好起来的，她的孩子需要人抚养教育，使他们长大成人，成为革命的后代。

我参加革命，就是为了解放劳苦大众，消灭剥削，消灭压迫，让他们过上好日子。张三嫂是成千上万受苦受难者中的一个，我应该尽责任、尽义务，我自己也需要一个生活工作的根据地。无家无舍，无田无地，居无定所，生活没有依托，非长久之计。还有，事情是由张家的老大两口子、老二两口子主动提出来的，是真心实意的，我不能辜负他们的好心好意。思虑再三，终于拿定了主意。

　　与此同时，张大嫂、张二嫂分别找三嫂做工作。先是大嫂找她说："你经常上坟，说明你是个好女人，有情有义。但是，人死不能复活，在世的还要过日子，活人。你已经尽了心，尽了情，他如果黄泉有知，是会理解你的，同情你的。他已经不在了，不吃不喝了，给他上坟，就是表心达意，饭还是活着的人吃吃喝喝。最要紧的是把孩子拉扯大，成才成人，这是最好的报答。可是，单靠你是无力抚养的，你要想明白。"

　　第二天，张二嫂又来同她做工作，似是聊天，实则有意。

　　"女人没有男人行不行？"

　　"不行。"

　　"对了，男女结合，天经地义，有男无女，无家无室，有女无男，其身何依？"

　　"我男人死了，走了，咋办？"

　　"再找一个！"

　　张三嫂瞪大眼睛："再找一个？"

　　这对张三嫂来说又是吃一惊。并不奇怪，就跟他的男人突然死亡，使她吃惊一样，死了丈夫大吃一惊，没有精神准备；再找一个又吃惊，没有想过。二嫂向她提出来，就可以供她想一想了。她开始了思考：我能把两个孩子拉扯大吗？春种夏管秋收我能干得过来吗？浇水我行吗？又是孩子，又是家务事，又是地里的活，我能忙得过来吗？心烦意乱的，给谁说去？张老三毕竟走了，我给他上多少次坟，他也不能给我说一句话，想着想着想着，还是二嫂说的对"再找一个！"可是又想，找谁呀，找张老三时，是他妈提出来的，我妈答应的，现在有谁找我？谁来给我做主？想来想去，乱糟糟的，想不出个头绪。

　　到第二天上午，大嫂、二嫂又来陪她，她知道大嫂、二嫂都对她好，她有话也愿意向她们说。她于是说："我这个样子，又有两个小孩子，谁还愿意找我。"哎了一声，低下了头，像是没有信心。

　　大嫂一看，时候到了，便趁机会说："有一个人愿意找你！"她一听，又睁大了眼睛,望望大嫂,又望望二嫂,恍若听错了,满脸的疑云。

二嫂接着说:"就是的,有一个人愿意找你!"

看出来是真的,马上反问:"是谁?总不会是要抢我吧。"

当地有一个抢寡妇的习俗。寡妇不同于闺女,由亲爹妈做主。而寡妇已经没有这个机会了,便由人来抢,不管是愿意不愿意,哪个光棍抢得快,就归谁所有。

大嫂说:"不是有人要抢你,是真有人愿意找你。"

"你猜是谁?"她摇摇头。

二嫂说:"是欧阳义。"

"啊,欧阳义",吃了一惊,又低下头思索起来:他给我治过病,多次来过家,很热心,很礼貌,虽然腿瘸,没家没舍,但他是个医生,不生分,且尊敬。一想,没有不同意的道理,我需要他,孩子们需要他,家里需要他,有个依靠。当下就点了头。

大嫂二嫂齐声说:"这就对了,也不是抢,也不离开你的家,是人家到你这儿来,在一块儿过日子。"

大嫂二嫂分别给自己的丈夫汇报了情况。张老大、张老二都没说的。接下来,就是要给张大妈说一下,争取她的支持和同意。

自三儿死亡后,孙子和三儿媳的事就成了张大妈的一块心病。白天想,夜晚想,不想由不得,想又想不出个万全的办法,三儿媳与三儿子的婚事,是自己促成的,没承想,三儿子走了抛下了她,还有两个孙子。孤儿寡母的日子自己最有体会,且孩子更小,更年轻,更难熬难守,要前行,又疯疯癫癫的。孩子又咋办。正在无着落时,大儿媳、二儿媳来找她,向她细述了事情经过和结果。张大妈一听,大喜过望:"毕竟我老了,还是你们想得周到,办的妥当。我没有不同意的,就由你们办完得了。"

就这样,欧阳义与张三嫂结合在了一起,孩子不改姓更名,仅张三嫂变为欧阳嫂。

第十四集 命运舛误

张六爷痛说宦官身世
张老二糊口去小煤窑

　　张老大、张老二一对难兄难弟，为给张老三伸冤，远赴省城讨公道，没料到，民国的法院复审，仍维持清朝知县的原判，大失所望；往回返的路上，马车又陷入黄河的冰窟窿，落了个既输官司又伤财的结果，真是倒了八辈子霉。只好耷拉着脑袋，唉声叹气地回家。历经饥寒交迫、行乞讨要地徒步跋涉，整整走了十天，才回到家中。

　　自从张氏兄弟俩出远门离家之后，张大嫂与张二嫂妯娌俩，天天都在等待他们的讯息，盼星星盼月亮，何曾消停过一天一夜。张大妈更不用说唠叨个不停，张五爷也无日不在惦记着他们。有一天，张五爷坐在凳子上，含着烟嘴，一边抽旱烟，一边掐着指头算计：往返路途上花半个月，打官司估计上半个月，已经一月有余，说什么也该回来了，怎么既不见人影，又没个讯息。正在算计、惦念之际，侄孙子铁蛋大名张大德跑过来报信，爹爹和叔叔回来了，就赶紧起身去看望。不看则已，一看大吃一惊：两个人都蓬头垢面，胡子拉碴，面容瘦削憔悴，衣服又破又脏，更是那副垂头丧气、一蹶不振的神态，便知大事不好，一定是公道没讨上，输了官司。安慰了一番便走了出来，这时才发现马车没回来，也不便返回去再问，就径直回到自己的家里来。一边走一边琢磨：输了官司，他思想似乎有所准备；原来就是为了争气去上诉的，气争得上争不上不由自己，就跟做买卖一般，总有赔有赚，胜败乃兵家常事，官司哪能一打就赢！谋事在人，成事在天，输了就输了。尽了心，费了力，也就罢了。只是马车没有赶回来，大大地出乎他的意料。不晓得是怎么回事，脑子里又多了一个谜，心中又增加了一分愁绪。这可是庄稼人的本钱，春种秋收，耕地拉运都离不开它，马车没赶回来，种庄稼、拉运东西怎么整？看来，往后的日子更难肠了。侄子们的为人他都知道，断不会是胡折腾掉的，一定是发生了什么意外事情，无论怎么说，不要责怪他们，先让他们歇息一阵子再说。

张大嫂和张二嫂妯娌俩，她们与五爷不同，只等着男人回来，至于官司是赢是输，马车赶来了没有，都是其次的事情，牵肠挂肚这么多天，看着男人回到身旁，悬着的心，吊着的胆都落在了腹中，妯娌俩忙不迭地给端水洗脸，生火做饭，风风火火地忙了起来。大嫂有言在先，两家都在一块吃。

张氏兄弟俩，自从离家出门在外，先是操心官司的事，接着又是损失了马车的事，件件都伤人脑筋烦人心，何曾睡过一个踏实觉，吃过一顿可口饭，等饭一端上来，不管三七二十，就大吃大嚼起来，妯娌俩端详着他们狼吞虎咽般的样子，满心里着实痛快。

久别强过新婚，夫妻一团圆，一腔心里话都倒了出来。张大嫂呢，把一个多月来压在心里的话都说了出来。张老大把官司是如何打的，法官是怎样断的，也都添油加醋地复述了一番。再说这张老二两口子，毕竟又年轻火热一些。当张老二将马车陷入冰窟窿，越拉越深，差点把自己也陷进去的时候，老婆一听，"我的妈呀！"禁不住叫了起来，真是魂魄飞到了天外，想到老三兄弟被淹死，三弟媳妇孤苦伶仃、疯疯癫癫的光景，更是一阵后怕，生怕丈夫掉进了冰窟窿，越发抱得更紧了。

第二天上午，兄弟俩便一起去到五爷处，正好六爷也在，他们老弟兄俩正在议论侄子们打官司的事，为马车因何未赶回来纳闷，侄子们来了正好解这个谜。

兄弟俩原本打算从头至尾，先说打官司的情况，再述说马车的下落，不料五爷却说："且慢，先说马车的下落。"张老二便开了口，把踩着冰渣子过黄河，马儿打滑失前蹄，踩破河冰，越挣扎冰窟窿越大，最后陷了进去，如此等等，复述了一遍。二位老人听到河冰塌陷冰窟窿越来越大时，睁大了眼睛，张大了嘴巴，毛发都倒竖了起来，最是六爷"啊呀！"一声不男不女的怪叫，震得窗户纸都动弹，令人心里发怵。

对于六爷，说来话长。他与五爷是亲兄弟，因为兄弟姐妹多，缺房子少地，度日维艰，父母养活不起，在他两三岁时，便送给了一个无儿无女的远房亲戚。孩子送去之后，孩子想妈想得厉害，整天不吃不喝，只管涕哭，哭累睡着了才安静下来，可他一醒来，又是哭叫不停。亲戚便说"你妈已经死了"，孩子仍哭泣个没完没了。孩子的亲妈想念孩子也想得发疯，孩子送了人，如同割肉剜心般心疼难忍，心不安，神不宁，惶惶不可终日，就到亲戚家来看望孩子。原是为着解解思念孩子的心病，并不打算要领回去的。未曾想一见面，孩子一下扑到母亲的怀抱里，哭着诉说了起来。

母亲的眼泪似断线的珠子，扑簌簌直往下滚，母子二人都哭成了泪人儿。当孩子说到新娘说"你妈已经死了"一句时，母亲情绪来了个急转弯，不哭了，却骂了起来。

指着亲戚的鼻子骂道："千不该万不该哄孩子说我死了，我娘儿们穷死饿死，也要穷在一块，死在一起。"

说着骂着，抱起孩子就回来了。领养孩子的亲戚万万没有想到，自己哄孩子的一句话，竟把好事吹了。狗不嫌家贫，儿不嫌娘丑。她更没有想到母子情、骨肉筋竟是如此深厚牢固，这般扯不脱割不断。未生他养他，不管待他如何好，总是难以改变。

重新抱回来之后，行乞讨要，硬撑苦熬，养到七八岁时，在一个冬天，母亲出去行乞就未回来，据有人说是冻馁饥饿死在外面了。人不吃饭终归是不行的，母与子再亲切，再疼爱，也代替不了五谷杂粮糊口解饥的作用，其父亲便领到县城的大街上，插一个谷草做的标签，一边乞讨，一边欲给孩子寻一条生路。

在一个下午，一男一女两个外地人在他们面前停了下来，抬着孩子的下巴端详了一会，问了问孩子家里的情况，便丢下两个银圆，拉着孩子走了。分别时，孩子一边回头张望，一边被拉着手往前走去。从此，父与子天各一方，孩子不知去了何处，与何人在一起生活。直到民国革命胜利，国民革命军打到北京，冯玉祥的部下鹿仲麟逼宫，废除了皇权，解放了宫娥、太监，六爷才被遣散，回到他的出生地——古堡镇。

原来，他被卖到了北京的皇宫里，不久又被阉割了睾丸，丧失了生殖功能，成了废人。起初，由老太监根据皇宫里的需要和规矩进行调教，学识字，习礼仪。大一点了之后，专门做挂灯笼的工作。皇帝在哪个妃子的屋里睡觉，他便将灯笼挂在那个妃子的门上。或者，皇帝意欲跟哪个妃子睡觉，由他们将该妃子背到皇帝的床边，监督她不能从侧边揭开被子进去，而必须从皇帝的脚头钻进被窝里如此等等。侍候皇帝与妃子同床并作专门的记录，若是该妃子生了孩子，不论是男孩还是女孩，都有记录备案，是何年何月何日时同房怀胎等等，不会有误。

在侍候皇帝与妃子的性生活中，虽然看懂了男女情事，知道是怎么回事，但他却没有这种功能和欲望。若说他是男人，又不长胡子；若说他是女人，又无女人的肌体。他的声音，不像男人，也不像女人；他对穿戴，无所谓男装，也无所谓女装；他的举止行为，遇着男人是男人的举止；遇着女人，又是女人的举止；要行方便，男厕所也进，女厕所也进，做着非男非女的畸形人，过着不男不女的畸形生活。整天周旋于皇帝、妃子的生活琐事之中，没有丝毫的个人意志和主意，不能有一点一滴的差错疏漏，否则，便要受训斥、挨打，甚至招杀身之祸。

鹿仲麟逼宫后，才终结了这种生活。可是，太监的身子，后宫里的要求、规矩和生活模式，已经铸就了他的脾气与生活习性，命运安排了他的太监身份，民国虽解除了他的太监身份，却不能恢复他正常人的机能与生活，即使回到了他出生的古堡镇，也已经不能转变他的生活内容与生活方式。没有做正常人的条件，没有个性，没有主意，没有婚姻，没有家庭，没有夫妻生活，没儿没女，没有天伦之乐，没有人之常情。总之，正常人所有的一切，他都没有，他都不能有，这不是他父母的责任，也非个人的失误，而是历史的责任，即是他的悲剧，也是社会的不幸。他只能承受，而不能改变，历史只能记载它，而不能纠正它，让我们牢牢地记着这些，深深地吸取其中的所有教训。

张老二说，马车陷入冰窟窿，越陷越深，我牢牢拉住缰绳，宁是拉不出，止不住下陷，眼看把我也要倒拉进水中，只好松了手，放开了缰绳。五爷说："这就对了，算你灵光，保住命回来了，要不然，哪里有我们爷父俩说话的机会，岂不和你弟弟一样，成了淹死鬼，抛下孤儿寡母叫谁养活？"

"可是马车没有了。"张老二说。

"人要紧，还是马车要紧？只要人在，马车还能挣回来，人要是没有了，一切都没有了。你们活着回来，比什么都要紧。"五爷接着说。

"官司也输了。"张老大说。

"官司输了就输了，官司有赢有输，就跟种庄稼一样，有丰收、也有歉收，风调雨顺，就丰收了，遇上风灾、旱灾、涝灾，就歉收了。你费了心，出了力，谋事在人，成事在天，何况是打官司。李老财财大气粗能行贿，你能行吗？衙门换汤不换药，到了民国，仍是一帮财主当家坐天下，依清朝的法律判了案，维持原判，替老财说话判案子，你能不输吗？没有将你打得皮开肉绽、投入大牢就算你走运。好比小孩子学走路，哪有不跌跤的事。你们闯世界，总是一路顺风，没有那回事。吃一堑，长一智，走出去，见见世面，开开眼界，闯一闯，见识见识，虽然输了，也值得。"

张氏兄弟俩的心情正等着挨骂，听了五爷一番开导、指点，解疑释惑，若吃了顺气丸，一脑子的疑云迷雾顿时烟消云散。原觉输了官司见不得人，现在倒觉得开了窍，天下穷人是一家，天下乌鸦一般黑；天下衙门朝南开，有理无钱莫进来。除非变了天，穷人坐天下，才能扭转乾坤，否则，只能是这个样子。打了这一场官司之后，真是见识了不少，懂得了很多。一扫唉声叹气、愁眉不展的光景，又投入了新的战天斗地的生活。

二月二，龙抬头，转眼间，春播时候到了。季节不等人，家家户户备耕忙。这里是由南向北扇面般延伸的缓坡平原，除了卖针头线脑、糖果的货郎子担子，一般不用人背肩扛挑担子，普遍使用大轱辘车，春天往地里运肥料，秋收往家里拉庄稼。往年，张氏兄弟也是这样。现在不同了，马车掉进了黄河的冰窟窿，失去了正常的生产手段，加上三弟离开人世，孤儿寡母的地也要种，春播任务更重了，只有肩挑人背手推车运肥料，拉犁，弟兄俩、妯娌们齐上阵，起五更睡半夜，总算把种子播在了地里。

由于上一年争水，淹死了三弟，打官司又损失了马车，今年再不争了，能浇多少浇多少。本应浇四五轮水，而他们的有些地仅浇了三轮水，因此要少收一两成。收割打碾，颗粒归仓，总算收到了家里。

夏收刚刚结束，李老财骑着配备红樱笼头崭新鞍蹬的高头大马，率领七八辆三大套的骡马大车，威风气派地收地租来了。一家一户地挨着过。老皇

第十四集·命运舛误

历、死规矩，谁家租种他多少地，该交多少地租，早有定数，不用再计算商量。

轮到张老大家，进到粮仓跟前，李老财的伙计们，绷口袋的绷口袋，用斗量的用斗量，不一会儿，将张老大的粮仓挖了个底朝天。张老大不得不求情了："来年你们还收租不收？要是不再收租了，你们就都拿去；若是还要收租子，总得把种子留下！"

李老财回答道："当然还要收，那就按一斗地一斗种留下！"于是又按他租种土地的斗数返回了种子，并申明，欠下的地租等以后补交。

接着轮到张老二家了，把仓库里的麦子挖了个尽光。张老二脾气又直又倔，说话从不拐弯抹角："你们都拿了去，叫我们怎办？辛辛苦苦劳动了一年，难道白干了不成！"

李老财与张老二真是格格不入，加上他赴省城告状，更想报复一下，便借机会收拾他一顿："你租地，我收租，白干不白干，我不管，我只按地数收租。"说着如数收拾完，头也不回，浩浩荡荡地扬鞭而去。张老二看着走去的李老财的神气样子，莫奈何地干瞪眼，气得呼呼地直喘气。

交了地租，张老二的日子马上就难度了。正常年景，夏收之后，交过地租尚有剩余，糠菜半年粮，日子勉强能过去，这一年，损失了马车，肥料未上足，水也未浇够，麦子少收了两成，地租一粒不能少，刚刚秋收完毕，仓底就露出来了。不得不想别的生活路数。想来想去想不出什么办法，忽然记起过去拉过煤，看见过南山煤矿上的营生，何不去找着试试。说走便走，告诉五爷、老娘与媳妇一声就走了。

这是一个山沟里的小煤窑，张老二背着简单的行李卷儿，沿着去山里的土路，走了一个上午进了山口，又顺着一条小河的堤岸一直往里走。不时看见放牧的藏族同胞及其牛羊、牧羊犬。困乏了，饥饿了，就地坐下歇一会，啃几口干粮，手捧着河水喝几口，幸好是秋天，暑气早已消去，正好赶路。从早晨起程一直走到太阳西斜，起码也有近百里路光景，才看见了矿工们住的工棚子，只见依山傍水一长排矮小简单的木板房，从里面冒出袅袅上升的炊烟，已经开始做晚饭了。有的是男人挖煤，老婆在做饭；有的是单身汉们，为了节省开销，合伙做饭；有的则在矿工食堂凑合着吃。

张老二一边走，一边向他们打听矿主住的地方，一直走到煤矿洞口附近，于木板房尽头，一座比较高大的房子的门跟前，见门敞开着，便喊"有人吗？"里面应道："进来！"

进了门，只见两男两女在屋里。两个女人坐在炕沿上做针线说话；一个约莫四十岁出头的男人，坐在桌子前面打算盘，一个三十多岁的男子坐在靠门的长条凳子上。开口道："什么事？"

张老二应道："找活路，挖煤。"

男的回答说："行行行！工钱按挖煤的担数算，一担煤一升粮，房钱、饭钱自己出，挖得多，挣得多；挖得少，挣得少。生死由命，死了不赔命价，只给棺材一口，这是合约，愿意干就按个手印。"

张老二一边应着"成成成"，一边按了手印，接着领他到一个矮门前，低头进来后，在大通铺的尽头，给找了一个铺位安顿下，又借给一根短扁担，两个柳条筐，及一个清油灯。第二天就跟着别人去挖煤。

从远处看，沿山脚开有好些个小洞口，像老鼠打的洞一样。逐步走到跟前，洞口也渐渐大起来，不过也只有半身高，只能四肢着地，用手掌和膝盖爬行。扁担是由前往后平放在整个脊背上，前面一个筐，后面一个筐，嘴里含一根细木棍，挑着清油灯照亮，爬着进去，挖满两筐后，再连拖带推爬出来。矿工们都光着身子，浑身煤一般漆黑，只看见白眼球、白牙齿，互相认不出是谁一个，自报名字，工头唱名、唱数，掌柜的记数。倒下煤后再进去，从早到晚一直这样干。

张老二觉着，在煤窑洞里挖煤，与在地面上太阳底下务习庄稼，干脆是两种世界，恍若地狱和人间的区别。说我们庄稼人命苦，挖煤的人命更苦。人总得吃饭才能活下去，他们也就为了一口饭才干这牛马不如的活。洞外，由于正值秋末冬初，到了烤火季节，拉煤的人络绎不绝。有赶毛驴驮煤的，有赶骡子驮煤的，也有赶大轱辘车拉煤的，与洞里面是两个景象。

在挖煤生活中，张老二渐渐知道了一些矿工们的情况，有的是从灾区逃荒来的，有的是没有房子没有地，为了谋生来长期干的，有的同他一样，利用冬天农闲季节打临工来的。其中有的拖家带口来的，多数是单身汉。最不幸的是，有的在挖煤中塌方压死在里面，抛下老婆给人洗衣做饭，甚至卖淫度日的。

张老二除了吃饭、睡觉，就是挖煤，天天如此，月月这样。从秋末开始，一直干到寒冬腊月。张老二欲再干几天，多挣些口粮，好回家过年。在腊月初七的上午，刚挖出一担煤，待工头记数，等巷道里的人出来后再进去，未料，巷道却塌方了。不仅不能进去挖煤，且将未出来的一个弟兄埋在了里面。这是一个原始而简单的小煤窑，挖煤若老鼠打洞，不用坑木支撑巷道和掌子面，谈不上生命安全，更何论文明生产。老板急忙命张老二等清理塌方，抢救人命，等塌方清理完，拖出这个弟兄时，其生命早已窒息而亡。老板便依他押了手印的合约，令张老二等矿工将其装殓入棺材，抬至不远处草草掩埋了。

别的什么物品——生活资料、生产资料都有价格，一个馒头、一双鞋、一套衣裳，或者矿工们挖煤的一把铁锨、一根扁担、一对柳条筐及一口棺材。而人却没有价，一丝不挂地来到人世，生命历程完了，老天又收回去，不论来去都是无偿的没价的。正因为没有价格，可谓无价之物，无价之宝，但他却有地位高低，人格的尊卑荣辱。依社会发展，历史进步，文明开化程度，可高可低。这个小煤窑可以说处在原始落后，野蛮的生产状态，因而无价之物却成了有价之物，而这个价格仅等于一口极其简陋的棺材，这是何等的荒唐和可悲，又是何等的野蛮和愚昧。

在这种情况下，张老二哪有心思再挖煤，多挣些口粮，便结了账，干了三个多月，领了六斗多麦子，雇了毛驴脚户，迈上了回家之路。

第十五集　美人祸多

王四姐命运舛误遭涂炭
李老师婚姻挫折上梁山

　　张老二的岳父母王老二夫妇生养的五个女儿，真是五朵金花，一朵赛过一朵。王大姐、王二姐相继分别嫁给了张老大、张老二，王三姐招了女婿赵老二，是个不争气的人，又转手把她出租给聋子周二，真是鲜花插到了牛粪上。现在该轮到出嫁王四姐了。

　　这王四姐更是鸟群里的凤凰，鲜花丛里的牡丹。不晓得苍天给她的胎胞里赐了什么成分，天生的美丽无双，出脱的艳丽俊巧，人见人爱，谁见谁夸，啧啧称赞。刚刚十五六岁，出脱的身段儿若一根青葱，脸蛋若欲开又合的玫瑰花苞。妙龄将她的美丽初步地、然而又充分地展现出来，整个天香国色就集中于秀美。乌黑发亮的头发中，露出轮廓分明、白里透紫的鸭蛋脸儿，两条弯弯柳叶细眉下，一双秀目含蓄而炯炯有神，棱棱的鼻尖下，红红的薄薄的嘴唇，总是自然地紧闭着，偶尔微微开启，则露出一线洁白细碎的牙尖儿。这个秀美还表现在各部分的妥帖搭配和协调上，分开仔细端详，眉目、鼻子、嘴儿样样都那么巧妙，绘画、精雕细刻的精致，合起来又是排列得如此匀称妥当，若更换某一部分，或稍微挪动些许，便影响其匀称和秀美。最是那偶然的、少有的、微微喜气和姿态，每个器官、每块面肌的细微处，每个动作，都流露出诱人的多姿多彩，引人注目、牵人神经，别说是青年男子无不神魂颠倒，就是那老道些的成年妇女、老年男性，不能不动心、吃惊。天生丽质，更加天性爱美，喜欢收拾打扮，头上插花，好穿红着绿，爱子戴坠，颈上戴项链，指甲染海娜，脚登花袜子，绣花鞋，凡能添景致的地方，都欲锦上添花、添枝加叶。因此，常去镇上商店，买些化妆品、首饰

第十五集·美人祸多

什么的。

一日，又去镇子上李家商铺采买首饰、化妆品等等，正好铺子里的柜台前闲坐着一个留着分头、穿中山装模样的男青年。无意中双方都看了对方一眼。王四姐的出现却惊呆了那男青年，目不转睛地盯着王四姐，一直到王四姐出了商店门，仍呆坐在那里一动不动。这男青年便是李老财家的老四，名字叫李有祥，是镇上小学里新来的老师，抽空到他哥——李有祯李老三的铺子里兄弟闲聊，今天便是顺便的一次。王四姐与李老四虽然都听说过对方，但两家不在一个村庄里，更兼李老四在县城读书，很少见面，亦不熟悉。待王四姐走后，李有祯才将他弟弟从呆若木鸡状态中唤醒过来："你猜那姑娘是谁？"

李老四反问他三哥："这个姑娘是不是王四姐？"

"正是。怎么，你喜欢她？"李有祯说。

"当然喜欢！"李老师接着说，"想不到咱们乡下竟有这么俊秀出众的姑娘，越看越爱看，愈看愈耐看。有的女子，猛然一看，倒也不错，可仔细瞧瞧，不是鼻子欠妥当，就是眼睛不理想，或者长相好，身段不协调，而这王四姐，没有一处不合适的。这样出类拔萃的女子，不要说是百里挑一，就是一千个一万个里头也难选一个。头发又黑又密，皮肤白皙细嫩，高窕身段，匀称的线条不说，你看那鸭蛋脸儿，大而水灵的眼睛，棱棱的鼻子，小小的嘴儿，洁白细碎的牙齿，每一处都像是高明画家巧妙绘画、雕刻家精雕细刻的一般。挑不出一丁点儿毛病。不知道她的父母是怎么修行的，能造化出如此钟灵毓秀的绝色姑娘。"

"确实，别的不说，最是那一双秀丽的大眼睛，又明又亮，秋水一湾，聪慧多情，最诱人的。我要是没有结婚，我都想把她娶到手。"李有祯说。

"这么超凡脱俗、出类拔萃的姑娘，我怎么就没见过，不曾交往，真是相见恨晚。"李有祥又说。

李老三接着说："不要紧，她是常来买东西的，你要见，常来这里就会碰见。不过，这可能是单相思，你做不了主的，据两家的门户，依老爷子的脾气，我知道，是难过这一关的。"

李老四听了此言皱皱眉头，再未说什么。

说起这李老四，在他们家里却与众不同。他们李老财家，从他爷爷算起，到他父亲，再到他弟兄们，都爱财如命，惜钱似金。他大哥在家当家理财，精打细算，家业一年比一年发达；他二哥在城里经营商铺，那是有名的大字号；他三哥，在镇上也开铺子，是铁算盘一个，进多出少，分毫不差。唯独这李老四，看财产若粪土，视书本如黄金。不念生意经，爱读圣贤书，整天往书堆里钻。乡里念罢又去城里念，当了老师，还想考"状元"哩。年龄已经十七八岁，到了成家时候，媒妁接二连三地给他说合，有钱有势、门当户对的，无论怎样说好，他都直摇头，没有一个合他心意的。不料一看见王四姐，像是被勾了魂似的，眼睛都发直了，神魂都颠倒了，口口声声说喜欢。从此开始，凡有登门说媒的，他都一个态度：非王四姐不娶。消息不胫而走，没多久，这句话就传到了王四姐的耳朵里。

这王四姐也特奇怪，求婚的、作媒的，门坎都踏破了，她一声不吱，连脖子都不给，瞧都不瞧一眼。自见了李老四之后，一改往日的冷淡态度，突然大方起来。听到李老四关于非自己不娶的传言，凡有来向她求婚的，说媒的，开口就是一句话："非李老师不嫁。"她说此话，一者是拒绝其他说媒的、求婚的，二者是表明婚嫁的态度，提出条件。

此言一出，三传两传，也传到了李老四的耳门，李老师本是一个爱情专一、一见钟情的人，心知王四姐对自己也有情有义，自认他与王四姐是男才女貌、天生的一对。再说他经常读书看报，新思想新潮流不断充耳进心，想的是婚姻自由，追求的是理想的女性，王四姐便是他称心如意的姑娘，哪管门当户对的一套。他哪里知道其父母娘老子的心意，这期间横陈着一道又深又宽的隔代鸿沟、传统观念。他父母信的是封建意识，三纲五常一套；念的是生意经，做的是发大财的梦；论事看人以穷富为标准，而且已是富冠城乡的大财主，给儿子说媳妇，当然要看是否门当户对，有钱有势；结交的也都是名门望族，有钱有势、志同道合的封建老财。小家小户，哪能装在他心里，如何看在他眼里？素日平常，与别处一个吴姓大财主多有来往，互有交情，除了谈论取财之道，发家致富，免不了叙说儿女婚事，期间见过吴财主的亲闺女，年龄相仿，颇有好感，更加志同道合，门当户对，意欲结为儿女亲家，在社会上也好相互照应，共谋发展。早有约定，主意已定。他哪里在意儿子的心意，岂容儿子自主决定，违父母之命。

李老师和王四姐会面之后，想的是王四姐，念的是王四姐，心里只装着王四姐，执意非四姐不娶，真是做梦娶王四姐想得美。

李老爷："怎么能娶王四姐，我们是大财主，有头有脸的人家，城里有字号，镇上有铺子，村上庄园几处，土地几千亩。她家就几十亩地，连个顶门立户的儿子都没有，尽是丫头片子，结的亲戚，不是佃户穷人，就是招女婿、聋子，怎么能同这样的人家结亲家。"

李老四："我管不了那么多，这是我的事，我要自主。"

李老爷："休想，你是我的儿子，是我说了算。"

"家里的事，当然是你说了算，自己的婚姻，自己为什么不能做主？"

"怪了，羽毛还没丰满，翅膀尚未长硬，就想自个做主，不行！这么大的家业，娶个穷丫头片子，操持得了这么大个家务吗？"

"现在不是清朝，而是民国。"

"民国是怎么的？一样是富人的天下，还不是照样发财致富，富人是富人，穷人还是穷人。吴家的闺女，大财主家的姑娘，要人才有人才，讲身份有身份，论地位有地位，门当户对多好！"

"你说好，你要去，我不要。"李老四说。

"反了，你反了！实话告诉你，只要我活着，就是我说了算！"李老财说。

道不同，难为谋，一个是封建大财主的老爷子，一个是具民主思想的老师，怎么能心往一处想，事往一处办？终究是相爱的不能娶，要娶的不相爱，致使李老四吃饭无味，睡觉不香，愁眉不展，郁郁寡欢，神思恍惚，精神不振。

王四姐也一心想的是李老师，自从见过那一面，听到他非自己不娶的话，生活的趣味更加浓厚起来，收拾打扮益发带劲，似乎终身有了着落，生活有了伴侣，想的是何时过门，谋的是怎样当好媳妇，日子何等甜蜜。做梦嫁才子也想得美。一个心思想着好事，梦着好事，是那样的单纯、痴迷。而她的爹娘远比她想得多，考虑的实际。自从给王三姐招女婿之后，四姐也到了出嫁的年龄，也在操心她的婆家问题，可是虽然都在操心四姐的婚姻大事，可操心的对象截然相反。王老二听到女儿非李老师不嫁，心知是李老四之后，便对女儿说："我们是小户人家，不能与李老财相比，两个家庭是两股道上行的车，走的不是一条路，高攀不上人家，就是其儿子有意思，他老子是不会同意的，趁早断了这个念头，死了这个心吧。"于女儿火热的激情上泼了一瓢冷水，又是两代人之间的一条鸿沟，如何能同谋共鸣，只是隔离着一对痴情男女的婚姻。

此时，正值王家的小麦地二轮水浇过，水汽蒸发，地皮略干，锄草松土之时，王二娘与四姐正赶着在自家地里锄草、拔燕麦。

王家的五朵金花村人皆知，王四姐的美貌更是有名的，店大招客，树大招风，打她主意的也就更多，由于她正值妙龄，又未出嫁，家中无权无势，除了说媒的，登门求婚的不说，那些地痞流氓、恶棍色狼无不馋涎欲滴，想占她的便宜。本地的李保长，绰号称"花叫驴"，也有叫他"驹驴子骚狐"的，早就在打她的坏主意，欲老牛吃嫩草，心想，王四姐长的太俊，要玩玩，千方百计占她的便宜。看着她娘俩在青苗地里锄草，就暗暗地盯上了。

一日上午，正值她母女俩地里锄草，他唆使狗腿子"魔鬼"找借口引开了王二娘，便似饿狼扑羔羊扑向了王四姐。一个正在出脱尚未成人的黄花闺女，如何抵得过豺狼虎豹的袭击，一朵含苞待放的花蕾怎经得畜生的践踏，可怜王四姐遭了厄运，遭到了从天而降的打击，待王二娘返回女儿跟前时，已被李保长强暴得瘫在青苗地里了。王四姐遭受了从未有过的肉体摧残，精神打击，她受不了如此疼痛的折磨，难以承受这样严重的奇耻大辱。她的甜美的梦被打破了，把她对李老师的追求断送了，把她的贞操纯洁污染了，把她的一生摧毁了，是李保长把她摧残了，是"花叫驴"糟蹋了。

能挽回吗？不能。能恢复吗？亦不能。有救吗？没救。完了，全完了。一个老实巴交的父亲有什么办法，一个被封建传统束缚的母亲能有什么作为，一个聋子姐夫能帮忙吗？帮不上。大姐夫，一个穷佃农；二姐夫，远水不解近渴。李老师呢？仅仅是个相好的书生，并未订婚，怎能为自己打抱不平。而且，贞操和纯洁已被毁掉，婚姻的基础统统被摧毁，岂能奢望、憧憬美好的愿望。一枝含苞待放的花蕾，被畜生疯狂地践踏了，永远不能再绽放了。这一切的一切，都只能由自己承受。她方明白，在这个世道，她的命运不在自己手里，不在爹妈手里，亦不在亲戚们的手里，而是在老财、保长们的手里，她无力保护自己，无力反抗，无力挽救，无法改变自己的命运，只有认命，自认倒霉，叫天天不应，呼地地无声，无路可走，她绝望了，她死心了，摆在她面前的，不是自杀，便是出家为尼。她不吃不喝，她啼哭，她悲愤，耗尽了气力之后，最终走上了出家为尼的道路。

　　王四姐辞别父母，来到了县城的一个尼姑庵——仙姑寺，向师傅表明了出家为尼的理由和决心。师傅也是过来人，都是遭了厄运，无路可走，才遁入空门的，理解她是迫不得已，心真意决的，便给她开启了人生第三条路的大门，为她进行了剃度仪式。从此超脱了红尘世界，开始了出家人的生活，每天吃斋、诵经、诵经、吃斋，日复一日，月复一月，心情渐渐平静了下来，摆脱了噩梦般的烦恼，适应了新的环境，习惯了尼姑的生活。

　　突然，新的灾祸又降临到她的头上，马家军二次进了城，对国民军开始了残酷的报复性行动，四处杀人、抢劫、放火、逞凶，连尼姑庵都不放过，一把火点着了她的栖身之地——仙姑寺，顿时火势汹汹，浓烟滚滚，烈火烧烤得她们无处藏身，纷乱之中，本能地跳出火海，奔向庵门之外。马家军士兵则在旁边喧闹嘲笑，幸灾乐祸。正在她们慌不择路、不知所措之际，几个士兵在其小头目的唆使之下，向王四姐扑来，连拉带拽，将她绑架到一个叫不上名字、不知干什么的地方，推进了兵士把守的门中。她见里面散乱地摆放着许多棉花包、麻袋，她便顺便坐在上面喘息，紧接着她又看见兵士们推进来了不少姐妹……

　　它就发生在民国初年，发生在国民军与封建军阀、革新与复辟的历史上，就发生在古堡镇所在的县城里，是有史可鉴的铁证。这些姐妹们以悲剧中受害者的角色再现了这一历史的侧面，以自己的血泪书写了一页血泪史，人们应该记住这一页历史，从中吸取惨痛的教训，防止历史的重演。

　　这是什么世道？是虎狼当道的世道，是军阀混战、血雨腥风的世道。
　　这是什么命运？是姐妹们惨遭被侮辱、被摧残、被蹂躏、被强暴的命运。
　　人们按照自己的形象和愿望塑造了神仙，完美无缺，至高无上。善良的人们求神拜佛，祈求神灵保佑，消灾避难；虔诚的人们甚至企图通过修行，造化自己的来世，能够升入天堂，成为神仙。可是神仙距他们是多么的遥远，简直十万八千里而不可及。她们并未得到神仙的保佑，反而一而再、再而三地受到蹂躏和摧残。

　　人们又在斥责，痛骂畜生、野兽。可是对这批强盗来说，人与畜生、人与野兽的距离又是多么的相近，仅仅是一皮之别、一皮之隔，即披的是人皮还是兽皮。畜牲本生长着骡驴牛羊的皮，野兽亦生长着豺狼虎豹的皮，而这些强盗则是披着人皮的狼。

　　为什么会是这样一种命运，因为政权不在人民的手里，刀把子、枪杆子掌握在封建军阀的手中。人民手无寸铁、身无分文，只有遭受被压迫、被剥削、被侮辱、被强暴的命运，而姐妹们则处在这个社会的最底层，是处境最惨、最悲痛的人们。

　　怎样才能改变这种悲惨的命运？就是推翻封建势力统治，人民当家做主，自己掌握自己的命运，才能避免这种悲惨的厄运。

　　李老师面对着王四姐被侮辱、被摧残的事实，却无能为力。他虽然是有钱有势的大财主家的一员，却不能自由恋爱、自主婚姻，与相爱的人结为夫妻。这是什么行径，这是何种命运？他难以面对这种荒唐的现实，无法接受这种命运。他生在这个环境，长在这个环境，却无法适应这个环境，他觉得这个环境如同千丝万缕的绳索编织的纵横交错的网，把他罩住、缠住、缚住，使他不能自由思考，不能自由言论、自主行动，自由地生活。

　　他从中悟出一个道理：要想自由地思想、自主地言论、自主地行动和生活，只有跳出这个网，彻底摆脱它的束缚。他开始考虑如何摆脱这个网的办法和途径。终于想出了个办法，就是彻底摆脱绳捆索绑的环境，到另一崭新的环境，就是欧阳义说过的——延安，于是他去了延安。

　　至于王四姐的最后命运，有各种说法，有的说，她被糟蹋后杀害了；也有一种说法，说她逃出了魔掌，化缘去了五台山；还有的说，她没有去五台山，而是去了峨眉山，到那里修行去了。究竟哪种说法可靠，无从验证。不管怎么说，有一种结局是肯定的——超脱了红尘。

　　李老师则从延安随解放大军南下去到江南地方工作，是否寻找王四姐的下落，不得而知。

第十六集　女儿血泪

张大妈串门亲家母
王二娘倾诉女儿泪

张大妈在孙子饥饿中夭折后与王二娘，由二嫂陪着便来到了王家。一进门，只见仍是木结构的把廊房子四合院。大地震中张大妈他们的房子都摇平了，可王二娘的房子只摇倒了土墙，四面的房屋木架没有倒，屋顶也没有全塌。据说，其原因有二：一者，全部是木架结构，公卯套母卯，卯巧套卯巧，相互套起来的，经得起摇晃拉扯；再一个是完整的四合院，四面的房子互相支撑，形成一个有机的整体，不易倒塌。院子也不大，不同于富豪家的深宅大院，也区别于贫穷人家的单排房子。地震之后，他们把木架之间被摇倒的土墙砌起来，基本上恢复了原样。

王二娘将张大妈引到自己房中的炕上坐下，紧接着王老二也过来会了面，问候了几句。这王老二，在张大妈的眼中，似乎没有大的变化，除五十多岁的年龄又添了岁数外，仍是中等个儿，四方脸，一副慈眉善目的面孔，满脸似笑非笑的表情，一双闲不住的手，两只静不下来的脚，寒暄了几句，便又忙他的事情去了。

二姐也到厨房给三姐帮忙去了，房中就剩下两个亲家母。

张大妈与王二娘虽说是儿女亲家，像这样赋闲住下聊天并不多，来往都是由女儿媳妇进行的，不是大儿媳回娘家，便是二儿媳回娘家，这次孙子不在了，换个环境，散散心也好，一是必要，二是机会，便闲聊了起来。

张大妈说："平常时节，家务活干不完，来不了，没个说话的空儿。这几年来，又是地震，又是水灾；又是旱灾，又是饥荒，兵荒马乱的，逃命都来不及，哪里顾得上串亲戚；要不是孙子的事，你两个姐儿撺掇，也来不了。可是，家家闹饥荒，饭锅底朝天，揭不开锅盖，来了，不接待，你过意不去；要接待，拿什么下锅；家家都是吃了上顿没下顿，给你带张嘴来，岂不是为难人。"

王二娘接着说："你说到哪里去了，再饥荒也有你亲家母吃的一口饭。不瞒你说，我们家不同于你们家，我们虽也是小户人家，但自己有田有地，不交地租，不抓壮丁，老头子又是个老实巴交的庄稼汉，只知道种地务习庄稼。勤是摇钱树，俭是聚宝盆，正常年景，每年秋收冬藏，人吃马喂后，都有些节余。再者，都是女孩子，吃得少，哪里像你们的一条条壮汉，饭量大；还有，女孩子出嫁的出嫁，出家的出家，人口一年年减少，开销自然就少了，粮食是有些储备的。另外，孩子他爹爱务习果树、枣树、杏树、核桃树什么的，除了高田，还有低田，南瓜、葫芦、大白菜；茄子、辣子、莲花菜等等，吃不完的晒起来，一年四季有菜吃。"

张大妈道："怪不得，过去两个儿媳从娘家回来，总给我捎些核桃枣子什么的，难得你一片心意，原也是有这些东西。"

王二娘接着说："衣服不费换遭多，粮食不费夹杂多，每年的粮食都有些剩余，丰年当着歉年过，遇到歉年少挨饿。这几年，天灾人祸连着来，年景不好，光阴大不如前了，正经粮食不多了，可杂七杂八的东西还有些仓底子的，不怕你亲家母一张小嘴吃，一个肚子装的。"逗得张大妈笑了起来。

正说着，王三姐就将饭菜端了上来，先是萝卜干、洋芋丝、茄子干、白菜丝四碟小菜，接着是一笸儿到底的杂面馍，红枣小米稀粥。

张大妈看了啊呀一声："这大饥荒年景，还能吃上这样的饭菜，真是稀罕物了！好不叫你们尽心破费的！"

王二娘应和道："不怕你笑话，年景不好，只有用黑面馍小米汤接待亲家了。"

张大妈道："哪里的话！到哪山，打哪柴，现在的光景，有几家能吃上这样的饭菜？到你家串门，算我有口福。"

一边说着，一边归坐，王老二坐上首，两个亲家母面对面两边就座，二姐、三姐和周二随意方便坐下，吃了起来。

吃过晚饭，除过周二耳朵聋，自回自屋歇息外，王老二夫妇俩、二姐三姐都同张大妈一起闲聊了起来。

张大妈先开口："看今天的饭桌子，难得你们有一个全全环环的家，男亲家，女亲家，三姐，三女婿，我都怪羡慕的，成双成对，团团圆圆多幸运。"

王二娘道："这有什么稀奇？哪个女儿不嫁人，哪个男人不娶婆姨！都还不是一对一对的！"忽然想到亲家母男人早早夭折，觉得话说漏了嘴，急忙改口道："话虽这么说，可两口子里，有投缘的，也有不投缘的；投缘呢，也罢了，不投缘的，三天两头子吵嘴打架的，也活活受罪。"

张大妈道："那也是有的。不过话说回来，人是天生有男有女，自然是一对一对的。有男无女，无家无室，钱财无主；有女无男，其身何依，孤独凄凉。要不是过来人，是体会不到的。两口子吵，齐全的时候，好像可有可无；若少了一个，才能体会得到。恰若一个车的两个轮子，或走或停，习惯自然，如果掉了一个轮子，立不稳走不成，叫就难行了。你是有男亲家，自然是体会不到缺失一方的滋味。

"孩子他爸在世时，三天两头不在家，亦不觉得离不开、少不得，有时还要闹别扭、耍脾气。自从他出事走了之后，处处总是少一个人，心里总是空落落的，生活没依靠，吃饭没滋没味，干活特别累。白天也还罢了，夜里总是孤零零的，说话没个对象，睡觉缺个陪伴，黑夜特别长，左等天不亮，右等天还黑，数星星，望月亮，才等到鸡叫唤。又苦又累有谁疼，心里有话向谁说？睡梦中与丈夫在一起，梦醒之后一场空，枕头旁边少个人，孤独得叫人恐慌、害怕。"

"唉，真是的。"王二娘附和道。

"孩子们一大群，"张大妈接着说，"可孩子是孩子，丈夫是丈夫，就跟演戏一样，各是各的角色，各演各的戏，是不能代替的，少了哪个角色，戏都演不成。人生在世过日子，少了伴儿都难活人。"

"说的也是。"王二娘道。

"孩子他爹走的早。"张大妈继续说，"他走时，孩子们都未长大成人，孩子们没了爸爸，我失了丈夫，顿时天塌了，地陷了，乱套了，无主意了。地不知该咋种，日子不晓得怎么过。孩子们不懂得怎样教。丈夫在世时，孩子们均听爸的，他不在了，一个个像牛似的，难管、难养。你说东，他偏往西，总不听话！"

"男娃娃和女娃娃是不一样，不像女孩子那样胆子小，听话。"王二娘附和道。

"熬啊，熬啊！"张大妈接着说，"娃子们一年年长大了，有了点盼头，可除了老大懂点事，稳当点，其他几个脾气，就跟他爹一样，一个比一个倔强，吃得又多，穿得又费，简直养活不起！尤其老二，吃饭狼吞虎咽，三个女孩子也比不过他一个。一双鞋穿不上三个月就稀巴烂了。儿多的娘苦，我受的累、吃的苦、熬的夜，给谁说去！我吃够了没有男人的苦，算我命苦，我只有认命了。"

王二娘道："你说的也在理。唉！家家都有本难念的经。说到儿女们，各有各的苦处。常言说'男娃儿难养路好走，女孩儿好养路难行'，儿多的娘苦，女多的命苦，五个手指头还不一般齐，我生了七个娃，尽是丫头片子。生下来没吃上几年人饭，小小的年纪就夭折了两个，这都是我前世修行的不好。就是活下来的，命运也大不一样。大姐和二姐，嫁到你们家去，算她们有造化，两口子都投缘，遇上你这个好婆婆，不挨打骂不受气，都是她们的好福气！"

"什么福气！跟上受穷饿肚子。"张大妈接着茬儿说，"话又说回来，大儿媳、二儿媳，都是好媳妇，对我孝顺得很，待我像亲妈一样，常言说'娘夸闺女不算夸，婆夸媳妇才是花'，大儿媳二儿媳，确实是两朵花，我喜欢的什么似的，有这样的儿媳算我的造化。"

王二娘接上说："其余的三个姐儿，命运一个不如一个。三姐招了个女婿，是个不争气的东西，搞赌博输了钱，又把她租给聋子周二，而他自己则上新疆去了。好端端的规矩女儿，官司又落到她头上，吃尽了苦头，就是因为她脸上有颗痣。（二姐边听边把三姐眉宇间的美人痣指了一指头），这都是她命苦，是前世注定的。四姐呢，在地上锄草时，叫'花叫驴'李保长糟蹋了一顿，一气之下，出家到仙姑寺，削去乌黑稠密的一头头发，做了尼姑子，寺庙又被马家军一把火烧了。三姐去看望一趟，连个人影儿都没见着（二姐又把三姐掐了一把），至今下落不明。"

第十六集·女儿血泪

"都是那花保长、马家军坏透了，尽是些丧尽天良的孽障。"张大妈附和着说。

"俗话说，红颜命薄，美人祸多，我的姑娘们吃亏就吃在生得好看，长得俊俏。"王二娘说。

"那是你会生会养吆！一个个生的花朵儿似的，出脱得青葱一般，不要说小伙子眼热，老头子嘴馋，就连我这老婆子看着，心里都痒痒的！"张大妈说。逗得王二娘夫妇俩、二姐与三姐都笑了起来。

王二娘接着说道："亲家母，你是有福气的人，一个接一个地生了五个儿子，一条一条的男子汉。要轮着我，不要说有五个儿子，就是有一个顶门立户的也好。你还不知道，动不动就不想活了，叫我怎么办？我难道碰死去不成！"

"孙娃子没了，叫我多心疼！你哪里知道！"张大妈插话道。

王二娘道："娃娃如泥里头的葱，今年不生明年生，她们都年纪轻轻的，走了一个再给你多生一个不就得了。"

"我的亲家母，你倒说得轻松，母鸡下蛋似的容易。这几年连年兵荒马乱，闹饥荒，饿肚子，饿的妇女们不来月经，小伙子打不起精神，谁见过腆着大肚子妇女。谁听说过生娃娃的喜事。（又逗得王二娘、二姐三姐笑得合不拢嘴）别处不知道，我们张家庄，好几十户人家，去年今年，没有生下一个娃娃来，倒是走掉的多，十几个、几十个的死，逃荒要饭到外地的，谁晓得死了还是活着，人口损失了好几成。"

"你说的也是，我们王家庄子上，也没有听说谁家生了个千金，谁家喜得贵子，这是什么世道，真是老天瞎了眼，人世遭了殃，连个娃娃都生不下来！"王二娘应和道。

"但愿老天行行好，救救这些苦命的人，盼望天下太平，家家安居乐业，风调雨顺，五谷丰登，户户团团圆圆，再抱一个孙子，我便谢天谢地，给它叩个响头！话又说回来，你的五姐呢？怎没听说过？过得怎么样？"张大妈问。

"还过得怎样，早不在人世了。"王二娘说，"不怕你笑话，马尾子提豆腐，提都提不成，一提就揪心割肉般的疼痛！几个姐儿，数她最小，命也最苦！已经一大群姐儿们，眼巴巴盼着能生个男孩，一落地，又是个女娃，生下来就瘦弱，缺乏男子气，自小儿就爱哭。一生下就白天睡不醒，晚上夜夜哭。原以为出了月就好了，出了月仍然夜夜哭，没完没了。什么法子没想过，实在没办法，就贴告示：天惶惶，地惶惶，我家有个夜哭朗，白天睡大觉，夜里哭不完，天天如此，月月一样，搅得爹妈心发慌，惊的邻居心不安，告苍天开开眼，劝大地行行善……抽签算卦，什么方儿都用过了，都不起作用。哭到长大些了，最是她娇嫩、害羞，怕这怕那，东门不出，西门不进。再大一点，不是照镜子就是弄辫子，不是做针线，便是转锅台。不敢到院外去玩，怕虫子咬，怕蜜蜂叮，怕狗咬，怕驴叫唤，怕见生人，话也不多说一句，怕人说她又是一个女的。因了她，我都抬不起头，生了几个女孩，好像遭了什么罪似的。"

张大妈接上话茬儿说："唉！这个世道，就不是女人的世道。"王二娘继续说："现在还稍好一点，我们小时候，因为是女孩儿，脚都不许往大里长，小小儿的就裹裹脚，疼死人了。我的一个姐姐，因为裹脚，把脚梁骨折舍了，戳破了肉，化了脓，医不了，活活给疼死了。"

张大妈接上说："这个我晓得，那时节真是'小脚一双，眼泪一缸'，小小女孩子，就遭刑罚。唱的是：裹小脚，嫁秀才，吃馍馍，夹肉菜；留大脚，嫁瞎子，吃糠菜，就辣子。兴的是小脚仔仔子，银子块块子；大脚点，不值一个钱。认为大脚是赔钱货，养得多，赔得多，可把女孩子整苦了，要说民国比清朝是有点好处，男人不留辫子，女人不裹小脚。"

王二娘接上说："现在虽然不裹脚，可女孩儿仍然低人一头，人前头不能走，不能抛头露面，男娃儿能干的活，女娃儿不行。光生女孩，父母都低人一等。长大了，又是听媒妁之言，遵父母之命；嫁到婆家，又是嫁鸡随鸡，嫁狗随狗，所谓'揉到的白面，打出的婆娘'，我到底心不平，气不顺！难道女人就不是人！"

张大妈愤愤不平道："男人瞧不起女人也罢了，有的当婆婆的，一样也是女人，为什么自轻自贱？"

"五姐长到十六岁，嫁给了邻村胡家。"王二娘接着说，"家中倒也殷实，不愁吃，不愁穿，门当户对的，不料胡家的婆婆是个恶婆婆。早晨，怪

第十六集·女儿血泪

女儿起得不早,早饭嫌米不烂;午饭,怪味道不佳;晚饭,嫌油少了,盐多了;又是怪鸡没喂好不下蛋,猪没喂肥。不是骂,便是打,身上青一块紫一块的,整天不得消停。最是那个禽兽女婿,虎狼一般的脾气,叫驴一般的畜生,不管女儿有兴没兴,愿意不愿意,身上干净不干净,每夜里糟蹋不断整夜整夜的不得安稳,下身不是红,便是肿,躲难回娘家,一回来就哭,口口声声不愿回去,不想活了。已经嫁了人,是人家的人了,不回去怎么能行,我苦口婆心,好歹都劝说回去。最后一次由她爹陪送回去,她爹与男亲家坐在正房炕上喧谎儿,婆婆叫女儿挖面做饭。面柜就在正房,挖面弯腰时,腹部在面柜板子上受到挤压,挤压出一个屁来,女儿羞于见人,就将头上簪子取出来捅进了鼻子里。她爹和男亲家看她挖面怎半天没动静,就下来看个究竟。未看不要紧,一看面柜里尽是血,女儿已经咽气了。好端端的一个女儿,哈哈一笑的一个屁事情,命就没了。他们又草草地埋了。我们不便对人说,不便向外张扬,所以你们不知道,只好哑巴吃黄连,只好否了,认了,忍了。"

"真可惜,太可怜,真是听也未听,闻也未闻的委屈事,叫人受不了。"张大妈说道。

王二娘接着说:"虽说是嫁出去的女儿泼出去的水,可到底是我身上掉下的肉,不生的心不疼,未养的没感情,婆家无情我有情,婆家不疼我疼。虽说是因屁而死,实际上是婆婆打骂、女婿折磨,不堪忍受而亡。一想起来我就针尖儿扎心,锥子锥屁股般疼痛。我们女人怎么命就这么苦,我们的命就这么不值钱,一生下来就低人一等,就活该受苦受累受气!"

张大妈看了一眼二姐、三姐,两个姐儿都泪水在眼睛里转圈儿,便说:"不怪命苦,是怪世道不好,贫富不公,人的命也不一样,有钱有势的人家,哪怕是个丑八怪,也是千金小姐,穿绫罗绸缎,戴金插银,谁敢把她们怎么的?当然也怪婆婆不好,也是女人,也是从当媳妇走过来的,应该体谅儿媳妇。她虐待儿媳妇,可见就不是个好女人。"

"最是那个禽兽女婿,简直不是人。"王二娘愤愤不平地又说,"我们的女儿,好端端的一个闺女,未出嫁时,因为是最小的,我们又疼又爱,一出嫁就受罪了。当时只看婆家的景况好坏,未看清他的真面目,谁承想他是个畜生、禽兽，把花儿不当花对待，不好好疼爱、呵护，而是糟蹋、摧残，把女儿糟蹋得不成样子。但若女婿是个有心有肺，读书识礼，有情有义的人，女儿也不会因个屁把命丢了，也怪我们有眼无珠，看错了人，把花儿插在牛粪上，悔之莫及。"

唉！命啊命！属于人只有一次。命与财，何者最珍贵？黄金有价，生命无价，来时由天赐，走时，地收回。可是在人妖颠倒、是非混淆的世道，视金钱若宝贝，看生命若粪土。生命值几何，在封建军阀那里，士兵的生命若蛆虫蚂蚁；在封建老财那里，雇工生命的价值，就看他带来的剩余价值多寡；而在王五姐的婆婆那里，在畜生般的丈夫那里，千金小姐的生命，或等同鸡鸭，或者是发泄兽欲的玩物，何论人格的尊严，生命的价值，如同野兽待猎物。这便是文明与野蛮、光明与黑暗、进步与反动的分界。一言以蔽之，生命的价值与野蛮是反比，与文明是正比。

第十七集 妙语释惑

王三姐生下女男胎
张大妈妙语释疑惑

王三姐自结婚成亲以来，没有高兴过一天。先是由父母做主，拉郎配招来了个女婿，结果是个不争气的男人，耍赌博输了钱，为了抵债，将她转租给周二，又是一个聋子，毫无言语沟通，又无感情基础，似乎在同一个木偶人在一起生活，父母虽然对自己疼爱有加，毕竟是隔一代的人，中间横隔着一条鸿沟，哪里理解女儿的心事，更加上铁匣子的官司，受了那么多的冤屈，吃了那么多的苦，她的生活似处在粉尘迷茫和烟雾的笼罩之中，总是眉头紧皱、嘴唇紧闭，从没有一丝儿笑容。与未结婚之前的嘻嘻哈哈、话壳子相比，判若两个人。她陷入了极度地痛苦和愁丝恨缕之中。

她总是思忖：人何必要结婚？结婚难道就是这么个滋味？这种婚姻还不如不结的好。可是她又想，父母一天天老了，又无一个哥哥弟弟在跟前。赵二走了，原无所谓，本是有也不多，无也不少。可家中无个男人，春种秋收的力气活，夜晚给地里浇水，自己也是难以应付。周二虽听不着话，形式上丈夫，聋子的耳朵样子货，可毕竟是庄稼人出身，务习庄稼也是行家里手，又当过兵，吃苦耐劳，且动作麻利勤快，地里头的活儿不曾耽误。在家中，喂牛喂猪，打扫院落，一刻也闲不住，把家务整理得井井有条，干净整洁，远非赵二能比。还有，在自己吃官司时，虽然帮不上什么忙，可也跑前跟后，受了不少累。

人心都是肉长的，周二虽然听不着人言，可他会看眼神、懂手势，善察言观色行事。王三姐也就渐渐地习惯了他。还有，王三姐与周二已是第二次婚姻，虽然是形式上的，可在习俗上，已经是事实上的夫妻，是不能否认的，不能随便离弃了他，抛下父母，再走第三步。她只有面对现实，承认现实，接受现实。她觉得，这也许就是命里注定的，只好认命，承认命运的安排，接受这种无可奈何的婚姻。因此，她慢慢地以手势指挥周二，以眼神调动周二，用喜怒哀乐表示肯定还是否定，反对还是赞成。指一下水桶，周二便去担水；指一下柴火，周二便去劈柴。来了客人，王三姐用眼神嘴巴示意他离开，他便出去做别的活儿。王三姐如果不高兴，脸一沉，他便双手一合，颔首躬腰，表示歉意。他干活干得好，王三姐脸上露出笑容，他也跟上笑起来，处处顺着王三姐，事事迎合王三姐的心意。日久天长，王三姐倒也认可了他。拍一拍他的肩膀，推一推他的背，他便满心欢喜，似乎受了上司的夸奖、奖励一般。

人非草木，孰能无情；人非土石，岂能无欲。慢慢地、渐渐地，王三姐的心情平静了下来，好了起来，脸上开始露出笑容，话也多了起来，虽然比不上姑娘时期的生动活泼，却也有了些新的生机。间或与周二眉来眼去，甚至动手动脚起来。眼含秋水动人心，动手动脚勾人魂，王三姐春心萌动，周二欲火激荡，便开始做起爱来。

女儿的心与母亲是相通的；女儿的情，父母也是理解的，王老二王二娘毕竟是过来人，眼看着女儿脸上堆起了笑容，嘴角露出了蜜意，也从心底里高兴。还是王二娘仔细，元宵节过后不久，她发现女儿吃饭时时呕吐，此后，渐渐地发觉女儿的腹部略微鼓了起来，走路姿势也似乎与往昔有所不同，暗暗猜测：女儿是否有喜了？为了证实自己的想法，便找欧医生来号脉。

欧医生号了脉象，又问了最后一次月经的时间，王三姐回答是正月初十。欧医生照着推算预产期的口诀，掐着手指头算了起来，正月初十减去三个月是头一年的十月初十，再加上七天，是十月十七日。欧医生计算完后说："预产期在十月十七日前后。"

王二娘一听喜笑颜开，乘王老二在院子里与周二准备春耕事宜，收拾犁铧之时，便走过去悄悄告诉了丈夫，王老二的眉梢嘴角也弯了起来，可把周二闷在了鼓里，不知岳父岳母说了些啥。

日月如梭，催人生长，一个新的生命迅速孕育形成，王三姐的腹部明显地鼓胀、突出起来。到了大月份，肚子出奇地大，进门出门，人还未见进出,肚子已露在门里门外了。王二娘凭着自己怀孩子、生孩子的亲身经历,也觉得奇怪,甚至紧张,又请欧医生来诊断。

欧医生一看,也觉得王三姐的腹部特别膨大;又看了下肢,静脉曲张较单胎多;触摸了腹部,摸到了两个头、两个背和多个肢体,又听诊腹部的不同部位,明显地听到两个不同的胎心音,眉头一皱一舒后说:"王二娘,三姐怀的是双胞胎。"

王二娘听后,先是一怔,紧接着又问:"咋办哩?"王二娘生过七个娃,可没有怀过生过双胞胎,要是单胎,那是没有疑问的,一听是双胞胎,心里也无谱了,便禁不住冒了句"咋办哩?"

"咋办哩?怀一个就生一个;怀双胞胎就生两个呗!总不能生一个,在肚里留一个!"欧医生回答说。

王二娘这才发现自己的问话冒失而奇怪,看了王三姐一眼,娘俩禁不住笑了起来。

欧医生又交代:"要多多观察,有异常,及时叫我。要吃好点,怀着两个娃,可要加强营养。"王二娘连连点头称是。

转眼就到了临产时间,十月十七日一大早,王三姐觉得肚子一阵疼,便告诉了母亲。

王二娘记得,欧医生说过预产期是十月十七日,今天正是十月十七日,是欧医生预计到的日子,便像踩高跷似的急忙踮着小脚,摇晃着身子,摆着双手去请欧医生。并顺便托付邻居通知大姐二姐知道。不过一顿饭的工夫,大姐、二姐都来了,欧医生先她们一步也赶到了,并直奔王三姐的卧房,见王三姐正疼得打滚。

王二娘问:"怎么样?"

"再观察一会。"欧医生回答。

王三姐亲眼见过堂姐难产的痛苦惨状,就因为堂姐难产,导致大人、小孩都夭折了,把个堂姐夫伤心得牛吼一般地哭,使她永远难忘。这一回想不要紧,越想越怕越紧张,越发难产了。

不大一会儿,只见又是一阵剧疼,还有加剧之势。接着又松了一会儿,紧接着又是一阵剧疼,阵痛一阵接一阵,疼一阵比一阵更强烈。似乎要出生了，可是仍没有生下来。时间已到了下午，从早上第一次疼痛开始，约莫也有十几个时辰了，还没有生下来，三姐汗流满脸，浑身颤抖，直疼得她难以承受，难以忍耐。

欧医生检查下身，已经产前出血，且子宫收缩无力，显然是分娩受阻，断定是难产，再如此拖延下去，可能发生意外，决定进行剖腹产，并向王二娘告诉了剖腹产的原因和主意。

王二娘对欧医生深有了解，自打初诊明断怀胎，准确推算出预产期，后又诊断出双胞胎，这次决定剖腹产，每每都在点子上，就支持欧医生做剖腹产。

欧医生将卧房当产房，迅速麻利地喷洒烧酒消毒，用盐水洗渍用具，指挥大姐二姐协助，王二娘帮忙，施行手术。

"哇"的一声脆亮哭声飞出产房，传到院中，王老二一阵惊喜。哭声还在继续，不大一会儿，又一声洪亮的哭声冲出产房，飞来院中。说时迟，那时快，两种哭声，若一男一女二重唱，一先一后，一高一低，一声清脆，一声洪亮，配合默契，节拍紧凑，顿时给王家院中带来新的生机与活力。整个院中气氛立马活跃起来，增添了许多热闹。

缝合、包扎收拾妥当后，欧医生和王二娘继续留在房中观察，大姐二姐匆匆出来给她爸报喜。大姐对爸说："爸，你猜，是男的，还是女的？"

"女的！"王老二猜着说。

"不对！"大姐否定。

王老二又猜："那就是男的。"

"也不对！"大姐又否定了。

王老二也觉得奇怪，便说："又不是女的，又不是男的，这就难猜了！"

大姐和二姐互相对看了一下，异口同声地说："一女一男！"

王老二一听，先是一怔，紧接着双眉紧皱，眉峰突起，不言语了。大姐和二姐，原以为给爸报了喜后，爸爸会高兴地乐开怀、合不拢嘴，结果大出意外，爸爸不仅不言不语，且眉头一皱，疑云堆满了脸。姐妹两个立刻丈二和尚摸不着头脑，猜不出什么原因，便不再说什么，把疑问埋在心里，双双又进产房陪三姐、看护婴儿去了。

姐妹俩进去了，欧医生与王二娘便走了出来，到王二娘的上房里去，王

第十七集·妙语释惑

老二也紧跟着进去陪欧医生。欧医生开口道:"我给你道喜了,你家添了孙子,你就升格了,就要称呼你王二爷了。"

王老二看了欧医生一眼,冷冰冰地、勉强地点了点头。

欧医生又说:"生一个孙子也就够好的了,而你家一下子添了两个孙子,且有男有女,真是一举两得,双喜临门,确实要向你祝贺双喜临门的大喜事!"

王老二仍然是冷冰冰地点了点头,一句话都不说。

欧医生原以为,报喜道喜之后,王老二会兴高采烈、喜之不尽的,自己又是亲自接生的医生,更会热情洋溢地道谢的,没料到王老二竟然是勉勉强强地点点头,态度出奇的冷淡,一句道谢的话都不说,倒把欧医生引进闷葫芦里了。

王二娘叫大姐给欧医生做饭,叫二姐继续陪三姐,自己陪欧医生说话。欧医生说:"虽是难产,又是双胞胎,所幸母子平安,算是你们的福分,真是大吉大利,可喜可贺!以前没孙子时,称你王二娘,如今你有了孙子了,顶你升格了,该称你王二奶奶了。"又交代,"要仔细观察,若有不适,随叫随到。还要注意清洁干净,防止受凉感冒,不要劳累,绝对卧床休息,除小孩喂奶外,别的无论什么事,都不要让三姐做,不准男人与无关的人进去看视,还要吃营养丰富、好消化的饭食。你们兴只喝小米汤,虽好消化,可营养不足,特别是双胞胎,两个娃娃吃双份,大人也要吃好点,别亏了大人又亏了小孩。至于吃饭呢,我还有病人要去看,就不麻烦了。"

一边说着,一边背了出诊箱,就下炕出门。王二娘只好送到院门外,大姐见欧医生不吃饭,也就不去做饭,并对王二娘说:"妈,暂由二姐陪三姐、护小孩,我先回去给婆婆和孩子他爸说一声,好让他们放心,我再回来。"

"快去快去,给你婆婆说知道,免得她操心牵挂!"王二娘说。

张大嫂回来急急忙忙给张大妈说了孩子出生情况,母子平安,及她爸听到生了一女一男的冷淡态度,及欧医生给她爸道喜时,爸又冷冷清清的对待欧医生后,问婆婆:"这是为什么?"

"你们是不知道为什么,欧医生也可能不晓得什么原因,"张大妈接着说,"咱们这地方对生一女一男有一种忌讳,说什么:一女一男,家破人亡。来历是，过去有一家人儿媳生了一女一男双胞胎，正值冬天天气干燥，又刮西北风，烧火做饭时不小心，酿成火灾，把房子烧了。他们不怪烧火不小心，却怪罪到产妇和婴儿身上，一传十，十传百，又由过去一直传到现在。王三姐生下一女一男双胞胎，就又怪罪王三姐和婴儿，所以你爸不高兴。"

"原来如此！"大嫂说。

张大妈继续说："生双胞胎本来就不多，生一女一男更是稀奇，不遇上这种事，也无什么是非，你们年轻，也难怪不知道，一旦遇上生一女一男的事，就少见多怪，死灰复燃，这种奇谈怪论就又起来了。"

"怪不得我爸是这个冷冰冰的态度，把我们都弄闷了。"张大嫂继续说，"也把欧医生冷漠了，还把三姐和两个月娃子也冤枉了、委屈了，你可得快到我娘家去，把爹妈开导开导！"

王三姐却是知道这个忌讳的。当她怀胎到大月份时，一家人免不了要议论是男胎还是女胎，一次吃晚饭时，议论到此事时，母亲说："生男生女不由人，谁不想要个小子，可有什么办法？"

"所以你就生了一群丫头片子，连个传宗接代、顶门立户的都没有！"王老二说。

"生孩子是夫妻两个人的事，生了女孩子，也不能全怪到我头上！有的人一肚子生两个男娃娃，有的人却一胎生两个女娃娃，有什么办法？"

"这也罢了，"王老二说，"是不由人，这是老天爷给的，命里注定的，前世修的，谁也没办法。生一个也好，生两个也好，只能生什么养什么，生几个养几个，总不能把她掐死！可有一样，就是别遇上一女一男的怪胎，若是遇上一女一男，那可是家破人亡的祸事，算是倒了八辈子霉！"

说者无意，听者有心，王三姐因为正怀着孩子，也格外关心是男是女的事，也晓得母以子贵，也希望生个男孩子。至于生单胎，还是生双胞胎，她没有猜测过，更谈不上生一女一男的事。到了欧医生诊断出是双胞胎的时候，她就开始关心，两个是男的，还是两个都是女的，可是事不由人，只能听天由命了。因为父母议论时忌讳过一女一男的事，所以她暗暗想，千万别生一女一男，如果生了一女一男，可就糟糕了。

世上的事总是相反、事与愿违的，不希望生一女一男，偏偏就生了一女一男，王三姐嘴里不说，心里暗暗叫苦。不用说她明白父母是如何看待自己，看待孩子的。他们虽然没有明说，可是从脸色上已经表现出来了。自己命苦也罢了，怎么孩子的命也苦，真是苦到底了。

正在冥思苦想，痛苦烦恼之时，张大妈来了。原来，张大妈听了张大嫂述说的三姐生一女一男的事，并要求自己去开导她爹妈后，便说："你说得是，我得去，一者，看望一下王三姐，看一下两个小宝贝；再者，要开导一下亲家，要不然，三姐和月娃子可要受委屈了。"于是，准备了些简单礼品，第二天上午，就由张大嫂陪着来到了王家。

一进门，张大嫂就喊道："妈，我婆婆来了！"

王二娘听到女儿的叫喊声，赶紧起身迎接，张大妈已经走到她上房门口，便亲亲热热让进门上炕。女人毕竟是女人，明了女人的道理，也体会女人的苦楚。两个女亲家会到一处，更是说话投机，句句对味。加上大姐二姐姊妹俩经常说婆婆的好处，王二娘也多听邻居对张大妈的美言，素有敬重之意，当张大妈道喜之后，便向亲家母诉说起对生一女一男的忌讳来。自己虽半信半疑，可是老头子一脸的不高兴，埋怨三姐生了一女一男不吉利，怕招来灾祸等等，自己也没有办法，企盼亲家母来行行好，帮帮忙，把老头子开导开导。"

张大妈便开门见山地说："一女一男，打庄盖房，才好哩，真正的如意吉祥！"

王二娘道："你是这样说，可老头子不这么认为，一肚子的不高兴，满脸的不乐意，整天愁眉苦脸、耷拉着脑袋，不言不语，叫人很不是味道，专等你给开导开导，洗洗糊涂浆脑子，清清他榆木疙瘩似的脑袋，让他开开窍，最是极好。"

张大妈说："咱们暂说到这里，先去看看三姐儿和小宝贝，别的话慢慢再说！"边说边往王三姐的房中走来。一掀门帘子，急忙走到三姐炕前，两手抓住三姐的双手："我的好闺女，我的好闺女，可把你累坏了，吓着了，疼坏了！人生人，疼死人，男人们哪里知道女人的苦楚，只知道抱住老婆寻欢作乐，哪里体会得'人生人，吓死人'的事情，只有我们老婆子过来人知道。我的好闺女，你们母女健康就好。"边说边双眼紧盯着婴儿，摸摸这个，亲亲那个，"好心疼的心肝、宝贝，多可爱的眼珠儿，嫩肉肉，白生生，红润润！"又抬头望望三姐，望望王二娘："我说你们王家，就是美人胚子俊巧料，你看三姐姊妹们，一朵又一朵的牡丹花，国色天香；这个小宝贝，又是人模人样，叫人心疼都心疼不过来！"

说得三姐和王二娘眉开眼笑，合不拢嘴。正说着，听见院门开门声、关门声，知道是王老二和周二回来了，张大妈迎出去。

"我的好亲家，我给你道喜来了！你真是交上好运了，一举两得，喜上加喜，一女一男，人财两旺！"

王老二本是心事重重，满脸阴云，一听张大妈说的又响亮又顺口，不得不勉强地笑了笑，赶紧往上房引进。张大妈本是一个开朗爽快、巧嘴利舌的人，上炕未坐稳，便开门见山地开导起来："我说你好亲家，堂堂大男人，连我们妇道人家都不如，尽信些歪门邪道的瞎说，什么'一女一男，家破人亡'，尽是歪嘴和尚乱念经，满嘴的胡说八道！依我说，一女一男，人财兴旺；一女一男，打庄盖房，多好的喜事，美事，不好好乐活享受，却自寻烦恼，再傻不过、愚笨不过了。谁有本事，像王三姐那样，一肚子生个双胞胎，谁能得很，给我生个男女齐全！不要说十个里头没有一个，就是一百个里面也难有一双。

"生一女一男遭火灾的原因，你不知道我知道。那一家人平常是媳妇做饭，媳妇生了孩子后，临时由亲戚帮忙做饭，没有把柴火与炉灶隔离开，结果锅灶里的火苗掉下来，引着了柴火，越着越大，加上冬天干燥，刮西北风，就越烧越旺，越刮越大，燃成火灾。这与生孩子有什么相干，真是驴头不对马尾，风马牛不相及的歪歪道理。不怪生火的不小心，反而怪月婆子、月娃子，难道是月娃子放了火，真是有头没脑子，没怪上得了！"

这一番摆事实、讲道理，直说得王二娘口服心服，连声附和道："对对对，你说的全对，亲家母到底经得多，见得广，说得全在理，叫我听的没说的。"

王老二听了张大妈的这一番言语，也觉得有理有据，无可挑剔。再说，自己的那些忌讳，也只是道听途说，并无真凭实据，经张大妈一番点拨，疑惑也就烟消云散了。便回应道："我只是偏听偏信，并没有亲眼见过。耳听是虚，眼见为实，道听途说信不得，你算是叫我心服口服了。"

议论中，隔着门，张大妈看见周二在忙活，便问"周二怎么样？"

王二娘道："周二知道三姐生娃了，也满脸堆笑，笑嘴常开。他看见三姐肚子大时，知道是有喜了，更加疼爱，更加勤快，凡自己能干的活都主动干，处处代劳，不让三姐累着；知道难产，犹如割心剜肉般难受，着急地若热锅上的蚂蚁，手足无措团团转；知道生了后，喜得满脸堆笑，合不拢嘴。虽然耳朵听不见，可啥都知道。"

张大妈接着说："好亲家，双喜临门，也不庆贺庆贺，叫我老婆子喝一杯喜酒，一块儿高兴高兴！"把王老二夫妇将了一军。

王老二赶紧回应道："待孙子孙女过满月，一定请亲家母过来乐一乐！"在座的都异口同声地说："这才像个当爷的说的话。"

转眼间，就到了过满月的时候。自张大妈解疑释惑后，王老二、王二娘眼看着一对孙子孙女逐渐成长，越发逗人喜欢、可爱，早把关于一女一男的胡言乱语抛到九霄云外了。从心底里高兴，浑身舒服。两个小小人儿，本事好生了得，使两个老气横秋的人一下子活跃起来，兴奋起来，夫妇俩商定，一定要给孙子过满月，还要拜欧医生夫妇做孙子的干爹干妈，并在过满月时举办拜干爹干妈的礼仪，并知会欧医生知道。

欧医生在行医看病中，也了解了当地拜干爹的风俗，而且是请有儿有女，合得来的才拜，拜自己也是看重自己，便事先置办了一对银锁、两套一男一女的婴儿衣服、鞋帽。

给娃娃过满月，又是杀鸡，又是宰羊，又是割猪肉、买酒、请厨师，王家院子里忙活的像过节日一样。

当日一早，王老二去请欧医生夫妇，王二娘去请张大妈及大姐二姐，一个接着一个地都来了。欧医生、张大妈一进院门，先将礼品放到王二娘房中，就去三姐房中看娃娃。

欧医生："长得真快，刹那间，就这么大了！"

张大妈则抱抱这个，亲亲那个，爱不释手。

两个宝宝似乎已经有了人的感情，不哭不闹，圆睁双眼，接受着人们的亲吻，越发讨人喜欢。

　　王三姐天天没明没夜地呵护着自己的孩子，一阵儿亲亲脸蛋，一会儿尝尝小手，亲了这一个又亲那一个，看看小眼睛，又摸摸小屁股，欣赏他吃奶的小嘴，嘴里不停地、小声地"我的乖乖""我的宝贝"，就连那个小手的小指甲，也翻来覆去地看，一个指甲一个指甲地掰着看，似乎个中有什么秘密没有发现，或有什么趣味尚未尝够。她觉得，为他们吃苦受累值得，为他们挨疼受委屈值得，想到这里，抱得更紧、亲的更响。看不够，亲不够，不知疲倦地呵护、喂奶，生怕不周不到，生怕饿着、亏着，担心渴着、凉着。虽然已经脱离了自己的身体，可她总觉得，仍是她身上的肉，流着她自己的血液，连着她的筋，牵着她的心。要热皆热，要冷皆冷；要痒皆痒，要疼皆疼，第一次深深地意识到，自己是他们的母亲，忽然觉得自己当了妈妈了。

　　两个幼小的生命，虽然什么都不知道，什么都不懂，只会哭，可他们给自己带来希望、寄托和欢乐。她赋予自己责任和义务，自己有责任和义务将他们哺育长大成人，他们细小、嫩弱，离不开自己的养育、关怀、呵护、拉扯，否则，就对不起他们，有负于自己的责任和义务，否则就不配当母亲。

　　真是，未婚未嫁，不解人情；不生不养，不解父母。才体会到，母亲生养自己也是这样的。小小的生命，他们没有思想，却开启了自己怎样当母亲的道理；他们不懂是非，可让母亲明白了当妈妈的是是非非；他们没有权力，却赋予母亲以权力教自己如何维护他们的利益；他们没有责任，却要母亲对自己尽妈妈的责任；他们没有真假、善恶、美丑的意识，可他们若镜子一样，能照出人的真假、善恶、美丑。

　　总之，小小的人儿，若一块试金石，在如何对待他们的态度上，可测试出人世上的一切是非、好坏、对错、优劣、道德。幼小的婴儿没有能力，没有责任，没有过错，既然生了他们，就要抚养他们长大成人，需要保护他们免受伤害；又想到了他们的以后、将来。忽然又觉得自己是多么重要、多么伟大，她终于明确地意识到当母亲的使命，她觉悟了，这是母亲的觉悟、当妈的觉悟。顿时仰起头来，看看窗户，又透过窗户看看外面，想得更远、更多。

　　正在想着、想着，忽然门帘子掀开了。

　　欧医生？正是欧医生，她以前知道医生但并不懂得医生，通过生孩子，

第十七集·妙语释惑

她对医生有了更具体更深刻的认识，是他第一个知道自己怀了孩子，是他第一个预测出分娩的日期，又是他诊断出自己怀着两个娃娃，还是他，在自己分娩难产、生死存亡之际，扶危济困，帮助自己生出了孩子，成为自己母子的救星。如果说自己赋予孩子以生命，欧医生则把这个生命引到了人世上，并且要陪伴人的一生一世。这时，也只有在这时，她才明白，医生，就是救护生命的人。

除了母亲，除了丈夫，欧医生是第一个接触过自己肌肤的人，对他，没有生分，没有隔阂，对欧医生，没有忌讳，只有希望，只有寄托。因此，她对欧医生倍感亲切、温暖，深感他的力量和重要。深怀着对他的敬意，急忙让位，请坐，还未来得及说一声感谢之言，欧医生就问安问暖，关切自己，抚摸孩子。她觉得，欧医生抚摸孩子对孩子有好处，抱着孩子，给以配合。

此时，门帘子又掀起来了。噢，是张大妈！是她尊敬的张大妈，她从大姐二姐口中得知，张大妈的见识和为人，也从大姐二姐口中得知，父亲、甚至母亲，对自己生一女一男的忌讳、歧视，对欧医生的冷漠，这不仅关系自己的命运，也关系到孩子的安危，正是在自己的困难时刻，是张大妈，若及时雨、雪中炭，妙语连珠，解疑释惑，开导了父亲母亲，消除了他们的糊涂想法，端正了他们的错误态度，给了自己莫大的理解和支持。张大妈呀张大妈，是你若连阴雨中的阳光，给了自己温暖；是你若观世音菩萨，给了我勇气和力量，叫我怎么不佩服、不敬重！眼看着张大妈把自己的孩子又摸又亲，像一股暖流，通过孩子传导到自己身上，激动不已，禁不住泪珠儿在眼眶里转起圈来，由不得嗓门哽咽、颤动。

张大妈看在眼里，明在心里，急忙握住三姐的手："三姐儿，我的好女儿，你现在当妈了，以前是大姑娘，后来成了小媳妇，现在又成了妈妈，了不起哟，当妈可是这两个小宝贝的功劳，你别看他们人儿小，本事可大哩。顶得一家子人人升格，顶得你当了妈，顶得你妈成了奶奶，顶得你爸成了爷爷，你看了得不了得！"

一席话逗得三姐收住了泪水，止住了哽咽，使在场的人个个哈哈大笑起来。

张大妈继续说："别看他们小不点点，可比什么都宝贵，尕尕人儿赛过所有家当，你现在顶门立户，将来他们就要顶门立户、扛大梁，还有吃喝拉撒睡的事情多着哩。你当妈可不容易，小小的人儿把你使的团团转，白天晚上不得消停，够你辛苦劳累的！"正说着，王二娘进来请大家吃满月饭。

张大妈抱女娃娃，王二娘抱男娃娃，二姐搀扶着三姐，来到了正房。只见满桌子的菜肴，油炸核桃仁、酒枣、萝卜干儿、洋芋丝儿等凉菜八碟，又是清炖鸡、手抓羊肉、猪肘子、油炸牛排骨、炒鸡蛋等八盘子热菜，一坛子烧酒，摆得都无处放了。

王老二首先开口："今天是我孙子满月，三姐出月，又是孙子拜干爹、干娘的好日子，各位亲朋光临，我格外高兴，先请欧医生给孙子戴银锁，起名字。"

只见欧医生将两只银锁分别戴在两个娃娃的脖子上，又把帽子给分别戴上，欧医生一边戴一边说："名字嘛，我已想好了，女娃叫晶晶，若珍珠一样宝贵；男娃叫亮亮，是光明的意思。希望晶晶亮亮茁壮成长，成人成才，前景光明！"引得满屋子的人点头称赞，笑个不停。

王老二又叫三姐代孩子拜拜干爹干妈。王三姐说："我有生以来没有这么高兴过，我代孩子及他爹，拜拜干爹干妈。"边说边跪在炕上向欧阳义夫妇各拜了三拜。三姐又说："你们是我的恩人，又是孩子的干爹干妈，请干杯！"向欧阳义夫妇每人敬了二杯，接着给张大妈、王老二、王二娘一一敬酒。

张大妈接住杯子说："三姐是多灾多难，大富大贵。俗语说，大难之后必有后福，真是应验了，生了一个千金，一个小子，使你们王家儿孙满堂，我祝愿亲家人财两旺，打庄盖房！我老婆子本不喝酒，今天遇着喜事，开戒喝一杯。"脖子一仰嘴一张，喝了个一干二净。

王二娘本也是滴酒不沾的人，也皱着眉头喝了一杯，咳嗽得上气不接下气。王老二不用说，三杯酒都喝了个底朝天。大姐二姐也都抿了些酒。直喝到长面端来，才吃起饭来。两个小宝贝只听大人喧哗喝酒，受了惊动，女娃儿先哭了起来，不料女娃一哭，男娃儿应声哭了起来，一呼一应，好不清脆悦耳。张大妈说："你们好好吃喝，我陪三姐说话去。"便一人抱一个娃娃回到了三姐房中。

第十八集　七进七出

省佛心　赵老四出家为僧
发善心　放屠刀立地成佛

赵树仁弟兄五个，因天灾人祸，家业衰落，无财所依，无业所守，人人各奔前程，个个自谋生路。老大赵树仁继承祖宗遗风，学业有成，中了举人，维系书香门第事业，以办私塾教书维生。老二赵树义是个二球货，学业无成，不务正业，且结交上不三不四的人，参与赌博，做了倒插门的女婿不说，为了还赌债，竟然将妻子王三姐出租给别人，以租金还了赌债，导致无家可归，不得不远去新疆谋生。老三赵树礼因自小双目失明，拜曹瞎弦为师，成为民间艺人，以唱贤孝维生。而这老四赵树智，则与其三个哥哥不同，遁入空门，皈依佛教，出家为僧。

赵家所住古堡镇，向来是佛教影响所及地方，历朝历代，香火不曾中断，佛家寺庙城乡皆有，和尚僧人常来常往，信佛吃素之风不时吹拂。赵老四本是有悟性的人，面对僧人、佛风，岂能听而不闻，视而不见，无动于衷，渐渐地亦受到佛风香火的熏陶，人生每有不顺和失意，便佛心萌动。

赵老四生来体弱多病，营养不良，身材矮小，身单力薄，父母格外疼惜，娇生惯养。少年时其受家风影响，也曾读书识字，翻阅四书五经，研习诗词歌赋，欲走仕途之道，只因家业凋零，衣食难保，加之生性好动不好静，若猴子的屁股坐不下来，功课学不进去，如何受得了十年寒窗、九载熬油之苦，别说是学问长进，就是入门都很难，终就是文墨功底浅，考试不过关，秀才会试名落孙山，学业半途而废。本就缺乏信心，一着失败，便不再走读书的路子。学业荒废，功名难成，仕途无望，便萌生了出家为僧的念头。素日平常游手好闲，四处闲逛，每从寺庙前经过，便好奇猎怪，顺便进去溜达溜达，意欲看个究竟、弄个明白，甚至欲进而不归。只见僧人们个个光着头，青旋旋的头皮，身穿浅色而宽大的衣服，裤脚放进高腰袜子里，脚穿僧鞋，或大殿里，或树底下，坐着蒲团，双手合掌，念念有词，似是看不惯，更有表妹又割舍不下，留意彷徨，犹豫不定。他与表妹从小就在一起玩耍，两小无猜，亲戚间常来常往，长到稍大，渐省男女之事，他们俩的关系似乎也进了一层。不见时想念，见面时又不知说什么好。及至十五六岁时情窦渐开，竟然觉得互相离不得少不了。正是表妹的牵扯、吸引，把他从佛门与红尘世界的徘徊中拉了回来。

男大当婚，女大当嫁。到十七八岁时，他们都到了成婚的年龄。可是，赵家家业凋零，门庭冷落，眼见的只剩下几间破屋，几亩薄田，赵老四弟兄们虽多，成材的少，混日子的多，既非诚实的庄稼人，又非有根基的买卖人，呈现出一派萧条衰败的景象，哪里像个成家立业的人家，谁愿意将女儿嫁给他们。更兼赵老四矮小瘦弱，身单力薄，不是个顶门立户、劳动过日子的材料，虽是亲戚关系，也不愿叫女儿跟上受穷吃苦。纵然是儿女们自个愿意，也不是亲上加亲的人家，其父母宁是另择了殷实人家，把女儿嫁了出去，拆散了这门婚姻，将赵老四冷搁在那里。

婚姻的失败，表妹的另嫁，促使赵老四又皈依了佛门，投入到云海寺当了和尚。可是，他父亲毕竟是读过孔子书籍的人，深受儒家的影响，虽家道中落，学业未成，惨淡从事小农生产养家糊口，但对儿子皈依佛门出家当和尚，总觉得有辱祖宗门面，极力反对。便到云海寺，找到了正在打坐诵经的赵老四。

"你朝三暮四，今日为俗，明日信佛，你知道佛家是什么门派？"他父亲开导道。

"不知道。"赵老四回答。

"不知道，你进的什么庙门？"其父接着说，"你晓不晓得，你的祖上信的哪一派祖宗？你浑身没有四两沉，若鸡毛蒜皮子一样，足见没有根底，怎经得风风雨雨。说话随意轻浮，满嘴的油腔怪调，叫人分不清是猪哼还是猫叫，动辄毛手毛脚，可见缺乏功夫。你有头没脑子，也不想一想，该进哪一家庙门，该拜哪一个祖师爷。你们爹妈都七老八十的人了，养你一场，不在家好好孝敬爹妈，出的什么家？叫我们怎么想、怎么过？你们做儿子的，二后人不学好，抛下我们不管，远走高飞新疆，叫我们放心不下。三后人双目失明，不得不做了瞎弦，卖唱为生，叫人牵挂不尽。皈依佛门的虽然大有人在，可在我们赵家人的眼里，毕竟不是该走的路，岂能允许你出家为僧，辱没祖宗门面。"硬是把儿子从打坐的蒲团上拉起来，加上赵老四年轻，佛心不诚，道行浅薄，便跟上父亲出了佛门，迈上了还俗回家的道儿。

不料，就在他还俗回家不久的一个秋天，他年迈的父亲辞世，加上秋风拂面，黄叶纷飞，更觉冷清寒碜，没有了父爱，顿觉人生失意，佛心再一次萌动，终于又来到了云海寺，一进庙门，只见院中松树挺拔苍天，柏树郁郁葱葱，佛堂深暗幽静，不时有进香拜佛的人，顶礼膜拜于佛爷脚下，口中念念有词，香火飘浮缭绕，浓浓的佛家气氛深深地感动了他，他很快溶入了晨钟暮鼓的佛院氛围之中，冲淡了失去父亲的悲痛。且进行了剃度仪式，正式加入到佛家弟子的行列，每日同徒友们一道，念佛诵经做功课，日复一日，月复一月，清静无为，恬淡寡欲，过日度月。

可是，赵老四终究是书香门第出身，又吃在农家，住在农家，过惯了庄户人家的生活，养成了老百姓的习性，亲朋好友常来常往，隔三岔五也有酒肉进嘴，培育有凡人的亲情友谊。半路里出家当和尚，来到清规戒律森严的佛院，怎能就此一刀两断，断绝尘缘世故。亲友们、家人们不时来探望，甚是不解，议论纷纷。这个规劝，那个开导，"还是回家过日子正经。""别遁入空门为好"，天长日久，赵老四亦觉寺庙的生活过于清静平淡，少趣乏味，每日里不是打坐诵经，就是诵经拜佛，不是游方化缘，就是吃素戒酒，受不了尘世间的歧视、冷落。到了冬天，庙中哪有农家的热炕火炉，亲情热闹，情趣逸致。更觉佛徒生活的清冷、单调、贫乏。甚不习惯，难以持之以恒。尘缘难断，陋习难改，思忖再三，权衡利弊，还俗的念头又起。终于告别庙门，又来到了哥嫂处。

哥哥在私塾教书，插不上手，嫂嫂种几亩薄田，倒可以帮上忙。年初起肥翻耧，运肥备耕，播种整地，浇水锄草，倒也使得。可是到了夏收时节，赤日炎炎如烈火烧烤，背朝烈日暴晒，面对大地的热气蒸腾，汗流满面，脊背胸膛若水浇一般，龙口夺食，哪顾得歇息，加他先天不足，后天失调，生就一副瘦小无力的身体，父母在世时，唯盼他读书识字做功课，何曾干过背日头下山的农活，如何能干得夏收这等吃大苦、耐大劳的苦活，一天下来，腰疼腿软骨头酥，实在不堪忍受。相比之下，他又觉得种地苦累，做农民太苦，且今日征税，明日收捐，又是抓壮丁、派民夫，搅得家家户户不得安宁，不如出家人清闲自在，为求生路又返回了寺庙，过起了佛教徒的生活。

几进几出，赵老四在红尘世界与佛家圣地之间徘徊，尘缘不断，佛心不诚，对于这一次的再次出家，佛徒们议论颇多。主持深知这个弟子，如同猪八戒一样，乃嘴馋、身懒、痴情货，是个凡胎俗骨，难成正果。可为了普度众生，不得不宽大为怀，又收留了他，准他继续修行。可对他的要求分外严格，考核尤其认真。按照庙规，要求他一心修行，笃意信佛，断绝尘缘，超凡脱俗，确实戒烟戒酒，不吃荤，不杀生，禁情事，持之以恒，行善积德，功课份量有加，修行不得松懈，考核一丝不苟，监督时刻不松。

可是，赵老四是在红尘世界过惯了的人，尘缘难断，陋习难改，百姓意识浓厚，凡人习俗根深蒂固，他是闻着肉味嘴馋，嗅着酒香流涎，看见金钱眼红，遇见靓女眼亮，对凡人的嗜好难忍难耐。

一日，耐不住修行的清苦，步出庙门闲逛，恰好与往昔一个气味相投、说话投机的同窗相遇，执意邀他喝几盅，吃一顿，叙叙旧，话友谊，发感慨，对酒肉朋友的盛情难却，早把清规戒律抛得老远，跟上就走，来到了一家酒馆，真是酒逢知己千杯少，两个人是无话不说，无事不做，荤腥放开吃，散酒尽量喝。到夜深人静，直吃喝得饭饱酒足，才醉醺醺地离开酒馆。

真是冤家路狭，赵老四在回寺庙的路上，就与寻找他的师兄弟相遇，将他夜不归宿、酩酊大醉等事禀报了主持。到第二日，主持便盘查他的不轨行为。赵老四知道是犯了佛家戒律，免不了受处罚。心想，事已至此，隐瞒不住，大不了逐出庙门，还有哥嫂处可以投靠，还俗过日子，有什么了不起，便一五一十从实说来，不求宽恕，情愿受罚。主持联想到他几进几出，恶习不改，并无悔过之意，是顽固不化的孽种，确实难以教化，便逐出了庙门。其时正值寒冬腊月，赵老四另无去处，径直投靠哥嫂处而来。

他嫂子一见他来，便说："娃他叔，你来了也好，今年咱们好好过个年。这几年来，年年不吉利，又是你二哥赌博输了钱，又是你三哥投师学艺吃苦，又是咱父母相继辞世，还有你出家为僧，春节都没好好过。今年咱们好好过个年，把晦气冲一冲。我养了鸡，喂着羊，再割上几斤大肉，咱们热闹热闹，乐和乐和。我把麻花、油果子炸上，你帮我把鸡杀了，羊宰了。你哥哥你是知道的，就会啃书本，只顾忙学问上的事，帮不上忙，若是请人杀鸡宰羊，少不了酬谢人家，额外的花销不说，也挺麻烦的。求人不如求自己，一家人不说两家话，你就给拾掇拾掇。"

赵老四的嫂子是正经八百的农家妇女，是过日子的人，只知道务习庄稼，操持家务，不信佛不尊道，哪讲究什么清规戒律，虽然小叔子是从庙门里出来的，也顾不上什么不杀生不吃荤的讲究，便把杀鸡宰羊的事交代给了赵老四。

赵老四是投奔哥嫂而来的，又听嫂子话说的恳切，自己本该帮她做些家务活，不能光带着一张嘴来吃吃喝喝，就应承了下来。

先是杀鸡，没有杀过，焉知如何杀法，便将一只大公鸡抓来，将鸡爪子踩在脚下，心想，不就是将它杀死吗？便从鸡头的上部，鸡冠子跟前用刀割起来，来回割了好几下，都割在头盖骨上，皮割破了却割不到要害处，宁是杀不死。鸡疼地乱跳乱蹦，收拾不住，挣脱后满院子跑。只好跟着追，好不容易抓住再杀，仍杀不死。一不做，二不休，干脆把鸡头一刀剁了下来，鸡血洒得到处都是。

接着是宰羊，比杀鸡更难，赵老四将四只羊蹄子绑住，放倒在地，左手把羊角按住，右手持刀，在羊脖子下面来回拉割，割了好一阵，脖子下面松软的皮肉，随着屠刀的来回拉割而来回摆动，无论如何割不破。只见那羊双眼圆睁，目不转睛地注视着自己，嘴里不停地咩咩鸣叫，似乎在向自己告哀求饶，越看心里越发毛，愈慌乱愈杀不死。正在厨房里炸麻花的他嫂子，耳听着杀了大半天，羊还在不住地叫唤，便出来看个究竟。

原来是杀羊不得法。嫂子在娘家是见过杀羊的，知晓怎么个杀法。便说，"你把刀尖子先捅进去，然后由里往外割就好割了。"赵老四按照他嫂子的指点，咬紧牙关，将刀子捅了进去，不忍再看，只好闭着双眼，把刀子由里向外割，好不容易才将羊杀死。接着是剥皮、开肚、挖心、掏肺、拉肠子等等，折腾了又半天，还未收拾完毕。

此时，他又回想起一件目睹过的惊人往事：那是一个春天的早晨，一对包办婚姻的夫妇，因两口子关系不睦，女的跑回娘家躲避性暴力，男的也追到岳父母家。父母早起出去劳动,男的乘此机会将女方杀死,血喷满屋,男方自杀未遂,现场惨状目不忍睹。他一边收拾死羊,一边对比着两件血案,回想着羔羊在自己屠刀下注视自己,咩咩鸣叫的情景,汩汩流淌的鲜血,联想到佛家不吃荤、不杀生的戒律,愈感到自己的残忍、凶狠,他想不下去了,不敢再想了,待到嫂子把煮熟的羊肉端到饭桌上,他嗅到的已不是羊肉的香味,而是膻味、血腥味,哪里有胃口。哥嫂一再的劝吃,他哪里吃得下去。联想到寺庙里不吃荤、不杀生的戒律,愈觉得有道理,想到这些,还俗的念头又动摇了、后悔了;皈依佛家的信念又活跃了。并想到,哥嫂终就是哥嫂,不是父母,自己出家、还俗几经反复,哥嫂的态度已经发生变化,由热情到不冷不热,由欢迎到不够耐烦,看来,靠哥嫂不能靠一辈子,迟早得分开过。可是自己身材矮小,身单力薄,姑娘看不上,既无房屋,又无土地,难以成家立业。想到这里,又觉得唯有出家这条路可走。翻来覆去、思虑再三,决心重返佛门。

又想到自己六进六出,反复无常,且又开了杀戒,师傅还会收留自己吗?可是,不进佛门又怎么过日子,学业不成,婚姻无门,仕途无望,成家立业无据,除重返佛门,别无他途,便抱着试一试的态度,又来找佛家师傅,并向师傅诉说了思想转变的经过,决心痛改前非,悔罪认错,从新修行,定成正果。

师傅连连应道:"知错不改是大错,有罪不悔过是大罪,知错改错不为错,知罪悔罪不为罪,放下屠刀,立地成佛,过去做了错事,从此不再做,改了就好;过去犯了恶行,改了便是善行。好比你不小心踩死了一只老鼠,以后小心,不再踩了,便是行善积德。要紧的不在于你过去是否作孽作恶,而在于今后不再作孽作恶,一心一意行善积德,修成正果。"正是:

和尚僧人弃尘世,信佛拜佛各有缘。
天堂地狱乃假设,芸芸众生事如烟。
要上天堂缺天梯,欲赴黄泉路何方。
不作恶行尘世间,每做好事多行善。
善恶各有其归宿,心安理得在佛堂。
欲绝尘缘多不易,欲成佛爷何其难。

赵老四在尘世与佛界之间,几进几出,有志者事竟成,终于断绝尘缘,超凡脱俗,皈依佛门,放下屠刀,立地成佛了。

第十九集　千里寻夫

抓壮丁　张老二险遭厄运
巧打扮　张二嫂千里寻夫

古堡镇地方土地肥沃，又是水浇地，粮草丰茂，人口众多，人民体格健壮，历来是派粮、抓壮丁的重要地方。民国以来，军阀混战，相互扩充实力，也瞅准这块地方，摊派粮草，征壮丁不断。正常情况，一年征兵一次；战乱频繁，军情紧张时，一年征两次，甚至征三次，人民受够了征兵的苦头。

在抗日战争中期，有一年的下半年，国民党又向古堡镇所在县摊派壮丁，县和乡镇又层层分派到保甲，由保长甲长完成征兵数额。张家庄、王家庄、李家庄和赵家庄各分派一名征兵名额，年底前完成。

张家庄张老二的堂侄子张小宝被抽签抽中应征不提。张老二弟兄五个，每一次征兵都少不了，张老大年龄将近四十，张老四、张老五已被抓去当兵。按照常理，已有两个人在当兵，不应当再征。当时还有一个不成文的规矩，唱戏的不抓兵，因为抓了角色戏就唱不起来了；再是出家的和尚、道人及独子不抓兵。除此以外，凡有弟兄两个以上符合当兵年龄的，都不能例外。李家庄李老财弟兄四个而没有一个当兵的，但他们有钱有势，愿出粮雇人当兵，张老二已是过了三十的人，保长甲长私下仍将此名额派到张老二的头上。当时正值寒冬季节，张老二正为过年，刚从小煤窑挖煤回到家中，尚未安顿妥当，就被盯上了。他媳妇正在娘家，尚不知道他回来的事，他正在卸行装之时，李保长、甲长、魔鬼等四五个人闯了进来，不管三七二十一，就七手八脚将张老二绳捆索绑了起来。李保长才说明要雇他当兵之事。

张老二说："当兵就当兵，何必五花大绑！"

"怕你跑了！"甲长说。

张老二欲要再争辩，保长甲长一伙哪里允许分辨，连推带搡，当即就抓走了，直接押送到县监狱关了起来，等待验兵和接收。

张老二被抓进来，第二天上午就验兵，年龄三十五，身高一米八八，体重一百八十斤，各个方面都合格，当场就被验收了，接着又被押上大卡车送往省城。被送进了松树山兵营的壮丁团。

对张老二来说，这一切都不可怕，最可怕的是挨饿，若是吃饱饭，他浑身都是力气；若是饿着肚子，不论干啥都难熬。他家乡的人把当兵叫"吃粮"，某某当兵去了，称某某"吃粮"去了。他把当兵也只当做"吃粮"。可是，虽然被抓了壮丁，偏偏肚子饿的叫他够受。壮丁团怕壮丁逃跑，防止逃跑的第一手段就是叫挨饿。因为壮丁团的人还未正式编入番号部队，是临时措施，处于等待接收的过渡阶段，对他们严加管理，不给正式部队的待遇，没有丝毫自由。

在壮丁团，他被关入一间宽约两丈、长约十几丈的大房子中，两边是打通铺的土台子，供壮丁们睡觉，中间一条三尺宽的通道，供壮丁们来往行走，没有窗户，只有通气孔，一个门，门口持枪卫兵把守。等待着番号部队的接收、换装、开拔。每天两顿饭，每顿饭仅供一碗小米稀饭。数九寒天，睡冷土台子，又是挨饿又是受冻，真是饥寒交迫，加上水土不服，怎能不患病。

张老二从古堡镇出发，被抓时又未来得及换穿棉衣棉裤，被押送县城，经体检验收，又乘大卡车，受寒风吹拂，颠簸摇晃，到睡土台子、挨饿受冻，受精神折磨，就是铁打的人也受不了。张老二他们一个个地患病了，有的头疼发烧，有的咳嗽不止，有的肚疼腹泻。患了病又不给及时诊治、护理，任其发展。后来又将张老二等病号集中在一间房子里，情况更加严重，病房内空气污浊，臭气熏天，相互影响，互相传染，咳嗽声不停，呻吟声阵阵，呼喊声此起彼伏。环境进一步恶化，每天都在死人，有的被发现了，被抬到隔壁的另一间停尸房；有的虽死了，竟无人所知，偶然才发现是死了。张老二从未见过如此惨无人道的情形。

壮丁团虐待壮丁及死人的消息，病员通过关系，传到了省城的佛教协会，协会派人以办佛教事业为名，来壮丁团视察。令他们大为震惊，正赶上往外抬死人，一天就抬出去好几个，危急情况远比传闻的严重。病房拥挤不堪，死尸房横卧、仰躺着十几具尸首，已经到来不及转移、处理的程度。

佛教协会的人又通过关系，反映给大乡绅和社会各方名流，寻求募捐、援助。他们带了医生、护士及救济物资、药品和器械，深入到病室进行抢救。到后来，壮丁团的上司派人清点病丁情况，准备把病丁遣散处理。

张老二本无什么病，只是饥饿受冻，导致重感冒，佛教协会给他发了祛风散寒的中药，让他自煎自饮，壮丁团仍怕他逃跑，不许他外出寻水煎药，经佛教协会交涉，在派人监视下才允许他外出寻水煎药。服药以后，加上保暖、出汗，疼痛有所减轻，仍然极度亏虚，浑身软弱无力。

佛教协会趁遣散病丁的机会，接收病员。根据病情轻重，分别进行处理。病情基本好转的，发给路费及衣物，打发回家。包括张老二等几十个病情较重的，用汽车转运到一个叫大佛寺的观音堂中，继续进行救治。由于饮食改善，护理及时，病丁们的病情进一步好转。

此时已到过年时候，张老二听到鞭炮声噼啪乱响，便摇摇晃晃步出观音堂，又走出大佛寺，举目一看，只见家家门上贴着春联，处处悬挂大红灯笼，小孩穿着新衣服，放鞭炮，踢毽子，呈现一派过年气象，不免思绪纷纷。心想，出去挖煤三个多月，挣了二百多斤口粮，本想着与媳妇、儿女好好过个年，没想到，连媳妇的面都未见，就被抓了壮丁。在壮丁团受罪，差点完蛋。也没有想到，被送到寺庙里治病，又想到媳妇和母亲正在等自己回家过年，大哥大嫂可能在惦念自己。想到这里，恨不得马上回到家中，哪顾得病好没好，于是提出了回家要求。佛教协会同意了他的要求，发给他路费和衣物，便走上了回家之路。

在张老二被抓走的第二天上午，张二嫂正在娘家服侍患病的母亲，张大嫂来找她，说张老二挖煤回来了，只是见物不见人，问二嫂是不是找你来了。张二嫂一听，甚觉奇怪：照理说，既然回来了，应该找婆婆，找大哥大嫂，或者找到自己娘家这里来，怎么都未找！怪了，真怪了，出门几个月，回来后见物不见人，到底是怎么回事，便急忙告别母亲，并知会三姐，便同大嫂急急忙忙往自家走。赶回家中，只见放着两口袋粮食和随身棉衣，却不见人，越发觉得蹊跷，急忙向邻里打听究竟。

据邻居说，张老二刚进家门，李保长、甲长、魔鬼等四五个人，手持马棒、绳索、五花大绑，将张老二抓走了。张二嫂、张大嫂一听，一下子闷住了：出去挖煤几个月，刚回来就抓走了，犯了什么事，一时回不过神来，还是邻居解了谜："八成是抓壮丁抓走了！我们村上张小宝也抓走不久。"张二嫂、张大嫂这才恍然大悟。

张二嫂听后，越发急燥起来，丈夫回来，自己不在家，走了远路，又饥又渴，连口水都未来得及喝，更要命的是，这么寒冷的天气，连棉衣都未穿，怎么受得了？马上就要去追。

邻居说："昨天傍晚抓走，早送到城里了，怎么追得上！"

大嫂也说："事已至此，现在去追是追不上的。我去找孩子他爸回来，合计合计再说。"待到下午，张老大回来，张大嫂已向丈夫述说了二弟被抓壮丁的事情，建议带上棉衣、干粮，立刻进城去找。

张老大说："根据过去做法，抓去的壮丁，并不是直接送到队伍上，而是先关进班房里，等待验兵，验上后再接收到队伍上，估计没有那么快。咱们先去找保长甲长，打问关在什么地方，打问清楚了再去。"

张二嫂由张老大陪着，去李家庄找李保长。保长不在，又去找甲长，甲长说，临时关在监狱的班房里，等待体检和验收。张二嫂急的若热锅上的蚂蚁，立即就要去县监狱。张老大说："天色已晚，怕进不了城门，咱们先回家准备准备，明天一大早我们再一起去找。"

第二天一大早，张二嫂由张老大陪着直奔县城的监狱。经打听，门卫回答说："前天曾关过一些壮丁，验兵完毕再没有送回来，可能送到了师管区。"

张老大又陪张二嫂拐弯抹角，好不容易找到了师管区，回答说："昨天上午验收的壮丁，已用汽车送到省城壮丁团。你们要看望，除非去省城壮丁团。"

张二嫂与张老大都傻眼了，从家里出发的时候，原以为张老二就在县城，并未估计到去了省城，也未作去省城的准备。张二嫂急着又要去省城看望丈夫，怎么去得成。张老大说："去省城可不比来县城，那是出远门，得准备好盘缠才能去。"张二嫂点了点头，便一起往家赶。

在回家的路上，张二嫂边走边哭，哭得两只眼睛又红又肿。回到家中，一头扑进了婆婆的怀中，又大哭起来："我们的命好苦，他出去挖煤，三个

第十九集·千里寻夫

多月了才回来,饭没吃一嘴,水没喝一口,又抓走了,叫我们怎么过啊!"

张大妈开导道:"他是你的丈夫,也是我的儿子,我与你一样心疼,一样命苦。"

张二嫂又哭着说:"要有个三长两短,可叫我怎么活呀!"

张大妈说:"不会的,去吃粮的多的是,哪里就会三长两短。"

"老四当兵去,不就是没回来?还有我们王家的堂兄弟,在队伍上得重病,腿上的肉都烂掉了,活活地疼死了。"张二嫂担心地哭说。

"二后人机灵着哩!"张大妈宽慰着说,"身高马大,身强力壮,不会有事的,你尽管放心!"

"我怕他一去回不来,孤零零的,叫我怎么熬。"张二嫂担心地说。

张大妈继续宽慰着说:"会回来的,就是一年半载回不来,有我哩,有你大姐哩,跟我们一起过,我陪你一块睡。"

"有我一碗饭,就有你一碗饭,好妹子,你尽管把心放到肚子里。"张大嫂劝着说。

张二嫂好不容易停止了涕哭,可仍在一阵又一阵地抽泣、哽咽。她心里哪能平静,脑子总是想不开。人不是不可缺少的,但是,又是不能代替的。她想,婆婆和大姐,各有各的好处,我少不了她们。可是,婆婆是婆婆,姐姐是姐姐,丈夫是丈夫,是不能互相代替的,她虽然喜欢婆婆,喜欢姐姐,可就是想丈夫,没有办法。她从心底里爱丈夫,有他在身旁,觉得格外温暖、实在、幸福,若丈夫出门在外,总是冷冷清清、空空荡荡,吃不香、睡不好,提心吊胆,孤苦难忍。与丈夫的别离、孤苦,是受够了的。结婚这么些年,在一起的甜蜜少,别离的孤独多,她已经过够了别离、孤独的日子;受够了牵挂、思念、担惊受怕的苦,再继续过分离的生活,受孤独的煎熬,怎么受得了?简直不堪忍受。

她想,夫妻团聚,一起劳动、生活、厮守不分该多好啊,为什么总是事与愿违。她觉得,人世上的事好像总是与自己愿望相反的,希望的总落空,担心的偏发生,喜欢的等不来,讨厌的却躲不及。希望夫妻团圆,偏偏夫妻别离;担心抓兵当兵,每每就是抓兵当兵。继续再过分别的日子怎么得了。外出挖煤三个月,夜夜梦着他,无时无刻不盼着他快点、早点回来。刚刚受苦回来，又饥又渴又困又累，多么需要吃一点、喝一点、缓一缓、歇一歇，可是连面都未见，就被绑走了，简直是在剜她的心，割她的肉。

这个严酷的现实她无法接受，她的心受不了，放不下，说什么也要看他去，再远也要去，自己也不是未出过门，当年就跟上婆婆在城里吃过舍饭，大不了也就跟吃舍饭一样。还有，天寒地冻这么冷，棉衣都未穿，好生了得。一想到这里，她更加揪心般疼痛，浑身冷的打颤。为了看丈夫，再苦也愿意，再危险也不怕，就是死也要死在一块。她想着想着，非去不可，吃了秤砣铁了心，直到吃晚饭时，大嫂把热汤面端来，她冒出了一句话："我要去看男人。"婆婆、大哥、大嫂听后你看我，我看她，一时不知如何表态。

过了好一会儿，张老大开了口："应该去，看看弟弟，不过，还是我去，我男人家方便。"

张大嫂附和道："对，应该去看，但是，出远门是男人的事，由你姐夫去看是一样的。"

"不管怎么样，我要去！"张二嫂坚持着说。

张大妈一直未开口，她在听他们的话，考虑自己要说的话。她想，论道理，大后人、大儿媳说的对，可二儿媳有她自己的想法和主意，不能不考虑。不让她去，她也要去，挡是挡不住的。可是，让她这个年轻美貌的女子出远门，在这兵荒马乱的年代是危险的，弄不好，人未看成，反而把自己搭上了。

人在疼爱得深沉，心情迫切、情绪激动的时候，理智往往是受情绪所左右，只想着要做的事，而对其他因素及后果不加考虑。张二嫂正处在这种状态。为了看丈夫，她是不顾一切，也顾不了一切。

生姜还是老的辣，张大妈分析了前因后果，左思右想，权衡利弊后发了话："看是一定要看的，可由大后人陪着二儿媳去。不过，二儿媳要化妆一下，打扮成个老太婆，像我这个样子才行。"

张老大、大嫂、二嫂一听，大吃一惊，不约而同地你看看我，我看看她，她看看我，接着都笑了起来，齐声赞同，深表佩服。

张大妈继续接着说："若二儿媳不去，肯定放心不下，小两口儿几个月不见面，男人又饿着肚子，穿着单衣，被抓走了，二儿媳无论如何过不去，应该去。可光她一个妇道人家去不行,必须得有人陪着,除了大后人,再无人陪着去,总不能由你们妯娌俩去。不化妆,即就是有人陪着也不行,现在兵荒马乱、坏人当道,一个个像恶狼一样,你那俊俏模样,若羊羔子一样,就是有人陪着,也挡不住叫恶狼抢了去。"

张二嫂自从丈夫外出后,很少露出笑脸儿,丈夫被抓了壮丁,更是哭成个泪人儿。一听婆婆如此一说,禁不住也笑了起来。

张大妈接着说:"两个人都要打扮成逃荒要饭的样子,都要穿得破破烂烂,各拄上一根打狗棍,最是二儿媳,头发要弄成乱鸡窝,再掺上些碎麦草衣子,尽量把脸遮住一些,还要抹上一些锅底灰,再将我往昔换下来的破衣烂裤、旧鞋子穿上。打狗棍要短一些,短到拄棍时非弯腰不可,免得叫人看出破绽,若叫人识破真假可就麻烦了。"

张二嫂听后,眉头一皱,面露难色。

张大妈看了出来,又解释说:"哪个女人不爱美,我也是过来人,在太平盛世,都是往花哨俊俏里打扮,可如今世道,越是花哨俊俏越招祸,麻烦事儿越多,还不如收拾得丑陋邋遢些安全,免得叫我担心。话丑理端,若不然,看男人未看成,反把自己再搭上,或者叫人遭蹋了,像你们四姐儿那样,还叫人活不活了!你如果不愿意如此这般的化妆,你就趁早别去,就大后人独自去得了。"

二嫂听了婆婆一席话,虽不心甘情愿,可话丑理端,合情合理,为了能看丈夫,也就点了点头。

"今天就化妆个样子让我瞧瞧,可别应应付付,可不是小孩子玩耍,弄不好,要惹大麻烦,出大乱子,可就了不得了。"张大妈一再千叮咛万嘱咐地说。

张大妈当下就翻箱倒柜,找出当年自己淘汰下来的破棉衣棉裤、旧鞋什么的,叫二嫂穿上,又抓上一把锅底灰在脸上给抹了抹,再在柴火堆里找了两根曲里拐弯、擀面杖粗细的柳树枝,叫拄着走着试了试。就差头发里掺麦衣壳子了。又将尽有的零碎现钱都抖搂出来,将张老二挖煤挣回来的口粮与人换成了现钱,七拼八凑地凑了盘缠,分别缝死在两个人的内衣口袋里,又把在县城里吃舍饭时背过的旧褡裢找出来,将端过的讨饭碗塞了进去。

二嫂彻夜睡不着，总想着看丈夫的事，刚刚犯迷糊时，鸡叫了头遍。就起床，做饭、吃饭，起身往县城里赶，接着又搭上去省城的骡马大车，迈上了长途路程。

张二嫂有生以来从未出过远门，生怕迟了，总是起早贪黑赶车、等车，晓行夜宿地赶路。坐骡马大车，走搓板子路，摇晃颠簸五六天，骨头架子都摇散了，腿脚都不听使唤了，因老想着看丈夫的事，再苦再累也能挺住，终于来到了省城。

张二嫂原以为，到了省城就能见到丈夫，哪晓得大哥却说，还远着哩。她以为到了省城如同在家里一样，是跨水渠、过木桥、走平路，没料到尽是高山大河，河里淌的是米汤一样的黄水，过的是铁桥。桥上来来往往的人和车，看都看不过来，往桥下看，波涛汹涌，令她头晕目眩，生怕掉下去，不住地扶着栏杆往前走。

提心吊胆走了好一阵子，总算走到了桥头，这才长长地松了口气。站住脚回过头，又观看起来。眼望着滔滔不绝的黄水，横架在上面的铁桥，仿佛仍有些担心和后怕。心想，黄河都过了，该到壮丁团了吧。哪料到，大哥一个劲地往前走，走到山脚下又往山上爬，待爬上坡顶，张二嫂认为，这下该到了吧，谁知，大哥继续在上山。

上了好大一阵子，抬头一看，山还是那么高，再爬一阵，回头一看，才爬了一小段。接着又是拐弯，拐一道弯，再爬一段，又拐一个弯。不是向左拐，就是向右拐，好像拐弯就是上山，上山就是拐弯。只见天色也是明一会，暗一会儿。

大哥说："天色已晚，再不能走了，若待天黑下来找不到住处，荒山野岭的可就麻烦了。"便在一处有人家的地方寻了个住处，临时住了下来。张二嫂万万没有想到，丈夫离她是这么遥远，看丈夫是这么艰难。

到第二天起来再爬山，再拐弯，仍然是拐不尽的弯，爬不完的山。紧爬快拐，终于到了山顶一块平坦地方，看到一堵又高又大的城墙，与家乡县城的城墙似的。城墙的中部有一个大门，大门两边各有一个卫兵把守。

大哥说："这就是兵营，壮丁团就住在这里。"大哥一边说着一边前往右边的门卫说："兵爷，我是来看我兄弟的，让我们进去吧！"

第十九集·千里寻夫

卫兵将他们上下扫了一眼："不行,叫花子能进兵营吗?去!去!去!"

张二嫂又接上去哀求道："我们是远路上来专门看人的,你就行行好,让我们看一下。"

卫兵把张二嫂又看了一眼："你看谁?"

"我看我丈夫。"张二嫂回答。

卫兵又把她打量了一番说道："没有老爷子当兵的,当兵的都是小伙子。"

张二嫂回答："我就是看我丈夫的,我丈夫就是小伙子。"

左边的门卫看他们纠缠多时,也过来参与盘问："你们是不是一块的?"

"是一块的,看的是一个人,是我的弟弟,是她的丈夫。"张老大回答。

那个卫兵回答："你们等着,我请示去!"

就在等待的时候,张老大、张二嫂同时看见几个兵抬着棺材走出来,紧随其后,又是一队一队的士兵抬着棺材走出来,一连抬了五口棺材。随后,回去请示的卫兵走出来向他们回答："壮丁团有许多新兵,有的死了,你们看,抬出去的就是,有的等待开拔,上司不在,看不上,要看,等上司回来。"

"什么时候回来?"张老大问。

"说不上,可能是明天,也可能是后天。"卫兵回答说。

"兵爷,我们从老远地方,走了五六天才赶到,你行行好,就让我们进去看一下。"张二嫂请求道。

"少啰嗦!说不行,就不行!"旁边的那个卫兵一面打官腔,一面回到了自己的岗位上。

张老大对张二嫂说："看来,今天是看不上了,咱们明天再来吧。"

张二嫂点了点头。

第二天早晨,张老大与张二嫂又来到兵营前,只见把门的卫兵都换了,不是昨天见过的那两个。张老大在前,张二嫂紧跟其后,又向大门左边的卫兵说："我们是从老远的地方来的,要看一个人,是她的丈夫,我的弟弟,新抓来的。"

卫兵说："听说过,昨天站了岗的说过,可上司没有来,没人做主。"

张二嫂插上说："兵爷哥,你就放我们进去看一看,行行好。"

189

"说得轻巧,上司不发话,谁敢放你们进去,那是吃枪子儿的事情,说不行,就是不行。"卫兵顶撞着说。

"那我们明天再来。"张老大恳求地说。

"明天再说明天的话。"卫兵不耐烦地回答。

张二嫂看了一眼大哥:"想不到看个人这么难,登天一样,昨天推今天,今天又推明天,真把人急死了。"

"等一下不要紧,只要能看上也好,怕只怕等上几天,看不上,白等。"张老大说。

第三天早晨,张老大张二嫂又来到兵营门前,两个门卫,一个是前天见过的,一个是昨天站过岗的,二人上前向右边的门卫说:"你们是知道的,我们是来看新兵的,就让我们进去看看吧!"张老大说。

卫兵回答说:"来迟了,有的死了,有的开拔走了,没有死的,没有开拔的,病轻的遣散回家了,病重的,昨天下午由信佛的人接走了,接到哪里去了,我们也说不清,你们下山到城里头找去。如果没有死掉,兴许能找得着!"

这一回答完全出乎张老大、张二嫂的意料,令二人大失所望。张二嫂又急又气,哽咽着哭起来了:"这是怎么了,来早了不行,来迟了也不行,天老爷怎么就这样对我们过不去!还让人活不活了!"

"我说过,等一等不要紧,就怕等了几天都看不上,果不其然,白等了。"张老大说,"你也不要哭,咱们再找吧,我就不信找不着。"

张老大、张二嫂对卫兵理也不理,一声不响地往回走,上山不易,下山更难。好不容易上了山,抱着希望,却扑了一场空。张二嫂若挨了当头一棒,她灰心了,丧气了,力气也耗尽了,浑身瘫痪了似的软弱,没精打采,寸步难行,只好坐在了路边,好一阵子起不来。

人在情绪不好的时候,往往从消极面想得多,这时的张二嫂便是如此。她在回忆:头一天不让看,第二天不让看,第三天又说是都不在了,莫不是他……她不愿意想了,干脆不敢想了。她的丈夫是一个顶天立地的人,无论在什么情况下,都没有消极悲观过,在丈夫的脸上看不到忧愁、畏惧、为难,相反,丈夫总是充满信心、力量、勇气。因此她视丈夫是自己的命,是精神支柱，是依靠，是寄托，只要有丈夫在，她什么都不怕，天塌下来有丈夫顶着，她不敢想象没有丈夫的她是什么样子。她所想的，尽是爱丈夫，疼丈夫，想他回家后，没有吃饭，没有喝水，抓走时未穿棉衣，想到他又饿又冻，为丈夫的不幸遭遇而心疼、打颤、发怵。而现在遇到的却不是这些事情，不是又饿又冻的事情，而是远比这些严重得多的事情，是生死存亡的事情，万一从兵营里抬出来的死人中有她丈夫怎么办，不仅不起来走路，反而号啕大哭起来，简直扼止不住，哭疯了。

张老大也在纳闷，弟弟是不是出事了，是不是不在了？但是他又想，弟弟身体棒，人机灵，不会出事，即就是生病，大不了就是伤风感冒，不会生大病。再说，卫兵言，未死的人，有的开拔了，有的遣散了，有的由信佛的人接走了，兴许，弟弟不是开拔了，就是遣散了，或者是被信佛的人接走了。想到这里，心里一亮，便规劝正在痛哭的张二嫂。

"弟妹，门卫说的有的开拔走了，有的遣散走了，有的被信佛的人接走了，我想弟弟没有出事，咱们先到城里找信佛的去，说不定能找着。"

张二嫂一听，大哥说的也有理，精神一振，站了起来，就跟上大哥去下山。冬天昼短夜长，没有下到山底下，太阳就被西山遮住了。他们紧赶快走，下到山脚处，夜幕完全降临了，只看到零零星星的灯光在闪烁。两人嗓子干渴地直冒烟，腹中饥肠辘辘，腿也发软打颤。走了这么多的山路，已经精疲力竭了。最要紧的是吃点东西，就挣扎着沿一条巷子朝灯光处走去。走了不大一会便到灯光跟前，是一家牛肉面铺子，二话不说就进门坐下。店主人用疑惑的目光注视着他们，似乎是讨饭的，又不像，正在犹豫之时，张老大开了口："买两碗牛肉面。"一边说着，一边把钱掏了出来。

店主人一扫疑惑的眼光，扯着嗓门道："两碗牛肉面！"

张老大一边吃饭，一边打问："附近可有旅店？"

"有有有，出了我们铺子左手走，不远就是。"

一夜无话，第二天天未亮就起来，仍到这家面馆吃了饭，张老大又顺便问路："这一带哪里有敬香拜佛的地方？"

店主人回答："出我们店，别拐弯，向着太阳一直走，在路边右手便是，你们会碰上的，如果找不到，再问问人。"

将近中午时分，在马路右手，见一个红漆大门，门的上方挂着三个大字。张老大认得，叫"大佛寺"，便问一僧人打扮的人。

"师傅，我们是来找人的，这里是否住有兵营里来的壮丁？"

"有，有十几个有病的壮丁。"僧人回答。

张老大接着央求："领我们看一下行不行？"

僧人一挥手，示意跟上他走。来到观音堂前道："在这里，进去看吧。"

张老大二人仔细看了一遍，未见张老二，又仔细看了一遍，有十几个壮丁，唯独没有张老二，心就又凉了下来，边摇头，边唉声叹气，不得不问跟前的一个壮丁："可知道一个叫张老二的人？"

回答道："不知道，一块儿没待上几天，尽是头疼咳嗽拉肚子，害病都害不过来，谁晓得是张三、李四还是王五周七！今天上午有两个急性子的，病还没好，急着要回家，庙里发了盘缠走了，里面不知道有没有，就是有也追不上了，走了已经好几个时辰了。"

张老大、张二嫂一听，顿觉大失所望，待在那里一动不动。好一会儿后，张老大开了口："真是一步错，步步错，不论走到哪里，都赶不上，这是怎么回事，简直中了邪了！"

张二嫂则一声不吭，两眼泪汪汪的，不大一会，眼泪若断了线的珠子，扑簌簌地直往下滚，紧接着便哽咽起来。她又泄气了，在兵营门上，站岗的说，一些人被信佛的接走了，大哥也提醒这些话，就如黑暗中点亮了灯，给了她一线希望，鼓舞她从山上走了下来，吸引他们找到这里，眼巴巴地盼着找到丈夫，没料到又是一场空。像浇了一桶冷水，从头到脚都凉透了，冷冻了，凝结了。张二嫂似被什么魔法固定住了，好大一阵一动不动，木头人似的。

还是张老大冷静："兴许是回家了，你没听他们说，有两个急性子的，病还没好，急着要回家，二弟你是知道的，本是个火暴性子，说不定就有他。"张老大嘴里这么说，可心里也没个准谱儿，只是个猜测。但是，他看着弟妹急成这个样子，心里也难受不忍，说几句宽心话，猜测猜测也情有可原，于是又顺着宽心话继续说："咱们赶紧回家，走，坐车去。"

这一说倒也灵，张二嫂的脸上有了些生气，手脚又动了起来，边拿行李边迈步。

张老大心想，不管结果怎么样，准也罢，不准也罢，出门已经七八天了，盘缠也快完了，人也劳累够了，家里的人也等急了，该回也得回，不该回也得回，再没有别的办法。就径直往车站走去，幸好，车站上正好有顺路的大卡车。

大佛寺急着回家的两个人里头，就有张老二，他一领上盘缠，一刻不停，直奔车站。早一步赶到了家，抢先到了母亲房中。

"妈，我回来了！"

张大妈一听是二后人，高兴地不知说什么好，急忙问："你媳妇呢？"

这一问，张老二似丈二和尚倒摸不着头脑，反问道："媳妇怎么了？"

"媳妇怎了？媳妇找你去了！走了都七八天了。"接着，张大妈又把二儿媳去找他的事细说了一遍。

张老二一听，急得双手拍大腿，两脚跳蹦蹦，急得团团转，连声道："糟了，糟了，兵荒马乱，一个妇道人家，怎么能出远门！"

张老二急不可耐，就要出门寻人去，正乱得一团糟的时候，张二嫂和张老大也进了门。张老二一看，不禁怔住了：媳妇怎么成了这个样子！穿着破破烂烂，蓬头垢面，又黑又瘦，哪里是他原来的媳妇！稍一冷静，一伸手把媳妇拉在了怀里，紧紧地抱住，好一会儿不松手，生怕又要离开的样子，逗得在场的人都笑了起来。

第二十集　飞来横祸

晴天霹雳　日本飞机盘旋投弹
祸从天降　李掌柜遭炸遂身亡

　　古堡乡的镇子虽然小而无名，却颇有些来历。自汉朝设立郡县以来，也是郡城所辖重要地方之一。因地处丝绸古道要冲，长城边墙之内，成为重要的商品集散市场和军事要地。历朝历代，不是设区就是设乡，不是设乡便是设镇，是郡县父母官管辖老百姓、老百姓接受管辖的必经环节。

　　在镇子周围的平原上，是一马平川的肥田沃地。平川由南往北平缓地向前伸张开去，恰似一把扇子，由高向低，由小而大，由集中向分散展开。

　　镇子南面、西南面不远处是雪山，半山腰雪线以上直至山顶，是终年消融不尽的积雪，山坡上、山脚下、山谷里都是森林、草场，藏族同胞在这里放牧骡马牛羊，世世代代在其中生息、繁衍。山里的冰雪消融后，或渗入地下，形成地下水，沿缓坡注入低洼之处，变成泉水、井水，昼夜不停地喷涌而出；或顺着沟壑，汇溪成河，从山口流出，向扇面淌去。其间干渠、支渠、毛渠纵横交错，流水潺潺，川流不息，淙淙有声。

　　在雪水的滋润下，古堡镇树木成林，荫翳遍布，庙宇轩辕，村落房舍星罗棋布，好一个人间所在，似一个小城市。虽然不及黄河中下游或江南的鱼米之乡，却也是边陲大漠的沙漠绿洲，丝绸古道上的粮仓，骡马牛羊的草料场，东西商贾的驿站，小小的繁华热闹去处，所产粮草，除了本地人自己的生活生产消耗外，还要供应地方官兵和旅客的人吃马喂。农民纳税，除了上交粮食、税银外，还要上交畜草，供官马和骑兵应用。是他们创造了这里的世界，书写着这里的历史，哺育着这里的文化。

　　古堡乡所在地，距离县城不太远，是一个不大不小的镇子，丝绸古道从中穿过，乡镇中间，有一个能容纳几千人的小广场，广场的东面是各种工场、作坊；南面是乡的完全小学，粮食仓库和粮管所；北面是各种商店、饭馆、钱庄的铺面及乡政府。再在其后面，有一个较大的高台子，上面建筑有观云台，坐北朝南的大殿中，塑有玉皇大帝、王母娘娘等神像。在大殿的左面筑着魁星阁，塑着魁星；右面的一个阁子里有孔子的塑像。在大殿正面的小殿里塑有关公的塑像。庙里的泥人虽眼大无神，却赋予文武兼备、有张有弛之意。观云台高台下面的侧面，是数间平房，供道人居住和吃喝，偶有走投无路者亦在此歇息。在观云台的再北面，有古长城的烽火台遗址和古城堡的一角。历经岁月沧桑、风吹日晒、地震，其墙体已经坍塌、损坏，残留的遗址亦土质脱落，伤痕累累，脱落的墙土堆积在墙角处，连同遗址一起，仍显示它的存在。

在古堡乡镇广场的西边，有一个戏台，供演戏和开会之用。

若逢和平年代，或遇上风调雨顺年景，庄稼丰收之后，殷实人家，小麦满仓，米谷溢屯，牛羊成群。打麦场上，院墙外边，房屋顶上，堆满麦草、谷草，草堆草垛老高老大。从远处举目望去，若闪烁的金山、银山一般。仓中粮食，外面的柴草，便是庄稼人一年的收获，是下一年人吃马喂的柴薪，生活、生产的物质资料。四处呈现出五谷丰登、六畜兴旺、人寿年丰、其乐融融的一片和平景象。

但是，日本侵略军轰炸机的轰鸣声，打破了这里的平静。侵略者的铁蹄虽未踏到这里，然而侵略者的轰炸机则不时骚扰这块和平的土地。尖声怪叫的噪音震惊了这里的老百姓，内地逃避战乱的难民，三个一伙，五人一群地到这里避难。内地的京剧、豫剧、秦腔、杂技团等等文艺团体也间或来到这里，进行逃难和谋生演出，县城戏班也来这里卖艺。古堡镇中心的广场、戏台，便是他们逃难、卖艺的自然选择。

在抗战中期的一个秋收之后，粮食归仓之际，是农民相对温饱之时，也是城乡人民的黄金季节，各方商贾做买卖、艺人卖艺不时汇集于此，演艺班子在开演之前，对于赞助者都要口头宣布名单，表示嘉奖，这也正是财主、乡绅们施舍钱粮、夸耀自己的机会。是各方面招揽活路、创收的时候。

县城的秦腔戏班来演《火焰驹》，李老财因是古堡乡的头面人物，又要赞助演出，抛头露面，自然来捧场。一日下午便来观看，只见一武生，用丝绸带子绕身而扎，未待看明白，胸前突然现出一个梅花结，使该武生顿时光彩夺目，英姿焕发，博得阵阵掌声，说书人的嘴，唱戏人的腿，更见他挥舞鞭子在戏台上飞快地绕圈圈。说时迟，那时快，突然啪啪三声响，便跨越了熊熊燃烧的火烟阵，又获得雷鸣般的掌声和炒豆子似的喝彩声。引得李老财也连呱喊、带鼓掌喝彩助兴。

第二天下午，又是秦腔戏班，演《太湖城》，李老财见一武生饰演孙武打雷碗，只见他向上抛出一个碗口朝下的碗，同时又抛出一个碗口向上的碗，两碗相击，只听当啷一声脆响，上碗碎而下碗完好无损，又博得一阵雷鸣般的喝彩声，鼓掌声。李老财连声喝彩："高，高，实在高！"要想人前耍翠，就要人后受罪。据说，这是演员长期演练出来的绝招和看家本领。

到了晚上，又在演杂技，因李老财也是赞助者，被请到台子上观看，但见人头攒动，人群挤来晃去，一片喧闹，若大锅里正在沸腾的开水在滚动，在翻转，正在期待演出之际，报幕人宣布：

"李老财捐粮五斗，加官！"

"李保长捐粮二斗，加官！"

"杨老财捐粮二斗，加官！"

报幕人连着宣布了一长串捐粮、加官的名单，尤其那"加官"二字，叫喊得特高昂，调子老长。每宣布一个，总是鼓掌、吆喝一阵。李老财听到这些嘉奖，仰首左顾右看，显得格外神气。

接下来是马术表演，一人一骑在广场周围转圈，演员在马背上一会儿站立，一阵儿平躺，一会儿侧挂，一会归坐，又是左一下右一下地在地上捡东西，还未下场，紧接着又出来四匹马，红的、黄的、白的、黑的，走马灯式地转圈儿，每人每骑，都重复着第一匹马上的动作。李老财爱马，看得格外带劲，欢呼声尤其响亮。可是转念又想，我家那么多马，却没有一个人能作马术表演，不免遗憾地摇了下头。

接着是顶缸表演，一个男子将一个大瓷坛子甩起来，端端地用头顶接住，且不断地旋转，而坛子则不转不掉，又是一阵喝彩。随着叮叮当当地钢铁碰撞声，只见刀对刀一攻一挡，你来我往，刀光闪闪，如打铁冒火星一样，正在对打得不可开交，难解难分时，"快跑！""日本飞机来了！""要丢炸弹了！""快跑！快逃命"的喊叫声传来，随着呼喊声，观众顿时乱了套，娃娃的哭声，妈妈的叫声，男人的吼声，女人的吵闹声响成一片，节目主持人在台上大喊："不要动！不要乱！没有来飞机！"尽管极力制止也无济于事。人群一个劲地四散乱跑，不大一会儿，观众都跑光了，一场演出不欢而散。一些跑得慢的人半路上驻足观望，并未听到爆炸声，也没有听见飞机的轰鸣。原是有人搞恶作剧，谎报军情，生生地搅散了一场精彩演出。

李老财本在台上正看演出，突然听到"日本飞机来了！"的叫喊声，也跟着大家快跑。他那肥胖的身体虽然力气过人，可跑不行，哪里能跑得快，上气不接下气地跑了一段路之后，他往前看，跟不上跑在前面的；往后看，再没有跟着他跑的。由于体大肥胖，拼命奔跑，跑得心跳气喘，便停下来喘气。慌乱中又朝镇子那边看，却静悄悄的，既没有飞机声，也没有炸弹爆炸声，更看不见火光。正在疑惑间，跑在前面的女儿和妻子回过头来找他，正好相会在他喘息的地方，催他快跑，他却说："跑什么！哪里有飞机？哪里有炸弹？我咋没听见，没看见！肯定是有人在撒谎、捣乱，搅骚地大家看不成！"

他女儿略作回忆后说道："'喊飞机来了，快跑'的声音好像是咱们村魔鬼的声音。"

李老财的妻子附和女儿道："就是的，在我附近叫喊，分明是魔鬼的叫喊声。"

李老财听了女儿和妻子的话后，略思片刻，对此确信无疑。气愤地骂道："他妈的，正是魔鬼的叫喊！他妈的，将看把戏给搅了！他妈的，回头我要好好收拾他一顿，他妈的！"

正是魔鬼谎报了军情。魔鬼是一个阎王爷贴告示——鬼话连篇的人，他的鬼嘴里哪能吐出象牙。他一向爱胡吹冒料，无中生有，夸大其词。他既不是诚实守信的买卖人，也非勤劳朴实的庄稼人，而是一个无业游民。

说到"魔鬼"，这是他的绰号，真名实姓叫李奎仁，是李有富的远房堂兄弟——李有铭的儿子。李有铭祖上曾以相马为业，后来因养马业萧条，养活不了家，又给李有富家喂马。李有铭的老婆生孩子时难产死了，后来又找了一个寡妇，因家贫守不住，又跑了，留下光棍和孤儿两。李有铭虽然会相马、喂马，把李老财的马养得好，可没有把儿子带好，在社会上胡混。长大后，跟上李保长跑腿。跟上好人学好人，跟上巫神学跳神，就学坏了，惯于跟上主子为虎作伥，呼应吆喝，就养成了吹牛拍马说假话，搞恶作剧的习性。平时，总是歪戴帽子斜挎衣，耷拉着脑袋，眯着双眼。有人称他是"耷拉头"，也有称他是"未睡醒"，他是因为低着头、眯着眼、动脑子出馊点子、坑人、害人，平常跟保长甲长跑腿，替其催粮催款，抓壮丁，浑身没有四两沉；保长说什么，他就加大嗓门说什么，甲长吆喝打人，他就抡起马棒打人，别人说公鸡下了蛋，他就说亲眼见，如果有人说母鸡叫了鸣，他必然应声"亲自闻"。这种人大家虽然瞧不起，但对保甲长们来说还需要他，需要他仗势欺人，装腔作势，好作威作福，他也好跟上保长甲长跑跑腿，混饭吃，捞好处。此时，正值抗日战争时间，人们常用日本飞机丢炸弹吓唬小孩，他在观众中演恶作剧，就不奇怪了。

　　古堡镇地方邪，不料说曹操曹操就到，第二天下午，大家刚吃过午饭之后，日本的轰炸机真的飞来了。只见三架飞机由东而来，在头顶上空转圈圈，似在寻找轰炸目标。古堡镇上房舍集中，树木成林，人来人往，似是繁华热闹地方，其中一架飞机在镇中心投了一颗炸弹，落在了李老财家的商店、药铺、当铺一带，轰隆一声炸雷般巨响，顿时火光冲天，震得附近房舍晃动，将铺面的砖瓦、木料、日用百货、药材、锅碗瓢盆，炸得满天飞，于镇中心的广场上落了一地，红黄蓝白黑种种颜色，杂七杂八各样东西，完好的、破碎的都有。最是商铺的伙计、掌柜的，死的死，伤的伤，有的缺胳膊少腿，有的血流满面，目不忍睹。李老财的老三——李有祯掌柜的，活活被当场炸死了。

　　正值秋风劲吹，秋燥柴干，火星子又飞落在居民的柴草垛上，燃烧起来，风助火势，火乘风力，点燃了更多的麦草垛，也燃烧到了距古堡镇不远的李老财家的草料堆上，干瞪着眼，没法救火，李老财家的几十万斤畜草烧了个差不多。

　　爆炸、燃烧过后，李老财家若炸了锅似的混乱一片，哭声、骂声不断，李老三的媳妇哭得死去活来，他的女儿也随上她妈，一个劲地哭。

李老财面对其三弟的尸体、柴草灰烬，直气得跺脚拍大腿，破口大骂：

"他妈的，丧尽天良的日本飞机，他妈的，我没有惹它，它为什么炸我的铺子！炸死我弟兄，烧掉我草料！他妈的，几百头牲口吃什么！他妈的！"

他的妻子、家人，忙着劝弟媳、护孩子。账房先生、伙计等一群人，则好言相劝李老财："老天保佑，祖宗积德，虽炸了铺子，烧掉了不值钱的柴草，庄院的房子未伤着，财产仍然在，还有大片的土地在，本钱在，东家且宽心。"

李老财大骂良久，火气稍退，听着这些劝告，仍是一连串的"他妈的，他妈的……"他生怕死灰复燃，又着长工们仔细查看，担水，把所有灰烬都浇上水，一边坐下歇息，一边继续发着余火："他妈的，日本鬼子不得好死，他妈的……"

炸弹和火患是熄灭了，但人们的火气并没有因此而熄灭，骂声纷纷，气愤不平，连李保长也骂："真是比豺狼还凶狠，豺狼吃羊是本性，日本鬼子杀人放火，比贼娃子还毒""贼娃子抢金银财宝，未必杀人，可他们又杀人又放火，连牲口的草料都不放过！可恶可恶实在可恶！"

长工们还在议论："难道日本人就不是娘养的！商店虽是李家的，我们也买东西，现在去哪里买，得远处跑！"

欧阳义："这下子麻烦了，抓药治病都不能了。"

还有的说："我典当下的大车，等着赎回来使唤，这下子全完了，唉！日本鬼子，你叫他天打五雷轰，不得好死，迟早遭报应！"

第二十一集　勇斗群狼

躲兵役　张老二投奔卓玛草
护羔羊　张勇士只身斗群狼

张老二夫妇历经劫难，不幸中的万幸，总算回到家中。本来，张老二在挖煤回家的路上就盘算过，挣了二百多斤麦子，再说也辛苦了一年，该与媳妇团团圆圆过个好年，同母亲、大哥大嫂、岳父岳母，还有欧阳义，一块乐和乐和。没想到可恶的李保长，把自己抓了壮丁，将好端端的春节，活生生地给搅了。虽说大年已经过去了，但元宵节尚未过，有必要补着过一下。除了与母亲及大哥大嫂团圆外，还要去看望岳父岳母和欧阳义，便偕同媳妇到王三姐处来。

岳父岳母自二女婿被抓了壮丁，二女儿去寻找又杳无音讯，急得吃不下饭，睡不好觉，年也没过好。正在惦念之时，女婿女儿前来探望，甚是欢喜。三姐见二姐夫两来了，更是喜之不尽。欲乘机会说说心里话，便转身去厨房做饭。二姐也紧跟着去了厨房，与三姐一边操作，一边叙说起来。二姐便把丈夫被抓走，自己经县城、去省城探望的前前后后详细叙说了一遍，三姐本是历经磨难过来的人，对二姐的不幸遭遇，如同身受一样，深表同情，同悲同喜，说到丑化化妆一事，也苦中有乐，悲中生喜，相互笑了起来。

"亏你婆婆想得出来，你能做得出来！"

二姐说："这也是没有招儿的法子，是逼出来的。"

三姐又说："大姐夫陪着你，一路上又是吃，又是睡，不别扭吗？"

二姐回答道："你想到哪里去了？我一心想丈夫，找男人，着急得心焦火燎，累得要死，伤心地哭都哭不过来，整天不是坐车就是走路，不是爬山就是过河，劳累得一点精神、一丝儿力气都没有了，大哥确实像个亲大哥，他把我当亲妹对待，我心急时，他宽心我；我哭泣时，他劝解我；我绝望了，他鼓励我；我没劲了，他帮我拿东西，处处时时帮助我，对他又是亲切，又是尊敬。要不是他陪着，人世上说不定都没有我了。"

紧接着，三姐又把四姐去向不明、生死不知的事重提了一遍，直引得二姐伤心落泪："我们姐妹们为什么命运这么苦？上辈子造了什么孽？"

三姐说："不是命不好，也不是上辈子造了孽，而是世道不好。"

二姐回应道："你说得也是，我婆婆他们一家子都是好人，弟兄五个男子汉，可抓壮丁没完没了，搞的人人自危。我丈夫人也好，可世道不好，堂堂男子汉又有什么法子，还不是吃不完的苦，受不完的罪。"

因为过年的年货是现成的，姐妹俩还没说完，饭已做好了。

在正屋的炕上，张老二与岳父岳母，除了寒暄礼节的话，也免不了各说各的心酸事。张老二简要说了挖煤回来又被抓壮丁的事，岳父岳母则重述了四姐的事，当说到李保长强暴四姐，四姐被逼出家之时，张老二直气得火冒三丈："这个老东西，真是个老畜生，我非收拾他不可！我也是他害的。害得我过不成年，害得媳妇到处找我，吃尽了苦，受够了累，都是他害的。我到底咽不下这口气！"

"咽不下也得咽，咽得下也得咽，他们有钱有势，世道是他们的，能有什么办法，我们是哑巴吃黄连，有苦无处诉，只能认命了。"王老二无可奈何地说。

王老二与张老二正说得愤愤不平的时候，王三姐将饭端了上来。

王二娘说："消消气，消消气，我就不相信没有出头的日子，善有善报，恶有恶报，不是不报，时辰未到，时辰到了，必定会报，总有一天，他李保长不得好死。"

王三姐边摆菜，边说："姐夫姐姐平安回来就好，未按时过年，过个正月十五也好，就是没有好菜，请姐夫别笑话。"

张老二道："三姐真是嘴巧手巧的巧媳妇，既会说话，又会做饭炒菜，不大工夫，就摆了一桌子好吃的，我可要美美地吃一顿，吃得叫你心疼。"逗得大家都笑了起来。

张老二看完岳父岳母，偕同二姐，了却一番儿女之情，便往自家走。真是应了"冤家路狭"的俗话，半路里遇上了喝得酒气熏人的李保长。张老二顿时想起了抓壮丁的事，搅得他受了多少罪，害得媳妇吃了多少苦，又想到四姐的屈辱，直气得七窍冒烟，浑身发火，攥紧了拳头，加快脚步要扑上去。二姐看丈夫要动手，怕事情闹大，赶紧隔在中间，阻拦着丈夫。张老二忽然又想起了抓自己时李保长答应的雇丁费的事，便忍了又忍，松开了拳头，冒了一句："你说的雇丁钱呢？算数不算数？"

李保长自知理短，更怕挨打，他晓得，自己绝不是张老二的对手，眼看着张老二气势汹汹的架势，生怕吃亏，赶紧说："一条沟的人，低头不见抬头见，好说，好说，一定给你一个交代。"

张老二听他说"一定给你个交代"，便说："我等着你的交代。"便走开了。

张老二回到家中后，便又向大哥说了雇丁费的事，张老大说："原来有这回事！你被抓走了，李保长又瞒着我，我当然无从所知，他既然答应'一定要给你个交代'，且等他如何交代再说。照理说，雇丁费由李老财家出，又不让他出，他应当有个交待。不过，我估计着希望不大。"

张老二又去看望了欧阳义，好好寒暄了一阵子。看着欧阳嫂，好像换了个人似的，挺大方，挺精神，与三弟去世后的三嫂判若两人，家中也挺热闹，除了三弟留下的两个孩子，又生了一个女孩，真正像个家了。临出门，欧阳义又交代："要多长心眼，凡事多动动脑子，多想想，多问几个为什么，少一些盲目性，少一些被动。"

第三天上午，李保长和甲长来到了张老二家，张老二叫媳妇去把大哥请来，一同接待。不大一会儿，大哥就过来了，一见李保长二人便"欢迎，欢迎"，并说："妹子，快去做饭，招待保长甲长！"二姐就出去跟大嫂商议去了。

李保长与张老二本无兴说话，但张老大来了，方说起来。

李保长说："乡里乡亲的，别客气，一家人不说两家话。"

其实，说话的人与听话的人心里都清楚，什么一家人不说两家话，而是两家人说的两种话。李保长又接上说："我这碗饭也不好吃，上头派下壮丁名额，不完成不行，分给李老财家的壮丁，你们知道，他家财大气粗，抓不到他们头上，只好委屈你们，原是打算给你们雇丁费的，但是，既然你回来了，就免了吧。"

张老二一听，话不对劲，理不对茬，又受骗了，顿时心生怒火，便对大哥说："你陪一陪，我去厨房看看。"推托出来乘机便用担粪桶搅拌了一桶屎尿水，放在院门外，又回来屋里，听保长与大哥说话。

大哥说："弟弟虽然回来了，那是冻病的，你们抓他的时候，他正脱掉棉衣卸行李，又饿着肚子，你们就把人抓走了，棉衣也未来得及穿上，她媳妇又去送棉衣，一去一来，花销不少，折腾了这么些日子，差点把命丢了，冻病之后，才遣散回来，这都是由你们引起的。再说，雇人当兵，也应同我们商量，可你们未与我们商量就抓人，太小瞧人。我们受了这么大的罪，吃了这么多的苦，你总得有个交代。"

李保长："今天我能来，就是交代，不看在乡亲的面子上，我还不来哩！雇丁费的事就别提了，谁晓得是遣散回来的，还是逃跑回来的！"边说便起身要走。

张老大："正在做饭，吃了饭再走。"

"不吃了，刚吃过，饱着哩！"李保长不屑一顾地说。

张老二明白，雇丁费是没有希望了，欺负是白受了，苦也白受了，罪也白受了，还有四姐受的屈辱，一起涌上心头，忍无可忍，怒不可遏，无法吞下这口气，铁了心要教训他，便不再说什么，径直去开院门，在院门外等候。

待李保长第一个出了门，乘他冷不防，一桶屎尿就倒在他头上，从头到脚浇了个遍，给了他一身臭。甲长看阵势不对，溜之大吉。张老二痛骂说："李有财，你欺人太甚！我们也是人，也有一口气，不能只许州官放火，不许百姓点灯。你屁官都不是，却不许我们过日子，你若再敢动我们一指头，我会把你的头拧下来，我姓张的说到做到，不像你说话当放屁！"

李保长二话不说，一副落汤鸡的样子，背着一身屎尿慌慌张张地溜走了。

尿泡子打人，臊气难闻。张老二粪桶浇李保长的事，很快传遍了古堡镇地方。看到的，拍手称快；听到的，异口同声"活该活该！"，李保长真是臊气加臭气，从头到脚臭透了。

大哥大嫂、媳妇都说浇得应该，罪有应得，总算出了口恶气。

张大妈："一物降一物，恶人就得用恶办法治，善马受人骑，善人受人欺，浇了就浇了，气也出了，恨也解了，不过李保长是不会就此罢休的。石头大了绕着走，惹不起总躲得起，还得出去躲一躲，避避风头才是。"

大哥大嫂异口同声应道："对对对，妈说得对。"二嫂也无可奈何地点了点头。

往哪里去躲？张老二皱起了眉头，大家也在看着他。他想，到城里躲，不行，那里人多，耳目多，嘴也多，躲不了。到远处去，无盘缠，也无具体地方。忽然，想到了牧区的卓玛草。

古堡镇地方，距山区的藏胞牧区不是很远，农业区与牧业区互有经济来往，春播完，夏收前，农区把牛驴托给藏族同胞代为放牧；夏收开始，再把牲畜领回来，根据代牧牲畜头数和放牧时间长短，付一些放牧费，互助互利。经济上的互助互利，使汉族与藏族同胞之间建立了良好的友谊。

张老二他们家与卓玛草的关系，就是这种友谊的一部分。前些年，张家的景况比较好的时候，种的地也比较多，养的牲畜也比较多，春种完了，把牛群和毛驴托付给卓玛草家，在山区草场放牧。到夏收的时候，再从那里赶回来，进行收割打碾。放牧费呢，或者在领牲畜时带上，多数时候，是在夏收后，卓玛草她们来收取，从不拖欠。除了整数该给多少是多少外，至于零头呢，双方互相都有谦让的事，不是卓玛草她们不要了，就是张老二他们多给些。还有互相在对方家里住宿、吃饭的事。张家与卓玛草家，相距近百里的路程，事办完当天回不来，就在对方家吃住，第二天再返回。有一年，卓玛草她们来收放牧费，正赶上下大雨、发洪水，困在了农区，张大妈就将她们留下，热心安顿住宿、吃喝，待雨住、天晴了送别。虽说民族不同，语言不通，但是，互有交往，常用的话是听得懂的，尤其是卓玛草，与农区来往较多，对汉语比较懂，交往中并无语言障碍。

张老二还记得，有一次，托付给卓玛草家放牧的牲畜，在放牧结束领回时，少了一头小牛，原来是被狼吃了。如何处理这种事情？也有延续下来的惯例，就是把被吃的牛的牛皮收拾下还给主人，不收放牧费便完事。卓玛草除了交还牛皮外，还担心交代不了，意欲要赔偿，可张大妈历来是严于律己，宽以待人，对狼吃小牛的事不苛求，不计较，不交放牧费就行了，不必赔偿。并说，这头小牛在给你托付时，就胡奔乱跑，不愿去，活该是喂狼的，不能怪你们，硬是消除了卓玛草的担心，从此，结下了深厚的友谊。每一次收放牧费，不论有事无事，卓玛草都要来看望张大妈他们，并给送些山里的土特产，诸如香草、蘑菇、蕨麻之类。后来，世道恶化，张家也每况愈下，互相来往少了，可张老二在山里挖煤时，抽空去看过卓玛草，友谊并未中断。

想到这里，张老二决定去投奔卓玛草，并说出了自己的主意和理由。张大妈、大哥大嫂及媳妇，都异口同声地说："行行行，试一试。"且商定不给外人说。张老二便做外出准备。

第二天天不亮，张老二就迈上了进山去牧场的道路。上午跨过了平川，下午进入乌金山谷，沿着金水河往上走，一阵儿涉水，一阵儿爬坡，一会儿翻山越岭，一会儿穿过森林，一阵儿又跨过草原，整整走了一天，赶了近百里的路程，在太阳落山前，赶到了卓玛草家。她家仍是老模样，在一个朝阳的山脚处，坐落着一顶圆形的牛毛毡帐篷，周围堆着一些干牛粪、柴火等生活、放牧用品。在附近开阔地，是圈牛圈羊的围栏。由于已到傍晚，牛羊已经分别圈在围栏里。听见狗叫唤，卓玛草放下炊具出来观看，只见一个高大的汉族同胞，主动问"你找谁？"还未等对方回答，已经认出来是张老二，马上改口道："快进，快进！"让到了帐篷里。张老二举目一看，只见床上躺着她丈夫，忙又向他问好。她丈夫欲要坐起来，张老二忙又按着他，叫他别起来。卓玛草边沏茶边问："张大妈可好？"张老二忙回答："好，我妈好。"接住茶碗，便坐了下来。喝了茶后，便将躲兵役、找活干的事说了出来。

"欢迎，欢迎！"卓玛草接着看了一眼床上的丈夫后说："我丈夫病倒了，需要我侍候，牛羊无人放，正发愁呢，你就帮我放牛羊，正好，正好。"

到第二天上午，卓玛草将张老二领上，一同把牛羊赶上，牧羊犬也跟上，来到她家的牧场，又陪着放了一会，交代了注意事项，她就回家侍候丈夫去了。

倒也顺利，牛羊悠闲地吃草，他坐在高处照看，只要不乱跑到远处，便没有什么事情。偶然个别羊跑离了羊群，唆使牧羊犬拦回来就完事了。晚上回来，卓玛草同他一起，将牛羊分别引到各自的围栏里，收拾好围栏的门，便引他进帐篷准备吃晚饭。

一进帐篷，只见来了好些人，在吃饭桌子周围围了一个圆圈在说话，见他进来，便都站了起来。卓玛草先向他们介绍了张老二，接着又向张老二一一介绍起来：先指着一个四十多岁、戴牛吃水帽子（后面高，前面低，像个簸箕似的）身穿老羊皮皮袄的男子说，这是我哥哥。只见那人手抬到胸前，颔首躬身向张老二施礼。接着指向一个年龄与前者相仿的妇女，只见她头上梳许多小辫子，又分组成两个大辫子，垂在脑后，身着斜领镶边皮袄，脚上蹬着皮靴子，卓玛草说这是我的嫂子。接下来指向一个二十多岁的小伙子，头戴狐皮帽子，帽檐下一双炯炯有神的大眼睛，身穿老羊皮皮袄，脚穿黑皮靴子的，卓玛草说这是我的侄子。又指着小伙子旁边，一个二十多岁的妇女，戴着头饰，将几十条小辫子汇总成两个大辫子垂在脑后，穿镶边、斜领皮袄，脚登靴子的女子，卓玛草说这是我的侄儿媳妇。又指着前者旁边一个十几岁的女孩，仅梳着一个辫子，身穿斜领镶边皮袄的，说这是他姐姐的女儿，还有一个更小些的男孩，也是她姐姐的孩子。每介绍一个，他们都向张老二颔首躬身抚胸施礼。

介绍完后，卓玛草捧着一条白生生、亮晶晶的哈达，颔首躬身，示意欲送给客人，张老二也颔首弯腰，让她戴在了自己脖子上。接着，用方盘端三碗青稞酒，向客人敬酒，表示欢迎。她将食指在酒中蘸了一下弹一下，再蘸一下，再弹一下，又蘸一下，弹一下，然后双手把酒端到客人面前，请客人喝酒。张老二亦如其法分别在三个碗里蘸了三次，弹了三次，双手接酒，连饮三碗。

为什么饮青稞酒，且是三碗，还要蘸酒三次，弹三次？说来话长。

藏族在很久很久以前，就有了酿酒和饮酒的习惯，主要是生产与生活的需要。牧区多在高寒潮湿地区，而出产生长期较短的青稞，酒则是粮食的精华，能够御寒、增强体力和活力，适宜于艰苦环境中生产与丰富生活。

相传，人们在雪山脚下聚在一起祭山神比赛马、唱歌、跳舞，聚会之后的夜里，美丽的藏族姑娘才吉玛做了一个奇异的梦，在祥云缭绕的天宫，天神和仙女喝着一种透明的圣水，这种圣水喷溢着十分醇郁馨香的气味，使她陶醉了。在朦朦胧胧的梦境中，一位仙女领她到了一个作坊，处处洋溢着这种香味，满眼都是煮青稞的、搅拌的忙碌景象，原来这里正在酿造这种圣水。才吉玛好奇的参观，认真地看，仔细地记，仙女顺手给她一把用麸皮、艾蒿做成的黄色物体，且用力地推了她一把，她便清醒了过来，原来是一场梦，可手里还攥着这些东西。

第二天，才吉玛便一如梦里所见所记，煮青稞，再把煮熟的青稞与仙女给他的黄色物体一起放在缸内，搅拌均匀后封存起来。一个多月之后，一股清香便从缸中喷溢出来，散发开来，才吉玛的乡亲们闻着香味围拢过来，被香味所陶醉，由不得地手舞足蹈、唱起歌来，从此以后南山里的藏胞就有了青稞酒，我尝、你饮、他喝，都精神倍增，给大家增添了力量和欢乐。每逢祭神、赛马、唱歌、跳舞、聚会等喜庆，都少不了青稞酒。从古至今就流传了下来。随着社会历史的发展进步，喝酒和信仰生活习俗、喜庆结合起来，成为其中不可缺少的内容，且形成一整套规律和讲究。诸如敬酒要先敬老人、敬酒要敬三碗，即三所依，让佛、法、僧三宝保佑你吉祥如意，同时祝你年好、月好、日好，即天天吉祥，时时如意。这便是敬三碗酒的含义和来历。每逢节日、喜庆，都要敬酒，且蘸三次、弹三下、敬三碗。

若接待客人也是这样、讲单数的三。藏胞向来诚实守信、热情好客，务必要让客人吃饱喝足，否则，主人会觉得过意不去。客人呢，应客随主便，亦如主人做法，食指蘸三次、弹三下，双手接酒，连喝三碗才好，不能客气、更不能拒绝，而应开怀畅饮，喝的越多，一醉方休，主人越高兴。喝完这一个的，又喝那一个的，依次喝酒，直到轮完为止。卓玛草伸出右手，示意张老二坐下吃饭。只见大块大块的羊肉，一碗一碗的炒面及酥油，劝张老二多多吃。见张老二开始吃，大家也都吃了起来。

吃饱之后，张老二以为就此为止，结果又是唱歌、喝酒，不分男女老少，皆与张老二依次对歌，对上者免喝，对不上者罚你喝酒。

酒是接待客人的先行者，而唱歌又是对客人最美好的表示，喝青稞酒与唱歌是紧密不可分且相联系的，即喝酒有唱歌，才能使欢乐达到高潮。主人才心满意足，卓玛草解释道："没有酒的歌会，如同搁浅的木舟，没有歌的酒会好比傻瓜在做游戏。"于是卓玛草带头唱道：

"高山的顶部有一棵松，为那闪光的松树献一支歌；高山的腰里有一片云，为那秀丽的云彩唱一支歌；高山的底部是琼浆玉液，为着甘露美酒唱一支歌"。

紧接着一手抚胸、一手前伸，请客人对唱。盛情难却，张老二未加思索，左手食指蘸了三次酒弹了三下，将三碗酒一饮而尽，过了卓玛草这头一道关。

接着是卓玛草的哥哥邀张老二对唱，只听见他先唱：

乌金谷的山高又高，金水河的水长又长，

乌金谷的草场宽又广，成群的牛羊遍山冈。

他唱完之后两手一摊，邀张老二唱，张老二哪里会唱，只得摇头摆手，只好认罚喝酒。

接下来是卓玛草的嫂子唱：

从日出放牧到太阳下山，风里来雨里去天天一样，

祖祖辈辈生活在乌金谷，一辈子放牧不间断。

双手一伸请张老二对唱，张老二又是老做法，摆手摇头认罚，喝酒三碗。

接下来又是卓玛草侄儿子对歌，只听他唱道：

头顶蓝天，脚踩草场，春夏秋冬放牧不断，

风霜雨雪不在乎，雷鸣电闪只等闲。

双手一伸，请张老二对歌，听了几个人的歌，调子虽然听熟了，可填不出词儿来，只得喝酒三碗。

紧接着卓玛草的侄儿媳妇唱起来，音色清脆嘹亮，调子高入云端：

一棵一棵采香草，一针一线缝荷包，

香草真情里面装，送给你把情意表。

请张老二对唱，不仅调子一样，且要求词儿相互对应，张老二哪里是她对歌的对手，欣赏品味都来不及，如何能对唱，又是认罚三碗。

接下来是小侄子挑战张老二：

清清河水会唱歌，一路流来一路歌，

唱得彩云满天飞，唱得太阳下山坡。

张老二服了，他们大人小孩、男人女人，都能唱，每人都会唱几十首，而且会依人依情，现编现唱，张老二真正服气了，二话不说，喝酒三碗。

张老二听说过，藏族人民是能歌善舞的民族。可耳听为虚，如今亲自听他们唱歌，眼见为实，算领教够了。还知道藏族同胞吃苦耐劳，热情好客，

诚实守信,讲究说话算数,忌讳言而无信。你敬他一尺,他会敬你一丈,正如俗话说"火心要虚,人心要实",火炉心空火旺,人心实而能立。如果欺骗了他们,便威信扫地,从此不与你打交道。这种民风民俗也体现在喝酒上,说一不二,不能虚于应付,灌醉方休。因此,张老二知道,财上分明是君子,酒中不语真丈夫,觉得既然不会唱,就只能喝,不能装醉,不能丢人,直喝得躺倒在地,大家才高兴,方觉得你诚实可信,值得信赖,可以打交道。

张老二吃饱喝醉,一觉睡到第二天太阳出来,方才清醒过来,赶紧起来欲去放牧,卓玛草为他已预备好酥油糌粑的早点,便大把大把地放在嘴里,狼吞虎咽地吃了,便去放牧。卓玛草又陪他去牧场,并一路走,一路又交代预防豺狼的注意事项。

卓玛草说:"草场上最怕两种东西,一种是豺,一种是狼。最可恶的是豺,豺个子不大,窜到牛背上,专门扒牛屁股,掏牛肠子吃,牛虽然体大角长,却不好对付它,牛肠子一掏出来,牛就活不成了。有一次,我们只顾在高处观看,没有及时发现,叫豺把一头牛的肠子扒出来吃,把牛活活疼死了。"

张老二别说没见过豺,更没见过豺掏牛肠子的事,便急忙问卓玛草:
"那怎么办?"

卓玛草接上说:"豺不常见,掏牛肠子的事也很少,而危害最大的是狼。咱这一带狼比较多,白天很少出来,多在晚上活动,主要是吃羊、吸羊血。如果晚上闯进羊圈,少则咬死一只两只,多则咬死好几只,损失可就大了,这是最要紧提防的。"

"那怎么提防呢?"张老二问。

卓玛草回答:"狼怕绳子,也怕火。羊圈周围应多绷些绳子,晚上最好有灯火,以防万一,再就是勤巡看,看是否有狼出没。"

"好,好,明白了。"张老二表示。

"牛圈也要小心,"卓玛草接着说,"狼除了吃羊,也会吃牛,特别是小牛犊,是狼攻击的猎物。晚上要把牛围成圆圈圈,屁股朝里,牛头向外,把小牛围在圈里面,这样子,狼群不好下口。"

张老二按照卓玛草的意思，一丝不苟操作，每天晚上都小心翼翼，把每个注意事项都毫不马虎地一一安排周到，妥当。

入春以后，牧民中传来口风，狼群多有出没，且伤了一些人家的羊群，张老二闻风后，更格外小心提防。

果不其然，狼群在出没。暮春的一个夜里，张老二正在牛羊围栏跟前的小帐篷里睡觉，于夜深人静中，被狗叫惊醒又听到一种异样的声音，一声声地在哀嚎，像诉冤似的。接着，声音由低到高，越来越响，越来越高。接着又是不断地哀嚎，紧接着，嚎叫声又响起，再次愈响愈高，响彻夜空，令人毛骨悚然。这声音像是在发信号、联络同类，又像给自己壮胆、震慑异类，夹带一片恐怖气氛。张老二还未明白是何声音，突然牧羊犬狂吠起来，一阵紧似一阵。张老二发疑，莫不是狼来了。他又想，牛、羊围栏的门都是收拾好的，并且绷了许多绳索，且点着马灯。但牧羊犬仍狂吠个不停，似是情况越加急迫。便穿好衣服，操起铁锨出来巡视。在月光下，发现好几双闪着绿光的亮点在闪耀，只见几只与狗大小的深色动物，竖着双耳，拖着尾巴，在羊围栏四周转悠，欲伺机闯入围栏，显然是狼群无疑。

张老二见状，禁不住叫了一声："不好！"便赶紧向羊围栏跑去，狼也发现了他，稍微停顿了一会，仍不离开，照样在羊围栏周围转悠，欲寻找冲进去的缝隙。事不宜迟，若冲进围栏一只，别的狼也会跟进去，扑向羊群，后果不堪设想。时不我待，便举起铁锨向狼群冲去。哪料到，狼群不仅不退却，反而围绕自己转起来，瘦骨嶙峋的，牙一疵一疵的，就连其乳头都随走动一甩一摇的。显然，此时此刻，狼群的攻击目标，已由扑向羊群转变为围攻自己，意欲扑向自己。张老二便将铁锨朝自己跟前的一只大狼砸去，岂料该狼迅急地退缩了一步，铁锨砸空了。接着该狼又向自己扑来，他又举起铁锨向其砸去。哪想到，铁锨头给甩飞了，又没有打着。铁锨头脱把了，手中只留下铁锨把，狼群仍然围着自己转悠，意欲再发起攻击。显然，这是一群饿狼。

据说，狼群越是饥饿，食欲会激荡兽性的发作，越是凶狂。只要有一只狼带头冲扑，别的狼就会群起而攻之。连打两下未着，铁锨头又脱把，使张老二为之紧张，情急生智，干脆抡起铁锨把子向一只狼头打去，只听砰的一声,似乎打中了。但定睛一看,那一棒好像未打疼,那狼毫不在乎,仍未退却的意思。张老二忽然想起,人们常说的一句话:狼是铜头铁背豆腐腰,狗的腿子狗的爪,这一棒是打在"铜头"上,它所以不在乎,须打其软弱处——腰和腿。情势使他清醒,与狼群搏斗,不是它死,就是我亡,没有退路,只有豁出去拼个你死我活。便拼全力主动进攻,放低身体,持棍横扫,朝着狼的腿部抢去,左右横扫。说时迟,那时快,手起棍落,耳听得狼疼得直嚎叫,只见左右各有一只狼在地上打滚、嚎叫。真是枪刺一条线,棍扫一大片,张老二乘势左右开弓,横扫过去,左面放倒一只,右面也放倒了一只,又有两只狼在地上打滚嚎叫。狗仗人势,狗也看人势。稍前,群狼围攻主人时,狗也是势单力孤,只吠叫,不进攻。待主人得势,狗也扑去进攻。形势急转直下,张老二由被动转变为主动,再接再厉,奋力追打狼群。卓玛草听到狗吠狼嚎的动静,也来看究竟,只见地上有四只狼打滚嚎叫,张老二在追打另一只狼,牧羊犬也去追正在逃跑的另一只狼,禁不住连声"扎西德勒,扎西德勒",称赞不迭。

张老二只身斗群狼,获得完胜,武松打虎,称得上打虎英雄,张老二只身斗群狼,虽称不上英雄,也算一条好汉。

第二十二集　尴尬比武

李老财再建新庄园
张老二无奈试膂力

　　张老二躲兵役，去乌金谷牧区，给藏胞卓玛草牧牛放羊，战胜狼群，保护了牛羊，卓玛草一家甚是高兴。放牧三个月后，天气转暖，卓玛草丈夫的病也好了，可以照顾孩子、操持家务，腾出卓玛草放牧牛羊。卓玛草家牛羊本也不是很多，她一个人放牧足够。张老二也知道，年初的抓兵季节已过，下一次征兵时间未到，可以回家了，便向卓玛草请辞，并表示谢意。卓玛草家又是宰羊、备酒，准备糌粑表示送别，张老二便告别卓玛草，回到家中再找活干。

　　此时，李老财已积攒了千石粮食，一大笔钱，正思谋着进一步发展家业的事。他虽然已经有两三处庄园，可他还觉得不够宏大气派。头一座庄园是他家祖上遗留下来的，第二处庄园是他爷爷手里传下来的，已经陈旧；第三处庄园虽未陈旧，那是他父亲手上修建的。而他掌管家业以来，尚未修建新的庄园。按照他们李家习惯，应该是一代比一代强，家业一代比一代大。他当掌柜以来，扩大生产，兼搞商业，精打细算，除收回当年的地租以外，还收回了一批陈年欠账。直接耕种的土地、长工虽然没有增加，但收获增加许多。加上城里的字号，镇上的商铺、当铺、药铺，都有相当盈利，更可以干一场发家致富的事业。一般人家是穿衣吃饭量家当，而李老财则是打庄盖房讲排场。意欲再发展家业，再修建一处宏伟、壮观的新庄园。

　　李老财在征询二弟的意见后，便干了起来，亲自掌握工程开销，招募木匠、铁匠、泥瓦匠，丈量园址，画图描形，购物备料，分头行动，紧张忙乱地动作起来。

第二十二集·尴尬比武

只要有饭吃，何愁干活的人。是佃户的，可以以工代地租；不是佃户的，除管饭吃，还可以挣点工钱，一下子便招募了近百号人。购物的、备料的不说，只见那筑高墙的阵势，好不繁忙热闹。挖土的、配料的、搅拌的、运料的、打夯的、换夹板的，分工协作，流水作业。若蚂蚁搬家，又像蜜蜂酿蜜，整个庄园工地都有条不紊地忙碌着。

张老二是古堡镇有名的泥瓦匠，又是有名的大力士，便应募来打工挣钱，操持筑墙换夹板的作业。每一段墙体工程的夹板是墙里墙外各三块，又一段一段将整个庄园墙体工程连接起来，绕成一个夹板圈儿。随着墙体的陆续升高不断调换。夯实一层，将下面一层夹板移到上面；夯实一圈，调换一圈，直到设计的高度为止。干此活是筑墙的关键一环，必须手脚利索，又要有力气。笨手笨脚的适应不了；力气小的，取不出下面的夹板，也固定不好上面的夹板。

李老财直接监督工程质量和工程进度。说得难听点，是无事找事，在鸡蛋里头挑骨头，专门从干活的人手里挑毛病。他本想从张老二干的活中挑出毛病来，但看着张老二紧张有序、干脆利索的动作，无懈可击的质量，嘴里不说，心里是佩服的。眼看着从他手里，筑墙的工程进展顺利，墙体又结实又整齐，院墙日新月异地升高，李老财心里暗暗高兴。

随着墙体的不断升高，往墙顶运料的难度加大，强度提高，而工程进度则在减缓，顶端出现停工待料的情况。张老二又建议将运料的梯道升高、加长，中间增设支架，以减缓坡度，从而加快运料进度。运料工手推独轮车，顺着梯道斜坡往工程顶部运。一个独轮车倒料时，不慎用力过猛连车带人歪出了墙体。在这车毁人亡的危急时刻，说时迟，那时快，张老二一把抓住推车者，避免了一场车毁人亡的事故，正好被李老财亲眼看见，更增加了对张老二的器重。

从春暖花开到暮秋时节，三丈多高的里院高墙终于成形，一丈多厚的墙基，筑到顶部收缩到五尺厚，又筑起一人高、二尺厚的垛墙，三尺宽的巡逻道，供守庄护院的人巡逻瞭望之用。李老财一向有好大喜功、逞能耍人的习性，他看着这些良好工程，越看越高兴，越看越来劲，又想寻机会露一手他的财大气粗。以前就曾逞能扛大轱辘车，夸力气的事，铁皮包的大轱辘车，少说也有五六百斤重，他扛在脊背上走一圈，叫旁观的人不服气也不行，普通的人哪是他的对手。

唯独张老二，也五大三粗，膂力过人，人们给他取绰号为铁塔，此人自小就胃口很旺，长得身高马大，年轻时也曾与人比试过食量大小，本事高低。在一个西瓜成熟的季节，卖瓜的主人，为了促销西瓜，在瓜地里举行吃瓜比赛，条件是连续吃三个大西瓜，中间不尿尿，且必须连皮带瓤吃完。优胜者，除吃了的瓜不要钱，还再奖励三个瓜。闻者都来摇摇一试。欲占点吃西瓜的便宜。哪晓得，卖瓜者是个精明过人的买卖人，早有促销经验。参加吃瓜比赛的，三个西瓜仅吃了两个，尿就憋不住了，不得不撒尿，结果一个个败下阵来，付了三个西瓜的钱。卖瓜者因促销有术，赚了钱；唯独张老二，身高马大，食量惊人，痛快淋漓地一口气连着吃了三个大西瓜，除了白吃三个西瓜外，又赢了三个西瓜。

从此以后，张老二成了小有名气的大肚汉。新开业者为比试高低或创牌子，慕名与之捧场的就来了。县城一家老板，新开了一家饭馆，欲开业大吉，便置办开业宴会，邀请各方名流光临，扩大影响，拉拢顾客。张老二因吃西瓜比赛夺冠，也被延揽来助兴。此饭馆并非小店，光临的客人，也都是有头有脸、大腹便便的客人，一个个鱼贯而入，店主人招呼其各坐其位。将近宾客满坐之时，张老二也来了。他的来临，顿显得饭馆的房舍小了，顶棚矮了，空间窄了。别的客人也立马矮小了，个个堂堂大人，竟若小孩子一般。这些客人本是吃喝惯了的脑满肠肥之人，能吃多少。店主人一个劲地劝吃劝喝，以夸耀酒店饭菜是色、鲜、味皆佳，可仍然动静不大，这个夹一粒花生，那个捡一片萝卜，七碟子八碗仍然原模原样摆在桌上。接近席散人走之时，张老二便放开了肚子张开了口，吃将起来，逐盘子逐桌子"消灭"，不大工夫，若秋风扫落叶一般，又似风卷残云，把各桌子菜肴打扫了个一干二净，同桌子的、邻桌的客人，一个个看得目瞪口呆看傻了眼，有的心中暗暗佩服，有的自问自答，我们来，原来是陪他吃的。饭馆老板就有话说了："我饭馆酒菜色鲜味俱佳，宾客满座，吃了一个一干二净，真是开业大吉。从此传扬开去，宾客络绎不绝，生意兴隆。

其实，张老二真正的本事不是饭量大、吃得多，而是力气大，农村里夏收打碾季节，从麦场上往家中扛麦子口袋，普通人也就扛一口袋，大不了二百斤到顶，而他能扛两口袋，左右腋下各挟一袋，足足四百多斤。庄稼人虽说都是干力气活的，青壮年哪个没有力气，可在张老二面前，一个个只好甘拜下风。给人家打庄盖房，偌大的正屋大梁，必须两个人方扛得动，而他一个人扛一根，气不喘心不跳。

由于张老二力气大，名声在外，李老财早有所闻，他又不服气，意欲比试比试，可没有机会。如今他正在给自己干活，何不决一高低，更显自己的威风。

一块儿干活的木匠、泥瓦匠和苦工们私下也议论，李老财身高体胖，力气过人，别的人比不过他，而张老二也身高马大，浑身肌肉一鼓一鼓的，力气不小。要是他们两个人较起劲来，谁输谁赢可就难说了。对于大伙儿的议论，在一块儿卖力气的张老二怎么会听不到！虽然他对自己的力气心中有数，颇有信心，且是从不服输的人，但与李老财比力气，他既没有闲心也没兴趣。

苦工们的议论也传到了李老财的耳中，他本来逞能好强，好大喜功，又兼财大气粗，比试的劲头顿时激荡了起来，并推测，凭自己高大肥胖的身量，压也能压倒张老二，准赢！到时候更叫人服气，自己是天下无双、无人可敌，并思谋着比赛内容。一是扛大轱辘车，自己是扛过的；二是拔河，没问题；张老二赢了，给他一石麦子，若输了，干活不给工钱，是不赔尽赚扬名气的好事。便请郭木匠作中人，去约张老二。

张老二正在墙头上操换夹板，郭木匠过来了。干体力活的人都习惯直来直去地说话。郭木匠说："有一桩子力气活，你敢不敢应？"张老二已经听到李老财欲与自己比试力气的风声，可嘴里假装不知道，"我这不是正在打墙换夹板，正经活都忙不过来，再不想揽别的差事。"

"不是揽别的活路，是比力气的事。"郭木匠说。

"比力气，不就是干活的力气么，凡卖力气的人，都是凭力气吃饭，有什么比头！"张老二又说。

"开门见山说了吧，李老财器重你，想同你比谁的力气大。一个是扛大轱辘车，再一个是拔河拉绳子。你若赢了他，赏你一石麦子；若是输了，不给工钱，看你敢不敢响应？"郭木匠鼓动着说。

"那怎么行！我卖苦力，就是为挣工钱，养家糊口，比输了不给工钱，白干活，家里人喝西北风去，我不干！"张老二回答道。

"好商量，好商量，那就你赢了得一石麦子，输了，不得赏，工钱照拿，行不行？"郭木匠说。

"那还差不多。不过，扛大车、拔河拉绳子的活我没干过，能不能拿得下来，不知道。你告诉东家，咱们正在打庄盖房，咱们就干什么比什么，推着独轮车，往墙顶上送料，看谁推得多；要不就比摔跤，看谁摔得过谁。若愿意，咱就试一试，若不愿意，就算了。"张老二推脱着说。

张老二心里明白，李老财提的比赛内容，都是他的拿手活，显然是有利于他的比赛，明摆着是设圈套，让我往里钻，给他贴金，长他的威风，灭我的志气，给我脸上抹黑。我若顺着他的圈套比，不如不比。我是靠卖力气吃饭的，别无他图。比不比，无所谓。当然，我也不是软骨头，没本事。如果条件公平，比一比，未尝不可。

郭木匠返回李老财处，转达了张老二的想法。李老财想，也有道理。有利于打庄盖房工程的进行。不过，往墙顶上推料，一者，自己身体过于肥胖，又推着料往上爬，肯定不行。再说自己是财主，这种活是苦力们干的，搞这种比赛，有失我李老财的颜面，怕被人耻笑。倒是摔跤可以，量他能把我怎么的。便对郭木匠说："你去对张老二说，比三样：扛大轱辘车、拉绳、摔跤。胜两样者赢。我出一石麦子，作为赏钱，不管谁赢，都赏给谁，输者不得赏就是了。你当中人，输赢由你裁定。比赛的具体事宜由你安排，到时候通知我就是了。"

郭木匠一听，东家说得也在理，且由自己裁决安排，也是对自己的器重，何乐而不为。便连连应道："东家这样抬举我，我一定办好。另外，可否设一项预备花样，这三样决出高低就对了，万一这三样比试分不出高低，再加一项掰手劲，准能分出高低。"

李老财想，前三样比赛自己准赢，增设一样作预备有什么要紧，便说："行，行。"

郭木匠从李老财处出来，再向张老二干活的地方走去，一边走一边想，李老财已经让步了，赏钱单设，赢了得赏，输了不得赏，这对张老二是公平的。再说，是张老二提的摔跤比赛，应该不会拒绝。万一张老二不同意，我也有理由对他说，他不该不给面子。

二人再次见面，郭木匠便开门见山地说："张师傅，李老财同意比三样：扛大车、拉绳、摔跤。三样两胜者算赢，得赏，赏钱由东家出；输者不得赏就行了，工钱照拿。由我当中人裁决，万一三样决不出高低，再设一样掰手劲，作为预备。"

没有金刚钻，不揽瓷器活，张老二本来是个痛快人，一听比输了工钱照拿，再说由郭木匠当中人，他同自己一样，是卖力气的手艺人，不至于偏谁向谁，便说："行，行，行，就按你说的办。"

果不出所料，张老二再没有不同意见。郭木匠就着手安排比赛事宜。他边走边看，走到工地外面的空地上，举目一看，自言自语说了声："就这里，地面平整，宽敞，好比试，好观看。"时间选在第二天下午，干活缓歇的空儿。

郭木匠拿定主意后，就又去给李老财禀报。李老财正在工地上他的办公室里，与伙计们议论有关工程的事宜，一见郭木匠来，急忙便问："怎么样，办的如何？"郭木匠便如何等情地说了个一清二楚。李老财听后便说："赶快进行，不得变更，不得拖延。"

郭木匠从李老财处出来，就叫了几个木工徒弟，清理比赛场地，准备比赛用具，又去给张老二再一次知会明白。第二天上午，又把比赛现场看了一遍，并给各处的领班工头通知了赛事的内容、时间、地点，招呼大家来看热闹。

到了下午太阳偏西的缓歇时刻，人们三三两两来到工地前面空地四周，或坐或立等候比赛。李老财先一步到场，接着张老二也来了。他举目一看，一辆崭新的铁皮包的大轱辘马车放在场地中央，一张做木工活的长形案子也摆在场子中心，案子的两边各放一把条凳子，还有拔河用的粗麻绳等，万事俱备，只待中人发话。

郭木匠急匆匆地走到场地中心，向四周看一眼后开口说："现在，由李老财和张老二比赛，看谁的力气大……"郭木匠话未说完，围看的人哗哗地叫嚷起来，七嘴八舌地议论着。有的说："李老财准赢，上一次他就扛着大辘轳车绕了一圈。"有的说："张老二力气也不小，你看他那大个子，再说，又是干力气活的。"还有的摇着头，"很难说，比了以后才能见分晓。"

郭木匠接着说："先进行扛大车比赛，先由李老财扛大车，要求扛在脊背上，绕场子一圈。"

但见李老财身着白色汗衫，黑布裤子，黑布鞋，大摇大摆走到大车跟前，倒蹶屁股从车后面退进去，用腰部扛住车轴中间，两手扶住车轴，左右摇晃了一下，便将大车撑离了地面。顿时喝彩声四起，紧接着，他从观众面前绕着、走着，走到哪一面，哪一面的掌声、呱喊声暴响，鼓劲、加油声连连。有的说，"铁包皮的大辘轳车，不要说是一个人扛，就是两个人也抬不动。要知道，那可是铁皮包的辘轳，死沉死沉的。"也有的说，"就算两个人能抬起来，可要绕一圈，那就难了。""加油""鼓劲"的叫唤，像鞭炮一样，响个不停。约莫吃一碗饭工夫，李老财把大车扛到了原来出发的地方，只见他额头冒汗，气喘吁吁。

郭木匠发话："现在由张老二比赛。"

只见张老二光着头，身穿汗背心，挽着裤脚，赤着脚，不慌不忙地走到大车跟前，按照李老财的姿势动作起来，他试了好几次地调整位置和姿势，此时此刻，围观者看着他那费劲的样子，向着他的人，为他捏一把汗；向着李老财的人，幸灾乐祸地说："你看扛不动不是。"有的说："再等一等看。"

张老二虽然起动慢，可终究把大车扛离了地面，并且一步一步地、稳稳当当地在众人面前绕着，沿四周整整转了一圈，再把大车扛到了原来的地方，慢慢地放下，慢慢地出来，脸上也沁出了汗珠子。

郭木匠宣布："扛大车比赛战平，下面进行拔河赛。"

郭木匠叫人把一根粗麻绳拿过来，用脚在地上划了一条分界线，把绳子的中心结放置在分界线上，李老财在右，张老二在左，各握起绳子等待口令。郭木匠说声"预备——拔！"同时右手由上向下一划，便拔了起来。相持了好一会儿，像是僵住了似的，接着都晃动起来，绳子开始向李老财一边挪动，慢慢地，一寸一寸地挪动，李老财在往后动，张老二则向前动，越过了分界线，再越过分界线好长一截后，张老二仍稳不住阵脚。郭木匠叫停，当即宣布："拔河比赛，李老财胜。"

两个一样身高马大的大汉拔河比赛,为何张老二败,李老财胜?原来是体重的差别。拔河比赛,在平地上较劲,在势均力敌的情况下,体重重的人对地面的压力大,摩擦也大,耐磨耐拉;而体重较轻的人,相对地压力小,摩擦小,由此,易拉动。因此,两个人虽然一样地五大三粗,但张老二体重一百八十多斤,而李老财体重超过二百斤,由于体重的优势而赢了。

李老财一平一赢,占了优势,倾向李老财的人又发话了:"我说么,李老财准赢,果不其然,我猜得准!"倾向张老二的则说:"还早着呢,涉水过河,出水方看两腿泥,且看下面的比赛。"有的则说:"说不准,很难说,说不定是半斤对八两,力气一样大。"

稍休息一阵后,郭木匠宣布摔跤比赛,两个人出阵后像公鸡斗架,都微微下蹲,蹶着屁股,双眼盯双眼,双手对双手,拨拉抓扑,寻找对手的破绽。相持一阵后,突然,张老二一个箭步上前,把李老财的双臂抓到自己的背上,说时迟,那时快,观众看都未看明白,一个背摔,将李老财摔倒在地。这个结果,出乎李老财的意料,也出乎郭木匠的意料,还出乎观众的意料。不知道张老二摔跤如此厉害,郭木匠只好考虑加样赛。

人们又一阵纷纷议论,不可知者说:"我说力气一样大,你看怎么样?牛说牛大,角说角长,其实是一样的大小长短。"倾向张老二的又说:"我说为时过早,果然不出我所料,张老二的动作就是利索。"有的又说:"平了,平了,这下子有戏看了,且看裁判怎个处理。"

正说着,郭木匠又发话了:"现在是三战两平,再进行加样赛,掰手劲!"只见在比赛案子上,李老财与张老二各坐一边,小胳膊放平,手握手,掰手腕。张老二是干泥瓦匠的人,李老财是动嘴不动手、四体不勤的人,手和手当然不一样,如何掰得过张老二?两个人一握手,李老财就觉得不对劲,对方的手像钢钳子一样,结实有力。心里发怵,果不其然,掰了三下,三下都输了。

郭木匠同李老财咬了一阵耳朵,不知说了些啥话,便做最后宣布:

"两个人都旗鼓相当,力大无穷,将遇良才,棋逢对手,大力士遇上大力士,先战成二平,最后加样赛,张老二微弱占优。李老财不是铁公鸡一毛不拔,而是宽怀大度,仗义疏财,奖赏张老二一石麦子。"

对此比试结果，确实出乎李老财意料，虽然嘴上不说，但他心里是服气的。通过比试，他明白，自己虽然胖大，毕竟很少干力气活，膘是虚膘，肉是肥肉，酥着哩。四场比赛下来，自己的力气也耗得差不多了，而张老二是紫肉疙瘩，浑身是力气，就是再比，也赢不了。再说，自己出一石麦子，若九牛一毛，可买了名声，堵了人们说自己"铁公鸡一毛不拔""铁算盘光算计别人"的恶名，并未给自己抹黑，而是给自己脸上贴了金，够风光的，便认可了比赛结果，以示自己财大气粗，一言九鼎，说话算数，同意郭木匠宣布。

比赛结束后，郭木匠奉李老财旨意，将一石麦子驮到张老二家。张老二死活不收："我是说着玩的，怎么能当真？"

郭木匠说："我是当真的，你不收，我的中人白当了不成！你叫我怎么收场？"

张老二又想，自己本无意比赛，更不是为了赏钱，参加比赛是出于无奈，可比赛是认真的，也就是说是认真玩耍的，所以不要赏钱也是认真的；若拿了赏，反而叫人小瞧自己。可硬推回去，又有碍郭木匠的面子，不好收场，只好勉勉强强地收下了。

第二十三集 黎明之前

逆潮流而动 花保长垂死挣扎
穷途末路 腐朽势力行将灭亡

随着辽沈、淮海、平津三大战役的胜利,响应毛主席将革命进行到底的号召,解放大军开始向全国进军,西北野战军展开了解放大西北的战略决战。国民党反动派在西北的中央军及其地方势力马家军,为了阻拦解放军的推进,拼命做垂死挣扎,抓壮丁扩充兵力,强征民夫修公路、修工事,派差役抢运军用物资,派捐派款应付摇摇欲坠的局面,滥发纸币以支持垂死挣扎。使用这些残酷手段,又导致农业生产急剧下降,工商业倒闭破产,物价飞涨,民生凋敝。而农业生产下降、工商业破产、通货膨胀,反过来更助长物价飞涨、经济混乱,呈现出一片末日和黎明前的黑暗。

按反动政府的有关规定,凡一家有两个适龄的征兵对象,必须抽一人当兵。古堡镇地方,凡符合此规定的人差不多都已被抓去当了兵。到后来,说是军情紧张,干脆打破规定,凡符合当兵年龄的都被强征当兵。再到后来,超过征兵年龄的也被强行征去。张老大家弟兄五个,阵亡的阵亡,死的死,除抓走了张老五,又抓走了张老二,就剩张老大了。除了抓壮丁,还征战马,李保长又奉令要征战马,叫做"马签"。有好马的出好马,没有好马的捐钱买马。李老财家在城里的字号,只有商品,没有马,又被摊派一匹马的马签。在古堡镇的庄园,自然是有好马的,也不得不将一匹马交了"马签"。王老二家没有马,也摊派了马签,弄得一家不堪承受,七拼八凑,凑合交了马签。其他人家亦按土地多少,多少不等地捐了马签。

紧接着又要修公路、修工事,运送军粮等军用物资,强征民夫、车马,充任军差徭役。这下子,当不了兵的得承担民夫,又落在了张老大、王老二等农户的头上。张老大被征去修工事,王老二被征派牛车去拉运军用物资。

李保长、魔鬼一班喽啰,又借抓壮丁、征民夫、催办军粮、马料等各种名目,层层加码,进行敲诈勒索,强制索取。抓壮丁是反复抓,苛捐杂税是反复摊派。交了上一次的,又派下一次的,李老财财大气粗,一者承受得起,二者,摊派的相对少,有些负担派不到他头上。雇一次壮丁,花七百斤麦子,能够承受。可张老大、王老二可就难以承受了。李保长、魔鬼则给王老二派了新的拉运军需品的差役,非完成不可。可王老二已是五十多岁的人了,要去,人是老弱人,车是老牛破车疙瘩绳,应付不了;要不去,你就出车马费,王老二如何出得起。只好硬着头皮去应付差事。张老大既无车又无牛你就出车马费,弄得张老大揭不开锅。

至于苛捐杂税,巧立名目,枚不胜举,除了军粮费、马的草料费外,还有军饷费、筑路费、工事费、防务费、公务费、治安费等等,二三十种之多,不能一一列举,皆是强行摊派,硬性索取。而所有这些费用,皆同抓壮丁、征军马、差役,统统压在农民的身上,家家户户都如老牛负重,不堪重负,精疲力竭,度日维艰。

乡约、李保长又说古堡镇地方是军事要地,要修工事,筑围墙,要占地皮,要木材。由着乡约、保甲长说了算,魔鬼们提着白灰罐子,拿着刷子,挨家挨户号门前的树,看上哪一棵,用白灰打下记号,记号打在哪棵树上,就伐哪一棵,要不然,你就出材料费。王老二是爱种树的人,房前屋后皆有树,材料费出不起,树由你号;号了树,又要伐树,可他们不干这种苦力活。李保长派王老二的女婿张老大伐老丈人的树,真是逼人逼到顶了。王老二理解女婿的苦衷,说:"不怪你,号哪棵你就伐哪一棵。"张老大被逼无奈,只好把锯条折断,斧头把弄坏,消极应付。这些也罢了,李保长又说要修工事,要占地皮,需要搬迁,拆房子。要不然,你就出地皮费。举家挪窝,谈何容易,只好硬着头皮,变卖家当,来交地皮费。王老二好端端的一个殷实家庭,就给折腾得凋敝不堪了。

更有甚者,还霸占妇女、强暴民女。甚至在半夜里假扮土匪,抢财物,抢人,白天再换成军装执勤,搞得军匪不分,军匪一气,搞得社会动荡不安,四处一片鸡飞狗跳墙的混乱景象。

作为一种社会势力，一种统治力量，既然已经无法统治下去，已经没有长久统治、长久经营的打算，必然作末日的打算，进行垂死的挣扎，进行掠夺、搜刮，捞一把是一把，进行疯狂的抢劫，准备逃跑。这是任何一种处在末日的反动势力的必然表现。国民党反动派在古堡镇的统治便是这种情况。只好用强制手段横征暴敛，籍人民的力量镇压人民，掠夺人民，中饱私囊，竭泽而渔，杀鸡取蛋，苟延残喘。

张老大、王老二这些从黄土地里刨生活的庄稼人，有多少人力、物力和财力，经得住一而再、再而三的剥削和掠夺。穷得叮当响的农民，有多少油水，受得了翻来覆去的搜刮。他们的日子已经无法过了，他们再活不下去了，他们陷入了极度地贫困和饥饿状态之中，过今日不知明日咋过。

反动势力也不能照旧统治下去了，剥削者、掠夺者也不能照旧地剥削掠夺下去了，必须用超常的残酷手段，以更野蛮的方式作最后的挣扎。

有压迫就有反压迫，有剥削就有反剥削，有掠夺就有反掠夺。两个阶级、两种力量的较量到了最后的紧要关头。

古堡镇地方，虽非城市，也不是大地方，但解放战争胜利的消息已经传到了这里，共产党的影响也波及到这里。进步学生和先进的知识分子，从各种渠道，包括公开的和秘密的，正面的和反面地得到了消息，以他们固有的敏感和睿智，觉察到反动统治已到了末日。在北京、南京、省城上学的学生们，不断将外面的变化情况传到县城，又传到古堡镇地方。反动势力的营垒开始分化。特别是他们中的知识分子、青年学生，开始觉悟，并不跟上他们的父母转。他们早就不满意封建势力的反动统治，厌恶军阀混战、搜刮、掠夺。解放战争的节节胜利，共产党影响的扩大，更促进了其转变和分化。一个个地站在了反动统治者的对立面，参加到反饥饿、反内战、反独裁的战线上来。李老财家的李老四、其儿子李春光就是其中之一，前者早已投奔到了延安，后者也参加了党的地下组织。至于赵老师的儿子赵文武、欧阳义的养女张小月，更不用说是最先觉悟、最先投入到反饥饿、反独裁、反内战战线的青年学生。

共产党的地下组织，趁此机会开展工作，扩大党的影响，发展党的力量，宣传和发动群众，把自发的斗争转变成自觉的斗争，把无组织、无纪律的行动，转变为有组织、有纪律的行动。

李保长、甲长及一班喽啰，按照反动县长、反动驻军的旨意，除了给旧军队抓兵，还将县上成立保安团的任务，也分派到古堡镇，并摊派到赵文武舅舅及附近几个百姓的头上。赵文武给其舅舅出谋划策，将这几个青年串通到一起，在李保长从乡约处回家的路上，将其绑架到附近的树林子里，七手八脚将其打倒在地，并问："你知不知道，我们为什么打你？"

"知道，知道，抓了壮丁。"李保长回答。

"既然知道，为什么还要一再地抓兵？"赵文武的舅舅问。

"上面派的差事，不得不抓。"李保长说。

"再抓不抓了？"赵文武的舅舅问。

"没有办法，上面压的任务。"李保长回答。

"狗保长，去你的！"赵文武舅舅等几个百姓，一顿拳打脚踏，将李保长打得脸上青一块紫一块，进而鼻孔流血，满脸血肉模糊，五官挪位，手脚失灵。李保长看得出来，这几个百姓是有来头的，是下狠心要给自己过不去的，如果不给他们一个满意的答复，会吃更大的亏。便双膝跪地，叩头如捣蒜地求饶："不敢了，不敢了，实在不敢了。"

"告诉你，"赵文武的舅舅说，"暂时留你一条命回去，你如果抓我们当中的任何一个，绝不饶你，非要你的命不可。若不信，走着瞧！滚！"

李保长似丧家之犬，低着头，猫着腰，急匆匆地回家去了。

人是不怕人多，就怕结伙；不怕势众，就怕起群。若手指头一样，一旦攥成拳头，便不好对付了。李保长明白这个道理，人又是软的怕硬的，硬的怕狠的，狠的怕愣的，愣的怕不要命的。李保长也看清楚了，自己对他们每家每户都抓过兵，家家都有当兵的；有的已经死在战场上，每家都多次派过捐，搞得人家家破人亡，走投无路，已被逼到了绝路上。逼急了的兔子也会咬人，他们对自己有怨、有恨、有仇，自己的冤家、仇家太多了，他们几个人中，硬的、狠的、愣的、不要命的都有，若是再抓他们，自己的命就难保了。再说，当保长这么些年，给国民党抓了多少兵，征了多少军粮马料，搜刮了多少苛捐杂税，可国民党的统治仍然越来越糟，成了一个收不拢的烂摊子，没有尽头的无底洞，眼看着是兔子的尾巴长不了，维持不住了，而自己也是秋后的蚂蚱，蹦跶不了几天，一旦国民党完蛋了，自己也没有好结果，不抓兵派捐不行，抓兵派捐也不行。想到这里，他心灰意冷，只好能避就避，能躲就躲，能拖就拖。结果是，被抓的躲躲藏藏，抓人的保长也藏藏躲躲。这就是反动统治的末日，人民大众受苦受难的尽头。

此时古堡社会上四处动荡不安，到处传说纷纷，不知信什么好。有的说，解放军要打过来了，有的说，解放军是红头发，红胡子，见人就抓，遇财就抢。张老大、王老二对这些都不担心，已经是人穷财尽，怕什么。只是李有富、李有财一些老财大户们，可就不能不信了，往地窖里藏钱，忙个不可开交，他们有的是金银财宝，有的是粮食，哪里都能藏起来，也没有那么多地窖，只好把金银窖起来，地窖里藏不下的，另挖地洞，装在罐罐、坛坛里埋在地下，标出记号，记在心里。至于粮食多的是，哪里藏得下，任其自便算了。

类似内容的谣言、传单、帖子，像是落叶秋风一样，纷纷扬扬，满天飞；劝人们多抄帖子、传单，多散发。说什么抄五张，散五张，积德行善；抄十张，发十张，消灾避难；传抄的越多越吉祥。若是一张不抄，一张不散，不是大难临头就是家破人亡。

赵老师是文化人，传单帖子自然飞到他手里，要他多抄写，多散发。他是熟读历史，精通世故的人，本不信这些玄之又玄、乱七八糟的东西，可假话说得有鼻子有眼，传的多了，信的多了，也把他的脑子搅的乱糟糟的。还传说县城里在加高加固城墙，修炮楼，筑碉堡，抓小伙子组织保安团，要保卫县城。他是当事者迷，更把他搞得心神不定。

古堡镇地方的乡下人，在镇子上念完小的就不多，进县城念中学的就更少了，一般庄户人家的日子已经是紧巴巴的，哪里有余钱剩米供孩子进城念书，念书都是财主们孩子的事情。欧阳义虽是个穷人，可他是医生，又深知读书的重要性，拼死拼活地也把女儿送进县城读书。赵老师是文化人，也把儿子赵文武供着上中师。平常时节的星期六，儿子是一定要回家来的，可最近不知咋的也不回来了，越发把他弄紧张了，担心是不是抓进保安团了。老伴也着急地围着他团团转，唠叨个没完没了，意欲进城看儿子赵文武去。他也知道，张老三女儿，即欧阳义的养女也在县城中学读书，便去找欧阳义，欲打问一下城里学生们的情况，不由自主地朝张家庄的欧阳义家来了。

真是同病相怜，欧阳义夫妻也正为在城里念书的女儿发急。他们的女儿更是恋家想父母的人，往日每到星期六晚上是铁定要回家的，不料最近却一次也没有回来，又是女孩子家，格外令父母放心不下，更加上风一阵雨一阵的各种传言，甚至说亲眼看到城里乱抓人，亲自听到兵丁们强暴妇女等等，更使欧阳义夫妇提心吊胆，为女儿揪心。恰好赵教师也来打听他儿子的事，禁不住都把担心儿女的事抖搂了出来。正急得火烧火燎，欧阳嫂又催得紧，便打算明日一早进城看女儿去，既然赵老师也要去，便约定共同行动。欧阳义一大早便来到赵老师家，两个人会同一起赴县城。

路过古堡镇，他们习惯地举目四望，偶然觉得大不似往昔。本也是个比较热闹的去处，而眼下却明显地冷冷清清，很少有人做买卖、逛商店。真是应了古堡镇地方邪的验，冷眼看着冷镇子，加上急着赶路，便脚不停步，通过镇子往县城里赶。

两个人还未走到大十字，就远远看见一列学生队伍往大十字行进。喊着："抗征兵，抗纳粮，抗捐税"的口号，举着"反独裁，反内战，反对贪官污吏"等标语。

"这就对了。"欧阳义说，"学生们不回家，就是在干这种事情，咱们不必到他们学校去，就跟上学生队伍走，兴许能碰见。"

赵老师一想，也觉得欧医生说得对，便应和道："对对对，既然学生们在游行，咱们的娃娃准在里面，跟上他们走，一定能遇见的。"

于是，欧阳义与赵老师便肩并肩，尾随学生队伍往大十字方向走。到了大十字见队伍停了下来，他们二人也随着停了下来。

赵老师说："看样子学生们要到这里集中，等别的学校的学生在这里会合。"赵老师的话还没有说完，从南面方向又开来一支学生模样的队伍，打着三角小旗子，高喊着"反内战，反压迫，反饥饿"等口号，步伐铿锵地朝大十字走来。

待到大十字跟前，欧阳义一眼就看见了自家的女儿。因队伍里绝大多数是男学生，女学生很少，又走在前面，衣着打扮都是看熟惯了的，更加欧阳义是当过兵的人，眼力好，虽然人多却马上认了出来。便指着说："赵老师你看，那队伍前头的，不就是我家的丫头么！"

赵老师顺着欧医生手指的方向和位置，端详了一会儿，也认出了张小月，虽有一年多未见过，可终归是他的学生，不论轮廓、个头、动作，都对了号，只是眉目看得不太清楚，便说："看见了，看见了，正是张小月，这下子你该放心了吧！"

欧阳义附和着说："放心了，放心了！只是她在学生队伍里，不方便去说话。不过，要说真正放心，恐怕为时过早，还要看学潮闹成什么结果。再搜寻你家孩子吧。"

不大工夫，又从西边开来一支学生队伍，约有几百号人。一路呼着口号，挥舞着小旗子，精神抖擞地走来，在大十字西边停了下来。因为人多，熙熙攘攘，层层遮挡，赵老师始终没有认出自己的孩子。只好站在街台上，同欧阳义及别的围观者一道继续观看。足足有一千多人，忽然间，一个男学生走出队伍，登上十字中心的交通指挥台，开始讲话。因距离不近，他们两个有都未听清楚，只隐隐约约听到些讲话的声音，却分辨不清讲的什么。又见他伸出右手向东一指，挥了一下，队列便开始动了，浩浩荡荡地向东边大街开去。他们两人等大队人马走完，又尾随其后，一直朝东走去，一直走到县衙门前，在附近街台上围观者中间，找了个空隙站着观望。只见县衙大门紧闭，学生队伍进不去，便停在门前，继续挥拳头，喊口号。

赵老师和欧阳义正站在街台上围观，只听学生们在继续喊口号，口号声雄壮有力，震耳欲聋，回荡在街上，要求县长开门接待游行请愿的学生。衙门紧闭不开，有的学生准备寻器材撞门，有的则要爬墙。一个学生踩着别的学生的肩膀爬上了墙头。"不好。"赵老师脱口而出这二字。欧医生忙问："怎回事？""你看墙头上的那个学生，不就是我家的愣小子么！"

欧阳义定睛一看，正是赵老师的儿子赵文武，他们有来有往，见过的，不站上来不一定认出来，站到高处，一下子就认出来了。

相持之中，突然听见"叭、叭"的枪响声，眼看着站在墙头上的儿子应声倒跌了下来。人群一阵骚动。赵老师大为震惊，禁不住叫了一声"糟糕！"便不顾一切，往儿子跟前冲。欧阳义紧跟着赵老师，一同在人群中拐弯抹角往前挤，转来转去，终于挤到了赵文武的跟前。只听他疼地大喊，又见鲜血顺着袖筒往下滴淌，学生们抬着赵文武往外走，赵老师、欧阳义紧靠其左右共同走。游行请愿的学生看到同学被打伤,群情激愤,若火上浇了汽油,更加燃烧起来,口号声、喧闹声爆炸开来,直冲云霄,回荡在四面八方。形势愈发紧张,局面难以控制,似要砸开衙门往里冲。忽然一个军官站在高处,说明身份,接待了学生。学生要求惩治贪官污吏,惩办开枪打伤学生的凶手,该长官满口答应负责解决,劝学生回去。学生们仍不放心,"贪官跑了怎么办?"该长官又说,"跑得了和尚跑不了庙,我负责处理到底。"并指示将受伤的学生抬到驻军处包扎治疗。学生方缓慢地整理队伍,陆续撤离现场,开回各自的学校。

赵老师、欧阳义便紧紧跟抬护赵文武的学生们到驻军处救治。幸好,子弹未伤着要害处,只伤了右上臂皮肉,消毒、缝合、包扎后,给了些口服白色药片,暂住观察了三天,没有大碍便回家了。

学生们"抗征兵,抗纳粮,抗捐税"的三抗斗争,喊出了市民们的心里话,学生们的壮行,感动了广大城市市民,市民纷纷拥上街头声援学生,为游行学生摇旗、呐喊、助威。配合学生运动,摊贩罢市,商铺关门。"抗征兵、抗纳粮、抗捐税"的斗争,也适应了古堡镇地方农民的要求,农民纷纷自发地拥进县城,配合学生示威游行,人多势众,声势浩大,群情激昂。

山雨欲来风满楼,反动统治者已经开枪了,学生们已经流血了,水火岂能相容,屠刀与鲜血的矛盾不可调和。反动派已经不能靠欺骗统治了,什么维持社会治安,什么保卫县城,只是维持反动统治的秩序,只是保卫他们的反动统治,保护少数反动派的利益。抓兵、纳粮、派捐,都是为了维护他们的反动统治。如果说过去是打着这些幌子欺骗人民、愚弄人民,用人民的血汗维护他们的反动统治,用人民的力量统治人民,而现在欺骗的伎俩掩盖不住血的事实,凶恶的狰狞面目暴露无遗了,欺骗的幌子换成了赤裸裸的镇压行动了。

人民也不能照旧的生活下去,反动统治者已经向他们开枪了,要他们的血,要他们的命,要他们在血与命的威胁下服从、屈服。要么屈服,要么反抗,不是鱼死就是网破,不是你死就是我亡,这是不可调和的矛盾,这是最后的斗争。人民大众岂能一而再、再而三地忍受血腥的镇压,只有进行你死我活的最后斗争。

这是最后的斗争,这是黎明前的黑暗。

第二十四集　幸遇恩人

兵祸频繁　张老二再度充军
幸遇恩人　苦难人终获解放

李保长牢记着屎尿浇身的私仇，岂能放过张老二，千方百计要抓张老二的壮丁。张老二虽然已经被抓了一次，躲了一次，但是躲过了初一，躲不过十五，李保长仍然死盯着他不放，便串通李老财欲制张老二于死地。

此时，解放军已从战略防御转入战略进攻，将战争由解放区的内线向蒋管区的外线推进。国民党为了对付这种被动局面，便变本加厉地进行顽抗，疯狂地扩军备战，抓壮丁、纳粮、派捐，闹得地方鸡飞狗跳墙，害得社会不安，老百姓遭殃。为了躲避兵役，青壮年以自残方式消极对抗。有的剁去右手食指，有的服用促甲状腺生长的药物，诸如柳树节子水等，有的甚至弄坏右眼。有的东躲西藏，白天钻进荒山野林，晚上偷偷摸摸地回家，弄得人有家不能归，夫妻难团圆。张老二给李老财打庄盖房，待到工程竣工时，李保长带领甲长、魔鬼等帮凶，将张老二从工地上又抓了壮丁。

张老二被抓去后，又押到省城，编入省上的保安团。不久，保安团又被改编为中央军，同马家军一起去对抗解放军。在西北战场，彭德怀指挥的第一野战军，消灭了胡宗南的主力，击溃了马步芳的陇东兵团，乘胜向兰州进军。张老二所在的中央军，也溃退到兰州。为了阻挠第一野战军解放大西北的战略，马步芳的部队欲死守兰州。张老二所在的中央军则配合防守兰州以东的黄河北岸。真是螳臂挡车，自不量力。解放大军以秋风扫落叶之势，席卷马步芳的部队，将其主力消灭于省城兰州，残部溃逃到青海。兵败如山倒，张老二所在的中央军，听到马家军惨遭失败，若惊弓之鸟，闻风向西溃退，节节逃跑，一直逃到河西西部。

张老二随溃退部队走，只见一路上部队溃不成军地逃跑，难民三三两两地扶老携幼逃难。他凡遇见的官兵，都狼狈不堪愁容满面。一聚到一块就打问往哪里去？埋怨声声，哀叹不止，天天这样溃逃，什么时候是个完？张老二想脱离溃兵，又不敢私自逃跑，枪毙逃兵的事，不仅耳有所闻，而且亲眼所见，于是便随大流，走一步算一步，过一天是一天。

后来其顶头上司又将他们溃兵收容，改乘大卡车撤退，所到之处都是一片混乱，一直退到一块沙漠绿洲的湖水边停了下来。举目一看，北面不远处是一望无际的沙漠，南边是巍巍雪山，周围则是农田和草地。队伍溃退了一路，疲劳了一路，士兵们都困乏至极，干渴得要命，恰来到一个水湖边，真是苍天所赐，大伙一拥而上，爬到湖边，双手捧上湖水，就往嘴里灌。张老二越喝越甘甜，越喝越觉得有酒味。怪了，甜味也罢了，人干渴极了，喝水就有甜味，怎么还会有酒味？

张老二便问同路的弟兄："这水怎么有酒味？""可不是，我也喝出了酒味。"我喝、你品、他尝，皆说有酒味。正在疑惑之中，知道此水来历的一个弟兄说：

"此湖叫酒湖，相传很久以前，将军霍去病率军反抗匈奴侵略，打了大胜仗，皇帝赐御酒犒劳霍将军。由京城到此边陲，千里迢迢，御酒能赐多少，人多酒少，如何饮得过来？同时，霍将军与众士兵血战沙场，同生死、共患难，皇帝赐的御酒岂能个人独饮？面对湖水，心生一计，将御酒倾倒入湖水中，与大家共饮多好，于是霍将军把御酒全部倒入湖水中，与大家共喝了。喝得众军士皆大欢喜。这一倒不要紧，酒味就融入湖水中，从此该湖的水就有了酒味，湖水不干，酒味不断，成为丝绸之路一大美谈。"

大家一听，恍然大悟，异口同声说道："怪不得湖水有酒味！"

张老二他们在此处住了一夜两天，但见遍地是兵，到处是难民。难民背着铺盖，扶老携幼向城外逃去。而溃兵则往城里拥挤。大街小巷尽是溃兵。商号铺面店门紧闭，而理发店、饭馆还在营业。由于溃兵太多，又饥又饿，慌不择路，饥不择食，见饭馆便进。

张老二已是疲劳饥饿至极，便与同路的溃兵进了一家面馆，狼吞虎咽地充饥解渴。边吃边观动静。只见除了停下来吃喝的溃兵外，又有大批溃兵不断拥来，继续往西溃退，络绎不绝。工兵、汽车兵、骑兵、骆驼兵、士兵、官员，还有拖家带口的，应有尽有，拥挤不堪。

张老二吃过饭，又来到城郊住地，只见三五成群的散兵游勇，到处横行抢劫，零零星星的枪声、手榴弹声，日夜不停。到处是一片混乱不堪的景象。

住了一夜，到第二天上午，却是另一种情景：队列整齐的解放军大部队雄赳赳、气昂昂地在行进，欢迎解放军的市民站在满街道两边，鞭炮声噼哩啪啦响个不停，红红绿绿的欢迎标语、旗子迎风招展，欢迎解放军的口号响彻云霄，欢迎解放军的歌声此伏彼起，与他沿途所见的散兵游勇、难民判若两样。欢乐喜笑的气氛代替了怨声载道，秩序井然代替了混乱不堪。仅此一夜之间，张老二觉得，天变了，地变了，人变了，什么都变了。

总之，世道变了，他说不清原因，讲不出什么道理，只是一种感觉，一种明显的感觉，亲自所见所闻的感觉。昨天听到的是刺耳的声音，见到的是惹眼的景象，而今天听到的是悦耳的声音，看到的是悦目的景象。他没有选择，而是自然而然展现在眼前的。他没有深究和思考，然而却是天壤之别的两种感觉。作为一个农民，作为一个旧军队的士兵，张老二当然不能理解两种不同感觉，也谈不上去更深刻地感觉它。然而，他亲身感觉到两种不同的景象，却是明显的，深刻的，难以磨灭的。今天和昨天的差别，如同白天和黑夜那样分明。昨天与今天的不同，如同漫漫长夜与见到天日一样不同。总之，张老二觉得世道变了，他们的命运要变了。

凭直觉他还预感到，社会将发生翻天覆地的变化。不能照旧的混乱下去了，兵荒马乱要结束了，他们张家不能照旧生活下去了，再不能受剥削受压迫了，他也不会再给人当长工打短工了，也不会躲兵役，替军阀当兵了，妻离子散、家破人亡了。不仅如此，整个张家庄，还有整个古堡镇，县城的天都要变了。至于变成什么样子，怎么个变法，依他的阅历和见识，当然不可预见。然而，凭他的直觉，世道的大变是确信无疑的。

过了没几天，张老二他们部队的上司，陪着解放军的代表来宣布他们部队的编遣命令，先由上司主持并发话，只听他说："我们的队伍已经起义了，不再与解放军打仗了。"接着是解放军代表讲话，只见一个穿着黄色解放军军装、头戴红色五角星军帽，操着湖南口音的中年军人站立在自己的面前，他说："各位弟兄们，现在已经解放了，从此以后，我们就是一家人了！不再互相打仗了。凡是起义过来的弟兄，与解放军战士一样，都是革命的队伍，不分彼此，一律平等，一样对待。愿意留在部队的，欢迎留下来，同我们一块儿干革命；想回家的，发给路费、口粮、解放证，欢送你们回家。"

对解放军代表的讲话，张老二听得很入耳，他两次当兵，遇到的都是绳捆索绑抓进去，打骂体罚对待，不是咤叱斥责，便是虐待收拾，从来没有听说过一律平等，一样对待，心里觉得怪舒坦的。

特别是对"愿意留在部队的，欢迎留下来；愿意回家的，发给路费、口粮、解放证，欢送回家"一席话，尤觉说到了心坎上。心想，家中有老母亲，有大哥大嫂及侄子侄女，特别是媳妇和儿女，需要自己回去。他想，结婚十几年来，没有安安定定与媳妇团圆过，不是打短工，就是扛长工，不是躲兵役，就是当兵。多么好的二姐，嫁给自己跟上受苦受累，担惊受怕，吃尽了苦头。有了儿女后，自己也没有尽父亲的责任。虽然成了家，却没有家业，不是拖累母亲和大哥大嫂，就是在娘家混日子。母亲年事已高，体弱多病，生养拉扯一场，自己却没有好好赡养老人，尽管世道不好，身不由己，不得不东奔西跑，终究是没有尽做儿子的责任，是自己不孝不敬。还想到，这一次抓壮丁当兵，正处战事不断、兵荒马乱之际，所在队伍经常转移，很少有书信来往，他们必定想念自己，担心自己。一块儿的年轻军人，看到解放军好，有愿意留下来跟解放军干革命的，而自己是早过三十，快奔四十的人，不能不顾家，老在外面奔波了。想着，想着，拿定了回家的主意，便向军代表表明了态度。军代表痛快、果断地答应了自己的要求，发给了三块硬币，二十斤口粮，一张解放证，就让自己离队了。

他真正觉得自己被解放了，一身的轻松自在，是解放军把自己解放了。自他听说"解放军"这三个字以来，对"军"是明白的，就是军队，但对"解放"的意思并未理解。现在，解放军接收了自己所在部队，又发给路费、口粮、解放证，让自己回家，这时，只有在这时，才明白了这就叫解放，是解放军解放了自己。

他用发的路费，乘上往东去的大卡车，走上了回家的路。汽车跑得很快,可赶不上他心飞得快;汽车颠簸得很厉害,可没有他的心跳的厉害。获得了解放,很高兴,很激动,能自由地乘汽车回家,与在旧军队中的感觉大不一样,边乘车边想,想起在旧军队往西溃退时一片混乱,那个慌张,那个沮丧、颓唐,那个盲无目标,不知逃往哪里,不知怎么办,满脑子的疑惑恐惧,一腔子的六神无主。

而现在,目的明白无误——回家,迫不及待。津津有味、饶有兴趣地看着沿途的一切,只见碧空鸿雁南飞,瑟瑟秋风劲吹,夕阳斜照大地,处处瓜果香味,谷穗随风摇摆,朵朵葵花闪光,丛丛菊花绽放,羊倌放声歌唱,歌声随风飞扬,越看越爱看,越看越兴奋,竟然不能自己,情不自禁地吐出"好啊!"话音未落,忽然一只手拍了一下自己的脊背。侧脸一看,一张熟悉的面孔,还有全身的中央军军装,只是没有帽徽、肩章等标志。再仔细一看,啊呀!张小宝,是侄子张小宝!两个人不约而同地双手握双手,高兴在了一块。

张老二问:"你咋发现我的?"

"个子大呗!"张小宝接着说,"我上车后,隔着好几个人,看见一个大个子兵,扶着车厢板子看远处,我觉得身材高大、壮实,有些像叔叔,因为你侧脸看远处,未看到正面,不便认。后来,你回过头一刹那,才看到正面脸,认了出来,正是你。于是挤到你跟前,拍了你一巴掌。"

张老二:"小宝,你是哪个部队的?"

"我是骆驼兵团的。"张小宝又说,"我们团驻扎在老君庙,那你是哪个部队的?"

"我是中央军的,一路由东边撤退到这里。"张老二说,又问:"你父母怎样?"

"兵荒马乱的,今年以来,我去过信,没来过信。那你家里好吗?奶奶怎么样?还有大叔、大婶、二婶好吗?"张小宝又回答又反问。

张老二回答说:"我更不如你,前一阵子在东边,这一阵子又在西边,东跑西颠,没个定处,就是有信也收不到,不晓得他们怎么样,心里老放不下来,恨不得马上就回到他们跟前。"

正说着,已快到傍晚,在一个叫水湾湾的地方车停了下来,车站连着客栈，就近住下来，吃饭喝水。张老二与张小宝叔侄俩又谝了起来。

"你是怎样走到今天的，说给我听听。"

"说来话长，"张小宝说，"三年前的一个冬天，李保长、甲长、魔鬼一伙子，把我抓了壮丁，验收后，被接收到骆驼兵团。这是一个新成立的部队，与骑兵有些近似，又不完全像，除了马匹外，主要是骆驼，便于在沙漠地带活动，我被分派到靠近国境线的地方，一边放牧战马、骆驼，一边训练、骑马、骑骆驼，训练了近一年，又开拔到老君庙，守卫油矿。"

"是不是原来的队伍？"张老二问。

"仍然是原来的队伍，驻地变了，番号未变。"张小宝继续说，"我们的驻防区很广，北到国境线附近的马鬃山，南到油矿。我们连是专门警卫油矿的，驻防地区相对稳定，但是任务不好执行。"

"为啥？"张老二问。

"为啥？情况复杂呗。"张小宝接着继续回答，"工人罢工不好办，矿上对工人不按时发工资，上一月拖到下一月，下一月又推到下下月，更加物价飞涨，纸币贬值，工资不升，难以维持生活，厂方不仅不按上涨的物价升工资，反而拖欠工资，工人们生活不下去，便进行'要工资，反饥饿'的斗争，闹罢工。"

"真是天下乌鸦一般黑，"张老二附和道，"农村是老财剥削农民，队伍里是长官克扣士兵，工厂里原来也是一样，老板克扣工人。"

张小宝继续说："工人反饥饿，闹罢工，矿上要我们出兵抓人，打人。明摆着是拖欠工资逼的，却要我们去镇压、抓人。我们的上司，一者不愿意把事情闹大，激起民愤，想息事宁人；再者，怕当替罪羊，反动当局往往是这样，工厂闹事，叫你去镇压，结果越压服，事情闹得越大，为了平民愤，又处理执行者，找替罪羊，以平息事端。为此，我们的上司便能拖就拖，能躲就躲。因为我们执行任务不力，就把我们撤出来，又派别的武装去镇压抓人。没过多久就解放了，我们的部队起了义，解放军的装甲部队开过来接收了油矿。对我们进行编遣，愿意留下的欢迎，愿意回家的欢送。依我个人的意愿，我愿意留下来，可我是独子，老父老母等着我回去养活，我只好要求回家，军代表同意了我的要求，发了三元硬币，二十斤口粮，一张解放证，我就乘上了汽车，没想到碰上了你。"

"我的事情比你复杂，"张老二解释说，"把你抓走后抓了我两次，第一次三年前的一个冬天，李保长一伙子就抓了我的兵。我是挖煤回来，脱掉棉衣正卸粮食口袋，就把我抓走了。走了一天的远路，又渴又饿，水未喝，饭未吃，棉衣未穿，五花大绑，连推带搡，押到城里。第二天上午验兵，下午送往省城，关到壮丁团，怕我逃跑，不给吃饱，又是挨饿受冻，就病倒了，险些乎死掉，信佛的人把我救了出来。回家不久，我去牧区放羊放牛，放牧三个月回来，又给李老财打庄盖房，结果在工地上第二次抓了我的兵，先是接收到省保安团，后来又被编入中央军，去打解放军，结果被解放军一路追到绿洲地方。所在部队走投无路，溃不成军，人心涣散，便起义了。接下来就同你一样，接收编遣，我就要求回家。"

张老二正在述说，只听呼噜、呼噜响，一看，张小宝已经睡着了，紧跟着，他自己也进入了梦乡。

第二天早晨，原班人马乘原来的车，接着赶路。张老二记得，他们向西溃退到水湾地方时，四周一片混乱，到处是溃逃的国民党兵，抢东西的，追牛羊的，乱打枪、乱扔手榴弹的，搅的老百姓躲避、逃难。过了短短几天，返回到这里，秩序井然，老百姓很安定，收庄稼的收庄稼，赶车的赶车，放羊的放羊，一扫往日的混乱局面。他从中又悟出了一个道理：解放军为什么能胜利，他们开到哪里，哪里和平安宁，受老百姓欢迎；旧军队所以失败，他们恰恰与解放军相反，逃到哪里，弄得哪里鸡飞狗跳墙，祸害老百姓，弄得人心惶惶，社会动荡。

下 部

第二十五集 雄师进城

旭日东升　十万雄师挺进县城
历史大转折　古堡镇枯木逢春

这次学潮之所以人数众多，队伍整齐，组织严密，行动一致，给了反动统治者以沉重打击，灭了他们的威风，长了人民大众的志气。原来是由共产党的地下组织领导的。为了配合解放大军进军西北的行动，古堡乡所在县的地下党组织开展了宣传鼓动和组织工作，先是派赵文武等人，深入县的边缘农村，发展农村游击队、开展游击活动，反抗反动派的征兵、催粮、催款活动，惩治个别死心塌地维护反动统治的铁杆保长。在古堡镇地方，赵文武发动的一系列活动惩罚了为非作歹、民怨极大的保长，阻扼了他们的反动活动，鼓舞了农民的士气。

地下党组织又派党员，利用各种关系，到县保安大队官兵中活动，做了大量争取工作，使该大队撤离维护旧政权的岗位，到别处隐蔽待命，并促成了和平起义。

张小月则推动县城中师、中学的学生运动，同时在市民中推动罢市、抗征兵、抗捐税活动。游行请愿活动告一段落后，继续开展规模大、斗争目标明确、口号响亮的学生运动和市民运动，继续进行罢课、罢市、反内战、反压迫、反掠夺的斗争。

同时，地下党组织还与解放军取得了联系，为解放军的到来准备欢迎工作。反动统治是不会自动退出历史舞台的，只有解放军的到来，才能推翻他们的反动统治。

这一天终于到来了，九月中旬的一天，解放军的先遣队开来了，与地下党组织一起进行迎接解放大军的准备工作。书写标语，悬挂欢迎横幅、红旗，动员学生、市民、农民参加欢迎解放军的入城仪式。这天下午，秋高气爽，风和日丽，到处洋溢着节日的气象。紧接着，解放大军就开来了。

张老大、赵老师、欧阳义等古堡镇的许多农民都投入到了欢迎解放军的行列。他们按赵文武的约定，来到县城的南大门外，只见鲜艳的红旗在南城门楼顶随风飘扬，猎猎作响，红底黄字的欢迎横幅，悬挂在城门上面，成千上万的欢迎人群站立在马路两边。

他们三个人只见一队队的解放军雄赳赳气昂昂地开了过来：一样的红五星军帽，一色的黄军装，统统打着裹腿，登着黑布鞋，扛着钢枪，背着四方四正的行李。威武雄壮，步伐铿锵地行进，纵看是直行，横看是横行，斜看是斜行，整齐划一，步伐一致。伴随着步伐节奏，边走边高唱："革命军人个个要牢记，三大纪律八项注意，第一一切行动听指挥，步调一致才能得胜利；第二不拿群众一针线，群众对我拥护又喜欢；第三一切缴获要归公……"开过去一队又一队，步兵过去又是骑兵，骑兵过去又是坦克兵，数不清有多少人，看不到队伍的队尾。欢迎的人群，挥舞着彩旗，呼喊着口号，欢声雷动，群情激昂，传向四面八方，直冲蓝天碧空。

赵老师历来都是在教室里、书房里过日子的，看惯了小学生的队列、起立、坐下，活动在小小的校园里，从来没有见过这么雄伟壮观的阵势，如此庄严肃穆、声势浩大的场面，雄赳赳气昂昂的军队，沸腾热烈的欢迎人群。伴随着军队的行进，欢迎的热烈，他心潮起伏，激动异常，兴奋得不能自己，全身心完全沉浸在入城仪式的气氛之中，一扫日出而作、日落而息，上课下课、批改作业，月复一月、年复一年，平静而刻板的生活，打破了忧国忧民、日思夜梦的抑郁心情。长期被压迫、被剥削、被抑制的情绪顿时释放了出来，身不由己地随着欢迎的声浪，"欢迎、欢迎"地呼叫起来，手臂也跟着别人不知疲倦地挥动不停。他为自己能参加这一场面而庆幸，也为自己儿子的敢作敢为而高兴。

欧阳义则是另一种心情。早在红军时代，他就见过这种场面，并亲身经受过这种情景。此情此景勾起了根据地人民欢迎红军的情形。触景生情，浮想联翩，心情激动。看着眼前的场面，回想着在江西湖北的革命活动，艰辛、曲折、坎坷的革命历程，怀念着那些流血牺牲的一个个战友，那么多的同志，不是牺牲在长征途中，就是牺牲在河西大地，尤其是深深地怀念着被杀害在本县城的战友、恋人何玉莲，禁不住热泪盈眶，模糊了视线。他想，要是何玉莲活着该多好啊，也能看到今天的情景，享受胜利的欢乐。他觉得，自己是不幸中的万幸，历经千辛万苦，千难万险，终究挺了过来，活了下来，看到了胜利，实现了理想。进一步体会到党的伟大、光荣、正确和毛主席的英明。他又想到，战友们的流血牺牲是值得的，今天的胜利，也有他们的功劳和奉献。他们若是黄泉有知，也会一样高兴的。

正在想着，想着，忽然有人拍他的肩膀："队伍已经进城了，咱们再进城去看看。"

他才猛然从沉浸、联想中省悟过来，便同赵老师并肩向城门走去。

城里面也一样是人山人海，解放大军在南大街上铿锵行进，街台上的市民排作人墙，不断高呼"欢迎，欢迎！"热烈异常，欢声雷动，秩序井然，群情激昂，一扫往日兵荒马乱、混乱迷离的景象。

人们在高兴亢奋、心情激动之时，往往也是思想最活跃、联想最丰富的时候。观看如此雄伟壮观、欢声雷动、热烈异常的盛况，张老大亦是思绪连绵。他虽识字不多，文化不高，可他是个阅历丰富、爱动脑子、有心计的人。他想，要是二弟在家，也来看有多好。若是三弟、四弟活着该多好啊，可惜五弟去向不明，生死不知。最令他惋惜的是母亲，辛苦一辈子，受累一辈子，为父亲的不幸痛哭，为三弟、四弟的死亡流泪，为最疼爱的小儿子去向不知、生死未卜揪心流泪，为可爱的孙子的饥饿夭折而流泪。能有多少泪水经得起这样一而再而三地流淌，终于流干了眼泪，流瞎了双眼，不能观看今天的盛况，深深为此惋惜哀叹。他越看想得越多，想得越多越爱看，看不过来，想个没完。他看完解放军入城仪式，又跟着进了城门。在街台上边走边看，跟到了营房，还在东张西望地看个究竟。

张老大是背朝蓝天面朝大地，在黄土地里刨生活的人，又是东奔西跑给人家打短工、干木工活的人，又是到县城、赴省上打过官司，讨过公道的人，到处观察过旧社会的黑暗，长期经受过压迫、剥削的人，看够了保甲长抓壮丁、敲诈勒索的人，也体会够了天下衙门朝南开、有理没钱别进来的黑暗。往后看，往事不堪回首，向前看，渺渺茫茫，已经被保甲长逼到山穷水尽、日子没法过，无法活下去的境地，在绝望中，受欧阳义、赵老师的动员来的。他万万没有想到，会有如此光彩耀眼、激动人心的场面，有这么雄壮威武的军队，老百姓是如此的兴高采烈、欣喜若狂。仿佛在做梦一般，他不理解眼前发生的一切，他也不明白旧世界为何过去，新世界何以来临；他也不懂得共产党、解放军的一片道理。可他隐约地感到，天变了，地变了，人也变了，他的命运要变了，黑暗即将过去，光明已经来临。

张老大走着，想着，想着，走着，不知不觉就回到了家中，回到了母亲、妻子、孩子跟前。来不及洗脸喝水，就禁不住地把他一天看到的所见所闻，若瓦罐里倒核桃般地说了出来。

张大嫂听着，听着，像说书人在说书一样，觉得玄之又玄，幻之又幻，难以相信。可丈夫又不是夸夸其谈、信口开河的人，而是有一说一，有二说二的人，倒把她引进了半信半疑的梦境之中。

张大妈则听得一清二楚，深信不疑。她毕竟是历经沧桑、饱经风霜，阅历深广，深谙世事的人。经过了清朝、民国，懂得社会变化，改朝换代的情况，明白物极必反，瓜熟蒂落，水到渠成的道理。

她说："世道坏透的时候，就到了变天的时候，就同一年四季的变化一样，不可能永远是冬天，永远是寒冷黑暗。天到最寒冷，黑夜最长的时候，冬天也就到了尽头，春天就要来临了。清朝末年，社会黑暗至极，腐朽透顶，就引起了国民革命，变成了'中华民国'。国民党的统治又换汤不换药，老一套，社会的病根没有除掉，仍是耕者无其田，劳者无其食，腐败日甚，弄得经济崩溃，民不聊生，老百姓日子没法过，人民大众活不下去了。也就是到了该变天的时候了。所以共产党来了，解放军进了城，人民大众夹道欢迎就很自然了。所以国民党的那一套治不了病，就由共产党换个方子治，所以解放军来了，老百姓很高兴，大家都拍手称快。"

张大妈这一番道理，不仅点拨得张大嫂心里明白，连张老大也听得心服口服。附和道："看来，不变是不行的，所以就变天了，解放军来了，成了共产党的天下，过去弄得我们无路可走，活不下去了；现在命运要变了，有活路了。"

到了第三天,赵文武又领着解放军的朱排长等二人,到古堡镇来观看,正好遇着张老大套的老牛在耕地。赵文武简要介绍了张老大进城欢迎解放军的事,朱排长说:"噢,谢谢你进城欢迎我们。"又问了张老大的生产生活情况,张老大说:"我现在犁的地是李老财的,是租种的,你们再不来,我们都活不下去了。"

朱排长说:"看样子,你们是佃农,耕者无其田,劳者无其食,这就是病根子。我们要改变这种状况,实行耕者有其田,劳者有其食,以后啊,说不定你现在耕的这块地,可能就变成你自己的了,不再交地租了。"

张老大一听,觉得此话说到自己的心坎里了,便回答道:"太好了,就盼着这一天,我要是有了自己的土地,一定要报答共产党,给共产党交税,拥护共产党,安安稳稳地过日子。"说得朱排长、赵文武,连张老大自己,都哈哈地笑了起来。

到了晚上,张老大一家子正兴高采烈之时,一个声音传了进来:"妈,我回来了!"大家一听,分明是张老二的声音,赶忙出来迎接,恰好迎在正房门口。

原来,张老二、张小宝所乘汽车在太阳偏西之后,就到了古堡乡所在县城,两个人急急忙忙你赶我追往家里走。

自打张老二在李老财的庄园工地上被抓走后,古堡乡一直是兵荒马乱,传说纷纷,人心惶惶。张大妈他们的心情,也随着社会的动荡而动荡。一阵儿说中央军逃的快,解放军追的更快;一阵儿又说解放军攻打省城,国民军走投无路,跳了黄河,黄河里漂的尽是军帽。他们又担心张老二跳了黄河。后来,国民党军队溃退过县城,他们认为张老二就在其中,该回家了。可是,一群又一群的国民党军队都往西逃跑了,就是不见张老二的影子。紧接着,解放大军浩浩荡荡开进县城,仍是不见张老二的人影,他们担心张老二是不是战死了。眼看着解放军一个劲地往西开,传说是在追国民党的军队,跑到哪里就追到哪里。越说越玄乎,张大妈则越担心。最是张二嫂,急得团团转。随着众说纷纭,她的心也一团乱麻。等啊,等啊,一天,两天,天天徘徊在娘家与婆家之间,只是不见丈夫的影子。急得她无心吃饭,忘记喝水，折腾的她口干舌燥，嗓子冒烟，心情烦躁，六神无主。好不容易度过白天，到了晚上，困得进入梦境，又被白天的情景惊醒，梦境无影无踪。又盼天亮，在黑夜中煎熬，夜复一夜。过了十天，又度半月，天天如此，夜夜如此，在等待中度夜，打探中过日子，何曾消停过一日一夜。

这一日，张二嫂等待到傍晚，仍杳无音讯，便回娘家照顾孩子去了。

张二嫂走了后不久，同路的张小宝奔回他父母处去了，张老二就回到了张大妈这里，边走边叫地进了门。张老大、张大嫂一听是二兄弟的声音，赶忙出来迎接，恰好迎在正房门口。张老二边打招呼边进门问妈好，未等他说完，张大妈说："你媳妇天天等你不来，今天等到现在刚刚走，让大嫂叫去。"张老二说："我去，我去！"顾不上喝一口水，就往岳父家跑。

张老二毕竟腿长，又是当下兵的，行动快，张二嫂前脚刚进她妈的门，张老二后脚就到了。一声"二姐"出了口，二姐回头一看是丈夫，就晕过去了。

二姐是个极其痴情的女人，虽然与丈夫相处日月不多，可一日夫妻百日恩，自嫁给张老二就明白，从此以后张老二是自己的丈夫，自己是张老二的女人，他是自己的归宿，是自己的依托和靠山。后来有了孩子，更认识到张老二不仅是自己的丈夫，而且是孩子们的爹。她仔细体会着丈夫的好处、妙处、重要。尽管张老二穷得叮当响，东奔西跑不在家，可她的心紧贴着丈夫，无时无刻不在想着丈夫。丈夫被抓壮丁后，又天天祝愿他平安，企盼丈夫快快回来，日思夜梦，何曾中断过一时一刻。要不是孩子把她拖住，她会像前一次一样，千里迢迢去寻找。

等啊，等啊，等丈夫回来；盼啊，盼啊，盼着与丈夫团圆。日复一日，月复一月，等得她心急、心慌、心焦，面容憔悴，心慌意乱。今天又是如此这般地等了一天，真是神不守舍，处在惶惶不可终日之中。由于整整等了一天，没有等回来，反而失去了今天的希望，丝毫没有应对丈夫来临的心理准备。当丈夫突然叫她，站在她面前时，反而又惊又喜，又慌又乱，便昏过去了。

张老二毕竟是受过军事训练的人，眼疾手快，一把将欲昏倒的媳妇抱在了怀里。面对媳妇的这种惨状，他顿时一阵酸楚，心疼得难以忍受，禁不住泪水亦在眼眶里打转，又滴在了媳妇的脸上，声音一时哽咽。张二嫂镇静、清醒过来，睁眼一看，自己竟躺在丈夫怀里，立刻禁不住放声大哭起来，两个人的泪水交融在了一起。这一哭叫不打紧，倒惊动了她爸她妈，以为发生了什么天大意外事情，慌忙出来欲看个究竟。原来是女儿正躺在女婿怀里痛哭，立刻明白了是怎么回事。

此时此刻，三姐及其两个孩子，二姐的两个孩子，均听到哭声，都赶了过来，围成了一个圆圈。面对此情此景，二姐反而有些不好意思起来，赶忙挣脱丈夫，走进妈的房中，擦眼泪，理头发。张老二的突然出现，若燃放一串鞭炮一样，引的男女老少兴高采烈起来，驱赶走了往日等待张老二的焦急、失望、没精打采的悲观气氛。张二嫂又惊又喜又忙又乱，不知该干什么好，忽然想到该给丈夫做饭了，急忙往厨房里跑。张老二会意，忙说："不忙做饭，先说说话再说，喝口水就行了。"

便简要地将部队起义，被解放军编遣，发路费、口粮、解放证的事说了一遍，大家一听，更加喜之不尽。又说："你们先歇着，我还没给妈和大哥大嫂说话，我得先回去，给他们把来龙去脉说说。"

大家一听，都觉在理，便将张老二送出了门。

第二十六集　自食其果

恶有恶报　"花"保长罪有应得
时来运转　众村民们当家做主

张老大看完解放大军的入城仪式和城中市民欢迎解放军的盛况后，自我感觉，身上的压力轻了，腰杆子也直了，兴奋地回到家中，又将所见所闻向母亲和媳妇述说了一遍，大家都喜笑颜开。紧接着二弟张老二也被解放军解放了回来，全家都沉浸在一片欢乐喜悦之中。可在高兴之余后低头一想，又觉得这是空欢喜。解放军虽然来了，二弟也被解放回来，而自己还就是那四五亩地，耕种的其余的十几亩地仍是李老财的，收获的粮食几近一半要交地租，还有历年歉收欠交的地租亦有十几石。欠这么多债，压得喘不过气、直不起腰。二弟虽然回来了，没有土地，生计也是大问题。想到这里，他欢迎解放军时的喜悦又收敛了起来，继续为往后的日子发愁。

王三姐家与张家的情况也是大同小异，大姐夫给他们说了解放军进城的情况，二姐夫也被解放军解放了回来，与二姐和侄子们团圆了，父母和她们姊妹们都处在合家团圆的欢乐之中。可是喜中有忧，人就是有个触景生情的特点，往往在欢乐兴奋之中，想起一些悲愤的事情。王三姐又想起被花保长强暴而出家的四姐，自己去看望他也未看到，至今音讯皆无，以及被婆家折磨而死的五姐，禁不住又悲伤起来。觉得，虽然解放军来了，可恶人未除，恶气未出，遗憾犹存，深深地为她们惋惜。

可以说，张家和王家都处在这种喜中有忧、喜忧参半之中。

正在喜忧交织之际，传说上面派来了工作组，要搞什么减租反霸。听到消息之后不久的一个上午，工作组就来到了张老大家，正好张老二夫妇也在，只见一个头戴红五角星栽绒帽、身穿黄军装，英俊、结实、威武雄壮的中年军人自我介绍说："我是解放军的朱排长，"他又指着一个穿灰色中山装的中年男人说，"这是工作组的郑组长"，又指着一个留着剪发头、穿灰色中山装的女同志说，"这是工作组的吴干事。"

朱排长介绍之后，郑组长说："我们是来访贫问苦、了解情况的，希望你们不要有顾虑，能配合我们的工作。"并仔细询问了张家的人口多少、自有土地及生活情况等等。

张老大望了望朱排长说："你们进城时我去欢迎过你们；翻地时，你同赵文武来到我们地头上，又见过你。一回生两回熟，欢迎你们到我家来。"

又指着张大妈说："这是我母亲。"指着张老二说，"这是我弟弟。"指着媳妇说，"这是王大姐。"指着弟媳说，"这是王二姐。"

说到这里，工作组的三个人都有些好奇，又看了看她们两个，好奇地问："怎么叫王大姐、王二姐，没有名字吗？"

张大妈解释说："她们娘家姓王，都是一个爹妈生的，没有起名字，姐妹五个，就按出生的先后，称作王大姐、王二姐、王三姐、王四姐、王五姐。大姐嫁给我大后人，二姐嫁给我二后人。在我们婆家，她们以妯娌相称，大嫂二嫂的；在她们娘家，仍以姐妹相称。叫惯了，我们也以王大姐、王二姐相称，又顺口，又亲切。两个姐姐，嫁给我张家两个儿子，都做了张家的媳妇，我家两个儿子都做了王家的女婿。我两个儿子之间除亲兄弟关系，又多了一层亲戚关系，按照外地人的叫法，是连襟关系。根据我们古堡镇的习俗，称作挑担关系。"

"真有趣。"朱排长说，"世界之大，无奇不有，这也算是又奇又怪的新鲜事。"

"怪不得，妯娌两个长得一模一样。"吴干事接着说，"虽说都做了媳妇，当了妈，可脸蛋儿人模人样，一样俊，身段儿一样高挑匀称，一个一个的美人胚子西施料，怪可爱心疼的，我看着都眼馋。"

吴干事一席话，逗得一屋子的主人客人哈哈笑。

张大妈接着说："可不是夸张的话，她们王家姐妹五个，一个比一个好看，都是姑娘们中拔尖出梢的，都生的俊俏，出脱的窈窕，像青葱一样挺拔青翠，恰恰儿地五朵金花。"

王大姐说:"妈!你拐到哪里去了,尽糟蹋人,臊死人了。"引得大家又是一阵哈哈笑。

张老大说:"我妈是个爽快人,素日平常说惯了的。我再回答你的提问,我们弟兄五个,四弟牺牲在抗日战场,三弟因为争水纠纷死了,五弟被国民党抓走,没有音讯,估计被裹挟到台湾去了。只剩母亲、两个女人、我和弟弟及各两个孩子,共九个人。"

朱排长又说:"把你们家种的土地情况说说。"

"自耕地只有五亩,是我们家唯一的土地,另外租种李老财的十几亩地。一年的收获差不多一半交了地租,一年辛辛苦苦下来,没有多少净落。不租地,养活不住人;租了地,也是半饥不饱的苦日子。"张老大介绍说。

"你二弟的地呢?"郑组长插口问。

张老大回答说:"五亩地是与二弟共有的。原来还有三亩自己的地,因打官司典当后,赎不起,未赎回。二弟也租种过李老财的地,因为地租纠纷,被收回去了,不是出去打短工,就是当兵,才回到家,是被解放军解放回来的。"

"原来是这样!"朱排长说。

"今天我们就聊到这里,以后有事我们再来。"郑组长一行一边说着,一边起身告辞。

工作组又到西路军红军老战士欧阳义家来。欧阳义的情况工作组早有所闻。欧阳义对工作组的来访也早有准备,一见面若见故人,毫无生疏的感觉,进前与工作组一一握手,轮到与吴干事握手时,那相貌、那身材、那衣着及姓名,似乎又触动了欧阳义的神经,多少年没有看见过这种打扮、这种形象的女同志了,仿佛若他的战友、恋人何玉莲一样。一进门便打开了话匣子。自家的情况还在其次,大量的则是古堡镇地方的情况,有概貌,又有具体事实的介绍,最后又一问一答地介绍了一些细枝末节的事情。工作组的同志觉得,欧阳义的介绍与众不同,有看法又有事实,通过他的介绍,工作组似乎对古堡镇有了概念性的认识。

工作组在张家庄,通过挨家挨户地访贫问苦,掌握了各家的人口、土地及生活状况之后,又来到王家庄,访问了几家之后轮到了王老二家。

第二十六集·自食其果

因为是冬季农闲时节，田地里没什么农活，除王三姐丈夫周二因耳聋不便听话说话外，在干他的饲养牛羊及家禽活外，王三姐及她父母正在暖炕上逗孩子玩耍，忽听狗叫唤，王三姐便马上去开院门。一看是三个陌生人，因早听说来了工作组，又听姐姐、姐夫说过工作组访贫问苦的事，知道来的就是工作组的人，便急忙引进父母房中。父母要下炕来接待，郑组长赶紧拦住，将他们挡在炕上，一边阻拦着，一边顺便在炕沿上坐下。朱排长、吴干事则在地下的凳子上分别坐定。王三姐待他们坐定后，则在工作组女同志吴干事身边陪坐、说话。

郑组长说："你们可能听说了，我们是工作组的，到你们家串串门，顺便问些人口、土地及生活情况，不会妨碍你们的，请不要有顾虑。"

王老二一边听着，一边思考着。心想，我们从未伤害过人，却尽受别人的欺负，工作组也不会将我们怎么的，再说大女婿大女儿二女婿二女儿都说过，解放军是好人，便说："没顾虑，没顾虑，你们尽管问，我都实话实说。"吴干事看了王三姐一眼，王三姐也会意地点了点头。

紧接着王老二便介绍起来。望了一眼王二娘："她是我老伴。"指着王三姐，"这是我三女儿。"又抚摸两个娃娃的头说："这是我们的两个孙子。"接着望望窗子外，说，"院子里干活的是我们的女婿。"

吴干事问道："那你孙子的爸爸呢?"

王二娘解释说："我们只有闺女，没有儿子，院子里干活的那个叫周二，是三姐儿的招女婿，也就是孙子的爸爸。因为是招女婿，孩子跟我们姓王，就是我们的家孙子。"

吴干事会意地看了王三姐一眼，王三姐也赞同地点了点头。

"那么，你家有多少土地呢?"郑组长问。

"我们这里兴说'斗'和'石'。"王老二回答道，"对地呢叫作一斗地，十斗地称作一石地。来由是，一斗地要播一斗小麦种子，一石地要播一石小麦种子。若按亩折算，一斗地约等于一亩三分地。一石地折合十三亩，我家共有一石七斗地，约折合二十二亩地。"

"每人平均大约三亩半地。"郑组长说。

"差不多，就是三亩半的样子。"王老二应对着说。

"日子过得怎么样？"朱排长问。

"你们来了，日子安稳了。"王老二回答道："在你们来以前，虽不像张家女婿那样被抓壮丁，可是又是纳公粮，又是捐款，什么马签、公差，还有什么治安费、公务费、工事费、筑路费，这个税，那个费，二三十种，加上保甲长的明里勒索，暗里卡要，家底都掏光了，日子都过不下去了。你们要是再不来，我们都活不下去了。"

王老二一席话，引得众人都点头称是。

"打扰你们了，谢谢你们的介绍！"郑组长说。

"不客气，不客气。"王老二应和着说。

临走，吴干事又对王三姐说："我还想单独同你聊一聊，欢迎不欢迎？"

王三姐回答道："巴不得你再来，我有一肚子话要对你说。"与吴干事握手送别。

王家庄调查完毕，该轮到赵家庄了。工作组的三个人又向赵家庄走来。赵老师是当地有名的文化人，这是到赵家庄第一个要拜访的人。便到赵老师的私塾小学来。

赵老师一般不外出，今天也是一样，正在他的私塾的办公室，干他老师的事情。工作组一进门，边握手边寒暄："我知道你们一定会来的，我一直在等你们，你们终于来了。稀客稀客，欢迎欢迎。"

郑组长应和道："听说解放军进城，你就欢迎去了。"

赵老师说："应该的，我早就盼着这一天，终于如愿以偿。我孩子知道你们要进城，通知了我，是和欧医生、张老大一起去的。真是大开眼界，见了大世面，是大势所趋，人心所向。解放军的那个雄壮威武，老百姓的热烈欢迎，闻所未闻，见所未见，我今生今世头一回。"

郑组长说明来意后，赵老师便将学校的情况、个人家境及社会情况一一作了介绍："临解放前，兵荒马乱，人心惶惶，老百姓是有今天没明天，谁还有心思送孩子上学读书，眼看学校就要关门了。幸亏解放了，孩子们又来了，学校又热闹起来了。咱这个私学就我一个老师，一二三四四个年级，每个年级一个班，每个班三十几个学生，共有一百几十号学生。只开国文、算术两门主课，都是我教。每个学生一年一斗麦子的学费，多数能交上，少数

第二十六集·自食其果

困难的交不上的，也就算了。加上家里三四亩薄田，亲戚们给帮衬春种秋收，日子勉强过得去。"

当郑组长问到社会情况时，赵老师说："是该改天换地了，种地的没有地，劳动的没饭吃，富的滚瓜流油，穷的衣不蔽体，食不果腹。不平则鸣，不公则愤，无路可走，不上梁山才怪哩。社会能太平吗？历史就是由乱到治，由天下大乱到天下大治，再不变就维持不下去了。现在是该大治一下了，应该耕者有其田，劳者有其食，娃娃有书读，青年有事做，各得其所，才能安居乐业。解放了，应该给大家做些好事实事，大家都看着你们，盼着你们，给他们带来实际利益，若不然，他们会失望的。"

智者见智，仁者见仁。赵老师的一席话，说到工作组的心里去了，真是所见略同。连日来，访贫问苦中反映，减租反霸，改革土地制度，都是广大贫苦农民的一致要求，强烈呼声。郑组长、朱排长和吴干事，越发体会到党中央和毛主席的英明，党的政策完全反映了广大老百姓的利益和要求，更坚定了他们搞好减租反霸的决心和信心。

为了掌握全面情况，避免片面性，他们又走访了李家庄，除走访贫苦农民，还走访了李老财、李保长大户人家。

经过一个多月夜以继日地访贫问苦和调查研究工作，郑组长一行认为，情况已经明朗，心中已经有数，该到行动的时候了。在工作组内部统一思想认识后，向上级汇报了行动计划。经上级批准后，进入了发动群众，除剥削、斗恶霸、清罪行阶段。

秋末冬初的一天上午，欧阳义、张老大、张老二分别被通知，于当天晚上在镇小学的教室里开会。他们按时到会后，举目一看，除了工作组的三个人外，还有王家庄、李家庄、赵家庄的佃农、贫苦农民及赵老师、王老二等二三十个人，待大家到齐坐定后，只听朱排长说："今晚我们开一个减租反霸的骨干会议，先请郑组长讲话，欢迎！"

一阵鼓掌之后，只听郑组长说："我们来古堡乡已经一个多月了，在大家的积极配合下，经过访贫问苦，调查研究，初步掌握了基本情况，全古堡乡共有四百多户人家，三千多人口，一万余亩土地，人均耕地约三亩。其中有五种情况：第一种有七户，一百七十人，占耕地三千多亩，人均耕地廿多亩；第二种有七户，一百五十口人，占地一千二百余亩，人均耕地约八亩；第三种有二百二十户，一千六百多人口，占地四千六百余亩，人均三亩多；第四种有一百五十五户，九百三十人，人均约一亩地；第五种有八十多户，四百一十五人，共有地二百一十余亩，人均不到半亩。各种人占有土地悬殊很大，有的人均占有廿几亩土地，有的人均不到一亩地，有的甚至上无片瓦，下无立锥之地，仅靠扛长工生活……"

再下来又听地租情况的介绍，郑组长说："据我们了解，按规定应交地租是收获量的三成多，即百分之三十七点五。实际上，地租占到收获量的四成，甚至一半。也就是说，收获量的四成到一半都交了地租，由于地租标准太高，收获又不稳定，许多佃户交不起这么多，欠租的也不少。"

"还有放高利贷的。一些人家因疾病等原因，不得不借债，交高额利息，即所谓'驴打滚'，连本带利地交，交不起、破了产的也不少。

"减租反霸的目的是减租减息，把收租标准降低百分之二十五，再是退租退息。我们清算地租，不是为了让佃户交地租，而是把地租标准降低，把已经多收的地租退还给佃户，免除债务，减轻压在佃户身上的债务负担。"

郑组长接着说："减租反霸是大家自己的事情，要依靠大家自己来争取，不能光靠工作组。凡是租种地主土地的佃农，借了高利贷的人，自己把账算清楚，租种了多少地，地租标准多高，交了多少，要一户一户核对，减免、清退。"

"还有反霸斗争，就是推倒封建恶霸的统治。这与减租减息是相联系的，是共同的任务。对残酷欺压、剥削群众、罪行累累的恶霸，大家要行动起来，揭发他们的罪行，清算他们的剥削，使他们得到应有的惩处，推翻他们的统治。如果不揭发清算他们的罪行，不推翻他们的统治，他们就会继续骑在老百姓的头上，压迫、剥削人民，把减了的地租倒算回去。因此，搞好减租反霸，要靠大家的力量，光靠工作组不行。否则，工作组一走，他们还会反攻倒算。

"为了搞好减租反霸，要广泛、充分地发动群众，组织群众。大家要自觉地行动起来，组织起来。好比我们的手，分散的手指没有力量，攥成拳头才有力量。因此，要成立农会，凡符合条件，愿意参加的人吸收进来，推选农会主席，团结和带领大家，进行查租佃、算剥削、斗恶霸、清罪行的斗争。"

张老二越听心里越清楚，越听信心越足，心想，现在解放了，是共产党的天下，又有工作组撑腰，不怕搞不好。他正在咀嚼郑组长的讲话，思考怎么办的时候，忽然听主持会议的朱排长发问："大家有没有信心？"大家异口同声地回答："有信心！"这才发觉自己思想走了神，赶紧跟上大家的声音，补了声"有信心。"

散会后，张老二兄弟俩、欧阳义，一路边走边议论。张老二说："郑组长讲得真好，听得真过瘾，从来没有听过这么好的讲话，越听越有滋味。"

"可不是么，人家工作组知道的就是多，"张老大附和道，"我们天天在这里过日子，可谁晓得哪一种情况有多少户、多少人、多少地、每户有多少地？我们只知道谁家穷，谁家富，哪里知道这么多，可人家讲得一清二楚。"

欧阳义插嘴道："最要紧的是人家讲要成立农会，佃户、长工们要自己行动起来，抱成一团，组织好农会，拧成一股绳，还要团结中农，像你们岳父那样的人，人多力量大，剩下李保长、李老财十来八户，不信斗不倒他们，不信搞不好减租反霸。鸟没头不飞，人无头不起，你们兄弟俩可要带好这个头，你们是苦大仇深的，要给大家做个好样子。"

"那没说的。"张老二接上说，"李保长把咱欺压的够够的了，该清算清算，讨个说法了。如今，有共产党领导，有工作组撑腰，再不争气，还算个人吗？"不知不觉就到了家门上。

第二天上午，郑组长三人来到了欧阳义家，征求对农会负责人的人选。欧阳义非常坦率地说："张老大、张老二兄弟俩都行，都是地地道道的庄稼人，贫雇农，在群众当中有威信，两人各有特点，老大稳重、老成、厚道，老二活跃、机灵，有冲劲，要说谁更合适的话，张老二更合适些，有冲劲，在发动群众阶段，尤其需要这样的人。"四人不谋而合。

到了下午，张老大兄弟俩正在屋里，给他们妈述说昨天晚上开会的事，郑组长与朱排长来商议成立农会的事，郑组长开门见山地说："一家人不说两家话，成立农会你们可要带好头！"朱排长紧接着说："大家都在看着你们，你们可不能缩头缩脑地不出头！"

张老大说："工作组相信我们，有群众做后盾，没说的。我们自己的事自己不干怎么能行？我弟弟冲劲大，由他出头，我给使劲。"

张老二毫不迟疑地应道："行，我出头，你使劲，还有妈妈的帮助，我能行！"

张大妈附和道："工作组看得起我们，我们应该出这个头，干出个人样儿来。出出窝囊气不说，主要是为大伙求解放、谋利益，要给穷人办好事，办实事，要把好事办好，实事办实。减租反霸就是好事、实事，应当尽心尽力，切实办好。好让大伙的日子过得去。二后人出头也好，有股冲劲，适合带这个头。但要记着，凡事要多动脑筋，多听工作组的话，要多依靠众人，别一个人单打独斗唱独角戏。"

郑组长、朱排长听了这番话，满心欢喜。特别是张大妈的一席话，点点切中要害，句句说得有理。没想到老太太的见识非同一般。与欧阳义一样慧眼识人，看得准，农会负责人的人选自是有个谱了，便告别出来，再物色别的农会成员。

在郑组长、朱排长去张氏兄弟家的同时，工作组吴干事来到了王三姐家，这是第一次来她家时打过招呼的。

自工作组来登门拜访、并打招呼要同自己再聊聊后，王三姐就在等她。并且在想，吴干事要问些什么，自己要说些什么。想来想去，觉得吴干事也是女人家，更了解妇女的事，会同情妇女的苦楚，正在用脑筋思考的时候，吴干事就来了。

一回生，两回熟，只来一个女同志，又是事先约好了的，王三姐就给母亲说一声，你管管孩子，我同吴工作到我房中说些话儿。"吴工作"这是王三姐对吴凤莲的叫法。"工作"本来是一种劳动状态，或执行任务的一种状态，工作组则是对执行一定任务的干部群体的叫法，并不是对具体人的称谓。可是到了王三姐嘴里，一时想不出别的更合适的称呼，顺便冒出了"吴工作"三个字，成了既是工作状态，又是对人的称呼，还有尊敬的意思，俱有了三重意义。吴凤莲也觉得没有必要纠正，默认了这个称谓。习惯成自然，也成了别的妇女乃至男人们对工作组同志的流行叫法。

两人到了房中，王三姐意欲摆炕桌沏茶接待，吴凤莲说："别麻烦，就我们两个人，别把我当外人，你就当姐妹们一样，随便聊聊，不要忙来忙去的。"就拉着王三姐的手,共同坐下说了起来,"听说你的婚姻怪坎坷的,能不能说给我听听?"

"唉!可能是前世里修的,命运不好。活了快半辈子,没有几件舒心的事,窝着一肚子的话,没处去说,只有自己给自己说。幸好有两个娃娃,还能指望指望,排解排解。"王三姐说。

吴凤莲说:"有什么话,方便的话,你就对我说说,说出来,兴许心里舒坦些。"

人非草木,亦非鸡鸭牛羊,是有思想、有感情、有精神生活的灵物,好是非分明,爱区别好坏优劣,讲究尊卑荣辱,分辨真假、善恶、美丑,追求活人的价值和意义,图个心平气顺,长命富贵,花好月圆。王三姐也不例外。她生来聪明伶俐,美丽俊俏,感情丰富,思想活跃,开朗爽快,心直口快。懂了人间情事之后,曾经梦想嫁个理想的丈夫,相互尊重,甜甜蜜蜜地过日子,她心中曾有意中人——赵树仁,即现在的赵老师,可是一切事与愿违,美梦泡汤,厄运来临,祸事连连,坠入了烟熏火燎的迷雾里,陷入了深深的苦闷之中。与父母是隔代人,想法与兴趣不同,说不到一起;现在的丈夫是个聋子,样子货,无法沟通交流;孩子们呢,小不点点,哪解大人的心事,一肚子的心里话,满腔的苦水,只有自言自语,自吞自咽。

吴工作来了,觉得都是妇女,年龄相仿,看着顺眼,话儿投机,既无利害冲突,又无讲究忌讳,是个说话的人儿,便把窝在心里的话,若竹筒倒豆子一般,统统倒了出来。什么父母不顾自己的心愿,揽赵老二做招女婿,什么赵老二赌博输钱,为还赌债把自己租给周二的事;王四姐遭李保长强奸出家当尼姑,自己去看望不着,因为马家军铁匣子惹官司,受刑罚;生了一女一男,父母误认为不吉祥,会家破人亡,因而冷漠自己等等说了出来。

吴凤莲听着,听着,渐渐地由旁听者,融入到里面去了,与王三姐一块同呼吸共命运了。一块儿怨父母拉郎配,怨赵二的无情无义,恨李保长的强暴行为,愤怒马家军的严刑拷打逼供,埋怨其父母的愚昧无知,同情三姐的尴尬而无奈的婚姻。最后,完全站在王三姐一边了,与她同怨、同恨、同怒、同悲,融为一体了。她从心底里同情王三姐,她认为,如此容貌出众、才华横溢的女子,竟遭遇如此骇人听闻、不堪忍受的悲惨命运,深深地惋惜她、同情她。她是旧社会千百万不幸妇女的典型，是怨仇最大最深重的女性，是封建制度的最大受害者，对她表示了极大的同情的挚爱。最后又归结到拜访王三姐的动机和目的上来，问王三姐："若斗争李保长，你敢不敢当着乡亲大众的面，上台揭露他的罪行？"

"怎么不敢，我恨不得抽他的筋，剥他的皮，敲碎他的骨头！"王三姐回答道。

吴凤莲一边往外走一边说："那好，就说定了，斗争李保长时，你要勇敢地登上斗争台，大胆地揭发李保长的罪行，给姐妹们报仇雪恨，出恶气，给广大妇女长志气。"

"一定一定！"王三姐一边答应着，一边陪吴凤莲到院门外，频频招手送别。

工作组郑组长一行又走访了十几家贫苦农民骨干，物色好农会的组成人员，决定召开成立农会筹委会会议，通知张老大等十几个人开会。在会上，郑组长说："为了充分发动群众，凝聚大家的力量，必须紧紧依靠贫雇农，坚定地团结中农、中立富农，孤立和打击封建恶霸，实现减租反霸的目标。今天咱们召开农会筹备工作会议，请大家来讨论成立农会问题，明确农会任务，讨论农会的章程，推荐农会的负责人。"

经过充分酝酿，热烈讨论，初步通过了农会章程草案，提名张老二为农会主席候选人。紧接着又召开了农会成立大会，通过了农会章程，正式选举张老二为古堡乡农会主席。

在访贫问苦、调查研究，查租佃、算细账的过程中，又发现了一些工作组原来未掌握的问题。诸如李保长收高利贷、地租逼死人、活埋人的新问题。工作组认为，人命关天的大事，有必要请司法部门参与，进行立案、调查、取证、审判，以配合整个减租反霸工作的进行。

赵家庄赵得志的父亲租种李保长的七斗地，因赵得志母亲患病、治病、辞世，延误农时，导致歉收，交不起地租，要求免交缓交，李保长说，那是你们自己的事，与我无关。我只管按地收租，该收多少，你就交多少。临近年关仍催逼不成，赵得志父亲因李保长逼债，加上老伴辞世，觉得无路可走，无法过日子，便在自家门前的一棵歪脖子柳树上，于夜深人静时上了吊。

调查中又搞清楚了李保长活埋人的问题。临乡有个周大、周二难兄难弟俩，周二长年在外地当兵，周大给李保长扛长工，他在干活时无意中看见了李保长修夹壁墙、藏匿金条、银元宝的秘密，李保长也同时发现了周大看见他秘密的事实，怕周大泄密、偷盗，便纠集魔鬼、塌鼻梁、白铁刀、假石片子、草包五个人，在一个晚上，乘其不备，将其打昏，五花大绑，嘴里塞了一只线袜子，活埋于村外水渠桥的附近。李保长并威胁魔鬼等当事人："你们几个给我听着，别狗咬耗子——多管闲事，谁若是走漏一丝半点风声，周大就是谁的下场！别怪我手下无情。"

对李保长的心狠手黑，魔鬼们是深信不疑。李保长虽是乡下人，但衣着装饰与老百姓不同，戴着一副茶色石头眼镜，头顶大礼帽，穿长袍马褂，眼睛里露出逼人的穷凶目光，右手里拄着文明棍，左手拿着长杆旱烟锅，总是高仰着脸。他有两个绰号，一个叫花叫驴，因他是个色狼，嫖过、强暴过许多妇女；再一个绰号是活阎王，他的口头禅是"三句好话不如一马棒"，稍不如其意，眼睛一瞪，嘴一咧，就会动真格的，毫不留情，照你的脑门子，不是一烟锅头子，就是捣一拐杖，或者唆使魔鬼们动手。轻则拳打脚踢，重则马棒就抡起来。因此，魔鬼们都是点头哈腰，百依百顺，绝对不敢把活埋人的事透露一丝半缕，从来守口如瓶。

可是，要想人不知，除非己莫为。当事人假石片子在活埋周大，周大临入土前，看过他一眼，那惨象深深地印在了他脑子里，因为做了害人事，总怕死者来缠自己，总是疑心被害人周大跟着他，担心周大的鬼魂缠他，平时走路老回头看，进家门前总要转过头来回顾一下，看看是否有人跟着自己。

又是一个傍晚，他赶着骡车外出回来往家走，走到活埋周大的水渠桥跟前，又觉得周大在跟着他，要缠他，他越疑惑越紧张，越紧张心越慌，越想快走躲避，神慌意乱之中，连人带车从桥上跌入水渠中。正值大雨过后，水深流急，骡子未淹死，假石片子因站立不住，被冲倒淹死了。当地有一种说法，"做了亏心事，必然遭报应"，对假石片子过桥掉下去淹死一事，对局外的人并无所谓，认为是过桥不小心，发生意外淹死的，而对当事人魔鬼、塌鼻梁、白铁刀、草包来说，则心知肚明，认为是做了亏心事，遭了报应。

人都是有弱点的，一是管不住嘴，二是管不住手，三是管不住下身。对于魔鬼这一帮猫儿嘴、酒鬼、色狼、赌棍，尤其如此。尽管李保长对活埋人的事早有威胁，可是在酒醉之后、发狂之时，仍然没有把嘴管住。病从口入，祸从口出，把活埋周大的事说了出去。几个人在镇子上喝酒，于酒醉乱说时说了出来。说者无意，听者有心，被在旁边桌子上吃饭的赵得志给听到了，又传开了。到减租反霸时，又传到工作组郑组长、朱排长的耳朵里，被列入李保长的罪行录里，并知会法院的人参与调查。

"做了亏心事，就怕人敲门"，怕什么，偏来什么。魔鬼几个受唆使参与了活埋周大的人，岂能心安无事，尤其是解放了，变天了，主子不行了，疑惑越来越重，总担心坏事暴露。若在1949年前，尽管老百姓指着脊梁骨咒骂他们，因他们有后台李保长，也是天不怕地不怕。可如今，天变了，世道变了，他们的主子李保长已若霜打了的青草，蔫楚楚的，朝不保夕，他们几个喽啰也如丧家之犬，惶惶不可终日。正在此时，工作组郑组长、朱排长陪着法院的人找上门来。一听是法院的人，昔日为非作歹、耀武扬威的魔鬼，也吓得双手筛糠、两腿哆嗦，几乎倒地下跪。

只听朱排长责令道："法院来调查你们活埋周大的问题，你要老老实实，把事情交代清楚。我们知道，你是受唆使的，你不是主要凶手，你如果隐瞒事实真相，可要负法律责任，要从严从重处罚，你可要听清楚、记牢了。"

魔鬼一听，磕头如蒜锤子捣蒜，边磕头边说："是，是，是，我老实交代，老实交代。"魔鬼本是心中有鬼、胆小如鼠的人，过去是狗仗人势，靠着李保长狐假虎威地逞凶逞狂，如今解放军来了，李保长靠不住了，也就如丧家之狗夹着尾巴，耷拉着脑袋了。便原原本本、一五一十地将李保长主使他们活埋周大的事交代了。并扯出了白铁刀、塌鼻梁、草包等当事人，指出了活埋人的地点，又在口供上按上手印。

法院的人快马加鞭地乘势提审了其余两个在世的当事人，一一如魔鬼交代的一样。

紧接着提审李保长。起初，李保长表现出吃惊的样子，"没有，没有，根本没有的事，肯定是有人要陷害我。"

郑组长责令道："李有财，放老实点，不要自欺欺人。"

在严厉的责令下，李保长故作镇静地辩解道："没有的事，没有的事，肯定是误会了。"

郑组长、朱排长和法院的人看出来，李保长大大不同于魔鬼一帮喽啰，他是铁杆保长，是反动政权的死硬分子，他深知自己犯有草菅人命的大罪，是不可饶恕的，不到铁证如山、无法抵赖时，是不肯承认的，真所谓茅坑里的石头，又臭又硬。另外，他可能认为自己对走漏风声、泄密者发过要活埋的威胁，魔鬼们不至于交代，侥幸地抱着蒙混过关的希望。

工作组一行还认为，李保长活埋人的罪行事关重大，关系到减租反霸斗争能否取得彻底胜利的问题，必须彻底查清楚，做到万无一失。如果搞不彻底，埋下祸根，留下漏洞，后患无穷。遂同法院的同志决定，要开掘现场，取得物证。虽事过几年，取物证有困难，仍然有必要尽可能获取充足的物证。一致决定在魔鬼等交代的地点，开掘现场。开掘之后，周大尸体的肌肉虽然不复存在，但骨骼的姿势清楚，衣服完好无损，捆绑的绳索保持原样，最是上下牙齿之间塞的线袜子原模原样，与魔鬼等人的口供完全一致，于是一一拍照，说明。

在人证、物证证据充分的条件下，在现场再度提审李保长，对质获取主凶的口供。在人证、物证俱全、铁证如山的情况下，李保长的所有希望破灭了，他的精神防线彻底垮了，侥幸心理不复存在，预感到没活头了，末日来临了，只好双眼一闭嘴一咧，心一横，承认了罪行，颤巍巍地在罪行笔录上签了字。

核对剥削量，清算剥削账的工作，在张老二等农会干部夜以继日地努力下，也取得了比较满意的进展。斗争、公审李有财的条件成熟了，时机到了。

于春耕开始之前的一个下午，在古堡镇的广场，人山人海，人声沸腾，气氛热烈。只见戏台上面的门楣上，一幅醒目的白纸黑字的横额"公审恶霸李有财大会"，主席台上法院的人、工作组及农会干部各就其位。由乡长欧阳义宣布"公审大会开始，押恶霸李有财进场。"

只见民兵队长张小宝等民兵，将李有财押进戏台下面前沿。与此同时，"打倒李有财""李有财必须老实交代""李有财必须低头认罪"的口号声震天响，群众的怒吼震耳欲聋。紧接着是揭发人的控诉。

只见张老二第一个冲到李有财跟前，指着李有财的鼻子说："大前年的腊月，我从煤矿挖煤回来，刚进家门，正在卸行装，走了一天的远路，又饥又渴，饭没吃一嘴，水没喝一口，棉衣未来得及穿，你就五花大绑，把我抓到验兵站上，又被大卡车送到壮丁团，冻饿得我险乎死掉，你说有雇兵费，雇兵费到哪里去了？活阎王，你承认不承认？"

张老二的揭发控诉声未落，"李有财，老实交代！""李有财老实坦白！"一阵山呼海啸般的质问、责令声又起。

"都是事实，雇兵费我私吞了，我有罪。"李有财老实交代着说。

未等李有财说完，赵得志登到戏台前面，"那一年天大旱，渠中无水，庄稼欠收，我妈害病、看病，在贫困交加中辞世，交不起地租，寒冬腊月，你逼着我爹交地租，逼得父亲上了吊。李有财，有没有？"

"李有财，老实坦白！""李有财，低头认罪！"台下又是一阵怒吼声、责骂声。

李有财连连承认："有有有，都有。"

未等李有财坦白完，王三姐扶着王二娘走了上来，"你这畜生，你这花叫驴！那一年我和女儿四姐在青苗地里锄草，魔鬼骗我家中来客找我，你就把我女儿糟蹋了，害的我女儿两天两夜不吃不喝，剪了头发，出家当了尼姑，你这畜生！"王二娘悲痛地说不下去了，王三姐接上去，指着李有财的鼻子质问："有没有？花叫驴！"

李保长支支吾吾乱嗯嗯。

王三姐回过头质问陪斗的魔鬼："魔鬼，你知道不知道？"

台下又是一阵打雷般的谴责、质问声。

魔鬼忙交代："李有财私下对我说，王四姐长得太俊，我要玩玩，便乘她母女俩在麦地里锄草，叫我将王二娘引开。李保长，不，李有财就把王四姐强奸了。千真万确，一句假话都没有。"

"打倒恶霸李有财！""畜生李有财，必须低头认罪！"

在一浪高一浪的口号声中，只见王三姐掏出腰里别的妇女鞋，对准李有财的脸，啪、啪、啪地，左一下，右一下抽起来，一边打，一边质问："有没有？畜生！"

李有财只得交代："有，我是畜生。"

三姐临下台，又抽了他几下鞋帮子，又对准其脸唾了几口吐沫。

诉苦申冤的人，接二连三地冲到跟前，看样子要群起而斗，欧乡长怕发生武斗，搞乱斗争、审判秩序，连忙指示他们一个一个地来，方稳定了斗争秩序。继续一个一个有秩序地揭发、控诉。又揭发、控诉了李有财欺压老百姓、抓壮丁、派捐、勒索人民钱财、强奸妇女的大量罪行。

李有财罪大恶极，罪行累累，令人发指，罄竹难书，不要说一个下午，就是三天也揭发不完，倾诉不了。工作组与法院、欧乡长和农会干部交换意见后，决定该结束揭发控诉了，便由法院宣布李保长活埋周大的判决书。

原来，工作组得知李有财活埋周大的情况后，便知会法院进行调查、取证、审判，将上级法院复审，高级法院核准的程序进行完毕，只等宣判。只听判决书的判决为：

罪犯李有财，因发现长工周大看见其夹壁墙藏有金银等贵重物品的秘密，怕其泄露或偷盗，为杀人灭口，亲自指示李奎仁等五人，于某年某月某日晚，乘周不备，将其打昏，口中塞上袜子，用麻绳捆绑后，把周大抬至村外水渠桥附近掘坑活埋了。经立案调查，取证，初审复审，人证物证俱全，事实清楚，李有财供认不讳。根据刑法侵犯公民权利罪某款和某条，判处李有财死刑，立即执行枪决。

公元一九五一年某月某日

判决书一宣布，台下群众欢呼雷动，"血债要用血来偿""欠债还债，杀人偿命""李有财罪该万死，死有应得"的口号声此伏彼起，一浪高过一浪。随着一声枪响，结束了其罪恶的一生。

枪决李有财，大长劳苦大众的志气，人人扬眉吐气，个个拍手称快，户户众口传颂，处处议论纷纷。有的说"李有财这等可恶，真没想到"，有的附和道："可不是么，我万万没有想到他有这么凶恶！真是罪该万死，死有余辜。"有的说："共产党真是明察秋毫，多少年前的事，都查得一清二楚。共产党赛过黑脸包公！周大该含笑九泉了。"赞不绝口。

赵老师对欧阳义说："古人云，多行不义必自毙，一点不假！"

"罪有应得，死有余辜。"欧阳义附和道。

王大姐对王二姐说："想不到咱妈拐着小脚，敢上台揭发李有财。"

王二姐夸奖道："没料到咱三姐真厉害，拿鞋底子抽李有财的脸，啪啪直响，你听她口气多硬，叫魔鬼作证，魔鬼乖乖地作证，质问李有财，他半个不字都不敢，好生了得！"

"这都是叫逼的、气的。"王大姐接着说，"痛快，痛快，总算报了四姐的冤仇，出了咱们一肚子恶气。"

清算李有财的罪行，处决李有财，极大地鼓舞了劳苦大众的志气，灭了封建势力的威风，将减租反霸的斗争推向了高潮，大大地推进了查租佃、算剥削、清罪行的进程，不仅降低了地租标准，清算了高利贷，更重要的是取消了广大佃户所欠的地租，掀掉了压得他们喘不过气的债务负担，退还的地租又改善了一些佃户的生活。一个个笑逐颜开，谈笑风生，称赞解放军厉害，共产党最亲，毛主席是救星。

可是也有的说，"地租减了，退了，可土地仍是人家的，要是有了自己的土地该多好"，有的说："谁说不是，要是再彻底些，给我们分一块地，就更好了。"

第二十七集　物归原主

旧物归原主　耕者终于有其田
穷人闹翻身　有人喜来有人忧

古堡镇地方经过减租反霸，降低了地租标准，退了多收地租，取消了驴打滚的高利贷，枪毙了恶霸李有财之后，已到了冬去春来，冰雪消融时候，就要春耕了，各家各户都忙着播种小麦。除了李有财家，因其掌柜的吃了枪子儿，比较消沉外，其他各户一切照旧。

李老财仍是财大气粗，因其土地广阔，兵强马壮，人多势重，指挥长工短工大闹春耕，照旧种他的地。李有实，一如既往，亲自上阵，也在精耕细作地种他的近百亩地。王老二虽是小打小闹，可毕竟是自耕农，女婿周二驾着二牛抬杠犁地，王老二撒种，王三姐、王二娘施肥，尚能应付春播。可张老大、张老二们，土地少不说，既缺耕牛，又少农具，只能由张老大掌犁，张老二、张大嫂、张二嫂三人拉犁，拉到地头停下来，再撒种施肥，人拉肩扛忙了近十天，才种上了自耕地和租种地，然后由张老大夫妇整理土地，张老二夫妇过来给岳父家帮忙。

同样是春耕，大家小家情况不同，春播的播法亦各别。与李老财、李有实家相比，张氏兄弟显得小家小气的寒酸。存在决定意识，客观现实决定人们的思想感情。张氏兄弟觉得，虽然在减租反霸中成立农会，带领大家查租佃、算剥削、斗恶霸、清罪行，风光热闹了一阵子，可自己依旧势单力薄。搞春耕的小打小闹与李老财、李有实的人干大闹大不一样。李老财终归是李老财，闹春耕的阵势大、气派。及至到了夏收，又和往昔一样，李老财的麦场上，麦垛子码地又高又大又整齐，若南山的山峰一样，横看成岭侧成峰。而自家的麦场上，麦垛子如土堆、坟墓一样，又矮又小的二三堆，不比不觉得，一比，与李老财仍是天壤之别。麦垛又小又少不说，打碾完了还要向人家交地租。虽然要交的地租比往年少了，可仍得照样交，交过地租之后，加上二弟的四口人，过日子仍然艰难。少不了又是长吁短叹，什么时候才有自己的土地，种多少，收多少，都是自己的，日子才能宽松些。这些念头，不论是在家中，还是在田间地头操作中，总是在纠缠着自己。

转眼又到了秋末冬初的农闲季节，上面又派来了工作组，叫法却与往年不同，叫"土地改革工作组"。郑组长未来，朱排长、吴干事和一位陈干事来了。只见朱排长穿的是蓝色中山装，据说是转业到了地方，所以脱了军装；吴干事仍然是原模原样的打扮。陈干事年纪轻轻，像是一个中学生。

土地改革工作组一进村就来到了张老二家，说是要开农会干部会，要张老二把农会委员召集起来，传达上级关于土地改革的精神。

第二天的晚上，张老二将十几个农会委员召集在乡完小的教室里，由农会主席张老二主持，工作组朱组长讲话："各位农会同志，我们又来了，我们这次来的任务是搞土地改革，废除封建性半封建性剥削的土地制度，实行耕者有其田。乡村中一切地主的土地、公地，由农会接收，连同其他一切土地，按乡村全部人口，不分男女老幼，统一平均分配，使全乡村人民均获得同等的土地，并归个人所有。在平分土地时应注意中农的意见，如他们不同意，则应向中农让步，并允许中农保有比一般贫雇农所得土地的平均水平为高的土地量。

"为了保证土地改革的顺利进行，要充分依靠贫农、雇农，坚定地团结中农，中立富农，有步骤地、有分别地消灭封建剥削制度，发展农业生产。要结成反封建的统一战线，充分发挥农会的作用，农民大会及其选出的委员会，是改革土地制度的执行机关，还要参加人民法庭，对违抗、破坏土地改革的犯罪分子，予以审判和惩处。"

接着由工作组吴干事讲话，只听她说："土地改革分为发动群众，划分阶级成分，说理斗争，没收和分配土地几个阶段进行。要把土地改革搞好，首先要发动群众，包括妇女群众，自己起来解决土地问题，不搞命令主义，不搞包办代替，不搞恩赐。要宣传政策，按政策办事，我们农会干部尤其要学好政策，掌握政策，用政策发动群众，用政策武装群众。"

"其次,要摸清情况。谁家有多少人口,有多少土地,不准隐瞒,要实事求是。情况准确无误,才能搞好土地改革。三是要坚持说理斗争,不能拳打脚踏,打人骂人。四是在这个基础上没收和分配土地,抽多补少,抽肥补瘦。五是要发展生产,解决土地问题的目的是为了调动广大农民的劳动积极性,保护生产力,解放生产力,发展农业生产,做到土改、生产两不误,才能改善人民生活。"

朱组长、吴干事讲完后,问陈干事"还有没有补充的?大家听懂了没有?"

还未待陈干事说话,"地主分田不分田?"张小宝抢先发问。

朱组长回答:"当然要分田,不分田让人家吃什么?喝西北风去行不行?共产党的政策是给出路的政策,让他们由依靠剥削吃饭,转变为自己劳动,自食其力。没有土地,让他们怎么劳动,怎么自食其力,反过来给你当长工行不行?"回答的大伙都笑了起来。

"他们的商店、字号、药铺没收不没收?"张老大提问。

"这个问题提得好。"朱组长继续说:"这是关系国家大事的大政策。商店、字号、中药铺不没收,不分配。"吴干事补充回答:"毛主席说过,中国的工商业不是多了,而是少了,不仅不能没收、分配,还要发展,保证国计民生的需要。"

"中农要不要参加农会?"张老二问。

"要参加农会,"朱组长说,"团结中农不能只说在嘴上,停留在口头上,还要见在行动上。不仅要吸收他们参加农会,而且可以担任适当职务,让他们有发表意见的机会。"

农会委员们又提了一些疑问,工作组都一一做了回答。

于减租反霸的基础上,在工作组的指导下,农会对本乡的人口、土地,再一次地进行了调查、计算、核对,补充和纠正了一些不足之处,提出了一个划分阶级成分的初步方案,提交农会委员会讨论。讨论中最大的争论是富农与地主的区别。朱排长又引导大家学习和讨论了有关政策规定。

张老二说:"我理解,区别点除了人均占有土地的多寡和剥削量的多少外,还要看参加不参加劳动。地主一般都不参加劳动,全靠地租和雇用长工、短工进行生产和生活，而富农则参加劳动，相应地，剥削量也少一些。"

张小宝附和道："对，对，主要是这一点不同。李有富家的人不参加劳动，李有实一家则都参加劳动。"

"对，对，对。"大家异口同声地赞同道："这是主要区别点。自己不参加劳动，全部靠剥削生活的，毫无疑问是地主。而像李有实这样的则应划为富农。"

终于取得了一致的认识，提出了划分阶级成分的第一榜。计有地主四户，富农十六户，中农二百二十一户，贫农一百五十六户，雇农七十四户。提交给农民大会征求意见，将意见集中起来稍作补充修订后，出了第二榜。再征求意见，再补充修订讨论后，已没有大的不同意见，终于公布了第三榜。其他各村依然，划定了全乡农村的阶级成分。

土地改革工作进入了说理斗争阶段，由于恶霸李有财在减租反霸中已经伏法，农会面对的土地改革斗争对象成了李老财即李有富。他占有的土地最多，出租的土地最多，雇佣长工最多，还有为数不少的临时性季节工。要没收、分配的土地也最多，也是最顽固、阻力最大的地主。农会和工作组对他做了大量工作，但他仍然顽固不化，不认罪，不服气，但说理斗争的会必须开，对他的说理斗争，关系到全乡土地改革的顺利进行。

在腊月里的一个下午，古堡乡农会在古堡镇广场召开说理斗争李有富的群众大会，乡长欧阳义宣布大会开始，还未等宣布完毕，"打倒封建势力""推倒封建剥削制度"的口号声此伏彼起，声浪一浪高过一浪，欧阳义责令李有富老实交代剥削事实。

"交代什么？我没交代的。我的家业是我理财有方，苦心经营发展起来的，是我的，不是你们的！"李有富狡辩道。

"打倒李有富！""李有富必须老实坦白""对抗土地改革，只有死路一条！"场内群众被李有富的顽固态度激怒了，口号声若晴天霹雳，轰隆轰隆炸响，震得广场周围的房屋窗户咯吱咯吱响，树枝在摇晃，空气在震动，呼声冲云霄。

欧阳义乡长再次责令李有富必须老实交代。

"你们这些穷鬼！得寸进尺，才搞了减租减息，又搞土地改革，你们干脆花两角钱，买一颗枪子儿，把我崩了算了！"李有富对抗道。

群情更加愤怒激烈，愤怒的口号声一浪高过一浪，群众的怒吼声，若强烈地震，震得天摇地动，又若山呼海啸，震耳欲聋。

李有富生性争强好胜，凶狠强悍，好大喜功。他的好就是发财致富，他的喜功就是发展个人家业。他的凶狠强悍就是在剥削、掠夺上毫不手软，唯利是图，见利忘义。是典型的要钱不要命的土财主、土皇帝，生着方儿剥削是他的本性，巧取豪夺是他的本领。想的是钱和粮，梦的是土地和庄园，图的是家大业大。是削尖脑袋往钱孔里钻的财迷，财就是事业，财就是目标，财就是命。何曾光顾过穷苦百姓的温饱死活，哪里想过历史演变、社会发展？万万没有想过有共产党、解放军一片道理。他觉得减租减息是突如其来，更没有想到又冒出个土地改革。他没有这个思想水平，更无这个精神准备，如今，他的美梦破灭了，他想不通，弯子转不过来，接受不了，顽固不化。

欧阳义乡长深知其人，明白其人其理，且早预料到这一点。现在是针尖对麦芒——尖对尖，对他不抱幻想，如果不把铁证如山的罪证摆出来，他是不会低头认罪的。便不再责令他交代，而是让群众揭发，便对台下说："谁来揭发？"

又是张老二第一个冲上前揭发："李有富听着，那一年天大旱，庄稼歉收，你来收地租，把我仓库挖了个底朝天，我辛苦劳动一年，啥都没落下，你还把地收了回去，害得我去挖煤。你修新庄园，我一个泥水匠把式，干了几个月，被抓了壮丁，你一个子儿的工钱没给，有没有？"

对张老二上来揭发，李有富也缺乏精神准备。对别的人他本不在乎，自己五大三粗，看不在眼里，可张老二同他一样，身高马大，且领教过他的力气、本事，曾在比力气的时候败在他手下，更加人家揭发的件件是事实，没有一点假，他才不得不承认，"有有，都有。"

接着，张老大揭发："那一年夏收后，你骑高头大马，带领骡马大车挨家挨户收地租，虽然天旱歉收，但你地租一颗不少，你有眼无珠，宁是不顾天旱少雨，把我仓库挖了个干净，我说，你下一年还收不收地租，要不收你就都拿去，要收你就把种子留下，有没有？"

"又一年，上下游争水，打死了我三兄弟，你买通知县，偏袒着你们，我们死了人，一分赔偿没有，此事乡约知道。"欧乡长当众责问乡约，乡约说："有，有，李有富给了我六十两银子，我转交给知县。"

在事实面前，李有富才不得不承认。

紧接着李小三揭发："那次争水，淹死张老三，上下游都是李有富的佃户，李有富伙同李保长让下游的人花钱请上游的人吃饭。佃户是又死人，又花钱，你是铁公鸡一毛不拔，地租照收，又不出丧葬费，两头得好处。李有富，有没有？"

李有富只得承认。

赵老师揭发："我办私塾学校，别的家长都交学费，唯有李有富家，有几个子弟上学，李有富有钱有势，我们不好收，他们也不交。"

李有富主动承认："是这样的。"

农会的人又揭发了一大串罪行，旧社会抓壮丁，李家弟兄四个，没一个当兵的，都是穷人替他们当兵，又出人，又纳粮交税。清末民初，李有富还廉价购买反清义士王兆民、张梦飞的家产，人家遭殃，你发横财。李有富乘王家病重之危，给借高利贷，因王家还不起高利贷，霸占了人家土地。别村的周家，因老子吸毒，向他典当农具、土地，因赎买不起，农具、田地也成了李有富的财产。

在一桩桩的事实面前，李有富被揭发、质问得汗流满面，回答不及。不得不低头认罪，改变了斗争会刚开始的死顶硬抗，顽固不化的态度。这也是李有富性格的另一面，口号面前，压力之下，以硬对硬，拒不交代；事实面前，倒也爽快，并不抵赖，件件低头认罪。

对李有富的说理斗争，取得了很大的胜利，也教育和说服了其他中小地主。他们原来还在等待观望，看能不能斗倒财大气粗的李老财，若是李有富顶住了，他们也要跟上顶住。这下子看清了，连财大气粗、势壮如牛的李老财都被说理斗争搞得理屈词穷，无言以对，耷拉下了脑袋，他们还有什么好对抗的，一个个低头认账，等待没收土地。

土地改革进入了没收、分配土地、财产的阶段。工作组提议张老二召开农会委员会，讨论没收分配土地、财产方案。由于部分中农人均占有土地量高于全乡人均占有耕地量,更因为富农占有土地较多,无地、少地的贫雇农仍然得不到按人平均的土地数量,必须征收富农过多的土地,才勉强够分配。于是决定征收富农的过多占有土地,终于在此基础上拿出了分配方案。

农会还决定,分配土地须按先雇农、后贫农,抽多补少、抽肥补瘦,力求公平合理。欧阳义、李有铭等一大批贫雇农,按平均数分到了李有富家的条田、水渠沿的土地。

庄稼人丈量土地多用脚步量,那只适用于零星地,少量土地的丈量,由于人们的高矮不同,腿长短不一,步伐大小有别,丈量难以准确。而且,搞土地改革大量地没收和分配土地,用步伐丈量显然难以适应,后来用绳子丈量,可绳子上难刻尺寸,既不准确,也不方便。木匠出身的张老大毛遂自荐,专门制作了大转尺,着一个三角形,底部一面边长五尺,又刻了详细准确的尺寸,上面尖角处安一个手把,用来操作转动,转一下整五尺,既方便快捷,又准确无误,好事者用步伐丈量、对比,方心服口服。

没收、分配地主土地对有些贫苦农民,真可谓是完璧归赵。失去土地的王元元家,恰恰分得了他家原先典当给李有富家的那块土地,张老二则分得了他曾经租种过的那块地,还另外分了一块李老财的地,才达到平均水平,实现了耕者有其田,劳者有其食。

雇农的土地问题解决后,又按照抽多补少、抽肥补瘦、就近方便的原则,解决了贫农的土地问题。

张老大将自己原有地上的土壤捧了一捧,捧到新分得的地里,两者仔细比较,比颜色,嗅气味,验颗粒,一一比较鉴别后,满意地点了点头,自言自语地说:"是比自己原有的土地肥沃。"连声称赞"好地,好地。"

接下来该分配牲畜、农具了。亦按先雇农后贫农的先后次序挑选。先由王元元挑选。这王元元就是王兆明的孙子,王兆民在清朝末年,因聚众请愿,要求免除加征的苛捐杂税而被押到省上杀害,从此交了厄运,父亲也于贫病交加中而亡,王元元就彻底贫困,成了雇农,又分土地,又分牲畜。王元元原来典当给李有富的那头毛驴早已老掉了牙,被淘汰了,这次分牲畜他挑了一头骡子,高兴地骑到屁股上面,还没走多远,只见那骡子屁股一撅,尾巴一甩,后蹄子一扬,就把他甩了个仰面朝天,逗得大家一阵狂笑。

张老二赶紧跑过来抓住骡子缰绳，说："骑骡子不是你这骑法，俗话说，'驴骑后，马骑前，骡子骑在腰中间'，你还按当年骑你毛驴子骑法，不甩下来才怪哩。"一边说一边飞身上前，骑在腰中间，稳稳当当地跑了几圈，又头一低，两手扶骡脊背，一个鹞子翻身，干净利索地跳在了地上，获得在场的人一阵喝彩鼓掌。

"不愧是当过兵的，你看那动作，那姿势，又迅捷又好看。"

张小宝分了一匹雪里白马，张老大分了一匹干草黄马，欧阳义分了一匹菊花青马，大家都不挑最好的枣儿红，要留给张老二，说此马体格最大，最好，宜分给身高体大的人才匹配，非张老二莫属。张老二也不客气，就顺众意挑选了这匹体格最大、性子最烈的枣儿红马。这原是李有富家最棒、最耀眼、最气派的一匹马，马车队里领头的四大套大车的辕马，来往于县城和乡间，拉肥料，拉货物，运粮食。本地人都知道，只要见了这套车，不用问就是李老财家的，它是李老财家的招牌，也是他财富的体现，气派的象征，也是他最心疼、最心爱的宝贝。如今分给了别人，他岂有不心疼的。

再接下来是分房子了。李有富家三四处庄园，上百间房屋，大部分空着，给他们留了一处常住的旧庄园，其余三处都分配了。新庄园里院东西南北四面，每一面五大间，欧阳义选了北屋，张老二选了东屋，张小宝分了南屋，另一个雇农坐落了西屋。

要搬家了。张老大、王老二、王三姐都来看他们分的房子。

王老二说："欧医生住北房选对了，你是文化人，又是医生，读书、给人看病、开方子，北屋亮堂。"

欧阳义点头称是，又望了一眼张老二说："东屋本来是东家住的，过去李有富是东家，该他住，现在你成了主人，当了东家，就该你住了。"引逗着大家一阵欢笑。

张老二回应道："欧医生到底是文化人，就是不一样，说话又在理，又风趣，听着入耳，品着有味。"

张老大接上说："耕者有其田，劳者有其食，按此道理，二兄弟是盖过此房子的，应该是筑者有其屋，也该住这个屋子了。"又是一阵欢笑。

王老二说："说句公道话，我二女婿堂堂男子汉，东奔西跑了这么些年，也该有个窝窝了。"

土地改革刚结束，就到了春种时节。正好留给李有富的土地与李有实的土地紧挨相连，李有富不能再当甩手掌柜的了，得自己亲自春播了。到歇息时间，李有实主动过来与李有富打招呼："真是三十年河东，三十年河西，以前，你比我富有，比我气派。眼下，你又不如我了，不动嘴，得亲自动手下种了。"

李有富说："你是不是老牛看蛤蟆——大眼瞪小眼笑话我，讽刺我，挖苦我！"

"哪里哪里。"李有实继续说，"你我都是半斤对八两，难兄难弟一对。你被共了产，我也被征收了土地，光景大不如前了。不过，八刀分宝贝，都是个'贫'。虽然他们分了房子分了地，可车马犁不配套，也难搞。"

李有富附和道："唉！人算不如天算，我天天掰着手指头算，算计了半辈了，算出个大家大业，谁能料到来了共产党，又是减租反霸，又是土地改革，眼睁睁地看着，把我们好端端的大家业分掉了。命运不由人，没有办法。我只好听天由命、认命了。"

"我倒要看看，挽起裤筒过河，出水才看两腿泥，我李有实会不会过日子；也要看看这些穷鬼有多大能耐，能混出个什么样子。一河石头一河沙，有朝一日山洪发，洪水不认你和我，轻的冲走，重的留下，到时候，冲走了泥沙，却把石头留下。走着瞧，谁是石头，谁是沙。"

两个人会意地笑了笑。休息起来，各种各的田去了。

土地改革确实是天翻天覆地的大变化，也是两种人、两种命运的大变化。铁匠、木匠、泥水匠、布匠、棉花匠，都分得了土地，有了根基，庄稼汉重操旧业，有了用武之地。如果说减租反霸，张氏兄弟从政治上翻了身，推翻了封建势力的压迫，那么，土地改革则废除了封建土地所有制，消灭了剥削，把他们从租佃和雇佣的枷锁中解放出来，从经济上翻了身。大家都拥护共产党，热爱毛主席，处在翻身的喜悦之中，陶醉在胜利之中，家家喜气洋洋，人人笑逐颜开，谋算着如何过好日子。

土地改革即将结束，朱组长在农会委员会上总结土地改革的工作，分析了土改后的农村形势，只听他说："你们在政治上推翻了封建势力的压迫，在经济上解除了封建剥削，政治经济上都翻了身。但是不要被胜利冲昏了头脑，人的命运不是一成不变的，搞不好，还会发生变化。土地可以分来，也可以失去。分了房子，也可以失去房子，当了主人，也可以再当仆人。你们当中的一些人，其爷爷手中曾是殷实人家，到了父辈手中，失去了土地房屋；如今，在共产党的领导下又分得了土地房屋。可见，天下可以得来，也可以失去，可以坐天下，也可以失天下。如何巩固胜利果实，如何保得江山永不变色。我们要解决这个问题。夺取胜利，只是万里长征走完了第一步，还要巩固胜利，发展胜利，还要走很长的路。只有巩固了胜利，发展了胜利，才算合格，不要学李自成进京，不上一百天就失败了。"

朱组长的一席话，若敲响了观云台上的铜钟，立马惊醒了张老二，使他从盲目的陶醉中清醒了起来。他马上认识到问题的重要性。他原是比较单纯、倔强，有一股二愣子劲，从来没有消极、悲观、失望过，甚至有些偏激、固执。随着年龄的增长，生活的磨炼，逐渐地成熟了起来。在坚定乐观中，又多了些沉着、稳定、全面性，他总是那样看着远方，目光炯炯有神，一副坚定沉着的神态。一块儿过日子的人们，一看到他那伟岸、粗壮、铁塔一般的身体，瞧他那坚毅稳定的目光，就会获得力量，得到鼓舞，不管有多大的困难，艰险的环境，都有信心和毅力。但是，他没有想那么多，那么远，他只想到了胜利，没有想到失败，没有想到巩固胜利，发展胜利。可他毕竟是一个聪明伶俐的人，响鼓不用重锤敲，灵人不必细说。一经朱组长点出来，他马上就觉悟了，要巩固胜利，要建立政权。

他和他大哥是在减租反霸中加入了共产党，欧阳义重新加入了党组织，三个党员建立了党小组。他认识到，要巩固胜利，要做的事情很多，一是要发展、壮大党的组织，充分发挥党组织的领导作用和党员的带头作用；二是要建立村政权；三是要建立共青团和妇女组织；四是要建立民兵，夯实群众基础。同时要充分发动和依靠群众，团结互助，大力发展生产，提高大家的生活，胜利的果实才能巩固。

于是党小组又发展了张小宝、王三姐，并通过他们建立了青年和妇女组织及民兵。又在欧乡长的主持下，选举了村长。并切实解决群众的生产生活问题，诸如搞互助组，想方设法解决部分群众缺种子的问题等等，终于顺利地完成了土地改革后的第一个春耕。

工作组要走了，张老二、张老大、欧阳义、赵老师、张小宝、王三姐和广大群众，都不约而同地来欢送工作组，相互难分难舍，依依惜别。吴玉莲一只手握着王三姐的手，另一只手抚摸、整理着她的头发，双眼对双眼，终于挥手告别，挥手送别了。

当禾苗出土之后，在一个风和日丽的上午，张老二与媳妇出来查看自己的土地和禾苗。看着绿油油、亮闪闪的青苗，随春风微微摇曳，形成碧绿的涟漪。他的心也同禾苗一样，沐浴在阳光之下，微风之中，禁不住心潮起伏，格外激动，感觉是多么的甜润、舒坦，禁不住吐出了一句："这是我们自己的土地，是我们自己的青苗。"

第二十八集　弄假成真

赵老二依据欲赎妻
王三姐毁约主婚姻

　　王老二夫妇，王三姐及周二，因给双胞胎过了满月，拜欧阳医生为干爹，那么多亲戚祝贺，眼看着晶晶和亮亮的宝贝可爱，全家沉浸在一片欢乐喜庆之中，个个精神爽快，人人满脸堆笑，尤其那周二，最是精神焕发，干劲倍增，干活格外勤快得力。忽然传来消息，赵老二从新疆回来了，挣了钱，要赎回王三姐。

　　这赵老二，也就是赵老师的弟弟赵树义。名字树义，却不讲义气，是个无情无义之人。五六年前因参与赌博输了钱，又无别的财产可以抵债还钱，便将妻子王三姐租佃给周二，立下了租佃字据，用租金还了赌债。字据规定以五年为出租期，到期拿钱赎回王三姐。听说新疆地大物博，能挣大钱，并了解到去新疆的走法，坐汽车是坐不起的，连老婆都出租给别人，还了赌债，哪有钱买车票坐汽车，只能徒步而去。于是联络了邻村有交往的一个姓银的青年，迈上了去新疆的道路。据说八百里戈壁滩，无村无店，无水无粮，除准备足够的干粮外，还必须背上个大南瓜，于路上解渴，于是在进入戈壁之前，如此这般地作了准备。

　　进入戈壁之后，日夜兼程，风餐露宿，艰难前行。此时正值春末夏初之时，时而风沙蔽日，时而烈日炎炎，不是茫茫沙漠，便是荒滩乱石，无水无树，荒无人烟。饿了吃一把炒面，渴了啃一口南瓜，一程又一程，日复一日，走了七八天，仍未走出戈壁。炒面将要吃完，南瓜所剩无几。最是同行的银青年，毕竟年轻骨嫩经验少，赵老二在前面走，他在后面跟，饥渴难忍，图一时痛快，竟将南瓜啃完了。毕竟赵老二老练些，未走出戈壁滩，口粮不能吃完，炒面省着吃，炒面、南瓜省着啃，炒面、南瓜都留有余地。尚能坚持行走。而银青年则炒面、南瓜均告罄，又饥又渴，体力不支，差距愈拉愈大，银青年不时向他呼叫、招手、求助，赵老二则想，若倒回去，将所剩不多的口粮分给他吃，自己咋办？宁是走自己的路，休管银青年的死活。最终，赵老二是走出了戈壁滩，而银青年则饥饿、渴死在戈壁滩上。

赵老二赶到新疆后，初是给人家打工，后来承包土地种棉花、种哈密瓜。一年下来，除去成本总有富余。几年之后，终于积攒了足够赎老婆的钱，在一个冬季便回到了老家古堡乡。正如传说的那样，赵老二确实回来了。

赵老二的回来，若风和日丽之时，刮起一阵旋风，团团旋转，扶摇直上，引起了乡亲们的关注，更是震动了王老二一家。

王老二本是个胆小怕事的人，当初他哥哥王兆民因聚众向县府请愿，杀了头，更是胆小如鼠，他又疑惑起来，莫不是应了"一女一男家破人亡"的忌讳，麻烦真的来了！王二娘虽然半信半疑，却也甚为忧虑。王二姐则与父母不同，她听到赵老二回来的讯息，异常镇静，没有丝毫紧张，仍和往常一样，专心专意地看护她的两个宝贝。

今日的王三姐已不是昔日的王三姐，经受被出租、惹官司、受刑罚的事情，与周二做了这么些年的夫妻，且生养了一女一男两个孩子，当了母亲，成熟了，老练了，不是任人摆布的人了。她胸有成竹，老主意在心。心想，且看他赵老二的葫芦里能卖什么药。当天晚上，父母双双来到她房中，名义上是看孩子，实际是征询如何对待赵老二的事。王三姐说："请爹妈放心，我自有我的老主意，你们别操心，也别插手，一切由我应付。"周二因耳朵聋，未听到赵老二回来的消息，尚蒙在鼓里。

第二天上午，赵老二果然到王三姐家来了。跨进王家院门径直上岳父母正房，王氏夫妇一看正是赵老二，只见戴一顶黑羊羔皮帽子，披一件黑面子的皮大衣，里面穿着亮闪闪的黑棉衣，黑棉裤，登黑皮靴子，一身的新崭崭、亮闪闪。肩膀上背着手里提着许多东西。除了面孔依旧，别的非同昔比，判若两人。紧接着将葡萄干、哈密瓜干、核桃仁、衣料、杂七杂八、大包小包的礼品，摆在了王老二正房的桌子上，且向王老二夫妇行跪拜之礼，口中念念有词："岳父岳母大人在上，女婿有礼了！"又是礼品，又是跪拜，倒弄得王氏夫妇手足无措，难以应对。

赵老二自有个人的想法和打算：自认为我今日的赵树义已非昔日可比，过去是穷光棍，不得不入赘为婿，还不起赌债，将王三姐租给了周二。今天，我不是穷光蛋，我有钱，我财大气粗，我要名正言顺地把老婆赎回来。王三姐理所当然仍是我赵老二的老婆，口说无凭，字据为证，有钱又有字据，不怕事情不成。欲要理直气壮地履行出租合约，一副兴高采烈、趾高气扬的架势。

周二因耳朵聋，未听到赵老二回来的消息，他正在院子里干活，突然看到赵老二进了岳家的院门，又直奔岳父母房中，他顿感突然，一时心慌意乱，不知如何应对。慌乱中竟然把猪饲料箩筐掉在地上，洒了一摊。他也不晓得事情如何发展，一片茫然。

王三姐听到赵老二进了父母房中，镇静了一下情绪，便把周二拉上，来到了父母房中，开门见山地说："赵老二，你把东西拿走，我不认识你，我不接待你，快走！"

"你你你，你是我老婆，我是你男人，怎么会不认识呢？"赵老二说。

"谁是你的老婆！我是周二的老婆！谁是我的男人？周二是我的男人！"王三姐连讽刺带挖苦地说。

"怎么会是这样？岳父岳母大人在上，你们看怎么办？"赵老二求助地说。

王三姐不容父母回答便命令："识相点，快拿走，滚！滚！"

赵老二又看看王老二夫妇，欲要继续求助，缓和自己的尴尬状态。

王三姐快嘴利舌："滚不滚！不滚我就要动手了。"并用嘴向周二努了努，示意周二动手摔东西。周二会意，就要动手，赵老二慌忙拿上东西，灰溜溜地往外走，边回头边溜，出了院门。

王三姐这样对待赵老二，是因为他伤了自己的心。骂人莫揭短，打人莫打脸，伤人莫伤心，赵老二则深深地伤了自己的心。父母把他招进王家来，自己并没有亏待他，按照当时当地的习俗、礼节，虽没感情，自己仍把他当作丈夫对待、尊重，可他以男尊女卑对待自己，摆出一副男子汉大丈夫的架势，丝毫不把自己当人看待。这就深深地刺疼了王三姐，伤了王三姐的人格尊严，刺疼了她的心。这个创伤没有伤筋动骨，没有缝合的痕迹，没有丝毫的疤痕，却刺得很深，伤得很疼，伤到了根本和敏感之处——人心、人格、尊严。他不识好歹，有辱三姐的人格，在三姐的心上留下了抹不去的伤痕，每每使三姐伤心得皱眉、揪心，难以忍受，一有机会，就作疼、难受、难忍。且反复发作，永无止境。

王三姐恨赵老二，还有一个原因，她觉得赵老二是个无情无义的东西。在其穷得叮当响的时候，把他招为女婿，不仅不思感恩回报，却耍赌博，输了钱不吱一声就把自己租给了周二，又是个聋子，还受了牢狱之灾，把自己当牛马，不当人看待，一点人情都没有。去新疆挣了几个钱，又想赎回去。日子刚过得安稳些又来捣乱，搅得一家子不得安宁。一想起这些事，就怒火心中烧，七窍里冒烟，禁不住发泄出来，你把我不当人，我也不把你当人看待！

王三姐把赵老二轰出去后，鼻子里哼了一声："总算出了一口恶气。"感觉得很痛快。又对父母说："你们把娃娃照管照管，我到大姐二姐那里去一下。"

不大一会工夫，王三姐就来到了张大妈家，正好大姐夫、大姐、二姐夫、二姐都在，便将赵老二来自己家的情形，把自己的主意都说了一遍。

大家听了后，都异口同声地谴责赵老二，夸奖三姐做得对："三姐，你放心，我们都是你的台柱子，你说怎么办，我们都站在你一边！"

张老大接着说："有我们在，你的心放地宽宽的！"

张老二又说："赵老二这个狗东西，真是癞蛤蟆想吃天鹅肉，想到天上去了，想再打三姐的算盘，没门！他若是敢动三姐一指头，我把他的皮扒下来。"

大姐说："妹妹你放心，我们不是好欺负的，要出租就出租，想赎回就赎回！"

"就是，妹妹你把心放到肚子里，我们都站在你一边，他一个赵老二能把你怎么样！"二姐说。

张大妈一边听着大家的议论，一边也盘算着对策，接着说："你把他轰出去，做得对，算是出了口恶气，心里也好受点。我估计事情还没有完，他还会拿着出租合约再来胡搅蛮缠。但是，现在是新社会，是共产党的天下，穷人当家做主，妇女翻了身，妇女也是主人，不要说是出租合约，就是卖身契，也不起作用，统统作废，他拿字据来有什么用！还有，你自己要拿定主意,婚姻自由,你想跟谁过就跟谁过,只要自己主意铁定,赵老二他能怎么样?他就是把官司打到村上、乡上,也赢不了。再者,二后人你听清楚,去给欧乡长通个气,叫他心里有个底,到时候主持个公道就是了。"

大家听了张大妈的主意,都异口同声地应和道:"对对对!妈说的周全,就照妈说的办,三妹你看见了没有?我们都是你的靠山,你尽管放心好了。"

王三姐听了这一番议论,心里热乎乎地,全身来劲。她虽然有自己的老主意、硬态度,但究竟如何应对赵老二的纠缠,谱儿并不仔细、具体,听了张大妈的一席话,心里更有数了,主意更扎实了,便告辞起身。张老大夫妇、张老二夫妇都来送到院门口。

王三姐怀着老主意,满怀信心地回到家中,一坐定,她爹妈便迫不及待地问:"赵老二再来怎么办?"

王三姐知道,父亲胆小怕事,母亲又缺主见,他们不掺和就行了,便说:"你们尽管放心,女儿自有办法对付,你们不要插手就行。"

赵老二万万没有料到,被王三姐轰了出来,一时气急败坏地回到了他大哥赵老师处,低头纳闷,大半天不说一句话。后来不得不向他大哥讨教办法:"我要赎回老婆,老婆不愿意,你说怎么办?"

"现在不是旧社会,解放了,妇女翻了身,婚姻自由,不是由你一方说了算,女方若是不愿意,就没有办法。我说你趁早死了心算了。"赵老师说。

"可是我有出租合约,我有钱,合约上明明白白写着出租五年,到期交钱赎回,难道白纸黑字的字据作废了不成?我到底不甘心"赵老二说。

"你的事,你看着办,我没办法。"赵老师说。

赵老二无计可施,他老哥也没有办法,忽然想到他原来的酒肉朋友,便去找魔鬼等一帮人给出主意。物以类聚,人以群分,愚者见愚,俗者见俗,井底的蛤蟆,只见巴掌大的天。他的这帮酒肉朋友赌棍能有什么高见。当赵老二来到魔鬼家中,正好白铁刀在,说明来意后,他们两个异口同声地声援赵老二,并主张继续到王家去纠缠、恐吓、恫吓,看他胆小怕事的王家有多大能耐。

赵老二在魔鬼他们的支持下,又来到王三姐家。上一次是软的,带着礼品来拜岳父岳母;这一次是硬的,只带了一张当年出租王三姐的合约来了。

正好王老二夫妇都在，他大摇大摆地进到上房，不请自坐就上了炕。毫不客气、直来直去地说："你们可别敬酒不吃吃罚酒，上一次我可是孝敬你们而来的，你们不客气，我也不客气。"

一边说着，一边从怀里掏出当年的出租字据，在王老二面前举得高高的，甩了几甩，又说："这上面白纸黑字明明写着'到期赎回'。好说好商量，我与周二一手交钱，一手交人，各自方便。如果赖账，无理寸步难行，有理走遍天下，我可要告你们，到时候可别说我翻脸不认人！"

王老二夫妇没有料到，赵老二会来这一手，缺乏精神准备，被他突然一闷棍，击得不知如何应对，吱吱唔唔："别，别这样，好说，好商量。"

正在这节骨眼上，王三姐进来了。一进门，就给赵老二一个下马威：

"你告去，告去，我不怕，你告到哪里，我陪到哪里。"

原来，王三姐听到赵老二进了父母上房，便来到窗下等候，且听他吐些什么。当听到赵老二说到要"告你们"，父母难以应付时，忍无可忍，便冲门而入，用上述话顶了回去，并说："你拿张破纸有什么用，我不知道，我不承认；你那几个臭钱，我不稀罕，快滚，我不愿见到你！"

赵老二没料到，王三姐竟然这么厉害，在她父母无法应对时，她劈头盖脸地顶了回来，反把自己收拾得难以招架，最令他沮丧的是，把自己视为宝贝的字据，说成是"破纸"，不认账；把自己的钱说成是"臭钱"，"不稀罕"，他听也未听，闻也未闻如此说法，反而不晓得如何应付了。便一边往外走，一边说："咱们张果老骑驴看唱本走着瞧，走着瞧。"慌慌若丧家之犬，夹着尾巴溜走了。

王老二看着女儿的泼辣劲，厉害样，也不知该说什么好，待赵老二走了后，数落女儿道："棒不打上门客，你也太过分了。"

王三姐道："什么过分不过分，什么棒不打上门客？他算什么客！他把我害的好苦，我一肚子火正无处烧，收拾了他都解不了恨，轰出去一点都不过分。"

王二娘急忙打圆场："算了，都少说两句，都是赵老二不好，犯不着我们争吵。"王老二不再吱声，王三姐也回自己的屋里去了。

赵老二又挨了王三姐的当头一"棒"，正在灰心丧气，无计可施时，魔鬼倒找他来打问恫吓的情况,赵老二便一五一十地述说了一遍。

"那就告他们,拿着字据,找村长,找张老二。"魔鬼煽动着说。

赵老二心里想,事到如今,别无他法,只有这样。便说:"找张老二,评理去!"

赵老二长期在外,哪里知道家乡人恩怨情仇的变化情况,虽然知道村长张老二是王家的亲戚,但与自己过去无怨,今日无仇,不至于不认字据不讲理吧。便到张老二家来。恰好张老二不在,张二嫂说:"他到他大哥那边去了。"赵老二又来到了张老大家,找着了张老二,将当年出租王三姐的字据拿出来,叫他看,强调我要按字据赎回老婆,要求村长主持公道。

张老二自听了王三姐的述说,早已胸中有数,便平心静气地说:"字据不假,但是,现在是新社会,不是旧社会,旧社会的字据不起作用了。再说,现在实行婚姻自由,结婚离婚,双方自愿,不能由一方说了算。你们分开已经五六年,不能单凭一张字据赎人复婚,如果女方不愿意就不行,我劝你放弃这个打算吧!"

赵老二对张老二的这个回答很不满意,他想争辩,可又说不出什么道理,便垂头丧气地回赵家了。可他到底气不顺,心不甘,当年出租老婆是不得已。王三姐要人才有人才,要田产有田产,确实舍不得,实在后悔。可是,不出租就不能偿还赌债。为了赎回老婆,上新疆去挣钱,过八百里戈壁滩,险些乎把命丢掉,好不容易挣了钱,抱着莫大希望,要赎回老婆,老婆不愿意不说,连村长也不同意。不行,不达目的,誓不罢休!就又去找魔鬼等一帮赌友计议。

他来到了魔鬼家,述说了找村长的经过和结果。魔鬼说:"村长是王家的女婿,哪有女婿不向着岳家说话的道理!不帮小姨子才怪哩!"

"这就对了。"赵老二接着说,"我找他时,就担心他们是亲戚关系,穿的是连裆裤,果不其然,句句话向着王三姐说,没有一句话是向着我说的。"

"找村长不行就向乡长告,不信字据没有用。"魔鬼接着说,"不信乡长不认白纸黑字。"

乡长就是欧医生,欧医生是老红军,腿受伤留在了古堡地方,悬壶济世，救死扶伤，为老百姓做了许多好事，有口皆碑。新中国成立后，上级提名，乡民举双手赞成，被选为乡长。虽然当了乡长，公务在身，可他并不放弃本行，只要病人找他，他仍给看病。若有危重急病，一样背着出诊箱，送医送药上门。赵老二欲赎回王三姐的事，他早有所闻，张老二已给他汇报过，通过给王三姐接生看病，对她家的事也深有了解，如何处理，他是肚子里撑船——内行，已是主意在胸。

赵老二向村长告状没告赢，又在魔鬼的撺掇下，向乡长上告。乡政府就在镇子广场的北边，一个大四合院内。乡长、副乡长、文书的办公室门上，都挂着牌子，标的一清二楚。赵老二虽粗识字，却认得乡长二字，进了乡政府院子，举目一看，认出了乡长的办公室，便直接向乡长办公室走来。正好乡长在，喊了声"报告"，"请进"里面应着，赵老二应声推门进去，一看却是欧医生，他在未去新疆时就认识的，瘸腿欧医生，因他出门在外，更不知道解放后欧医生当了乡长的事，以为进错了门，可明明标的是乡长办公室，便问："欧医生，请问乡长在哪里？"

欧医生："我就是乡长，找我什么事？"

赵老二："原来你就是乡长，我还以为找错了门，我找乡长，要求赎回老婆，请乡长替我做主。"

"老婆本来是自己的，怎么要赎回呢？"欧乡长故意问。

赵老二解释说："几年前，我因参与赌博，输了钱，又无财物还债，便把老婆租给周二，用租金还了债，立了字据后便去了新疆。在新疆挣够了钱回来，现在要赎回老婆，老婆不愿意，请欧医生，不，欧乡长给我做主。"

"你老婆是谁？"欧乡长问。

"她叫王三姐。"赵老二回答。

"你把王三姐租给周二几年了？"欧乡长问。

"六年不到，五年过了。"赵老二一边说着，一边从怀里掏出出租合约，递给欧乡长。

欧乡长一边看着，一边微笑着，从头至尾看了两遍，又还给赵老二，并说："你先拿回去，对于你的要求，我理解，但要开会讨论决定，你回去等候通知。"

赵老二收拾好合约，走出了乡政府的门，一面往回走，一面想，村长是王家的亲戚，不向着我说话，只向着王家说话；乡长又不是王家的亲戚，总不会偏向王家吧。并思谋着，我有字据，又有钱，把王三姐赎回来，将周二赶走，我又是倒插门的招女婿，在王家住，在王家吃，又由王三姐陪我，待将来老两口子一死，这房子、家业都是我的，我有家有室，也不必再到新疆打工了。越想越好，越想越美，甜蜜地笑了起来，劲头也来了，走得更快了，不知不觉就到了赵老大家。

欧阳义送走赵老二后，就叫上文书，一起到了王三姐家，向王三姐问了详细情况，并征求王三姐的态度。王三姐原原本本将出租自己的情况，说了个一清二楚，又将两次轰走赵老二的事情作了补充说明，并说："父母做主招赵老二为倒插门的女婿，我年轻无知，赵老二背着我，把我出租给周二也未通过我，立的字据我也不知道。周二虽是聋子，不理想，可一块生活了五六年，已经有了感情，且有两个孩子，他离不开我，我也少不了他。赵老二害得我好苦，我的不幸都是他造成的。日子刚刚平静一点，他又来搅乱，我不愿意看见这个没情没义的人，离得越远越好。"

听完王三姐的说明后，欧乡长说："情况已经非常清楚，你的态度我们完全明白。旧社会男女不平等，妇女没有做人的权利，吃够了苦；现在是新社会了，绝对不能让妇女任人摆布，再吃男女不平等的苦。不过，为了把事情彻底处理好，让你过安稳日子，要履行一个手续，把你和赵老二召集到乡政府，各说各的话，我们给你判个明白，一刀两断。他若再胡搅蛮缠，就按违犯婚姻法处理，希望你配合。"

王三姐把欧乡长的话听得清清楚楚，理解得明明白白。便满口答应："你什么时候叫，我什么时候到，一定好好配合。过去，我没有说话的机会，今天，有你做主，我要把心里的苦楚都说出来，让大家听个仔细，我也活个明白人。"

未过几天，一个上午乡文书通知王三姐，下午处理你的事情，并请你父母亲陪伴。王三姐与父母按时赶到乡政府，由乡文书引到会议室现场，只见赵老二及其哥已经在座。赵老二起来向她打招呼，她则装作看不见，一概置之不理。

欧乡长宣布开会："今天会议的中心是处理王三姐与赵老二的婚姻问题。"他先让赵老二申述事情的经过及要求。赵老二便原原本本地述说了将王三姐出租给周二的经过，并要求依据赎回王三姐，希望乡长为其做主，并将字据呈了上去，交给乡文书。

赵老二述说完毕后，欧乡长又让王三姐说明情况，表明对此婚姻的态度。

"谢谢乡政府重视我的婚姻问题，给我一个说话的机会。"王三姐接着说，"几年前，我父母经人介绍，背着我，包办代替，把赵老二招到我家，做我的招女婿。赵老二到我家后，不好好种庄稼、做农活，却与一些不三不四的人耍赌博，输了钱。为了还赌债，又把我出租给周二，还立了字据，都是背着我干的，我统统不知道。现在，他两次到我家，要把我赎回去，继续给他当婆姨，我坚决不同意。我们女人也是人，也有做人的权利，也有婚姻自由的权利。旧社会，由父母包办、拉郎配，后来赵老二又自做主张把我出租给人，我吃尽了非人的苦头。今天是新社会，穷人翻了身，做了社会的主人，我们妇女也翻了身，也是社会的主人，有了婚姻自由的权利。我们不是牛，不是马，不能任男人摆布；我们也不是房屋土地，想给谁出租就给谁出租；也不能想赎回就赎回。我们是主人，我们的命是自己的，我们的身子是自己的，找对象、嫁男人，我有我的自由，我有我的权利，不能叫旁人摆布。我与周二一块生活五六年，我们有孩子，有感情，哪怕他是聋子、瞎子，我愿意，我愿意同他过一辈子，谁也别想把我们拆散、拉开。请乡政府给我们做主，秉公处理。"

欧乡长："当事人还有没有意见？"

赵老二："我有字据，明明白白，白纸黑字写着，到期用钱赎回。"

乡文书解释道："你们的字据是私自立下的，没有经过当事人王三姐，当事人不承认就无效。再说，那是旧社会的东西，现在是新社会，时过境迁，老皇历用不上了，统统作废。新社会的婚姻法保障婚姻自由，那种剥夺妇女权利的字据，早已成了废纸，根本没有效力。今天当着众人的面，再一次宣布作废。为了避免再发生纠纷，应当焚毁。"一边说着，一边擦着火柴，一火烧之。赵老二欲夺回，已来之不及，他大哥赵老师一把将他拉坐在椅子上。

欧乡长宣布："王三姐与赵老二的婚姻早已终止，现在再次正式宣布无效，王三姐与周二的婚姻合理合法，完全有效，受婚姻法保护，任何人不得侵犯，赵老二不得纠缠，否则，视为违法，按违犯婚姻法处理。"

　　欧乡长的裁决虽然在预料之中，可王三姐听后仍然甚为高兴，她觉得判决说出了心中的所有郁闷，乡长又主持公道，正义，顿觉心中舒坦，精神爽快，一阵轻松。王老二夫妇也胆落神松，脸上的疑惑烟消云散，三个人愉快地往家走去。

　　欧乡长的裁决，完全出乎赵老二的预料。原以为，村长是王家的亲戚，有偏彼之嫌；乡长与王家无亲无故，会依据字据裁决，岂料，不仅宣布字据无效，竟然将字据一火烧之，他的希望如同字据化为灰烬一样，彻底灰飞烟灭了。事与愿违，他把王三姐出租给周二，原打算是要赎回的，结果弄假成真，王三姐真的成了周二的老婆，而自己终究是光棍一条。立的字据、几年的辛劳，积攒的钱都白费了。这是他万万没有想到的，真是寒冬腊月里被又浇了一桶冷水，从头到脚冷到底了，真把他冷的直打颤。竟然不觉得该回家了，大家都走完了，他仍木呆呆地坐着不起身，是他哥赵老师提醒后，他才起身跟他哥回家去。

　　欧乡长的裁决出乎赵老二的意料，可赵老师认为在情理之中，旧社会是男尊女卑，妇女没有做人的权利，到了新社会，出租王三姐的字据当然无效了。要不然怎么叫革命呢？革命就是改天换地，把一切颠倒过来，革命就是革旧社会的命。在婚姻家庭上，就是把男尊女卑变革为男女平等，婚姻自由。所以赵老师认为，欧乡长的裁决是理所当然的。同时，当初他也仰慕过王三姐，由于种种原因，化为泡影，后来王三姐吃了那么多苦，他从内心深处深为同情，不愿看着她继续受苦，诚心诚意希望她好。同时，今天王三姐的一番申诉，有理有据，井井有条，合情合理，确实不简单，更令他敬佩。但是，他也理解他弟弟的心情，毕竟一母所生，有同胞之情，觉得他已年过三十，小心翼翼地保存着字据，辛辛苦苦几年，挣了钱，要赎回老婆，抱着很大的期望，却大失所望，其精神打击可想而知。既同情他的无知，又为其难受。忽然他想起个替代的办法，重新给他找一个女人，花叫驴李保长的遗孀倒是一个合适的人选。李保长利用其职权，为所欲为，无恶不作，欺男霸女，还强暴人家黄花闺女，民愤极大，在减租反霸斗争中，吃了枪子儿，留下中年老婆李郑氏，正在家中守寡。两个人正是一对，何不将他们撮合在一起。

赵老师回到家中，将自己的这个主意告诉了自己的妻子，妻子也觉得这是个好办法，两个人不谋而合，便由妻子去征询李郑氏的意见。赵老师征询赵老二的意见。赵老二在赎妻失败之后，正处于进退失据、左右为难之际，千里迢迢回到了家乡，就为的赎回老婆，结果落了一场空，留下来继续再找谈何容易，心中无数还会误了农时。空手回新疆，又于心不甘。他大哥征询意见后，心想李郑氏他也认识，没有不良印象，再说，带她到新疆去，谁还管她原来的男人是张三李四，还是王五周七，在其进退两难之际，当即表示"同意"。

李郑氏听了赵老师夫人的话后也很爽快："只要赵老二愿意，自己也愿意。"李郑氏之所以如此爽快，自有其原因：一者，男人在世时，宿花眠柳，常常夜不归宿，而自己则坐冷板凳，虽然自己极力反对，可他毫无悔改之意，及至枪毙后把她留下守寡，守空房子，又尝够了孤独味。再者，她也认识赵老二其人，虽算不上好男人，总比她的前夫强。人就是这样，处在走投无路之际，只要有一线希望和光明，也会向它走去，李郑氏便是这样。

既然双方都同意，赵老二又有现钱，也急着回新疆，便好事快办，很快结成了亲，没过几天，便带着李郑氏返回了新疆。

真是天无绝人之路，地有通人之道。赵老二与李郑氏，既非千里姻缘一线牵，也非有情人终成眷属，仅仅是偶然的巧合，便结成了婚姻，李郑氏便成了赵郑氏，赵老二便代替了李保长做了李郑氏的丈夫。

而花保长呢？丧尽天良，欺男霸女，有妇之夫，还要拈花惹草，有李郑氏做老婆，还要把别人的老婆也当成自己的老婆，任意玩弄女性，甚至于糟蹋黄花闺女，结果呢，吃了枪子儿，脑袋开了花。到头来，别人的老婆仍旧是别人的老婆，而自己的老婆倒成了别人的老婆。世上的事，真正是加减乘除，各有苍穹。

第二十九集 人鬼之间

忤逆子欺弱虐老 罪有应得
众乡亲联名俱保 开释乃父

李家庄有一个家喻户晓的人，名字叫李奎仁，可人们不称其名，却叫他"魔鬼"。其父是李有富的远房堂兄弟，长工李有铭，是村上有名的老实人，三巴掌打不出一个屁，其祖上和他曾以相马为业，虽给他留下三间没有院墙，俗称明房子的破屋，却没有留下一亩土地，只好给李老财扛长工，所以，人们又称他李老扛。他年轻时娶了个穷人家的媳妇，小两口倒也投缘和睦，可惜生孩子时难产大出血而亡。她临去世时只把孩子看了一眼，又摸了一把丈夫的手，便离开人世，丢下的孩子便是李奎仁。

李有铭后来又娶了一个寡妇为妻，可她是个悍妇，不生的心不疼，未养的缺感情，她耐不住贫困，勉强将李奎仁带到四五岁，又远嫁到一个男人多女人少的地方走了。又抛下李有铭和李奎仁。李有铭在李老财家马厩里饲养牲口，没明没黑的干长工活，哪顾得上照管孩子，小小的孩子便在饥一顿饱一顿、自玩自长中度日。

没有女人的家庭是残缺不全的家庭，少了妻子的男人是艰辛的男人，失去了母亲的孩子，是命运悲惨的孩子。由于没个女人，哪里像个家，仅仅是个天塌地陷的苦窝窝。乞丐母亲尚可抚养亲生孩子，长工父亲则难养育孩子。一个幼小的孩子如何能在饥饿、冻馁、缺人呵护中生活？生命是蛋白质的新陈代谢过程，尤其是童年，生命力旺盛，不仅需要维持生命的正常代谢，还需供生长发育所需之充足营养，李奎仁哪里能够。同情者施舍一点残汤剩饭；取笑逗乐者，乘人之危，叫其学鸡叫狗吠；或者让他做怪相，甚至"给我叩一个头，我给你一块馍"。李奎仁饥饿难忍，如何经得住一块馍的诱惑，为了压一压难耐的饥饿，便叩一个头。有的逗乐者得寸进尺，"你若从我胯下钻过去，我给你一个囫囵馍"；为了填充饥饿的肚皮，李奎仁只好从其胯下钻过去。有时饿极了，人家扔下的馒头皮、馍馍渣、洋芋皮，他若鸡鸭一样捡着吃，甚至沾染小偷小摸的不良行为。日复一日，年复一年，习惯成自然，自然成习性。

此时，镇子上正在维修云台观，木匠张老大带着徒弟，在庙里赶塑佛爷像，到吃午饭时回到庙的厨房做饭吃，却看见厨房门缝中间夹着一个衣服脏破的小男孩。原来，李奎仁饿极了，到处寻吃的，便寻到了庙里的厨房，透过门缝看见了蒸笼里的馍馍，不顾一切，欲钻进去吃，不料，两扇门的镣吊子扣在上门框上，且上了锁，头挤进去了，身子进不去，头也缩不回来。张老大便开了锁，解开了镣吊子打开门扇，放开了李奎仁，且给了他一个馍让其吃。

兵荒马乱的年代，饿殍遍地，挨饿受冻者，岂止李奎仁一个。然而，不幸的家庭，幼年丧母的悲惨命运，却扭曲了他的性格。没有母爱，使他体会不到人间的温暖；缺乏父亲的呵护，使他少了做人的尊严。受够了世人的欺凌，使其缺少怜悯的心情。食品的诱惑，养成了他有奶便是娘的贪婪。没有机会受教育，使他缺少真善美的观念。可塑性强的小孩子，本是跟上好人学好人，跟上巫师学骗人。李奎仁跟上坏人学坏人，让他学了些假恶丑的德行；贫困饥饿的生活，哪顾得上衣着整洁。既然被人瞧不起，干脆破罐子破摔，不愿看被人藐视的目光，便耷拉着脑袋，偶然需要看人的脸色，只好斜觑着眼睛，或低头翻白眼观人颜面。久而久之，便养成了一副蓬头垢面、脑袋耷拉、上眼皮低垂、目光不正、衣着邋遢，人不像人、鬼不像鬼的龌龊形象。因此，人们倒忘了他李奎仁的姓名，只以"魔鬼"或"睡不醒"相称。

李有财当了保长，需要个跑腿的，上马下马得有个垫脚的；作威作福，叱咤训斥，少不了个吆喝应对的。劳动惯了的正经庄稼人，干不了这种差使。这时半大不小的李奎仁，倒成了合适的角色。鞍前马后，吆喝跑腿。李奎仁当了个跑腿的，恰若孙猴子当了个弼马温，眼睛长到了头顶上，趾高气扬，歪戴帽子斜挂衣，右手持马棒，左手拿绳索，唯李保长之命是从。对李保长点头哈腰，叫爹称爷，摇尾乞怜，一副狗奴才模样。面对穷人、老人、小孩，则狗仗人势，不是叱咤训斥，便是拳打脚踢，另一副凶神恶煞相。

近朱者赤，近墨者黑，李奎仁跟上李保长，将其粗腿抱得更牢，对其鼻息仰吸的更紧，时时处处，件件事情，对主子是笑嘻嘻，对穷人是凶呼呼；对李保长是大丽花，对穷人是萝卜英，见人说人话，见鬼说鬼话，当面大西瓜，背后芝麻粒，脑袋自己长，腿跟保长转，保长说行他就行，保长说不行，他便应声"坚决不行"。

物以类聚，人以群分，跟上好人学好人，跟上坏人作恶棍。李奎仁自跟随李保长以来，人越长高，德行越糟，人越长大，表现越差。凡事不辨好坏，有利益便得，有好处就捞，帮着保长做坏事。在他的眼里，没有良心二字，没有道德法律，讲的是吃喝玩乐，行得是为非作歹，唯李保长之命是从，十足的应声虫、跟屁虫，一副狗腿子角色。坏心眼、使绊子的坏本事越来越大，盯梢、坑害老百姓便是其中之一。

一些年以来，许多人被抓了壮丁，多半是魔鬼盯梢，给李保长报的信。张老二被抓壮丁，就是魔鬼给李保长报的信。李保长与李老财商定，要雇张老二顶替李家当兵，可是张老二外出打工不在家，李保长唆使魔鬼到张家庄转悠，待张老二回来立马向他报告。魔鬼吃不了那个苦，当匠人无手艺，盯梢、通风报信却内行、拿手。平时养成游手好闲、爱管闲事、打探人家行事动静。那一次李保长强暴王四姐，就是魔鬼听主子的教唆，并由他引开了王二娘，使李保长强暴王四姐得手，祸害的王四姐削发出家当了尼姑。

这一次魔鬼奉了李保长探听张老二动静的差事后，早出晚归，有事无事都到张家庄转悠。别的人自个的正经事都忙不过来，何必管人家的闲事，而魔鬼恰恰相反，天天搜寻张老二的影子。时值腊月，快要过大年了，估摸着张老二会回家过年的，打探得更紧了。果不其然，在一个太阳落山的日子，他看见张老二领着一个赶毛驴的脚户，驮着工钱——两口袋粮食回来了。张老二没有注意有人盯他的梢，可藏在墙角处的魔鬼发现了他，立刻回去报告了李保长，又奉李保长之命，通知了甲长等一班喽啰，直扑张老二家来。张老二刚进家门，脱下棉衣，卸下毛驴背上的粮食口袋，打发走脚户，自个正在往房中挟口袋，魔鬼就引着李保长一伙子进了门。张老二走了一整天的远路，又饥又渴，连一口水都未喝上，棉衣都未来得及穿上，就被五花大绑带走了。害得张二嫂千里寻丈夫，送棉衣，过县城，上省城，一去一来地折腾了十几天，这都是魔鬼祸害的结果。

魔鬼盯梢报信，使李保长抓壮丁祸害乡里的行动屡屡得手，深得主子的欢欣，更成了李保长得心应手的爪牙。每办成一件坏事必有赏赐。魔鬼做坏事害人得了甜头，愈发勤快卖力，每有差事都离不了他，捞了油水也少不了他，他的光景也是吃香的喝辣的，偷鸡摸狗、拿人的手臂越来越长。

国民党反动派统治的末期，政治危机、经济危机、军事危机、社会危机日益严重，吏治更加腐败。摊捐、派粮和抓壮丁愈加频繁，闹得社会动荡不安，家家提心吊胆。横征暴敛习以为常，土地是征税摊捐主要对象和根据，可实际占有土地与完粮纳捐脱了节。征粮底册与应完粮纳税人名不符实，如何征粮纳税完捐，完全掌握在污吏和保甲长的手里，对有权有势有钱的人征不到他们头上，而把摊派金额摊派到广大劳动人民的头上。

当时有所谓红契、白契的说法，红契是土地所有权经县上盖上红印的凭据，白契是土地所有权在私下买卖时立的字据，未盖县上的红印。由于剥削压迫、放高利贷及其他原因，贫苦农民不得不出卖土地，与购买土地者未经过县的纳税机关盖红印，签订白契。可纳税派捐仍按红契核准的土地所有权摊派。贫苦农民虽然已经失去了土地，却仍要负担已经失去的土地的负担。

不仅如此，购买了土地的人，不仅得到了土地，不承担税赋，还想使这种占有合法化，又经过保长、魔鬼牵线买通县上，私下里在白契上盖红印，将白契变为红契，确认其买主的合法占有权。于是又出现了卖红印的事情。每一任县长在离任前，进行卖红印的勾当，在白契上加盖红印，不开收据，不登记造册，县长得一大笔好处，购买土地者得到保险的合法占有权，又不承担纳税派捐的义务，李保长与魔鬼等中间人也得到一定的好处。

李保长及爪牙魔鬼，还借完成承包纳税额捞好处。又是一个夏粮收获季节，王老二赶着牛车拉着麦子去交公粮，李保长、魔鬼担任收税验粮任务。借机对粮种和质量问题进行勒索，故意寻找种种借口拒绝验收。王老二从几十里路外运来粮食，若验收不上再拿回去，费时费力，损失更大，只好送贿赂求得验收。而在量粮时又搞大斗进。按规矩，将量粮的容器——斗装满，刮平为度，而李保长、魔鬼，将装满的斗踢两脚，摇几下，装得实实的，又将刮板弄成弧形的，将刮板的凹面朝下，故意使容器堆高冒尖出来，从中多收、多分好处。王老二交完公粮回家路上，恰巧碰上大女婿张老大也去交土地税，顺便议论交粮情形："真是活见鬼，我拉了足足一石麦子，给我量成九斗，倒差了一斗！"

"谁量的，是谁过的斗？"张老大问。

"魔鬼，是魔鬼过的斗。"王老二回答。

"这就对了，不是活见鬼，而是遇上魔鬼。"张老大补充说，"魔鬼验粮过斗，不把一石验成九斗才怪哩。"

"原来如此！"王老二应和道。

古堡镇地方因是粮仓之地，不仅交粮多，往处调运粮食任务也大，运粮的任务亦由保甲长、魔鬼们包下来。麦子的公粮上交验收完之后，按惯例又该往外调运粮食了。又由魔鬼们经手操作，从中渔利，层层盘剥，更令担差者毛骨悚然。恰好派差事派到了张老大的头上。一是小斗出，出仓的斗内故意补上几块木头"补丁"，在接收和交粮之间形成差额，得由运粮人负担。再是卡扣运费，虽有规定运费标准和支付要求，但经魔鬼之手，手续繁琐，环环相掏，种种为难，迟迟不给兑现。实际上又落到了魔鬼的手里。张老大不仅要补上小斗出、大斗进的差额，还得倒贴运费、盘缠。遇上魔鬼，真使张老大倒了大霉。

还有其他种种苛捐杂税，无不层层加码，环环使手脚，处处卡油捞好处。保长得大头，甲长得中头，魔鬼得小头。名目繁多，不胜枚举，多收多少，哪有账目，个十百千，谁能说得清。

魔鬼虽然在抓丁派捐、验收粮税、调运粮食中，通过大斗进小斗出、小斗出大斗进，捞了不少额外好处，可是也没有富起来。除了与老子李有铭同住三间破旧房子外，再没有置办下什么家产。一块儿当差的同伙问他："你当差捞了那么多好处，为啥还是个穷寒酸？"他回答："我是今朝有酒今朝醉，明日无酒把觉睡。"

魔鬼虽然鬼点子多，说话行事难辨真假，但这句话倒是一点不假。他是这样说的，也是这样做的。鸡不尿尿，各有去处，他的钱因为不是辛苦劳动得来的，所以来得容易，去得也快，花起来心不疼。每得了外快，去处不外乎四个字：吃、喝、嫖、赌。

庸者见庸，俗者见俗，魔鬼结交了一班子酒肉朋友、赌棍、娼妓。吃喝嫖赌没个尽头，一块儿厮混，从中取乐，典型的猪八戒的肚子，猫儿的嘴，色狼的胆子，赌棍的嗜好。首先是吃，只要手中有几个子儿，便叫上狐朋狗友到镇子的馆子里吃一顿，喝一番。整个的鸡，不是清炖的，便是烧的、烤的。大块的肉，不是大肉，便是羊肉、牛肉。喝酒那是少不了的，虽非名酒，但也不是散酒。一般都是人均一瓶，几个人就是几瓶子，不醉不罢休。

一次，完成夏粮税验收、调运差事后，剩余不少，保长分三石，甲长分一石，魔鬼也得了五六斗的好处，兑换成现钱后，便约了几个酒肉朋友到饭馆里来。除了魔鬼自己，见有白铁刀、小耳朵、塌鼻梁、草包等等，先是轮流把盏敬酒，五个人每人一遍，每人三杯。紧接着是猜拳行令，每人轮一遍，输几个喝几个。接下来是重点较量，既然是魔鬼做东，自然魔鬼是重点。先是白铁刀与魔鬼划拳，一个喊一魁首，一个应双喜临门；一个喊三星高照，一个对四喜临门；一个喊五子登科，一个喊六六顺；这个喊七七巧，那个呼八大仙；这个喊九九归一，那个叫十满堂。

言出手随，好不热闹。魔鬼毕竟鬼点子多，眼明手快，白铁刀哪里是他的对手。按规矩划下来，魔鬼只输一个，而白铁刀名副其实，虽然叫得响，却如白铁刀子一样，又明又亮，白光闪闪，其实不锋利，一砍就卷刃，上阵准败，一出手就输，连输了五个，喝了五杯。

又轮着魔鬼与大小眼对猜。大小眼可不是白铁刀，一大一小一双贼眉鼠眼突鲁突鲁打转，直盯着魔鬼一双睡不醒的眼睛和手指的动作习惯，脑瓜反应敏捷，出手利索，倒把魔鬼赢了个五比一，魔鬼只得喝了五杯。

接着是魔鬼与小耳朵对猜。一个喊八大仙出五，小耳朵扇动着两只小耳朵喊十满堂出一，一来一去，一半对一半，各喝三杯。

紧接着是魔鬼与塌鼻梁对阵。塌鼻梁虽然能喝，可猜拳不行，连输了四个，只好说大哥真好手段，小弟输的口服心服，我喝我喝。

正在划着喝着，又进来一个人。此人中等以上身材，身材匀称，五官端正，互相一看，原来是一个路道上的人，绰号叫"草包"。魔鬼便叫他入座，白铁刀应声给搬了一把凳子。进了菜花地，不怕染黄色，草包便归坐。魔鬼说:"你来迟当罚,先喝三杯。"草包从命认罚,喝了三杯。

接着与大家挨个对猜。他说"咱大拳不行,来小的,鸡吃虫子,虫咬棍子,棍子打鸡。"先与魔鬼对猜,互有输赢,各饮三杯。

轮到与白铁刀对猜,白铁刀又说不习惯虫子、棍子和鸡,来个纸包石头,石头砸剪刀,剪刀剪纸,草包说行行。因为简单易猜,互有输赢。然而,没喝多少,草包从脖根子红到额头,从耳朵红到鼻子,连手心手背都红得发紫,若一个乌公鸡一般,真是草包。

魔鬼调侃道:"你看来生长的人模人样,一表人才,原来像马粪蛋子,外面光,里面糠,装不下多少酒。你若真正与我们入伙,还欠火候,又不能划大拳,又不能喝酒,还要多多历练,方能达到我们的水平。"

接着是大小眼牵头,一个一个地对猜。如此类推,划喝了五遍。白铁刀、小耳朵、草包都已酩酊大醉,唯有大小眼胜多输少喝得少,仍然清醒。塌鼻梁虽然拳不高,可酒量很大,也醉的不重,而魔鬼虽然能划能喝,也是七分酒意,半醉半醒。但他是猪鼻子里插葱——假装大象,死不认输,一定要划个你输我赢。便划了大小眼,又对塌鼻梁,直喝得烂醉如泥,瘫软在凳子上,人不人,鬼不鬼,又是一副十足酒鬼相。

魔鬼除了能吃能喝,还能嫖女人。人世上的事说来也怪,烂脚偏有个破鞋相配,丑陋不堪的魔鬼,竟然也有偷鸡摸狗眠花宿柳的对象。早先,他与邻村一个姓焦的寡妇鬼混,焦氏在年轻时也曾是风流女子,与不三不四的男人多有染指。因她放肆浪荡,又姓焦,人们私下里称她为"焦尾巴"。乌鸦不嫌猪黑,魔鬼因为是一个做无正业、行无定时、夜不归宿的浪荡人,往往就溜到焦寡妇处去,成为其常客。焦寡妇只要听到魔鬼的叫门声,准会伸双手欢迎。一者可以解除孤独寂寞,二者还能带来吃的喝的。他们之间的事是公开的秘密,知之者多,传闻者众,追究的却没有。再后来,城里又下来一个妓女,绰号叫六月花,因为年老色衰,嫖客稀少,不能给老鸨带来收入,被裁汰了下来,临时在乡村居住。苍蝇喜闻鱼腥味,魔鬼则嗅出了六月花的俏臭味,又抛下焦尾巴,贪欢六月花。他除了应对李保长交代的差事,夜晚多半在那里。

魔鬼的狐朋狗友大小眼、塌鼻梁等,欲要解馋过酒瘾,一个夜晚按老习惯到焦尾巴处寻他，未找着，便找到了六月花那里。他们之间原无忌讳，在一般人嘴里说不出口的脏话丑话、淫言秽语，在他们之间却是正常语言，是沟通、交流的恰当方式。

大小眼说："老哥，你真是宝刀不老，老牛吃嫩草，啃了焦尾巴，又采六月花，令我们到处寻你不着，酒肉桌上无你，却藏在窑子里。怎么样，六月花的味道若何？"

"当然不错，到底是正经窑子里出来的，受过专门调教，见过大世面，接待过贵客的，手段高，花样多，趣味浓，受用无穷。"魔鬼回答。

"不就是男人与女人的那种事情，进进出出，就那档子事，干完了事，何必那么当真。"大小眼说。

"可不能小看那种事，也是活人的事情，鸡儿骨头羊脑髓，东方亮的瞌睡，小姨子的滋味，四大香也，不吃不尝怎么行！"魔鬼又反问："你说，人活一世为了啥？"

"不晓得，依你说，人活在世上为了啥？"大小眼又问道。

"穿衣、吃饭、玩女人三件大事。"魔鬼回答并继续说，"男女关系搞不俱数，阎王爷都嫌你不咋的，不收留你，叫你投胎畜生，当牛做马，或给披一张驴皮，变个叫驴，到处叫着追草驴；或者是给你赐一张山羊皮，变个驹驴子骚狐（公山羊）追逐母羊，到处跑。与其这样，倒不如把男女关系搞个够，也不枉为人一世。"

"照你大哥的说法，人岂不和叫驴、山羊一样了！"大小眼说，"如此说来，人也是畜生，畜生也是人，没有区别了。"

"说不同也不同，说一样也一样，"魔鬼继续说，"说不同，畜生是不穿衣裳的动物，人是穿衣裳的动物；说一样，都要吃喝，都要走种传后代。"

大小眼说道："你说来说去，还是没有把人和动物区别开来，按照你的说法，你岂不也是叫驴，驹驴子骚狐，也就是畜生！"

魔鬼道："话不能那样说，但事情是一样的。"

"怎么会一样呢？难道仅仅是穿不穿衣裳的区别？"大小眼讥讽道。

"我说不过你，说不过你的弹簧舌头刀子嘴。"魔鬼说。

"走，你吃也吃了，喝也喝了，嫖也嫖了，咱们再去玩一把，换个花样，变个名堂，乐和乐和。"大小眼说："要是你的手气好，我的钱说不定就装到你的口袋里了。"

"走，走，走，男子汉大丈夫，说走就走！"魔鬼一边说着，一边回过头来对六月花说："我的心肝，待我有了钱再来。"

魔鬼跟着大小眼来到小耳朵家，正好塌鼻梁也在，当下摆好牛九便玩了起来。四个人一直玩到夜深人静。这一次，不知是大小眼有意让着，还是魔鬼的手气好，魔鬼是输得少，赢得多，最后一数，竟然赢了八九块钱，正在嬉皮笑脸之际，塌鼻梁开腔了："今天大哥手气好，赢了钱，明天咱们再乐和乐和，为大哥高兴高兴。"

魔鬼是精明人，如何听不出来，分明是将自己的军，让自己出钱，与大家吃一顿。我魔鬼岂是吝啬鬼，大家尊我称大哥，我怎能扫他们的兴。便满口答应："没说的，我请客，明天在老地方，老时间，不吃不散。"说着说着，大小眼、塌鼻梁各自回家。唯独魔鬼，仍不回家，一者，赢了钱；再者，想着新欢六月花，又到六月花那里去了。

世上的事物，总有个是非标准，优劣好坏，尤其是人，作为世间最高级的灵物，最懂方圆规矩，最讲究盛衰荣辱。由此，优者兴旺发达，低劣者淘汰灭亡，讲荣者知耻者繁荣昌盛；不知羞耻，不讲荣辱者衰败消亡。古今中外，概莫能外。说白了，归结为一句话，就是人活脸，树活皮，树剥了皮活不成，人不要脸枉为人。可魔鬼，不分是非道理，不懂方圆规矩，不仅不识羞耻二字，更不晓光荣与耻辱为何意，虽穿着人的衣裳，却像猪狗一样活着，做的是伤天害理的事情，追逐的是吃喝嫖赌，自然自生自灭，不会有好的下场。

不久，解放军来了，古堡镇解放了，紧接着是减租反霸，魔鬼的主子李保长因欺压百姓、无恶不作，祸害乡里，民愤极大，被押上了历史的审判台，吃了枪子儿。

魔鬼，作为李保长的得力爪牙，狗仗人势，作恶多端，也要求斗争他。可工作组认为，他虽然为非作歹可恶，但终归不是主谋，而是爪牙，是辅从一类的人，可以教育他，不可斗争他。否则，会偏离了主要矛盾，放松了斗争的主要对象。因此，只作为陪斗者上了斗争台。

初时，他假装积极，欲立功赎罪，把一切罪过都推给李保长。李保长因罪大恶极，民怨沸腾，不杀不能平民愤，判了死罪，可把魔鬼吓了个屎尿一裤裆，待宣布执行枪毙时，他顿时下跪求饶"饶命"，以为也要判他的死罪，等宣布免除他的刑事处罚时，又将李保长的尸首踢了几脚，以示自己的革命。

土地改革时，因李有铭是雇农，魔鬼虽然名声很坏，民怨甚多，可他毕竟是雇农的儿子，一样分土地，父子两个每人分了三亩地，还有牲畜、农具之类的胜利果实。

可魔鬼游手好闲、吃喝嫖赌惯了，哪里是种庄稼出苦力干活的人。地仍然由他年迈的父亲种，他照旧四处闲逛溜达，与他的狐朋狗友来往不断。

附近若有吃喝的机会，总要削尖脑袋往里混。若是发送老人，他借口说自己是来孝敬老人的，虽然非亲非故，也要掺和上吃一顿。不论哪一家的结婚喜事，与他毫无关系，不打招呼不请他，他都要挤进去；人家不理他，他一样在酒席座位上一坐。他会说我是"恭贺你新喜"。你得一样地接待他，这也罢了，更糟糕的是，潜藏在人家新房窗下，偷听新郎新娘做爱。有一次，王新郎与赵新娘的洞房花烛之夜，他蹲在人家窗下偷听，当听到人家做爱，大动起来，新郎新娘兴奋的高潮时，他突然尖声怪叫，高喊"加油"，惊得人家泄了气，搅停了好事。

谁若对他稍有不恭不敬，或者讥笑挖苦了他，他就以恫吓相威胁，"我是破罐子破摔，怕你啥！若惹恼了爷，放一把火将你房子烧了，砍头不过碗大的疤！"弄的人心不安，社会不宁。人们既恨他，又怕他，怕他万一胡来一下子受不了，不敢得罪他，只好逆来顺受，忍着。

李有铭的穷亲戚小舅子，也因为土地改革分了土地、牲畜和农具，政治上不受压迫，经济上翻了身，虽说是姐姐不在了，有姐夫、外甥在，心情好了走亲戚，秋收完了的一个下午，便来到了姐夫李有铭家。魔鬼不在，姐夫与小舅子就闲聊了起来。说过日子，叙亲情，倒也投机。

李有铭说："要是你姐姐在该多好，分了房子分了地，也能看看新社会，享几天清福。可惜我们命穷，不知道祖上遭了什么孽，叫我们受苦受难，好端端地，小鬼把你姐姐拉走了，抛下我们光棍孤儿，受尽了艰辛，生养下这个孽障，又不争气，不学好。1949年前跟上保甲长胡作非为，解放了，有了田地，有了农具，可他恶习难改，一派二流子相，不好好务习庄稼，也说不上个媳妇，眼看着奔四十的人了，连个根根都没留下。看样子，咱家的香火要断了，心不闲，意不适呀！是命不好，我认了，没奔头、没盼头，活一天算一日吧。"

舅老宽心着说："姐夫你别伤心，外甥是年纪不小，可也尚不太大，说媳妇生娃还来得及，虽没有早抱孙子，迟盼个孙子，抱个'秋瓜'还来得及，咱们一起给张罗、托媒。"

说到投机处，李有铭说："舅老说得在理，你先坐着抽烟，我去做点吃的，再边吃边唠叨。"便剁了一只鸡，煮在锅里，又去打了些酒来。鸡也烂了，酒也打来了。酒逢知己千杯少，小舅子与姐夫难得相会，边吃、边喝、边唠叨，直到酒干鸡肉尽，太阳落山，小舅子起身走了。

将小舅子送走后，李有铭觉得很高兴，特别是小舅子说的"找媳妇，抱秋瓜"，很入耳，说到了心坎上。心想，我李有铭很少有机会与亲戚在一起吃肉、喝酒、说话，今天，吃的对味，喝的痛快，说的投机，颇为得意。正在收拾碗筷之时，儿子魔鬼回来了。

他闻到酒香和肉味，便拿起酒壶摇了摇，酒干了，又揭开锅盖，用勺子搅了搅，没肉了，便问："鸡呢？"

李有铭如实说："你舅舅来，我们边吃边唠叨，不知不觉就喝干吃完了，你就将就着吃点馍馍，喝碗鸡汤吧！"

魔鬼一听，顿时火冒三丈，他在旧社会威风惯了，只认得保长甲长、狐朋狗友、娼妇妓女，何曾有尊老敬贤、孝敬父母的念头。解放了，时过境迁人是物非，仍然恶习难改。闲逛饿了回来吃现成，稍不如意，便日娘操老子一顿臭骂。扛长工剥削压迫受惯了的李有铭，有的是忍耐性，对儿子的埋怨、斥责也听惯了，任由他骂去，今天亦然。未料，魔鬼不知在外面受了什么气，火气异常的暴烈，不管三七二十一，连锅端起滚烫的鸡汤，冷不防地浇在了其老子的头上。烫得李有铭吱哇乱叫，疼得在炕上直打滚。魔鬼丝毫不在乎，还在呼哧呼哧骂老子出气：

"老不中用的！活该！老不死的，烫死话该！你倒吃的自在，烫死才好哩！"

没完没了的出气，一个劲地臭骂下去。魔鬼外面闲逛累了，骂老子骂困了，躺在炕上闷闷不乐地睡去，睡着了。

魔鬼是睡着了，可李有铭又疼又气哪里能睡着，越睡不着越想，越想越气：这样的儿子，畜生不如，养着有什么用。善马被人骑，善人受人欺。过去受老财的气，现在又受儿子的气，什么时候是个完！指望不上，靠不住，还活受气，不除也是个害，反正没指望，没盼头，不如叫他死了算了。想来想去，心一横，意已决，便下炕去，操起了下午杀鸡的带着鸡血的菜刀。到底是干力气活的人，手上有劲，借着月光，对准儿子的脖子，一刀剁了下去，只听咔嚓又"呀"的一声，血喷如注，喷射到炕上、墙壁上、屋顶上，四处皆是血，魔鬼登着脚，身子抽搐着，待血液喷射完毕后，才停止了动弹。

目睹着儿子死亡的惨状，李有铭又后悔至极，他觉得对不住过世的妻子，他想起了妻子咽气时拉自己手的情景，似乎是舍不得离开自己，也是托付孩子的意思，是希望他把孩子养大成人。孩子是长大了，可是又被自己杀掉了，是自己自生自灭了他，越想越对不住妻子，他后悔得捶胸跺脚，唉唉连声，不能自制。他又想到对不住小舅子，是小舅子来看望自己，叙了亲戚之情，反倒把他的外甥杀了，于情于理都说不过去，想着，想着，他不想活了，干脆自杀了之。忽然进来了一个人，抬头一看，正是张老二。

事有凑巧，张老二一向关心李有铭，有事无事，路过时总要来转悠一下。早在李有铭给李老财扛长工时，张老二也给李老财打短工，多有关照。土改时，是张老二提议，给自己分了最好的土地和耕牛，并时常来看望自己。今天他来并不偶然。只是自己杀了儿子，家里污血满屋，正慌乱不堪、手足无措之中，反倒使他不知如何应对。

张老二一看，顿感意外，但看到他满脸的血泡，马上就明白是怎么回事。魔鬼一向不学好，不务正业。1949年前跟上李保长仗势欺人，欺压乡亲们；1949年后恶习不改，游手好闲不劳动，仍靠年迈的父亲耕作，他欺负弱小，虐待老人，时有所闻。稍有不如意，便在父亲身上出气。李有铭是最老实不过的庄稼人，能让则让，能忍则忍，不到万不得已，是绝对不会做出越轨出格的事情的。今天干出这种事情，肯定是魔鬼把他逼急了逼出来的。

也不多问，便说："事已至此，最好的办法是向政府自首，如实说明情况。"催他赶快主动自首去，并说自己愿意陪他去。

张老二这样说还有自己的考虑：怕老人想不开而自杀。若是去自首，一是必须如此，人命关天；二者，暂时看管起来，也是一种保护性措施，免得他想不开，再把自己结束了。便说："我去给媳妇说一下就来，你等着我。"

张老二急忙回到家，给媳妇简要介绍了情况，并把要陪李有铭去自首的事说了，二嫂心疼地说："再要紧也总得吃了饭再去吧。"

张老二说："等不及了，事不宜迟，必须得马上去，带点馍馍就行了，免得出意外，事态扩大，自己是村长，必须妥善处理为好。"

张老二再度返回李有铭处，他正低着头，坐在房子外面的屋基上，便叫他锁上门，催他一起上路了。先到乡政府，给欧乡长说明了情况，欧阳义说："你做得对，人命关天的大事，不容迟缓。但乡政府处理不了这么大的事，得到县法院去，他们知道该怎么办。我派高文书陪上去就行了，他熟悉法律方面的人和事，你不一定去了。"

张老二说："我们村的事我得去，好说明情况，争取多关照关照。"

"也行，你要去就去吧。"欧乡长一面说着，一面又对高文书吩咐了几句。高文书、张老二和李有铭就上县法院去了。

已是深夜，法院除值班的人外，其余的人回家早已睡觉了。值班的人说："必须马上去查看现场，弄清事实真相。"便去找了有关人员，由高文书陪着，张老二、李有铭一起，连夜赶到事发现场，仔细查验了死者尸首，清点了凶器，记录了现场情况，又问了李有铭事发的原因、经过，一一作了记录，并叫李有铭按了手印。法院的人叫锁上门，上了封条，叫高文书、张老二各回其家，押上李有铭回法院去了。

第二天上午，县法院的一班人来到了古堡镇，商议审判李有铭杀人案事宜，决定下午三时，在镇广场开会审判。并通知附近百姓，愿意旁听者自便。到时，审判长、书记员、陪审员、辩护人、当事人一一到齐，各坐其位，审判准时开始。未等开庭，便黑压压地来了一大片人，声势浩大，气氛严肃。审判长宣布开庭，先由公诉人起诉案由，接着当事人李有铭申述作案动机及作案经过，接着由张老二辩护，事实经过清楚无误，接着是休庭。

接着又开庭，由审判长宣布审判结果："案犯李有铭，因受其子李奎仁虐待，产生杀人动机，乘被杀者熟睡之际，故意用菜刀行凶，剁断颈部大动脉，流血过多，当场丧命。李奎仁命案事实清楚，证据确凿，根据中华人民共和国刑法某款某条及某款某条，判处被起诉人李有铭无期徒刑。被起诉人在十五日之内可上诉。"

李有铭当场表示：服从判决，不再上诉。

当李有铭表示不上诉之后，旁听者一阵哗然，议论纷纷。

审判长宣布休庭，待上诉之期到后，由二审法院复审。

上诉期间，李有铭杀人案成为古堡镇地方头号新闻，是人们议论的中心。议论内容不外两个人：李奎仁多行不义，罪有应得，死得活该，李有铭杀死李奎仁，虽依法依理判处无期徒刑，但杀死忤逆子，是为民除害，判无期徒刑与情不合，于民心不顺。张王李赵各村成人村民，联合签名，要求轻判缓刑。

十五天的上诉期已到，二审法院未收到李有铭的上诉状，却收到了初审的案卷材料、众村民的联名申诉状。经复审，并经最高法院核准，判李有铭有期徒刑十五年，监外执行。

李奎仁，愧于为人，魔鬼似的在人世上混了多年，作孽不少，人人指着脊梁骨骂，在人与鬼之间徘徊，最终被结束了魔鬼生涯。

第三十集　志纯情真

爱国儿郎踊跃参军　保家卫国
巾帼姑娘激情送郎　奔赴前线

古堡地方与全国一样，历经旧社会的天灾人祸，受够了饥寒交迫，兵荒马乱之苦难。解放军来了，搞了减租反霸，又在搞土地改革，推翻了封建势力的压迫和剥削，社会终于安定了下来，人们渴望天下太平，风调雨顺，过平安无事的日子。不料爆发了朝鲜战争，战火烧到了祖国的大门上——鸭绿江边，打破了他们的太平梦，不得不投入到抗美援朝、保家卫国的运动之中。

县抗美援朝分会又派朱组长、吴干事来到古堡乡，开展抗美援朝、保家卫国的宣传活动。欧阳义乡长召集张王李赵各村村长、农会、青年和妇女干部，在乡政府开会。张老二、张老大、王三姐、张小宝、赵老师等等都来参加。

只听朱组长讲："好不容易解放了，太平了，我们都想过太平日子，可是朝鲜爆发了战争，美军越过三八线，侵占朝鲜，把战火烧到祖国的家门口，并霸占了我国台湾，派飞机侵入我国东北，进行轰炸扫射，严重威胁我国的安全。豺狼来了，只有拿起刀枪，打击它。我们要积极响应中央抗美援朝保家卫国的号召。唇亡齿寒，抗美援朝也就是为了保家卫国，保卫自己的家园。我们要搞好宣传，做到家喻户晓，人人皆知，积极生产，多打粮食，有钱的出钱，有人的出人，以实际行动支援前线，配合志愿军作战，打击美国侵略者。"

朱组长的讲话如同在平静的秋池投了一颗石头，与会者议论纷纷，"美国佬为什么这么坏，我们并未惹他们，为什么侵略我们？"张老二说。

张老大说："这是帝国主义的本性，如同豺狼一样，羊不惹它，它照样吃羊。"

朝鲜战争的爆发，在古堡乡村民中迅速传播开来，张大妈与儿媳张大嫂、张二嫂也在议论。张大嫂："好不容易天下太平了，战祸又来了。"

张二嫂："谁说不是，孩子他爸被抓了二次壮丁，当兵才回来，现在，太平日子过了不到一年，火星子又飞来了，真是的。"

张大妈说："哪里有那么多的风调雨顺，太平光景？少不了乌云滚滚、雷打电闪。这是由不得人的，只有面对现实，什么时候说什么时候的话，到哪里过哪里的日子。天塌不下来，我们照样得活人。"

张大嫂、张二嫂回到娘家，朝鲜战争也是议论的话题。王三姐说："好不容易太平了，又打起仗来，什么时候才再过平安无事的日子！"

王老二说："有共产党、毛主席，天塌不下来，我还是相信共产党、毛主席，相信解放军。"

李有实与李有富也在议论。

李有实："会不会变天？若是美国人打过来，变了天，我们的家产就可以算回来了！"

李有富说："我看不可能，我算是把脑筋转明白了。好端端的，日本人开飞机投炸弹，把我镇子上的商店都炸了，把我三兄弟炸死了。来者不善，善者不来，美国人同日本人一样，又打起仗来，都不是好东西。再说，共产党、解放军也不是泥捏的，面做的，他们给老百姓那么多好处，老百姓向着他们，老蒋的几百万军队都被他们打垮了。美国人是洋人，能给老百姓什么好处？老百姓不会向着美国人，美国人也打不过来。你趁早别那么想，若是胡思乱想盼变天，到时候天变不了，会倒更大的霉。"

李有实："你说的也是。"

朱组长讲话之后，乡上的完小，赵老师的初小，首先行动了起来。把朱组长的讲话，写成标语、传单，登在黑板上、墙报上。"抗美援朝，保家卫国""反对美帝侵略朝鲜""中国人民必胜，侵略者必败"等标语到处都是。

赵老师在自己家门口的墙壁上画了一个上下方向的长方形框框，框框由粗细各异、颜色不同的线条构成，框内的上端由左而右写着"爱国公约"四个大字，其下竖写着：一爱国如家；二立足学校，教书育人；三教育学生热爱祖国，热爱人民，热爱科学，热爱劳动，爱护公共财物；四以身作则，率先垂范，说到做到，不放空炮。赵老师的爱国公约一订一写，各家各户都请赵老师给他们制订爱国公约，赵老师便依各家各户的特点，一家一户地给起草、书写爱国公约，把赵老师忙得写不过来。

还没有写完，乡政府又要求赵老师组织学生宣传队，去各村进行宣传。赵老师又确定了要唱的歌子，并写宣讲稿和快板，叫学生背得滚瓜烂熟，并试讲、挑选，最后挑选了欧阳雪莲、张小芹等讲得最突出、歌唱得最好的四个男女同学，亲自带队，深入到田间地头去宣传。

首先来到张老二他们劳动的地方，只听欧阳雪莲讲：

　　我们把书念　　美国打朝鲜
　　中央发号令　　卫国保家乡
　　火烧鸭绿江　　唇亡则齿寒
　　如果不援朝　　国家不安全
　　保家卫国事　　我们扛在肩
　　有人的出人　　有钱的出钱
　　堂堂男子汉　　快去上前线
　　为母为妻子　　不要去阻拦
　　弟妹和新娘　　送哥把兵当
　　条条好儿郎　　快去把名填
　　一村一个兵　　一乡一个班
　　一区一个排　　一县一个连
　　队伍雄赳赳　　都去打豺狼
　　国家能和平　　家里才安全

接着又是唱歌，只听张小芹等四个同学唱：
　　雄赳赳，气昂昂，跨过鸭绿江，
　　保和平，卫祖国，就是保家乡。
　　中华好儿女……

赵老师带着他的小学生宣传队，奔走于各村庄，给乡亲们宣传，还没有轮完，乡上举行抗美援朝、保家卫国的示威游行、签名活动。欧阳义乡长指名要他们到镇中心广场去唱歌、宣讲。在游行示威开始前，他的四个宣传队员首先登上主席台。这些小队员都是在学校挑选出来的，经过专门训练，又在各村宣讲过的，在千人大会上上得了台，放得开的。唱歌，歌声嘹亮，有男声，有女声，若雏凤的清声，悦人耳膜，振人心扉；讲演，童声童气，口齿伶俐，朗朗上口，音韵优美，有步伐，有手势，声情并茂，强有力地感染了游行队伍的情绪。游行队伍群情激昂，义愤填膺。"抗美援朝、保家卫国"的口号声此伏彼起，充分表达了对美帝国主义的无比愤怒，严厉遣责了侵略者的战争罪行。在宣传队唱歌、宣传完后，欧乡长一一抚摸他们的头，夸奖小队员的出色宣传。群众边游行边签名，小小的古堡乡，就有七百多人签了名。

紧接着示威游行，各村村民又开始了捐献飞机大炮的活动。张家庄的村民齐集到张老二他们居住的大院子里。

古堡乡解放不久，减租反霸刚过，土地改革还没有搞完，国家有困难，乡亲们的生活也很紧张。可是，国难当头之际，这些刚刚获得解放的乡亲们怀着高度的爱国热忱，欲表一份爱国之心，真可谓国家兴亡，匹夫有责。刚迎来夏收，就用新收获的小麦加以捐献。赵老师执笔，张老二第一个捐献麦子一斗，张老大捐献麦子一斗，王三姐捐麦子二斗，张小宝捐麦子一斗，以此类推，认捐者络绎不绝。李有铭是光棍汉，日子过得很艰难。常言道，男人是耙儿，女人是匣儿，过日度月全靠女人把握，由于他缺内当家的，家中生计难以维继，大家劝他别捐了，他却说没有多也有少，也是一份爱国之心，共产党让我翻了身，做了新中国的主人，我不能忘恩负义，好了伤疤忘了疼，我捐一升，也能买一粒子弹，我的心里也安稳些。王元元家本是老病号，也是有名的困难户，青黄不接的五黄六月，总是揭不开锅，可他坚持捐了二升麦子。

李有富也来了，这是出乎张老二、赵老师预料的。李有富说："本来要多捐献些，土改了，同大家一样了，也是穷人了，捐不出多少，仅捐献五升。爱国不分你和我，不论多少是个心意，不管怎么说，我总是中国人，我不愿意让洋人打进来。"

如此这般，多则二斗，少者一升，乡亲们都表示了一份爱国心意。张老二叫赵老师合计合计。赵老师拨拉着算盘，划拉划拉算了出来总计三石三斗，也就是一千二百多斤，小小的张家庄和王家庄，等于捐献了两支步枪。

紧接着捐献飞机大炮之后，朱组长陪县武装部的解放军进了村，动员青年参加志愿军。消息一传出，在青年们当中引起了强烈反响。

王自中说："我就是喜欢解放军，解放军来没多长时间，又减租反霸，又是土地改革，尽给人民办好事，要是招兵的话，我也愿意当解放军。"

张乖乖说："旧社会那时候，不是派捐，就是抓壮丁，闹得鸡飞狗跳墙。解放军一来，扭转乾坤，使天下翻了个个儿，又分房子又分地，使我们穷人当了家，做了主人。谁愿意叫反动派打过来再受二茬罪，我要当解放军，保卫胜利果实。"

李得德挥着拳头附和道："那当然，谁愿意回到旧社会去，再过那种苦日子，若不信，问问这个答应不答应！"

赵爱国说："解放军个个像《水浒》中的英雄好汉，武艺高强，惩治贪官污吏，打富济贫，机会来了，我也要当这样的军人。"

"谁说好铁不打钉，好汉不当兵，"张乖乖又说，"那是旧社会的说法，现在新社会，解放军都是好汉，不好的人家还不要呢。解放军走到哪里，人民都鼓掌欢迎。我看着都眼热，要是招兵，我头一个报名！若不信，走着瞧！"

解放军一动员，果不其然，张乖乖第一个报了名，王自中弟兄两个都报了名，赵爱国和弟弟赵卫国都报了名。李得德也报了名，还有其他十几个青年都争先恐后地报上了名字。最是赵老师初小四年级的学生，乡完小五六年级的一些学生也在报名册上填了自己的名字，就连女学生都跃跃欲试，可解放军明言不招女兵，她们无可奈何地摇头叹息：都怪爹妈把我们生成了女孩子！一向争强好胜、窈窕出众的李玉贞则说："我当不上志愿军，我也要嫁给志愿军！"

县武装部的解放军对报了名的青年逐个进行"目测"，青年们私下说法叫"看得上看不上"。

农村的孩子上学迟，小学学生年龄比县城小学生年龄普遍大，有的十三四岁，有的十四五岁，但基本不够参军年龄，凡报了名的差不多都刷了下来。最后目测结果仅过关六个人，经县医院体检，只验上赵爱国、王自中、张乖乖、李得德四个人，他们一个个高兴得跳了起来。

往县城欢送这一天，乡政府欧乡长要求，必须隆重热烈，披红戴花，骑马欢送。张老二、张老大、张小宝等有马的都把各自的马牵来，鞍具配备齐整，乡政府高文华文书准备了四匹绸了，四朵绸花。整个古堡乡一派父母送儿子参军、新娘送新郎上前线的热烈盛况。

最是李玉贞送赵爱国参军风光，精彩至极。赵爱国是赵家庄赵老师的堂侄子，受家风的熏染，自来崇文尚武，不仅爱读《三国演义》《水浒》等小说，且崇拜五虎上将关张赵马黄，水浒英雄一百单八将，把他们当作学习的对象，拜师学武艺，使枪弄棒颇学得一些套路。他是一个有抱负有理想的有志青年，意欲报效祖国、干一番事业，可又为报国无门而叹息。正值此时，朝鲜战争爆发，中央号召爱国青年参加志愿军赴朝参战，他热烈响应中央的号召，积极踊跃地报了名，当上了志愿军。

无独有偶，他的小学同学李玉贞，虽是个女孩子，却有巾帼之志，报国之心。李玉贞原是李老财弟弟李有祯的女儿，其父被日本飞机的炸弹炸死在他古堡镇中心商店里，母亲年轻守不住又嫁了别人，她就依伯父李老财生活。虽也是李老财家的女儿，终就没有了父母，缺少亲生父母的疼爱，可也多了些自立的意识，从小养成了自立自强的个性。加上读小学，知道国难家仇的道理，崇尚英雄人物、巾帼英雄。她又与赵爱国是同窗同学，多受其影响。女人十八变，人大心也大，渐渐地懂得了婚姻、家庭的道理，虽然生活在财主家里，但不是长久之计，女孩儿终就是要嫁人的。

看着赵爱国相貌堂堂，豪爽气派，爱美之心油然而生，对赵爱国产生了爱慕之情。为他所容，为他倾心。就像磁石招铁，总是吸引着自己，自己也想当志愿军，可又不收女兵，而赵爱国当上了志愿军，更加割舍不开，便铁下心来要嫁给他。受他的影响，崇拜女英雄——丈青扈三娘、花木兰，好练文习武，及至长大，出脱得青葱一般，是人见人爱的好姑娘，也是赵爱国倾慕的女性。由于两人志同道合，有了牢靠的婚姻基础。一个要赴朝参战，一个发誓非志愿军不嫁，在这即将别离的紧要时刻，李玉贞向赵爱国表明了要嫁给他、与他结婚的态度,并要以妻子的身份欢送他上前线。

消息传出后,张老二、王三姐等一班基层干部,便与其双方父母及家长商议,终于征得各家大人的支持,促成婚姻大事。且婚事新办、快办,办完了结婚登记、拜堂入洞房等一应程序,而且以乡上欢送志愿军的宴会招待双方大人,李玉贞终于实现了新娘送新郎上战场的夙愿。

古有英雄爱美人之说,今亦有美人慕英雄之事。赵爱国与李玉贞的完美结合一时传为佳话。一般人也许不理解这桩婚姻,其实,青年人自有其荣耀观念,而这种观念自然表现在婚姻大事上。解放军一出现在古堡地方,就以其崭新的装束引起了敏锐青年的好奇、羡慕,由于其在减租反霸、土地改革中的卓越表现,更加强了包括李玉贞在内的男女青年对解放军的向往。而参加志愿军又是实现这种向往的良好机遇,赵爱国等一批男青年实现了参加志愿军的愿望,可女青年则不能表现这种愿望,欲要追求实现愿望的机会,与参加志愿军的人结婚便是机会之一,更加上浓厚的拥军优属的社会风气的感染,便促成了他们的美满婚姻,形成了这一桩美人嫁志愿军的佳话。

乡政府的欢送宴会上,欧阳义乡长触景生情,想起了江西老乡送他们参加红军的情景。李玉贞与赵爱国的参军婚礼又激励了他,便在欢送宴会上洋溢了出来:

"你们响应中央号召,踊跃参加志愿军,李玉贞与参军的赵爱国举办婚礼,亦表现了新中国女青年的巾帼之志,以这种特殊的方式表达了爱国精神。一人参军,全家光荣,这是你们的光荣,也是全古堡乡的光荣,希望你们积极参战,英勇杀敌,立功受奖,争取更大的光荣。我们在后方的乡亲,要努力劳动,多打粮食,支援前线,拥军优属,支援你们多多打胜仗。"

席毕,小学生敲锣打鼓,载歌载舞地扭起了秧歌,张老二、张老大、张小宝等分别牵着枣儿红、雪里白、干草黄、菊花青,赵爱国、张乖乖、王自中、李得德披红戴花,分别跨上四匹骏马缓缓而行,欢送的乡亲前呼后拥,浩浩荡荡向县城走去。古堡乡广场上,若过节演戏一般,人山人海,好不热闹。那四匹高头大马似懂人意,昂首挺胸,嘶鸣呼啸,平稳缓进。赵爱国等四位参军青年心情激动,难以自已,频频回首,招手告别,哪里能够奏效,欢送的乡亲依依惜别,送了一程又一程,足足送了十里之遥。

张老二同他哥和张小宝四人一行，送别回来的路上，分别骑着自家的马并肩而行，张小宝："看着今天的热烈场面，我又明白了一个道理。"

张老二问："你又明白了什么道理，说出来我们听听。"

"怪不得国民党军队尽打败仗，解放军尽打胜仗，旧社会那会儿，我们当兵都是绳捆索绑抓去，押犯人一般送往兵营，不知道为谁当兵。今天你看，披红戴花，骑高头大马，人山人海地欢送，完全是两种光景。"

张老二："旧社会当兵，我比你受的罪更多，抓了几次都是五花大绑，怕你逃跑，又让你饿着肚子，开始并不晓得为啥当兵，后来才悟出点道道，原来是为了军阀、老财当兵。谁有心替他们出力卖命，都是消极应付，吃粮而已。"

张老大："参加志愿军当然不一样，算你们说对了，与旧军队是两码子事，是为自己当兵，为自己的利益打仗的，披红戴花多光荣，乡亲们也沾光，真叫人眼热。自然能打胜仗。"

张老二："我要是再年轻十岁，也要当志愿军，享享这光荣。"

张小宝："唉！我们没有赶上好时节，要是解放早来五年，或者爹妈晚生我五年，我非当志愿军不可！"

张老大："那都是傻话，如果是那样，我也要当解放军。可是事不由人，什么时候生的人，就是什么年代的人，如果是换了时间生的，就不是你和我了，就是现在参军的这些人了，这就叫时过境迁，物是人非。"

张老二、张小宝："说的也是，算你说的透彻。"

有保家卫国的正义之士，便有图谋不轨的不义之徒。赵爱国为了保家卫国告别父母、新婚妻子，奔赴抗美援朝前线；而不义之徒，则乘此机会，欲钻空子，打人家妻子的主意。赵爱国与李玉贞的另一个小学同学郑自芳，生性好动不好静，能歌善舞，是班上的文体活跃分子。他原对李玉贞有好感，曾追逐过人家。可同学是同学，对象是对象，一码归一码。李玉贞心里并没有他的位置，而倾心于赵爱国。及至李玉贞与赵爱国结了婚，郑自芳追逐李玉贞的单相思破灭了。

郑自芳追逐李玉贞失败之后，陷入到一蹶不振、郁郁寡欢的苦闷之中。为了填充婚姻的真空，经人介绍，仓促之中与一个叫周宁兰的姑娘结了婚，平衡了暂时的心理失衡。但是郑自芳与周宁兰的结婚是缺乏深入了解和感情基础的，加上郑自芳是一个爱采花、不酿蜜的人。有人形容他是"花心萝卜紫皮蒜"，确是一个目光缭乱、移情易性的人。总是朝三暮四、见异思迁，甚至图谋不轨，意欲追逐别的女性。竟然趁赵爱国赴朝参战之机，意欲钻空子，再度追逐李玉贞。在一次去古堡乡商店购物的路上对李玉贞说："你本也不是专门出生给赵爱国的，我为什么不能沾光？你只不过是暂时离开了我，我是偶然失去了你。"

李玉贞："我已经是志愿军战士赵爱国的妻子，你少说这些梦话。"

追逐李玉贞，何怕碰钉子，一次不行再次，再次不行第三次，纠缠人家，郑自芳："你要知道，打仗可不是玩的，枪子儿不长眼睛，赵爱国说不定已经死了。"

这可把李玉贞气恼了："你黄鼠狼给鸡拜年，不安好心，走开！"不仅骂了他，还把这些情况反映给了贴心人王三姐。

郑自芳在李玉贞处碰了一鼻子灰，心气不顺，又去纠缠附近的一个寡妇。寡妇门前是非多，岂有不露珠丝马迹的，恰被妻子周宁兰抓住了把柄，亦反映给了王三姐。

原来两个人反映的是同一个人——郑自芳的问题。

郑自芳是撞上了火药桶，又惹恼了醋罐子，事情就闹腾起来了。当着郑自芳大闹不说，并要求王三姐处理。事情已经闹到这步田地，没有个了结是不行的。

保护军婚，王三姐是非常明白的，一听郑自芳有破坏军婚之嫌，立马认识到事情的严重性，这是关系稳定军心的大事，非同小可，绝对马虎不得。便来找社主任、党小组长张老二商议处理办法。张老二听了亦觉事关重大，需要请示乡长欧阳义。事不宜迟，两个人便来到了乡政府，向欧乡长汇报此事。

欧阳义听了汇报，皱着眉头思索起来，他想，现在是抗美援朝时期，正在动员青年响应政府号召报名参军，发生这种事情，不仅影响现役军人的军心士气，也影响青年们报名参军，问题严重，必须立即调查，严肃认真地处理，决不能含糊，应付了事。便指示乡文书着手调查，并叫张老二、王三姐配合调查工作。

第三十集·志纯情真

郑自芳干扰破坏军婚的问题正在调查之际，赵爱国探亲回到了古堡乡。

赵爱国与李玉贞，虽然一个在前线，一个在家乡，但书信常来常往，赵爱国将前线的战斗生活告诉妻子，妻子除了鼓励丈夫英勇参战多多杀敌之外，也告诉家乡的新人新事，顺便将郑自芳骚扰自己、纠缠自己、被自己顶了回去之事告知了丈夫。此时正值赵爱国所在部队回到东北，轮番休整。上级批准他乘此机会回家探亲。于是，他就出现在妻子和乡亲们面前。

赵爱国从抗美援朝前线回家探亲，乃是古堡地方的一特大新闻，很快就传扬开来，也致张老二、王三姐吃了一惊，以为赵爱国回来是找郑自芳算账的。如果是这样，事情就更复杂、更麻烦了。若是把事情闹大，影响更广，更不好处理。先是一怔，赶紧去知会欧乡长，商议怎么办的问题。三人议定，先去慰问赵爱国的爱国行动，同时弄清情况再说。

上级在批准赵爱国回家探亲的同时，还交代他，要向乡亲们宣传志愿军积极参战，英勇杀敌的情况，争取乡亲们好好生产，多多支援前线，援助战士们多打胜仗。赵爱国也把这个意思告诉了欧乡长、张老二和王三姐。并无找郑自芳算账、公报私仇的意思，他们三个人才算放了心。

欧阳义等慰问赵爱国并得知上述情况后，决定做几件事情：一是召开合作社社员大会，请赵爱国作志愿军战士英勇杀敌的报告，同时献上慰问品，犒赏赵爱国；二是给镇上小学作同样的报告，鼓励同学们好好学习，天天向上，以实际行动支援抗战；三是表彰军属李玉贞勤劳生产，孝敬公婆，勤俭持家，支持丈夫安心在前线参战杀敌；四是会同县上司法部门调查处理郑自芳干扰破坏军婚事件。

赵爱国作的志愿军战士抗美援朝报告，极大地鼓舞了古堡乡的各项工作，在座谈会上，有的社员们说："志愿军战士不怕流血牺牲，英勇杀敌，保卫我们的和平生活，我们更应该积极生产，多打粮食，支援前线。"小学生说："赵爱国叔叔和他们的战友，渴了吞冰雪，饿了吃炒面，坚守在战火连天的前线，我们应该以他们为榜样，学好本领，时刻准备着，保卫祖国，建设家乡。"

李玉贞说："丈夫在前线，冒着敌人的炮火，保卫祖国，我作为志愿军战士的妻子，很光荣，很骄傲。我要好好劳动，孝敬公婆，支持丈夫英勇参战，共同保卫祖国，建设祖国。"

县法院在认真调查、充分取证的基础上，以事实为依据，以法律为准绳，公开宣判了郑自芳干扰破坏现役军人婚姻，干扰抗美援朝的案件，判处郑自芳有期徒刑三年。

古堡乡政府藉志愿军战士赵爱国回家探亲之际，组织报告会，慰问赵爱国，开展拥军优属活动，极大地鼓舞了乡亲们发展生产、支持前线的热情。爱国青年纷纷报名，要求参加志愿军；农民们表示，要积极劳动，多打粮食，多交公粮，支援前线作战。妇女们也一个个行动起来，李玉贞带头做军鞋，缝荷包，一针一线地表达她们支援前线的良好心愿。就连张老二、王三姐的孩子们，也不甘落后，积极参加宣传活动，四处宣讲。整个古堡地方，都沉浸在抗美援朝、保家卫国的一片热潮之中。

过了一年多，朝鲜战争停战了。秋末的一个下午，欧阳义乡长又通知各村村长、农会主任、青年和妇女干部开会。张老二、张老大、王三姐、张小宝和赵老师及其他各村的村干部都来参加。

人到齐后欧乡长说："今天召集大家来开会，不为别的，是欢迎志愿军复员转业回来的同志，他们响应中央抗美援朝保家卫国的号召，踊跃参军参战，现在凯旋回来，我们要同欢送他们参军一样，热烈欢迎他们的胜利归来。爱国爱家是我们古堡人的民风，拥军优属是我们古堡人的传统，他们是代表我们上前线的，打了胜仗，我们要欢迎他们凯旋回来。"

他们先来到乡政府，要开欢迎会，由乡政府为他们接风洗尘，设便宴招待。然后，是哪个村的，由哪个村接回去。我们要做好欢迎的准备工作，安排好他们的生活和工作，有什么困难尽量帮助解决，一时解决不了的，说明情况。

乡政府的村干部会之后第三天上午，乡政府正式通知，下午开欢迎会，前天与会的原班人马都到会，并特别要求小学生的秧歌队参加欢迎。

是日下午，秋高气爽，风和日丽，彩旗猎猎，人山人海，欢迎的横幅、标语随处可见，小学生的秧歌队载歌载舞。不大一会，披着红绸的两辆吉普车徐徐从县城方向开来，缓缓地停在欢迎人群之中。顿时，"欢迎欢迎，热烈欢迎""热烈欢迎最可爱的人凯旋归来"等口号声一阵接一阵地响彻开来。

但见一位解放军挟着背包走下车来，紧接着又下来一位中年军人，随后，后面一辆吉普车陆续下来三个军人。大家仔细一看，正是赵爱国、张乖乖、王自中，唯独少了李得德。大家正在发疑之际，欧乡长和乡文书，将他们引上主席台，各就其位坐定。

欧乡长宣布欢迎大会开始，小学生秧歌队奏起了迎宾曲，接下来欧乡长说："古堡乡今天开欢迎大会，热烈欢迎志愿军战士胜利归来。两年多以前，我们也在这里开了个大会，是欢送会，欢送古堡乡参加志愿军的同志，开赴抗美援朝的前线。今天，他们回来了，是凯旋而归，我们热烈欢迎他们的胜利归来，下面请县武装部李部长讲话。"

李部长："根据志愿军发来的立功表彰决定，授予：

李得德同志烈士称号，追记一等功，追授抗美援朝胸章一枚；

授予赵爱国同志二等功一次，抗美援朝胸章一枚；

授予张乖乖同志三等功一次，抗美援朝胸章一枚；

授予王自中同志三等功一次，抗美援朝胸章一枚。"

一阵雷鸣般的掌声，山呼海啸的欢呼声之后，李部长接着讲：

"乡亲们，今天的欢迎场面，你们看多热烈！人山人海，彩旗招展，载歌载舞，锣鼓喧天，欢呼雀跃，一浪高过一浪！为什么热烈？因为我们热爱祖国！为什么热烈？因为志愿军保家卫国！古堡的乡亲们之所以如此热烈地欢迎最可爱的人，是因为他们抗美援朝，保家卫国胜利归来！他们肩负乡亲们的爱国热忱，雄赳赳，气昂昂地奔赴抗美援朝最前线，同其他的志愿军战士一道，不怕艰难困苦，不顾流血牺牲，积极参战，英勇杀敌，终于取得了抗美援朝的胜利。他们是古堡乡的好儿子，是祖国的好儿子。在国难当头时刻，他们义无反顾、毅然决然，参加志愿军，奔赴硝烟弥漫的战场，冒着敌人的炮火，英勇杀敌，立了功，受了奖，这是他们的光荣，也是全古堡乡的光荣，我们向他们学习，向他们致敬！

"我们热爱和平，渴望和平劳动与生活，但是，树欲静而风不止，在当今的时代，战争这个怪物仍然存在，我们的祖国仍然面临着侵略和战争的威胁，千万不可麻痹大意，要居安思危，提高警惕，常备不懈。我们要像志愿军那样，发扬革命的光荣传统，时刻准备着，一旦祖国需要，就挺身而出，英勇向前，为伟大祖国效力。

"抗美援朝的胜利也有乡亲们的功劳。志愿军战士在前线流血牺牲，咱们在后方努力劳动，捐献飞机大炮，拥军优属，尽了心，出了力，军民团结如一人，试看天下谁能敌！"

接下来是复员转业的志愿军战士赵爱国讲话："我代表张乖乖、王自中说几句。抗美援朝保家卫国是我们的义务，我们怀着热爱祖国的热忱，受乡亲们的嘱托，响应中央号召，奔赴战争第一线，经历了战火的洗礼，受到了教育和锻炼，尽了应尽的责任，祖国和人民却给了我们极大的关怀和荣誉。我们深觉祖国的可爱，乡亲的温暖。回到了地方，我们仍要关心国防建设，与乡亲们一道练兵习武，时刻准备祖国的召唤。

"一块赴朝参战的李得德同志英勇参战，为祖国献出了宝贵的生命，我们永远记着他，发扬他的爱国精神，做好他的未尽事业。他的父母就是我们的父母，我们就是你们的亲儿子，要像他一样孝敬他的父母。李大爷、李大妈，请你们放心，你们为祖国献出了自己心爱的儿子，还有我们成百上千的青年，愿做你的儿子，关心你们，孝敬你们。"

又是一阵掌声和欢呼声，"向烈士致敬！向烈士的父母致敬！"

第三十一集　阳光大道

跟共产党走　别回头再过独木桥
听毛主席话　迈社会主义阳光道

张老二等一帮贫苦农民，经过减租反霸和土地改革，政治上抬起了头，经济上翻了身。这伙以往做牛做马的穷棒子，竟然登上主席台，主持大会，叱咤风云，说一不二起来，一改往昔老牛负重、被生活担子压得喘不过气、直不起腰的艰难景况，着实尝到了当家做主人的舒畅滋味。干活浑身是劲，吃饭津津有味，走起路来昂首挺胸，说起话来扬眉吐气，就连睡梦中都是笑眯眯的，人人都沉浸在笑逐颜开、欢乐愉快的气氛之中。

可是，随着生产和生活的进行，无情的现实使他们冷静下来，清醒起来。春节过后春播开始。张老大、张老二、张小宝和欧阳义，虽然每家都分了一匹高头大马，可无车少犁，车马不能配套，耕地难以配对，真可谓"单枪匹马"。更兼小家小户，人手单薄，眼看就要春播，生产手段却缺胳膊少腿，拉不开栓，难以行动。

农业生产看似简单，但一样是人类社会的实践活动，是劳动者、劳动工具、劳动对象三方面结合的生产力运行过程，少了其中的任何一个要素都是不行的。作为一种社会实践，发展到了主要使用畜力的当代，更是一种集体化的运行过程，特别是春耕这种大规模、全过程的生产活动更是如此。除了土地，还要有配套的畜力，配套的农具，成群人的分工合作，才能开展并完成春播生产任务。越是规模化生产活动，越需要生产力诸要素的有机组合，才能提高生产效率，不误农时的解决生产任务。

土地改革废除了土地的封建所有制，实现了耕者有其田，但没有解决生产力的优化组合问题。相反，在一定范围内分散了生产力的优化组合，使地主和富农式的规模化生产，分解为小家独户的小生产，犁地配不上对，拉车配不起套，使他们的生产难以进行。

还有王元元、张仍久等，不是缺耕牛，便是缺种子，或者缺犁铧。是在旁人播种完毕后，殃及人家帮助，延误农时后勉强种上的，"早种一日，早收十日"，这是庄稼人都懂的道理。正月十五卖门神，迟了半月，由于延误农时，埋下了歉收祸根。

最是李有铭，过去给李有富扛长工，听人指挥惯了的，现在只有一个人一头牛，闹春耕，他是顾了地头顾不上锅头，一头牲畜拉不了犁，他是犁地顾不上撒种，撒种顾不上施肥，无法春播，也只好等别人种完后，请邻里帮忙勉强播了种，已延误了最佳播种节气。

张老大兄弟俩，还有欧阳义、张小宝都是党员，思路一致，说话投机，能想在一起干在一起，便自发地结合起来，把各自的马匹、农具凑在一起，搭配成成龙配套的劳动班子，男女老少分工协作。运肥时，张小宝赶车，张老大带一组人在家门上装车，张老二带一组人在田间卸肥。播种时，张老二掌犁，张小宝牵牲口，张老大撒种，张大嫂、张二嫂、欧阳嫂施肥，齐心协力，一家又一家播种，很快就保质保量的搞完了春播，又帮邻里、亲戚的忙。

接下来的浇水、锄草、松土，也都依麦田的实际需要，相互合作，不误农时地搞得扎扎实实。保证了麦子的正常生长、成熟。

转眼间就到了麦收季节，"小暑大麦黄，大暑小麦熟"，人老一秋，田黄一日，麦子说熟就熟了。麦收时节的天气是说变就变，一阵儿是骄阳似火地烧烤，一阵儿又是乌云滚滚，瓢泼大雨。因此，麦收是龙口夺食，十万火急的事情，一刻都不能耽误。若弄得不好，一场大雨就会把成熟的麦子打烂在地里。轻则长芽减产，重则烂在地里，一年的辛勤劳动成果，一水就泡汤了，只好干瞪眼，仰天长叹。

所以，收麦子必须男女老少齐上阵，夜以继日地抢着干。好在张氏二兄弟、欧阳义、张小宝几家，互助合作，齐心协力，不分白天黑夜地干，终于及时地把各户的麦子都抢收到了家里，虽然大家都累得又黑又瘦，像是换了个人样儿，但望着收到家里的粮食，长舒了一口气，家家欢欢乐乐，人人喜笑颜开。

可是李有铭、王元元、张仍久家就不同了。播种时，由于人手单薄，延误了农时节气，于春播的后期，在张老二的帮助下才勉强种上的。人哄地皮，地哄肚皮，由于夏禾的田间管理欠精耕细作，长势普遍不好。到了麦收时节，不是人不争气，就是老天帮倒忙。李有铭老人，孤零零地一个人，在烈日下抢收，顾地里收割，没人烧水做饭，自个烧水做饭，又不能到田间收割庄稼。互助组的庄稼都收到了家里，他的麦子才收割了一半。张仍久也是如此景况。麦黄七成收十成，麦熟十成收七成，推迟春播节气欠了田间管理，误了收割时间，还有什么好收成？

更糟糕的是王元元家，他害的是哮喘病，一遇上麦田里的灰尘，就咳嗽的上不来气，孩子又小又多，仅靠老婆一个人在麦田里收割。十几亩地麦子，一个妇道人家如何割得过来，她背朝烈日熏烤，面对大地的热气蒸腾，汗水后流脊背，前洗胸膛，又遮蔽眼目，一副落汤鸡的模样。她明白麦收的重要，知道自己肩上担了的分量，男人使不上劲，孩子小靠不上，只有靠自己一个人收割。如果收不回来，一年的劳动白费不说，来年几口人的日子怎么过？就是拼命也要把麦子抢收回来。起初是撅着屁股弯下腰割，三天之后，腰疼得难以支撑，就蹲下来割，割了两三天，腿疼得不听使唤，又跪下来割，不多久，膝盖的裤腿、皮肉都磨破了，又爬下割，哪里能支撑多久，胳肘子又磨破了。连滚带爬割了六七天，十几亩地的麦子才收割了一小半。仰脸一看，只见天上乌云由东南往西北滚滚而来，天气暗了下来，阳光透过云层的缝隙照射到麦田里，未割的麦子已显得干枯。面对多变的天气和干枯的麦子，她的心情一样地惊慌和焦枯，她已累得精疲力竭，不免长叹一声："我真是命苦，遇上个病胎子男人，前世遭了什么孽，今世叫我受这个苦，什么时候孩子才能长大，什么时候才能熬到头。"割又割不动了，不割又不得成，只好又挣扎着割起来。

此时已是后半晌，满天阴云密布，天色越来越暗，沉雷由远而近，隐约听到炸响，一道道电光划破昏暗的天空，刹那间，倾盆大雨铺天盖地般倾泻下来，浇得她披头散发，睁不开眼睛。衣服、裤子都粘贴到身上，浑身水淋淋的，猛然间，她的心咯噔地收缩了一下子，一个念头闪现了出来：完了，全完了。

雨越下越大，云层越来越厚，天色愈来愈昏暗，大雨倾盆而下，不久地里的积水愈来愈多，渐渐流动起来。她预感到，这场雨来头不小，灾祸要降临了，心情也越发沉重下来，陷入了绝境，禁不住呼叫起来："我的天啊！天啊！"可是叫天天不应，呼地地不灵，竟跪在地上号啕大哭起来。哭声、雷声、雨声交织在一起，雷声、雨声又淹没了哭声，她有气无力地在雨地里哭泣、悲恸。这时，她的丈夫冒雨领着大孩子来到了她眼前，孩子一看她妈的这种景况也哭了起来，一个劲地哭喊"妈妈"，王元元将她搀扶起来，往家里走去。

大雨下了整整一夜，第二天上午雨过天晴，太阳照着大地，她与丈夫、大孩子又来到了麦田里。举目四望，割倒的麦子被雨水打得乱七八糟，洒得满地都是，无处搁脚；未割的麦子，被暴雨打得东倒西歪，不好收拾。眼看着这个凄惨景象，她又一屁股跌坐在湿地上哭了起来。孩子也应着哭了起来，一男一女，一高一低两种哭泣声回荡在雨后的田野里。她丈夫无可奈何地呆站在那里，劝也不是，拉也不是，怪自己身体不争气，害得妻子哭成个泪人儿，他真是无地自容，上天无路，入地无门，像根木头立在那里。

此时，张老二、张老大出现在他们面前，看着她悲痛的面容，看着麦田里的惨象，亦禁不住为他们惋惜和惆怅，急忙帮他们收拾麦子，可麦地里经雨水浸泡，到处泥泞难行，操作不便，勉强先把割倒的麦子往一块收拢了一会，已到吃午饭时候，表示到下午再来收拾。张氏兄弟又动员了大嫂、二嫂、张小宝都来帮忙，五个人又忙碌了整整一下午，才把割倒的麦子收拾整齐。接着又收拾未割倒的麦子。原来，由于收割迟缓，未割倒的麦子已过于成熟，干枯，更加暴雨乱打，狂风吹刮，也乱得难以收割。一群人七手八脚又收拾了两天多，才基本收拾完毕。可是，毕竟延误了收割时节，更加暴雨倾泻，狂风横扫，损失惨重，使原来就长势欠佳的小麦，收获大打折扣，最多能收四五成，不仅亏了成本，损了种子，就连口粮也大成问题了。

张老二一行又查看了李有铭、张仍久的麦地，与王元元的情况大同小异，损失不轻，歉收已成定局。

团结起来力量大，人心齐，泰山移。张老二他们的互助组，在春种夏管秋收中大显身手，不误农时，保质保量地完成自己的春种、秋收，还帮助困难户春种和秋收。紧接着，一部分人搞翻地，一部分人搞玉米、洋芋等秋禾作物的田间管理，还驾起四大套的胶轮大车外出搞运输，挣脚钱，副业搞得红红火火。

转眼间又到了第二年的春天，开始了新的春种夏管秋收的农业生产过程。虽然庄稼年年种年年收，日子天天过，可不同的人家，景况却大大不同。张老二他们的互助组依靠集体的力量，获得了去年的丰收，今年家家的日子都过得去。春播、田间管理安排得井井有条，搞得热热闹闹，麦子长势喜人。而王元元、张仍久、李有铭家则景况堪忧。去年，因人手单薄，延误春播和田间管理，加上暴雨摧残，造成小麦歉收，导致今年口粮接济不上，生活难以维系，农业生产难以正常进行。在这青黄不接的季节，他们又是吃了上顿无下顿，不得不靠救济款、救济粮度日。可国家也有困难，地方亦不富裕，僧多粥少，供不应求。李有铭不得不放下田间管理外出讨饭。

清明节过后，家家户户都在田间干锄草、松土的活儿。张老二互助组的男男女女，若天上的大雁一样，排成了"一"字形的队列，拉网式的一块一块地过，唯独李有铭的田里没有锄草松土的人影。张老二奇怪地问肩并肩锄草的大哥："李有铭地里怎不见人锄草？"

"就是，我也为此纳闷。"张老大回答。

兄弟俩的问答，被在旁边锄草的张大嫂听到了，她插话道："我听人说李有铭外出要饭去了。"

张氏兄弟听后为之一怔，吃惊地问："你听谁说的？"

张大嫂回答说："我听妈（婆婆）说的。李有铭讨饭讨到了赵瞎弦唱曲子的地方，被张瘸妹看见了。又传到赵老师的学校里，我们的孩子在学校的同学那里听到后，说给了他奶奶，妈妈又给我说了。给我说时，妈妈挺难过的。"

"怪不得，他的地里没人锄草，一年庄稼两年务，这怎么能行。"张老二说。

"还不止李有铭一家。"张大嫂接着说，"张仍久家也揭不开锅了，马瘦尾巴扎，人穷志气短，要典当土地哩。我听他老婆说的，说她男人找过李有实，要典当土地借口粮，还没等回话。"

原来，张仍久就是去找了富农李有实，提出了借口粮典当土地的要求。他这块地正是征收的李有实过多土地分给他的，在水渠的那边。人们为了行走方便，在水渠上架了一根木头，虽然车马和牲畜不能走，但人是可以过的。他上地劳动和收工回家，都从这根独木上行走。桥的下面淌着渠水，若遇上刮风、打雷下大雨，在上面行走是有危险的，随时都有掉下去的危险。

"真是！"张老二又是吃了一惊："真是不争气，分了土地还未种上两茬，就又要典当土地，照他那个架势'草驴子打滚，翻不过身'，能赎回来吗？典地就是卖地。我找他去！"一边说着，一边扔下锄头，就找去了。

张老二来到张仍久的地里，庄稼长得又稀又黄又矮，草却长得比麦子旺，只是不见人锄草。地里没有人又去他家里找，便来到了张仍久的家。还未进门，便听到他们两口子在吵架，只听他老婆说："我算是麦茬子戳瞎了眼睛，嫁了你这个没出息的窝囊废，好不容易分上了土地，等着吃干拌、穿囫囵衣裳哩，你又要典当土地，典了地你能赎回来吗？没了地，往后的日子怎么过？"听着，听着，女人又哭了起来。

只听张仍久说："锅盖揭不开了，我有什么法子？典当土地是没有法子的法子。"

"你看人家张老二的互助组，家家户户有吃的，生产搞得多热闹，你就不会找人家想想办法，尽管耷拉着脑袋往火坑里跳。李有实正在看咱们的笑话哩，你还去求他？你还有没有点血性气，像不像个男子汉。"张仍久老婆继续说。

古堡真是地方邪，说张老二张老二就到了。听到这里，张老二觉得是时候了，该进去了，便咳嗽了一声，问道："老哥在家吗？"

"在，在。"他女人一边回答，一边出来迎接。她男人紧跟着也走了出来，一同把张老二引进屋里去。

张老二本是个直截了当的爽快人，一坐下便开门见山地问："听说你们要典当土地，这是真的吗？"

"不假，去年收成不好，眼下揭不开锅了，没有别的办法，只有这个法子了。"张仍久回答。

"典给谁？"张老二又问。

"去找了李有实，他说还要想一想再回答，还没有定下。"张仍久回答。

"不能等回话，回了话就说定了，后悔都来不及了。"他老婆抢着回答。

张老二说："嫂子说得对，不能等回答，赶紧去把话收回来，我们另想办法。共产党征收了人家的地，分给你，你又要退还给人家，叫人家笑话你不说，你也对不起共产党，你不是明摆着往火坑里跳，向死路上走吗？"张老二说。

"二哥说得对，要不然，我们又没骨气，又没良心，会叫人指着脊梁骨耻笑，软骨头，窝囊废。"他老婆说。

"对了，对对儿的了，嫂子说得对，赶紧收话去。口粮问题，另想办法。穷帮穷，没多有少。"张老二说到这里又站起来说："快去，马上去，现在就去！"

他老婆也一边催，一边搡着男人，叫他收话去。张仍久便与张老二一同出了门，各往各的去处。

张仍久只好往李有实家里收话去。到了家里，他家人说上地里去了，他从独木桥上过去，到与他的地紧挨的李有实的地，但到他地里也不见人，正在疑惑间，抬头一望，发现李有实正在附近李有富的地里，两个人正说话哩。

原来，张仍久向李有实说了借口粮典土地的事后，李有实动了这个心，但又一时拿不定主意，便欲听听老朋友李有富的意见，就来到了李有富干活的地方。

当李有实将张仍久欲借口粮典土地如何等情述说之后，李有富未立即回答，沉默片刻之后却说："穷鬼终究是穷鬼，命里注定的，住了我们的房，分了咱们的地，还没种上两年，就又要还回来，到头来仍旧是个穷光蛋，给人扛长工都没个去处，只好打短工，要饭吃了。你看我怎么样？虽然被共了产，日子照样过。你到我家去瞧瞧，我又买了匹骡子，置办了车辆，日子还是比他强。"

"哎！这就怪了。"李有实疑问道，"你是哪里来这么多钱？莫不是地下藏着金银财宝！"

李有富回答道："不是的，种庄稼没有牲口不行，没有车辆怎么成？我的力气再大也比不上畜力，我就又置办了这些急用的东西。钱么，城里的字号、铺子还在,他们给挪腾了些就置上了。"

"原来是这样,老瘦的骆驼比马大,仍然不差池。说来说去,我问你的话你还未回答哩。"李有实说。

李有富正准备回答他的问话,抬头凝眉思索着,向远处了望着,正好看见张仍久向他们走来,便说:"你看,张仍久又找你来了。等他再说些啥。如果仍是催你回答,要借粮典地,你就再拖一拖,他越急,你越疲,好讲价钱,也可能人家是收回成命,不典当了。如果是这样,也就算了,省得惹麻烦,叫人家说是反攻倒算。"

李有实听了这些话便离开李有富,去听张仍久说些什么。待张仍久说明不典土地之后,李有实一面说:"我还没有想好,你就又来了,不典地不借粮也好,我家里粮食也不宽余。"一面暗暗地想,李有富确实老谋深算,被他猜对了。也罢,多一事不如少一事。真如果把地收回来,虽然自己的土地多了,可麻烦也就多了,旁人会说闲话的。他把话收回去也好,省得惹麻烦。

张仍久向李有实收回了借口粮典土地的话后回到家中,正遇上张老二给他送来几十斤口粮,揭不开锅的燃眉之急也就缓解了。

水往低处流,财往富处滚,越是低洼处,越是江河湖海大洋,水越往那里流去;越是沙漠荒山秃岭的不毛之地,越存不住水。下雨过后,不仅水流走了,还把泥土都带走了。财富若水,都是一个脾性,像发酵剂,有了它,恰胖子身上贴膘;少了它,则瘦子身上刮肉,越刮越瘦。

土地改革之后,实行了耕者有其田,但财富自有其变化消长的法则,它按它固有的规律在运行。随着生产实践的发展,生产要素开始它新的组合过程,越是优化组合,规模化经营,分工越细,协作越紧密,效率越高,增值越多;越是小生产,小而全,分工协作水平低,不仅不能增值,反而入不敷出,甚至消耗大于收益,导致亏损贫困。在社会的分工协作优化过程中,小生产必然要发生两极分化,这是经济规律起作用的必然结果,是不以人的主观意志为转移的。要防止贫富两极分化,只有遵循客观经济规律,通过集体化实行规模生化经营,实现生产要素的优化组合,充分发挥人力、物力、财力诸要素的作用,提高生产效率和经济效益,才能实现共同富裕,避免两极分化。

张老二他们的互助组,虽然是自发的、初步的,但它是适应了土地改革后的新形势，把小生产分散的人力、畜力、农具等生产力要素集中起来，加以优化组合，按照农业生产发展的实际需要，统一调度使用，充分发挥其作用，从而提高了劳动生产率，一定程度上克服了小生产的分散、落后和盲目性，增强了生存发展能力。加上张老二他们实行科学种田，既节省，又提高了产量，农业生产一年比一年发展，组员生活稳步提高。另一方面，李有铭、张仍久、王元元等困难户，则陷于贫困境地，吃救济粮，靠邻居亲朋接济，仅仅是权宜之计，并不能从根本上解决问题。

面对上述情况，张老二正在为农村的两极分化所忧虑。恰区党委召集张老二等基层党组织负责人开会，只听区党委朱书记讲："土地改革以来，农村已经开始了贫富两极分化的新过程，这是小生产发展的必然结果，一部分人强马壮的农户开始富起来，有的富裕中农、富农开始收购土地；另一部分贫困户则越来越困难，再次开始典当、出卖土地，重新走上乞讨之路，这是我们所不愿看到的。不能任其盲目发展，必须纠正这种不良倾向。我们共产党人闹革命的目的，是要全体人民走共同富裕的道路。为了避免两极分化，唯有走集体化的道路，进行农业的社会主义改造。党的农村基层组织和党员，要清醒地认识土地改革后农村的新形势、新问题，积极领导集体化事业，带头搞互助组、合作社，带领农民走共同富裕的道路。"

朱书记关于农业集体化的讲话，对张老二来说就如十字路口徘徊的人遇到了向导，指出了方向，讲到了他的心坎上，解开了烦恼、忧虑的心结，尤其觉得新鲜、亲切、解渴、管用。他开始考虑怎么搞集体化的问题。

张老二在区党委开会回来的当天晚上，立即召开党小组会，将区委朱书记关于领导农民走集体化道路的精神，传达给所在党小组的同志，让大家考虑我们怎么办的问题。并说明，暂时先不研究具体问题，等大家考虑成熟，统一认识后再开会讨论。

还没过两天，张小宝就来向他提建议："把我们的互助组改为合作社得了，我愿意把自己的土地、牲畜和农具都入社，不分你的我的，统一调配，共同使用，共同劳动，对收获的庄稼，按劳分配过日子。"

张老二听了很欣喜："你的积极性很高，我很高兴。咱们党小组开会时，你把它讲出来，让大伙讨论决定。"

张小宝走后，张老二又去找他大哥征求意见，并介绍了张小宝的建议。张老大毕竟老成持重，想得多，想得深，想得细。老农民兼木工的阅历和生活的实践，养成他深思熟虑的习惯。凡事都要弄清楚是什么，为什么，怎么办，办成什么样子，从不随意肯定，也不简单否定，一旦胸有成竹，便是十拿九稳。决定要做的事，也把第一步、第二步、第三步甚至第四步想透彻，先做什么，再做什么，后做什么，都要盘算得周到仔细，就如同他下棋一样。他虽是个庄稼汉、木匠，可他下一手好象棋，是当地有了名的张高棋。农闲时节，劳动间隙，少不了跟人下几盘。若未带棋盘、棋子儿，就用树枝棍棍、小石子儿下土棋，搞"围老虎"，争高低。一块劳动、生活的同伴，同他对弈，偶然赢他一局是有的，但是通盘下来，很少有人把他下赢的。

他与张老二是同一个父母亲生的，可截然是两种脾气，两种风格的人。不仅做事不同，就连吃饭都不一样。张老二吃饭，不论是家常的稀饭干饭，还是过年过节的菜肴，都是连菜带饭、干的稀的，不管三七二十一，一口气吞下去。有一次大年三十吃饺子，他一下子囫囵吞下去，到吃饱为止。张大妈问他吃的是什么饺子，他竟然目瞪口呆，不知是什么馅的，逗得大家哈哈笑。

而张老大是有条不紊、细嚼慢咽的，一口馍，一嘴菜，再一口馍，再一夹菜。最后喝稀汤，顿顿如此，永远如此。饺子亦不囫囵吃，吃好吃的，也要仔细品滋味，辨高低。吃饭如此，做事更是这样。对走集体化道路，办农业生产合作社这等大事，更是认真仔细，绝不含混马虎的。

当张老二向他征求意见时，他慢条斯理地说："这可是牵扯家家户户、是事关生产生活、当前和长远的大事情，必须盘算得清清楚楚，丝毫马虎不得。不像一个家庭里过日子，不分你我，无论多少都行。虽然都是乡亲、邻居，可要把张王李赵各姓人合在一起，那可不是简单事情，要把丑话说在前头，先做小人，后当君子。话虽丑，理儿端。就是一个锅里搅勺子吃饭，都免不了锅碗瓢盆磕磕碰碰，叮叮当当，何况是把各家各户笼络到一块儿劳动、生活。必须分得清楚，记得仔细，算得明白，让大家心服口服，无话可说才行。若不然，打成一锅糨糊，黏黏糊糊，分不清楚，会七嘴八舌地吵架，吃不了得兜着走，可就麻烦了。"

张老大看了一眼兄弟后继续说："我这样说，不是反对集体化，看来，集体化的道路迟早是要走的，不走集体化势必贫富两极分化。决不能回到旧社会的老路上去。但是，走集体化要一步一个脚印地搞，要先小后大，先简单后复杂，不能一步登天，一口吃个大胖子。否则，会欲速则不达。我们应先把咱的互助组转成合作社，办着看一看，办好了再扩大。还有，办合作社，土地、牲畜、农具归公不归公？若归公怎么个归法？是一次都归公，还是逐步地归。即就是要归公，是作价入股，公用公管，还是公用私管等。再是劳动，互助组是我给你干一天活，你给我干一天活，入了社就不是这样搞换工了，该怎样处理等等，都得想好了。"

张老二一心想的是要不要合作化，根本未想这么多，这么深，这么细，大哥的一番话倒是提醒了他，促使他仔细地盘算起来。

从张老大那里出来后，他又去找欧阳义征求意见，并将张小宝、大哥的意思简要作了介绍，然后说："老革命，你看怎么办？"

欧阳义说："党号召农民走集体化道路是完全对的，非常必要，非常及时。如若不然，两极分化必然会继续发展，贫富悬殊的两极势成现实，就会回到旧社会的那种状况。这与共产党的宗旨是相违背的，这种状况是必须要避免的，出路就是引导农民走集体化的道路。张小宝和你大哥的意见都是对的，概括起来就是既要积极发展，又要稳步前进。农民种地过日子最讲究实惠，应该把各种问题考虑得仔细些，处理得周到些，使集体化健康发展，使合作社的生产逐年增加，使社员的生活稳步提高，给大家做出样板，这是最有说服力的东西，也是最好的领导。"

张老二听了这些想法，心里更有底了，信心更足了。根据区委朱书记的讲话精神，又在这些意见的基础上，提出了一个办合作社的具体方案：一是把现在的互助组转变为合作社，并适当吸收一些愿意入社的农户参加。二是土地、大牲畜、大型农具按照当时当地的行情作价入股，作为股份入股分红。三是劳动力参加集体劳动记工分，年终按劳动工分多少参加分配。四是各种农活根据质量数量要求，定出评分标准，依完成多少好坏评分。五是收益分配，合作社的收入在交农业税、扣除公共积累后，分为两部分，一部分按照股份进行分红，另一部分按劳动工分进行分配。六是实行民主管理，社员当家做主，民主选出生产管理委员会，统一管理合作社的各项事务。七是加强财务管理，实行财务公开，收入支出详细记账，明白算账等等。并把这些意见提交到党小组会上，让同志们进行严肃认真的讨论。

又是张小宝打头炮第一个说话："想不到办合作社这么麻烦，要有这么多条条框框。"

张老大附和道："那当然，你家里几口人，在一个锅里吃饭，当然不需要条条框框。要知道，这是办合作社，许多人在一块儿劳动、生活，不规定清楚怎么行？就这样，我都觉得还不仔细周全。"

"还不周全？啊哟，我的妈呀！我没有听过想过的这条条那框框都写上了，还不周全？"

"就是不周全。"张老大接上说："入股分红和按劳动工分分配各占几成就没有规定明确。我建议应该规定明确，或者各占一半，或者四六开，即入股分红占四成，按劳分配占六成，还有大牲畜公养公用我怕喂不好，再说，统一喂养也没有个场所，是不是私养公用，也记工分。还有，农具坏了要修理，修理费是社里出，还是个人出？我建议，若作价入了社，就应该合作社出。总之，要规定得公平、具体，公私都不吃亏，好办事。"

欧阳义说："张老大说得很有道理，我建议按他的意见再改一改，入股分红与按劳分配可规定为四六开，先试行一年，若不合适再修改。大牲畜先私养公用，记工分。还有管委会，我在乡政府任职，事务杂，头绪多，顾不过来，我就不参加了，由你们三家组成，总得有个牵头的，仍由张老二领这个头。要不要吸收新社员，也得议论议论。"

"老革命说的我都同意。"张小宝继续说："要不要吸收新社员，我的意见先不吸收，待我们的合作社办好了再吸收不迟。"

张老二："按区委引导农民走集体化道路的精神，应当再吸收些困难户，像张仍久、王元元、李有铭，这几户若不吸收就要典当土地了，合作社不能就我们四家，若不然，人家会说我们党员是嫌贫爱富，不管他们了，应当吸收他们入社。"

张老大接着发表意见："我们的社还未办起来，人家还不晓得，也不知道人家怎么想的，要吸收，就是那几家困难户，都是累赘，若吸收进来，会把肥的拖瘦，富的拖穷，别把合作社拖垮了，等合作社办一段时间再吸收也不迟。"

欧阳义说："你们兄弟两个说得都有道理，吸收不吸收的问题暂不要定，我们成立合作社是响应区委的号召，又是第一个领头的，应当给区委汇报一下，请求上级的指导和帮助。办合作社是新事、好事，像青年男女结婚成亲，要明媒正娶，大张旗鼓地宣示一下，不应私下里悄悄进行。"

张老大又说："还没有办起来，就要自吹自擂，就是办起来了，能不能办好还说不准，事先大张旗鼓，万一办不好咋办？"

欧阳义连鼓励带肯定地说："咱们的合作社会办好的，集体化是阳光大道，有咱们大家的努力，有上级的领导支持，一定能办好的，咱们能搞好互助组，就能办好合作社，应该有信心。"

张小宝连声叫好："对对对，说得好，老红军，大乡长，就是不一样，站得高，看得远，我举双手赞成。"

张老大受到欧阳义的鼓励、肯定，也打消了迟疑的念头。

张老二："我把大家的意思都吸收进来，再改一改，向区委朱书记汇报请示去，我们四个人都去，把该说的话都说说。"

区委朱书记召开了基层党组织负责人会议后，正考虑一般号召之后如何具体指导、示范，准备到各乡各村调查研究，张老二四个人却主动上门汇报来了，真是不约而同，不谋而合。朱书记便召集在家的干部都来听听。

当听到张老二他们要把互助组转变成合作社时，朱书记肯定地说："这是水到渠成，顺理成章的事，可以转。"

在听到吸不吸收新社员时，他们四个人各执其词，各述道理，议论就多了。这也难怪，办合作社，是大姑娘出嫁坐轿子，头一次，心里免不了七上八下。朱书记综合了大家的意见后说："四户人家的合作社小了点，应当再吸收些农户参加，人多力量大，只要人心齐，心往一处想，劲往一处使，是会办好的。"

当汇报到生产资料作价入股、劳动记工分、分配问题、财务管理、民主办社和成立生产管理委员会时，都肯定他们想得周到，规定的具体、合理、切实可行，按此办理，在实践中检验、充实、修订和完善。并要求他们在成立合作社时通知区委，他们要来祝贺。

在一切准备就绪，春节之后、春耕之前的一个下午，召开成立古堡农业生产合作社大会，区委朱书记带领各乡的一些同志来捧场。在赵老师的初级小学里，一片节日气氛。在教室里的黑板上用粉笔写着"古堡农业生产合作社成立大会"的横额，在教室第一排就座的有区委朱书记及各乡的同志，张老二夫妇、张老大夫妇、张小宝夫妇，以及新吸收的张仍久、王元元夫妇和李有铭，都如小学生一样，坐在课桌背后的凳子上，等待会议的开始。

　　会议由欧阳义主持，他宣布："古堡农业生产合作社成立大会"开会。接下来由张老二宣读合作社的章程。之后，由社员代表张小宝讲话："小农经济是独木桥，单家独户搞生产，势单力薄，遇上天灾人祸担惊受怕受不了；走集体化道路，办合作社，是阳光道，人多力量大，人心齐，泰山移，三人一条心，黄土变成金。听毛主席的话，跟共产党走没错，一定要积极参加合作社的劳动，心朝合作社想，劲往合作社使，希望把合作社办好。"他的一番心里话博得与会人的一片掌声。

　　接下来，欧阳义请朱书记讲话。他说："张老二带头搞互助组，办合作社，大方向是对的，反映了农民的要求，代表了农村的方向，正如刚才张小宝说的，是阳光道。我们要避免独木桥，要走阳光道，这是致富路。办合作社就是走阳光道，就是致富路。我们一定要朝着这条路走下去，走向光明，走向幸福。当然，合作社也不是十全十美的，任何新生事物的成长都会经历艰难曲折的，不可能是一帆风顺的。办合作社也是一样，就如同小孩子学走路一样，不可能一起步就走得很好。但是，新事物是不可战胜的，合作社也是一样，他会战胜困难，发展壮大，健康地成长起来的。祝愿合作社越办越好，希望社员的生活如芝麻开花节节高。"

　　古堡合作社成立后，按照合作社的章程办事，统一安排土地耕种，根据个人特长、强弱调派农活，合理使用畜力、农具，推广优良品种，及时防治病虫害，科学地进行田间管理。区上、乡上具体帮助指导，政策好，天帮忙，第一年就获得了好收成，张小宝则驾起了四大套的骡马大车，搞运输。只见枣儿红把辕，雪里白、干草黄、菊花青拉梢，集体化的大车，又奔跑在城乡的大道上。不到一年，大车由一辆增加到两辆。春种秋收搞农业生产，其他时节跑运输，挣脚钱，增加了经济效益。

张仍久、王元元和李有铭入社第一年，就解决了口粮问题，第二年置办了铺盖，生活大有改善，都说没想到，像做梦一样，合作社就是我们的家。

集体化的优越性逐步体现出来。榜样的力量是巨大的，合作社的吸引力显著增强，要求入社的人越来越多。张老二他们面临的问题是要不要吸收新社员，是否要扩大合作社。

农业集体化形成了一种潮流，到处都在成立合作社。在这种趋势下，把要求入社的人拒之门外是不对的，不加限制地扩大是否也不妥。面对这种新形势，张老二又召开党小组会，先在党员中统一思想认识，并请示上级党组织的指示后，经过社务委员会和社员大会同意，又适当地吸收了几户新社员。

经过整顿，古堡合作社更巩固了，社员的生产积极性空前高涨。扩大后的合作社取得了又一个好收成，副业生产门路增加，规模扩大，效益提高，社员收入显著增加，生活普遍提高。

王老二说："合作社就是好，个人省心，收入增加。"

张小宝说："我虽然外出搞副业辛苦，可看着合作社红火热闹，我心里也甜蜜蜜的。"

合作社壮大、巩固、发展了，社员们喜气洋洋地投入到秋禾的田间管理上。张老二同社员们一道劳动在田间，给玉米锄草松土，地头歇息间隙，他问张仍久："劳累的若何？"张仍久回答道："虽然忙碌，并不觉得劳累，不愁口粮，又有奔头，干活劲头有的是。"说得大伙哈哈哈地笑起来。

张老大又问他："还借口粮不借了？典地不典了？"

张仍久回答："每人分了四百多斤麦子，还有秋禾，看这个长势，肯定少不了，一家人的口粮是足够了，土地都入社了，还典什么？"大家又一阵笑声。

听着这个回答与大家的笑声，张老二禁不住一声慨叹："避过了独木桥，迈上了阳光道，算是走对了。"

当然，合作社同任何新生事物一样，它的成长不会是一帆风顺的，总会经过艰难曲折的。合作社的底子还薄弱，生产资料不足，肥料不足，水也比较紧张。这两年的收成好，除了政策好、社员劲头足外，还有老天的帮忙，风调雨顺。若是遇到风灾、干旱，要战胜灾害还是不容易的。

第三十二集　三姐新姿

众姐妹拥戴王三姐　担当妇女主任
妇女官不负众望　奋力支撑半边天

劝姑娘！

劝姑娘，当自强；散去乌云晴了天，风和日丽艳艳天；时代不同了，男女都一样，里里外外少不了，女人也顶半边天。

劝姑娘，当自强；把心眼放宽，将脑筋改变；一对秋水观四方，一双聪耳听八面；眼前道路宽又广，任你走来任你闯。

劝姑娘，当自强；都是父母生来父母养，一样的人模人样；别信他男女有别，何论丫头片片，别一味靠着男人，可要自立自强。

劝姑娘，当自强；民主自由社会潮流，男女平等理所当然，自己的身子自己使唤，自己的命运自己掌；婚姻大事自作主张，别让人随意摆放。

劝姑娘，当自强；一样立于天地间，像眉像样把人当；人前头走路，主席台上讲演，请睁眼看看，斯人怎么样？

王三姐于减租反霸斗争中，在众目睽睽的千人大会上，登台揭发了恶霸李有财强暴妹妹王四姐，致其出家为尼的罪行，并用鞋帮子啪啪啪抽了李有财几个响亮耳光，唾了他满脸吐沫，大大刹了恶霸花叫驴的威风，长了受苦妇女的志气，尤其为被遭踢踩蹦的妇女出了恶气，顿时名声大震，成了古堡乡家喻户晓的英雄人物，妇女界的明星，姐妹们的偶像，个个夸奖，人人传颂，就连男人们也吃了一惊，刮目相看，心里佩服。

古堡地方的社会解放事业，社会主义的历史潮流，妇女求解放争平等的风气，又将她推到了风口浪尖，登上了社会历史舞台。由于她思想进步，政治觉悟高，工作活跃，又参加了党的组织。

王三姐在未结婚前，与其他姑娘们一样，梳着一根长辫子，垂在身后，或辫成两条分垂胸前。招女婿结婚时，将长辫子盘于脑后，梳成一个发髻，俗话叫"顶搭子"。盘结成发髻不要紧，可把王三姐的爽朗爱说爱笑的性格变掉了。同前夫赵老二格格不入，后又同新夫周二无话可说。她觉得与其跟这样的男人生活，还不如不结婚好，从此陷入尴尬、苦恼之中。整天眉头紧皱，少言寡语，与姑娘时期判若两人。新中国成立后工作组的吴凤莲来了，动员自己揭发了恶霸李保长的罪行，她开始扬眉吐气。她看吴凤莲梳着剪发头，她也效仿吴工作的发式，解开顶搭子，理成剪发头，俗称"二毛子"，这一解一剪，似乎解开了她的郁结，又恢复了姑娘时期爱说爱笑的爽朗活泼。剪发头随风飘洒，伴动作摆动，又穿镶边、闪光纽扣、宽裤腿的时髦衣裤，从头到脚换了样，一派潇洒帅气，完全以新的梳妆打扮出现在众人面前。在古堡乡成立妇女组织时，很自然地被推选为妇代会主任，且在农业集体化中当了合作社的社务委员，叱咤风云于社会各界，也成了男男女女纷纷议论的新闻人物。虽然老成妇女仍是原模原样的顶搭子头，大襟衣裳，扎着裤脚，而与三姐年纪相仿的妇女，都改扮成王三姐的款式、发型，女界出现一派新气象。

　　人怕出名猪怕壮。王三姐一出名，麻烦事情也就多起来了。记者采访、报纸报道、广播传播，纷至沓来，许多会议请她参加，一些场合邀她捧场，合作社的事也少不了她。特别是妇女们，把她当作贴心人，硬靠山，台柱子，对她寄予厚望。有麻烦疑难事，不便找男干部说的，不管能不能解决，都来找她。解决了固然喜出望外，即就是处理不了，向她把话说出来，心里也觉得舒坦些。她看着姐妹对自己的渴望、亲切和信任，深感自己肩上担子的分量和所负的责任，决心不辜负她们的期望，要为姐妹们多说话，多做事。自觉努力学习党的政策、法律和文化，积极参加社会活动。虽然东跑西颠，忙碌劳累，却心情舒畅，劲头十足。觉得精神爽快，活得像个人样儿了，一心要为姐妹们排忧解难，为妇女解放事业效力。

　　可是，一个刚刚从旧社会最低层走过来，没有上过学的文盲，缺乏社会工作实践锻炼的妇女，如何适应风起云涌的社会潮流，怎样担当肩挑的千斤重担，怎么处理千头万绪的繁忙工作，对她来说，确实是一个新情况，新问题。她还不善于理解各种各样社会问题的性质，存在和形成的原因，不知道该怎么办，办成什么样子。换句话说，她并不十分明确，怎样挑这个担子，挑到什么程度。

如同所有从旧社会过来的妇女一样，她的身上也背负着脱胎她的那个社会的重重包袱，诸如封建意识、男尊女卑、包办婚姻、买卖婚姻、干涉婚姻自由，婆媳间和其他家庭成员之间的关系等，以及整个社会上存在的旧习惯、旧传统、旧文化，仍然阻碍妇女参与集体生产、工作、学习、社会活动。王三姐面前摆着妇女解放和生产力解放的双重任务。

随着农业合作社的发展壮大，上级各部门都来关心支持合作社的事情，农技推广站来推广科学种田的知识技术，诸如药剂浸种、拌种、玉米人工授粉、防治病虫害等等。需要文化知识、农业生产技术。由于精耕细作，生产向广度和深度进军。男人们忙得不可开交，劳动力日益不足，妇女们却闲在家里。王三姐看在眼里，急在心里。

另一方面，姐妹们一个接一个地来找她，向她诉说婚姻、家庭、男女不平等、妇女不自由等问题，要求她帮助解决。

一日早晨，王三姐吃过早餐，刚要出门办事，张小宝的媳妇肖三姑来找她，说婆婆虐待她，丈夫顺着婆婆，不平等待她，不准她参加社会活动，不准她参加集体劳动，不准她与外人接触。一次她走出院门，遇上同村一个相熟的男人，一块说了几句话，张小宝就扇了她几个耳光。说什么，我养活你，你好好侍候我就是了，把孩子带好，把饭做好，没事也在家里好好待着，少出去跟人来往，要不然，看我怎么收拾你。肖三姑边诉说边委屈地哭了起来。

原来，肖三姑上过小学，识些字，性格活泼开朗，长的窈窕出众，爱收拾打扮。张小宝嫉妒她同外人接触，尤其忌讳她同别的男人来往。限制她的言论、行动自由。尽管没有出格越轨的言行，张小宝也不放过她，肖三姑如何受得了。张小宝是合作社的骨干，是自己的同事、同志，王三姐既同情肖三姑，又没有好的办法劝说张小宝，帮助肖三姑。

一事未息，一事又生。王三姐同村的堂侄女，王铁柱的妹妹王秀英又找自己，求她解决婚姻不自由的问题。原来，王铁柱同张家庄张大宝的妹妹张玉梅相好，两人意欲结为婚姻。可张大宝由于种种原因，把婚事耽搁了下来。三十出头的人了，仍是光棍一条。其父母如何不着急？借王铁柱与张玉梅的婚事，提出交换条件：你要娶张玉梅可以，但你要把你的妹子王秀英嫁给张玉梅的哥哥张大宝，如果你不同意，休想与张玉梅结婚。王铁柱父母为促成儿子婚事，就给王秀英做工作，动员其同意亲换亲。可王秀英死活不同意亲换亲，便来找王三姐帮忙。这件事确实给王三姐出了个大难题。要论自己的真实态度和立场，是主张婚姻自由，同情王秀英的。可是，一方是自己的侄子、侄女，另一方是姐夫家的堂侄子、堂侄女，向着哪一方都不行，致使王三姐左右为难，进退不是。只好向王秀英暗暗示意："你自己的婚姻你自己做主，拿主意，别人不好帮你说话，你仔细想想。"王三姐心里明白，这显然是言不由衷，违心违意，把难题推给了王秀英自己。

这波未平，那波又起。寡妇田小云也来找王三姐求助。原来，田小云的丈夫因得暴病突然死亡，抛下年纪轻轻的她已一年多了。古来是寡妇门前是非多，好事者往往打她的主意。她娘家村上的一个相识者光棍来找，愿意重结婚姻。田小云虽然有走心、无守心，意欲前行，但婚姻大事要拿定主意谈何容易，正在考虑之际，另一个不相识者，耳根子长的人，听到风声后也掺和进来纠缠她，甜言蜜语也说，威胁利诱也使，"如果不同意他就来抢"。

古堡地方是有一个抢寡妇的陋习，也有抢寡妇的先例，说什么嫁出的女儿泼出去的水，收不回来的。认为寡妇是没有主儿的人，迟早要再婚，在婆家没了男人，娘家又不能倒回去，谁抢上就是谁的。至于寡妇本人的意愿是无足轻重、不予考虑的。在男尊女卑、抢寡妇的习惯势力面前，哪有田小云认真选择、自己做主的份儿。

王三姐觉得，事不宜迟，妇联必须站出来做她的后盾，便对田小云说："你愿意嫁谁就嫁谁，这是你的权利和自由，任何人无权干涉，更不允许抢人。如果没有考虑好，就回娘家等一等，选择好了再说。妇联维护你的正当权利，支持你的选择。"为了防止发生意外，三姐又陪着她回到娘家哥嫂处，给她哥嫂做工作，宣传婚姻法。"时代不同了，现在是共产党领导的新社会，不允许抢寡妇这种旧社会恶习重演，寡妇同样有婚姻自由的权利，不允许任何干涉寡妇婚姻自由的行为。"又说："小云已经遭受了失去丈夫的不幸，不能让她又失去再婚的自由。她父母在时，父母是她的亲人；父母不在了，你们哥嫂就是她唯一的亲人，不能眼看着叫人抢来抢去，遭受再一次不幸。"

"你说得在理。"小云的嫂子接着说，"三姐的名字、事情我们都知道，你是受苦受难过来的，又是妇女代表、妇联主任，是为妇女着想，为咱们说话、办事的人，我们听你的。"

"你嫂子说的对。"田小云的哥望着妹子说，"王三姐是为妇女说话、办事的人，听她的话没错，你就在娘家等着，有我们吃的，就有你吃的，别见外，你愿意住多长时间，就住多长时间，等你看准了，拿定主意了，再出嫁再走，我们心里才实在。要不然，我们做哥嫂的也不放心。"

听了田小云哥嫂的一番话，王三姐的心终于落在了肚子里。便说："等你看准了，主意拿定了，告诉我一声，我要来参加你的婚礼，吃你的喜糖，可不要有了喜事忘了人，把我丢到脑勺子后面去了。"

王三姐的一席话，引得田小云及其哥嫂都笑了起来，三人异口同声地说："你能来吃喜糖，是看得起我们，给我们大面子，高兴都来不及，怎能把你忘了！"在笑声中王三姐告辞了出来。

正在此时，县妇联召开妇女代表会，除了妇联的章程，发动妇女参加农业集体化活动等内容外，县妇联的吴凤莲，王三姐的老相识，拿着一本薄薄的书宣讲起来：毛主席讲，劳动妇女是一种伟大的社会力量，号召妇女们团结起来，参加生产和政治活动，改善妇女的经济地位和政治地位。时代不同了，男女都一样，妇女能顶半边天，男同志能办到的事，女同志也能办得到等等。

王三姐本是一个有心计、爱动脑筋的妇女干部，这些话一讲出来，就灌进了她的耳门子。她觉得很新鲜，很对味，是她想说而说不出来的话，是她欲解而未解透的道理。听了之后脑门子一下豁然开朗了。她思谋着要吸引妇女参加集体劳动和社会活动，来提高妇女的经济地位和政治地位。便在合作社的管理委员会上提了出来：现在要干的活很多，男劳力忙不过来，可以动员妇女参加集体劳动。

未料到，她的意见一讲出来就遭到男同志的非议。心直口快的张小宝开口道："婆姨们能干啥！生娃娃，带孩子，搞家务是她们的事。一天做好三顿饭，围着锅台转圈圈得了。下地耕田，外出挣钱，是我们男子汉的事，由我们担着哩。"

男同志持这种说法也罢了，有的妇女也有这种观点，并通过男人的嘴说了出来。"下地干活，本是男人们的事情，就该男人们干，妇女们把家务搞好就行了。再说妇女参加地里的劳动，做饭、带娃娃的活叫谁干去。"有的男委员附和道。

张老大本是主张妇女参加劳动和政治活动的，面对众人都持不同意见，他也犹豫了起来。

张老二也本是主张妇女参加集体劳动与社会活动的，可面对带孩子、做饭、搞家务等具体问题，他又未想出什么办法，只好说先放一放，以后再定。于是，妇女参加集体劳动和社会活动的事就搁置了下来。

问题的真正原因是男女能不能平等对待。如果能男女平等，总能找到解决具体问题的办法；如果男尊女卑的旧观念不消除，也能找出拒绝的种种理由，即使是最荒唐的说辞。因为大前提就是荒唐的。重男轻女是千百年以来的封建意识，是成千上万人的习惯势力，是不容易打破、难以改变的。不仅广泛地存在于男人的头脑中，也深深地印在广大农村妇女的传统习惯中，有待先进的人们坚持不懈地努力奋斗，用先进的思想观念驱除顽固的封建意识，占领一个个思想文化阵地，包括生产领域、生活领域、社会活动领域，特别是根深蒂固地存在于人们的头脑里的封建意识。

"多少事，从来急，一万年太久，只争朝夕。"生活在继续，社会在发展，实践在前进，社会实践并不因一些人的落后而停止前进。社会生活也不会因某些习惯势力的阻碍而止步。一些事情，包括一些尽管是荒唐的事情，仍在发生。就在一些姐妹向王三姐诉说了不幸遭遇，问题应该解决而未解决之际，一些不该发生的事情发生了，不该流的血流了，不该死的人又死了，受害的都是妇女们。

王三姐尽管把田小云陪到她娘家的哥嫂处，但抢寡妇的行为并没有就此打住，抢田小云的人不时来她的原住处打探动静，两家各联络了一班人在蠢蠢欲动。婆家毕竟仍是她的家，她回娘家哥嫂处时，由于走得仓促，换洗的衣服鞋袜未及时带上，到第二天上午她又返回来取这些东西，恰好被抢她的人盯上了。两班子人都来抢田小云，相互争抢起来，两家人势均力敌，你扯右手，我抓左手，你抱前面，我抱后面，恨不得把田小云撕成两半，争抢的不可开交。正好遇上张老二兄弟俩和张小宝要去乡政府开会路过，看见情况不对，立即上前制止。凭着张老二身高马大与张小宝又是当过兵的人，身强力壮，身手不凡，再加张老大的好言相劝，晓以利害，才制止了抢夺行为，又将田小云送回到她娘家哥嫂处。

抢寡妇是男尊女卑、包办婚姻、买卖婚姻的另一种表现方式，尽管表现不一样，实质是一样的。姑娘婚事由父母包办，寡妇的婚姻由抢夺的人决定，结果都是妇女没有自己做主或选择配偶的权利，根源都是封建婚姻制度，受害者都是妇女。

紧接着抢夺田小云的暴力未遂事件，又发生了妻子惨遭丈夫杀害的事件。古堡镇李家庄的李小花，由包办婚姻嫁到邻乡高大强家，李小花虽生得俊俏秀美，可身体瘦小软弱，身单力薄，不堪丈夫的摧残虐待，听到王三姐的大名，便来向她诉说其无限苦楚，说她男人异常雄壮强悍，凶狠残暴，每夜折腾得她不能睡觉，彻夜难眠，无法忍受，执意离婚，丈夫不同意。

没有亲身感受，是体会不到被摧残蹂躏的痛苦的。王三姐只能好言抚慰，不到万不得已，不要轻易离婚，劝她回去，争取转变。一个弱小女子要转变一个强壮凶悍的男人谈何容易，她忍受不了丈夫的继续摧残，逃回娘家躲避，其丈夫也追到了其娘家。娘家不愿意接待其丈夫，女婿却死赖活缠不离开，李小花与父母睡在一个炕上，其丈夫则赖在地上睡觉。第二天早晨，其丈夫乘岳父母下地劳动之际，欲要再强暴她，李小花无论如何不从，其丈夫就将她扼杀而死，酿成了骇人听闻、惨不忍睹的人间悲剧。

婚姻本是人间喜事，可是，不匹配的婚姻则是人间悲剧。夫妻原是幸福的源泉，可对于不投缘的夫妻，则是痛苦的深渊。人为什么不追求幸福而忍受痛苦呢？人为什么不改变痛苦而让它继续存在呢？男尊女卑的封建意识为何如此顽固，紧箍妇女婚姻自由的旧制度、旧枷锁何以这么牢固。面对这个受害姐妹的惨痛事实，王三姐深深为未能避免这一悲剧而难受、愧疚、自责和不安。

她在难受、愧疚、自责和不安之际，忽然想起堂侄女王秀英求自己帮她解决亲换亲的事，便急忙赶了过来。一进其门，一个镜头将她惊呆了，王秀英已吊在上吊的绳索上。她情急生智，抱住其臀部向上一顶，脱开了绳索，救了下来。只见舌头伸出口外，满脸紫红，整个身体却瘫倒在地。一摸鼻孔，尚有细微气息。幸亏自己赶的早、赶的巧，挽救了一条年轻的生命。倘若再迟一刻，不，再迟一分钟，甚至迟一步，王秀英也就断气了。

毁灭自己是弱者最后的唯一的抗争手段，妇女就是这样的弱者。以示对重男轻女、包办婚姻的抗议、警示。也许可以用鲜血、生命，换来别的姐妹的人格和尊严，提醒正直人的良知，使强大的摧残者的欲望化为乌有，使自己免受屈辱和摧残，求得心理的平衡和精神的安慰。弱者的最后抗争差不多都是这样。但是，这样的抗争代价实在太高，尤其在新社会不应再付这样高的代价，因为在争取解放、建立新中国的过程中，已经付出了很高的代价。

由于王三姐的及时赶来，王秀英终于活了下来。但是，她的存活是偶然的，侥幸的，仅仅是不幸中的万幸。

一连串的婚姻悲剧，震惊了王三姐，警示她怎么办。我这个妇女代表、妇女主任是怎当的？如何避免婚姻悲剧的再次重演？客观情况要求她勇敢地站出来，为妇女说话，维护弱者的权利和自由。

一连串的婚姻悲剧也提醒了张老二，如何制止类似事件的再度发生。

接二连三的婚姻悲剧也传到了欧阳义乡长的耳朵里，事件就发生在他管理的古堡乡，他自责自己有不可推卸的领导责任，前车之覆，后车之鉴，为了防止婚姻悲剧的重演，必须采取强有力的措施。便找来张老二和王三姐，了解事实情况，从中吸取教训，寻觅解决办法。

王三姐借此机会，一五一十地向欧阳义反映了这些悲剧发生的经过、原因，并汇报了县妇代会的有关精神，提出了自己的主张：

一、大张旗鼓地宣传婚姻法，贯彻婚姻法，制止包办婚姻、买卖婚姻和其他一切干涉婚姻自由的行为。

二、对已经提出离婚要求和发生的婚姻纠纷，立即进行调查处理，需要调解的尽快调解，调解无效的，依法办理离婚手续，不得干涉和久拖不决，防止婚姻悲剧的发生。

三、妇女有参加集体生产劳动、工作、学习和社会活动的自由，任何人不得以任何理由加以限制和干涉。

四、隆重庆祝三八国际劳动妇女节，借此机会，表扬在生产、工作、学习和社会活动中涌现出的优秀妇女。推动妇女工作的开展，切实保障妇女的合法权益，努力实现男女平等，婚姻自由。

欧阳义乡长听后说："你所提的建议很有针对性，非常及时，非常必要。"指示张老二召开党小组会，在党员中提高认识，统一思想，要求党员在贯彻婚姻法、实现男女平等中发挥模范带头作用。

按照乡领导的要求，张老二及时召集王三姐、张老大、张小宝等几个党员开会。在会上，王三姐简要汇报了县妇代会的精神，通报婚姻法中存在的问题，特别介绍了抢寡妇田小云、李小花被害、王秀英上吊未遂等婚姻悲剧，提出了纠正办法，供党员同志讨论。

"我先说几句。"张小宝望了王三姐、张老二一眼后继续说，"我万万没有想到，因婚姻问题会发生杀人、上吊、抢寡妇这么严重的问题，心里很难受。我有大男人思想，我限制过我媳妇的言论、行动自由，我扇过她几个耳光子。我曾经认为，参加集体劳动，参加社会活动，只是男人们的事情，妇女就是生孩子、带孩子、搞家务的材料，没认识到这是重男轻女的封建思想，我首先向同志们作自我批评，回家后给媳妇赔不是，克服大男子主义。"

"我说几句。"张老大紧接着张小宝发言，"我原以为妇女参加集体生产劳动，只是个具体问题，没有认识到它关系到男女平等、婚姻自由。发生这么多流血、死人的怪事，听了妇代会精神，才感到，这不是鸡毛蒜皮的小事，而是关系到半边天的大事情，婚姻问题处理得好坏，关系到男女平等、集体化、社会主义建设的大事。今后，我会全力支持妇女参加集体劳动、社会活动，懂不懂，看行动。"

王三姐表情凝重，声音哽咽地说："姐妹们有的上吊，有的被杀，有的受歧视，我心里很难受。作为妇女代表，我没有尽到应尽的责任，事情发生前她们都找过我，照理说，作为女人，我是最能体谅她们的，可到底我不是当事人，不是直接受害者，非身同亲受，没有体会到问题的严重性，以致酿成悲惨的后果，后悔也来不及。我作深刻检讨，做好后面的工作。"

其他几个党员也都或多或少，或深或浅地说了类似的话。

会议末了，欧阳义环视了大家一眼，用浓重的南方口音说："与大家一样，我的心情很沉重，已经解放了，继续发生妇女受歧视、没自由、被摧残的事情，实在不应该。事情发生在古堡乡，我这个当乡长的，负有不可推卸的责任，前事不忘，后事之师，我们要从中吸取严重而深刻的教训。

"共产党闹革命，就是为了解放天下劳苦大众，推翻压迫，消灭剥削，争得当家做主、民主自由的权利，包括妇女解放、男女平等、婚姻自由的权利。可目前仍然存在着重男轻女、包办、买卖婚姻的现象，导致了一系列婚姻悲剧的发生，妇女继续受到不应有的伤害。

"妇女解放的程度，是社会进步状况的重要标志，我们共产党人有责任，有义务继续履行自己的历史使命，为实现男女平等、婚姻自由、妇女的彻底解放而奋斗。王三姐提的四条建议很好，我们应当竭尽全力加以落实。"

张老二总结说："大家讲得很好，自我批评很诚恳，很深刻，我没有新的意见，后面的事情就是把王三姐的建议一条一条见诸行动，木板上钉钉子，有板有眼落到实处。"

张小宝回到家里，一进门就抓住媳妇肖三姑的手，在自己的脸上拨打起来，左边打一下，右边打一下，打个不停，把媳妇弄得丈二的和尚摸不着头脑，愣了一会儿，媳妇瞪着眼睛问他："你今天咋了，好端端的做这些怪动作，为什么？"

"是我得不是，我做得不对，向你检讨。"张小宝一边说着，一边又弯腰向媳妇深深地鞠了三躬。

媳妇这才明白，他是为前几天扇她耳光的事。可她不明白丈夫为何突然一改往日嗷嗷叫、倔棒子的牛脾气，竟然在自己面前温顺有加，改错认错起来，用疑惑的目光注视着丈夫，一句话不说。接着又将视线转向手中的针线活做了起来。似是往事未忘、余气未消的样子。此时此刻，张小宝才将党员开会的情况，自己在会上作了自我批评，并答应回家给媳妇认错的事，从头至尾述说了一遍。

张小宝就是这样一个直杆子脾气，说话不考虑对错，处事不拐弯抹角，有啥说啥，想干什么就干什么。他扇媳妇耳光，就是看见媳妇同别的男人说话嘻笑，顿时醋性发作，做出那种叫人家下不了台的事，就是这种直杆子脾气的表现，尽管那个男人也是他的熟人，也不管媳妇受得了受不了。

张小宝就是这样一个人，一旦认识到自己错了，就马上承认错误、改正错误，绝不赖账，死要面子。这是他直杆子脾气的另一种表现。

他媳妇这才完全明白了丈夫向自己认错、检讨的原因。便笑了笑说：

"这才像个真正的男子汉，敢说敢当，知错改错。你那天的所作所为确实不像话，有失党员的身份，不仅让旁人下不了台，也让我想不开。我的言行你是知道的，与人交往，笑是笑，说是说，可都有分有寸，从不出格越轨的。你竟然打我，把我当成什么人了，我到底想不通，后悔嫁错了人。后来我又想，你就是这种牛脾气、直杆子人，委屈气才慢慢地减了，你既然认错改错，以后咋办？说给我听听。"

"男女完全平等！"张小宝又似放机关枪似的射出一串子弹，"家务活我帮你干，参加集体劳动、开会、学文化，随你的便，不干涉你的言论行动自由，把大男子主义甩得远远的。"说着，把头上的栽绒帽子抹下来，掼在地上，又踩了几脚，"让你完全翻身，与我平起平坐。说到做到，不放空炮。"说着说着，一把将媳妇拉过来，抱得紧紧地亲了起来。天上下雨地上流，小两口打架不记仇，媳妇也将他掼在地上的帽子捡起来，打扫干净，重新给他戴在头上，并用右手食指在他的鼻子上指了一下。

在党小组会散会后，王三姐就径直向堂侄女王秀英家走去，半路上又碰到周守兰找自己。一见面，周守兰开口就说："谢谢三姐，你们把那个野心狼处理的对对儿的，我们本来就不是一个锅里搅勺子、一个道上走的人，是父母强拉硬扯按在一块的，同他在一起生活，丢人现眼不说，气得我吃不香、睡不着，受刑罚的一样，没有过过一天舒心日子。现在离了，散伙了，自由了，我要找回我的心上人！"

王三姐听她话中有话，便说："看样子，你心上有了人？"周守兰笑了笑点了点头，意思是同意王三姐的说法。王三姐因急着要看王秀英，就走开了。

王三姐与周守兰告别之后，就去看堂侄女王秀英，一者看她身体恢复的怎样，再者试探一下她对婚姻的真实态度，好支持她的自由婚姻，免得再发生意外。因为在同一个庄子住，很快就到了王秀英家。她妈说："女儿已找你去了，是不是已到了你家。"王三姐急忙赶回家，可不是，王秀英正在家里等自己。原来是左拐右弯错过了，没遇上，已经等了好大一会。

王三姐同情地看着王秀英说："傻丫头，不在家里好好休养着，你胡跑啥哩！吃了那么大的亏，还胡跑、乱疯癫！"

"好姑妈，多亏你救我。"王秀英继续说，"要不然，我早成屈死鬼了！上吊吆，要么就死了，要么就好了，我怕你担心，我就谢你来了。"

王三姐说："你能来，说明你身体无大碍，我更放心了。多玄乎，又不是旧社会，妇女没有地位、没自由，寻短见，你也不想一想，你若是真走了，我们可惜不说，你心上的人怎么过？那不痛苦一辈子！"

"他们硬逼我，说我一个人关系两家的婚姻，说我不嫁到张家去，张大宝的婚事办不成，你哥的婚事也办不成，两家子都会埋怨我，我真是腊月里的萝卜，心都冻住了，逼得我不得不寻短见。"王秀英说。

"现在好了。"王三姐说，"你完全自由了，谁也不敢逼你了。你爱上谁，就跟谁谈，找你最可心的人，跟你心满意足的人结婚，好给你热闹热闹，给我们说一说，有没有心上人，也让我们高兴高兴！"

"我心里早就有人了。"对着王三姐的耳朵说了些悄悄话。

王秀英的心上人叫马有良，是在镇子上开饭馆的，以面食为特色，牛肉面、凉面、酿皮子什么的，随季节变化，冷食热食换花样卖。她与马有良的交往说来话长。王秀英与母亲去镇上逛商店，看见亮晶晶、黄灿灿、油光光的酿皮子，有些嘴馋，就一人买了一碗，尝了起来。这一尝不要紧，可就吃出好来了，看着嘴馋，品着有味，嚼着肉筋，吃完有回味。原来，马有良的面馆自有特色，选料讲究，做工精细，通过揉洗将淀粉和面筋区分开来再分别加工，其中将淀粉拌蓬灰蒸成酿皮子，将面筋蒸成冻豆腐状，外调葱段、蒜末、姜末、芥麦、油泼辣子调料，添油加醋方成。王秀英尝出了小吃的滋味，一有机会就来吃。夏天吃酿皮子、凉面，冬天吃牛肉面，一回生，两回熟，成了常客，进而有了交情，眼波传情，口语传意，男的"欢迎常常光临"，女的"一定一定"，这就好上了。在这种情况下，怎么可能搞亲换亲，放下马有良，去嫁张大宝，故发生了以死抗争的一幕。王秀英接着说："他们本是知道的，他们就是不顾我的心愿，逼得我走投无路，所以上了吊。"

"明白了，明白了，既然你有可心的人，你就坚持你的主张，我们全力支持你，做你的台柱子。"王三姐说。

王三姐又想来想去，怎么给张家做工作，一时没个给张家做工作的好主意。忽然想到大姐夫、大姐，他们是一个村子的，人缘又好，请他们说话，最能打圆场。虽已到傍晚时分，可王三姐是个心里搁不住事情的急性子，便急匆匆地来到大姐夫家。一进门，他们正在吃晚饭，一男一女两个外甥子，放下饭碗一起向她扑来："舅妈，一块吃饭。"大姐给她端来一碗饭。

三姐说："等一会我再吃，有句话要给姐夫说说，说完了再吃不晚。"

张老大便将三姐引到自己房中，"什么事？"。

"王秀英的婚事。"王三姐说，"两家父母要搞亲换亲，王秀英死活不同意，我怕再生出事来，我给张家说话不方便，你能不能帮着说说？这是一码归一码，张家的女儿愿嫁谁就嫁谁，不要出砝码，讲条件，搞亲换亲。"

张老大一听就明白，亲换亲显然不合适，便满口答应做张家的工作。两个人就出来继续吃饭。

自那天张老二、张老大和张小宝，将两家抢寡妇的人轰走，并把田小云再次陪送她哥嫂处后，再未发生哄抢行为。可武的未来，文的不断，都托人来说合。世上的事就是这样，不了不好，不好不了，不是这家的媒人来缠，就是那家的媒人来缠，搅的田小云及其哥嫂不得安宁。看来只有再嫁了人，才能终结这种你纠我缠的情况。这里的事情没有结果，王三姐的心也放不下，主动来了解情况。

当着田小云及其哥嫂，欲抢寡妇的两家媒人，王三姐再次给他们宣传婚姻法："男女平等，婚姻自由是婚姻法规定的，对大姑娘适用，对寡妇也适用，谁也无权干涉，否则是违法的，就要追究法律责任。你们做媒的人也要明白这个道理，你们犯不着违背婚姻法硬来纠缠。"终于把说媒的人打发走了。

接下来又私下试探田小云的态度，两家中倾向哪一家，或者都不同意另有打算。全由你做主，你脑子想着谁，心向着谁，自己拿定主意，我们妇联都支持你的主张。

"我们也都支持你！"她哥嫂异口同声附和着。

田小云口气肯定地说："我只想着郭子仁，向着郭子仁。"

田小云哥嫂补充说："妹子只向着咱们队上姓郭的，对另一家没一点意思。"

王三姐望着田小云说:"那好,你既然拿定了主意,我们心中也有底了,我们就朝着这个方向作准备。你们也准备准备,我们妇联也张罗张罗,等你们准备好了,给我通知一声。"

到第三天中午,王三姐正与她妈在厨房做午饭,张老大来了。王三姐和她妈都出来迎接。王二娘是丈母娘见女婿,格外亲热,意欲留女婿吃饭,再准备点饭菜,就叫三姐去陪着说话,自己单独在厨房操作。

"你交代的任务我已完成了,我是奉命向你来交差的。"张老大说。

王三姐知道,就是给张大宝做工作的事,便问:"怎么样?做通了没有?"

张老大说:"不通也得通,通也得通,逼得人家上了吊,还能亲换亲吗!牛不吃水不能硬按,女方不同意,硬拉在一起,强扭的瓜不甜,日子也不好过。比如周守兰与郑自芳的婚姻就是样子。"张大宝说:"我说得在理,他也是这个看法,可父母有父母的想法,说来说去是为了省钱,亲换亲就不再花钱了。若是给我重新另外找一个,少不了要花一笔钱,家境又不宽余,拿不出来。事情已经闹到上吊了,还有什么说的。"

张老大继续说:"只要你思想通了,事情就好办,至于钱财的事尚在其次,重要的是男女要投缘。你又不缺胳膊少腿,也不眼瞎耳朵聋,还怕找不上。老天爷生人是早就安排好了的,都是男女成双成对的生,生了男的,必然也给他生个女的,男的长大了,女的也就长大了。最后,没剩下男的,也未剩下女的,还不是一对一对的在过日子。一时找不上,只是没有对上号,我们也帮助你找。话说到这一步,你猜张大宝怎么说?"

"我怎么知道?"王三姐反问道。

"他说,不用麻烦了,我已经有了。"张老大说。

"有了谁?你问了没有?"王三姐又问。

"还用我问,他自己就说明了,是周守兰。"张老大回答道。

"啊!是周守兰!真是天生的一对!我怎么没想到。"王三姐吃惊地说。

张老大继续说:"起初,我也有点纳闷,想了想后,我也明白了。原来早就有传闻,他们两个互有来往,硬是被父母拆散的,把周守兰同郑自芳拉在一起,结果不投缘,吵闹了这么些年。现在同郑自芳离了婚,没有了挡挂,自然就重续前缘,好上了。"

"原来如此，真是棒打鸳鸯散，情缘一线牵。"王三姐慨叹着说。

两个人正说着，王二娘催他们吃饭，他们就来到了餐桌前。

党小组会上议定的几件事，都办得很顺利，张小宝向媳妇赔了不是，制止了抢寡妇田小云的事，亲换亲的问题已自然了结，而且除了田小云要再婚外，还有王铁柱与张玉梅、张大宝与周守兰、王秀英与马有良，都打算在近期结婚。剩下的一件事就是怎样庆祝三八国际劳动妇女节了。

王三姐来找张老二，征求如何庆祝妇女节。张老二反过来问："你是妇女主任，你打算怎样庆祝？"

王三姐说："我准备办三件事庆祝：表彰优秀妇女、举行集体婚礼、动员妇女参加集体劳动。"王三姐对这三件事作了具体说明。表彰对象是孝敬婆婆、勤俭持家的王大姐、李玉贞，热心集体劳动、学文化的肖三姑，以及四对集体结婚的名单，再是我讲些话。

张老二一向佩服王三姐有心计，考虑问题周到，敢作敢当，干脆利索的工作作风，便说："再没新的意见，但要向欧乡长汇报，并请他讲话。"

王三姐便来到欧乡长的办公室，一五一十地将庆祝妇女节的三项议程做了汇报，并请他主持会议、讲话。

欧乡长表示完全同意，又补充道："会议名称叫'古堡乡庆祝三八妇女节大会'，要挂横幅、贴标语，对表彰的优秀妇女，要戴红花，发奖品。"并指示文书一一做好准备。"至于讲话，自己简要说几句，主要由你妇女主任来讲。"

三月八日下午，张王李赵各庄的四十多名妇女代表及参加集体婚礼的男女青年，陆续进入乡政府的会议室，文书将欧乡长、王三姐、优秀妇女，都一一安排到主席台位置，面对大家就座，并给戴上大红花，唯独王大姐无论如何赖在台下角落处不上台。"就是这样安稳些，上了台子，面对大家我不自在。"还是三姐亲自动员，拉着她，别的妇女推搡着，才勉强上了台，又把四对要集体婚礼的安排在前排就座。

三时，王三姐宣布庆祝大会开始，只听她说："今天是二月里的三八妇女节。"一句话还没说完，台下一阵笑声。王三姐纳闷了一下，才明白过来，是自己说漏了嘴。原来，古堡地方因为是农村，春种秋收，一年四季十二个月，二十四节气，都按农历进行。妇女节虽然是阳历的三月初八，按农历仍是二月份,她这样讲也是有情可原,她马上明白了过来,立即纠正说:"今天是阳历三月初八,是国际妇女节,是劳动妇女自己的节日,我们来开会,是为了庆祝自己的节日。"大家一阵掌声,她又宣布:"第一件,请欧乡长给优秀妇女发奖品。"乡文书依名单一份一份送到欧乡长手上,由欧乡长再颁发给优秀妇女,发一个,响一阵掌声,当发到王大姐手里时,她迟疑了一下,又把妹子王三姐看了一眼,三姐示意大姐快点接受,她向欧乡长深深地鞠了一躬,收下了奖品。又是一阵掌声,她听着掌声格外响,持续时间特别长,直到掌声住了,她才坐了下来。

"现在进行第二件。"王三姐接着说,"给新娘新郎颁发结婚证书。"

这一件是王三姐费了工夫安排好的,每一对都是经历了一波三折,按照男女平等婚姻自由结合的,等考证实了,又鼓励他们去乡政府办了登记手续。王三姐考虑到,这几对婚姻都是,克服重重困难才实现的,在三八妇女节举行集休婚礼,新事新办,大张旗鼓地张扬宣传,对消除封建婚姻影响、宣传贯彻婚姻法有宣传教育作用,便特意安排的。隆重热闹,又体面、又风光、又省俭。等于是当着这么多人的面,妇联主婚,乡长证婚,双双拜大家、夫妻对拜,正大光明,合情、合理、合法的。当轮到田小云、郭子仁一对时,她百感交集,历经痛苦不幸、挫折之后,想不到今生今世还有这么风光体面的结婚仪式,仿佛做梦一般,激动得热泪盈眶,双手颤抖地接住了鲜红的结婚证书,向欧乡长、王三姐拜了又拜,向台下也拜了又拜。本来拜三下就对了,可她拜了五六下,而她忘了夫妻对拜,待王三姐提醒,按了按她的头时,她才补拜了三下,台下又是一阵放鞭炮似的掌声。

"现在进行第三项,请欧乡长讲话。"王三姐说。

欧乡长:"借此机会,我向大家致以热烈的节日祝贺,祝妇女同志节日快乐,祝优秀妇女得到奖励!祝贺几对新娘新郎自由恋爱、自主婚姻,希望你们家庭幸福,白头偕老。

"大家知道,旧社会,劳动人民受压迫、受剥削,而妇女处在最底层,冤仇最深,还要受男尊女卑的歧视,丈夫的打骂和公婆的虐待,受双重的压迫。现在是新中国、新社会,我们推翻了封建势力的压迫剥削,也要改变重男轻女的旧传统、旧习惯,实行男女平等、婚姻自由,实现妇女的彻底解放，让妇女与男人一样，当家做主，做新社会的主人。我就讲这些，下面，主要由你们的妇女主任讲。"

"大家知道，我是个苦命的人。"王三姐开门见山说，"想嫁的人不能嫁，由父母包办，拉郎配，招了个倒插门的女婿，又是个没情无义的负心汉，又把我出租给聋子周二。去看望受迫害出家为尼的四妹，不仅人未看到又意外惹上官司，蹲班房、受刑罚，吃尽了苦头，新中国成立后才翻了身，有了奔头。可是重男轻女并未改变，几千年遗留下来的男尊女卑旧传统并没有改变，妇女仍然不平等、受歧视。活了快半辈子，才悟出个道理，不是自己命苦，而是社会不公平。解放了，社会变了，妇女能够把自个的命运掌握在自己手里，这就是男女平等、婚姻自由。

"过去的说法是'嫁鸡随鸡，嫁狗随狗'，还有什么'揉到的白面，打出的婆娘，夫唱妇随，下蛋的母鸡生娃的女人'等等，都是重男轻女的不平等说法，都是向着男人、背着妇女说的，吃亏的总是女人。

"女人和男人总是不一样，同样是父母生来爹妈养，可男的顶门立户，女的出嫁。嫁出去的女儿若泼出去的水，到了婆家，人生地不熟，由着男人摆布，夫妻生活，男人像公鸡踩蛋，放个屁就完了，可女人怀娃娃，又是恶心，又是呕吐，吃不下睡不好，腆着大肚子受难受罪。（台下议论，话丑理端，三姐说得对）生娃娃，人生人，吓死人；人生人，疼死人。一些姐妹因为生孩子丢了命。男人哪里体会得到。远处的不说，近处的大家听说过的，有的被逼上吊，有的被男人虐待而死（可不是么，都是真真儿的，三姐说的对对儿的，一句假话都没有，都是我们心里话。）都是男女不平等、婚姻不自由的结果。

"解放了，有共产党撑腰，有婚姻法保障，我们自己要争气，不能一个身子都靠在男人身上，由着男人摆布。毛主席号召，妇女要团结起来，参加劳动，参加政治活动，改善经济地位，改善政治地位。有作为才有地位，自己养活自己，参加社会活动，替自己说话，替自己办事，才能被人看得起。

"还要有本领，就是要学文化、学技术、学法律。有了本领，才能替自己说话办事，维护自己的权益。

"现在实行集体化，发展生产，有的是活干，我们应主动参加劳动，什么精耕细作、药剂浸种、拌种、玉米人工授粉、科学种田、防治病虫害，我们都可以干，还有文化学习班、技术培训班，我们都应当参加。我们一个个心灵手巧，我就不信学不会。土地改革，我们妇女一样分土地，今天自己养活自己，与男人们平起平坐，才能男女平等。男人若平等待我，婆婆善待我们，你好我好他好，大家都好；如果歧视我们，虐待我们，我们就会摆出理由，用婚姻法来同他们说理、论法，维护自己的权益，绝对不能逆来顺受，忍气吞声。"

王三姐的一席讲话，博得与会妇女的阵阵掌声，热烈的响应。也令欧阳义乡长深深佩服。

原来，由于妇女工作和集体化的需要、锻炼，王三姐积极参加扫盲班、高小班，白天忙工作，晚上学文化，农忙时抽空学，农闲多学，学完了识字课本一至三册，通用数学一至三册，加上开会听讲，勤学好问，文化水平、政治水平大有长进。人前头行走不犹豫，上台讲话不怯阵，说话有条有理，年长妇女夸奖她有出息，年轻姐妹羡慕她本事大，就连男人们也不得不佩服她，了解了她的能干、厉害，不得不刮目相看。

庆祝三八妇女节大会一开，奖励了优秀妇女，举办了集体婚礼，王三姐一席精彩的讲话，可就传开了，这是古堡乡第一次庆祝三八节，广大妇女都把王三姐当作榜样，积极参加生产劳动，参加文化学习、社会活动，把农业生产与社会活动搞得生机勃勃，热火朝天。

一些二话也有了说辞："共产党什么都好，就有一样不好，把妇女的地位抬得太高了，翻到男人身上去了，动不动要离婚"。有的婆婆们也议论："王三姐了不得，究竟谁是婆婆，谁是儿媳？"其实，这只是一些封建意识浓厚，旧传统、旧习惯顽固人的议论，他们再不能照旧打骂妻子，虐待儿媳了，而正常的夫妻、婆媳关系并未震动。

张老二、张老大、张小宝看着这些着实高兴，妇女解放，参加集体劳动，参加社会活动，又多了一支生力军，强有力地促进了集体化和农业生产，到处呈现出一派生机勃勃的新气象。古堡地方的合作化打响了一炮，王三姐的妇女工作又放响了一炮，两声炮响若春雷一样，使古堡镇枯木逢春，使全乡四处春意盎然，勃勃生机。

第三十三集　盲母情缘

张大妈乘仙鹤归西天
众乡亲感其恩共含悲

张大妈活了八十四岁。谈不上富贵，却是长寿。她的人生道路漫长，岁月悠悠，命运舛误，多灾多难。在她的人生历程中，有顺有逆，有好运厄运。若水上舟，有时顺水漂行，有时又浪厄飞舟，真是风风雨雨、颠颠簸簸。进入年迈力衰以来，吃饭没有胃口，干活腰酸背疼，睡觉没有瞌睡，想得很多很多，自我感觉人生的道路将到尽头，人世上的日月已经不多，将不久于人世，又回想自己的这一生，好似走了一段长长的旅程。有时是山穷水尽，有时又柳暗花明。又像听贤孝曲子，时而是悲欢离合情，时而又心中无限事；又像在演戏，生旦净末丑各种角色轮着扮，喜怒哀乐忧惧欲交替唱。又像一个筐，一阵子什么都往里面装，一阵子又底朝天，统统往外倒，真是好坏逆顺孰难预料，人情道理难品难讲。

但生活的经验告诉她：事在人为，处逆境时，要力争主动，自己把握自己的命运，不能听天由命，逆来顺受，任人摆布。有人说好人命不长，她则半信半疑；也有人说好事多磨，她觉得此话不假；俗话说，善有善报，恶有恶报，不是不报，时辰不到，时辰一到，马上就报，她则坚信不疑。她觉得，人世间的事情，天理人情都有，行事不能逆天理背人情。她又体会到，人生的有些事情，是客观情况决定的，个人难以选择，如生身父母、兄弟姐妹，血缘亲情，出生的时间、地点、家庭等等，自己是无法选择的。有些事情则是可以选择的，如人生道路、婚姻和怎么生活等等。事在人为，应当尽心尽力争取，审时度势努力，不能听天由命，应把命运操在自己的手里。有时，时势所迫，身不由己，要力争避免最坏的结果。有些事情，成败难料，但要千方百计地努力，避免失败，争取成功。

她深深体会到，人的这一辈子确实不容易，兴衰际遇，随时可能；成败祸福，处处都有；悲欢离合，谁能避免；恩怨情仇，哪能没有。天时，由日月运行决定；地利，自己何能选择，条件哪能由己。多少人生不逢时，多少人生不择地，多少事身不由己。可是，在同样的条件下，有些人夭折了，失败了，有些人则绝处逢生，大难不死，赢得好的归属和结局。可见，人的命运，并非全由别人决定，自己也是可以主宰的。

她记得，自己出生在书香门第的赵家，从能记事时起，双眼看到的是满屋的书架，满架的书，还有墙上挂着的字呀、画呀，既不知其中的内容和道理，更不晓得有何用处。

长到十六七岁时，由父母做主，嫁给了门当户对的张家——张梦飞。张家亦有不少的书籍、字画。当时兴女子无才便是德，读书是男人的事，种地做买卖也是男人的事，做官更是男人的事。女人只是操持家务，管吃吃喝喝、穿穿戴戴。命运使她由赵家的女儿，当了张家的媳妇，又成了寡妇，李家的佃农、王家两个姑娘的婆婆等等，这是她始料未及的。

自嫁给张家，便是厄运的开始，娘家的爹爹在朝廷做事，因为文字狱的牵扯，被杀了头，抄了家，家业衰败了下来。丈夫也不是安分守己的庄稼人，而是忧国忧民的文化人。经常外出从事反抗清朝腐朽统治、宣传民主共和的革命，结果招致杀头之祸，被斩首于古堡镇所在的县城，家产被查抄拍卖、充官。夫妻生活十年，留下五个男孩，抚养孩子的责任全部落在了自己的肩膀上。国运衰、家业败，没有办法过的日子也得过，再艰苦的生活也得活。总是在苦水中扑腾着，于死亡线上挣扎着。

那一年，发生大地震，摇平了仅剩的小院落，过着铺地盖天的日子。祸不单行，又发洪水，冲坏了农田，接着是持续的干旱，导致庄稼歉收，造成家家缺粮，人人挨饿，不得不背井离乡，外出逃荒要饭，吃舍饭。饱尝了人生的苦难和社会动荡、时势的艰难。诚盼着要一点吃的把唯一的孙子喂养，未想到宝贝孙子没活到这一天，撕心裂肺，肝肠寸断，往事不堪回首，何敢提当年。

曾记得那一年，横遭天灾人祸之后尚未缓过气来，日本发动侵华战争，战火烧到了祖国，火星子飞到古堡镇地方。国难当头，家庭岂能幸免，食不果腹，衣不蔽体，纺纱织布，一针一线，支援抗战，四后人上抗日前线，结果牺牲在抗日战场。苦撑苦熬，整整八年，终于迎来了抗战胜利，实现了祖国胜利的愿望。

谁料到，灾祸又从天上降，内战又起。曾记得，抗战胜利的第二年，纳粮捐税抓壮丁，又轮到自家身上，把小儿子抓去当了兵，又被裹胁去了台湾，至今踪影不见，音讯皆无。还兼连年干旱，地方上抢水、争水、打水仗，年年不断，三后人为维护本村的水利，又被淹死在水里面。二后人又被抓了壮丁，担惊受怕没个完。

那些年，何曾轻松过一月，欢乐过一天。自家的命运系着国家的命运，人民遭难，自己家破人亡。天上阴云密布，自己愁眉苦脸。哭了丈夫又哭孙子，哭了四儿子又哭三儿子，还无时无刻思念去了台湾的小儿子。总是眼泪汪汪。有多少泪水经得起如此这般的流淌，终于流尽了泪，哭瞎了眼。

好端端一个身子，又是操心牵挂，又是伤神损体，积劳成疾，耗损了肌体，损伤了元气，油干捻子尽，熬到了年迈力衰的今天。

她又感到欣慰，总算活到了新社会，共产党来了晴了天，拨开乌云见了太阳。分了房子分了田，穷人翻身做了主人，不愁吃不愁穿，不抓丁，不派捐，二后人当了村干部，孙子成对成双。只可惜，能吃时，没吃的；有吃的了又吃不下。该穿时，买不起衣裳；买得起了又老态龙钟，穿不出去了。想着想着，吃不下，睡无眠，白天思，夜里想，想得头昏脑涨，忽然轰的一下，昏了过去，不再想了。

大儿媳王大姐，是远近闻名的好媳妇，对婆婆如同母女俩。张大妈没生过女儿，特喜爱儿媳，婆媳之间何曾有过丝毫生分。对儿媳又疼又爱，不说一句重话。大嫂待婆婆，又敬又重，处处孝敬关心。穷光景时，宁可自己不吃不喝，也要让婆婆吃上喝上。婆婆失明之后，手拉手地搀扶、陪伴。夏天怕婆婆热着，扶到阴凉通风处纳凉，吃饭时给扇扇子；天凉了冷了，怕婆婆冷着、冻着，务必让穿暖和，三面新的棉衣棉裤和棉鞋少不了。最是那个热炕，烧填得暖暖和和的。问寒问暖，何曾马虎，关心体贴，不曾些微松懈。婆婆瞌睡少，不是晚上睡不着，就是早上醒得早，今天天光大亮，红日高升，婆婆仍没动静，心想，也许是睡得不好，醒得迟，让再睡一会儿。早饭做好，都放凉了，还没有动静，不得不轻手轻脚地开门进去看望。只见婆婆仍睡得纹丝儿不动，毫无声息，似乎不像往昔熟睡的样子，赶紧去告诉丈夫，又同丈夫一起进来问候，连声叫妈，仍没动静。这下子，夫妻俩的心里都犯嘀咕了。张老大忙伸手抚摸额头，冷冰冰的，再抚摸鼻孔，没一丝儿气息。常言男怕穿鞋（脚肿），女怕戴帽（头肿），只见头肿胀变大，两口子顿时傻眼了，慌乱了，心酸了，哽咽了。尤其张大嫂，禁不住哇哇地大哭起来。张老大急忙去找欧医生，张大嫂哭着去叫张老二夫妇。张老二夫妇前脚到，欧医生后脚来。欧医生绷绷眼皮，双眼眼皮已发硬，失去弹性，掰不开了，便说："老人家已过度衰老，因心力衰竭，自然亡故，回天无术了，准备后事吧。"

张大嫂、张二嫂妯娌俩，一听欧医生所言，都又禁不住放声大哭起来，哭得死去活来，反而不知道该干啥了。张老二也急得转圈圈，无所措手足。还是张老大老成冷静，虽然一样地悲痛酸楚，可心里想，事已至此，光涕哭不行，操办后事要紧。先叫大嫂二嫂给穿寿衣，张罗白布、麻线等丧葬用品，自己与二弟准备报丧、发送事宜。

张老大心想，母亲虽然生了五个儿子，可只剩下他和二弟两个，老人的后事，责无旁贷是他们两个人的事情。母亲因年事已高，舅舅们早已过世，只有侄子赵老师在家，必须要同赵老师商议丧葬事宜。另外，母亲的同辈人，自己的堂叔——五爷，少不了也要征求他的意见。发送事宜，母子一场不能草率从事。虽然家境不够宽余，做道场是少不了的。道场本身有繁有简，隆重与简单以财力多寡而定。太隆重了花销不起，又是党员、村社干部得注意影响；太简单了也不行，舅家是书香门第，表哥是文化人，学校的老师，母亲又是少有的高寿老人，德高望重，若过于简单、草率，亲戚族人会有非议，做儿子的面子上过不去，为表孝心，应适当操办，量力而行，尽力而为，不繁不简，适中为宜。

张老大将自己的想法与二弟沟通后，便一起先去拜访张五爷。物伤其类，张大妈的去世，精神上打击最重的是张五爷。他们既是同辈，又是命运相似的人，且张大妈是其长嫂，是曾经提携和关照过他的人，精神上互相支持，生活上相互照应，而今她走了，倍觉孤独凄凉。自觉下一个该轮到自己了，听到大嫂辞世的信息，尤其悲痛至极。待侄子张老大俩来报丧并商议丧葬事宜，只是颤抖着，哽咽着说："你们都是大人了，该怎么办，你们看着办，我没有什么不赞成的。"

张氏兄弟俩告辞张五爷后，又来到赵老师处，诉说了老人病亡情况，又向他征求对办丧事的意见。

赵老师说："你们的母亲，我的姑妈，对于她的辞世，我与你们一样悲痛难受，让我们共同承受这丧亲的不幸，同时也要尽量节哀，不可过于伤心。至于丧事的繁简大小，由你们定，相信会适度妥帖的，我再没有什么意见。"

张老大又说："别的具体事宜不劳你操心，我们尽心尽力去办，只有一件事，必须烦劳你，就是写悼词，读悼词。你是母亲的侄子，又是老师，有文墨的人，对母亲，对我们后人，对亲戚，邻里乡亲，需要说些什么，该怎么说，你最清楚，最合适，必须由你承担。"

赵老师一听，不觉为之动情，慨然应允："这个自然，我对姑妈有太多的感慨，有太多的话要说，你们想得周到仔细，我责无旁贷，一定用心尽力，把姑妈的功德都写进去，将该说的话都说出来。"

同赵老师商议完毕，张氏兄弟俩急忙往家里赶，张罗请道人、做道场的事。兄弟俩商定，还是请玄贞观的赵道人为宜。事不宜迟，须早做准备，便来到了玄贞观，恰恰赵道人临时外出，需要等待一会儿。他们二人便乘此机会又去赵瞎弦和张瘸妹处，报丧兼请客。赵瞎弦夫妇刚吃过早餐，正准备外出卖唱，恰恰好张氏兄弟来到。当听到张大妈辞世噩耗，顿时哽咽痛哭不止，并边哭边答应，即刻准备大斋小斋，自行前往。

约请了赵瞎弦夫妇，张氏兄弟二人再返回玄贞观，赵道人也刚刚回来。报丧后，即请他做道场，并商议道场事宜。张家与赵家，都是古堡地方名人，更兼亲戚关系，都格外重视，议定了既隆重又节省做道场的意见，拟出了购买纸活等丧葬用品的单子。

老母去世后，张氏兄弟俩在堂屋安置一块木板，将母亲遗体头朝门放置于木板上，把头摆端正，将四肢放置妥当，双脚系上棉线绳，于头前面点了一盏长明灯，供献上祭品，点香烧纸，又在自家院门外燃放一堆柴火，将丧事告示邻里知道。

办好寿终正寝事宜后，又去本家长辈、同辈及亲戚朋友处正式报丧。先跪着叩头，诉说老人病亡情况，将该去的人家一一都走到。同时披麻戴孝，张氏兄弟穿上白布孝衣，头戴白布孝帽，腰系麻辫。女婿外甥头戴孝帽，腰系孝带，孙子除戴孝帽外，帽檐又系一条红布，从事发送事宜。

当地习俗，年过六十岁的老人，其子女便择闰月将寿房制作停当，以求得长寿。张家依循习俗，张氏兄弟早已准备了棺材。只将贮藏于内的粮食挖出，打扫干净，准备入殓。

在置办上述丧葬事宜的同时，又蒸大斋、小斋，杀猪宰羊，设祭坛，并于第二天上午，齐集亲朋挚友，将老人遗体入了殓。张老大、张老二跪在右侧，张大嫂、张二嫂、张瘸妹跪在左侧，昼夜轮流守灵，各亲戚朋友送大斋、小斋等礼品，焚香化纸，跪拜叩头，祭祀亡灵，络绎不绝。

赵道人约请了吹唢呐、敲锣、打鼓、扎纸活等一班道人，各司其职，分工协作，按部就班地进行着念经、奏乐等发丧事项。先是"取水"，其次是"放食"，接着是"撒灯"，再下来是"报恩"，还有"跑桥"等等，若演戏一样，一幕一幕地进行着。每一幕开始，道人们在灵堂前奏乐、念经，亲戚们则跪地哭灵，节奏鲜明，起落有序，配合默契。从守灵开始，儿子、儿媳等亲戚边守边哭诉：

"妈妈，你为我们操尽了心，累坏了身，却未能报答一二。"张老大诉哭。

"妈妈，我自来调皮捣蛋，东奔西跑，不曾安分守己，未曾陪你孝敬你，不曾让你些微轻松放心，倒让你担惊受怕不尽，未尽到儿子的责任，我后悔，我难受，我心疼！"张老二哽咽着，还未诉说完毕，便牛哞般地大哭起来。张老二不善言辞说白，但旁人都清楚，他诉说的虽不多，但都是实话。他虽然也疼爱母亲，但生活所迫，时势所逼，常常东簸西颠。1949年前不是躲兵役，便是当兵，不是打工，便是当差。解放了，又是积极分子、村干部，为乡亲们谋利服务，当母亲突然亡故，他才觉得未孝敬，没侍候，来不及，感到后悔、难受，郁结了一肚子的悔恨，诉说不出来，排遣宣泄不了，便哭得牛吼一般。

"婆婆啊婆婆，有你坐在炕上，我心里实在，你撇下我们走了，我心里空虚，六神无主，叫我可怎么过啊！"大儿媳泪水涟涟地说。

"好婆婆，你待我像亲闺女，爱我不尽，疼我有加，你走了，谁代你疼我爱我！"二儿媳哭诉。

"好奶奶，你给我讲了许多故事，我听得入迷，我最爱听你讲故事，现在再也听不到你讲故事。"孙子唉唉地哭诉。

"奶奶，你给我讲笑话，出谜语，多有趣，有的谜语还没猜出来，你怎么就走了。"孙女儿呜呜地哭个不停。

赵瞎弦带着唱孝贤的嗓音，哭着诉说："你最爱听贤孝，我最乐意给你唱贤孝，今后你再也听不到我唱贤孝曲子了。"一声声无奈的哀叹。

"我自幼残废，爹死娘嫁人，是你收留了我，养我长大成人，又帮我找了女婿，使我有依有靠，欲报你大恩大德，你却走了！"张瘸妹哽咽哭诉，泣不成声。

最是赵老师致悼词，声声含情，句句有韵。

新世纪，乙巳年，金秋季，秋分日，奈何时，我们的慈母、姑妈，你若有灵，你的儿子儿媳、侄儿侄女，亲朋邻里，沉痛地向你致祭，略表生离之疼、孝敬之意、不了之情、悲痛之苦、肩负之责，诚盼你一路走好，你若有知，见之谅之。

兹母张赵氏，生于清朝光绪六年庚辰，肖龙（一八八〇年），殒于公元一九六五年，农历九月十七日，享年八十四岁。历经清朝、民国、新中国三个朝代。人生道路，风风雨雨，岁月悠悠，坎坷曲折，艰苦奋斗，坚忍不拔；品格精神，可圈可点；为人处事，宽大为怀；坦荡胸怀，可敬可仰；高风亮节，令人钦佩；德高望重，有口皆碑。

慈母出身于书香门第赵家，虽名门望户大家闺秀，然命运舛误，生不逢时，长无机遇，光阴荏苒，日月艰难。壮年丧夫，儿多娘苦。抚育儿子，长大成人。毕生辛劳，饱尝艰辛，奋斗一生，不曾稍歇；何曾些许宽松、稍微消停。

期间，历经世事沧桑、社会动乱，地震、洪水、旱灾、瘟疫、饥荒、年馑、天灾人祸频仍，国难家仇连绵，历经劫难无数，幸好晚年迎来新社会，老来富贵，也真侥幸。

清朝末年，支持父亲，响应民国革命，反抗清朝腐朽统治，不幸革命活动机密泄露，更加革命力量弱小，归于失败，父亲被杀害。慈母承受丈夫牺牲的惨痛，继承父亲遗愿，只身寡母，抚养五个儿子长大成人，关心子侄们的生计婚姻，其艰其难，可想而知。因贫穷所困，无条件供孩子读书受教育，依然育得儿子品行端庄，堂堂正正。不幸，三儿没于地方利益，四儿牺牲于抗日前线，五儿于解放战争后期去了台湾，大孙子没于饥荒。慈母承受了丧夫、失子、失孙的极大悲痛。

你将心血奉献于国家、社会，用辛劳服务于儿孙邻里，功德有口皆碑，赞誉响于乡里。尊贵若足赤黄金，清纯如无瑕白玉，圣洁若南山冰雪，坚强若岩石青松，伟岸身影若巍巍山岭，坦荡胸怀如月亮太阳，与邻里相处像兄弟姐妹，关爱子侄如王母娘娘，赤诚似肝胆相照，温暖如一盆炭火。

势单力薄怎能与邪恶抗衡，尊贵圣洁岂能与污秽相容，香花何能与毒草共长，嫩草碧丝偏遭沙尘暴的袭击，青枝花蕾何能经受暴风骤雨的摧残。彩虹虽美怎能常挂天空，欲帮扶幼弱却身单力薄，欲支撑半边天却大厦势危将倾，惜儿怜女怎奈爱莫能助，愤怒邪恶偏无力鞭笞，欲扶危济困却心有余而力不足，哀叹不公不平，可回天乏术，忧国忧民只能空怀悬念，无畏无惧却艰险频仍，欲图国泰民安，只能效精卫填海，欲医贫穷愚昧，仅仿女娲娘娘炼石补天，企图美满幸福，只能美梦相托。

总是日月与乌云共悬，圣洁同肮脏同世，善良与虎狼周旋，风和日丽总伴随着雷鸣电闪，春光明媚免不了阴霾沉沉。玉兔皎洁怎能免乌云遮月，彩虹悦目仅为瞬间美景，盼着黎明偏漫漫长夜，花蕾含苞待放，偏遇滚滚风暴，春花艳丽，却遭春寒侵袭，柳丝多愁，每遇连绵阴雨，斑竹柔细空直，恰恰枝节横生，榕树挺拔苍穹，又藤蔓缠绕，欲迈步坦途大道，偏荆棘丛生。

怎奈岁月的年轮刻满你面颊，无情的光阴劳累你玉体，不尽的牵挂损伤了你的精神，忧伤惧欲瘦损了你的肌肤，流水似的愁烦改变了你如花容貌，荏苒的光阴致你年迈力衰。机体衰老，体疲神伤，樱唇红退，榴齿缺失，玉颜尽失，容貌憔悴，霜雪代乌丝，皱纹满面颊，心力衰竭，病入膏肓。

神医何处，不得而知；妙药何有，谁能献出？终就病痛呻吟代替了甜美话语，憔悴面庞逐走了和蔼慈祥。儿女情长挡不住无常；儿女有心，拦不住小鬼，可恶的死神终究来临，终究夺走了你的生命。

慈母啊慈母，你儿孙肝胆俱裂，心疼难忍！

慈母啊慈母，亲情心如刀割，悲痛万分！

你呵护之声仍旋于耳膜，实则气绝声息，

慈眉善目犹在，而你却仙逝人间。

卧榻尚存，却物在人亡。

高堂原样，已是人去房空。

归去怎能复生，人生何能重来，慈母啊慈母，你毕生辛苦，何曾宽松？抚养儿子，疼爱儿媳，呵护孙子，何曾些微消停！

慈母啊慈母，你历经艰险曲折，受尽了苦难煎熬，终于打发走了黑暗，迎来了光明，好不容易盼来了太平盛世、繁荣昌盛，迎来了人寿年丰、幸福光景，该你享受清福、安度晚年，尽享安康，宽余、轻松、自然。你却走了，我们儿孙于心不忍，其心何安！死别固然不觉，生离堪难割舍，我们亲朋乡亲，实在难受。

生死由命，岂能挽回？富贵在天，疼也枉然！

慈母啊慈母，但愿你一路走好，步入黄泉。

到那里与父亲团圆，曾经阴阳相隔几十年。

到那里与三弟相见，阳世不遇阴间见。

到那里与四弟相见，母子相会岂能无缘。

到那里与孙子相见，他需要你的呵护，人世来世都一样。

生死相离别，但愿九泉之下能团圆。

慈母啊慈母，我们牢记你的嘱托：多做好事，少做错事，不做坏事。不忘你黑白分明处事，堂堂正正做人的教导；不忘你不义之财莫贪，自己养活自己的教导；不忘你分外的饭可吃，伤天害理的事莫做；不忘你做好了人，才能做好事情，端正了人品，才能习好学问的教导。

慈母啊慈母，我们一定听你的话，兄弟友好，夫妻相爱，关爱子女，邻里和睦，和谐共处，以和为贵。

慈母啊慈母，你老的嘱托，我们一定牢记在心，笃行于身，一步一个脚印地走好脚下路，牢牢把握好自己的命运，发展生产，繁荣经济，昌盛文化，积极向上，积德行善，毫不放松。

慈母啊慈母，请你放心：有你这样的祖宗，我们骄傲，给你当子孙无上光荣。我们有一颗赤诚的心，有一片真挚、善良、美好的意，我们会顺天时，合地利，和人群，你务必放心。

慈母啊慈母，你若显灵，务必理解我们的这片心，一颗又红又紫，无比赤诚的心。

慈母，祝你一路走好，祝你好好安息。

  人生穷通兮皆有定
  加减乘除兮各有苍穹
  天苍苍兮慈母乘仙鹤西去
  地茫茫兮盼父母黄泉相会
  芸芸众生兮黄泉路上无老小
  盼只盼兮慈母一路走好
  善人辞世兮草木萧索，万物含悲
  风声鹤唳兮亲朋乡亲同叹息

悼词念完后，赵道人念念有词，为老人送行

  我们正在为你取水，希望你抿上一口
  我们又在为你放食，诚盼你吃上一嘴
  我们正在为你放灯，诚盼你看清要去的路
  亲朋们报你的恩情，希望你有所体会
  送你的人正走在桥上，你可否回顾看觑
  送行的人悲痛欲绝，你是否嗅出一呼一吸
  道人诵经超度，你可体会其中意味
  锣声鼓声唢呐声响彻人世
  你是否听出那婉转悲凄的音韵
  你若不知不觉，我们是多么惋惜
  你若略晓一二，我们方稍稍宽慰

丧事进行到第三日下午，所有道场事已进行完毕。于落日之前，以引魂幡前导，赵道人一班吹鼓手奏乐，村人抬着灵柩紧随其后，张氏兄弟俩在前拉纤，赵老师、大嫂二嫂、孙子孙女等亲人扶灵柩，拿纸活的，撒纸钱的，缓缓行进，岔路口、拐弯处又烧纸钱引路，走了约一里地，便到了茔地。

村人将灵柩轻轻放于墓穴之前，亲属把所有纸活统统点燃。忽然一阵秋风劲吹，将火势烧旺，把纸活化为灰烬，并吹刮得一干二净。与此同时，村人将墓穴中余土清理、铲平，再将灵柩平稳地置入墓穴，位置调整妥当，张老大张老二等亲属们亲手填土、起冢，张老大又将丧杖和引魂幡颤巍巍地插于墓堆顶上，张老二则在坟顶上端置一块石头。

发丧回来，按当地习俗，以"喜事"招待宾客，配两荤两素一稀的饭菜以及酒水，尽饱吃大斋小斋。喜宴完毕，席散客走，院中顿觉冷清、沉闷。第二日早晨，张老大习惯地来到上房，张大嫂也紧跟着进来，方觉察到母亲已经归天，禁不住又一阵悲痛和惆怅。夫妻俩看望母亲的习惯何能一下子改变？往往觉得母亲仍然端坐在炕上，举目一看，却心地茫然。这个习惯又重复了多少遍，直到夫妻俩搬入上房住下，才算改变。

由于年迈体弱，再加过于悲痛，张五爷、张六爷也相继辞世。

秋夜漫长，秋思缠绵，张大嫂也是年过半百之人，日思夜梦不断。一个深夜，她梦见婆婆衣衫单薄，便去上坟，给婆婆送了寒衣。后来住了新房，见婆婆这里摸摸，那里看看，喜笑颜开原是日思夜梦一场。后来自己也作了奶奶，给孙子过了生日，着实欢乐了一场，不久入夜，又做起梦来，梦见猪肘子、清炖鸡、长面摆了一桌子，大人小孩欢乐一堂，笑醒来方知美梦一场，心想幸福生活天天过，婆婆若在该多好。

第三十四集　饮水思源

掘地三丈　张老大打井寻水
造福乡里　打井人命丧黄泉

张老二他们的合作社，顺天时、合地利、迎人群，庄稼连年丰收，社员们生活日益改善，家家欢乐、人人高兴。只是水的问题仍困扰着他们。他们的合作社，不，整个张家庄，甚至古堡乡，都是缺水的地方。风调雨顺时，山里来水多，渠里流水多，庄稼有水浇，人畜饮水亦不难。且干旱少雨，庄稼缺水灌溉，人畜饮水亦难以保证。

他们住地，向南靠近南山，向北通向平原，处在南高北低的缓坡地带，整个地势呈一个掌子面，若扇子一样，由南向北，由高向低，逐渐张开。是个过水子地方，存蓄不住水，不论是山里来的水，还是雨水雪水，地表水还是地下水，都向北、向低处流去，是过而不停，流而不蓄的地方。灌溉庄稼靠山里来的渠水，人畜饮用靠涝池水。

所谓涝池水，就是依地势用人工挖成的低洼池子。下雨季节和冰雪消融时，池子四周的雨水、雪水从四面八方流来，积蓄在池子里，常年供村子里的人畜饮用。牲畜直接到池子里饮水，因而牲畜的粪便、尿液难免拉洒在池子里。人的饮用水，用水桶担回家中，经过沉淀后方可饮用，极不卫生。人怎能离开水生活？清洁水自然好，可有水比无水好，尽管不干不净，有水总比无水强。因此，自古以来人们都饮用涝池水，习惯成自然，相延至今，人们也就适应了、习惯了。

集体化后，生产发展了，生活改善了，集体经济的力量大了，人们开始考虑改变这种人畜共用涝池水的不卫生状况。

张老大是一个爱动脑筋、不安于现状的热心肠人。深思熟虑后，想出了在秋冬季节打井取水的想法。

他向社主任、他的弟弟张老二建议，应该打井取水专供村民饮用，克服人畜共用涝池水的不卫生而落后的现状。

张老二听了哥哥的提议，甚是高兴："你拿出个全盘意见，咱们在社务委员会上讨论讨论。"

在社务委员会上，张老二说："今天的社务委员会就讨论一件事：打井。先由我哥哥给大家说说打算。"

张老大说："旧社会，肚子都吃不饱，顾不上这件事，单干时，没有力量，干不了这件事，集体化了，生活改善了，人多力量大，可以抽出人来干这件事，不能让这种不卫生的落后状况再继续下去。"

张老大继续说："地点就选在村子北面的低洼地，那个地方过去好像有人挖过井，没有打出水来，留下一个大坑。现在就可以动工，劳动力不需要太多，六七个人足够，男的女的，全劳力半劳力强弱搭配上就行。"

张老大刚说完，社务委员们就议论起来了。

"确实是个好事情，有了粮食吃，再有了干净水，日子可就舒心了。"王三姐说。

"不知道有没有水。"老委员张仍久说，"不要兴师动众，干了一阵子，打不出水来，可就是脱掉裤子放屁，多此一举。"

张老大补充说："我想会有水的，只是水位高低的问题。我们的北面，李家庄、赵家庄地势低，都有井有水，深是深。我们这里地势高，水位当然更低，但也不可能没有水，土地爷再不公平，也不会在我们地下不给藏水，老天爷无眼，也不至于对我们偏心偏得太远。"

张小宝接着张老大的话补充说："到底有水没水，我们又不是孙悟空，能上天入地，谁能看得那么准，不挖怎么知道？我看还是先挖起来，兴许能打出水来。"

张仍久又说："我琢磨着八成是没有水。要是有水，我们的先人为什么不挖呢？村子北面的那个大洼地，说不定就是前人打过井的地方，没有打出水来，所以就搁下了。好端端的地方，给我们留下个大坑，再要挖，说不定又是瞎子点灯白费蜡"。

王三姐说:"我赞成试一试。就同吃杏子一样,不亲口吃一吃,怎知道它是酸的还是甜的?挖了就知道了。挖出水来了岂不是大好事。万一打不出水来,也就知道底了,死心了。"

其他委员,有的同意试一试,有的存有疑问,莫衷一是。

张仍久又冒了一句:"真是牛说牛大,角说角长,公说公有理,婆说婆有理,试就试一下再说。"

张老二总结说:"根据大伙的说法,有水没水,各有道理,也难说得很准。不过多数委员同意试一试,那就少数服从多数,定下来,挖就挖。现在需要把挂帅的人定下来,由谁领上挖?"

张小宝说:"不用问,就由大叔挂帅。"他看了张老大一眼后又说:"大叔提这个建议,分明是自告奋勇、毛遂自荐。依我看,只有他挂帅最合适。"

"我也赞成。"王三姐说。

"我也同意!"张智修附和道。

张老二望了望他大哥一眼,示意他表态。

张老大会意地说:"大伙信得过,我就领这个头,这是大家对我的抬举,我一定不辜负大家对我的信任。"

"打井的劳动力咋办?"张老二又征求他哥意见。

张老大说:"打井是个苦活、累活、脏活、危险活,要派能吃苦、不怕脏、不怕累、胆大心细的人,至于具体派谁,由你社主任定夺。"

张老二说:"那就派上个老成心细的,张智修合适。再派两个能吃苦的年轻人,张乖乖、王自中。再派两个女劳力,张大嫂、王元元媳妇王嫂子,在地面上运土、服务、打杂什么的。另外,开个社员大会,安民告示,给大家讲清楚,让大家都知情,多配合多支持。"

说干就干,在社员大会之后,张老大就把施工人员召集在现场,动员、布置说:"各位社员,咱们祖祖辈辈吃涝池水,又脏又无保证,社里决定打井取水,这是利在大家,功在子孙后代的大事、好事,社里把这个任务交给咱们,是看得起咱们。我们要识抬举,要争气,不能辜负合作社的信任,把水打出来。打井这个活,要往地下钻,同泥水打交道,不用说又脏又累,还有危险，大家可要吃得了苦，受得了累，胆子要大，心要细。"

"知道，知道。"张乖乖说，"你就说怎么个干法，让我们心里有个数，好下手。"

"打井这个活，我也是大姑娘坐轿，头一回，不晓得怎么个挖法。"王自中说。

"我说，我说。"张老大解释说，"分两段干，先把水打出来，挖到冒水为止。然后砌衬，用石块，由井底砌衬到井口。据我估计，咱们这里地势高，水位很低，不挖个三四丈深不出水。"

"要挖多大？"王自中问。

张老大继续说："口子挖小了，若犍牛陷在坑子里，使不上劲，不好操作；口子挖得太大了，工程量大，费时费力，也不划算。我们就挖个不大不小的口子，直径两丈，方圆六丈的口子。口子要先大后小，越往深越小。我们四个男劳力挖井、取土，两个女劳力往远处运土。"

"明白了，明白了。"张智修接着说，"说得再好再多，说不出水来，还得靠这个！"边说边做了个挖土的动作，将铁锨在地上挖了一下子。

"还有，还有，挖出的土往哪里堆？"张大嫂疑问道。

"可不是，挖一口井，那么多土，放在何处？"王嫂子附和张大嫂道。

"有地方，有地方。"于是张老大领着两个妇女，翻过洼地的塄坎，来到一个低洼的开阔处，"土就堆在这里，尽量远一点，免得井未挖好，土都无处堆。"

万事开头难，打井的工程总算开了头，大家就七手八脚地干了起来。挖土的、提土的、运土的，若蚂蚁打洞、搬家一样，有条不紊，来来往往，忙碌个不停。

一天又一天的挖土、提土、运土，连续干了二十多天，挖出了一个土窝子。

"怎么还是干土面子？都挖了一丈深了，一点湿气都没有，恐怕不能再这样挖了。"王自中发疑问。

"可不是么，在干土坷垃里打水，灰头土脸不说，我都觉得口干舌燥，鼻子冒烟，是不是选错了地方，该停停了。"张智修附和道。

358

"尽管挖，心急吃不了热豆腐。"张乖乖说，"又不是月娃子吃奶，嘴对着奶头奶水就来了，哪有那么方便容易。"

张老大说："不能停，更不能换地方，铁杵磨成针，功到自然成。功夫不到哪有水，已经打了这么深，难道白打了不成。换地方还不就在咱村子的地盘上，我们应该看到成绩，相信成功，坚持到底，就是胜利。"

越往下挖，工作面越小，施工难度越大，挖到一丈多深后，手推车完全用不上了，挖出来的土，要靠铁锹一锹一锹、一级一级往上传递，进度越来越慢。到后来，挖出的土全靠人用抬筐往上抬。两个人抬一筐，沿着陡坡盘旋而上。

"我们是骑着骆驼赶着鸡，高的高来低的低，活受罪！"张智修抱怨地说。张老大则装作没听见，只管吭哧、吭哧，一筐又一筐地抬土。一天又一天，十天又十天，不知道往返了多少回，也记不清抬了多少筐。在一天下午下工前，抬上来一筐土，终于有了湿润气，人们焦急、急躁的脾气，也同湿土一样，稍觉滋润。

挖到两丈多深了，虽然土是湿的，仍是不见一滴水。张智修又发二话了："看来还是白干了，干了一个多月，仍不见水影子，湿土有什么用，能吃还是能喝？"

张乖乖回答道："你不想挖了就歇着去，我们打出水了你休想喝一口，也没你的功劳！"

"那不行！"张智修争辩道，"我没有功劳有苦劳，没有苦劳有疲劳，让你抢头功别想！水也要照样喝，一口不能少！"边说边又挖了起来。

井打的越深，坡度越陡了，抬土也不好抬了，抬筐不是贴着后面人的胸部，就是碰着前面人的脚后跟，碍手碍脚，抬不成了。

王自中："怎么办？"

张老大说："那就换个法儿，单个人背土。"于是一个人背一袋土上去，另一个人再下来背，轮流着进行。

"啊哟！啊哟！我的肩膀吆！绳子都勒到肉里头去了！"王自中坐在井口上直叫唤。

"我的妈呀！我的肩哟！什么时候才能打出水？"张乖乖也叫起苦来。

"你们能得很，为什么也哼哼唧唧起来了，成了猪八戒的孙子了，我说湿土是能吃、还是能喝，你们给我吃一口叫我看个新鲜！"张智修说。

张老大说："有湿土就有希望，干土变成湿土，湿土离水更近了，再挖下去就会出水，你们信不信，若不信，咱们打赌！"

"打赌就打赌！"张智修说，"如果打出水来，我从你胯下钻过去；如果打不出水来，你得从我胯下钻过来。"

"行行行，一言为定！你可不能出尔反尔，说话不算数！"张老大激将着说。

"不反悔，不反悔！"张智修答应着。

张老大考虑到背土的费力，便说："咱们替换替换，你们两个下去挖一阵，我来背一会儿。"

"我也来替换替换。"张智修说，"我与张老大一人替换一个，你们两个都下去挖一阵儿。"

就这样，四个男劳力交替着挖土，轮换着背土，又进行了十几天。这一阵轮着张乖乖与王自中在井下挖土。挖着挖着，湿土又变成了泥浆，且泥浆越来越稀。弄得背土的人浑身泥浆，背土的袋子滴滴答答往下滴水，滴得张乖乖与王自中泥头泥脸，浑身湿淋淋的，大叫道："有水了，有水了。"

张智修说："别小驴娃子放屁——自己吃惊，什么有水了，不过是渗出来的几滴尿水子，勺子能舀、还是桶子能装！距出水还远着哩！"

针对这种情况，张老大又说："用袋子装泥浆，若西瓜掉到油缸里——又圆又滑，不论是挖土的人还是背袋子的人，都弄得泥糊糊的，不能再这样凑合下去了。再说，袋子装泥浆，渗一些，洒一些，总是返工浪费影响效果，该换成水桶来提升泥水了。"正思考着，运土的张大嫂、王嫂子也过来了，一看他们两个都落花流水的样子，禁不住"啊哟啊哟"起来。

"我的天呀，一个个泥鳅一样，叫人都认不出来是谁了，你们不难受，我们还心疼的难受。"张大嫂急忙拿出手帕给张老大擦头擦脸，并叫"等一等，别下去，我给你取干净衣裳去。"

张智修借机讥讽道："你就知道心疼张老大，一样的泥人儿，我们是没人心疼的了！"

"放你的屁，狗嘴里吐不出象牙，你自然有人疼你，用不着我来给你擦脸蛋子！"张大嫂说。

张老大说："别忙，别忙，再不背了，你回去拿水桶和绳子来，绳子越长越好，咱们用绳子系着桶子往上吊，免得泥水洒洒漏漏，把人弄得泥头泥脸。再说，井底工作面越来越小，两个人操作互相碍手碍脚的，留下一个人挖就行了，吊桶子的人再增加一个。"

张智修说："井下仍有两个人替换着挖，松活些。"

张乖乖与王自中异口同声附和道："吊桶子我们两个人足够了，挖泥的一个人太少，仍安排两个人好替换。"

"行行行，那就分工不变。"此时，张大嫂已将绳子和水桶拿来，张老大一边说着，一边又顺着绳子溜下井去挖泥。

此时，井下渗出的水越来越多，已由挖土变成既挖泥又舀水。由张老大与张智修轮换着进行。此时，变为主要往上提水、排水。

"不——行，不——行！"只听正在井下挖泥的张智修闷声闷气、拉长声调呼喊。

"你上来，你上来。"张老大爬在井口，扯着嗓门对井下张智修呼喊。

于是，张智修用绳子拴住腰部，被吊了上来，一上来就说："水太多，挖不成，咋办？"

"我下去看看，究竟是咋回事，再说。"张老大疑问着说。

张老大就是这样一个人，每有疑难事情，总把方便让给别人，困难留给自己。据老人们说，他父亲和母亲就是这种脾气，他是继承了他父亲的阳刚之气，又接受了张大妈的阴柔、慈善和大度。亲弟兄五个，作为老大，他非常明白自己的地位和身份，他对弟弟们总是谦让、忍耐、关怀，不愧是一个兄长，等于半个父亲。及至长大成人，又发展了这种性格。在关心他人的同时，又养成了爱动脑筋，凡事弄个明白，避免莽撞，留心事情的来龙去脉，权衡利弊得失。为了成事，总是实事求是的论事，设身处地的与人相处，用他自己的口头禅：若要公道，打个颠倒，竭力避免生硬简单，想着法儿沟通、协调、说合，看来难办的事，由他参与往往就能办成。别人有了为难的事多愿意求他帮忙，即就是限于主客观条件难以办成，他也是少一些尴尬，多一些幽默，不伤和气。可是在旧社会，他只是个佃农，身单力薄，人微言轻，在那种恶势力当道的情况下，他又能怎么样呢？也难以左右事情的消长成败，仍旧是受苦受累的贫困之人。解放了，他翻身当家做了主人，有了地位，说话的分量也重了，虽言语不多，但走路一步一个脚印，说话句句算数，因此人们称他是"温将计""张诸葛"。建议打井取水，并牵头担这个又苦又累又担风险的事，便是例证。

张老大替换张智修下到了井底，果不其然已是齐胸深的水。只有先排水，排干后才能继续往深里打。他就急忙按水桶、舀水、吊水，可是哪里能排得及，还未等浅下去，水又升了上来，水是排得少而涨得多。面对这种情况，张老大是又高兴又着急，高兴的是终于打出了水，有了希望，打井近乎成功；着急的是水排不及，难以往深里打，让水更旺些。再说，不把水排掉，井壁也不好衬砌。于是催上面的人抓紧提水。一方面是排呀，排呀，排不完的水；另一方面是涨呀，涨呀，水一个劲地往上涨。

智者千虑，亦有一失，不怕一万，就怕万一。突然，井壁上的泥沙陷塌下来许多。上面的人只听井下"哎哟……"又是拍打水的声音，后来再没有了动静，急的张乖乖、王自中两个吊水桶的人慌了神，等待替换的张智修也没了主意。

恰在此时，张老二来到了打井现场。啥话不说，赶紧把井绳系在腰部，抓住绳子，叫他们把自己吊下去，欲看个究竟。待张老二下去一看，井水已没过张老大鼻子眼睛，隐隐约约只看见头发随水晃动。原来，井壁下部是沙质土壤，在上面土壤的重压之下，都向水井的空隙挤压，上涨的水本已没到胸部，井壁上受挤压加浸泡的沙土坍塌下来，压住了张老大的双脚，又把水面大大升高，上升过了头部，使他既不能呼吸，又失去拔脚的力量。张老二借着绳子的吊力，脚踩着稀松的泥沙，双臂由其大哥的背后穿过腋下，在前胸紧紧抱牢，拼全力往上一提，终于提拔了起来。稍缓了一口气，命上面的人拉绳子。张乖乖、王自中和张智修三个人，出尽吃奶的力气，才将张氏兄弟俩拉了上来。

待张老二将其哥放到地上，他已经不能自立，竟瘫软地躺下了。又扶了一次，仍然坐立不住。人的生命就只一口气，这口气一分钟也不能停，一分钟也不能断。一呼一吸不能少，必须顺畅，连续不断，生命才能延续，如果窒息了生命也就停止了。张老二急忙摸了摸鼻子，已经没有了呼吸，且大张着嘴，显然是水进鼻腔，不能呼吸便张开了嘴，水灌满了腹腔、胸腔，窒息而亡。一向冷静的张老二惊呆了，张乖乖、王自中与张智修都傻眼了。张大嫂与王嫂子此时正好运送泥沙回到井口，张大嫂看着丈夫躺在地面上，还以为是累坏了身子，忙上前扶他坐立，瘫软得哪里扶得起来。大家看着她拼命搀扶的样子，一阵心疼鼻子酸，都来帮她搀扶，可扶起来稍一松手，又倒了下去。张大嫂再扶，大家又帮着扶，形式上是扶张老大，实际上是扶张大嫂本人。这样搀扶了好大一会工夫，她才发出疑问："何必扶我？"待她抬头一看，张老二等一个个都啼哭的样子，又暗自疑问起来：莫不是丈夫死了？又一看丈夫瘫软如泥的样子，摸了摸鼻子，这才明白过来。死了，死了，丈夫死了，丈夫真的死了！哇哇哇地哭了起来，双膝跪地，双手搭在丈夫身上，边摇边哭，哭个不停，不能自己，疯了似的大哭，哭得惊天动地，哭声响彻四野，惊动了左邻右舍，都围了上来，张老大的儿子张大德、女儿张小梅也扑了上来，同母亲一起痛哭起来。

张老大的死去，户户含哀、人人悲痛，可最悲惨的是张老二、张大嫂。

张氏兄弟五个，阵亡的阵亡，逃亡的逃亡，冤死的冤死，只剩下他们老大老二两个，深深感到兄弟情谊的可贵。真正是手足至亲至情，相依为命，同命运共呼吸，苦苦熬到了解放，又是同高兴，共欢乐。不论何时何地，都是要忧皆忧，说喜皆喜，似穿的一件衣、连裆裤，一个鼻孔呼吸，兄弟俩之间何曾有过苦乐不均。

张大嫂与丈夫同床共枕三十多年，一个锅里搅勺子，互相体贴，关爱有加，何曾红过一次脸，拌过一句嘴，总是心心相印，体贴入微，如此突然的结局，张大嫂如何接受得了！

社员们乡亲们亦个个悲痛。张老大心地善，人缘好，待人诚恳守信，办事牢靠，时时处处想着乡亲们，别人在先、吃苦在先、忍让在先、自己在后，何曾亏待过哪一个，就连张智修也悲痛至极，虽然经常抬杠，说二话，可争论是争论，打赌是打赌，从心底里却是佩服的，佩服张老大的为人处事。打出水来了，更是佩服得五体投地，要不是张老大替换自己上来，说不定淹死的是自己，是张老大替代自己死的。自己打赌打输了，就是张老大不让他钻胯下，他也会坚持要钻的，可人已经走了，要钻也钻不成了，真是疼痛有加，悔之莫及，捶胸跺脚，长呼短叹，不能自已。

悲痛是悲痛，现实是现实，人死不能复生，活着的还得过日子，必须面对现实，承认现实，接受现实，对待现实。

张老二身为共产党员、社主任，合作社的一摊子事，包括大哥的后事，刻不容缓地在等待他处理。大嫂需要安抚，社员们都在看着他、等着他，他不能老是笼罩于失去哥哥的阴影之下，沉浸在悲痛之中，一蹶不振。

他化悲痛为力量，强忍着失去哥哥的悲痛，强打精神，支撑着立起身子，招呼大家，将哥哥的遗体抬回家中堂屋停放，要她媳妇将大嫂及侄子侄女搀扶回自个家中照料。又招呼打井的其余人员，暂停工作，回家歇息。然后又召集社务委员开会。

张老大牺牲的消息不胫而走，社员、村民、亲戚、朋友、乡干部闻风而动，纷纷前来探望、安慰。欧乡长本来就住在一个村子上，不用说头一个前来探望。

社委会上，张老二强忍着悲痛，哽咽着向委员们介绍了哥哥牺牲的经过，请大家商议善后事宜以及社里的其他工作。

"办理后事要紧，别的事情先放一放。"张小宝着急地说。

"打井的事也先放一放。社里的事我们大家共同照料。"王三姐哽咽着说，"姐夫的丧事怎么办？社主任……你有没有个想法？"

其他委员一个个情绪低沉，耷拉着头，说一句停一会，断断续续、慢腾腾地有气地无力地发表着意见。

会议还未议出个结果，欧乡长来到了会上，大家不约而同地站了起来。他双手往下按一按，示意大家都坐下来。待大家坐定后，他哽咽着说："我们失去了一个好同志，我与大家一样，心里很悲痛。事情发生得太突然，心上没有个准备，确实受不了。可是事情已经发生，人已经走了，没有办法挽回。只有面对现实，讨论怎么办的事情，应该围绕张老大同志的牺牲，讨论怎么办的问题。我建议你们，第一，先办好丧事；第二，要化悲痛为力量，克服消极悲观思想，稳定社员情绪，团结一致，鼓起劲来，把合作社的事情办好,把张老大未办完的事情办好;第三,打井的事先停一停,待丧事办完后再继续进行。水已经打出来了,这是张老大为社员、为乡亲、为子孙后代做的一件大好事,我们要继承他的遗志,把井壁修好,好事办好,这是对他的最好怀念,只有这样,他才会含笑九泉。第四,安排好张大嫂一家人的生活,张老大为大家把命都献上了,我们不能把他的老婆娃娃亏着,要让他们过好日子。"

会议停顿了一阵儿,张小宝问:"丧事怎么办?是请道人打醮做道场,还是请和尚念经发送?"

欧阳义望了望张老二之后说:"张老大是共产党员,信仰的是马列主义、毛泽东思想,应该按照党的规矩办,照毛主席追悼张思德的样子,开追悼会,又隆重又省俭又有意义。不过,还要同张大嫂商量商量,把思想工作做好,我们大家一起做。"

"我同意欧乡长的意见。"张老二表态。

"我也同意欧乡长的意见。"王三姐说。

"我没意见,照欧乡长的意见办。"张小宝说。

其他委员也都表示了赞同意见。

会后,王三姐来到了张二嫂家,张二嫂正坐在一起安慰大嫂,本已停止痛哭的张大嫂,一见三姐来,又大哭起来。三姐急忙把她搂抱在怀里,一句话都不说,就让她哭。三姐明白,此时此刻,不让她哭是不妥当的,不如让她在自己面前大哭一场,排遣排遣悲痛,消解心中的难受,更合适些。

她们都是亲亲的好姐妹,一向互敬互重,张大嫂身为大姐,一向对妹妹关怀体贴,自从四姐、五姐出家的出家,夭亡的夭亡,更觉姐妹的亲切、可贵。回娘家看爹妈,少不了对三姐述说些家务琐事,更要叙叙姐妹之情。三姐坎坷的命运,心中的酸楚事对父母说隔着一代;对丈夫说丈夫是个聋子,无法交流,只有对大姐、二姐说;她们之间是亲骨肉,又是亲戚,是亲上加亲的贴心人、知心人。新中国成立后,三姐出人头地,经常抛头露面,大姐深深为她高兴、为她骄傲。经常在二姐面前夸奖三姐:三丫头算是活出人来了,给咱们姐妹们争了光。二姐也在大姐面前赞美三姐:三丫头虽然过去多灾多难,可数她最出息,哪一点比不上男子汉。在家里把男人玩得团团转;

在外面，又是妇女主任，又是合作社的头头，不是出入乡政府，就是上县政府，是有头有脸、人前头行走的人，不要说我们妇女们心悦诚服，就是男人们，对她也要尊敬几分哩。

现在丈夫意外亡故，打击太甚，悲痛欲绝。一见贴心的三姐，怎能不痛哭起来。一腔的悲痛酸楚，便如抽去了闸板的水一样一个劲倾泻，放声大哭个不停。三姐禁不住也泪如断线的珠子，扑簌簌直往下滚。待她哭累了，便哽咽着说："大姐，你受不了，我们也一样受不了，连欧乡长都难受得说话变了腔调，姐夫是大好人，谁都佩服他，想念他。可是人死不能复生，难受归难受，现实归现实，还得活下去，把侄子侄女拉扯大，一一抚养他们长大成人，才对得起姐夫。你也应该为姐夫争气，打起精神来，该干啥仍干啥，方不愧是我们的好大姐。"

二姐也附和三姐劝道："姐夫是为社里打井走的，给大家办好事，给子孙后代造福，乡亲们都会记着他。"大姐方渐渐地停住了涕哭。

第三天上午，三姐又来看望大姐。顺便将开追悼会的事从正面说了出来："姐夫是共产党员，是组织里的人，党有党的规矩，党中央就是这么办的，为去世的人开追悼会，我们也打算这么办；戴黑袖章，戴白花，放哀乐，默哀，送别，领导讲话，夸奖姐夫的功德，号召大家向他学习，纪念他，又风光又体面又省俭。"

张大嫂深受婆婆张大妈和丈夫张老大的影响，向来是个明理懂事、又聪明伶俐的人，又佩服三姐的为人处事，一听就明白了三姐说话的用意，便说：

"你们咋说就咋办，只要顺着孩子他爸的意愿就行，我没有个不同意的。"

张老二看着大嫂平静下来后，从弟弟的角度，又将社委会关于开追悼会的意思告诉了她，也详细说明了如何开法。

张大嫂又一次地表明了她深明大义的胸怀："这样也好，办丧事是做给活着的人看的，晓喻人做好事、做好人。亡故了的人并不知道。这样办，也符合你哥的为人，免得兴师动众、劳民伤财，你是知道你哥的为人的，他从不愿意麻烦人，从不愿意破费的。"

张大嫂同意社委会的意见，剩下来就是开追悼会了。除了亲戚们，由张老二陪着大哥的儿子张大德一一报丧外，其余人均以讣告宣示的内容为准，参加与否，各请自便。

追悼会就设在张老大家的院子里，时间未到，参加追悼会的人就挤满了院子，院子里挤不下，院门外又挤了一大群。男女老少齐聚一起，你拥我挤，人头攒动，晃来晃去。

当见横额写着九个大字"张松林同志追悼大会"，上联为"利在乡亲打井取水劳苦功高"，下联为"造福子孙斯人虽去仍活人间"。

这是由赵树仁老师专门写的，不仅内容恰当妥帖，而且字体苍劲有力，风韵精妙，皆与张老大的品行颇为吻合。

张老二宣布追悼大会开始，全体肃立。

接下来是赵道人用唢呐吹奏哀乐。只听一支缓慢悠长、委婉悲哀的曲子悠悠响起，唢呐声回荡在整个会场。未料，会场气氛顿时陷入悲痛凄楚之中。泣哭抽噎、哽咽之声响了起来，始是女声零零星星，进而妇女群起啼哭，随后则男女一起大哭起来，风声鹤唳，汇成一片，悲痛之气笼罩了整个会场。

大哭良久，主祭人宣布默哀三分钟。虽说是默哀，可哽咽、抽泣之声不绝于耳。

接下来是乡长欧阳义致悼词：

"今天是某某年农历某月某日，我们怀着极其悲痛、肝胆俱裂的心情，来参加张松林同志的追悼会。张松林同志不幸于腊月十日下午，在打水井中因公牺牲，享年五十四岁。

"张松林同志是勤劳、勇敢、智慧的优秀农民，是优秀的合作社社员，是中国共产党党员，他一直以来辛勤劳动，勤俭持家，孝敬长辈，疼爱妻子，关怀弟弟，呵护子侄，与邻友好相处，扶危济困，同情孤弱，主持公道，伸张正义。友谊传遍乡里，人缘有口皆碑，赞誉之声琅琅，远近皆有所闻。新中国成立后，他积极从事农村建设事业，带头搞农业合作社，走共同富裕的道路，建议并带头打井取水，做出了突出成绩，利在当今村民大众，功在子孙后代，不幸牺牲于打井取水事业，壮哉壮哉，伟哉伟哉！他是为了村民大众的利益而献身的。他的死，重若巍巍南山，高若南山青松，洁若山顶冰雪，美若南山叠翠。

"我们要化悲痛为力量，学习他为人处事的良好品格，发扬他勤劳勇敢的优秀作风，继承他的未竟事业，把合作社办好，把新农村建设好，特别要把打井取水的事情进行到底，谋利大众，造福子孙。为了乡亲们的幸福生活，邻里的和睦和谐，为了民主文明，共同富裕的社会主义新农村而努力奋斗！张松林同志安息吧！"

　　接着是向遗体告别，亲的近的，疏的远的，甚至观点不同的都来看他最后一眼。

　　送葬的队伍，有男的女的、老的少的；有自觉自愿的，亦有自发的；有看热闹的，也有好奇的，浩浩荡荡，徐徐行进，结成一个长长的龙形队伍，将追悼会场与墓地连结了起来。随着队伍的缓缓行进，亲人仍在哭泣，邻里仍在含悲，青年少年睁眼观看，老夫老妻无不羡慕，就连反对他、非议他的人也不得不发出赞叹。张智修为了平衡张老大替他而死的愧疚心态，生不能从他的胯下钻过去，特意从棺材下面钻了过去。李有富与李有实也在旁议论："活了这把年纪，张老大的这个发送场面，实属少见。"

　　"可不是么，我也是第一次见。"李有实附和道。

　　"他的一些观点和做法，我难苟同，可平心而论，他不是为了个人发家致富，而是为了效力大众，我不能不心服口服。"李有富感慨道。

　　"难怪有这么多人为他送行，说句良心话，众人的心是公道的。"李有实说。

　　雁过留声，人过留名，张老大虽是一个从黄土里刨生活的普通农民，然而他服务乡亲，造福子孙后代的壮行，却赢得了乡亲们的信任、尊敬，他的优良品德众口传颂，他的可贵精神仍在激励大家，进行着建设新农村的伟大事业，继续着打井事业。

　　送葬之后不久，张老二又来到打井工地看水情，查工程，思索着。紧随其后，张智修也来到了工地。其他张乖乖、王自中、王嫂子亦陆续赶来。张二嫂见丈夫不在家，猜想可能去了打井现场，也来到了工地，恰找个正着。只听张老二当着大家的面说："水深了要有水深的打法，要把梯子放到井里，人踩着梯子打井。一层梯子够不到井沿，要三截才行，我已找来四个上房用的长梯子可捆绑对接起来，放到井底。下去舀水挖泥的人，依水的高低，可高可低，双脚踩着梯子，腰里系牢绳子，上面有专人拉着，井下的人有什么动静，把绳子摆三下，井口的人就往上拉，这样就安全了。"

张老二一面说着，一面把绳子系在腰里，就要下井。张二嫂急忙将他的胳膊紧紧拉住，死活不让他下。张老二说："没危险，不要紧。你若是不放心，你就亲自把绳子拉住，我摆绳子你就往上拉我。"张智修也帮她拉住了绳子，二嫂才放开他胳膊，这才允许丈夫下了井。

张老二接替张老大，继续带领这班人，又日复一日，月复一月的舀水、挖泥，进而衬砌井壁，终于搞完了张老大的未竟事业。在砌好井壁之后，又修好了井台，构筑了围栏，安装了辘轳，亲自调试合格后，在众村民面前当场做了示范表演，把担来的水桶一一灌满后，才结束了打井工作。

当一桶桶清澈、甘甜的井水担到各家各户供村民们煮饭、饮用，当人们再不去涝池担水之时，在这幸福的时刻，总是在念叨着张老大。张老二在南山采掘砌井壁的石料时，特意寻觅采掘了一块人的白色大理石，加工成有棱有角、两面光滑的长方形，请赵老师书写了正面及背面的文字，又请技艺高超的石匠师傅刻制成了墓碑。

在张松林辞世一周年之际，村民们特意将墓碑立于他的墓茔之前，用白色丝绸遮盖起来。当乡亲们作一周年祭奠，揭开丝绢之后，呈现在他们面前的是：

正面：张松林之墓

背面则是一副楹联："幸福不忘合作社，饮水牢记打井人。"

第三十五集　便池淘金

挑生活重担　张大德省城积肥
拾金钱不昧　宝玉镯完璧归赵

庄稼是人的粮食，肥料又是庄稼的粮食。有了肥料，就可以收获更多的麦子、谷子，保证种地者的口粮，卖余粮，购买衣料和油、盐、酱、醋等生活用品与生产资料，就连六七岁的农家孩子都是懂得的。古堡镇地方是地广人多的农业区，有在县城掏粪的习惯，庄户人家往往专门有人在外地掏粪者。城乡之间跑的大轱辘车，进城送粮食，出城拉肥料向来如此。随着农业合作化的实现，农业生产的发展，对肥料的需求的增加，仅仅在县城掏粪远远不能适应农业生产的需要，农民便远赴外地工矿区去拾粪。省城也是他们的去处。

张老二的合作社曾经有两个人去省城积肥，现在仍要去两个人。以前去过的一个人因故不去了。另一个叫张有年，五十出头，外号叫怪老头，晚辈称他为怪叔。由于他的耳朵是竖着长的，有人又称他"招风耳"，还由于他的两颗犬牙特别长，戳到上嘴唇子外面，又有人称他叫"张疵牙子"。他是个乐天派，总是张着嘴眯着眼，乐呵呵，笑眯眯的。说他是怪老头，还因为他言行与众不同。比如某某人长得很胖，他则说很肥，某某人个子很高，他则说很长。他又把吃饭叫吞饭，叫喝水为饮水。他虽是男子汉，可声音又高又尖，比别人高八度，赛过女人；虽是大人，腔调学小孩子，常逗人发笑等等，不胜枚举。由于他很怪，人们多不称呼他的姓名，而叫他的绰号，如招风耳、疵牙子，同他开玩笑，逗他取乐。他也不计较，或做一个打人的动作，把手抬得老高，却又轻轻地放下，或一笑了之。他仍然要去省城积肥。因为与他同去的另一个人不去了，需要再去一个搭档做伴。

张大德虽然只有十五六岁，可在家里是个顶梁柱的重要角色，自他爸张老大因挖水井塌方牺牲后,他便不得不辍学在家,从事力所能及的劳动。他妈张大嫂虽年过半百,因他是秋瓜儿子,所以尚未成人。他妹妹更小,一家人生活的重担就责无旁贷地落在了他的肩上。他在合作社里仅仅算个半劳动力,全劳动力一天能挣八分工,他顶多挣六分工,负担不了一家人的生活,生产队里一者因积攒肥料的需要,再者考虑到他家里缺挣工分劳动力的实际情况,意欲给他一个工分高的活,好多分粮食过日子,生产队老队长张仍久便想到了他,想派他给怪老头做伴去省城积肥。工分可以加倍,由一天六分加到十二分。征求他们家的意见。

　　面对生产队的意见,母亲张大嫂犹豫不决,儿子尚未长大成人,从未出过远门,丈夫辞世不久,半大儿子出远门干活到底放心不下。妹妹不用思索便坚决反对,拉住哥哥的手不让走。可张大德虽年纪不大,却展现出男子汉的气魄,坚决要去干工分高的活,执意出远门积肥去。

　　父亲在世时,爸爸爱他母亲疼他,他有依有靠,没有挑过生活的担子,从未操过日子的心。爸爸意外去世,他成了家中唯一的男子汉,一下子明白了自己的地位和责任,突然之间懂事了、长大了,真是穷人的孩子早当家。要挣工分养家,严酷的现实摆在他面前,母亲年迈,妹妹尚小,除了自己,还有谁来劳动挣工分,养家糊口过日子。他觉得再没有去还是不去的选择,而是必须要去,便力排母亲的犹豫和妹妹的反对,义无反顾地拿定了主意。

　　早上立了秋,晚上冷飕飕。此时刚立秋不久,秋风萧萧,黄叶纷飞,凉气拂面,彻骨生寒,此时此刻,一派悲凉的气氛笼罩在张大德家中。母亲还未摆脱父亲突然辞世的阴影,何能让儿子再离开自己;妹妹与他的手足之情也相依相伴分不开。哥哥总是护着她、让着她,而妹妹总是依着自己,靠着自己,何曾分别过一天,父亲不在了,依得更紧,靠得更牢。现在突然出远门,如何脱离得开。哥哥执意要远行,泪水由不得在眼眶里转圈圈,竟然忍不住地哇哇哭了起来。

　　生活的重担逼得他顾不了这些。张大德隐忍着恋母之情,惜妹之意,毅然决然地背上了行李卷儿,拎上生活用品和干粮,跟着怪叔上路去了。

　　在去县城的路上,经过古堡镇,看着他念过书的学校,想着一块儿的同学,想到自己不仅不能和他们同窗共读,还要远去积肥,一种无名的感慨涌上心头。忽然又想起，他要去的地方，曾经是父亲和二叔去过的地方，父亲在枕头边曾经给他述说过赴省城打官司的事。那是在民国初年，三叔因争水纠纷，被淹死在渠水中，为讨公道，父亲与二叔赶着马车上了省城，正值天寒地冻时节，从冰封的河面上过了黄河，到省城法院告状，最后还是输了官司。返回时，连马带车沉到了黄河的冰窟窿里，他和二叔侥幸活了下来，一路乞讨，才回到了家中。张大德想，这次去省城积肥一定要看看父亲过黄河的地方，还有打官司的衙门。想着，想着，不知不觉已到了火车站。很顺利，买上火车票，没等多久就登上去省城的慢车，时刻一到，咣当一声，火车就轰隆轰隆地开动了。

张大德本是个寡言沉默的半大人，自父亲去世后，他的话更少了，可是他想得更多了，坐在座位上，眼睛望着车窗外边，哗哗闪过的树木、山丘、房舍，脑子里惦记着母亲、妹妹，虽然头也未回离开了她们，可现在又在想她们。母亲是不是还在流泪？妹妹是不是还在啼哭？很想对她们说些安慰的话，可哪里能行呢？她们在家中，而自己已在火车上。只好无可奈何地摇了摇头，长呼了一口气，爬在了茶几子上。

怪叔带着女人腔，学着小孩子的口气："半大子，怎么了，这么大了，还想妈，想嗦奶头，羞不羞！"张大德仍是一声不吭，以沉默应对。

天已经完全黑下来了，列车在夜间运行，除了偶然的灯光闪耀和喀喀喀的汽笛鸣叫，车轮的轰隆轰隆外，车窗外一片黑暗寂静。想着，想着，摇着，摇着。毕竟是年轻人瞌睡多，就睡着了。期间，除了偶然间咣当的停车声，将他惊醒，睡眼惺忪地向外往内看一眼外，就一直处在睡梦之中。

忽然脸上一种异样的感觉，原来是太阳光照在他的脸上，睁眼一看，天亮了，太阳出来了，一个呵欠，又一个懒腰，驱走了睡意，完全清醒了。

在怪叔的引导下他们下了车。为了省钱二人也不坐汽车，就一直往北步行。顺着大街走，只见挑担的、背东西的急急忙忙；大汽车、小汽车若穿梭织布般迅急；摆摊的、开店的一路都是。张大德圆睁双眼都看不及。不知走了多少路，也不知遇见过多少人，从太阳初升一直走到中午时分，一条大河横在眼前。只见小米汤似的黄水不停地往东流去，隔河望去，河对面是光秃秃的石头大山，山脚处零零星星分布着些房屋，坐落在大山与黄河之间。怪叔对他说："不到黄河心不死，到了黄河了，你的心死了没有？"张大德摇了摇头，没有说话。

接着，怪叔坐了下来。"癞蛤蟆跳三跳也要歇一歇，我们走了一上午了，也该喘口气了。"张大德也跟着坐在了旁边。

怪叔又说："人是铁，饭是钢，一顿不吃饿得慌，我们已经两顿没吃了，腿都没有一点钢性了。"给了张大德一个烤饼，自己也吃了起来。张大德一边啃着干粮，一边观看滔滔不绝的河水，看不够，看不厌。怪叔的饼子早都吃完了，他才吃了一小半。

怪叔又说："你看黄河能看饱肚子吗？"张大德这才大口大口地吃了起来。待他快吃完了便起身上了铁桥。张大德仍边走边看，河水不住地流，他目不转睛地看。心想，天下竟有这么大的河，河里竟有这么多的水！看了近处又看远处，看了河水来的方向，又目送河水流去的地方。心里又想，哪里有这么多的水，一直流来，来之不尽。又猜想，河水一直这么流下去，流到哪里去了，看不完，想不完，忽然发现，远处漂着一个东西，不解地问：

"怪叔，那是怎么回事？"

"我以为你变成哑巴了，到底动了舌头张了口！那是羊皮筏子，是用囫囵羊皮，扎住脖子扎住腿，吹胀气，绑在木头框子上做的，十几个羊皮筒子扎一个。过去没有铁桥时，主要靠它载人运货，从上游放进河中，顺着水势斜漂到对岸，再背到上游放入河中，又斜划回来。现在有了铁桥，不用它运货了，专供人游玩的。你看那上面坐的有男有女，花里胡哨的，都是游山玩水的。"

张大德闻所未闻，见所未见，少见多怪，他的脑筋，如同滔滔黄河水流不完，想不完。想着，想着，不知不觉过了桥，向右一拐弯，顺着山脚，沿着黄河流去的方向，又继续往前走，又边走边想。

怪叔说："到了。"指着半山腰的一个个山洞洞说，"那就是我们要住的所在。"

张大德顺着怪叔指的地方看，只见有弯弯曲曲的羊肠小道通到那里。面对高山、羊肠小道，他又想起了家乡的一马平川，远处也有山，是雪山，但他从来未去过山里，也没走过山路。在家乡走路是不用留心的。可眼前却大不一样，山又高又大，道路拐弯抹角，忽高忽低，随时随地得十分留心。路边没有草，没有树，尽是沙土和石块，爬了好大一会儿，才爬到有山洞的地方。怪叔不叫它山洞，而叫窑洞。看来，不是天生的山洞，而是人挖出来的洞，上下左右，稀稀拉拉地分布在这一带的山坡上。怪叔逐个逐个的查看，有的似有人住，有的空着，怪叔便选了一个空窑洞进去。张大德紧跟着也欲进去。他举目一看，洞不高，要低着头，有走人的地方，有土台子，显然是睡觉的，约能住二三个人，洞顶上黑乎乎的，是烟熏的痕迹。怪叔说："我们就'卧'在这里吧。"边说边把行李卷放了下来，接着又说："走，半大子，我们去把寄放下的东西取回来，要快一点，要不然，天黑了不好找。"张大德便跟着怪叔往下走。

张大德紧跟着怪叔拐弯抹角，挺着肚子往下走，蹑手蹑脚下到山脚处，又往东拐，在沿山脚的沟沟岔岔找起来。拐了这个弯，又拐那个弯，过了这个门，又过那个门，来到一个较大的木栅栏门前，怪叔停下来上下左右端详了一下说："是这里，就是这里，没错，对着哩。"边说边用手掌拍起门来。

"有人吗？马大爷"人还没应着，狗却汪汪了起来。不大工夫，只见一个头戴小白帽，长着白胡子的老人开了门，一见面便说："原来是怪老头来了，我还以为你被狼吃了，不来了呢！原来是狼看不上你，没吃你，又放你回来了。快进，快进！"

"狼不是看不上，是嫌我臭。"怪叔接着说，"我是掏大粪的，人家要吃香的，喝辣的，所以放过了我，我就又来了。天色晚了，先不多打搅，我把锅碗瓢盆拿走，烧水做饭去，明天再来谢你。"

"明白，明白，方便方便。"马大爷应着说。

怪叔拿着锅碗瓢盆，张大德担着水桶，来到黄河边，舀了两半桶水。怪叔说："你先担回去，放在门外澄一澄，往清里淀一淀，我去捡些柴楞子来，好生火做饭。"

怪叔毕竟是在这里生活过的，在看似无法做饭的地方，做熟了两个人吃的疙瘩汤。边往碗里舀边在嘴里唠叨："疙瘩汤，疙瘩汤，又有稀来又有干、能解渴，能充肠，吃进肚中很舒坦。"两个人就算是吃了一顿晚饭。

怪叔的话匣子又打开了："不撞南墙不回头，现在撞着北山了，你回头不回头?"张大德仍是不开腔,只摇了摇头。

人这个东西,真是能伸能屈,富有弹性。高也能上,低也能就;繁琐也行,简单也能;好也能过,赖也能过,到哪山打哪柴,到哪渠,喝哪水。也许正是这种弹性,拓展了人的生存发展空间。

张大德虽是穷苦人家的孩子,可是,做饭总是妈妈的事,家中再简陋,也有个小厨房,锅碗瓢盆、面柜水缸、灶台风箱等等炊具总是齐全的,万万没有料到,这里是如此的简单,比穷家还要差一大截,真是出门一里,不如屋里。纵然如此,自己还要在这里生活劳动下去。

第二天早晨,吃过家中带来的干馍馍,怪叔便带上专门给马大爷准备的小米、黄豆、红枣、扁豆等土特产,两个人一同来到马大爷家,递上前去,寒暄一阵,领上粪车、粪桶、粪勺告别出来掏粪去。

张大德跟着怪叔,过了黄河铁桥,先来到一家医院,门卫不让粪车进,两人便分别担着粪桶,持着粪勺,来到便池掏了两半桶粪,出来倒进粪车里。又去掏了三四家居民大院的厕所,粪车仍未装满。又寻到一个叫法院的地方,对怪叔来说都是轻车熟路。张大德跟着他,仍是如此这般的掏、担、倒,重复着简单的操作过程。

临走了,张大德回头又把大门看了一遍,一块白板子刻着有"法院"字样的大牌子,挂在大门的右首,看着牌子,停住了脚步,愣了起来:一种威严、神秘、阴森、恐怖的气氛,顿时笼罩在了心头。这里莫不是1949年前父亲和二叔打过官司的地方,不知道法庭是什么样子,不知道现在还有没有人在打官司。看戏看过戏台上打官司,法院里打官司是不是与戏台上演的一样,他正在那里看着、想着,猛不防一声:"半大子,愣什么,该走了!"这才回过神来,没有吱声,低头拉车要走,又不知往哪里走。怪叔伸着脖子看了看粪车,还没装满,意欲再找几家,又迟疑了一下说:"算了,跑了好几家了,时间也不早了,口也渴了,一丈的肠子,十尺空了,腿肚子抽筋了,回吧,歇脚去!"边说边担着空桶,带头往回走。张大德拉着粪车紧随其后。

一路上,与粪车同一方向走的人赶紧躲避到一边去;迎面来的人,如同遇上马队、汽车一样老远就躲开,唯恐躲的不远,避之不及;最是那小姐、太太迅速地掏出手绢,捂着鼻子嘟囔着,嗯嗯着避开,走远了后,还要擤鼻涕、吐口水，恨不得把舌头都吐出来。怪叔偏偏不在乎，大摇大摆，粪桶子甩得更欢。这种躲避粪桶、粪车的事，在农村里是不会有的，凡是种庄稼的人都与粪肥离不开。人的屎尿，鸡粪猪粪，马粪羊粪，不嫌其多，只嫌其少，垫土起肥何曾些微懒惰马虎。张大德看着怪叔边走边甩摆粪桶的动作，瞧着沿路来往人的表情又动起脑筋来：城里人和乡里人就是不一样，庄稼人把肥料当作宝物，城里人则视作脏臭之物，难道他们不吃瓜果蔬菜，不吃粮食，难道他们不晓得没有肥料长不出麦子谷子、茄子辣子的道理。他一时想不明白，边走边想，过了黄河铁桥，向左一拐穿过马路，顺着山脚往前走，来到了住地附近，拐进一条无人烟的山沟里，怪叔说："就到这里，就到这里。"

张大德把车停住，只见怪叔手脚并用，把碎石子清除干净，又操着粪勺，从车里往外舀，舀一勺摊一个粪饼，再舀一勺又摊一个粪饼，平地摊不下，又在山坡上摊，直到把粪车里的屎尿舀完为止。

张大德看着怪叔的操作，又熟练又利索，不解地问："为什么要摊成一个个圆砣子？"

"人做干粮不是一个饼一个饼的吗？不把屎尿摊成饼，如何晒得干，如何运输到咱们的地里去。我们就照这样子，积少成多，积攒够一火车皮，雇马车运到火车的货场，装满车皮，运到离我们古堡镇最近的车站，卸下来，再用马车拉到地里，这是最好的肥料，一个粪饼子可以长出好几个大饼的粮食来。浑身的武艺遮不了寒，满肚子的文章解不了饥，别看我们的活又累又脏，可谁都得吃粮食，人人离不开我们。半大子，我说了一簸箕又一箩筐，你听明白了没有？"

张大德未吱声，只点了点头。

张大德与怪叔，就这样天天推着粪车，担着粪桶，操着粪勺，日复一日月复一月，从秋季辛苦到冬季，又从冬季积攒到春季，从机关、学校、医院、寺庙，再到家家户户的便池、马桶那里，一勺又一勺，一桶又一桶，一车又一车的收集，再摊成一个个粪饼，积少成多，积攒够一节货车皮，这就是他们的劳动成果。他们就是以这种方式，支持农业合作社，发展农业生产，换来庄稼的丰收。

到了春节前夕，到了为春播运送肥料的紧要时节，怪叔雇来大车，往火车站的货场运送粪饼。运完以后怪叔留下张大德继续积肥，他办理完交割手续后，跟随火车往家乡赶去。

现在该张大德单独掏粪了。他每天天不亮就起来，吃点简单的早点，便把粪桶挑子、粪勺放置在粪车上，拉着车挨家挨户地去掏粪。日日如此，天天这样，重复着怪叔那种行走路线、操作动作。

由于是冬季，屎尿没有夏秋那么熏人，加上是农闲季节，田地里没有多少农活，到城里掏粪积肥的人相对比较多，肥源也就比较紧张，往往要走更多的路，更多的单位、住户，才能掏上一车粪。张大德不得不开拓新的肥源。除了常去过的那些户儿的便池外，又去找别的单位、住宅户的便池掏。即就是这样，跑上一天也不一定掏满一车肥。不管怎么样，有也罢没有也罢，多也罢少也罢，他都要挨家挨户地去寻觅。

由于掏粪的人多，肥源偏紧，一些单位和住户，就给掏粪者提附加条件，诸如为其清除煤灰、垃圾、打扫院落卫生等等，方才允许其掏粪。只要有粪掏，打扫卫生、清除垃圾算什么，干就干，有什么要求，只要力所能及都行。由于张大德听话、勤快，肥源户比较满意。

一天上午，张大德收拾完一所学校院落的卫生后，正开始掏粪，又来了一个掏粪的，要争粪源，并争论起来。

"这是我的粪池，你为什么来抢？"张大德说。

"凭什么说是你的粪池，是这个学校的，我为什么不能掏？"后来者说。

"我是为人家打扫了卫生的。"张大德说。

"你打扫卫生我怎没看见？"后来者争辩说。

学校的门卫听到他们的争吵，便过来指着张大德说："人家来得早，给学校打扫了院子，该人家掏，你不要争了。"

后来者不得不退出争论，拉着车走了。

张大德的勤快、诚实，争取了几家固定的肥源大户，使粪源有了基本保证，即就是如此，每天仍然装不满一粪车，不得不再找一些零星的民宅便池掏粪。一日下午，来到了一家高墙大门的深宅大院。询问有没有粪可掏，把门的说："有，你得把那一堆煤灰炉渣清理掉才能掏。"

"能行能行，我马上清理。"不大一会就清理完毕，并问："原来有没有掏粪的？"张大德问。

看门的说："有，最近几天没有来，可能是回家过年去了，所以垃圾、屎尿积的多。"

张大德心想，只要勤劳诚实肥源总是有的，不过就是辛苦些罢了。他凭着勤快、诚实、守信，又增加且固定了几户肥源。乘着冬季，起早贪黑，每天保证掏一车粪，晚上来不及摊粪饼，就堆下以后有空再摊。

时过不久，春节就到了。人们都忙碌着过大年，省城一派浓浓的节日气氛，采购年货的成群结伙，商店里客户盈门，写对联、卖对联的随处可见，一些铺面、门户，大红灯笼高高悬挂，红底黄字的"寿"字"福"字格外醒目。

张大德仅仅是一个留守的掏粪者，既不办年货，也无须准备年夜饭，更谈不上在窑洞挂灯笼、贴对联，一切和平常过日子一样，照旧拉着粪车去掏粪。张大德到底是半大子人，憨客一个，不识时务，未谙世事，没悟出年关已到，还是老一套过日子，到了固定的几所小学，每处都校门紧闭。原来，学校都放寒假了，吃了闭门羹，只好拉着粪车去住家户。又来到了高墙大门、深宅大院的那家，但见门上挂着两个大红灯笼，上面贴着金色小字，一个上是"吉祥如意"，另一个是"福寿双全"。再看对联，左面是"除旧布新破千年旧俗"，右联是"新年新过立一代新风"，横额是"欢度新春"。便问看门的要不要掏粪？看门的原是见过的，回答说："人家都回家过年去了，你倒好，还来掏大粪。过年了，别的什么都可以不干，唯独吃吃喝喝少不了，拉屎尿尿一个样，只要你掏，肥料有的是，快去快去！"

走了好几家住宅户，家家都欢迎掏，不久便装满了一粪车。

晚上，正是腊月三十日除夕，张大德习惯做老一套，吃的仍是疙瘩汤，收拾碗筷过程中，隐隐约约听见噼啪声，出了窑洞，身处半山腰，举目远眺，到处星星点点地闪着火光，零零星星地响着鞭炮声，不大一会，冲天炮升向夜空，烟花怒放，漆黑的夜空顿时多姿多彩，煞是好看，烟花映入黄河中，水里亦是金光闪闪，繁花四射，耀人眼睛，这在偏僻的家乡，既无大河大水，又无烟火绽放，是闻也未闻，见所未见的。

张大德抬头赏着空中的朵朵烟火，低头看着河中波光粼粼，激动地格外兴奋、活跃，又想起了父亲说过的，当年上省城打官司完了在冰面上过黄河，突然马失前蹄，一个趔趄滑倒在冰上，又把冰砸了个窟窿，马的前蹄子陷了进去，越挣扎陷得越深，最后，连马带车都陷了下去。他发疑，为什么不过铁桥，要从冰面上走？现在同样是冬天，除了靠岸处结有冰渣子，河中间哪里结有冰块？怎么会在冰面上过河？想着，想着，也没有想出个答案。突然鞭炮声大作，火光耀眼，附近山脚处，也噼噼啪啪乱响一气，火光闪闪，黄河边上、河对岸的市区，四处火光闪耀，隐隐约约响着密集的鞭炮声，持续了好大一阵后，响声渐渐稀疏下来，火光也逐步地消失下去。原来，时间已到午夜，是真正的过年时刻。此时此刻，密集的鞭炮声送走了去年，迎来了今年；去年的火光已经熄灭，今年的火光有待重新点燃，他也从去年的洞外进到了今年的洞内，在快要熄灭的火炉中添了点煤块，又将火封住，便钻入了被窝。

可是，鞭炮的噼啪声，闪闪的火光仍在脑海中作响闪耀，怎么也进不了梦乡，倒是想着妈妈，想着妹妹。往昔过年，全家人都在一起，煞是团圆、热闹。如今，父亲不在了，自己又出远门在外，她们两个人如何能热闹起来越想越睡不着，越睡不着越想，真是每逢佳节倍思亲，愁丝恨缕一团麻。想得头昏脑涨，终于昏睡了过去。

正月初一，他醒得很迟，起得更迟，与往常一样，吃了点馍，喝了点水，想到家乡的大年初一，什么活都是不干的，烧火做饭连风箱都不拉，便决定不去掏粪，空着手下山去闲逛逛。信步来到了黄河边，又迎着太阳顺着黄河往东走，来到了铁桥跟前，忽然看见了一块矗立着的大石碑，奇怪，往常拉着粪车，早出晚归，在车道上行走，似乎没有看见过这个碑。借着好奇，便来到碑前仔细看了起来，几个字格外引他注意。原来，此黄河铁桥修建在后，而父亲来省城打官司在前，此桥还未修建好，当然无桥可过，怪不得要从冰面上过。可是，过去为什么冰封黄河，现在没有冰封呢？他的脑子又陷入了谜团，找不着答案了。边想边逛，一直向南走，又折往东走，处处热闹新鲜，便把谜团忘了，逛了大街又逛小巷，直逛到饥肠辘辘、精疲力竭时不得不返回来照顾肚子。

他住的窑洞虽然在北山，可并没有到山顶和别处逛过。第二天就近逛了一天北山，觉得北山如此，不晓得南山怎样，第三天，又去逛了南山。怪叔给他说过顺口溜："高高山，山高高，这山望着那山高，上了这山望那山，那山之外山更高。"他听这句话时若清风过身耳，并不在意，认为是随便说说而已。如今明白了其意，真是山外有山，一座比一座高。

他觉得不能如此这般地再逛了，到第四天，便拉着粪车去掏粪。首先来到高墙大门的那个院子的粪池边，几天未掏，屎尿已经注满了一大池子，一下子掏了好多，院院如此，掏了没多少家就装满了一车，就早早地回来了，将屎尿一勺一勺地摊在山坡上。末了，在清理粪车车底时，发现了一个硬质的圆圈圈，就取出来用水冲净，原来是一只晶莹透亮的玉石手镯，由不得一阵惊喜。可是，手镯又让他费起脑筋来，面对它怎么办？唯一的办法是将它藏起来，回家时交给母亲。不行，母亲的脾气他是知道的，自小以来，就不准他拿人家的东西，就是路上拾到的东西，也必须想方设法还给人家。父亲也是如此，常说不义之财莫沾。

他清楚地记得，那一年春天挖野菜时，无意中拾到一把锄草的铲子头，父母就问明原因，找着了下落，还给了原主。并教导他说："小口不补，到大尺五"，小时若小偷小摸，长大后会成为大摸惯偷，那可是要招祸砍头的。在父母的言传身教、严格要求下，他们兄妹两个从不拾人家的东西。想到这里，他拿定主意，绝不能拿回家去，必须设法找到失主，物归原主。

第二天来掏粪，便对昨天掏过的这几家挨家挨户的询问，当到高墙大门这院子，又对看门的说，他掏粪时拾到一样东西，请他打问一下有没有丢东西的失主。这里有个不成文的忌讳和说法：丢了帽子拾了鞋，不出三年发大财，拾了帽子丢了鞋，来年必定要破财。而在过年期间丢东西，更认为是不吉利的事情，特别是手镯这类成双成对的东西，若丢了一只，就不只是破财的问题，事关夫妻的健康安危。看门人本负有防火防盗的责任，受了张大德的委托，且是还东西的好事、善事，岂有不尽职尽责的道理，马上对本院的各户人家，逐户打问，竟然有了结果，其中一家姓李的女主人丢了一只玉手镯。本是祖传的定亲宝物，却丢了一只，以为是凶兆，怕来年不吉利，正为此烦心恼神，坐卧不安，就如实回答了看门人的询问，并拿着另一只让看门人和张大德观看，果不其然，真是一模一样，都晶莹透亮，略带绿色，同质同材的一对，经比较验证，任是行家高人，也辨别不出哪一只是丢过的。主人喜上眉梢，高兴得不知说什么好："谢谢，太谢谢了，这20元钱给你，略表谢意。"张大德宁是不收，欲告辞而去。门卫从旁相劝："李嫂子诚心相谢，你收下得了！"张大德仍坚决不收，宁是告辞而别。古有拾金不昧，今有捡玉归主的佳话，顿时在街坊邻居中传颂开来，都要亲自目睹该掏粪人，反弄得张大德不好意思起来。

其实，张大德捡玉归主并非偶然，也不是头一次。就在去年秋末，在一所学校的便池中掏粪时，就拾到手表一只，是一位赵老师的。老师的职业时间观念最强，关系一班学生的功课，关系教师的形象。上课前担心迟到，课堂上要准确掌握进度，把握讲课内容的详略繁简。一堂课末了看时间时，不见了手表，非同小可，待下课铃响了后，直奔教研室去找，未找着，明明记着到校前是看过表的，既然找不着只好回家去找，翻箱倒柜，搜寻被褥枕头之下，仍杳无踪影，这可把赵老师急坏了，可惜坏了。急的是手表是老师的必需品，须臾不能离开的；可惜的是这是带日历的罗马表，积攒好几年的心血钱，好不容易才买上的，崭新的表竟然不翼而飞，弄得他心不宁神不安。

正在他无可奈何之时，第二天的上午，掏大粪的张大德，来向该校门卫打听丢东西的人，说是昨天回去舀粪时才发现，便来询问失主。该校赵老师丢表的事已经闹得沸沸扬扬，教职工与学生们都知道的，张大德来找失主，算是找准了。踏破铁鞋无觅处，得来全不费工夫，正在赵老师慌乱可惜之时，竟然大悲化为大喜。

物归原主的佳话，一时成为师生们议论的话题。有的说，该人真傻，掏大粪一天能挣几个钱，一块罗马表好几百元，他辛苦一年也挣不上，真是少见的大傻瓜。语文课老师把此作为例子，解释拾金不昧的成语，活灵活现，格外生动具体；政治课老师也以此为事例，证明大公无私的正确、必要。

春节过后，进入春耕季节，各地对肥料的需求日益增加，争取肥料来源、买卖肥料的活动也愈益频繁，正在张大德早出晚归掏粪之际，晚上归来，他发现自己积攒的肥料被人偷窃过，他只好留下来躲藏在沟壑僻背处，查看是谁在偷自己的肥料。功夫不负有心人，不大一会儿，一个歪戴帽子斜穿衣，嘴里吊着纸烟的人，领着一个拉粪车的来装自己的肥料。张大德待他们装了一些之后，便冲出来抓住其粪车争辩起来："你为什么偷我的肥料？"

领路的人见状欲要逃跑，又被推粪车的逮住不放："别走，别走，是你引我来的。"

推粪车者说:"不是我偷你的粪,我不是那种人,是他领我来装的,一车五角钱,讲好的。我觉得很便宜,划得来,便跟着他来装的。"

在人脏俱获的情况下,冒充卖粪者只好承认,并当场退还粪款,拉了五车,愿退二元五角钱。

"不行,绝对不行,这是生产队的肥料,不是我自己个人的,生产队要的是肥料,谁要你的那几个臭钱。"张大德争辩着说。

"你收下得了,生产队的肥料不就是你掏来的么,你辛辛苦苦掏粪,得几个现钱花花有什么不可,拿上得了!"推车装粪者说。

"不行,无论如何不行!生产队派我来的,就是给生产队积肥的,不是卖钱的。"张大德继续争辩着说。

"你看你,脑子怎么长的,你的肥料已经拉走,送到了地里,总不能再从我地里给你拉回来。"买粪者也争辩着说。

原来,买粪者是城郊的菜农,冒充卖粪者则是一个不务正业的游民,他无所事事,四处转悠,看清积肥者是早出晚归,便钻他们的空子,冒充卖粪者,转卖了张大德的肥料,而买粪者并非有意所为。

正在三个人为此事争吵得不可开交的时刻,怪叔出现在现场。原来,他惦记着一个人在外积肥的张大德,过了元宵节后就急急忙忙地赶回来了。去了窑洞不见人,却听见附近有人在争吵,像是有张大德的声音,就寻声找到了自己堆肥晒粪的地方,果不其然,吵架的正有张大德,并听了一会争吵的情况,弄明白了争吵的原因,便出面参与此事的处理。

指着冒充者说:"大粪已经够臭的了,你再偷大粪,真是臭上加臭,臭不可闻。"又指着买粪者说,"不知者不为过,不是你的过错。"怪叔几句话惹的在场人都放松了下来,停止了争吵。张大德的气也消了许多,怪叔又对着张大德规劝道:"肥料已经拉到他地里,再运回来已不可能,也划不来,收下肥料款是个可行的处理办法,劝你收下肥料款得了。"张大德也觉得怪叔说的有道理,便同意收下肥料款,但说一车粪五角钱太少,买粪者同意再加一角钱,终于了结了此事。

临走,买粪者说:"不吵不成交,我们都是掏大粪种菜的庄稼人,把屎尿拉到菜地里，将茄子辣子送到城市，风里雨里烈日里，城市乡下勤奔驰，从粪池子里淘金，养家糊口过日子，你们的辛苦我体会，我们的苦处你也清楚，一回生，两回熟，多有误会，别记恨在心里，说不定我们还会见面的。"手一挥，拉着空车走了。

张大德这才同怪叔一起返回住处。

又问怪叔："肥料钱怎么办？"

"回去说明缘由，交给生产队算了。"张大德点了点头。怪叔又说："你妈、你妹妹都好，叫你安心积肥，别担心家里的事。"并将他妈带给儿子的油果子等交给了他。

世上的事就是这样，人活着不光是为了吃饭，但吃饭是为了活着，要吃要穿，就得花钱，就得挣钱，就得惜钱爱钱，但君子爱财，取之有道。有的人，千里路外做官，为得是老百姓及自己的吃穿。有的人，十年寒窗九载熬油，从书本里寻黄金屋、颜如玉，既为了功名，也为了吃穿。有的人，东西南北做买卖，在商海里淘金，也少不了打发穿衣吃饭钱。有的人，冒着生命危险，从矿井煤窑里淘金。说一千，道一万，还是为了打发穿衣吃饭钱。庄稼人则背朝蓝天烈日暴晒，面对大地热气蒸腾，汗滴禾下土，从黄土地里刨生活。张大德与怪叔也是其中的一员，为了共同的目的，又从便池子里淘金，也是为了打发穿衣吃饭钱。虽然又脏又臭又累，遭客户差遣，被路人歧视、遭人白眼，可他们是自食其力的劳动者，活路是脏臭的，心灵是干净的；他们掏的是屎尿，净化的是单位、住户，奉献的是绿色的粮食、瓜果蔬菜。农村少不了他们，城市离不开他们，他们立于天地之间，支撑着一方社会，不愧是社会的主人。

张大德跟上怪叔，背井离乡，抛下母亲和妹妹，继续推着粪车，挑着粪桶，操着粪勺日复一日，月复一月，一挑又一挑，一勺又一勺，一车又一车送走了三百多个日日夜夜，又积攒了两节火车皮的肥料，送给了集体的农田，迎来了又一个丰收年，受到了乡亲们的称赞。

在这丰收与欢乐的日子，老队长对乡亲们说："我已年迈力衰，不堪重任，有负期望，俗话说'三岁看小，七岁看大'，张大德是我们看着长大的，年轻有为，又念过书，继承父母良好品德，一心为公，吃得苦中苦，受得了累中累，走得广，见得多，人品才学，天地可鉴，有目共睹，我将他推荐给大家，请大家明察公断，这算是我给乡亲们的一个交代。"

第三十六集　河水欢歌

修幸福路　八道沟天堑变通途
地利人和　金水河一路唱欢歌

　　古堡乡张老二一帮村民与其他地方一样，听毛主席话，跟共产党走，实现了农业集体化，实行按劳分配，规模化经营，调动了农民的生产积极性，农业生产大发展。县上为了适应农业集体化后的新形势，实现工业化，兴办乡镇企业，振兴地方经济，决定开采南山中的煤矿，相应地修筑县城到煤矿的公路，既可解决能源问题，又能带动工农业生产，可谓一箭双雕的好举措。在省上有关部门搞好勘察设计、筹集资金，配备好技术力量的基础上，开始了这条公路的施工工程。向各乡镇分派民工进驻工地，进行施工。

　　古堡乡接到县上的通知，即着手将上百名的民工指标分派到各村各社，并由乡武装干事赵爱国落实和带队，社主任张老二积极配合，在统筹安排农业生产的同时，尽量抽调劳动力支持能源交通建设。为了让儿子经风雨见世面，又动员自己的儿子参加筑路劳动，因他年纪小，未出过远门，特交代同去的王自中、张乖乖予以关照。

　　青年们是社会主义建设的生力军和最活跃分子，国家一有什么新举措，最先响应和行动的就是他们。抗美援朝、保卫祖国是这样，这次修公路又是这样。分派民工的消息一传出，他们带头响应，积极行动。复员军人张乖乖、王自中及张老二的儿子张小二等几十个青年，便自告奋勇报了名。

　　春风劲吹，冰消雪化，春播刚刚结束，他们就带上干粮、牙具，背上四方四正的行李卷儿，同其他青年民工一起，跟着赵爱国向筑路工地开拔。从旭日东升时刻出发，徒步跋涉，急行军似地赶路。这对于张乖乖、王自中这些参加过抗美援朝作战和经历过战火洗礼的人来说，根本不在话下，可对于

第三十六集·河水欢歌

第一次出远门,十五六岁的张小二来说就受不了了。一阵儿口干舌燥,渴得受不了,一遇水渠的水,双手捧上就饮。不到吃午饭时候,又喊肚子饿得慌,要吃干粮。张乖乖、王自中只好掉队等他。干粮吃完走了一程,"啊哟,啊哟",又叫腿肚子困得受不了,张乖乖只好把他的行李卷儿接过来架在自己肩上,让他空着身子走。才走了一程他的脚又疼起来了,走路一瘸一拐的,张乖乖与王自中不得不一个在前面拉,一个在后面推,直到夕阳西下才到达目的地,与赵爱国带领的大队人马会合。

幸好,先到的人已将帆布帐篷搭好,铺上麦草,打好了地铺。张小二一进帐篷,不管三七二十一就倒在地铺上四脚朝天地躺下了。张乖乖、王自中是行军有经验的人,越是身上冒汗、疲劳乏困时,越要防止感冒,只好死拉硬扯又把他拉起来,让他消汗、喝开水、洗脚,又给他把饭打来,侍候他吃完了才允许他进入被窝。

第二天,天刚麻麻亮,起床的哨子就响了,未等张小二吃完早餐,集合哨子嘟嘟直响,他急忙来到集合好的队伍后面站住。只见赵爱国站在队伍对面的山坡高处在讲话,给大家分派劳动任务。他指着下面划的白线和打的木桩说:"我们的任务就是这一段土路,按照要求起高垫低,裁弯取直,夯实夯平,决不能偷工减料,马虎应付。若达不到标准,要返工重来扣工钱。"

紧接着是叮叮当当地领铁锹、洋镐、扁担、柳条筐、木夯的声音。软处好取土,抬木夯的,拿工具的,一窝蜂地都拥向挖土的地方,乱糟糟的。随着劳动的展开和施工的进行,赵爱国根据工作量的需要又作了分工,有的挖土,有的抬土,有的平土,有的打夯,张王李赵各村,一村一组地劳动,很快就理顺了劳动秩序。张乖乖、王自中则把张小二专门单另安排在自己一组抬土,以便好关照。上百人的劳动队伍,若蜜蜂采蜜、酿蜜一样,很快就担当了各自的角色,进入了劳动状态,你来我往,忙忙碌碌,好不热闹。

世上的事就是有些怪,苍天似乎早有安排,上百号的人群若手指头一般,高矮、粗细、强弱参差不齐,恰恰却各有各的用处,各司其职,各尽所能,分工协作,各尽其力,劳动任务也是有轻有重,有易有难。大伙儿强弱搭配,能者多劳,取长补短,配合默契,一阵儿散开,一会儿合拢,刚到好处,恰到妙处,得心应手,有条不紊,推动着工程的前进。

干了一阵之后，挖土、抬土的工作有些超前，平土、夯实的活略显滞后，张乖乖一眼就看出了问题，建议赵爱国抽挖土、抬土的四人充实到平土、夯实的工作面上。他自己吼打夯号子，其他的人齐声回应，很快就协调好了劳动进度。只听：

　　实现集体化呀，又搞工业化哟。
　　城乡要沟通呀，交通最要紧哟。
　　机器欲要转呀，能源得保证哟。
　　南山峰岭高呀，河谷沟壑深哟。
　　咱们农民们呀，个个称英雄哟。
　　开路打先锋呀，架桥是能手哟。
　　搭起金银桥呀，铺就幸福路哟。
　　一二三四五呀，嗨哟嗨哟嗨哟。
　　立下愚公志呀，众志能成城哟。
　　工业现代化呀，一定能实现哟。
　　……

张乖乖的尖嗓门，打夯者的应和声，若敲锣打鼓，一呼一应，节拍和谐，声音洪亮，撞山震谷，响彻云霄，鼓人心扉，真一曲劳动交响乐，好一幅战天斗地图。

领夯号子一声吼，应者跟者齐响应，随着打夯号子的节拍，或举夯，或落夯，或者后退，或者前进，统一着打夯者的一招一式，一点一晃，协调着大家的节奏，筑路劳动井然有序，工程进展日新月异。修好的路基一段又一段被抛在后面，筑路的大军一队又一队向南山深处开进。

山越来越高，坡愈来愈陡，沟壑越来越深，河水愈来愈湍急。张小二他们又转移到筑路工地一个山崩拐弯处，坡陡路险，一面是水流湍急的河谷，一面是刀削斧劈的峭壁，河中巨石嶙峋，山势拐弯抹角，水随山势旋转，山石阻挡水流，水流撞石撞山，发出雷鸣般的轰鸣，激起一堆又一堆雪一般的水沫，震人耳膜，引人视觉，令人目不暇接，惊心动魄。抬头仰视，浓密树林若绿色波涛铺地罩山，遮天蔽日。只见峡谷顶端开出一道缝隙，天像一条带子，浮云若飞禽一般越隙而过。原来，施工队伍已进入深山老林，森林随山势起伏，或高或低，层层叠叠；山风拂林海而过，发出林涛呼啸。往森林深处细观，偶有动物窜来窜去，没入林海，层峦叠嶂，无穷无尽。

张小二是在平原生活惯了的，只遥望过南山峰顶的积雪，从未进过南山，更未到深山老林来过。面对险峻的山峰，莽莽森林，竟觉高深莫测。身处山大沟深、茂密森林之处，感到吃惊，甚至胆怯。

伴随筑路工程进入崇山峻岭地段，工程亦由易到难，由平到险，干的是逢山开路，遇水架桥，打炮眼，炸石头。

工程未动，后勤先行。张小二所在的工程队，首先是搭帐篷、砌炉灶，生火烧水做饭。在苍莽的林海中升起了青青的炊烟，缭绕在绿色波涛之中。在他的视线里，除了原始森林，又多了一道人间烟火的风景，煞是引他注目。

第二天，工程队就投入到炸石开山的劳动之中。他们的工作便是打炮眼、埋引信、填炸药、拉响引信、炸石头。

他们面对的是一座欲要削去的石头山峰，山脚下则是水流湍急、撞山震谷的金水河。张小二与王自中攀登上这座石头山的顶峰，于面临河谷的一面，选中了打炮眼的位置，便打起炮眼来。他们自然是一对打炮眼的搭档，抡铁锤与握钢钎子互相轮换着进行。一阵儿你抡铁锤，我握钢钎，你抡累了，加以交替，我抡大锤，你握钢钎。

张小二握住钢钎，半蹲在石山上，王自中站着抡锤，砸向钢钎。王自中砸一下，他将钢钎转一下，捅一下，王自中再打一锤，他再捅转一下。如同铁匠打铁一样，师傅掌握着锻件，抡铁锤者使劲锻打，铁锤锻打个不停，钢钎捅转个不止。钢钎渐渐地被打进炮眼里去，待炮眼打深了，又把短钎子换成长钎子，再继续打，直打到近两米深，能够埋引信、填炸药为止。再换一个位置，打另一个炮眼。

现在轮到王自中握钢钎，张小二抡大锤了，他趁轮换之际，举目远眺近看，目力所及，当见整个山头、山谷到处都是工程队炸石开山的劳动场面，铁锤打钢钎叮叮当当，放炮炸石，炮声隆隆；此处烟消云散，彼处又硝烟弥漫。劳动者的呐喊声，哨子的嘟嘟声此伏彼起。一阵儿低沉，一会儿高昂；一阵儿尖锐刺耳，一会儿雄浑洪亮。叮当声、隆隆声、呐喊声、嘟嘟声，遥相响应，撞山震谷，回声阵阵。抡大锤的、握钢钎的、挥旗子的、运石料的，各种劳动的身影晃动在山头、沟谷，打破了山林的寂静，增添了一幅幅新的画面。

在如此这般战天斗地的劳动中，同大家一样，张小二与王自中轮流操作，打了一个上午和一个下午，直到太阳偏西。

山区的气候说变就变，起风就是雨。张小二他们还未劳动到收工的时刻，山风呼啸而起，一阵紧似一阵，上午本是碧空如洗的晴天，下午却一朵朵白云由东而西飘来，接着白云转为彩云，进而又转变为乌云滚滚。赵爱国见天色不对劲，便吹起了收工哨子。大伙陆陆续续下山集中，往住地帐篷走来。还未到帐篷跟前，已是乌云布满天空，整个山区乌黑昏暗下来。

紧张劳动了一天的人们，迫切需要休息、喝水、吃饭，张小二更是精疲力竭，急不可耐地要休息。可是事与愿违，电光闪闪，雷声隆隆，大雨刷刷，山风呼啸，一阵紧似一阵，到白热化状态。时间不长，帐篷旁边已流起水来，且越流越大，越流越急，直接威胁帐篷的安全。

原来，帐篷选址不当，选在了山谷出口处，虽然坡度平缓，恰是两面山坡雨水汇集流过之处。当见水势渐涨，水流湍急，大有卷走帐篷之势。情势危急，刻不容缓，赵爱国忙命大家卷行李、拔帐篷转移。幸亏人多势重行李简单，七手八脚拔起就走。帐篷刚刚搬开，一股山洪就猛扑了过来，恰恰冲过帐篷原址。"好险""好险"之声，从不同的嘴里同时吐了出来。

张小二看着如此危急之状，浑身起了鸡皮疙瘩，冷得、紧张地直打战。赵爱国审时度势，冒着暴风骤雨，仔细察看山洪的来龙去脉，重新选了块山洪及不到的高地，大家急忙又搭起帐篷，钻了进去。民工们一个个都像落汤鸡一般，浑身水淋淋的。时间已到傍晚时分，不要说年轻骨嫩的张小二，别的民工们也都劳累不堪，筋疲力尽了。

第二天照常打炮眼，待张小二他们所在工地一组炮眼都打好后，便该埋引信、填炸药放炮了。一切准备就绪之后，赵爱国吹哨子，挥旗子，发了号令。顿时，所有引信同时拉着，几十个炮眼一齐炸响，炮声隆隆，硝烟弥漫，紧接着乱石满天飞，一派飞沙走石的战场景象。谁晓得乱石飞向何方，能飞多远，欲落何处？民工们毕竟是在田园里和平劳动惯了的，没有进行过炸石开山的锻炼，哪里经得起这种危险场面的考验，既紧张害怕，又好奇偷看。待到乱石铺天盖地飞来，又盲目行动，胆小的胡奔乱跑，憨笨的动作迟缓，幼小的失了主意。张小二毕竟年纪幼小，面对满天飞石竟无所适从，还是王自中受过军事训练，经历过抗美援朝战争的锻炼，胆大心细、冷静沉着，一个箭步窜上去，拉着他专瞅没有飞石的空隙跑动或站立，终于躲过了乱石飞滚的危险，长长地吐了一口气，平安地回到了帐篷。

一座石头山峰焉是一次爆炸能削平的。工程队接着这次炸山，每天继续打炮眼、放炮。

一天下午，张小二仍与王自中搭档打炮眼，经过一些天的打炮眼、炸石头的锻炼，他的胆子终于大了起来，便放开手脚大干起来。此时正轮到王自中握钢钎，他抡大锤，一时兴头上来，蛮劲鼓起，钢钎捅转得愈快，他大锤也抡得愈快，钢钎得寸进尺。忽然间，张小二用力过猛，铁锤抡得幅度过大，整个身体重心偏移，双脚脱离了立足点。若是跌下去，先是怪石嶙峋的陡坡，坡下是乱石林立、湍急奔腾的河水，轻则头破血流，重则非粉身碎骨不可。说时迟，那时快，王自中一个迅雷不及掩耳的动作，右手一把抓住了张小二的左手腕，猛力一拉，拽了上来，避免了一场危在旦夕的灾祸。二人心有余悸地继续投入到打炮眼的劳动中。

张小二他们的钢钎，经过多少天重磅大锤的锤打，顶端逐渐裂开，裂缝隙隙，裂瓣条条。经过不断锤打，裂瓣又向下弯卷，似一朵绽开的菊花。俗话有铁树开花之说，谁听说过钢钎开花之谈？可真的钢钎开花了，且开出了流血事件。张小二正在抡大锤打钢钎，一锤猛砸下去，右腿小腿部，突然一阵剧疼，顿时血流如注，染红了裤筒染红了鞋，染红了脚下的石头。原来，张小二一锤砸下去，铁菊花的一片花瓣脱落飞出，崩进了张小二的右小腿，导致了负伤流血。

王自中急忙将其背下山，就近送到一个叫卓到草的藏族同胞家中救治。此时，卓玛草正外出放牧未归。张小二疼痛难忍，王自中着急无奈。卓玛草女儿卓玛珍珠看门在家，她看着他们的焦急难受，情急生智，伸出援助之手。她父母骑马放牧驱牛赶羊，翻山越岭过程中，难免有跌打损伤，自我简单医治事宜，她虽未处理过救死扶伤，却是见过的。便找出了青稞酒、食盐、白色布条和棉花，王自中卷起张小二右裤筒，卓玛珍珠用盐水清洗了腿部血污，用青稞酒消毒后，敷上棉花，用布条加以包扎，终于止住了流血，只是崩进腿中的钢片没有取出。已到夕阳西下，在包扎即将完毕之时，卓玛草放牧归来，卓玛珍珠将事情经过禀明了母亲。卓玛草甚是欢喜，连声"扎西德勒，扎西德勒"地夸奖女儿。

王自中搀扶着一瘸一拐的张小二欲回民工帐篷，卓玛草硬是不让，说："他仍是孩子，如此伤痛之状，怎么能够就走，且在这里养伤，待伤好之后再走不迟。"张小二自己虽不愿意，可王自中心想，回到集体帐篷，大家都要上工地劳动，并无人看护侍候，卓玛草既然如此热切地挽留，有人看护，吃住方便，何不暂住继续护理，待伤情好转后再归队有何不可，便说："这样也好，大家放心。"便动员张小二留了下来。

一事未了，又生一事，王自中牺牲了。

原来，拉过引信之后，别的炮眼都爆炸了，恰恰在一个关键位置出现了哑炮。若不排除哑炮，有碍后续劳动，正在大家狐疑为难之际，王自中自告奋勇，要去排除哑炮。大家都劝他有危险，先别去，可是又想不出排哑炮的办法，王自中执意要去亲自排除哑炮。大家既为他的英勇行为所感动，又为他的安全担心，都把心提到了嗓门眼。未料想，此炮眼该爆炸时不爆炸，恰恰在排除哑炮时成了响炮，轰隆一声爆炸了。随着一声爆炸，同伴们的心也碎了，王自中不幸牺牲。

王自中牺牲的消息传到古堡乡，乡亲们若揭开了炒豆子的锅，亲人啼哭，邻里含悲，乡政府不安，合作社震惊。作为合作社主任的张老二明白，张王李赵各村参加筑路的人很多，人命关天，已经引起乡亲们的不安，若此事处理不好，既妨碍筑路工程的顺利进行，亦影响地方的安定团结。便即刻陪同王自中的父亲，前往筑路工地参与后事处理。

筑路工程指挥部对处理王自中牺牲的事非常重视，未等张老二他们到来，就议出了处理意见。张老二、王自中父亲他们一到，在深表慰问的同时，就当面提了出来，向他们征求意见：一，王自中同志是因公牺牲，给予相应的经济补偿；二，王自中同志因工程需要，自告奋勇排除哑炮牺牲，精神可贵，在工程队和古堡乡通报嘉奖，号召筑路工程人员学习他积极劳动、自我牺牲的可贵精神；三，开追悼会，隆重安葬，树碑纪念。王自中父亲听后，丁悲痛难平之际点了点头。既然亲人没有不同意见，张老二也未提出异议。当即开了追悼会，宣读了表彰决定，充分肯定了王自中同志积极劳动、献身筑路工程的宝贵精神，号召参加筑路工程的全体同志，化悲痛为力量，继续发扬艰苦奋斗精神，致力修好公路，为家乡父老争光，为地方的现代化建设多做贡献。

张老二参加完王自中同志的追悼会，顺便来看望自己的儿子张小二，先找着了张乖乖，又找着了赵爱国，方知道张小二负了伤，正在藏族同胞家中养伤。儿子受伤，张老二大吃一惊，风风火火便要去看张小二，二人一同陪张老二来到了藏族同胞家中。

不来则已，来了又是一惊，吃惊的是为儿子养伤的藏族同胞正是当年为躲兵役，给放过牛羊的老朋友卓玛草，张老二与卓玛草一见面，互相先是一怔，互相再仔细一看，二人同时都认出了对方。虽然时过几年，两人都长了岁数，可人模大样依旧。卓玛草端详着高人魁梧、与众不同、目光炯炯、顶天立地的一个形象，就认出他正是给自己放过牛羊的张老二。

张老二扫视了帐篷和周围的地形一眼，又望着对方，虽然苍老了些，腰背也弯驼了一些，可眼神、面容、动作、衣着，仍旧是以前的卓玛草，位置也是老地方，互相急忙都上来握手，又把握着的双手上下晃了几晃，满脸堆笑，喜不自禁。反令赵爱国、张乖乖疑惑不解，木呆呆地愣在那里看他们相会的情景。

卓玛草急忙又引张老二及赵爱国、张乖乖进帐篷。

帐篷里的张小二听见外面人们的热闹和说话，似有自己的爸爸，意欲扶着茶几站起来出去看个究竟，又被卓玛珍珠按下坐定。张老二进到帐篷里急急忙忙要看儿子的腿伤。张小二说："爸，不要紧的，除了疼痛，再没事，我感觉未伤筋骨，好像肉里面有个东西，若锥子锥一样。"

为了证明不要紧，张小二又扶着茶几站了起来，拄着棍子走了几步。看着儿子站立和走动的情况，张老二提着的心才落在了肚子里。他想，若是伤了筋骨，是站立不起来的，更不要说走动的话，眼看着儿子站了起来，走了几步，为父的心才放宽了。

卓玛草忙给他们一一倒奶茶，张老二这才指着赵爱国、张乖乖向她介绍了起来。又伸手掌指着卓玛草向赵、张二人作介绍，及轮到她女儿时，一时叫不上名字，卓玛草接上补充道："这是我女儿，叫卓玛珍珠。"

张老二又看了一眼赵爱国、张乖乖，见他二人仍疑云在脸，拘谨不展，无所适从，明白他们仍不知其间来历，便解释道："那一年花保长欲抓我壮丁，我为了躲避兵役临时来到山里牧区，顺便找些活干。正遇上卓玛草丈夫卧病在床，她顾不上放牧，便暂时收留我给她放牧，一放就是三个月，所以就认识了，熟悉了。"

卓玛草又介绍说："那时正是春天，狼灾闹得凶，一个夜晚，五六只狼围着我圈羊的围栏转，张老二只身持着铁锨把，打得狼群死的死，伤的伤，逃的逃，直嚎叫。狼最喜嗜血吸血，若不是他，五六只狼闯进羊圈，不知要被咬死多少羊。"

"原来如此，怪不得你们一见面就那么高兴！"赵爱国恍然大悟地说。

"巧！巧！巧极了！"张乖乖接着说，"恩人卓玛草巧遇打狼英雄，英雄的儿子恰住在恩人家里养伤，恩人的女儿又给英雄的儿子包扎伤口，真是恩上加恩，好上加好，巧妙极了。天下之大，无奇不有，竟有这样的奇事、巧事。无巧不成书，这么又奇又巧的事，应该写成书，传为佳话。这么稀奇古怪巧妙的故事，我是平生第一次听说，过去怎么就没有听说过？"

张老二伸出小指头说："小事一件，那时节，你还小不点点，哪里知道？我儿子住在恩人家里养伤，也是刚刚发生的事，我也没有想到。说起来，我们与卓玛草虽然一个住在平川，一个住在山区，但是，终究是同住一块地，共顶一片天，谁也离不开谁，总有机会相遇的。我妈在世的那阵，于农闲时节，我家的牛羊曾托卓玛草放牧过。如今修公路到此，所以又遇上了，这就叫缘分。至于打狼的事，也是偶然碰上的。人急了，就顾不了许多，不管三七二十一，抡开棍子便打，天理人情使然，本来如此，就把狼群一只只地打垮了。"

卓玛珍珠睁着大眼睛，目不转睛地看，听得入了迷，连声"扎西德勒，扎西德勒！"，且用尊敬的目光望着张老二。

大家都为这等稀奇巧妙的事动容，一起沉浸在欢乐之中。卓玛草乘兴说："你们都别走，今晚就在这里吃肉、喝酒，一起高兴高兴！"

张老二一行见盛情难却便不推辞，一直吃喝到夜深人静方回。

第二天上午，张老二又来看儿子，并顺便看看卓玛草的牲畜。卓玛草便陪他来到围栏。张老二只见比他当年放牧时羊也更多了，牛也更多了。牛羊见主人来，以为要去牧草，咩咩鸣叫着，直往围栏门口拥挤。而最引人注目的是那匹枣红马，又高又大又雄壮。通体枣儿红，再仔细一观，两只如刀削出来的小耳朵直直地竖立着，高昂着头，双眼凸突而有神，鼻梁平直瘦削，颈项不短不长，鬃毛稠密而整齐，前胸宽而丰满，躯干欲长又短，马背宽厚而平整，臀部滚圆，尾巴欲垂又扬，最是那四条腿，又细又长，且长着盘子般的大蹄子。

张老二养过马，又当过骑兵，是识马懂马的，深晓相马的道理。他越看越爱看，愈看愈称奇。并且与自家的那匹枣红马暗暗作比较。禁不住连声"好马，好马！你竟有这么出色的好马！少见，少见的好马！"他又扫视了周围其他的马匹，相比之下，这匹枣红马简直是鹤立鸡群，出类拔萃。

卓玛草看着张老二对这匹马的惊奇和仰慕神态，便说："这匹马据说是天马的纯种，天马的后代，我的弟弟在大马场放马，我抽空到他那里串亲戚，经过马蹄寺便到了他那里。他说近年马场一带气候干旱，牧草枯萎，喂养不了太多的马。为了减少马场的负担，解决草场超载问题，决定要处理一些老弱病残的马。

"我一听他说要淘汰马匹，就跟去察看。啊呀，我的天！大马场的马就是不一样，一匹一匹地高大雄壮。我原骑的那匹马本也是不错的，可一比较就差远了。再说口齿也十五六岁了，太大了。他们要淘汰的马，虽是口齿也不小，可马的品种都不错，最是一匹枣红色的母马，虽然不及儿马那样神气，却一样高大雄壮，体格匀称协调，一看便知是好马，口齿也就是十三四岁，我就看上了，立马买了回来。想不到我交上了好运，这匹母马怀有马驹子，越养肚子越大，到了秋末冬初，便产下了小马，正就是这匹马。长到三岁时，就比其他马高出一些，我就耐心训练、骑试，就成了我的坐骑。"

张老二越听越入迷，越听越惊奇："伯乐难求，好马也不易得，你算是慧眼识珠，识了好马，得了良驹，我为你祝贺！"

在高兴欢乐之中，张老二又偕同卓玛草赶着畜群，来到了当年放牧过牛羊的草场。趁便说："我因合作社的事务离不开，不能久留，必须得尽快回去，我的孩子张小二就暂时托付于你。"便告辞回古堡乡了。

张小二的腿伤因未伤着筋骨，加上卓玛草精心调理，多吃牛肉羊肉骨头汤，很快就痊愈了。由卓玛珍珠陪送他回工程队去。没承想，该段公路已经修好，工程队又转移到新的工地去了。卓玛珍珠便拉他回来与母亲商量寻找的办法。待说明情况后，卓玛草说："他的腿伤刚好，不宜多走远路，而新的工地有多远也不得而知。由我女儿与你一道，骑着马去追寻。"这匹良马，驮两个小青年，一路小跑，走过了一段段新路，跨过了坎坷曲折的小道，经过一处处正在施工的工地，一男一女骑着一匹枣红色的高头大马，格外引人注目。张乖乖一眼就认出了张小二，终于回到了原来所在的工程队。卓玛珍珠放下张小二，跃马扬鞭迈上回家之路去了。

筑路工程日新月异，把一段段新路抛在后面，一截一截工地往前延伸，不久之后便到了煤矿区。

赵爱国、张乖乖及张小二他们的筑路队，同其他兄弟队一道，从春暖花开开始，经过暴风骤雨的夏天，迎来瓜果飘香的金秋，也迎来了整条公路工程的胜利竣工。经过几个月的艰苦奋战，他们修筑公路的历史使命已经完成，迈上了回家之路。

张小二、张乖乖同其他队友一起，跟着赵爱国离开了最后一段工地，他们沿着自己新修的宽阔、平整的公路徒步往家乡方向走。来到卓玛草家附近专程去告别、致谢，也只有卓玛珍珠在家，便向她说明来意，并请她代问其母亲好。

告辞卓玛草家不远，又来到王自中的墓前，只见墓碑已经立起，在一块白色大理石大墓碑用正楷刻着"王自中之墓"五个黑色大字，他们又绕到墓碑后面，只见整个背面刻着仿宋体小字，仔细一看，刻着：

  王自中同志兮古堡乡人氏，牺牲之年兮二十有八，曾经赴朝作战兮载誉还乡；又踊跃参加兮此公路建筑，积极劳动兮不遗余力，关怀同伴兮如兄似弟；自告奋勇兮排除哑炮，哑炮爆炸兮壮烈牺牲；壮士虽去兮精神尚在，音容笑貌兮存于乡亲；青年之楷模兮令人钦敬，佳誉良言兮人人称颂；深水为邻兮青山做伴，碧草当枕兮黄土作床；从此长眠兮松柏林中，以血肉之躯兮沃肥草场；壮士年华兮纵然短暂，金玉品质兮永垂不朽……

张小二三人边看边品，又回到墓碑正面，端立脱帽，深深鞠了三躬，依依不舍地致敬告辞。三个人默默地走在公路上，浮想联翩，感慨无限。他们初到这里时，到处是乱石嶙峋、羊肠小道，难以行走。经过工程队的辛勤劳动，变成了宽阔平坦的公路。一块出来的四个同伴，回去时剩下三个人，中间张小二负了伤，最可惜者是王自中牺牲了。工程队里还有一些同志也负了伤，甚至牺牲了生命。

张小二对着赵爱国、张乖乖伤感地说："自中哥两次救了我的命，他却走了叫人受不了，可惜他修了一场路，却不能走自己修的路了。"

张乖乖也若有所感，长叹一声："真可惜，真遗憾，我们少了一个好伙伴。"

赵爱国接上说："革命是这样，建设也是这样。要奋斗，就得有奉献，要奉献，就得流汗流血，有牺牲，死人的事是免不了的。我们去抗美援朝，就牺牲了几多同志。毛主席的爱子毛岸英，就抛下父亲、妻子，把宝贵的生命、美丽的青春献给了抗美援朝。我们是侥幸，偶然活着回来的，修这条路，我听指挥部的人讲，开山炸石，每修一公里路，平均要伤亡一个同志。前人植树，后人乘凉，世上的事本来就是这样的。"

他们边说边走，忽然听见河水似在欢唱，来到了一座桥上，往下一看河水，水流一会儿快，一会儿缓，一阵儿拐弯抹角，一阵儿又径直流去，那水声也一阵儿高，一阵儿低，一阵儿快急，一阵儿平缓，似一群孩子在扭秧歌一样，边扭边唱。

张小二他们越过桥后，继续走着，想着，议论着，越走越兴致盎然，一改初来工地时的饥渴、疲劳状态。赵爱国又大发感慨："世上本没有路，走的人多了就走出了路。同样，世界上本没有公路，是人修出了公路，就如这条路是我们修的一样。"

由于修通了路，路上走着各种车辆，牛车、驴车、马车、汽车来来往往；路边上走着行人，男的、女的、老的、少的，熙熙攘攘，络绎不绝。张小二看着这些，想着这些，心中甜蜜蜜乐滋滋的。甜的是自己修过这条路，乐的是人们走着我们修的路。虽然他们不知道是谁修了这条路，更不知道自己修过这条路，可我知道，是我们工程队修过这条路，我自己也修过这条路，且流过血，曾把鲜血洒在了这条路上，想到这里，他由不得露出了笑容。

第三十七集　山谷明镜

拦河蓄水　筑就平湖一方
扼命脉咽喉　迎年丰人寿

古堡地方虽然缺水，并非无水，而是有水不能存蓄，随来随走，因而旱涝交替发生，恶性循环，不为民利，反为民害。山洪暴发时，若猛兽瘟疫，无物可挡，气势汹汹，淹没民房，卷走人畜，冲坏农田。洪水过后，又是严重干旱。烈日烘烤，河水断流，土地龟裂，草木枯萎，牛羊渴死，甚至飞禽走兽都因干渴而悲鸣，庄户人家无不心急如火，面容憔悴。别说灌溉农田，就连人畜用水都难以保证。

收多收少在于肥，有收无收在于水。水即是命脉，是首要的生存条件。为了掌握命脉，争夺生存条件，又激化了村民之间的矛盾和斗争，往往因水吵嘴打架，小则农户之间、村庄之间，大则渠系之间、上下游之间，人群之间的争斗，致伤、死人屡屡发生，诉讼不断，争水官司没完没了，成社会不安的重要根源。

历史上也曾经搞过筑坝截水、引水灌溉，然而，限于当时的社会条件与生产力水平，或者失于治理，导致水利设施荒废，或者堤坝不够牢固，往往是筑了冲毁，冲毁了再筑，形不成长久的水利设施和管理制度。

新中国成立后，由于党的领导和协调，这种矛盾趋于缓和，但并没有消除问题的根源，未从根本上改变生存条件。水利纠纷时有发生，张老二他们打了水井，也只能解决一个村子居民的饮水问题，并未解决灌溉用水困难。

干旱和洪涝灾害，仍然威胁着村民的命运，妨碍着农业生产的丰收，制约社会全面发展，影响居民生活提高，甚至影响社会的安定团结。

欧阳义、张老二他们认为，欲治理古堡社会，复兴全乡地方，必须发展经济。而欲发展经济，首先要治理水利，变水害为水利，主宰自己的命运，从根本上改变村民的生存发展条件，方能推进安定团结和社会进步。因此，把拦河筑坝、蓄水引水的任务提了出来，摆在了他们的议事日程上。

随着认识的深化，对历史和现状的进一步了解，他们又看到，问题的症结已不是在筑不筑拦河大坝上，而是集中到了如何避免筑了又冲毁、冲毁了再筑的不良循环上。此时，已提升为古堡乡副乡长、分管农田水利的张老二，正在为重筑坚固的拦河大坝而费脑筋：历史上为何一而再再而三地发生筑了又冲毁的问题，是洪水太大、堤坝不可抗拒？还是堤坝修筑的不够结实，或者是坝址选的不合适？是其中的某一个原因，还是各种原因都有？

在大费脑筋的过程中，他还想起了年轻时亲身经历的大地震后的情形。那次大地震震得山体坍塌，堵塞了乌金谷的河道，形成了堰塞湖水满自溢，积水又冲垮了堵塞，导致洪水泛滥、淹没民房、毁坏农田、卷走人畜的惨景，犹新的记忆使他毛骨悚然，深感水火无情和肩上担子的分量，责任的重大。事关老百姓生命财产的安全，千万不可疏忽大意，务必慎之又慎，万无一失。

他带着这些问题，逐个拜访老农，请教县上水利部门的专家、干部，请他们一起实地考察，分析原因，一而再、再而三地仔细斟酌，在认识取得基本一致的基础上，向欧阳义乡长汇报、交换了意见，并在欧乡长召集的专门乡务会议上，向大家介绍了筑坝的各项具体问题。又经过多次反复的勘察、论证、分析、研究，解决了一些疑点，统一了认识，终于召开了拦河筑坝的决策会议，张老二向乡务会议汇报了拦河筑坝方案：

一、建水库一座，修筑长五十丈，高十丈，底宽五丈、顶宽一丈的水坝，并在水坝左侧的山体岩石中开挖宽、高各五尺、长十丈的输水洞一个。

二、受益各村庄抽人力参加水库修建工程，以及干渠、支渠的修建工程。

三、所需经费由受益各村庄按灌溉土地亩数分摊并承担。

四、实行就地取材，以石料、沙砾、黏土为主，外购适量水泥、木材、钢材。

五、水坝为中央防渗体的土石混合坝型，处理好坝基、库底、坝体与两岸山体结合部的连接，保证质量，确保安全。

张老二说明并回答了种种疑问。

一、坝址合适不合适？

张老二回答：坝址参考了旧坝址的位置，选在地势平缓、河道转弯、流速较慢之处，避开了陡峭地势，水流的冲击力已被分解。另外，坝址选在了河谷狭窄之处，缩短了堤坝的长度，省工省料省经费。因此，从现有地理位置看，选址是最合适的。

二、那为什么屡屡被冲毁？

张老二解释道：主要的原因是堤坝筑得不结实，由泥沙堆积而成，又未充分夯实、加固和维护，坝的厚度不够。

三、如何解释地震山体坍塌，造成河水堵塞形成洪灾的问题？

张老二解释道："那是因为，地震震塌山体造成的河谷堵塞，本不结实牢靠，虽然一时挡住了河水，由于山体坍塌造成的临时堵塞，沙土堆积自然松散，未经夯实加固，与人工筑成的堤坝不能相提并论，是经不起蓄水的压力的，一旦水量增加，水位提高，压力增加，不是憋破，便是溢出的水逐渐冲毁，或者流水通过孔隙冲刷，导致堵塞毁坏，形成洪灾。

四、万一来水太大，超过库容咋办？

张老二解释道：可以通过排水闸提前排水，如果水量仍很大，来水仍然很多，可以漫过堤坝顶部溢出一部分水，减轻库容压力。只要坝体牢固，无碍安全。

与会人员对张老二的汇报、解答比较满意，疑问解答可信，觉得施工方案可行。

乡政府经过充分酝酿讨论，做出了如下决定：

为发展古堡乡农业生产，造福全乡村民福祉，消除洪涝灾害，变害为利，在乌金谷下游拦河筑坝，修建小型水库一座，截洪蓄水，提高水位，引水灌溉全乡农田。从秋末农闲季节开工，在秋冬春的枯水期施工，做到农业生产与水库建设两不误，赶在来年秋季洪水来临之前竣工蓄水。工期八个月，务必保质保量按期完成。某年某月某日。

乡政府做出决定后，张老二即开始了筑坝修水库的前期工作。划线、打桩，标出坝址的走向、宽度后，施工队伍浩浩荡荡依序进入工程现场，分工负责，各司其职，各干其活，整个工地呈现一派热火朝天的繁忙景象，铁匠、木匠、石匠、上工，安营扎寨，搭工棚、安炉灶，设置工作台，生火烧水做饭。

为了整个工程的顺利进行，必须先排水。张老二布置人手在坝址右侧山体的岩石壁中开钻输水洞，昼夜不停，轮班作业，抢工期。与此同时，土工们则清除坝址和库容的杂物，铲除施工障碍。

在整个工程铺开之后，张老二则东奔西跑，到处查看工程进展情况，掌握人力物力是否到位，各个环节是否衔接，进度的配合协调若何。只见山顶上有一班人在采石料，挖泥土。张老二手搭凉棚看了看上面，是王元元一班人，又来到溜下来的石块和泥土跟前，只见土多石少。王嫂子领几个妇女在运石料，王三姐带几个妇女在运黏土，张老二交代她们注意安全，专门抽一个人在旁边瞭望，负责给拉土、运石的人报信，何时可拉不可拉，有无危险。又来到坝基上砌石料的地方，只听张智修呼叫："哎，觉悟高的，我拿什么砌水坝，快将石料运来！"

"你向我要石头，我向谁要去，本来就是土多石块少。"王嫂子回答。

"你向你的王元元要去，他是挖土供石头的。"张智修说。

王嫂子连回应带挖苦道："你尽咬舌根子，拌嘴皮子，搬弄是非，看来觉悟太低，小心舌头掉下来把脚砸折了，快把嘴夹紧点，多干活。"顶碰得张智修无言以对。

张智修正考虑应对王嫂子的伶牙俐齿，恰好看见来察看情况的张老二，便反映："石料供不上，我无石可砌。"张老二又去看打夯的地方，张乖乖也说："石墙砌不起来，无法填土，不好打夯。"

张老二于是抽调人力，另组织一班人专门采石料，加工石料，增强了薄弱环节，加快了工程进度。

张老二本是泥瓦匠出身，事业的需要和群众的拥戴将他推到了社主任的岗位上，又提拔为副乡长，担当起筑坝修水库的重任，他深知这副担子的分量，责任的重大，工作的好坏关系到全乡的农业生产，关系到上万人的生命财产安全，不能有一丝一毫的马虎和懈怠。便一心一意扑在工地上，左手拿着尺子、仪器，右手拿着锤子、钻头，肩上背着绳索，东跑西颠、不知疲倦地忙碌，发现问题及时解决，随时补缺拾遗，顶岗补位。五大三粗的身子，劳累得满脸黝黑，瘦了一圈，换了个人样儿，仍不肯缓歇一会儿，似乎有出不完的力，使不完的劲。仍然到处察看，忙碌不停。同伴们议论他，"当官不像当官，做老百姓又不是老百姓，是个没官气的实干家。"

"一二三四五哟，齐心又协力呀，大伙加油干呀，再来一家伙呀，大夯举得高呀，夯得实又实呀……"

他听出是张乖乖打夯、领喊，别人的呼应声，还有铁匠的叮当声，木工的嚓嚓声，加工石料的咣咣声，开山炸石的轰隆声，人们的吆喝声，汇集成劳动交响乐，震山撞谷，在山沟里回旋、飘荡。虽然是天寒地冻的深山峡谷，小伙子、姑娘们却干得热火朝天，热气沸腾，一派改天换地、气吞山河的壮烈场面。

张老二看着同伴们的热闹劲儿，听着他们的阵阵强音，心潮起伏，感慨万千：咱们这些翻身做了主人的庄稼汉，组织起来的新一代农民，终于能够雄赳赳气昂昂地立于天地之间，主宰自己的命运，重新安排河山，叱咤风云，呼风唤雨，创造新的业绩，创造新的生活，书写新农村的历史了。

正当张老二沉浸在热烈而兴奋之中时，张大嫂、张二嫂送水、送饭的担子挑到此处，"快吃快喝，别放凉了吃冷饭。"张老二、张智修等一块儿干活的人，便放下活儿，趁热吃了起来。

张大嫂的来临，又勾起了张智修对与张老大打井的往事。待张大嫂、张二嫂收拾送饭担子走后，他对张老二说："张老大是替我死的，因为井里的水太多了，张老大叫我上来，他自己下去排水，结果就牺牲了，要不然也死不了。"张智修说着说着，声音哽咽了起来。

男儿有泪不轻弹，只因未到伤心处，张大嫂来送饭便勾起了他的伤心事。人心都是肉长的，任何一个有良知的人，也必然是有情有义的人，张智修看着守寡的张大嫂，想着她们孤儿寡母过日子的艰难，想着张老大因自己而死，岂有不伤心落泪的。

张老二安慰张智修说："事情已经过去了，过去的事是谁也无法改变、无法挽回的。最好的怀念和报答，就是搞好工作，修好水坝，造福乡亲。我大哥的心愿和为人，就是多做好事，做个好人。为乡亲们多做好事，这是最好地回报。大哥有灵，也会在九泉之下安心的。"

二人正说着，张乖乖的打夯号了又唱了起来。

"三人一条心哟，黄土变成金哟，齐心又协力哟，坝基夯得实呀。"一呼一应的打夯号子，回荡在河谷上空，岔开了张老二与张智修的议论。

王三姐等几个运送沙砾、黏土的，正好与打夯的张乖乖一班人劳动在一起，张乖乖说："半边天，我打夯，你运土，你可得运好了，别将你的半边天塌了下来！"

"你放心，我的天塌不下来，只怕你顶的天塌下来！"王三姐挑战着回答。

"张果老骑毛驴看戏本，走着瞧！"张乖乖说。

"走着瞧就走着瞧！"王三姐回应道。

张乖乖是怪叔的儿子，多少受了他父亲的影响，有其父必有其子。其相貌也特别，凸额头，大颧骨，蝌蚪眼，深眼窝，塌鼻梁，长下巴，猴腮帮，尖嘴唇，大犬牙，说话行事与众不同。他的名字也真是名虽其实，又奇又怪。他的名字原是大人叫他别胡闹、守规矩、乖一些，而他则拐到奇怪的"怪"上去了，不仅嗓子带女人腔，又尖又亮，而且说话做动作亦带有女人味道，扭扭捏捏的。他领唱打夯号子，本是协调打夯者的步伐动作的，可由他嘴里吼出来，就韵味十足、阴阳怪气，引人发笑。说尖，他的声音若女声一样，原比男人高八度；说亮，即敲锣打钟一样脆亮。他原爱唱秦腔，吼出来的秦腔调子，随风顺气，能传得很远，十里八里外的人都能听到。最是那个女人腔的怪味，清脆嘹亮，尖声怪气，高入云霄，震人耳膜，透人心扉，逗得人前合后仰，笑软了骨头笑酥了肌肉，直不起腰来。他用这种腔调领呼打夯号子，倒吼得打夯者笑瘫身子，抬不起夯来。

针对这种状况，王三姐讥笑道："我的乖乖，你看，究竟是谁的半边天塌了！"

不过他的腔调虽尖虽怪，可人们爱听，烦闷时，听他一声尖声怪叫，烦闷顿时烟消云散；劳累了，他唱一声女腔怪调，疲劳尽忘，精神抖擞。

张乖乖领吼打夯号子，大家听熟了，也就习惯了，适应了。他一声吆喝，一组人齐声响应，脚踏着他吼声的节奏，身子点点晃晃，胳膊摇摇摆摆，统一着一组人的步伐，协调着大家的动作，若大若沉的木夯，被四个人挺举提老高，下落得更有力，很快就将该夯的土夯平、夯实了。

俗语说，绘画是空间的艺术，音乐是时间的艺术，张乖乖吼的打夯号子，虽够不上是时间的艺术，更难登大雅之堂。可他的吼声，若军列的乐队，铿锵的节奏，每个节拍都在点子上，统一着人们的步伐，协调着集体的动作，使一班人的步伐动作又整齐又省力，效果又好。说实在话，打夯这个活，没有人吆喝、协调，还真干不成，不是抬不起夯，就是夯不到地方上，弄不好，还会砸伤人的脚。张乖乖领班打夯，确是英雄遇用武之地，好钢用在了刀刃上。

于是张乖乖夸耀地说："半边天，怎么样？我的耳朵痒痒的，你们也吼几声，让我们听一听！解解痒。"

王三姐本是个争强好胜、伶牙俐齿的人，岂能甘拜下风，便按着张乖乖打夯号子的调子唱了起来：

    姑娘小伙子哟，众人一条心啊！
    男女搭配好哟，干活有精神呀！
    百年大计高呀，质量是第一啊！
    搞好水利化呀，造福众乡亲啊！

王三姐这一唱和不打紧，更激发了张乖乖一组人的精神，号子唱得更响亮，夯打得更起劲：

    嗨哟嗨哟嗨哟，我们是英雄呀！
    立下愚公志哟，大山也能移呀！
    众志能成城哟，大坝定筑成呀！
    修好咱水库哟，赢得好收成呀！

男声女声的打夯号子，此伏彼起，声浪一阵高于一阵，撞山震谷，回荡在山沟里的工地上，激励起人们的劳动热情，使筑坝的劳动更起劲，工程进展更顺利了。

采石头的，炮声隆隆；挖土的，沙砾成堆；加工石料的，叮当有声；运料的，供求平衡；垒坝的，节节高升；打夯的，结实平整。

经过二百多个日日夜夜，拦河大坝终于筑成。又在大坝的迎水面，用水泥浆勾勒好缝隙，于背水面广植草皮，在坝顶上铺了粗砂又铺细砂，且浇灌厚厚一层水泥。

但见，整个大坝雄伟壮观，气势非凡，若一堵又高又厚的城墙，巍峨地坐落在两座山体之间，把左右的石壁连在一起，形成一座把关的铜墙铁壁。一大群庄稼汉子、巾帼英雄，把炯炯有神的目光投向坝体，打量着自己用汉水浇铸的劳动成果时，禁不住发出欢乐的笑声。又是张乖乖一声打夯号子，引得大家一呼百应地唱了起来：

　　男女搭配好啊，干活人不累呀！
　　基础打得牢啊，水坝修得好呀！
　　蓄下金银水啊，保证大丰收呀！
　　……

可是，实践是检验真理的唯一标准，洪水是考验水坝的尺度。水坝修的好坏，成功不成功，不在水坝的高大好看，还要看能不能挡住山洪，拦洪蓄水，变水害为水利。张老二又在费新的脑筋，准备迎接新的考验，期待着新的战斗。一些历经沧桑的老人和有识之士，诸如赵老帅、王老二等等，也在思索大坝的命运，喜忧参半，又欢乐又担心。而广大的村民则充满胜利的喜悦，沉浸在一派胜利后的欢乐之中。

古堡乡的人们，用劳动和汗水送走了一个严冬，又一个暖春，迎来了炎热的夏天和麦收，也迎来了绵绵的雨季。

炎热的夏天，骄阳似火，烘烤着庄稼地，也烘烤着汗水淋淋的庄稼人。酷夏的天气又是多变的。一阵儿风，一阵儿雨，说变就变。上午晴空万里，下午说不定就是倾盆大雨。南山里的气候更若小孩子的脸，一会儿喜笑欢颜，一会儿又是泪水涟涟，说风就是雨。

立秋之前，古堡地方接连半个月的大晴天，持续十几天的高温后，忽然燕子低飞蛇过道，蚂蚁搬家山戴帽，空气闷热潮湿，人们昏昏欲睡，鸡鸣狗喘气，牛马焦躁不安。太阳胭脂色无风便是雨，战天斗地的庄稼人，凭经验判断，必定就有大雨到。紧接着又是东风劲吹，乌云西滚，电光闪闪，雷声隆隆。乌云始是一片一片，继之是布满天空，后来又越积越厚，光线愈来愈暗。接着是炸雷轰顶，令人胆战心惊，说风就是雨，马上便是瓢泼大雨，铺天盖地倾泻了下来。白热化的状态持续半天之后，又转变成绵绵阴雨，持续不断。南山之中，暴雨过后，洪水从山顶、山坡、沟沟、岔岔流向山谷，汇成洪流，若万马奔腾之势，以雷霆万钧之力，扑向水坝，似是善者不来，来者不善。

倾盆大雨之后的第二天上午，张老二带着雨伞，冒着阴雨，一家家通知各庄头头，一起来到水坝之上，仔细查看水势和水坝。但见金水河的洪水滔滔不绝地冲向拦河大坝，大有锐不可当之势。涌来的洪水遇着大坝的迎头拦截、碰撞，又掉头回旋，转起圈子来，似寻找发泄的出口，转来绕去，转不出去，便聚积起来，越积越多。从水坝的标码上看，始是一丈，到中午时上升到二丈，到下午时分上升到三丈。即水坝约三分之一的高度。张老二思谋着，虽然将到傍晚，坝上不能离人，必须从长计议。便将人手分为两批，昼夜不断，轮流看护。务必人不离坝，坝不离人。坚守堤坝，察看水情。便招呼张小宝等看守一会，自己回去吃晚饭后再来替换。

待张老二等吃罢晚饭到坝上后，水势又有上升，接近四丈标高。张老二披着雨衣，提着马灯，与一伙的同志在坝上来回不停地巡逻。彻夜未合眼，拖着疲惫的身子，死撑硬熬到天明，一看水位已上升到五丈过头，也就是说，水位已上升到大坝一半的高度，仅仅一天一夜之间。

可是天仍是灰蒙蒙的，雨还在不停地下。上午，在夜里回家休息的同志返回坝上，来替换值夜班的同志回家吃早饭、休息。可张老二哪里能安下心来休息，急急忙忙吃了早点，又急匆匆地回到坝顶。只见水位又上升到接近六丈的标高。原来，大暴雨过后，不仅水库所在的下游雨水积聚到水库，而且金水河中、上游地方沟沟岔岔的雨水，都流泄到河中，一起向水库滚滚而来，导致库容暴涨。

除了继续涌来的洪水，由于水位的升高，库容的增加，水量对堤坝的压力亦逐渐加大，堤坝的背水面已看见细水汩汩流出。这就是说，水坝已出现渗漏现象。张老二自忖，这是否是不祥之兆？他不愿意这样揣测，可是禁不住不这样揣测。

时间在等待煎熬中缓慢度过，到了中午，阴雨仍没有停住的迹象，水位还不断上涨，超过七丈高度，直向八丈的标高窜升。

随着水位的不断上涨，渗漏现象也愈益明显，由汩汩细水转变为涓涓流水。"不好！"二字禁不住从他嘴里冒了出来。说时迟，那时快，在水位窜升过八丈标高的同时,水坝左侧尽头,同山体岩壁衔接处,渗漏水量明显增加,紧接着,塌陷出一条裂缝,流水量迅速加大。原来,在此土与石、软与硬对接处,夯得不实,留有松软土质漏洞,真乃千里之堤,毁于蚁穴。张老二他们急忙将备用的沙袋统统往里填塞,七手八脚,把附近的沙袋全部用完,仍未填平。张老二带头将对襟上衣脱下,扣住纽扣,挽住袖子,充作袋子,用堤坝背水面的沙子装满上衣,填塞了进去,别人也迅速如此这般学样,将六七个人的上衣沙袋都填塞进去,才填平缺口,堵住了裂缝。

"好玄!"张老二喘着气说。

张智修也附和道:"可不是么,真危险!若发现的迟一点,堵得慢点儿,待裂缝冲大了再堵,可就来不及了。"

张老二看着堵住的裂缝,想着填塞裂缝的一刹那,确实有些后怕,嘴里未说,心里却不寒而栗,由不得的打了一个寒战,出了一身冷汗。

张老二本是一个沉得住气、意志坚定的人,即使是民国年间大地震那年,天灾人祸连连袭来,人人生命危在旦夕,人们都处在慌乱之中,乡亲们也未曾看到他的一点惊惶失措。对于旧社会保甲长频频催捐派款抓壮丁,及至兵荒马乱,他也是不慌不忙,从容应付。人们称他为铁塔是有道理的,一则他身高马大,五大三粗,出现在哪里,哪里就有一种顶天立地的感觉;二则,他一向坚定沉着,总给人以精神上的安全感。现在,当水坝出现险情,一块儿的人也是一样,只要张老二在,大家就心里踏实。至于张老二的内心活动,人们如何知道。其实,张老二也是人,不是神,他与其他人一样,都有七情六欲,也有怕。当水坝出现裂缝时,他内心确实也是紧张而害怕的,因为大坝安危确实事关重大,万一发生问题,个人得失尚在其次,全乡人民的生命财产则是天大的事情,不能有丝毫的闪失,这是他最担心、最害怕的问题。

但是他又想,大坝是牢靠的,从选坝址到选材料,再到筑坝的各个阶段、各个环节,工程都是结实的,有安全保证的。即就是出问题,也不会发生大问题。所以,他又是沉得住气、坚定的,没有惊慌失措的表现。总的说来,是坝如其人,其人如坝,乡亲们对他是相信的,对坝是放心的。

待稍事喘息后,他又忙碌起来,来来回回巡逻,仔细监视坝堤的细枝末节。幸好，再未发现裂缝。

可是，阴雨仍然绵绵地在一个劲地下，水位仍在飙升，超过九丈，直奔十丈高的坝顶。水势把大伙的心提了起来，把胆吊了起来，担心大水漫过坝顶。此时此刻，张老二他们多么盼望天晴雨住，一双双熬夜巡逻、布满血丝的眼睛，仰看天象，观看乌云的流向，盼太阳露脸。但都大失所望，灰蒙蒙的乌云不移不退，绵绵细雨不停地淋洒。虽然天气阴沉凉爽潮湿，人们的心仍火烧火燎般焦躁不安。

福无双至，祸不单行，水坝发生裂缝之后，接着又是漫顶之灾，阴雨直下到第三天下午，上游、中游的雨水仍不断涌来，他们的水坝又无溢洪洞，仅靠输水洞，排出一小部分，库容仍然是出得少，来得多，水位很快达到坝顶，又从坝顶溢出，向水坝背面漫去。

水坝是关键，库水是命脉，命脉决定乡亲们的命运，而所有这一切，又取决于水坝的安全。水坝的牢固与否，不仅是衡量张老二他们几百号人、二百多日日夜夜劳动成绩的尺度，更关系全乡成千上万人生命财产的安危，命脉系于水坝，命运系于水坝，成败安危关系重大，责任重于泰山。张老二他们深深为此忧虑、担心，吃饭乏味，睡觉无意，坐卧不宁。

正在张老二他们十二分地焦虑不安、万般无奈之际，到第四天的后半夜雨住了，及至上午天晴了，来水虽未减少，却也未增加，处于平稳状态。虽然仍从坝顶溢出，库容似乎停止上涨，漫出的水既未提速，也未增加。由于雨住天晴，来水持续减少，加之输水洞的少量排出，库容继续保持平稳状态。

张老二、王三姐他们的脸色也随着雨住天晴而退去阴霾，露出笑容，面面相觑，莞尔一笑。庆贺着胜利，享受着轻松，轻松代替了紧张，欢乐代替了焦虑。

到了下午，又飘来朵朵浮云，下起雨来。凭经验，张老二他们知道，这是阵雨，是大雨过后的"过雨"，不会持续多长时间，因而也不紧张、担心。果然，过雨下了一阵之后，一道彩虹高挂东方天空，男女老少都奔出房门，拥向空阔地带，仰首凝目，观看彩虹。俗语说，云往南，泡塌房；云往西，稀济济；云往北，马勺泼；云往东，一场风。此时，一阵西风吹来，不久烟消云散，又一次雨过天晴，霞光万道，洒向大地，古堡人的脸上，彻底退净了愁云，一个个豁然开朗，满面笑容，裂开了嘴，笑出了声，沉浸在欢乐之中。男人们在院中排水、清理道路泥泞，妇女则在晾晒衣服被褥，或者刷鞋袜，忙碌个不停。

第五天，更是一个好天气，水坝的建设者们不约而同，都拥向坝顶，其他人也断断续续来到坝上，排成一道人的堤坝，面朝库容，欣赏着自己的劳动成果，或者领略雨过天晴后的山光水色。特别饱尝着库中蓄水，恰若天在水中，又像水在天上，只见朵朵白云在水中游动，鸟儿在水中飞翔，又见座座青山在水中晃动，水上水下都是坝，大坝上下皆是人，只一水之隔，将水上水下区隔为天上水下两个世界，一种景色。脚对着脚，坝顶对着坝顶，山脚对着山脚。

人们正在欣赏得兴趣盎然，谈笑风生之际，忽然扑通、扑通，有人跳入水中，原来是张乖乖、张大德等五六个小伙子，一时喜不自禁，跳入水中，向上游游泳而去。无独有偶，紧接着，张小月、张小芹两个女青年，也小鲤鱼跳龙门似的，跃入水中，与男青年比赛起来。

张小芹是张老二的女儿，张小月是张老三的女儿，欧阳义的养女，两人都在外地一个中专上学，一个学水利，一个学林业，学过游泳的。放暑假回到家中，正赶上大伙儿看水库，就跟着来到堤坝上看热闹，欣赏山光水色，看到张乖乖等几个男青年跳入水中游玩起来，禁不住诱惑便跳了下去追赶起来。男男女女，白条黑条，都向来水方向游去，游得够远的了又往回游，且比赛起来，张乖乖等几个男青年虽然也会游几下子，可都是自己学浮水，狗刨水，乱扑腾而已。而张小芹、张小月姐妹两个，则是在上学当中受过游泳训练的，不怕不识货，就怕货比货，不比不知道，一比显高低。只见两个浪里白条，一路领先，把几个浪里黑条的小伙子远远抛在后面。张乖乖几个人急急忙忙、手也打水，脚也打水，宁是追不上，待张小芹、张小月节奏分明、不慌不忙游到水坝跟前，登岸观看好大工夫，张乖乖几个男青年才急急忙忙地游过来，落汤鸡似地爬上水坝，上气不接下气地直喘息。

"一个姑娘家，大庭广众面前，跳到水中跟小伙子比赛快慢，成何体统！"张二嫂嗔怪女儿道。

"姑娘家怎么啦，姑娘家不是人，小伙子能游，姑娘家就不能游，叫什么男女平等!"张小芹争辩道。

这一辩,倒把张二嫂说住了,一提到男女平等的原则问题上,张二嫂不好再怪女儿了。王三姐也帮助外甥女儿说话了:

"依我说,小伙子能游,姑娘家也能游,都能游,就是我们这些老婆子游不得。"说得张二嫂、张小芹都笑了起来。

正站在一块观看的张老二、张大嫂等也连声称赞,张老二评论道:"看来受训练不受训练就是大不一样,小芹和小月虽然是丫头片子,可人家是受过训练调教的,就跟学武艺一样,是高人传授名人指点过的,张乖乖几个虽是大小伙子,到底是土包子乱刨水,落后了一大截,不服气也不行。"

经过暴雨的洗礼,洪水的冲击,大坝终于经受住了考验,立稳了,积蓄了上百万立方的水。修河垒坝,种啥收啥,为来年万亩农田的春浇夏灌,提供了可靠的物质保证。

与此同时,张老二他们在充分调查研究、吸取历史经验教训的基础上,制定和完善了用水、分水的标准和规章制度,为合理管理水利提供了制度保证,为各支渠之间、用户之间合理用水提供了依据,缓解了村民之间的矛盾,避免了争水纠纷,使古堡地方实现了五谷丰登,六畜兴旺,村民安居乐业,处处呈现出一派安定团结、和谐一致的繁荣景象。

第三十八集　重操旧业

世事沧桑　赵道人弃道还俗
执着信仰　赵老五重操旧业

　　一日正逢星期天，赵老师正在家中整理书稿，忽然家犬在吠叫，以为来了客人，去出院门接客。一开门却见一个道人，似一棵松树，亭亭立于院门外，头顶着青布道巾，身着青色道袍，腰里系着黄色双穗绦，穿青色道裤，脚登道人鞋，手持一把扇子，从头到脚，一个道貌岸然的道人。赵老师以为是来化缘的，却听敲钟般的一声："大哥，我是赵树信。"

　　听着耳熟，一端详面孔，方是自己老五弟弟，便急忙引进书房中坐下，并招呼妻子过来见面。

　　赵老五便将道观中发生的事，一五一十地向哥嫂说明：红卫兵查封道观，自己被迫还俗，别无去处，不得不投奔哥嫂处暂住，赵老师夫妇这才明白了事情的原委。

　　赵道人原是玄贞观的道人，因他从事道教多年，对道教颇有信仰，且道行不浅，在善男信女中有一定影响。求他抽签算卦的，做道场的不少，因为他的缘故，所在道观香火旺盛。

　　未料，世事发生变化，"文化大革命"爆发了，要破千年旧俗，立一代新风。道教，作为旧风俗、旧文化、旧思想、旧道德的四旧之一，成了破除的对象。一群红卫兵用封条封了道观，命令道人们从哪里来的仍回到哪里去。赵道人也不例外，离开了玄贞观，举目四望别无他路，便径直奔他大哥——赵老师来。

　　说到赵道人，他与赵老师真是割不断的亲情。

　　赵家早已家业衰落，度日维艰，衣食难保，更兼儿多娘苦，一个儿子一条筋，筋筋连着娘的心，赵母对每个儿子都牵肠挂肚，尤其更疼爱、操心小儿子，无时无刻不在思虑赵老五的活路。赵老五的父亲去世后，年迈的老母，自知夕阳苦短，越发日日夜夜放心不下小儿子的生计问题，意欲在自己归天之前，给其找一个谋生的出路，好临终时闭上眼睛。便四处活动，求亲告友，得知朱道士家人手单薄，道务繁多，需要一个帮手，平时帮助务习庄稼、搞搞家务，遇有道教活动跑跑龙套，他妈便把他托付给朱道士家，不给工钱，混碗饭吃。

　　古堡镇地方，道教颇有些来历，也有一定影响，中间虽然有兴有衰，然而传承不断，朱道士便是道教传承者之一。乡亲们生老病死、兴衰际遇问题，免不了找他们算卦抽签、做道场，希图消灾避难，因而香火不曾熄灭。

　　当地的道教又分"全真派"与"正一派"两个门派，全真派称道人，要出家，住道观，不结婚，但蓄发。正一派称为道士，除了蓄发与全真派一样外，不出家、不住观、可娶妻生子，平时从事农业生产劳动，遇有道教活动，被人请去作发丧、祈福、禳灾、谢土、还愿等活动，或者走街串巷、摆摊设点，给人抽签算卦。朱道士属正一派，他手里倒也香火旺盛，求签算卦等道教活动络绎不绝。

　　赵老五来到朱道士家，活动也不外乎这些。平常时节帮助做家务、干农活，兼练习吹唢呐，敲锣打鼓，识字念经，日复一日，年复一年。随着岁数的增长，道教的业务知识技能也有长进，遇上丧事喜事，同朱道士一班人马一起，从事道教活动。

　　不到四年光阴，朱道士因年高患病，竟然卧床不起，进而亡故。因他是独子单传，人丁不兴旺，只生了一个女孩，不能从事道士职业，没有儿子继承父业，家中财产不允外姓人染指，自有叔伯堂兄弟继承。这样，朱道士一死，香火失去了传承，赵老五的道士生涯也走到了十字路口。要继续干下去，自己年轻骨嫩，道行威望浅薄，挑不起这个担子，便回到老家赵家庄。

　　在他去朱道士家不久，其母已辞世归天，仅有少许房子和土地，由老大占用。大哥即赵老师主要凭知识吃饭，以教书为生，暂住几天可以，长期依靠他生活不行。无事可干，便到古堡镇上闲逛，在左右为难、进退失据之时，忽然遇上全真派玄贞观的李道人正在给人抽签算卦。赵道士想，既然走投无路,何不算他一卦再作打算。

李道人问了其生辰八字、职业和家中人口,便掰着手指算计起来,眼帘低垂,口中念念有词,只见他的手指一个个伸开,又一个个合拢,大拇指在各个指节上掐来掐去。后来,又将签筒摇了几下,让其抽签。赵老五抽了个上上签。

李道人最后说:"你是水命,按金木水火土五行说,金克木,木靠水,水与火不相容,水与土之间隔着火,不是水灭火,便是火把水烧干,不宜再还俗种田,只有靠木尚有路可走。因此,只宜干本行,进木盖的庙门。东家既然已经亡故,不能再干,你就彻底出家,进道观。你又没娶妻生子,无后顾之忧的拖累。再说,正一派与全真派都是一个祖师爷——李耳,念的都是老子的道德经,你就到玄贞观去,有处住,有吃的,何乐而不为。"

赵老五听了此番言辞,觉得似乎有些道理,自己也略略翻阅过道教和皇历一类的书,水与火当然不相容,自己回家种地,又没有山地,只有进道观。好歹,自己在朱道士家干了几年,已经对道教有所了解和信仰,真是踏破铁鞋无觅处,得来全不费工夫,在山穷水尽疑无路时,竟然柳暗花明又一村。思忖道,合该命运如此,先是母亲把我送到朱道士家,时隔不久,朱道士归了天,在走投无路时,李道人又指出了一条路,既然是命运注定,只有认命。此时天色已晚,二话不说,就跟上李道人来到了玄贞观。

这玄贞观倒挺清静,四周房舍宽阔整齐,院中左右各有一棵参天古槐,正面大厅前面置一四方四正的大香炉,香炉中仍在冒烟,正殿灯火闪闪发光,虽是傍晚,仍有善男信女进香跪拜,院中一派道家氛围。

道家有个传统——无为而治。一般不劝人信道,也不提倡信徒出家。若出家的过多,衣食不济时,还规劝年轻道人还俗务农。因此,信道的人不多,出家的人更少,足见道家无为而治是言出道行。

赵老五来到玄贞观,发现李道人毕竟是出家住观的道人,道家学问道理无所不晓,无所不精。道观中藏书丰富,从老子的《道德经》,周公旦的《易经》,再到张道陵的五斗米教,以及后世门徒弟子的著述文章应有尽有。除此以外,还有做道场用的锣鼓唢呐等一套乐器,以及相应的乐谱、道具等等,远非未出家的朱道士所比。尤其是讲起道教知识来,深入浅出,头头是道，入微入精，更是高于朱道士的所以然。对那《易经》倒背如流，其中的八卦、六十四爻及其变化，滚瓜烂熟，变化无穷，情趣无限，更令赵老五五体投地的钦佩。

赵老五原是有悟性的，初跟朱道士做道场，接触人生的生老病死、兴衰际遇，已有所领悟，又听了李道人的宣讲、点拨，学问道行更进了一层，除了打扫庭院，张罗师徒的吃喝杂务，接待烧香算卦抽签之外，所余时间精力都用在读经明理、研习吹唢呐、敲锣、打鼓奏乐之上。每有疑问不精之处，就近请教。师傅领进门，修行靠自身，加上阅历的增加，悟性的提高，经验的积累，道行学问日益长进，对算卦者察言观色、套引、顺摸、推断、猜测的算卦业务，则就轻驾熟，应对如流。

据李道人讲，玄贞观，是为道教的创始人张道陵所筑的，张道陵祖上是原籍河北的张君辗转四川，后来又来古堡所在地方，并创立了道教。继承、发扬了庄子的道德经，尊其为道教宗师。后来，其家人和门徒为传承道教，便修筑了这个道观。这是赵老五闻所未闻的学问，是真是伪，虽有传说，并无记载，也无从说起。宁可信其有，不可信其无，不便再下苦功深究。

他专心致志于道务活动的学问和技艺，精益求精，多下功夫，还研习道家的医学知识，力所能及地为善男信女解除精神疾病和生理疼痛，颇得信徒们的好评和信赖。香客们往往是带着疑惑愁眉不展来，解疑释惑眉开眼笑离去。据说，他的服务也有应了验、见了效的。

一位老师利用暑假，欲领孩子出去东南一带游玩，慕名而来占卜顺逆吉凶，他测算后回答：不宜到东南方去，恐怕有灾祸。该老师本对其半信半疑，一者执意要去东南热闹地方游玩，二者也欲检验一下赵道人的道行究竟高低若何，仍然按原打算去了东南方。不料果真发生灾祸，孩子的胳膊在一次意外车祸中骨折，家长觉得真的应了验，后悔未听赵道人的点拨，以致遭此灾祸。一传十，十传百，将赵道人吹扬得神乎其神。慕名而来的香客越来越多，道观门庭若市，香火旺盛。李道人、赵道人喜在心里，笑在脸上。

未料，好景不长，世事发生变化，"文化大革命"爆发。赵老师一听红卫兵将其逐出的事，完全明白了，顿时又惆怅起来，四弟赵树智出家、还俗，几进几出，好不容易，最终出家为僧未归，而道人五弟又来了，如何是好？紧巴巴的日子，窄小的房舍，如何经得起这般折腾？可有什么法子，总不能把他再轰出去，只好两个人的饭三个人吃，两个人的日子三个人过，先住下将就着再说。

暂时凑合可以，长久哪儿能行，两个人的口粮哪经得起三个人吃，必须另想办法。赵老师只好向生产队长求救。总就是一个祖宗的子孙，一个队的社员，生产队长眼看着这种窘况，不管也得管，最好的办法就是让其参加集体劳动，挣工分，到时候分口粮，还得给上头说清楚，多留一个人的口粮，少交一些公购粮，且暂时先借给一点口粮度日。东跑西颠，好说歹说，总算使赵老五的生活暂时有了个着落。

赵老五还了俗，一个大男人，总不能一辈子在哥嫂家中过下去，还得成个家，也好过日子。成家的责任又落在半个父亲——赵老师的肩上。他忽然想起同村的夏寡妇来，三十岁刚过，丈夫得急病不治而亡，留下一个小男孩，孤儿寡母苦撑着过日子，挺艰难的，顾了孩子，顾不上劳动挣工分；如果下地干活挣工分，又顾不上照管小孩子，把一个夏寡妇牵扯得难以应付。求娘家的哥嫂，也各有各的活路，各过各的日子，爱莫能助，何不将他们撮合在一起，互相有个依靠。

单丝不成线，独木难成林，断了弦的三弦子，若要弹得响奏出曲调，总得续上弦才行。车到山前必有路，有寡妇必有光棍汉，反过来，有光棍汉也就有寡妇，只是对号的问题，大活人总不能叫尿憋死。还是给老二找女人的办法，无所谓谈情说爱，也谈不上千里姻缘一线牵，要紧的是水行磨转，养家糊口过日子。男方，由赵老师牵线；女方，由妻子去搭桥。男女双方都事已至此，哪有拒绝的理由？赵老师征求赵老五：没意见，妻子询问夏寡妇：同意。真是自古穷通皆有定，离合岂无缘？事情总算有了个谱。

接下来，需要给夏寡妇的哥嫂知会清楚，一者礼数如此，尊重娘家人的需要；二者也是做工作，免生枝节。其哥嫂倒也通情达理，妹子有了依靠也好，免得牵挂不完。

然后，还要请生产队长许可。人心都是肉长的，队长也明白夏寡妇的事和赵老五的事，都是队里的事，他们双方结合了，我队长也少一份麻烦事，自然乐观其成。并主动出面主持，将赵老五送到了夏寡妇家，住在一块了事。

日月如梭，流水光阴，转眼间几年就过去了，夏寡妇的孩子已长成半大不小的二壮子，够不上全劳力，也算个半劳力，能够放羊挣工分，自食其力。赵老五与夏氏又生了一个男孩子。赵老五同社员们一块劳动，也混熟了，调侃说笑无所忌讳。社员当中也有曾求赵老五算过命的，便半开玩笑半正经地问赵老五："你算命算得好，为什么未算好自己的命？到头来，仍和我们一起下苦力，靠种田吃饭？"

赵老五无可奈何地回答："命可算，不可图。"双方哈哈一笑。

有的社员又问："你是道人，出了家的，你算没算出来，同赵嫂子成亲过日子的事？"

赵老五说："这种事，别说是我，就是诸葛亮也算不出来，只有听天由命了。"又是一场哈哈大笑，起来干活了事。

未过几年，世事又发生变化，"文化大革命"结束，党中央重新明确了宗教信仰政策，恢复信教自由，允许信佛信道的人进行正常的宗教活动，并重新开放了寺庙、道观，给信教群众提供方便。

此时，玄贞观的原主持李道人早已年老归天，需要赵老五主持道观事务。命运的变迁，又摆在赵道人的面前。他的人生道路又走到了一个十字路口，何去何从，需要赵老五重新拿主意，作选择。

这个时候的赵老五，既不是第一次投靠朱道士的赵老五，也不是第二次跟随上李道人走的赵老五，他现在是还了俗，有了妻子，又有了亲生孩子，拉扯、牵挂事儿一大串，前走一步谈何容易。首先需要妻子的同意，他们是在人生的半路上被患难的命运推在一搭的夫妻，人非草木，岂能无情，人非禽兽，岂能无义。碧丝寸草，欲报三春晖，患难与共好几年，有情有义，何能轻易割舍。还有亲生的儿子，幼小稚嫩，需要自己抚养长大成人，怎能抛下不管。

赵老五想，人总是要有信仰的，不信则无，信则有。自己已经信了道教，哪里能随意抛弃、改变？人的一个"信"字，真是好生了得！

赵老五还想，信仰有深有浅，有浓有淡，有执着的，有随意的，有坚定不移的，亦有人云亦云的。浅者、淡者、随大流者，倒不大要紧；可信仰深者、浓者、执着者，则为其所痴、所恋、所好。虽然因其所苦、所累，可觉得人生有价值、有意义，值得为其受苦、受累，甚至付出一切。它与生命相联系，成了生活的内容，人生的价值，活人的意义，奋斗的目标。是须臾不能分离、万万不可没有的，也是高雅与庸俗、真理与谬误、善良与邪恶、美丽与丑陋的区别所在。若是背弃了它，便是虚伪、邪恶、丑陋，那是没有任何意义和价值的。

赵老五认为，自己信道教，是逐渐形成由来已久的，不是一时心血来潮，不是可有可无，而是不可或缺的，是自己经历了从无到有、从浅到深、由淡到浓、由人云亦云到执着的几十年的过程，岂能说变就变，说丢就丢！自己弃道还俗，是身不由己、迫不得已的，在此期间，虽然身在田间，却心在道观，生活在家，想的却是道教的活动，何曾些微淡忘。

如今，共产党允许信仰自由，开放道观，建议自己主持道观事务，是对自己的信任和器重。再为善男信女效力，是命运的安排，也是自己的心愿，岂能坐失良机，这是万万不能错过的。

还要同大哥商量，争取他的谅解和支持。赵道人心想，大哥呀大哥，平常时节，你有疑难困惑，做弟弟的对你没有一点帮衬，可弟弟们有困难，总来投靠你、麻烦你，只要来了你二话不说，饭匀着吃，热炕挤着睡，求人下话给找营生，四处张罗给找伴侣。你虽是弟兄，可尽着父母的责任。对弟弟们尽义务、负责任效劳操心，不求丝毫报偿，何谋什么好处。你是弟弟们的贴心人，是靠山。若有活路，一个个远走高飞，风雨来临，便投靠你，你既是弟弟们的家，又是旅途驿站。你的名字叫树仁，可谓名副其实，仁至义尽，你的名字上没有"德"字、"望"字，却德高望重，有情有义，有口皆碑，叫我如何别你而走。

还要与妻子商量，按照道家的规矩，可以保持与妻子、孩子的家庭关系的，允许两头兼顾。于是便向妻子说出了自己归队的打算。

妻子夏氏，本是一个通情达理的人，通过与丈夫的生活与交流，简略晓得些道教的义理，也深知丈夫对道教的笃诚与执着。还有，丈夫是一个谨言慎行的人，从不轻易说话，随便做事的，既然话已出口，是不会轻易改变的。另外，儿子已经半大不小，不是当初与他成亲时的拖累情况。况且，即便他身归道观，重操旧业，仍维持夫妻关系，尽丈夫和父亲的责任，未尝不可，便说："我理解你的想法，支持你的选择，只要情投意合，不一定朝朝暮暮生活在一起，只是家庭和道观两头跑，别苦着累着。"

赵老五又去向大哥说明己意。大哥作为老师，是博览群书、精通哲理的人，懂得道教的道理和规矩，深知信教者的信念和态度，明白弟弟长期从事道教事业，所形成的思想信仰是根深蒂固的，是难以改变和抛弃的，半道脱离并非初衷，今日提出归队，不是权宜之计，而是应有之义，便慨然同意。并建议处理好与家庭的关系。

赵老五又向生产队长来告辞，并说明事情的来龙去脉，还感谢当初的收留与关照。希望理解和支持自己的选择。生产队长理所当然地支持他弃俗还道，并说："来生产队是一家人，还道后仍是一家人，会继续关照你的妻子、孩子的生产生活，放心去主持道观的事务。"

自此，赵道人重新迈进了玄贞观的大门，主持道观事务，接待善男信女抽签算卦等活动。经济上，政府对他有生活补贴，他省吃俭用，以接济妻子、儿子的生活，节假日与闲暇时间抽空探视妻子儿子，享着天伦之乐。对道观和家庭两头兼顾，过着圣贤和凡人的两种生活，真可谓是太平盛世，安居乐业，左右逢源，两全其美。

第三十九集　脚下有路

一再落榜　三姐女儿无缘高等学府
脚下有路　王春芳步步闪着金光道

王三姐的女儿王春芳，古堡镇完小毕业，又考上县城中学，在中学的学习成绩也名列前茅。古堡地方上学的女孩子本来很少，上中学的更少，一时传为佳话。王春芳也欲百尺竿头，更上一层，一心要上大学。未料高考仅差一分，名落孙山。这也难怪，因为能考上大学的毕竟是极少数，十个高中毕业生中不过考上三四个，大部分不能录取。可是王春芳向来争强好胜，而且仅仅差一分，不甘心失败，意欲下一年再考。自己在家中又复习了一年，再度报了名，按规定时间去参加高考。

高考时间正值炎夏，她步行到县城，口渴难忍，吃了根生黄瓜，又喝了一缸子热开水。真是不凑巧，不知是生黄瓜不干净，还是生黄瓜和热开水不宜配，还是吃了别的什么过敏食物，拉起肚子来，不得不接二连三地上厕所。高考的时间是多么的宝贵，争分夺秒地答题都来不及，岂能有丝毫的耽误。她一堂考试要上两三次厕所，哪有不影响考试成绩的，眼看着题目并不难，可就是耽误在厕所里。交卷的时间到了，试题却没有答完。就这样，影响了几门课的考试成绩，好端端地吃了大亏，发榜时又没有录取。

王春芳再次落榜的消息，引起了各种议论。

"说句公道话，按她平时的学习成绩，应该没有问题，又没有考上，肯定是发生了意外。"她的班主任说。

一些学习一般、未被录取的同学，更有了为自己辩护的说辞："拔尖儿的王春芳都未考上，我们落榜有什么奇怪！"

"麦田里还能飞出金凤凰！男娃娃都考不上，一个黄毛丫头片子还想考状元,没门。"邻里们说。

王春芳的奶奶同老伴私下里唠叨:"姑娘家天生就是人家的人,是给人家做媳妇、生孩子的,考的什么大学!"

"可不是么,从来没有听说过姑娘家考'状元'的,都十七八岁了,再不要折腾了,找个婆家嫁人是正经。"爷爷附和着说。

一向争强好胜、不服输、心胸很高的王春芳,如何能承受这一而再的失败?怎么经得住同学、邻里、爷爷奶奶们的议论、唠叨和压力,她陷入了深深的苦闷之中。睡在炕上不吃不喝,不吭不说。

还是她妈王三姐最了解女儿、最心疼女儿。带着哭腔,滴着泪水劝说:

"芳芳,我的好女儿,你老这样,妈我受不了!你不吃饭、不喝水,会饿坏身体的;不哼不哈,会憋出病来的;你的心里难受,你就哭吧,放开哭吧,妈我就你一个女儿,你是最疼妈的,你有个三长两短,妈如何是好?"

王三姐对女儿说的都是心里话。自己的父母想法不同,又是隔代人,说不到一块儿。丈夫是个聋子,不能说话、交流思想。芳芳小时自然不解大人的事情,如今女儿长大了,她才有个说心里话的人,母女之间都是知心贴心的,能说到一起。

芳芳仍是一声不吭。

王三姐又说:"高考没考好,不能全怪你,你辛辛苦苦地学习、考试,爹妈都给你帮不上忙,没有把你照顾好,也怪爹妈。"

话说到这个份儿上,春芳忍不住地抽泣起来,接着就大哭起来。大哭良久,又强忍着抽噎,哽咽了好一阵子,终于开腔了:"妈,这不怪你俩,全怪我自己不小心,吃坏了肚子,怎么能怪你呢!你又是劳动又是妇女工作,够劳累的了,再说,高考也不是你帮忙的事情。"

王三姐一听女儿说话了,心里便宽松了些,抚摸着女儿的头说:"人生的道路多着哩,长着哩,我给你说过的,妈是过来人,什么委屈没受过,什么苦头没吃过,还不是活过来了。眼下,大小也是个头头,在人前头行走,在大会上讲话,总算活出了个人样儿。榜上无名,脚下有路。除了独木桥、羊肠道,还有阳光道、幸福桥。现在是新社会,只要肯学、肯干,总会有出息的,妈最疼你,最相信你!"

春芳睡在炕上两天两夜，闷够了，渴够了，饿够了，哭够了，又听了妈的一腔肺腑之言，终于起来了，喝水了，吃饭了。

此时，毛主席号召：要把医疗卫生工作的重点放到农村去，积极地预防和医治人民的疾病，推广人民的医药卫生事业，解决农村缺医少药的问题。

乡长欧阳义又是医生，悬壶济世，给村民看病，最了解农民看病难的问题。常见病、多发病，他哪里能够看得过来。孕妇难产死了的、腹泻拉肚子夭亡了的、劳动中受伤致残的，比比皆是。他当了乡长，公务更忙了，虽然继续给患者看病，可一身二任，分不出身来。面对农村缺医少药的现状，确实是心有余而力不足。他觉得毛主席的号召确实是及时雨、雪中炭，说到了自己的心坎里。他也想给农民解决看病难的问题，可只身孤影、孤掌难鸣。县上响应毛主席的号召，要办赤脚医生培训班，给古堡乡分来一个名额，恰恰是个好机会。王三姐是他们乡的妇女骨干，她女儿高考落榜他也知道，并深为她惋惜。赤脚医生培训班名额一到，他首先想到了王春芳。便来找王三姐知会情况，并动员王春芳去参加培训。还说"当医生救死扶伤，是高尚而伟大的职业，谁都离不开的"等等。

王三姐也乘此机会劝导、鼓励，以欧医生的榜样教育女儿。

王春芳虽说起床吃饭了，可高考落榜的阴影仍然笼罩着她，当欧乡长来动员她参加赤脚医生培训班学习时，正是个换环境、消解苦闷的机会，又得到母亲的鼓励，便答应了动员，报了名。

王春芳来到县城办赤脚医生培训班的一所医院，先听了中医的理论课，又听了西医的理论课，接着是到诊断室、检验室、病房参加实习。

王春芳出生在中农家庭，自小有爷爷奶奶的关怀呵护，父母的疼爱操心，稍大之后又一直上学，从小学到中学毕业，接触的全是书本知识，何曾从事过护理病人和治病的工作，她是见血发抖、打针头疼、遇脏恶心，尤其怕见死人。父亲杀鸡，她藏在门背后偷偷地看，不敢近前正眼看。宰羊，更是躲起来的；听见杀猪时猪叫唤，更是害怕得要命，跑得远远的。还把耳朵捂起来。

人怕事情，事情不怕人。她怕血、怕疼、怕脏、怕死人，可是怕啥遇啥，遇到的偏偏就是这些事情。她没有想到，在医院里整天同病人打交道，患什么病的都有，不是打针、吊瓶子输液，便是开刀、缝合、包扎、拆线，或者采血样、尿样、屎样，进行化验，间或还往太平间送死人。真使她浑身起鸡皮疙瘩。

最使她毛骨悚然的是翻看尸体标本。一具具的人体骨骼架子，福尔马林池子中浸泡的一具具尸体，若学校里腌菜池子的萝卜、白菜一样，捞出来，放置于案子上，拨弄每一个肢体部分，甚至翻看每一块肌肉，翻看完了再放进池子泡起来。她觉得人原来是这样一个东西，落这样一个结果。这在以前是听也未听、见也未见的，真使她不敢目睹手触。一想到这些景况，就恶心、作呕，喝不下水，吃不下饭，可这就是学习的对象，工作的内容，怕看也得看，怕摸也得摸。

万事开头难，人生在世，每从事一项新的使命，做一件新的工作，迈第一步都是最难的，可这就是生活，这就是工作，必须面对它、接受它、习惯它、从事它。高考已经两次落榜，不能再考第三次，还有欧乡长的教导，母亲的鼓励，还有那么多生病、受伤、挨疼，甚至在死亡线上徘徊的邻里乡亲、兄弟姐妹。一想到这些，又暗下决心，要克服惧怕和困难，努力学好医术。同时，自己何曾服过输，何曾自认不行。学医也是一样，不能因为看见血、看见脏，怕见死人就后退，甚至打退堂鼓，如果是这样那就不是我王春芳。还觉得，人的身体这么复杂，有这这多奥妙，需要知道。于是，下定决心一定要学出个名堂。

从此以后，由怕血、怕脏、怕见死人，到习以为常，由不习惯到习惯，由不适应到适应，由恐惧变为新奇、神秘，进而觉得，不懂的道理太多，不会的东西太多，迫切需要弄明白，学会并掌握。

进一步认识到，医生的每一项工作，都关系到人的身体健康，关系到生死，千万马虎不得。于是肩负着责任学，带着问题学，认真负责，一丝不苟，小到伤口的消毒，缝合的每一针，包扎的每一块胶布都严肃认真。新的环境，新的学习内容，新的目标，吸引着她，要求着她，终于淡化了她高考落榜的阴霾，一心一意地投入到了赤脚医生的学习中。

王春芳本是一个心灵手巧、好学上进的姑娘，又是一个追求执着的青年，一旦她认准目标下定决心实现目标的时候，便不朝三暮四，就是九牛二虎一头大象，也难以把她再拉回来。一定要学出个名堂，做出个人样儿来，为乡亲们治病、服务，不辜负欧乡长的教导，要为母亲争光，为自己争气。

王春芳认真学习的态度，心灵手巧的学习方法，不管理论课，还是实习操作，皆取得突出成绩。老师也喜欢品学兼优的学生，很快赢得了大夫们的赞誉和信任，给病人诊断、治疗，甚至做手术，一有机会就让她观看、服务。

有一次，医院给一位患者作阑尾切除术，又叫她参加观看。只见麻醉后，主刀大夫切开右下腹部，肚脐与胯骨向外的三分之一处，三下五除二找出了发病部位，很快切除病灶，做完了里里外外的缝合工作。并且一边做，一边讲解，她看得仔细，听得明白。

又观看了一例胃切除手术。从术前准备、麻醉，到切开腹部、找病灶，观看胃部附近的器官，切除、缝合、包扎护理，了解了手术的整个过程，增加了她的感性知识。

接着又听了接生知识的讲解和接生现场的实际操作，大姑娘第一次看生孩子，参与接生手术，她又新鲜，又好奇，又紧张，又恐惧，又具体，又生动，恰是最好的课堂，是最好的学习，切实增加了她的妇产知识和接生技术。

参加了一次培训，仅学会了农村常见病、多发病、急诊病的诊断处理，以及常用药品的服用注意事项。但是，却把她引进了医疗战线，加入了医务工作者的行列。从此承担了救死扶伤、实行革命人道主义的使命，走上了从医的道路，开始了简单、初步的医疗服务工作。

疾病无情，救命如救火，她遇到了人命关天、责任重大、十万火急、必须应对的服务对象：她堂兄的媳妇生孩子难产，半夜里来找她。她既无产房又无接生器械，仅陪坐手扶拖拉机黑灯瞎火地往县城医院护送，未料到路被洪水冲断，形成几尺深的沟坎，连人带车翻进沟坎里，还未爬出来，后面一辆手扶拖拉机又翻压在上面。产妇、司机皆被压伤，春芳自己也受了皮肉轻伤。她顾不得自己的伤痛，挣扎着爬出来，既救产妇又救司机，终于把他们安全地送进了医院。

农村对医疗卫生的需求是急迫的，多方面的，不管慢性病、急性病，不问你治得了治不了，病急乱投医，就近找医生，找王春芳，可是她面临的是：一方面求医问药者络绎不绝，另一方面是要药没药，要器械没器械，一无所有，两手空空。即使是自己能处理的病，也无条件处理，除了往县城陪送，别无他法。

王春芳根据培训时的观察、接待，陪送病人的体会，向欧乡长提出了办卫生所的想法：需要几间房舍，需要听诊器、血压计、温度计、消毒、缝合、包扎、输液等医疗器械，以及救治急病、常见病的药品，相应地需要一笔购置这些器材的经费。

世上的事就是这样，不做事，不管事，便没有事；若做事管事，便越做越管越多。王春芳遇到的所管的就是这样的事，而且都是人命关天、非管不可、不管不行、又管不了做不了的事。

面对王春芳办卫生所的设想和要求，欧乡长既高兴又为难！高兴的是她有干事业的精神和打算，有热心和劲头；为难的是房舍、器械、药品、经费。一个小小的乡政府，哪里有现成的房舍，何来一笔不小的经费。他自己行医看病是因陋就简，悬壶济世，背着药匣子巡回医疗，只有少量的常用药，少量的经费周转着用。没有的药品多由患者自己寻购。从未想过要开一个诊所，挂一个牌子，若商铺那样营业。开诊所是需要的，可开办费从何而来！推托不是乡长应有的态度，解决又解决不了，便对王春芳说："你的打算很好，只是没有现成的房子现成的经费，一时办不到，先不着急，再慢慢想办法。"欧乡长实话实说，只能如此。

王春芳毕竟非等闲之辈，她是有事业心、有创业精神的人，不干则已，要干就要干出个样子来。有条件要干，没有条件创造条件也要干。

王春芳离开欧乡长办公室，一边思考一边漫无目的地闲转，侧转脖子一抬头，看见了观云台，便转到台子跟前去看。踏破铁鞋无觅处，得来全不费工夫。观云台因为筑在高台子上，不用到上面去，随便哪个方向都能看到，王春芳从来未到这儿来过，这次闲转到台子跟前，除了台上的正殿，台下旁边还有三间小平房，是供道人住的。顺便近前，透过破烂窗户纸往里面一看，尽是布满灰尘的桌凳、炉灶、火炕，既无道人住，也了无生气，一派萧索空荡的景象。她脑子一转，何不就在此处办诊所？初步拿定了主意。

王春芳回到家里，向母亲王三姐述说了要办诊所的想法，以及给欧乡长汇报的情况，又说了观云台旁边空平房可用的主意。

第三十九集・脚下有路

王三姐是最理解女儿的，最疼女儿的，也是最想帮女儿忙的。她对女儿是疼都疼不过来。参加高考，爱莫能助，总觉得欠女儿什么的。她也体谅欧乡长的难处。她想到女儿办诊所的困难，再说是自己动员女儿学赤脚医生的，现如今怎能袖手旁观！既然女儿初步找到房舍，诊所的地方就有了眉目，至于开办费，就是砸锅卖铁也要给凑，权当作给女儿办嫁妆一样。自己家里本不太寒酸，自己当家后勤俭持家，父母和丈夫都是节省人，挤一挤，凑一凑，是能凑合点经费的，便慷慨地回女儿说："经费的事，女儿别担心，由妈给你凑，你尽管去跑别的事。"

春芳一听妈妈给凑经费，高兴得跳了起来，一把抱住妈："妈真好，真是我的好妈，天下最好的人！"

人就是这样，饥时给一口，强过饱时给一斗。王春芳在办诊所最需要的时刻，妈给凑经费，如何不高兴得跳起来，不夸妈妈。

王三姐母女俩正高兴热火时，二姐忙里偷闲，回到娘家看父母来，隔窗听见三姐母女俩正高兴热闹着，禁不住闯了进来。看见侄女春芳依着她妈高兴得撒狂，便说："侄女有什么喜事这么高兴？是不是相好对象了，说出来我听听，叫姑妈我也高兴高兴！"

春芳赶紧站起来，拉住姑妈的手，一边请坐一边说："姑妈说到哪里去了，哪里是那种没日头影子的事，我的好姑妈。"

三姐也说："不是的，不是找对象的事，是办卫生所的事。女儿学赤脚医生回来想办卫生所，既没房子又没钱，正发愁哩。给欧乡长说了，欧乡长想帮忙，可他当乡长这个家，手头绷得紧紧的，也难当，一时也没个着落。女儿看上观云台旁边的平房，又说到经费没谱儿，我就答应给她凑开办费，权当给她置陪房，所以女儿就高兴的什么似的。二姐你想到哪里去了，女儿虽说也不小了，可找对象还是猴年马月的事，是镜中花，水中月，早着哩，空着哩。"

"原来是这么回事。"二姐说，"侄女子办诊所，可是个行善积德的大好事，咱们庄户人家，背日头下山，黄土地里刨生活，春夏秋冬过日子，风里来雨里去，不是挨冻就是受热，谁没个头痛脑热肚子疼。这也罢了，最是女人生娃娃，人生人，吓死人；人生人，疼死人。我们都是过来人，对那种

423

罪受的够够儿的了，咱们王家侄儿媳妇那么俊俏个人儿，就为生娃娃难产，活活地给生死了。还有赵家那个媳妇，也是咱们王家一门子的女儿，也为生孩子难产大出血，娃娃是生出来了，可大人却走了。说起来真叫人担惊受怕得发抖。这些事，只有我们女人心里最清楚。春芳要办卫生所，恰是求之不得的事，喜欢地叩响头都来不及，需要帮什么忙，讲出来，我给你姑爹说！"

"我的好姑妈。"春芳说，"你和我妈一样，都是顶好顶好的人，不要说帮忙，听了你这句话，就像喝了蜂蜜水一样，甜润到心里了。"

"一家人不说两家话，我可说的是真话，要不然，我们姑妈姑爹不是给你白当了。"二姐说。

王三姐说："帮忙还嫌早哩，待女儿再给欧乡长汇报了观云台平房的事，看他怎么说。若定下来，一定知会你，少不了麻烦你们的。"

房子和经费初步有个眉目后，春芳又去县医院找培训他的大夫们求援。真是好人遇上好人，做好事的碰上行善的，县医院从医生到院领导正考虑如何响应毛主席的号召，发展农村医疗卫生事业，春芳上门求援，算是认准了门，找对了人。医院除了无偿支援听诊器、血压计、温度计、针灸、火罐等中西医医疗器械外，还要派医生指导卫生所的修建布置。

王春芳从县医院求助，带着一大帆布包医疗器械出来后，连家都不回，径直奔到欧乡长的办公室里来。来得早又来的巧。欧乡长自听了王春芳欲办卫生所的建议，觉得这是响应毛主席号召的实际行动，也是乡政府为老百姓办的实事，正思谋如何找房子、筹经费的事，王春芳又来了。欧乡长原以为她是来催要开办卫生所经费的，又看了一眼王春芳笑眯眯的神态，以及背来的帆布大包，又不像是催要经费的，正在疑惑不解时，王春芳却开口了，把她妈愿意给凑钱、县医院给了医疗器械的事汇报了，并让他看了器械，还特意说："观云台旁边的平房可用，只等乡长点点头。"

欧乡长一听王春芳的汇报，又顺便看了医疗器械，真是喜出望外，想不到春芳有这么大的劲头和办法，竟然把事情办得这么快，二话不说，叫上文书，与春芳一起去看观云台旁边的空房子。

到了观云台旁边，一看这三间又旧又破的空房子，欧乡长的心里又热又凉；热的是春芳总算找到了个地方，凉的是这房子又旧又破，又偏僻又脏乱，且是道观的房子，疑惑能不能办诊所，脸上泛起一片阴云，眉头皱了起来。

春芳看了一眼欧乡长疑惑的眼神，明白他的担心，便强调说："这房子不就是破旧脏乱些，并非墙倒顶塌，只要你点个头，我叫人来修理粉刷一下就行。"

欧乡长听了王春芳的强调，又听她要找人修理粉刷，加上她对事业的执着，办事的魄力、麻利，深为感动地说："你说行就行，你还有什么要求，一起说出来。"

王春芳说："再没有了，等办起来了，你可要来捧场，指点。"

"没说的，没说的，一定，一定。"欧阳义说。

王春芳从早晨起，由家里到县城，又从县城医院到乡政府，再到观云台陪欧乡长看房子，马不停蹄地奔波了一天，已到了傍晚，照理说够累的了，该回家吃晚饭了。可她似乎有使不完的力气，经王家庄过家门而不入，又往张家庄走去，来到了二姑妈——王二姐家。一进门，正遇上他们一家子在吃晚饭，便让她吃晚饭。她跑了一天，滴水未进口，粒米没沾牙，又渴又饿，接着碗便吃，边吃边问二姑妈："你说的话可算数？"

这一问，倒若击了旁边的张老二一闷棍，丈二和尚摸不着头脑。张二嫂回答说："算数，算数，你姑妈什么时候撒过谎？"

接着便对丈夫解释了春芳要办卫生所，自己说过要帮忙的事复述了一遍。望了望王春芳又解释道：

"我原以为还早着哩，还未给你姑爹说。没料到你办的这么快。"

张老二一听，爽朗地大笑："原来是这码子好事，快说，要我做什么？"

王春芳便把欧乡长同意在观云台耳房办诊所，要请你派人修理粉刷房子的事说了。

"这么又大又好的事，就该找我，要不然，你就见外我了。再说，我本就是个泥水匠，干这一行的，一个子儿不要，保证叫你满意。"

天早已黑了，王春芳得到了满意的答复，又吃饱喝足，便摸黑往家里赶。

王三姐自女儿早晨去县城求援，中午未来吃饭。晚上，左等右等，把晚饭凉了又热，热了又凉，就是不见女儿的影子，担心求援无着，碰了钉子；担心事情不顺，女儿难受，正在着急、担心之时，女儿回来了。一见女儿满脸堆笑地回来，三姐又是高兴，又是嗔怪，忙要端饭去，春芳便把一天来办的所有事情，一点不漏地给妈全说了。

"我的天呀，我的疯丫头，你不要命了！"王三姐说。

"谁叫我是你的女儿，生就的火性子脾气！急性子人"王春芳说，"跟你一模一样，心里搁不住事情。再说，事情快成了，说办完就办完了，心里也踏实些，若是悬在半空里，反而心里不踏实。"

"说得也是，妈也为你高兴。"王三姐乐哈哈地说，"诊所总算有个果子了，我们家里粮食也吃不完，猪也喂肥了。把猪卖了，再卖一千斤麦子，先给你凑上一百多元，你先应急用着，不够的妈再给你想办法。"

"妈，我的好妈，这可剜了你的心头肉了！"王春芳兴奋地说。

"去你的，大不了就是些粮食、大肉，填肚子的东西，有什么要紧！你才是娘的心头肉哩，为了疼我的女儿，我有啥舍不得的。"说得母女俩都笑了起来。

第二天上午，张老二就领上跟大哥学过木匠的张乖乖，来到春芳要办诊所的房子。从房顶、墙壁、门窗，再到桌子、板凳等等，都看了个仔细，量了尺寸。便对张乖乖说："咱们先干木工活，把中药柜子、西药架子的大料配好，再搜寻些零星木料，把小件配齐。可要量好尺寸、校好角度，千万别作废了，就在我家干起来。"

又找了两个会干泥水活的，清理房子，糊顶棚，粉刷墙壁。待这些活都干完，中药柜子、西药架子均已做好，都搬到里面，同门窗一同油漆起来。不到十天工夫，一应就绪。

与此同时，春芳又去县城医院，把中医西医大夫请来，在中药柜子上写药名，分门别类地将买的药品、医疗器材、简易病床、诊断案子什么的，各归其位地摆放好。

唯一没有考虑到的就是诊所的牌子、名字。春芳又去请欧乡长起名字、写牌子。欧乡长说："就定名为'古堡卫生所'，我的字写得不好，开处方可以，若写招牌，是麻袋上绣花，底子太差，请赵老师写最好。"春芳拿着牌名，请赵老师写了字，由张乖乖刻了字。

在春暖花开的一天下午，王春芳筹办的卫生所终于开张了。欧乡长、张老二夫妇、张大嫂、王三姐、张小宝、张乖乖等一帮乡亲们，还有县医院的大夫都来捧场。

欧乡长一看，破旧房子被修葺一新，雪白的墙壁，红彤彤的门窗，与原来的破旧屋子判若两样。进入屋中，崭新的中药柜子、西药架子，诊病的案子、桌子、凳子等等，摆放得井井有条，恰当妥帖，散发着油漆香味。又把中药柜子的抽屉一个个抽出一看，都装着半抽屉中药。西药架子上则明摆着他常用的少量西药，又抽出桌子的抽屉，是听诊器、血压计等等医用仪器，又望了望王三姐、张老二一眼说："你们看看春芳这孩子，真是一块好料，算是好钢用在了刀刃上，说干劲有干劲，说办法有办法，我正在为她为难，她一下子就把卫生所给办起来了。我从医几十年，就背一个药匣子，可她就置办了像模像样的一个摊子，我与她相比，真是鸟枪比大炮了。"

王三姐也赞赏地说："春芳这孩子就是个火性子人，我也未料到办得这么快，这卫生所算是有个眉目了。"

张老二说："欧乡长眼力好，看得准，选了个好苗苗，算是给乡亲们办了一件好事、实事。以后，小病不出乡，急病神不慌。"

"最是女人生孩子，卫生所就是好地方，免得找车寻大夫，东跑西颠进县城，误事情，弄得大人小孩不安全，全家子担惊受怕的。"张二嫂说。

欧乡长又说："咱们的卫生所算是开张了，这是响应毛主席号召的结果。在县医院的帮助下，在王三姐、张老二的大力支持下，经过王春芳的努力终于办起来了。我们要再接再厉继续努力，进一步把卫生所办好，切实为农民服务，实行救死扶伤的革命人道主义。"

县医院的高大夫说："王春芳是个有抱负的好青年，她热情高，干劲大，办法多。说干就干，向各方求援，很快就把卫生所办起来了，这是王春芳同志努力的结果，也是在座各位支持的结果，是响应毛主席号召的实际行动。给各乡做了个好样子，我们要以此为榜样，培养好乡村医生，帮助办好农村卫生所，切实解决农村缺医少药的问题，把农村的医疗卫生工作做好。"

"谢谢大家。"王春芳激动地说："谢谢大家的支持和鼓励。卫生所之所以能办起来，是县医院、欧乡长、张乡长，我的妈，无私支援，热心帮助的结果，我一定不辜负大家的期望，切实把卫生所办好，好好为乡亲们服务。"

　　古堡卫生所办起来后，乡政府夸奖，县医院赞扬，新闻媒体宣传，乡亲们口传，可就传扬开了，牌子也就亮了，又兼地处丝绸之路的交通要道，观云台的古文化影响，古堡镇的名气，远近的患者慕名而来，弄得王春芳应接不暇。王春芳也不辜负求医者的期待，周到热情的接待、服务，能处理的处理；处理不了的由县医院指导医生处理；或介绍到城里医院医治，让患者期待而来，高兴而去，就连医科院校也把它列为教学实习基地之一，学生的实习、毕业生分配，也乐意到此一试。王春芳也乐意接待他们，并接受他们的指导和建议，同时缓解人手少、应付不过来的情况。

　　夏收季节的一天下午，两个小伙子抬来一个鲜血淋淋的男性患者，请春芳救治。原来他们三个人都是外地来的麦客，趁古堡的麦收季节，揽割麦子打工挣钱的。三个人在丝绸之路上肩并肩行走，突然开过来一辆大货车，将靠近路中心的同伴挂倒，撞得头破血流，昏迷不醒。救命如救火，春芳不问有钱没钱，先进行急救处理：止血、缝合、包扎后，伤者仍然昏迷不省人事，原是失血过多，急待输血。

　　人的生命，既有顽强的一面，也有脆弱的一面。正常的人会说，为什么不挡住肇事的车，叫他救人，出医疗费。那是局外人说的无用话。老虎也有打盹的时候，即使是英雄好汉，在他受伤失血过多时也没有自我生存和救护能力，即就是年轻力壮的人，当他处在这种情况下，他的生命已奄奄一息，不要说挡车讨要医疗救护费、甚至连肇事车的号码都无暇顾及和记忆。此时此刻的该麦客，其生命是多么的脆弱、危急，多么需要人的救助和输血。春芳便充当了救助者、输血者。她马上决定输血挽救，化验其同伴的血型，结果，化验一个不对型，再化验另一个又不对型。春芳是O型血，便输自己的血。输了400CC，伤者方缓慢地苏醒过来，还需要住在卫生所再观察一段时间，住了三天无大碍才离开。药费、治疗费、输血费花去好几十元，可他们正在寻找割麦子的活，哪里来这么多钱，只好打下欠条离去，可一去杳无音讯。一个小小的才开张的卫生所，如何垫得起这么多开支。春芳觉得，人是救了，可卫生所却亏了，回家吃饭时给母亲诉说这件为难事。

　　母亲王三姐开导说："救人第一，救人一命，胜造七级浮屠。如果不救这个人，万一他死了，会留下一辈子的遗憾和不安；把他救活了，虽然亏了一笔钱，可精神是愉快的，心里是安宁的。"春芳听了母亲的开导，心里终于踏实了。

送走治愈的麦客，堂兄王元元夫妇又来找春芳。原来王元元夫妇都过五十奔六十的老人了，盼孙子盼得什么似的，可儿媳妇就是不生孙子。原来，小两口吵嘴打了架，媳妇一气之下跳了井，人是救出来了，却落了个不生育的病，因此找春芳治疗不孕症。春芳哪有这个技术知识，便多方寻找、打问救治之法。从一个老中医处觅得一个药方吃了一段之后，果然灵验，终于有喜了。十月怀胎，一朝分娩，又是春芳接的生，在春暖花开的一个夜晚，一声响亮清脆的婴儿哭声，震破了卫生所的夜空，一个八斤重的大胖小子来到了人世。死气沉沉的王家院子，顿时生机勃勃。王元元夫妻、儿子儿媳高兴得什么似的，逢人便说春芳的好，又是送鸡，又是送蛋，均被春芳婉拒。最后送了一面"妙手回春"的锦旗。这是王元元请赵老师题词，儿媳用金线特意专门刺绣的，它用紫红色的栽绒底子，金色的大字，黄色边子、黄色穗子记下了王春芳的功德。

救死扶伤一个个，婴儿啼哭一声声，王春芳就在这种氛围中忙碌了六七年。春芳也结婚成家，夫婿就是她中学的同学，考上医科大学、毕业后自愿来到古堡卫生所服务的郭大夫。成了同行、同事，夫妻恩爱孕育了新的生命。春芳在母亲王三姐家坐月子，本是夫妻俩共同支撑的卫生所，暂时只好由郭医生支撑门面。

此时一个夜晚，年近七十的赵老师急性腹疼病发，他本就是文化人，干的是动脑子不动身子的活，水停百日生毒，人停百日生病，长年殚精竭虑，劳思伤神，导致身单力薄，外加年迈体弱，身体发生病痛是常有的事，挨一挨也就过去了，不到万不得已是不看医生的。未料到疼痛越来越重，一阵紧似一阵，已到傍晚，实在支撑不下去了，便来古堡卫生所看王春芳，恰好王春芳在家坐月子，便由郭医生处理。量体温38℃，白血球远高于正常值，疼痛部位在右下腹肚脐与胯骨之间偏外侧的三分之一处，确诊为急性阑尾炎。意欲送县城救治，可无交通工具。患者时而清醒时而昏迷，病情不允许再耽搁了。在征得家属同意后并协助下，进行阑尾切除治疗。

切开腹部后，证实是急性阑尾炎穿孔，肠中液体已流入腹腔。经切除病灶，清洗、缝合、包扎处理，完成了手术治疗，病情减轻后回家休养。但是回家后疼痛不断，怀疑是炎症所致，是恢复过程中的正常现象，注射盘尼西林消炎。不料，消炎针打过后休克了，急救无效死亡。

赵老师盘尼西林过敏休克死亡的消息，很快传到了王春芳的耳朵里，她深为恩师的故去而惋惜，又为丈夫的命运所担心，也为卫生所的前途忧虑。也知道，此事因自己在家中坐月子而无关，但作为所长，虽无直接责任，亦有领导责任。

疾病无情，生命无价，人命关天，责任重大，赵老师的儿女认为，父亲纵然于家中去世，因与药物过敏有关，属非正常死亡，是医疗事故所致，不能不了了之，要讨个明白和公道，起诉了郭医生。经法院鉴定，宣布为药物过敏导致死亡，判处郭医生医疗事故有期徒刑二年。

作为医生，王春芳给赵老师看过病，知道病症与用药情况。据病历记载，且家属证明，患者过去用过盘尼西林，从未发生过该药药物过敏现象，就在手术前也用过同一药物，并无过敏反应。可是，恰恰在这一次，就发生了过敏，大夫就有不可推卸的责任。人的身体真是复杂无比，变化无穷，此一时彼一时。

赵老师药物过敏死亡，产生了两个问题：一是善后事宜，如何发送；二是对古堡卫生所的不良影响。

赵老师讲台勤奋耕耘几十春秋，所育桃李芬芳，温馨波及四方，学问贯通乡里，人品众口皆碑。别的不说，凡古堡乡民晚辈的人名，不论念过书的，还是未上过学的都经由他给起的，这个名字将陪伴该人一生，纵然人已故去，子孙仍记着此名。凡过年过节的对联，也由他写，少不了由他赋予文化氛围，皆意蕴深厚，文辞精妙妥帖，书法苍劲有力，非一般识字者所比。还有婚丧嫁娶所用请柬、讣告、横额对联、说辞无不出自他手，文实相符，无可挑剔，众皆称颂。

对赵老师的意外夭亡，欧阳乡长甚为震惊惋惜，他们两可说是知己、挚友，文墨相当，思维对路，气味相同，说话投机，生活互相关心，学问互相切磋，人生你我共勉，从不曾相轻嫉妒，一旦夭亡，顿时长吁短叹不至，噩耗传来，立马到其家中探视、慰问、安抚，并征求丧葬意见。

其子赵文武亦是党员和国家干部，禀明乃父在世时，因年事已高，体弱多病，对于后事虽无遗嘱正式交代，但在平常时节，每每涉及丧葬事宜，父亲于闲议中多有表示，活着孝顺一口，强似死后献一斗！大做道场、念经超度，兴师动众，劳民伤财，并无益处，大可不必，理应厚养薄葬为宜。故子女以为，应尊重其父生前意愿，开追悼会较妥。

欧乡长便指示乡文书，以乡政府名义发讣告，说明追悼会时间、地点、注意事项，告知各村村长参加，并由子女持讣告向其亲戚及生前好友报丧，其余人等，由其自便。

赵文武特意向三叔赵瞎弦、四叔赵树智、五叔赵树信报了丧；且都来参加了葬礼。虽然平时不在一起，且各找生路，各有所信、所求，但对大哥的仁至义尽，都深感佩服，对其辞世倍加悲痛。

是日，土二姐陪着坐月子的王春芳，也来参加追悼会。但见，赵老师院中宾客数百，人头攒动，会场庄严肃穆，气氛凝重。

挽联是：讲堂耕耘几十春秋育得学子成百上千；下联是：桃李芬芳四面八方好处惠及乡亲无数。横额：德高望重。

王三姐对赵老师感慨颇多。年轻时曾羡慕、注意，意欲结为婚姻，由于命运舛误，意愿化为泡影。以后少有来往，可对赵老师的人品学问钦佩有加。此次意外医疗事故，又是出在女婿手中，甚是遗憾，心中隐隐作痛、难受。心想，事情怎么这样的不巧不妙。正在思虑中，悼念队伍移动轮到自己，便与春芳依追悼会程序，随众人一起，肃立、默哀、听哀乐、听悼词等。然后向遗体告别、送葬。之后，二人怀着无比悲痛、沉重的心情回到家中。

王春芳明白，赵老师的亡故，由于追悼会的结束而告一段落，但药物过敏导致死亡的阴影仍笼罩在她卫生所的头上。丈夫因医疗事故而判刑，又减少了左膀右臂。责任事故虽发生在丈夫手中，消极的影响则在整个卫生所。不良影响如何消除，卫生所的道路如何走，自己的医疗卫生工作再怎样开展？又如高考落榜那阵子，满脑子的问号，逼得她日夜思索不停。由于思虑过度，胃口不开，饭量减少，奶水下降，婴儿缺奶，昼夜啼哭不断。

母亲王三姐清楚是怎么回事，便来劝慰女儿："问题已经发生了，这是不能改变的，事情已经过去了，不必过于追悔过去。而要面对未来，考虑怎么办为好。小郭被判刑，又不是政治问题、经济问题，这在医药界也不是没有先例，过两年就回来了。"

春芳听了母亲的话，心想还是母亲见多识广，说的在理，便点了点头。

母亲王三姐继续开导说："卫生所的问题，也没有什么大不了的，照常开业。你能把它办起来，也就能把它办好。小孩子走路，哪有不跌跤的；卫生所这么一摊子事情，当医生治病救人哪有那么十拿九稳的保险。出个问题是坏事，但吃一堑长一智，吸取经验教训，对今后有好处，可以谨慎些，避免再发生类似的事情。"

春芳愈听愈入耳，愈爱听，深深钦佩母亲的态度和智慧，又点了点头。

王三姐继续说道："快出月了，满月以后你就去上班，照常上班继续看病。不必出诊，但要守在卫生所里，有患者看病，你就给治病；无患者来，你就在卫生所里休养，显示卫生所没有关门。你王春芳不是泥捏的面做的，是名正言顺的赤脚医生，你王春芳没有倒，还在支撑着卫生所的牌子，小宝贝由我和爷爷奶奶帮你带，你尽管放心。"

母亲的开导，大大地鼓舞了春芳的劲头，温暖了她的心。此时此刻，她虽然有了孩子，做了母亲可仍像个孩子，靠在母亲的怀里，感受着母亲的温暖和母爱的伟大："妈，你真伟大，你说得太对了，太好了，我听你的，满月后就去上班、坐堂。"

没过多久，古堡卫生所又开门了。春芳又上班了。母亲王三姐来帮她打扫卫生，抹抹桌子，擦擦那里，收拾得窗明几净。

卫生所停止业务近一个月，过去常来的人吃了闭门羹不再来；听到郭医生坐了牢的人不再来；不晓得卫生所又开了门的人也未来；春芳与母亲王三姐明显地觉得，卫生所的清静寂寞，冷冷清清。

可是，接受过王春芳治疗的，总有记着她的，惦记着她的好处的。王元元夫妇及儿子、儿媳牢牢地记着她。只要看到欢蹦乱跳的小宝贝，就想起了春芳。听说她生了孩子，婆媳两个便带着娃娃，到她家里看望她。她奶奶说春芳到卫生所上班去了，她们又追踪到卫生所。婆媳两个及小宝贝是卫生所重新开业以来的第一批客人，她们的到来，特别是小孩子的来临，顿时改变了卫生所的清冷气氛，门庭马上就热闹起来了。大人逗小孩，小宝贝耍闹，立马使在场的人笑个不停，笑声又飞出门窗，又引起人们的注意前来看看。关心卫生所的人、热心的、好奇的，有事没事就到卫生所来转转，正如王三姐说的，王春芳没有倒，卫生所的门又开了。

自从赵老师因故去世，郭医生服刑去后，欧乡长一直惦记着卫生所，惦记着王春芳。今日有空过来闲转，他看见卫生所的门又开了，便进门来看个究竟。一看见春芳正在逗王元元的小孙子，真是喜出望外。心想，王春芳到底是王春芳，卫生所还是卫生所，赫然在那里存在、开业。便望着王春芳说："你可上班了，你的小宝贝好吗？"母女两个异口同声回答："好，好，托你的福，娃娃很好。"

"事情已经过去了，你们来的对，来得及时，人吃五谷生百病，风吹雨打，免不了伤风感冒，战天斗地劳动，免不了跌打损伤，总得有人医，就是铁打的汉子也难免头疼脑子热，老百姓需要你，占堡乡需要你，你就照常开业，照常看病。总之，一切照常。"欧乡长说。

欧乡长的光临，他的这一席话，别人听来也许平淡无奇，可是对遭受了挫折的王春芳来说，却特别温馨，犹如雪中送炭般温暖，久旱逢甘霖的滋润，温暖、滋润到了心田。

吃一堑长一智，挫折教训了他们，增加了知识和经验，治好了更多的患者，进一步改善了医患关系，与乡亲们结下了更深的友谊。农村医疗卫生的路越走越宽。

王春芳的上班，卫生所的再度开门，又渐渐引来了患者，仍然是人来人往，络绎不绝。一天，又一个人来找王春芳医生，但他不是来看病的，而是来还医药费的。此人正是三年前被救活的麦客，钱加倍偿还，并送一面"再生父母"的锦旗，并强调无论如何要收下，否则他便是忘恩负义、没良心的人，会永不安宁。

赞誉和曲折使王春芳想了很多，成熟了很多，她觉得能有这个卫生所，自己能有今天除了自己的努力，还有乡亲们的关怀、学校的教育，父母的养育、欧乡长的指点，亲朋的支持、社会实践的锻炼，以及患者的配合和检验，使自己得到更多知识和经验的武装，自己理应更好地为乡亲们服务。

从此，又在她的卫生所里，一个个伤者得到医治，一个个患者得到康复，一个个小生命在此出生。由于她的劳动，改变了患者的命运，同时也改变着自己的命运，自己与患者是命运与共、息息相关的。

　　从中，她也认识到，世上本没有路，走的人多了，便走出了路。有的人在探路，有的人在开路，后来的人则顺着前人开的路前进。人只要活着，就得走人生之路，自己的人生之路要靠别人指点，主要要靠自己走。眼前道路有经纬，有阳光道，也有独木桥；有坦途，也有坎坷，横的直的，坎坷曲折的都得走，烟雾茫茫别迷着，十字路口辨着走，漫漫长路耐着走。总之，要走好脚下路。

　　命运使自己选择了医生这个职业，她对这个选择无怨无悔，她与患者同甘苦，与孕妇同命运共呼吸，与乡亲们同悲喜。接生出婴儿她第一个拥抱，与第一次做母亲者共欢欣，迎来一个个病痛者，送走一个个康复者。面对着一声声呻吟，送走一张张笑脸，搀扶着跌打损伤者，厮守着昏迷者，陪伴着绝望者。她明白，自己肩负着救死扶伤的重任。因此，心里装着男女老少的安危，患者也与她结下了深情厚谊，牢记着他们的恩人——王医生。

　　王春芳榜上无名，却走出了自己的路，凭着一双脚，一双女人的脚，一步又一步地奋进着。一面面锦旗"华佗再世""妙手回春""再生父母"，一块块奖牌"先进工作者""优秀赤脚医生"挂满墙壁，一枚枚胸章，铜的、银的、金的，明晃晃，光闪闪，便是她脚下路的里程碑和记录，她仍然继续沿着她的方向在前进，一步一个闪光的脚印，创造着更多的锦旗、奖状、奖牌。

第四十集　力荐英才

追寻往事　老战友英容竟再现
继承遗志　欧阳义全力荐英才

古堡乡所在的千里走廊，先人在这块富饶而神奇土地上，一步一个脚印地行进，留下了举世闻名的壁画，一座座佛龛石窟，成千上万枚竹简，古长城、烽火台等等，灿若繁星的名胜古迹，也洒下了红西路军的鲜血。这一带，原足顽固封建势力马家军长期盘踞经营的地盘，在其反动的政治、经济统治和欺骗宣传下，统治魔爪盘根错节，毒素根深蒂固。并借这里广袤的森林、草原，富饶的农业，发达的畜牧业，充足的人力资源，形成了强悍的军事力量，牢牢地控制着这块地方。特别是凉州大马，本是优越的畜力资源，可是掌握在反动军阀手中，却成了强力统治手段，充当了绞杀革命的力量。以此为物质基础的马家骑兵，在围攻、堵截、残杀红西路军中犯下了滔天罪行。

另一方面，历经三过草地、万里长征的红西路军，以其疲惫之师，孤军深入一马平川、不适宜步兵作战的走廊大地，既无群众基础和根据地，也无人员和军需物资补充，又缺乏友军的协同和驰援，更兼天寒地冻，衣衫单薄，伤病员众多，缺医少药，面对机动性极强、数倍于己的马家骑兵的轮番围攻、堵截，终于弹尽粮绝，归于失败。

腿部负重伤的红军战士欧阳义，被遗留在古堡一带，又开始了他人生历程中艰难困苦的一段。他失去了部队和组织的依托，拐着瘸腿，又处在马家军、民团的搜捕之中，处境十分被动、危困。然而，他又是坚强的，为了共产主义的信仰，为了共产党人的革命事业，为了同病相怜的同伴，亦为了战友和恋人，在极其艰难困苦的情况下顽强地坚持着，坚韧地挣扎着，终于硬挺死撑地活了下来，似一粒红色的种子，在新的土壤里萌芽、生根、开花、结果。为乡民服务，行使着白衣天使的使命，履行着救死扶伤的天职。终于获得了又一次的解放，迎来了亲人解放军。他又以当年参加革命时的激情，投入到建设新中国的事业之中，欢迎解放军，协助搞减租反霸、土地改革。并在斗争中表现出红军老战士的革命本色。他思想先进、敏锐，立场坚定，爱憎分明，工作积极活跃，很快就成为解放军的依靠力量和骨干之一，加上他悬壶济世，为村民救死扶伤的群众基础，经军代表提名，老百姓拥护，被选为古堡乡的乡长，他更焕发了革命老战士的青春与活力。经过工作实践的考验，他又重新加入了党的组织，又成了中国共产党的一员。

他深觉党组织的亲切和温暖。他欢欣鼓舞，高兴快乐。他想，自己是幸运的，幸福的。虽然历经艰难困苦，九死一生，终于又一次迎来了解放，看见了胜利，获得了新生，回到组织的怀抱，且有了家庭、儿女。

人在欢乐、幸福、精神亢奋时刻，往往容易想到亲人和同志。欧阳义也是一样，他回忆起革命战争年代的艰苦岁月，他想起了亲密的战友、恋人何玉莲。要是她活着，能看到今天的胜利该多好！又回忆起在江西红军野战医院与她初次认识的情况，想起四川懋功会师、见面的情景，又想起在甘肃会宁会面的亲切，以及再次依依惜别的情景。那时，何玉莲所在部队继续向西行进，而自己同其他同志打掩护，结果自己腿部负伤，不能随部队西进，流落于古堡乡一带。从此以后再未见面，杳无音讯。后来听说她牺牲了，可详情一无所知。正想着想着，高文书来请示工作，才忽然发觉自己思想走了神，急忙收回思绪，言归正传地处理起工作来。待高文书出去后，他再次陷入沉思。

他又回想到，那次部队西进，自己负伤留下后，无依无靠，走投无路，还要面对马家军的搜捕，无处藏身，无吃无喝，强忍疼痛，前途无望，也曾消极悲观，产生了长痛不如短痛的念头。转念一想，经不起艰难困苦考验的人还算得上革命者吗？革命者只有牺牲在沙场上、屠刀下，没有理由自己结束生命。于是又挺了过来。还想到古人说的，大丈夫应能伸能屈。正是这种弹性、柔韧性适应了离队后的新环境，又争得了生存、发展的空间，熬过了艰苦岁月，才迎来了再次解放，看到了革命的胜利，享受了胜利的欢乐。

他越想越精神，越想越兴奋。当年投身革命时，就立志救国救民，要干一番事业，由于挂彩离队，未能实现抱负。今天，革命胜利了，当了乡长，又回到了组织的怀抱，又有了建功立业的机会，何不一试身手！心想，大丈夫来到人世，就应该有所作为，有所建树，为祖国，为人民立功、立德、立言。不能立功，也应当立言，不能立言也应立德。即使是不能立大功，也应立小功；不能著书立说，也应建言献策；没有大德，也应成为有益于祖国、有益于人民的人，方不愧为大丈夫，不枉来人世一趟。否则，岂不枉为人乎，枉来人世一回，白活一场。想到这里，他更精神焕发，干劲倍增，决心大干一场。率领全乡人民，投入到建设社会主义的新高潮中。

世上的事并不是他所希望的那样一帆风顺，而总是坎坷曲折的。就在他们大搞农田水利建设，深翻土地，大力发展农业生产，实现农业机械化过程中，却遇到了经济困难。农民口粮十分紧张，布匹、棉花等生活日用品极端缺乏，整个古堡乡与兄弟乡一样，处在经济严重困难之中。

越是在生活物资短缺时期，也是最容易发生经济问题的时期。在此特殊困难中，一些基层干部里产生了贪污盗窃、多吃多占、脱离群众的不良现象。于是上级部署，开始清理账目、清理仓库、清理财务、清理工分的"四清"工作，进一步又发展为清政治、清经济、清组织、清思想的社会主义教育运动，并清理出了他的养子张小三的严重经济问题。

原来，张小三在初中毕业后未升上高中，欧阳义为了尽养父的义务和责任，想方设法将其安排在信用合作社搞信贷业务，了却了对其亡父的心愿，也是对其生母、自己妻子的爱抚表示。张小三从事着吸收存款、发放贷款的工作。日久天长与货币结下了不解之缘，也产生了见钱眼开、见钱眼红的观念。当此生活日用品严重短缺时期，物价高得惊人，一斤麦子由正常年景不足一角钱涨到几元，一斤油由几元上升到几十元。

张小三虽自幼失去了生父，却有生母疼爱，有养父关照，何曾经受过多少饥寒的折磨。值此饥饿难耐中，如何经得起香喷喷、油泼辣子拉条子的诱惑，每从饭铺前面路过，总馋得满口流涎。在饥饿的驱使下，便不顾物价高昂，用现款买上吃了再说。吃了头一次，便有第二次、第三次，越坐越懒，越吃越馋。他的月工资仅有二三十元，如何经得起高价饭菜的高消费，便在存款贷款的钱财上做起手脚来。制支出假传票记账，注销储户存款余额，自欺欺人地搞了借贷平衡。自己吃不说，有时还拉上朋友恋人吃喝。由少到多，惹下大麻达。被他注销的储户拿着存折来取钱，他只好又注销别的储户的存款余额。积少成多，日积月累，落下成千上万元的窟窿。连张小三自己都吃惊，就是十年不吃不喝，也堵不上这个大窟窿。

欧阳义作为一乡之长，千头万绪的事情，从早到晚忙着工作，哪顾得上过问养子的吃吃喝喝，自有其母亲管。再说，终究是养子，说的轻了不起作用，说的重了有碍父子关系，不宜管得太严、过问的太多，过得去就行了。没承想养不教，父之过，教不严，师之惰，埋下了隐患，养子走上了懒、馋、占、贪、变的歧途。

坏事不露遭数少，多行不义事必发。社会主义教育运动来了，坏事发作的机会终于到了。在清账目、查余额、点库存中，一查就查出了成千上万元的亏空问题。如此巨大的短款总得有个说法。

养子出了经济问题，岂有不牵扯到老子的。作为一乡之长，父亲也是"四清"运动的对象，怎能摆脱干系！当四清工作组找他谈话时，他目瞪口呆，大吃一惊。

"你儿子贪污信用社存款，是怎么回事？"四清工作组秦组长问。

欧阳义答道："不知道。"

"真不知道，还是假不知道？"秦组长又问。

欧阳义："我真的不知道。"

"作为他父亲，他贪污这么多钱款，你不知道，能说得过去吗？"秦组长发疑道。

欧阳义解释道："我们虽是父子关系，但不是亲生父子。他生父1949年前因争水纠纷打架死亡，他母亲几乎疯了，我当时流落这一带行医，无家无舍，就住在观云台，经张老二他们撮合，我们才结合在一起生活。我供他念书长大后，又给他找了这份工作。我回家都是吃糠咽菜，他有时不回家吃饭，我问过他，他说工作离不开，顾不上。我也问过妻子，妻子也说，儿子工作忙不回来吃饭。我们吃我们的，不等他了。"

"那你为什么不管他？"秦组长又问。

欧阳义答道："因为不是亲生的，到底隔着一层，说得少了，他不吭声；说得多了，他反而怪我，'是我的事，你管那么多干啥？'所以并不知情。若不信，你们可以问他本人，问他母亲。"

"原来是这么回事。"秦组长醒悟道。

秦组长又找张小三核对："你的经济问题，你父亲知不知道？"

"不知道，我从来不跟他说。"张小三答道。

一波未平，一波又起。有人怀疑并反映了欧阳义脱离红军的原因，怀疑他是开了小差的。那么多的西路军战士，牺牲的牺牲，被俘的被俘，归队的归队，唯独他活在这个地方。

秦组长又来问他："你是怎么脱离红军的？"

"我是腿负伤后被留下的。"欧阳义接着说，"我所在的部队在县城以西一个叫几十里铺的地方阻击敌人，掩护大部队继续西进。该地尽是庄院，外围还筑有围墙、地堡等，地形非常有利于隐蔽，我们依托有利地形，有效地阻击了敌人，在给敌人以大量杀伤后，掩护任务已经完成。但在打掩护时，我因腿部负伤不便行军，部队撤离时未带我，给了几块银圆遗留了下来，在地堡一个偏僻的角落暗藏了起来，待敌人也西去追击红军后，我昼伏夜出，来到一个寺庙里住下，靠香客敬神仙的供品维生、养伤。时有时无，难以维持。后来张老二亦来求佛敬香，我觉得求神仙保佑的人总不至于告密害人吧，便找机会搭话，求他给买点吃的，于是就认识交上关系了。"

"怎样才能消除开小差、变节的怀疑呢？"秦组长问。

"我们都是南方人，谁也不会在人生地不熟的地方开小差。再说，负了伤，谁愿意离开部队，若是伤了别处还可以带，腿伤了不能行军，部队也是出于无奈才遗留下我的。怎么可能开小差。"

秦组长听后点了点头。

欧阳义继续说："交上张老二后，他接济一段时间，不久，国共合作抗日，对红留人员的搜捕略有放松，我因腿伤不能远行、归队，也无法医治，只好停留下来，告给人治病维持生活。"

秦组长："这仅仅是一面之词，待调查核实后再说。暂时停止你的工作，等候调查结果。"

秦组长又找张老二等进行了核实，所述与欧阳义所言没有出入。

战争终究是战争，是血与火的事情，是实力的较量。由于敌我力量悬殊，西路军阵亡的阵亡，被俘的被俘，活埋的活埋，溃散的溃散，只有少部分回到延安。其余的人若一只被打碎了的瓷盘子，支离破碎，星星点点落在各处，历经风雨沧桑，谁能为欧阳义作证明。同时，流落到古堡地方的虽然还有人在，并不是一个基层部队的，也难以证明。欧阳义离开红军的问题暂时被搁置了下来。

无独有偶，古堡地方又传来一件奇事——发现了刻有姓名的红五角星，是在伐树时发现的。古堡乡一带的一块沙土上长着一丛丛白杨树，其中有几棵长得格外兴旺、挺拔、高大，树梢直插蓝天。村民在规划土地、兴修水利、平田整地中，需要砍伐这几棵树。当锯子锯到每棵树的里面时，发出了与锯木不同的金属摩擦声，且流出了似血液的红水，待树锯倒后，在横断面出现漆有红色的铁片。伐树者惊疑异常，木质里怎么会有金属，且流有红水，是怎么回事？好事者把铁片捡到手掌且进行拼对，其中两棵树中的铁片，因锯树时损坏严重，难以拼对成形。只有一棵树中的金属碎片尚能拼对，恢复成了一枚五角星，且有字样。抚去红水细看，"何玉莲"三个字清晰可见。如此奇怪的事岂有不传出去的，三传两传，就传到欧阳义的耳朵里。欧阳义一听，正是自己在红军中的战友、恋人的名字。便找到了伐树的地方，又找到了伐树者，再找到了那颗拼对着的红五角星。他接在手中，看了正面看背面，仔细端详、辨认。果不其然，刻有"何玉莲"三个字，且字迹就是她的手写体，似是钢针或刀尖划刻在上面的。欧阳义拿着拼对的红五星往家里走，边走边想，由红五星想到她戴的八角帽，梳的剪发头，穿的灰军装，飒爽英姿，一举一动，百感交集，浮想联翩。夜深人净，入睡之后，红五星又变作蝴蝶在飞翔，突然何玉莲出现在面前高兴得要握手时，却醒过来，原来幽梦一场。

欧阳义正为养子的经济问题烦恼，也因为自己脱离红军的原因正在审查，又发现自己亲密战友、恋人牺牲的痕迹，百感交集，思绪万千，便又陷入往昔的战斗岁月之中，意欲查寻个究竟。反正已经停止工作，处在审查之中，有的是闲时间。便顺着这些蛛丝马迹查寻，加上事过多年，西路红军失败的经过逐渐反映出来，终于查找到了何玉莲牺牲的历史资料。

原来，何玉莲所在的红军妇女团，随大部队经过几个县城，来到一个叫什么营子的地方。历经多次战斗，人员牺牲大半，剩下不多的人，且弹尽粮绝。部队负责人为了缩小目标，决定化整为零，分散行动。何玉莲她们女同志也分散行动。

从此以后，没有了大部队的依托，失掉了集体，更兼数月频繁战斗，大都伤病累累，顽强拼搏在茫茫雪山之中。他们力图朝延安方向前进，但是身处南面的大雪山，北面是浩瀚的大沙漠，中间是兵家必争的平原走廊，马家军布有天罗地网，谈何容易。大部分落在了马家军的魔爪。被押解到古堡所在的县城，关在高耸的围墙、双重大门的监狱里。

何玉莲等几个战士虽然暂时突出了敌人的重围，藏在深山中，吃草根、啃树皮，苦熬了几个月，一个个面黄肌瘦，皮包骨头，精疲力竭。始终没有逃出马家军的魔掌，仍然被俘了，也同先前被俘的其他战友关在了阴暗潮湿、戒备森严的同一个监狱里。敌人从旁了解到何玉莲的名字和身份，妄图以官位和利禄诱惑她投降。她轻蔑地一笑，丝毫不为所动。敌人又将马刀架在她脖子上相威胁。她早已将生死置之度外，大义凛然地正色道："作为革命者，牺牲是早已料到的，要杀要砍，随你们便。"敌人仍然奈何不得她。又百般折磨她，妄图使她屈服。

面对凶恶而残暴敌人的百般折磨，她又以绝食进行斗争，最后壮烈牺牲。牺牲后，敌人将她的遗体连同其他两个死难战友，被埋葬在县城外古堡一带的土地里。但她革命精神不朽，英雄气概长存，以其年轻的生命和鲜血沃肥了这片土地，且长出了这些白杨树，如同英雄的形象，挺拔苍天，树干、树枝、树叶均闪烁着耀眼的光芒。

社会历史发展到当代，历史的悲剧是不应该重演的，可反动透顶的封建军阀总是在编导悲剧，上演悲剧，而且，一幕比一幕惨无人道。他们对失去抵抗手段的被俘红军人员，进行了疯狂的阶级报复和惨绝人寰的大屠杀，何玉莲仅仅是成千上万被残害者之一。

历史是曲折的，又是光明的。在光明与黑暗、进步与反动、文明与野蛮的斗争中，代表光明、进步、文明的新生力量，由于暂时的弱小而难免失败、挫折；但是，正因为他们是新生力量，是不可战胜的，暂时的失败并不是最后的失败，只是历史的曲折。革命不可能总是一帆风顺。有胜利亦有失败，有顺利亦有挫折，革命就是在曲折的斗争中前进的，没有失败的历史是不完全的历史，正是由于这种曲折，发现了真理，检验了真理，积累、凝聚和壮大了革命的力量，从而走向最后的胜利，迎来光明。

　　古人云：人生自古谁无死，留取丹心照汗青。何玉莲等成千上万的红军烈士，他们虽然长辞人世，但他们的光辉形象和英雄事迹，与日月同辉，仍然放着光彩，照耀着前进的道路。血沃中华肥劲草，何玉莲等一大批英雄，她们将鲜血洒在了古堡一带的土地上，也在沃肥着这块神奇而古老的土地，英雄们的后继者将会在先辈们用鲜血和生命沃肥的土地上创造更加辉煌灿烂的历史。

　　欧阳义端详着何玉莲的红五角星，想着她的光辉形象，回忆着她的悲壮事迹，他什么都明白了，什么都想通了。何玉莲正如她的名字一样，是用纯玉雕刻的一朵荷花，是那样的纯净、悦目，虽然她夭折了，可仍然在自己的心里绽放着，她虽然献出了年轻而宝贵的生命，未看到革命的胜利，而自己则侥幸地活了过来，看到了革命的胜利，享受了胜利的欢乐，还有什么缺点、毛病、遗憾、私利不能抛弃，有一万个理由继承、发扬她的传统和精神，而没有丝毫理由为自己打算。自己的养子，是什么问题就是什么问题，该怎么处理就怎么处理，只应配合不能偏袒。自己离开红军、中断革命的历史问题，任由组织调查处理，绝无半句怨言，既然以身许了革命，过去是党的人，现在仍是党的人，一切服从组织的考察和处理，理所当然。这样一想，如释重负。

　　他回到家中，便给妻子说："小三犯错误了，花了信用社的好多钱，要处理他哩。"

　　妻子先是大吃一惊，低头纳闷不吭气，良久，似有所悟，"怪不得他经常不回家吃饭，必是吃喝花了。"一边哽咽，一边又说，"看在我们夫妻份上，也看在他爸的面子上，你可要帮他一把，千万不能叫孩子吃大苦头。"

　　欧阳义回答道："这个自然，我们的孩子我们不疼谁疼，我们不帮谁帮。乱子已经惹下了，现在的问题是怎么个帮法。躲是躲不过去的，最好的帮法是劝说他老实交代，争取坦白从宽，尽量退赔，求得从轻处理，不能帮倒忙，不然的话，越帮越乱、越黑。"

妻子说："我明白，你说的在理。孩子没管教好，是我娇惯坏了的，是我的责任，再不能让他错上加错，你放心。"

欧阳义接着又说："除了孩子的经济问题，还有，你是晓得的，我曾经离开红军几年，组织上要审查我离开的原因。不要说给孩子帮忙，连我的乡长工作也干不成了，你要明白这个道理，不要指望我以乡长的身份帮孩子的忙。"

妻子低着头听，一声都不吭。

欧阳义接着说："不当乡长不要紧。只要能给乡亲们看病就行。我没有做过对不住党、对不起老百姓的事，我自信不会有大问题，大不了就是不能当乡长，再不会有大的麻烦，你也把心放宽。"

妻子越听越吃惊、发愣，她没有这样想过，更没有这个思想准备，丈夫的这一番话大大出乎她意料。她是依靠丈夫依靠惯了的，不管发生什么事情，都由丈夫顶着。当年第一个丈夫张老三意外死亡，犹如天塌下来一般，她几乎疯了。这一次儿子发生经济问题，也是这个想法，有丈夫欧乡长顶着。万万没有料到，丈夫也出了问题，简直若五雷轰顶，嗡地一声差点昏了过去，又大哭起来。欧阳义也没料到自己的问题对她有如此沉重的打击，急忙把她搀扶住。

好大一会儿，妻子的情绪才稳定下来，缓过神来。

"是我们娘儿们连累了你，叫你受委屈了。"

欧阳义解释道："你没有连累我，小三也没有连累我，是我自己的事情，是我的责任。"

妻子："不怪你，只怪我，我溺爱他、疼他，娇惯坏了，也连累了你。事到如今，叫他坦白就是了。你的好处，你的为人，我最清楚，无论你有什么问题，发生什么事，我都陪伴着你，只要有你在我什么都不怕，你我是一根藤上的瓜，要甜都甜，要苦都苦，以往欢乐在一起，如今受累也要累在一起。"话说完了，哽咽仍不停。

经过一个冬天的社会主义教育，春天到了，"四清"工作也结束了。工作组的秦组长又来找欧阳义谈话道："你儿子的事情已查清楚、结案了，落实下来是九千多元的经济问题，是要判刑的，若退赔的好，还可减刑。经查证，你虽有教育责任，没有直接的经济责任，不由你负责任。"

"没有任何意见，任由工作组处理，我们尽力退赔就是。"欧阳义说。

"你脱离红军的问题，"秦组长接着说，"经与张老二等调查核实，确系腿部负伤，行动不便，是部队未把你带走。类似的人还有不少，脱离部队与你没有责任。离开部队后，也没有发现违犯军纪、党纪、危害人民的问题。记录在档案里就行了，乡长照当，工作照干。"

欧阳义："谢谢组织的信任。'老牛自知夕阳短，不用扬鞭自奋蹄'，一定不辜负组织的信任，竭尽所能把工作搞好。"于是欧阳义又全身心地投入了工作。

欧阳义毕竟年事已高，心有余而力不足，要干的工作很多，可自觉精力不敷分配。一天忙碌下来，头昏眼花，浑身乏力，晚上躺到床上，胸闷气短，难以入睡。凭自己从医经验，乃是年迈力衰的自然反应。俗话说，人活七十古来稀，他觉得，自己快进入古稀之年，来日不多。虽有今年，何知明年，不免勾起心事，既然睡不着，便爬起来伏到桌子上，随便顺手写了起来：

年轻之时，红军来到江西家乡，打土豪，分田地，何等红火热闹，动员老百姓参军参战，自己便报名参加了红军。战斗中常有负伤的同志，急需救治护理，自己主动参与救治护理，于是干起了战伤护理工作。接着跟随部队从江西到湖南，经云南、贵州到四川、甘肃，三过草地，跋涉万里，顶着敌机轰炸扫射，冒着枪林弹雨，吃草根，啃树皮，历经千辛万苦，牺牲者成千上万，一块的同志九死一生，自己是从死人堆里爬出来，侥幸存活下的，若一粒种子，洒落在古堡乡这块土地上。是这里的乡亲接收了我，是这块土地又哺育了我，从而萌芽、生根、开花、结果。自己本是一介无知无识的普通中医，是党引导走上了革命道路，赋予了政治生命，接受了血与火的洗礼，在流落古堡之秋，又是党组织解放了自己，再次恢复了政治生命，给了更多的地位、荣誉。寸草有心，报三春晖。自己只有知恩图报，发扬革命传统，履行革命战士的使命和责任，鞠躬尽瘁，死而后已。

回首往事，对错各半，成败相当；有满意，也有遗憾；有主观亦有客观。月有阴晴圆缺，人有悲欢离合，天理人情使然。胜败乃常事，顺逆岂无缘。人非圣贤，孰能无过，最要紧的是走得端，行得正，无愧于天理良心。

知错改错不为错，跌倒爬起再前行，不失我民之一员，组织之一粒细胞，革命战士的本分。

天旋地转，各有路数，万事万物，皆有法则，生老病死，客观规律，兴衰际遇，随遇而安，来于自然，归于自然，优哉游哉，坦坦荡荡，此生足矣，无怨无悔。

往事俱矣，唯企盼，古堡地方，风和日丽，风调雨顺，五谷丰登，六畜兴旺，社会和谐，乡民幸福，少有所教，青有所学，壮有所为，老有所养，各得其所，万事如意。

与同仁共事，偶有所感。赵文武德才兼备，颇有魄力；高文华精通文牍，勤于庶务；赵爱国尚武能文，亦是难得；李玉贞，杰出巾帼，多有溢露；王春芳救死扶伤，不遗余力；李春光，略有文采，从教有方；张大德，于农于林，至勤至纯。以及众多少年英才，且仁且俊，皆是宝贵人才，是地方未来希望，兴旺发达支柱，皆有可用之处，可立之功。

古堡复兴，唯赖地方英俊，一心为公，和衷共济，同心同德，服务乡亲，各显其能，各尽其力，不信复兴无望，繁荣无时，欢乐不来，幸福不至。

古人云，鸟之将死，其鸣也悲，人之将走，其言甚善。余所言……

欧阳义文未草就，意犹未尽，突然昏厥过去。此时已天光大亮，旭日冒出了地平线。按农村作息习惯该吃早饭了。欧阳嫂见他还无动静，便来催他吃早饭，推开房门，发现他伏在桌子上，忙去叫大夫王春芳。王春芳一进门便诊断：呼吸微弱，脉搏缓慢，体温很低，便进行急救处理，又是喂速效救心丸，又是打强心针，终于苏醒了过来。欧阳义醒来睁眼一看，房中这么多人，这才想起后半夜睡不着，写东西还未写完，不知不觉怎么就不知道了，原来是昏过去，惊动了众人，叫来了王春芳。

大家见他醒了过来，一场虚惊总算过去。

第四十一集　福星临门

执着发财　眼睁睁大奖旁飞
无意中奖　却偏偏福星临门

　　日月不催人自老，欧阳义与张三嫂成亲以来，转眼间，老伴进入华甲之年，自己也快年逾古稀。世上新人赶旧人，张老三留下的一女一男两个孩子，均已长大成人，养女张小月已经出嫁，养子张小三，也到了成家年龄。欧阳义与妻子又生了一个女儿，叫欧阳雪莲，已于中师毕业，分配到古堡镇完全小学当老师，也到了待嫁年龄。这同母异父兄妹俩由于都没有成家，仍与两个老人一起过。一个家里过日子，搅勺子，好不热闹。

　　张小三老大不小，婚姻问题总引父母惦记牵挂，他自己也暗暗着急。年轻人谈对象讲究男才女貌，男方要求女的漂亮，女方要求男方有才气，阔气。虽是自由恋爱，可攀比之风盛行，讲排场、比阔气是时尚。而欧阳义家并不宽余，拉扯三个儿女长大，供一个个念书成才，确实花销不少，哪里顾得上盖房子置家具，家里仍旧是土改时分的旧房子和破旧家具。张小三因经济问题丢了工作，干个体户，也只是小打小闹，挣个饭钱。小女儿刚参加工作，区区几十元工资，仅够吃穿过日子。加之父亲年事已高，年迈力衰，母亲长年有病，看病花费也不少。就因为这个原因，张小三谈了几个姑娘，都高不成、低不就，终究没有定下来。新近又接触了一个倒是般配，谈到了订婚阶段。要给女方送彩礼，时兴自行车、缝纫机、手表三大件，少说也得近千元。又把欧阳家难住了，少了拿不出手，多了拿不起，弄得一家又尴尬、又着急。

　　此时，正值城里供销部门，在古堡镇广场举办有奖销售商品展销会，农用汽车、拖拉机、自行车、架子车等等，摆了一广场，五花八门，应有尽有。价格多则五万、三万，少则几千元、几百元都有。愿意购买的，可七折八扣优惠价出售，亦可买奖券摸奖，欢迎惠顾。张王李赵各庄子的乡亲们，有事没事都来参观，一者是凑热闹，二者是看有无需要的，买得起的，看看行情。

张小三正为置办订婚礼物，手头拮据而心烦之时，也来到展销会上转悠。先来到戏台南面的向阳处，见围着一群人，张小三出于好奇，便趋前看个究竟，原来是瞎弦在唱贤孝曲子：

  月亮出来亮堂堂，想我哥哥去深山，
  哥像月亮天上走，小河淌水我泪流。
  哥哥天上一条龙，妹妹地上花一盆；
  龙不翻身不下雨，雨不浇花花不红。

边弹边唱，且尽是哥哥妹妹的事，越听心里越着急，没有钱怎么娶妹妹。听人议论是赵瞎弦与张瘸妹在唱，便退了出来。

又转到了商品销售及中奖号码的广告牌前。最引他注目的是中奖档次，一等奖是农用汽车，二等奖拖拉机，三等奖手扶拖拉机等，还有等外奖。若是中了奖，别说是一等、二等奖，就是等外奖，也是几百元。就顺手买了十元一张的奖券，来到中奖号码牌前核对，先看一等奖号码，没有；再看二等奖号码，也对不上；又看三等奖号码，也没有。正在唉声叹气之时，把等外奖号码看了一眼。哎！眼睛一亮，对上了！仍有些疑惑，又将奖券号码与中奖号码核对了一遍。不错，完全一样！奖品是一辆杂牌自行车。还有些不放心，又来到兑奖的地方打问仔细。发奖者答曰："没错，奖一辆自行车。"并当场把奖品发给他。

他喜之不尽，难以自制，兴高采烈地往回家的路上推。展销场通道两旁，人们都以羡慕的眼光望着他推的自行车。

有的问："卖不卖？"

也有的说："七折，八折也行，卖不卖？"

张小三没想到有人要买他的奖品，自言自语：卖不卖？十元钱的奖券变成几百元，划得来；又想，好不容易中了奖，得奖价钱不说，还有纪念意义，决意不卖。又边走边回答："不卖，不卖！"便推到了家里。

父亲见他推回一辆崭新的自行车，便问："哪里来的？"

母亲也来看"怎么回事？"

他洋洋自得地回答："摸奖摸的！"又说明了经过，父母都为他高兴。

张小三正在为谈对象的定亲礼犯愁之时，意外地得了个等外奖，他从中悟出了一个道理：自己一个月才挣几十元，一年下来也不过一千多元，月月挣，月月光，积攒不下盖房子、置家具娶媳妇的钱，仍然是个穷光景的命运。若是买彩票，中个大奖，一下子就是好几万，顶自己十几年挣的钱。正如俗话说的"马不喂夜草不肥，人不发横财不富"，看来，买彩票是发财的路，马上就能改变经济条件，改变生活方式，改变人生命运，不愁姑娘们不上门，也犯不着为彩礼发愁，于是拿定了买彩票的主意。

张小三与父母是隔代人，有些话不便说，欲买彩票拿奖的主意更不好说，但与妹妹欧阳雪莲则说得来，便把自己的这个主意向妹妹说了出来，并想拉妹妹一起搞。

欧阳雪莲则与哥哥的思路不同。她心地比较单纯，在学校里只知认真读书，刻苦学习；参加工作后，一门心思在工作上。第一次发工资领到几十元钱，这是过去想都没想过的事，把它统统交给母亲，并说："妈妈，你辛辛苦苦拉扯我一场，我没有孝敬你老人家，看着你为我操心，心里怪难受的。现在，第一次领工资，就孝敬给你，你想吃什么就吃什么，想穿什么就穿什么，让你高兴高兴，我也快乐快乐！"

欧阳义说："还是女儿心细，懂道理，惦记着父母，女儿尽孝心，老伴就收下吧！"

欧阳嫂则说："我的好女儿，有你这番心意，我就够高兴的了。你的一片好心好意妈全领了，只是我也没有紧要花钱的去处，不急着用钱，你刚参加工作，又是老师，是人前头行走的人，又是姑娘家，应该打扮打扮，置几件时兴衣裳穿上，风光风光。你快乐了，妈也高兴！"

"你妈说得也在理，那你就添几件衣裳穿吧！"欧阳义说。

欧阳雪莲则说："爸爸妈妈，你们就别推辞了，你们的想法我明白，可我的心意你们也应该理解，我是真心实意孝敬你们老人家的，第一次领工资就孝敬，意思大不一样。我穿衣裳、买衣裳的日子长着哩，以后领了工资再添不迟。唯独这一次孝敬，你一定要收下，也让我好好高兴一下。"

欧阳义又附和着说："女儿如此这般心切，老伴你就收下吧。"

欧阳嫂见拗不过女儿，只好把钱接在手里。

欧阳雪莲就是这样一个胸怀坦荡、心地纯洁的姑娘，就跟她的名字一样，晶莹剔透，善良真诚，令父母格外喜爱。可谓名副其实。

说起欧阳雪莲这个名字倒也有些缘由。欧阳义他们家三个孩子，两女一男，姐姐与哥哥是张老三的孩子，他们妈当初与欧阳义再婚时，张家坚持孩子是张家的骨血，母亲再嫁，孩子不得更改姓名所以仍姓张，而欧阳雪莲则是欧阳嫂再婚后生的，是欧阳义特地给她起的。姓氏，不用说是从了复姓欧阳，新生的女儿，是他唯一的亲生骨肉，是自己生命的延续。除此之外，还有别的含义，即自己人生的寄托，革命事业的传承，要赋予她责任和义务，还要体现对战友和情侣的怀念。

他自江西投身革命以来，历经千辛万苦，战友们牺牲不少，长征到了古堡镇这地方，第一眼看见与家乡不同的便是南山的积雪，终年消融不尽，太阳光下闪闪发光，因为种种原因，他就要在这里生活下去了，生命的后半生就要在这里度过，也可能要在这里继续所从事的事业。因此，女儿的名字，应有个"雪"字。他又想到在红军里的战友和恋人——何玉莲，与自己志同道合，在革命队伍里相遇和认识，建立了深厚的革命友谊和恋情。在频繁、紧张的作战、行军中，当然不可能结合为婚姻，不幸她英勇牺牲。每在紧要关头，是她的事迹和献身精神，鼓舞自己继续战斗，终于坚持至今，每有好事喜事，总想念她，因此，女儿的名字上应有战友和恋人的字。于是又扣了个"莲"字，从而给女儿起了一个与众不同的名字——欧阳雪莲。

这个名字也真是名副其实，既高度概括、意味深长、独特响亮，又有象征和纪念意义。还有，据欧阳嫂说，女儿出生后，像一具通体红润、晶莹剔透的玉雕，尤为特别者是内外透明，通过细皮嫩肉，隐隐约约能看见骨骼、心脏、肺脏及其他内脏器官，及至长大了，浑身仍然白皙透亮。中等个儿的身段，均匀细嫩的肌肤，又黑又亮的秀发，圆圆脸蛋都显出外秀内慧、聪明伶俐、活泼大方。一双水灵灵、亮晶晶的大眼睛，若镜子一般透明，血红的嘴唇和洁白的细牙，互相映衬得那么鲜明。一张口或笑或说，皆爽朗明快，直截了当。就连那白里透红的巧手，也显露出健壮、质朴和麻利、干脆。走起路来也风风火火，快速敏捷，绝少拖拉蹒跚。脾气就似那筷子挟菜喂菜，直出直进。

言行不用说是表里一致，心里怎么想，嘴里就怎么说，口里如何说，手便怎么做；听到她的脚步声，就能听出是她在走路，遇到什么事，就会知道她将怎么做；碰到什么人，就明白她将怎样对待。从不吞吞吐吐、躲躲藏藏，偷偷摸摸，口是心非。俱南方人的灵秀聪明，又有北方人的诚实豪爽。虽是女儿的身子，却又有男子汉的脾气。争强好胜，从不服输。在古堡镇地方，素有男尊女卑习俗，母亲依着父亲，女儿看父兄的脸色行事，可欧阳雪莲从不因自己是女孩子而矮人半截，自卑一分；从不看也不听从男人们的脸色、口气待人处事。母亲的疼爱、父亲的喜欢、姐姐的谦让、哥哥的言行，更助长她这个脾性。别人奈何不得她，自己也由不得自己，唉，她就是这么个人，这个人就是她，而不是别人。

欧阳雪莲对钱财看得不重。上学时一心想的是学习、上进，上进、学习。除了购买学习用具、生活必需品外，从来没有额外的讲究和打算。工作后第一次领上工资，也没有什么具体的花销打算，就把它如数交给母亲。她对领工资已经够满意的了，没有嫌少的概念，更谈不上去买彩票，赚更多的钱。当哥哥向她提出买彩票赚钱的事，她觉得很突然、很奇怪，不知如何回答是好。便说："能领到工资，我心满意足了，够花了。领多少花多少，心里实在，我也不相信天上能掉下馅饼，你要买你买去！"

妹妹不配合，张小三只好一个人去干了。他原想做股票买卖，可没有股本，连起码的股本都凑不上，只好取消了买卖股票的打算，便从事体育彩票的购买。但他对体育不在行，买了一个时期的体育彩票，花去了不少的钱，一次奖也没中上。后来听说福利彩票容易中奖，高者上百万、几十万。要是中了大奖，立马就发财了，他又转而购买福利彩票。

买了一个时期，小奖倒是中过，大奖从未得过，但他仍不灰心。在一个月末的星期日，妹妹放假在家，他又动员妹妹与他一起去买福利彩票。欧阳雪莲觉得，过去已经拒绝过哥哥的要求，这一次再拒绝不大好。再说，今天正好没有其他事情，有空闲时间，去就去玩玩，好知道彩票是怎么回事情。

便说:"行,我陪你凑凑热闹,可说好,就这一次。"

张小三高兴地说:"一次就一次。"

欧阳雪莲说:"我一点儿都不懂,你得教我怎么个玩法!"

张小三说:"福利彩票的基本做法是,通过红蓝双色球的摇奖平台,福利彩票的组织系统、演播现场,向社会宣示此项活动的诚信,扩大社会影响,增加彩票的销量。北京有福彩中心,省上有省上的福彩中心,地州市也有相应的系统,最基层的是福利彩票销售、投注站。彩民直接到那里购买彩票、投注、核对中奖号码。该项活动的原则是公正、公平、公开。"还说,"福利彩票是中奖的机会与献爱心并存,若是中了大奖,就可以发财、改变自己的命运;若是不买彩票,就永远没有中奖的机会,当然也就没有发财、改变命运的机会。再说,即使是一时半会未中奖,也不会永远不中奖,总会有得奖的机会。我相信,功夫不负有心人,天长日久,终究会有中奖的机会。"

欧阳雪莲说:"你说了这么一大套,好像有道理,可我还是不会玩,怎么跟你去玩?"

张小三解释说:"我再给你介绍操作方法。第一步是买彩票,花十元钱买一张;第二步是选号,可以随便选,也可以仔细研究后选。你初次来,不会玩,随便选得了;第三步是投注,把你选好的号投进去;第四步是对号,将自己选中的号码与开奖号码进行核对,看有没有对上的,若有对号的,就中奖了。"

欧阳雪莲是初次玩彩票,不会研究历次中奖数据和中奖号码发展趋势,只好随意选了一组号码。张小三则在仔细研究、计划后选了一组号码。

到了开奖日期,张小三又约欧阳雪莲一起到投注站,核对中奖号码。张小三将自己选的号码与开奖号码仔细核对了一遍,摇了摇头:"唉,又没有对上的。"紧接着,又漫不经心地问妹妹:"中了没有?"

欧阳雪莲随意地说:"好像对上了。"

张小三不相信地说:"我不信,我看!"一看,果不其然,便说,"真的,真的对上了,二等奖!你真好手气,我玩了多长时间,都没中上一次,你只是头一次玩,而且是二等奖。我选的号与你选的号,只错一个号码,对我是擦肩而过，而你却冒上了。"

欧阳雪莲只是微笑了一下。

兄妹告诉父母，并向各自的单位请了假，到省福彩中心领奖去，没几天就回来了，领了五万元奖金。

张小三对妹妹说："奖金应当你我各一半，因为是我拉你买彩票的，要不是我拉你去，你哪里来的奖？"

欧阳雪莲说："当然有你的功劳，不过，这么多的钱，这么大的事，得交给爹妈做主，我们两个私下处理不合适。我无所谓。"张小三只好听妹妹的。

欧阳雪莲中奖的消息，保密又保密，还是没有保住，不知道在哪个环节，也不晓得是谁的嘴泄漏了出去，消息不胫而走，一下子传开了。成了张家庄的头号新闻，是家家户户的议论中心，人人谈说的话题。也成了仿效的对象，从漠不关心的事，一下子变成热门事儿。

一块儿的同事半开玩笑半正式地说："得了奖，也不让我们为你高兴高兴，喝两杯！"

有的说："我要看病，能不能借给点，没多有少。"实际上是有借无还的意思。

与张小三谈对象冷下来的，又火起来了，托媒人给欧阳嫂捎话："小三的对象怎谈下了，有没有定下来的？"言下之意，若没有定下来，可以继续谈。

欧阳嫂又跟丈夫商量："李某某家的捎来话，咋回答？"

欧阳义道："孩子们也大了，他们的婚事由他们去，我们当父母的做不了他们的主。再说，先是嫌咱们穷，延耽下来，现在我们中了奖，又旧话重提，为财礼而来的婚姻，不谈也罢。"

面对这么多麻烦事儿，连欧阳嫂也不耐烦了，发牢骚道："早知道这么多麻烦事，还不如不玩得好，多一事不如少一事。"

欧阳雪莲中了福利彩票奖，除在社会上引起一连串麻烦，搅得欧阳义一家不得安宁，在自家人之间，也像一池春水中投了一块石子，激起一圈圈涟漪，打破昔日的平静。

张小三说："我玩了这么多年的体育彩票、福利彩票，称得上是铁杆彩民，怎么这么倒霉，总是中不上大奖。而妹妹玩了一次就中上了，这是怎回事？我到底想不通。"

欧阳雪莲说："我也说不清。我不想玩，也不懂得，更不会玩，是你动员我去的，只是随便选了几个数字，不知怎的就中上了。究竟是什么道理，我也不晓得。"

欧阳嫂说："我说是碰运气，冒碰的。就同在马路上拾钱一样，有的人未碰上丢钱的人，有的人则碰上了丢钱的人，这有什么奇怪的。"

张小三又说："我和妹妹都是你一个娘生的，为什么我没有运气，妹妹倒有运气，这到底是怎么回事？"

欧阳义一直不发言，只是用心听，听了好大一会儿才开了口："我倒是觉得你妈说得有几分道理，中奖是冒碰的，这不是种庄稼的春种秋收，也不是做买卖的低进高出，赚批零差价，而是碰运气。属于你的，跑不了；不属于你的，不能强求。骆驼脖子长，吃不上隔山草，与其说是你要中奖，不如说是奖选择了你。那么多的人买彩票，都想中大奖，不可能人人都中上。要不然，业主都赔光了。因此，是奖金选择了你，好比王宝钏抛绣球选取女婿，台下的男人们都想当驸马爷，而王宝钏只投给了薛平贵一样。一个绣球只能抛给一个人，若不然，岂不把王宝钏撕成碎片！"欧阳嫂、张小三和欧阳雪莲都笑了起来。

欧阳义接着说："应怀着平常的心态对待中奖问题。得了不惊；不得，泰然处之。这本来就是一种游戏，是玩耍取乐。可以玩，也可以不玩。玩了，必然有赢有输。要把游戏真正当成游戏玩，不能当饭吃，不能作为一项任务非完成不可。不能做梦娶媳妇，想得太美。如果是这样，就叫赌博，不叫福利彩票了。"

"就是么，如果是那样的话，人人都去玩彩票，不种庄稼不做工，又吃什么、穿什么？"欧阳嫂插上说。

欧阳义继续说："中奖不中奖也与命运无关，中了奖也不一定发大财，飞黄腾达，鸡犬升天；中不上奖，也不倒霉，更与谁生的、谁养的无关。原来是什么样子的人，仍然是什么样子的人，张小三还是张小三，欧阳雪莲还是欧阳雪莲。我思谋着，国家开展福利彩票中奖活动，本意是盘活一些闲散的社会资金，把死钱变成活钱，为那些失去劳动能力，及其他贫困人口，做些好事、善事，比如扶助孤寡老人、残疾人、孤儿及贫困学生等等。君子爱财，取之有道，而财富如水。水往低处流，财富偏偏朝富处滚。大海大洋，本来水多，可四处的水就往那里流。富裕的地方，富裕的人本来钱多，财富则继续往那里滚。为了从手头有钱者那里筹集一部分钱，搞一些社会福利，就开展福利彩票中奖活动。所以，它不是为了叫你个人发财，而是为了发展社会福利。因此，没有中奖也不必想不通，倒是欧阳雪莲中了奖应该为社会福利做点贡献，不可全部装入个人的口袋里！"

"到底是生姜老的辣，老红军水平高，我满脑子的豆浆，你一瓢卤水浇进来，豆腐是豆腐，水是水，一清二楚了。"欧阳嫂说。

"欧伯伯，经你这么一说，我也明白了，一口吃不成胖子，想通了。"张小三说。

欧阳雪莲说："怪不得，我没费吹灰之力，一下子就得了这么多钱，实在太容易了！感觉好像从果树上掉下来的果子一样，偏偏落在了自己手里。我是当老师的，我们学校的一些学生，因家境困难，上不起学而辍学在家，我要支持他们再上学。奖金我一分不留，分一万元给哥哥娶媳妇，其余的支持上不起学的学生，说到做到，交给学校，专款专用，不放空炮！要不然，我心里也不得安宁。"

"你不愧是人民教师、老红军的女儿。"欧阳义附和着女儿说，"还是勤劳致富，诚实经营本分，所以，我奉劝你们，玩耍归玩耍，正事归正事，且莫本末倒置。"

第四十二集　欧阳雪莲

旦夕祸福　众学童意外遇车祸
舍己救人　欧老师捐躯换生灵

　　欧阳雪莲福利彩票中奖，得了五万元奖金，除一万元给哥哥娶媳妇、办婚事，其余四万元捐给学校，救助失学的学生复学，这不仅是她们学校的特大新闻，也是古堡镇地方的头条消息，议论纷纷，仁者见仁，智者见智，愚者见愚，俗者见俗。

　　乡干部们异口同声地赞美：不愧是老红军、老乡长的后代，人民的教师，风格高尚，慷慨无私。要是换个别的人，绝对做不到。她们学校的老教师夸奖说，雪莲老师在小学时，就是顶尖的好学生，是棵好苗苗，中师毕业分配回来，更加出色，越发好了，作为我们的学生，我们的同事，我们深感自豪。学生的家长们无不欢欣鼓舞，这样的人当老师、教孩子，我们一百个放心。

　　在七嘴八舌的议论中，也有另一种说法，有的说："年轻人心血来潮，事后她会后悔的。"也有的说，"这个女孩子真傻，一个大姑娘家，得了这么多钱，不好好收拾打扮，为结婚成家作准备，干出这种傻事！"还有的说，"上不起学的娃娃多了，靠一个人的捐助，能救助多少，能扶持多久。要是我的话，穷日子过怕了，这么好的运气，要放心大胆地享受一下。"

　　可是欧阳雪莲有她自己的想法：自己是生在旧社会，长在红旗下的人，在新中国成立前饱尝过苦水的浸泡，苦日子的滋味。解放了，享受着阳光雨露的温暖和滋润。慈母勤劳朴实的养育，父亲无私的呵护关爱，深深地印在脑海中。父亲的战友们爬雪山、过草地，历经千辛万苦，为了革命事业来，牺牲了多少，他自己出生入死坚持到了解放，拐着一条跛腿，仍为人民的利益东奔西跑。老师们的谆谆教导，也记忆犹新。她觉得自己是个幸运儿，父亲是老革命，又当了乡长，有条件供自己上小学，入师范，中师毕业又分配了工作，月月领工资，而一块儿的好些小伙伴，一样聪明伶俐，仅仅因为家庭经济困难，或者未能上学，或者中途辍学。自己意外中奖，为什么不能帮助失学的儿童上学呢？我是人民的教师，有责任这样做。

相反，如果见利忘义，得了钱只为自己打算，眼睁睁看着那么些孩子失学、辍学，还算是老红军的后代，还称得上是人民教师吗？面对这许多事情，她思绪万千，想得很多、很多。她回忆到，她就是在镇上的这个完全小学上的学，又由这里毕业升入县上的师范，毕业以后分配到自己的母校当教师。

她看着现在的小学，看着古堡镇的房屋、道路、树木，触景生情，想起了初上学的情景，还想起了李老师、赵老师，特别是启蒙者严老师。她记得第一次上小学，是父亲领自己来报到，对学校是人生地不熟，而且尽是男娃娃，女孩子很少，心里怯生生的。是严老师慈祥的目光、和蔼的态度、温柔的话语，缓解了自己的胆怯。

她还记得上第一堂课，严老师第一次教她们认字：人、手、足、手、尺，看图识字，印象最深的是教"人"字，写"人"字，双脚稳踏大地，一头顶着蓝天，既不东倒西歪，也不前合后仰，站得稳，立得正，才能顶天立地，才能做好人，才能识好"人"字，写好"人"字。万万没有想到，一个"人"字，在严老师的口里讲出这么多学问。从此开始，开启了自己对国文的爱好。

还记得第一次从严老师口中听到"寸金难买寸光阴"的教诲。虽然记住了这句话，但并不很理解它。时过境迁，物是人非，转眼间，自己也成了老师，而严老师已不在人世，无意识地接了严老师的班，行使他的历史使命，才真正理解了他的教导，深觉时光的重要、青春的宝贵。从而更加珍惜学习时间，珍惜学生的童年，珍惜学童们的学习。

欧阳雪莲还记得，严老师不仅课讲得好，还为人师表，言传身教并重。当她看着校园里的花坛，放眼校园外的庄稼地，也勾起了严老师的教导、师表。记得那时，每有空闲时间，或在上课的间隙，他总在花坛里锄草松土，修剪残花、枯枝。放假前夕，务必给花浇水、铺石子、保墒，一边操作着，一边给围观的学生讲，绿色是希望的颜色，绿油油的庄稼，碧绿的草场，是生命的起源，是生活的来源；花是美丽的象征，一丝绿意带着一线希望，一株鲜花给人一份美丽。农村的孩子，看惯了花花草草，可严老师却赋予它新意、美感，启迪了孩子们美的意识和美的灵魂。

欧阳雪莲看着花草，回忆着严老师的教诲，想着自己的职责，越发敬佩严老师，认为他是一个真正的人、高尚的人。由于他的人品、学问，影响了自己，影响了同学，造福于社会，功在当代，利在千秋。越想，越觉得教育的重要；愈想，愈认识到自己肩负担子的分量；愈想，愈觉得人民教师的光荣。她觉得，家长把孩子托付给自己，是对自己莫大的信任。孩子们拜自己为师，是寄厚望于自己。教的好坏，关系到他们的成长，关系到他们的前程，关系到社会的发展，关系到国家的前途和命运。

哪怕是一个字，一个得数，如果教对了，对学生、对社会都有益处；如果教错了，便是误人子弟，危害社会，后患无穷，有负家长的申托，有负孩子的期望，便是渎职和失责。她暗暗告诫自己，一定要当好教师，必须上好每一堂课，教好每一个学生，要无愧于人民教师的神圣职责和无上光荣。

欧阳雪莲一到校，就担任一年级新生的语文课，一年级丙班的班主任。该班四十九个学生，女生二十三个，男生二十六个，坐满了一教室。那么多双水灵灵的眼睛望着自己，面对一张张天真、稚嫩的面孔，她心情激动，精神振奋，一时不知说什么好。但人民教师的职责，孩子们的期待，促使她很快地平静下来，并进入角色。

她教的第一个字也是"人"字，除了讲人字的一撇一捺的写法，双脚踏稳大地，一头顶着蓝天，既不东倒西歪，亦不前合后仰，要做顶天立地的好人，不做伤天害理的坏人外，侧重又讲了学生。做人要做好人，当学生就要当好学生，要好好学习，天天向上，要爱祖国、爱人民、爱科学、爱劳动、爱护公私财物。她之所以也这样讲，是因为做什么样的人太重要了，这是教书育人的根本，也是当学生的根本。

欧阳雪莲带的这个班，虽然人数不算最多，可事情不少。爱哭的、好逗的；吵嘴的、打架的；贪玩的、爱学的；好动的、爱静的，各色各样。就学习来讲，大体有三种，学习有基础、好的占少数，学习中等的占多数，学习差的也占少数。她除了当好任课老师、教好国文课，带学生、管学生要下更多的工夫。尤其是一些有特殊情况的学生，需要格外操心。从教学和管理的实践中，加上老教师的指点，她总结了一套自己的做法。一是抓作业，要同代课老师多沟通，根据从作业中发现的问题，有针对性地进行讲课和管理；二是对突出好的学生，及时表扬；三是多鼓励，少指责。对虽不够优秀，但有进步的学生及时鼓励，少批评，特别是少在全班范围内的批评，而要多做个别工作；四是有特殊情况的孩子，要特殊对待，不能一刀切。对自己要学而不厌，对学生要诲人不倦。

日复一日，月复一月，年复一年。她把所带的班由一年级带到六年级，再带一个班，由新生带到毕业，都以优异的成绩，考入高一级的学校。她无论走到哪里，都受到她的学生的尊敬、爱戴。她自己也从十七八的青年成长为中年人，又进入不惑之年。由单身发展到结婚，有了孩子，做了母亲，对孩子们有了更深入全面的观察和分析。

凭着人民教师高度的责任心和做母亲的对孩子们的爱心，从孩子的一举一动中，从细枝末节的异常变化里，都能发现一些问题。她领会到凡是品学兼优、健康成长的孩子，都有一个幸福而健全的家庭；凡是情绪起伏不定，成绩忽好忽差的孩子，则情况各不相同。或者孩子的父母不和，吵嘴打架，甚至离异；或者家长健康出了问题，甚至亲人亡故；或者经济情况生变等等。

各种不幸都会反映到孩子的情绪和学习上，导致了孩子们情绪的不稳定，学习成绩的忽高忽低。孩子们都希望过一个美好的童年，然而，情况并不是他们所希望的那样，大人的过错和不幸，往往波及到孩子们的身上。并不是所有的孩子都有幸福的童年，其中一些孩子也有不幸、烦恼和压力。小小的年纪，稚嫩的心灵，却要承受命运的冲击。他们没有能力掌握命运的变化，命运却要戏弄他们，这就是父母的行为所导致的后果。

她深深体会到，孩子们的学习成绩，不仅取决于他们自己，取决于学校，也深受其家庭情况的影响。比如陶栋，本是一个好学上进、品学兼优、生动活泼的好孩子，可本学期以来却突然变成了另一个样子，常常一个人待在课桌旁，不去操场玩耍，不言不语，无精打采。同学们对他也凑热闹，冲着他唱："世上唯有妈妈好，有妈的孩子是个宝，无妈的孩子像棵草"，

"一棵草"，"一棵草"，深深地刺伤了他幼小的心，使他陷入了孤独和悲痛。

欧老师发现后找他谈话，他也一动不动，爱理不理的。欧老师经过个别家访，得知其父母离婚，将他判给了他父亲，母亲离他而去。

欧老师给他耐心地做工作："离婚是大人的事，你管不了，也不懂。但功课是你自己的事，不能拿大人的事惩罚自己，你应该照常生活、照常学习。如果因为大人的过失，自己不学习，会误了自己的学习和前程。"并教育同学们别讽刺、挖苦他，要友好相处，终于使陶栋同学恢复了正常的学习生活。

陈炳文同学是个好动、爱好体育的孩子，个子虽小，却争强好胜，反应敏捷，动作麻利，好爬树攀高，结果在暑假爬树摘果子时，不幸摔折了小腿，打石膏后在床上静养，不能玩耍运动。这对于一个生性好动不爱静的孩子，是何等的难受，耽误功课不说，不能同大家一块玩耍，是多么的痛苦。欧老师除亲自看望鼓励外，还固定同学们在课余时间、节假日轮流看护，帮他补习功课，减轻了他的病疼和孤独，补上了耽误的功课，使他较快地恢复了健康，赶上了正常的学习。

一个叫娟娟的女同学，其母亲不幸去世，奶奶亦有病在身，看病花费较高，父亲外出打工挣钱度日，无力供女儿继续上学，娟娟辍学在家。欧阳雪莲老师通过家访，了解到此真实情况，给其奶奶说，娟娟学习成绩优秀，是班上的拔尖学生，不能将家中贫困的后果转嫁到孩子身上，不应当让她承受她无力抗拒的命运。说通了其奶奶，又写信给其父亲做工作；缺钱可以挣来，误了孩子的学业，就是误了孩子的终身，是无法弥补的。终于说服了父亲，又找学校免除了娟娟的书费、作业费等费用，终于保住了娟娟的学习生活，使她渡过了难关，走上了健康成长的道路。

正如有的人所说的，上不起学的孩子多了，凭你一个欧老师，能帮助多少，能支持多久。可是，欧老师并不因此而停止努力，能帮一个算一个，能少一个辍学的算一个。欧老师认为，多一个孩子上学，就是多一分文明和进步；少一个同学辍学，就是少一分损失，宁是为之努力，毫不松懈。可是，需要帮助的太多了，帮了一个又冒出一个，旧的问题尚未解决，新的困难学生又产生了。

单小花是孤儿院里来的孩子,其生身父母因尽生女孩,而把她丢弃在医院里,医院又将她送往孤儿院收养。到了上学年龄,需要安排到一所小学就读,欧阳雪莲从自己在孤儿院工作的同学那里得知此消息后,主动提出领养单小花,并负责她的学习生活。领养到家里后,同她的亲生儿子一样对待,尽量照顾得好一些,并要求儿子多谦让些妹妹。亲自给她修剪指甲、洗发梳头,按女孩子的习性打扮她。单小花并不知道自己的生日,欧阳老师照样给她过生日,买生日蛋糕,让她吹生日的蜡烛,让她体会生日的快乐,人生的甜美、母爱的温暖,接受新社会阳光的照射和雨露的滋润。

由于欧阳雪莲老师,使她享受到了新的母爱,由于欧阳雪莲老师,单小花感受到了人间的温暖,匡正了她被扭曲的孤独性格,走上了健康成长的道路。

单小花生就一腔脆亮甜润的嗓子,唱得一首首悦耳动听的歌曲,被一所艺术学校发现并录取,成长为一名好歌手。单小花与欧阳雪莲,亲如女儿与母亲一般。有心里话,总爱给欧老师说;打扮的若何,先要请欧老师评品欣赏。及至谈了对象,也要领来,一同看望欧老师,让她分享自己的喜悦。

做小学老师的职业习惯,当母亲的天职,使欧阳雪莲处处爱孩子,时刻关心孩子,不论是哪一个孩子,都一样亲切温暖。为孩子们的健康着想,为孩子们的学业操心,为孩子们的安全而担心。何曾放松过一个孩子,何曾马虎过一时一刻。

可世上的事情总是事与愿违。偌大天空,雷电伤人,宽广的大路,车却碾人,越是追求的偏偏实现不了,愈是希望的,往往是失望,甚至期望越高,失望越大,越是担心的事,单单就要发生。

在春末夏初的一个下午,到了放学回家的时候,欧阳雪莲老师为了安全,照例领着几个孩子通过镇子中心,穿越学校门前的丝绸大道,送他们走上回家之路。调皮的男孩,习惯地你跑我追,抢着回家。刚刚跑上马路,一辆满载货物的大卡车,风驰电掣一般驶来,说时迟,那时快,三个男孩子已经追跑到车道上,大卡车也来不及刹车,即就是急刹车,高速运行的惯性也是躲避不及的。在这千钧一发的危急时刻,欧阳雪莲以迅雷不及掩耳的动作,用身体和双手将三个孩子迅猛地推出车行道,而自己则倒在了血泊中。

在如此十万火急的紧要关头,她的神情没有丝毫的迟疑、犹豫;她的行为是那样习惯、自然；她的动作是多么干脆利索；她的一举一动是何等的简单明了。一切为了孩子，一切为了孩子的安全。这一切，都是她心灵的体现，她的所作所为都是尽职尽责的使然，流血不在乎，牺牲何所谓。

世界上，还有什么行为比舍己救人更壮烈的？没有。

还有什么名誉比舍己救人更光荣的？没有。

还有什么壮举比舍己救人更伟大的？没有。

还有什么威力比舍己救人更有力量的？没有。

没有，完全没有。

没有，根本没有。

因为人最可宝贵的东西就是生命。名利、地位、金钱、权势，与之相比，统统不在话下。

因为，舍己救人就是把生命让给别人。而生命属于人只有一次，失之不能再来。

完美的东西真是代价太高。

它使自己的儿女失去了母亲。

使自己的父母失去了女儿。

使自己的丈夫失去了情深意厚的妻子。

使志同道合者少了一个同伴。

还使教书育人的岗位少了一个哨兵。

然而，在这需要献身的生死关头，她顾不了这么多，情况不允许她迟疑犹豫不决，最需要的是挽救学生的生命，赢得他们的生存。

为有牺牲多壮志。

她用流血牺牲铸就了完美。

她用舍己救人铸造了一座光彩照人的丰碑。

她用舍己救人体现了最高贵的精神——母爱、师爱。

她用舍己救人树立了一个无穷力量的光辉榜样，

她用舍己救人使自己超越死亡，获得永生。

她用舍己救人赢得了众人的敬仰。

这个完美无比的榜样，

使一切正直善良的人为之震撼、感慨。

为一切奋斗者指出了前进的方向。

她如一朵姹紫嫣红的鲜花，她的凋谢预示着百花争艳的今后。

她像一面明亮纯净的镜子，将一切照得无遗无漏。

她又像一道万能的分水岭，把真善美与假恶丑的行为区分的一清二楚。

她的生命走了，可她的光辉形象没有走。她那慈祥的面容，真挚的眼神，一举一动，仍在熠熠生辉，激励着孩子们。

她的生命走了，可她的可贵精神没有走，对学生的关爱，对教育事业的执着，仍在影响着她的同事、同志。

她的生命走了，可生命之花的种子、根须仍然生机旺盛，种在了孩子们的心中，会萌芽、生根、开花，引来满园春色。

总之，她的完美永存，时光不能抹去她舍己救人的壮举，将会发扬光大，昭示后人，继续前进，创造更加光辉灿烂的未来。

生离甚于死别，欧阳雪莲救了学童，牺牲了自己，可把其父母伤心坏了。欧阳雪莲是最有出息、最体贴父母的，真正是父母的心头肉、贴心人。她的意外牺牲，把父母都推倒了。老两口子都悲伤的吃不下，睡不着，站立不住了。欧阳嫂除可惜女儿，又担心丈夫。她知道雪莲在丈夫心中的分量，虽有三个孩子，另外两个是她带来的，大女儿已出嫁，而小三又不争气，唯有雪莲是丈夫的亲骨肉，又最懂事、明理、孝敬父母。她生怕丈夫经不起这个失犊之疼，发生意外，便强忍着悲痛来关照丈夫："想开点，想开点。"

欧阳义对女儿的意外牺牲，犹如晴天霹雳，当头袭来，把他击倒了。稍微镇静后，想到女儿的好处，她是战友、恋人何玉莲的继承者，又是自己的希望，竟然走了，两者都落空了，真是悲痛至极。可是他又想人总是要死的，但死的意义有不同。自参加革命以来，自己的部队同志、战友死了多少，自己是侥幸活过来的。女儿是舍己救人而走的，死的重如泰山。

想到此刻，心里稍觉安慰。同时，他担心妻子受不了，她曾经为失去前夫而发疯，为小三出问题而伤心，若再为失去女儿而想不开，还有发疯的可能。此时此刻，他又强忍悲痛来安慰妻子，安抚、宽心，扶她起来。加上大女儿的关照，终于爬了起来。此时的小三似乎成熟了许多，放下生意，来侍候父母。加上张老二、王三姐、乡上同志的慰问，终于挺了过来。

又一个教师节到了，学校照例召开座谈会。校长、老师、学生代表齐集一堂，主题是庆祝教师节。可与会者不约而同地念叨着欧阳雪莲，异口同声地赞美欧老师，庆祝会变成了纪念会。

教数学的马老师说："我无法忘记欧老师，她虽然不在了，可她的一言一行仍在我脑子里闪动。我曾经不安心教师工作，对调皮学生缺乏耐心，可欧老师却敬职敬业，始终如一，虽然我们都在教书，可她的一举一动又是我的老师。今后我会全心全意当好老师，认真地教好每一道题，带好每一个学生，要不愧为欧老师的同事，无愧于人民教师的光荣称号，无愧于伟大的时代、伟大的事业。"

学生代表陶栋说："欧老师，我想念你，在这秋风送爽、瓜果飘香的黄金季节，我无法表达对你的怀念，我的调皮曾惹你心烦，我的不懂事曾难为你，而你却不急不躁，耐心如初，登门肆访，诲人不倦。最好的怀念就是学好功课，当个好学生，时刻准备着做你的接班人。"

欧老师的学生、养女单小花也闻风来参加座谈会，并深切地说："我不知道我的生母是谁，生来没有妈妈，幸好遇到了你，做了我的妈妈。可你又走了，我又失去了妈妈，我无法接受这个现实，我不能没有妈妈，我虽然长大了，可我仍希望有一个妈妈，像你一样疼我爱我关怀我……"

庆祝会正在进行中，与会者争先恐后地在发言，忽然进来了一个人，大家都投来目光，原来是县上管教育的副科长，欧老师在中师的同学、爱人颉守业。只听他说："我是来报到的，我的副科长不当了，我要当专职老师，继承欧老师的遗志和事业，欧老师是你们的同事，是我的爱人，你们失去了一个同事，我失去了伴侣，我们都一样悲痛，一样怀念她。她光荣地走了，我要同大家一起，继承她的事业，发扬光大她的精神，把课教好，把学校办好，培养出更多的小康社会的建设者。"大家原以为他是例行来参加教师座谈会，为大家祝贺的，听了他这番解释，这才恍然大悟，热烈鼓掌欢迎。

第四十三集　天马再世

天马踏燕横空出世
古堡乡镇再度繁华

古堡乡在很久很久之前，就与马结下了不解之缘。四季分明的气候肥美的土地，多民族聚居，丝绸之路的交通，中原与西域的交往，浓郁的马文化等等，天时、地利、人和的因素，培育了天马，从此以后，它与马息息相关。地方繁荣昌盛，养马业兴旺发达；历史坎坷曲折，马也多灾多难；主人交上好运，马也时来运转。总之，天马是古堡人的朋友，古堡是天马的故乡。它们如同布帛菽粟须臾不可分离，从两千多年之前一直延续至今。

汉武帝在反抗匈奴侵略、设立河西四郡的过程中，在古堡乡所在一带地方，培育和繁殖了众多的天马，发展出了繁荣昌盛的养马业，为保卫祖国做出了不可磨灭的历史贡献。到了盛唐时代，养马业也进入鼎盛时期。安史之乱后，边防削弱，千里河西大地上，各种社会力量纷争不息，导致自然环境恶化，养马业开始衰落。从此以后，天灾人祸连绵不断，社会经济时好时坏，天马的主人命运舛误，养马业亦是时兴时衰，及至到了清朝末年，甚至不准民间养马驯马。政治黑暗，吏治腐败，外患不断，内乱丛生，环境恶化，经济萧条。国运尚且如此，天马之乡岂能有好，与整个国运紧密相连，古堡地方也交上了厄运，处在艰难竭蹶之中。

伴随着这段曲折坎坷的历史，张王李赵各庄老百姓之间，兴衰跌宕，矛盾激化，恩怨情仇，纠葛不断。赵家在外地做地方官的赵进士，牵扯上文字狱罪，蹲了天字号大牢，被砍了脑袋，抄没了家产。张家的张梦飞因不满朝廷腐败，响应孙中山的民国革命，也身首分家，家产被抄没，衰败了下来。王家因人丁不旺，仅勉强惨淡经营。唯独李家稍有些兴盛景象，抗战胜利后，家业又有发展。良田几千亩，庄园好几处，大轱辘车几十辆，骡马一百多匹，颇有些好征候，意欲趁势发展，扩大家业，大兴养马业，并寻找传说中的铜铸天马。可是好景不长，蒋家王朝在内战中连吃败仗。为了应付节节败退的战局，到处横征暴敛，抓壮丁，派马签。李老财不仅未购到宝马良驹，反而将现有的马被派了马签。接着解放大军来到了古堡地方，进行土地改革，又将他其余的马匹及土地，分给了贫苦农民。

伴随着国家工业化和农业机械化的历史进程，汽车代替了马车，坦克代替了骑兵，拖拉机取代骡马，就连马路也改称为公路，一改往昔高头大马、尘土飞扬的显赫。弼马温下岗，马车夫转行，历来吃香的伯乐也无马可相了。社会历史的发展，科学技术的进步，养马业被汽车业取代了。代之而起的是汽车制造业、维修业、汽车司机、拖拉机手，与一切事物的历史一样，都有一个产生、发展、兴旺、高潮、衰落的过程。养马业也是一样，伴随他的主人、骑手的兴衰际遇，完成了它的历史使命，成了历史的遗迹和记忆。

但是，马文化并未完结，哺育它成长的乡土仍在，马的传说、马与生肖、马与文字、文学，马的画图、雕塑，赞美马的诗词都在，还有畜牧业旅游业及赛马仍在进行。它那俊美的形象，强大的力量，迅疾的奔跑，仍然印在书籍和人们的头脑中，出现在人们的视野中。历史是现在的过去，现在是历史的继续，文化则是社会实践的观念反映和历史的传承。它是割不断、抹不掉。马文化仍深深地存在于哺育它的乡土之中，存在于创造过历史的骑手的子孙和乡民中。

20世纪下半叶的一个秋天，真是多事之秋，世界阴云密布，中国亦风起云涌。各种传说纷至沓来，人民心中惴惴不安。毛主席发出了"深挖洞、广积粮，备战备荒为人民"的号召。古堡乡张王李赵各村庄的村民，响应毛主席的号召，与全国人民一道也积极行动，挖起地道来。

赵家庄大队赵家村生产队是最靠近古堡乡镇子的队，紧挨着附近的观云台。生产队将劳动力分为两批，一批男女劳力搞秋收，另一批强壮劳动力挖地道。生产队长赵有德、会计赵喜财、保管员赵发财等人，按照队里的统一调配，来挖防空洞。

从何处下手挖防空洞？大家举目一看，村子的北面、东面、南面，都是庄稼地，生长着苞谷、洋芋、茄子、辣子、西红柿等农作物，且地面开阔，不利于隐蔽。唯有西北角的观云台下比较适当，其四周尽是松树、柏树、白杨、柳树，树木繁茂，便于隐蔽，又非耕地，便决定在观云台东南角处挖地道，向观云台的西北角延伸，挖一条由浅入深、出入方便的斜形防空洞。

当防空洞挖到大约八九米深处，遇上了一堵砖墙。年轻的会计赵喜财："真奇怪，好端端的地底下，这么深的地方，怎么会有砖墙？"

"谁说不是，我也不明白。"年长的队长赵有德说。他一边说着，一边与众人商议："是停止，还是继续挖？怕是坟墓，我主张停下来算了。"

"已经挖到砖头上了，就再挖一下看。"会计赵喜财边说边在砖墙上继续挖，且在砖墙上挖开了个洞。借电灯光往里一看，绿莹莹的，有铜车马。

赵有德说："再不挖了，怕是祖先们镇邪气的镇物，挖了镇物恐怕不好。"

会计赵喜财："我坚决主张挖。"一边说着，双手不停地把洞往大里挖。洞口挖大后，发现是古墓葬。

"再不挖了，用砖把洞口堵住算了。"赵有德说。

会计赵喜财说："你是六月里戴手套，太保守（手）了，要破除迷信，解放思想。"其他人出于好奇，也附和会计的主张，并同会计继续挖。生产队长见止不住大家，便退了出去。

挖出古墓葬的消息传出去后，又拥来一些社员，争先恐后地挤到洞口往里看，往里钻，议论纷纷。惊奇的、不信鬼的、不信神的说法都有。面对这种情况，坚决主张继续挖的会计赵喜财也犹豫了起来，怕人多手杂，乱拿乱抢东西，局面不好控制。便出来与洞口外的生产队长赵有德商量："队长大人，咋办？人越来越多！"

"咋办！一一登记，取出来保管好。"队长继续说："上面来人要拿就拿，若不来拿，就卖了废铜。正好生产队缺大牲口拉车搞运输，就拿卖铜马的钱买匹大活马使唤。"

二人商量好后，队长在地道口把门，会计返回地道古墓中，亲自登记，已在洞中的其他人则清理、挪动，将登记了的东西搬到另一边集中放置。此时保管员赵发财也进来了。就由保管员负责登记，会计掌灯照亮，其余人帮助清点、挪动、集中东西。一直忙碌到下午五点左右。

队长赵有德说:"赶紧将东西搬到生产队的库房里去。"于是就往麻袋里装,仍由会计掌灯,保管登记,其他人绷麻袋的绷麻袋,搬得搬,装得装。

装得差不多了。保管员上来对队长说:"能登记的都登记上了,马背上的鞍鞯子等等破碎的很,没有登记,都装在麻袋里了。还有名章、簪子、玉器、陶器等等,能叫上名字的,叫不上名字的,都装到麻袋里了。"

队长对保管说:"往库房里拉。"

一共八九麻袋,分装在三辆架子车上,队长、会计、保管和一些社员,拉车的,推车的,拉到生产队的库房门前,保管员开开库房门的锁子,又启开空着的油箱盖,大家七手八脚倒提着麻袋,叮铃铛啷地倒进了油箱里。

这么多金银铜铁的意外发现和获得,既给他们带来惊喜,也带来疑虑和不安。生产队长赵有德和会计赵喜财知道,私藏文物是不对的,于文物拉到库房的第二天上午,就召集生产队干部开会,进一步商量如何处理这批文物的问题。

"如何处理这些东西,"赵有德说,"我建议向上面汇报。"

会计赵喜财:"我主张不要外传,待把这些铜车、铜马卖了,用卖废铜的钱买匹好马使唤。"

"我同意会计的意见。生产队正缺大牲口,卖这些废铜烂铁,买一匹真马使唤是好主意。"保管赵发财说。

其他队干部也赞成后一种意见。

生产队长赵有德拗不过大家的主张,便说:"先把东西保管着再说。"

俗话说,没有不透风的墙,针眼里能透过斗大的风,要想人不知,除非己莫为。那么多社员,七嘴八舌,谁能堵得住!观云台下面挖出"金马驹"的事不胫而走,很快就在赵家村、赵家庄,甚至古堡乡传扬开来。不久,消息就传到公社文书高文华的耳朵里。高文华处在公社文书这个位置,社里尕大碎小的事、重要紧要事、新鲜古怪事,岂能不经过他的?他也多次参与配合有关部门保护过文物,合该是文物有幸有运。"金马驹子"等文物的消息传到他耳中后,在一天上午,他无意中在县城北大街遇到了县文物管理干部文守真,便问:"观云台下挖出金马驹子的事,你知道不知道?"

文守真是文物鉴定专家,一听到这个消息,若得到了什么喜讯,由不得十分惊喜。他以文物专家的高度锐敏和对文物工作的强烈责任感说:"快走！咱们快去看，快走！"把文书拉上就走。

二人边走边议论马的话题。高文书："我们的祖先为什么要铸造铜马呢？"

文守真："这是一种文化现象，与祖先的思想观念相联系。客观上，马是重要的生产力和战斗力，在经济上、军事上、生活中具有非常重要的作用，与人们结下了不解之缘。同时，马又有雄壮美丽有力的形象，是看得见、摸得着的牲畜，它渗透到人们生活的各个方面，存在于人们的头脑中，比如生活器具，如马路、马厩、马棒、马勺、马桶等等；也存在于职业、职务中，什么马夫、驸马、弼马温、马大帅；还反映在各种词儿上，万马奔腾、一马当先、单枪匹马、马到功成、老马识途；在建筑物中也离不开马，马王庙、马蹄寺、马王爷、马神爷等。

"关于马的画图、雕塑，如昭陵六骏、八骏图等等。马在汉字中就更多了，除了'马'字外，'马'字作偏旁的字，骡、骆驼、驴、神骏等，据统计有好几百个。由于马不仅是一种重要的畜力，而且是一种文化观念，与马有关的事物多如繁星，不胜枚举。所以，古人搞的马的雕塑就不足为怪了。在那视铜如金子的时代，用铜铸造马，可见其意义非同一般。"

两个人边说边走，就来到了古堡乡观云台下的赵家村生产队。

当他询问生产队长和会计时，二人出于对生产队干部会议的保密，一个吱吱唔唔，一个闪烁其词："挖是挖了，未挖出什么东西。"

"哪里有金马驹子的事？谁说的？"

在一无所获、无可奈何的情况下，文守真又拉上高文书，直接来到地洞口，临时用火柴点燃手纸，进入地道，欲看个究竟。发现这是一个大型砖结构古墓葬，有前厅、中厅、后厅三部分。其中，前厅有左右耳室，中厅亦有左右耳室，后厅无耳室，是停放棺材的处所。文守真、高文书从前厅的右耳室进来，当见墓穴的厅、室中都一片狼藉，后厅的棺材板被斜三横四翻在一旁，中厅的铺地砖亦被揭开，右耳室有部分陶器，还有许多五铢铜麻钱散洒在地面，前厅有绿釉陶碉楼，除此以外，再无其他什么陪葬品。显而易见，墓中文物已被转移。

眼前的情况不允许文守真他们二人再犹豫，很快又去公社革委会，找着了副主任张老二，返回来又找上大队书记张小宝，再到生产队，找着队长和会计。文守真："擅自挖掘和私藏文物是违法的,你们私自转移和藏匿文物是错误的,不但破坏了墓室的现场,而且把文物的排列次序都搞乱了,还使一些易碎的文物损失惨重,还使木器、漆器、纺织品等易腐朽的器物无影无踪,把一些很有研究价值的资料散失了。"

经过张老二、张小宝的反复动员,说明责任和利害后,队长赵有德让会计赵喜财引他们来到生产队,叫保管员打开库房和油柜。只见铜车、铜马及其他文物相互叠压,杂乱无序地堆在一起。文守真一一清点,做了详细登记,并要求他们马上送到县城文物管理单位保存。

会计赵喜财说："既然是贵重文物,社员们辛辛苦苦挖了一场,让大家看一看再送如何?"文守真觉得会计所说不无道理,便默认了。

原来,生产队是想要钱买马,但又不好说出来,没有拒绝上交,也不马上上交,意欲拖一拖再说。

文守真在约好的收交地点左等右等,只是不见送文物来,焦急地如热锅上的蚂蚁转圈圈。于无可奈何之际,又去催督,找人、等人,只是找不着队长、会计的人影。费尽周折,终于找着了队长,又寻不着保管员,说保管员交电费去未回来。

文守真这才悟出了其真意,"让社员们看一看再上交"是个借口,实际上是讨价还价的意思。一个缓兵之计就缓了三四天。文守真在无计可施之际,再次来找公社高文书、副主任张老二、大队书记张小宝出面做工作,再开生产队干部会。

在生产队干部会上,文守真再次强调："文物是国家的重要财富。发现文物,应当及时上报有关部门,不能私自挖掘,更不能私自隐藏。私自挖掘和隐藏文物是违法的,要负法律责任,否则,轻者要追究当事者的责任,重者,要受刑事处分。"

会计赵喜财不服气地说："我们又不是私自挖掘,是挖地道碰上的。"

保管员赵发财接上说："我们既未抢,也未拿到自己的家里私藏起来,变成个人财产,有什么违法行为?"

公社高文书感觉生产队干部与文物专家有对立情绪,便说："文物专家说得对,生产队也没有什么错,是挖防空洞意外发现、挖掘的,队干部及时采取了适当措施，社员们也未乱抢乱拿，而且仔细登记造册，拉到生产队的库房里管理起来，保护了这批文物，这是应当充分肯定的。但是，生产队是搞农业生产的，不是文物保管单位，放在这里不合适，不安全。只有交给国家的文物管理单位，才安全，才保险。"

公社副主任张老二接上说："社员们挖地道意外发现了文物，又辛辛苦苦挖出了宝贝，不愿意轻易上交、拿走，心情是可以理解的。但是，这是国家的宝贝，不是生产队的宝贝，不能据为己有，也无权随意处理、变卖，应当责无旁贷地奉献给国家。我们生产队干部、社员，都是国家的主人，有责任、有义务保护历史文物，有责任有义务奉献给国家。退一步说，如果文物放在生产队，保护不好，损坏或者是丢失，使国家文物受到不应有损失，我们谁也负不起这个责任。作为国家的主人，我相信，大家也不愿看到这种情况的出现。"

赵喜财听了高文书、张老二的一番话，心里豁然开朗，脑门子开了窍，气也消了，心也平了，认真地说："我们原先听说过文物的重要性，保护文物的必要性。可那是笼笼统统地套话、官话，并没有亲身经历过，也未往心里去。再说，生产队正缺马拉车跑运输挣钱，恰又挖出了铜马，就想卖铜马，给生产队买真马，并没有往个人腰包里装的打算。没想到这些铜马这么宝贵，吃一堑长一智，幸亏上面来得及时，抢救的及时，保护了文物，这是生产队的光荣，也是咱古堡乡的光荣。如果真要毁了，不仅是国家的损失，我们也成了罪人，可要后悔一辈子。再没说的，上交，统统上交，心甘情愿地上交。"

"会计说的，也是我的心里话。"保管员赵发财说："我是干保管的，我习惯于保护公共财物，爱惜东西。眼看这些铜马、铜车磕磕碰碰地胡摔乱置，也怪心疼的，心里到底不是滋味。上交给国家妥善保管，我也放心。"

生产队长赵有德说："这次意外发现文物，没有及时向上面汇报，挖出来后又没有及时上交，我有责任。作为生产队长，既要向生产队负责，也应向国家负责。在涉及到现实利益时，我片面地考虑生产队的好处，忽视了国家的利益，是我政策水平低，思想意识差劲。虽然看出了问题，但没有说服一块的社员，一事当前，前怕狼，后怕虎，顾虑太多，没有把事情办好，险些乎铸成大错。现在知错改错，全部上交，马上上交，一刻也不耽误。还要配合上面，把古墓保护好，这是国家的宝贵财富，也是我们生产队的宝贝，要让它造福国家，造福地方。"

人与人就是不一样，若人心如面各不相同。由于每个人的情况不同，所处角度各异，考虑问题、处理问题的方式和结果也不同。尽管并非用心不良，可事情总归有其特殊性。就是对同一件事、同一个人的看法和态度也会因时间地点和条件的差异而不同。对铜车马的看法和处理便是这样。生产队长是欲回避不能回避，会计是坚持挖，坚持卖铜马买真马。一旦思想通了，又愉快地上交。保管员是没有态度的态度，从始至终跟上会计转，高文书是不得不参与，张老二则是名副其实的公社领导，有较高的思想水平和政策水平，工作的针对性强，善于协调照顾当事者各方面的关系，尊重群众的国家主人翁地位和作用，话说得深刻全面，使大家心悦诚服。文守真则是认真负责的文物专家，责无旁贷，一追到底。

终于水到渠成，生产队干部主动打开库房，积极配合登记造册，由公社干部张老二、高文书，大队干部张小宝监交，生产队长赵有德、贫下中农代表赵云海、保管员赵发财，向县文物管理干部文守真作了移交。由生产队派人、派车跟文守真，将全部文物准确无误地送到县文物管理单位，保管了起来。

沉睡千年无人晓，一旦出土惊煞人。铜马铜车被送到县文物管理单位后，地县领导及干部群众闻讯，络绎不绝地前来参观。省上得到消息后，也派有关单位的文物专家前来调查处理，并调走铜马铜车等文物。经省上有关领导和专家鉴定后，又将这批出土文物全部调到省文物管理单位保存。出于安全和专业需要，把其分门别类地各自放在最妥当的位置，深藏密窖地关了起来。

与在地底下墓穴中沉睡了近两千年，无意中被人们挖掘出来一样，又在玻璃柜子里被关了两年有余。在天高云淡，秋风送爽，黄叶纷飞，瓜果飘香的一天中午，一个尊贵的客人来光顾它，这位客人就是学界泰斗郭沫若。

时任全国人大常务委员会副委员长的郭沫若，陪同柬埔寨王国民族团结政府首相宾努访问大西北，于九月中旬由乌鲁木齐到达省城兰州访问。尽管访问时间安排得挺满，郭沫若还是挤时间来到了省博物馆。在博物馆同行专家的陪同、引导下一一观看文物。

郭沫若是诗人，创作了《女神》等一大批批判旧世界、追求新世界的不朽诗篇。又是剧作家，创作了轰动一时的历史剧《屈原》等许多剧作。他又是历史学家，写出了有名的《甲申三百年祭》，毛主席曾号召解放区军民向他学习。他又是科学家，写了《科学的春天》等广为传播、影响深远的科学文章。他还是考古学家，发现了殷墟甲骨文。

他以诗人的浪漫、文学家的激情、科学家的严肃、历史学家的睿智、考古学家的眼光，仔细观看着每一件馆藏文物。当他看到分装在玻璃柜中的大量汉简时，充分肯定了完好的保存："这都是国宝，一定要把它保护好。"

他的兴致被又一批文物吸引了过来，这就是雄赳赳、气昂昂的铜车马武士仪仗俑。正在全神贯注地观看一件件铜车马时，文物柜子里一件更加光彩夺目的文物吸引了他的视线：昂首扬尾，三蹄腾空，右后蹄踏跺一展翅飞翔、惊愕回首的飞鸟的骏马铜像，使他大吃了一惊。他在这里驻足了，凝神了，固定了，惊呆了。目不转睛地观看良久，还未看够，又让陪同引导的同志把铜马从柜子里取出来，拿在手里翻来覆去地察看，看铜马的头、颈、躯干、尾巴、腿、蹄子，直到那只被踩的飞鸟，一边眼观，一边手摸，正面、侧面、左面、右面、上面、下面、前面、后面，通体看了个遍。一遍不够，又二遍、三遍地看，于惊奇、兴奋、喜爱、嗟叹之际，"马踏飞燕！太好了！太美了！真有气魄！马踏飞燕！"赞叹不已，发出了他的肺腑之言。

又边看边摸地说："我到过很多国家，看到过很多马的雕像和骑士骑马雕像。那些雕像最古的也只有几百年，从未见过超过一千年的，而我们的祖先却在近二千年之前，就铸造出了这样生动绝妙的铜马，无论从艺术构思的巧妙、工艺技术水平的高超，还是从结构力学角度来说，都达到了前所未有的水平，这是我们民族的骄傲！"

"马踏飞燕"（铜奔马）的设计者和铸造者们，他们没有留下姓名，可他们同无数中华民族的无名英雄一样，给自己的民族留下了传世杰作，珍贵国宝，给国家添了灿烂的光彩。"

郭老缓了口气，略一停顿，对"铜奔马"边指边说："这又是一大批国宝，你们这里的国宝太多了，你们的责任就更重了，你们的任务就是要把这批珍宝保护好；保护不好，就对不起全国人民，对不起党，也对不起我们的祖先，更对不起我们的子孙后代啊！"

郭沫若是在陪同外宾的百忙之中来看文物的，访问的行程不允许他多停留多观看，他不得不依依难舍地离开"铜奔马"，但他度过了两小时的美好时光，真是美不胜收，意义重大。正是他在如此短暂的瞬息肯定了"铜奔马"，不是肯定，而是发现，是他发现了"铜奔马"本身固有太好太美的意义和价值。伯乐少有，而郭沫若也少有。如果说，少有的伯乐发现了千里马，而少有的有郭沫若则发现了"铜奔马"。从此，"铜奔马"飞遍了祖国各个角落，世界的许多国家。

"铜奔马"的祖先曾经驮着它的主人，从它的故乡迎着朝阳，日行千里，夜行八百，奔驰到了东海边，未料到，现在它却乘着飞机，瞬间飞到了北京。原来，它的伯乐——郭沫若由西北回到北京后，即刻请全国文博系统的头头王冶秋到他家里来，向他详细介绍了这批铜制文物，特别是"铜奔马"，当即商定，马上将这批珍贵文物调到北京，充实到故宫博物院的出土文物展览。几天后，郭沫若在人民大会堂陪同周恩来总理会见日本外宾之前，又向总理汇报了甘肃武威这批出土文物的情况，并把这批文物尽快调到北京参加展览。

周总理风趣地说："很好嘛，你又发现了宝贝。听说故宫的出土文物展览参观的人很多，很多外国朋友也去看了，反映很好，影响很大，就是要不断充实新的内容，效果会更好，影响会更大。"

当"铜奔马"在故宫的出土文物展览中，就以它绝无仅有的俊美丰姿，昂首嘶鸣的动态，三蹄腾空、一蹄踏着飞燕迅速奔驰的形象，吸引了众多参观者的目光。驻足参观，纷纷议论，这个说是"绝世珍品"，那个说"是一颗引人注目的明星"，惊叹不已，赞不绝口。

一些外宾并不以自己看了"铜奔马"的展览为满足，还希望让本国更多的人看到它，英国、法国的外交使节要求将这些文物运到他们国家去展览。

郭沫若同王冶秋和考古专家夏鼐商量，并给周总理写了请示报告，经周总理同意赴英国、法国展出。在两国谈判代表看了出国展出文物目录中没有"铜奔马"时，强烈要求能列上"铜奔马"。当得知我方仍然不同意时，他们便动员两国驻华大使，为他们说情。在这种情况下，郭老与王冶秋、夏鼐反复斟酌，在确保"铜奔马"绝对安全情况下，同意送往两国展览。会见厅内顿时热烈鼓掌，一片欢腾。

时隔不久，"铜奔马"及同组出土文物飞赴法国、英国展出，紧接着又前往日本、美国等巡回展出，看它丰姿的约有几百万人次。"铜奔马"使各国艺术家感到震惊，成千上万人交口称赞"天才的中国""艺术杰作的最高峰"的赞美词不绝于口。

"铜奔马"重返天地之后，伴随着祖国的改革开放事业，奔驰于长城内外、大江南北，又充当友好使者，往来于世界各国。享誉各种肤色的人群之中。

一天，生产队老队长赵有德收到一封来信，是从北京寄来的，是他在北京上大学的女儿寄给他的，他一眼就看见一个醒目的图案——信件的右上角上贴着"铜奔马"的邮票。他禁不住兴奋起来，拿它在同伴中炫耀：我们挖出的"铜奔马"上了邮票！他说不上上了"国家名片"这个词儿，仅夸奖"铜奔马"上了邮票。

十年之后，国家旅游局将"铜奔马"公布为中国旅游标志。从此，全国各地的导游小姐，打着印有"铜奔马"的导游旗子，带领中外游客，奔走于祖国的文化古迹、名山胜水之间，阅尽人间春色，领略华夏大地奇异风光。时任导游的赵小姐，将一批又一批的游客，引导到她的家乡，天马的故乡——古堡地方的观云台，向他们讲解天马腾飞、横空出世的情景，让他们分享了原汁原味的天马故乡情结。

不久，县政府将"铜奔马"定为县城的标志，放置在城关区大十字的文化广场，成了历史文化名城的象征。古堡乡的乡亲们每次进县城，都抬头仰看"铜奔马"，百看不厌，成了习惯。曾经欲兴养马业的李有富，寻觅传说中的天马，屡屡梦断古堡，而今竟然就在眼前，感慨万千。老态龙钟、老眼昏花的他，禁不住慨叹，踏破铁鞋无觅处，得来全不费功夫。

世代从事相马业的李有铭老汉，把"铜奔马"看得最多，每一次都看得最久。口中念念有词："对了，对对的了，这是真正的宝马良驹，挑不出一丁点毛病。"

老会计赵喜财一有机会，逢人便说："'铜奔马'是我们发现的，挖地道挖出来的。"处处引以自豪，"是咱们古堡乡的，也是全县的，全国的。"

时隔不久，古堡乡的乡亲们从电视屏幕上又看到了金光四射、踏燕腾飞的天马，"啊！我们的天马！"原来，天马上了中央电视台的春节晚会。

到了一九九七年的中国旅游年，"铜奔马"的复仿制品，大的、小的、铜的、镀金的，热销全国，上了许多家庭工艺品架子、电视机柜台。

2000年，古堡小学的小学生们，一翻开语文课本，就看到了"铜奔马"。老师给他们讲得最生动具体，古堡小朋友们听得格外认真，津津有味。

2002年2月22日，国家主席江泽民，将镀金的"铜奔马"复制品，作为国礼，赠送给来访的美国总统乔治·沃克·布什，引起国内外轰动，成为世人关注的热点。

时隔不久，古堡乡赴县城去参加高考的学子们，打开语文考卷，一阵惊奇和兴奋，作文题目就是《马踏飞燕》。面对这个考题，出乎意料之外，又在情理之中，浮想联翩，想得很多，似乎无从着笔。最后把主题集中到了开拓创新、奋发向上上。因为，没有开拓创新，就没有马踏飞燕，而马踏飞燕的意蕴就是奋发向上。

令人兴奋的一幕又出现在张老二的视线中，作为全国人大代表，去参加全国人民代表大会，当他进入甘肃厅时，看到了远比当年他监督上交时大得多的"铜奔马"。啊！这是出自咱古堡地方的马踏飞燕，居然摆在了人民大会堂，禁不住一阵兴奋和自豪。他转念又想，我是来自天马之乡的人民代表，是代表乡亲们来开会的，一定要把乡亲们的愿望、建议、要求反映给大会，也要把大会的精神带回给乡亲们，继往开来，开拓创新，再创新的辉煌。把古堡地方建设得更好，使咱家乡天蓝水碧山青，社会和谐兴旺。

"铜奔马"引起这么强烈的共鸣，具有如此巨大的魅力不是偶然的，它是中华民族悠久历史的记录，是伟大祖国灿烂文化的结晶，是中国人民勤劳、勇敢、智慧民族精神的生动体现，是文明古国的象征。是美丽富饶的天马之乡培育了它，是伟大的人民铸造了它，是优秀文化凝聚了它，社会历史成就了它。它再现了中华民族的兴盛和辉煌，再现了它所服务的那个时代的人民和社会实践。历史是现在的过去，现在是历史的今天，又是未来历史的起点，"铜奔马"所体现的一切，不仅再现了它所在的那个时代的精神，还将服务当今的时代，它的无穷魅力和强大精神，意味着这块土地的再度复兴，以它昂首挺胸、奋发向上、生机勃勃的精神，鼓励今天的人们，建设美好的现在，创造新的更加辉煌灿烂的未来。

第四十四集　绿色屏障

风雨不测　沙尘暴涂炭生灵
愚公再世　筑十里绿色屏障

　　春播结束之后，古堡乡的乡亲们正在从事小麦的田间管理。小学也开学了，经过欢乐的春节，学童们高高兴兴地来到小学堂。李春光老师和蔼可亲地给来报到的孩子们登记、收寒假作业。春季学期开始、正式上课了。中午放学，下午返校，老师和同学有条不紊地忙碌着。

　　太阳颜色黄，必然大风狂。

　　头一天，只见日头昏黄，到第二天下午，始是尘埃漂浮，又渐渐黄沙尘弥漫。清晰可见的南山变得模糊不清，进而连村庄也模糊起来。树梢剧烈晃动，窗户纸哗哗作响，门扇也来回走动。李老师凭经验，感觉到要刮黄风了，便提前放学，打发学生们回家。

　　狂风说到就到，学生娃离开校门不久，西北风劲吹，大风裹挟着沙尘，如黑云翻滚、铺天盖地扑来，又若洪水般，排山倒海地倾泻下来。顿时，白天变成黑夜，到处一片漆黑，面对面不识何人，伸手不见五指。狂风一阵紧似一阵，打的人脸上发疼，眼睛睁不开，呛得喘不过气来。逆风走者，寸步难行；侧风走者，被风刮得直打转；顺风走者，身不由己，被狂风吹得飞跑。

　　放学回家的小学生们哪里经得住狂风的猛吹乱刮，一个个慌了神，乱了步伐，辨不清东南西北。叫爹无人应，喊妈无回声，任风吹着走。碰上树者抱住树；或被田埂绊倒，再爬不起来；碰到墙壁，就地靠墙蹲下，等人寻找救护。最是路远顺风行的学童，被狂风刮到哪里算哪里。

　　面对如此恶浪般的狂风，李老师着急了，疯疯癫癫地追寻学生，于黑风暴中盲目地东摸西碰，哪里有一个学生的踪影。只有继续寻觅、摸黑乱撞。

家长们更是心急如火燎，向学校方向摸来。有盲目遇上的，不管是不是自家的孩子，就往自家方向拉。

强黑风暴刮了一个多小时仍不停息，但沙尘密度稍减，天色微微显出光亮，李老师在一棵树干旁找着了王蛋子，又在田埂下找着了张冰冰、张柱子。稍大点的孩子辨清了方向，开始往家里走。渐渐地，一个个孩子有了下落，回到了家中，李老师和家长们悬到嗓子眼的心胆，终于落到了腹中。

李老师又一家一户地核实孩子们的情况，伴随着一个又一个的孩子下落被核实，他焦急的心情好转了过来。可是李小宝、李圆圆、张月兰这三个孩子仍未找着。李老师落在腹中的心胆又提了起来，与其家长继续顶着大风去寻找。找遍棵棵树木、条条田埂、一堵堵墙角，终无结果。继续找呀找，被水渠挡住了去路，便顺着水渠往下游找，于夜幕降临前寻到了水闸跟前。

令人心惊肉跳的一幕呈现在眼前，水闸前面的水中现出模糊的黑影，急忙趋近一看，正是漂浮着的人影。再仔细一看，正是他们孩子的身影。李老师不顾一切、率先跳入水中，一个一个地打捞，家长一个个地往上接应。打捞出一个女孩两个男孩，正是他们要找的孩子，一个个软绵绵地瘫在那里，立不起、坐不住，家长们各抱着自家的孩子往家里跑。李春生将李小宝抱到家中，脱去水淋淋的衣裤，用棉被包住暖了半天，孩子没有一点回暖的动静。一摸鼻子，已没有丝毫气息。这下子，李春生夫妇傻眼了、愣住了。良久，发疯般地号啕大哭起来。

李老师拖着湿漉漉的衣服，又来到李圆圆家。情况一模一样，孩子父母哭得死去活来，规劝的人一屋子，哪里能止得住啼哭。

李老师又去到张月兰家，悲剧岂能两样。面对一个又一个的不幸，他的心情如同湿透的衣裤，沉重而冰凉。如此恶浪般狂风，又是冰凉的渠水，不要说是小小的学童，就是跌到水中的大人也未必活着出来。

黑风暴已经过去，黄风仍在不断地刮。副乡长张老二带着高文书，逐村逐社地去查看灾情。当他们经过王家庄，刚到李家庄，遇上了正在回家的李老师，李老师欲给他们反映情况。张老二见他正冻得发抖叩牙，急忙扶他回家换衣服。待李老师换了衣裳，将不幸的消息告诉他们后，张老二二人也吃惊了，发急了，急匆匆地一家一户去看望。他们心情同家长、同李老师一样,非常沉重,非常冰凉。

狂风中淹死三个学童的悲剧气氛,笼罩着小学校,笼罩着孩子的家长,笼罩着整个古堡乡。按当地的说法,老人去世乃是喜事。人们既就是认同这个说法,乡亲们仍以惊天动地、号啕大哭地发送老人上路归天。"喜事"尚且如此,失去学童的悲剧,揪心割肉般地疼痛,就更难以承受了。一家丧子,全村悲痛,三家丧子,全乡悲痛。

第二天一早,张老二与高文书又逐村地了解灾情。这次强沙尘暴,还伤了两个老汉,三个妇女。另外,卷走了八户人家的五十多只羊,掩埋了三百多亩麦苗,毁坏了欲播种秋禾的一百多亩土地,好几眼水井,几十间房屋和马厩、牛棚、鸡窝,以及其他财产。

一场强沙尘暴过后,太阳失去光泽,若一张白纸悬挂在天际。处处弥漫着呛人的土腥味。乡亲们一个个灰头土脸,愁眉不展,一改新春期间一身新衣,满脸堆笑,互致问候,喜气洋洋的欢乐景象。吐翠的树芽枯萎,花蕾脱落,嫩枝风干,连那骡马牛羊也是灰蒙蒙的。整个乡村满目荒凉,沉浸在无精打采、寒气袭人、沙尘弥漫的悲凉气氛之中。而且,强沙尘暴过后,并未风平浪静,小风不断,大风,多则十天一次,少则半月一次,刮刮停停,停停刮刮,没完没了,令人心烦。

这次强沙尘暴过后不久,上级召集各乡镇干部开会听取救灾防灾情况汇报。张老二除汇报了古堡乡的救灾防灾情况,也仔细听到了兄弟乡镇的灾情。大同小异,一处比一处严重,有死人伤人的,有卷走牛羊的,亦有毁房毁田的,最是那些农区边缘、临近大漠的乡村,灾情更严重一些。

强沙尘暴,使人民的生命财产遭受巨大损失,连绵不断的大风,严重威胁着古堡地方的经济发展和人民的生活。同时向人们提出一个沉甸甸的问题:怎么办?是沙进人退,还是人进沙退?显而易见,退是没有出路的,关系到成千上万人的活路问题。只有展开生存斗争,向沙尘暴抗争。问题是如何进行有效的抗争,既要发展经济,又要改善生存环境。

张老二他们开始考虑这个问题,他们的邻居兄弟乡也正在寻找答案。县上和地区更在考虑这个问题。一方面,一些地方一些人们对沙尘暴的严重性和危害性还缺乏认识;另一方面,一些沙尘暴危害严重的地方人们已经觉醒，开始进行顽强的治沙斗争，并取得了初步的成效。

为了提高对沙尘暴危害的认识，增强同沙尘暴斗争的自觉性和信心，上级有关部门组织一批乡镇干部，到沙害严重和防沙治沙有成效的地方去考察取经。乡长赵文武便吩咐副乡长张老二去参加考察。

原来，自那次昏倒之后，欧阳义便将所写的一些想法，特别是推荐接班人的意见呈送给上级有关部门。上级领导亦觉他年事已高，态度诚恳，经考察亦觉赵文武德才兼备，可以接替欧阳义的职务，便委任为古堡乡乡长，欧阳义退居二线。

张老二他们一行，沿着公路来到一处两种颜色的沙带会合的地方，如同清水和浊水的会合一样，只见黄白相间的沙丘连绵起伏，两条不同的沙带，在此处连成一片了。在此交汇处的公路旁边，竖着一块巨大的警示牌，在风沙迷眼中影影绰绰有"决不让某某地方成为第二个……"字样，在此大题目下又列举着一连串数字，最后一句大意是："十年内已经有二万多人因生态恶化而返贫举家外迁"。张老二仰头还未看完警示牌上的文字，脚底下细沙像流水一般在流动，扬起的风沙打得警示牌猎猎作响，打得眼睛难睁，脸上发疼，又不断地刮向田野、村庄。这一切使张老二的心情更加沉重，似一种无名的危机感在威胁着他。

负责给他们讲解的人，又将他们引进附近一个村庄。

介绍者说："同一块地方，我这一辈子有三种感觉和记忆：孩提时候，在这里割草、挖野菜；年轻的时候，把这里的草地开垦成农田；老年的时候，农田又变成沙漠。"

他继续介绍说："每年四五月份，是农作物孕育、发芽的时候，也是沙尘暴最疯狂的时候。有时候，前一天刚刚出土的麦苗，一夜之间便被风沙埋没掉。整块整块的田地，一场强沙尘暴过后，会堆成沙丘，淹没在沙海里面。每当这种时候，沙丘上坐满了呆滞、欲哭无泪的男人；被埋没的麦地上，又是双膝跪地、号啕大哭的妇女。防沙治沙几乎成了这些庄稼人除春种秋收之外的主要农活。农闲时节不用说干的都是保田保庄稼的活，就是农忙时期，很多人也会睡在沙窝里，抽空防沙、压沙。这一带长年刮西风，晚上睡觉时，必须蒙着头，头东脚西地睡。早晨起来时，身上压着厚厚一层沙子。如果头西脚东方向睡，一定是满被窝的沙子。"

他进一步讲解说："说起光棍，在这一带的许多村子并不稀奇，娶媳妇是当地人最大的伤心事。他们村近几年来，只有嫁姑娘的事，而没有娶媳妇的事。很多年轻人都外出打工了，一方面是为了改善生活，更期望的是能找到媳妇。还有的人为了不当光棍，宁可舍弃父母，入赘别地当上门女婿，也不肯留在故乡。"临出这个村子时，张老二见一位孤苦的老汉，双手筒在袖子里，斜靠在干涸的水渠边上，用混浊而呆板的目光望着荒芜的土地和远去的人们。这个老人的面孔就深深地印在了他脑海里。

讲解的人继续说："这一带原本是水源充足、林木茂盛、饲草稠密、鸟儿嬉戏、土地肥沃的地方，后来由于河水断流，水位急剧下降，湖泊干涸，草木枯死，地面裸露，土地沙化，大风刮来，若刀子一般，又将土地表面一层层剥离、刮走，形成新的沙尘暴来源。"

又来到另一个村庄，仍沙尘弥漫，男人都穿风衣，戴口罩，妇女都裹着头巾，又戴口罩。他们说，沙尘暴一起，刮得生产停顿，商店关门，学校放假。今年的沙尘暴又来了，从昨天刮到今天，一次比一次强烈，真像神话中的恶魔兴妖作怪，风声怒吼，飞沙走石，令人毛骨悚然。正说着，看见一个老汉正在刮沙，套着牛，拉着刮沙板，院里院外不停地刮，昨天吹来的沙尘还未刮完，一夜的大风沙土袭来，又堆得墙里墙外都是。老人一边刮沙，一边不停地骂："看来，不欺负死老子不完，有本事，干脆把老子埋了算了。"

他们又来到这个村子的小学校。校门口的正墙上写着"好好学习，天天向上"八个大字，黑板有老师的板书，却既无学生又无老师，教室的窗户破碎，讲台课桌上皆一层厚厚的沙子。

面对生存条件的如此变化，张老二又陷入了苦苦思索之中。

考察组又被带到一个叫羊路乡苏武山的地方，由一个身着道士服装的老人负责介绍。他把张老二他们引到自己家中，一位头上裹蓝灰色旧头巾，约五十多岁的妇女接待他们："稀客，稀客，欢迎欢迎。"领队说明来意后。

该妇女说："其实，我们也没做什么成绩，就是植树、压沙，和大家一样，是人人都在做的事情。若要介绍的话，就由我老头子给你们说说。"

其道士丈夫望了一眼妻子便开始介绍："要把事情交代明白，得从羊路

第四十四集·绿色屏障

乡苏武山这个地名说起。我们这个地方，原来叫什么名字不得而知，后来才起了这个名字。相传，汉朝派一个叫苏武的将军出使匈奴，要求匈奴议和退兵，匈奴单于不仅拒绝了苏武的要求，且逼迫其投降。苏武拒绝投降，结果被扣留并罚其给他们牧羊。苏武身藏汉朝的旌节，也就是使者的标志，到处寻草牧羊。有一段时间就寻到了一处有草、有湖、绿树成荫的地方。羊群在草场上吃草，且经常到芦苇湖中去饮水，羊走出了羊肠小道。苏武站立在山坡上看护羊群，不时眺望朝廷和家乡。后来，汉朝经过交涉，苏武回到了阔别十九年的朝廷。这里的老百姓为了纪念苏武的爱国精神，将他放过羊的地方叫羊路乡，把他登高远望朝廷和家乡的山坡称之为苏武山，并且为他修了庙，叫苏公祠。从此以后，我们这一带就叫羊路乡，那个山坡就叫了苏武山。几世几劫，时间跨过了近二千年，这里的环境发生了变化，现在到处是不肯倒下的胡杨及荒山、沙漠。苏武羊群饮过水的湖泊已干涸，苏武山也成了和尚头，苏公祠也成了瓦砾堆。"

他妻子插嘴说："我小时候，亲眼看到过一帮人拆苏公祠的情景。没有了苏公祠，每每路过山坡时，总觉得空荡荡的难受。我爷爷说过，苏武山下曾有一个芦苇湖，周围满是青草、芦苇，成群的野鸭在湖中嬉戏，成群的牛羊在湖的周围吃草，牧羊人在山坡上一边看护羊群，一边用笛子吹牧羊曲，笛声随风顺气传到很远的地方，苏武山下则是一大片风吹草低见牛羊的景象。后来，我长大了，爷爷也辞世了，不时想着爷爷，也幻想着苇子湖里的水鸟嬉戏，幻想着苏武山风吹草低见牛羊的美丽景象，也在回忆着苏公祠，耳中似乎也回响着悠悠的牧羊曲。一次次的幻想变成了梦想，一个个的幽梦变成了信念，化成了决心，又变成了我的行动，一定要还苏武山那昔日的美景，开始植树造林。"

她丈夫接上说："头一次，是在一个春天，她和我在这里治理沙漠，把沙丘推平，种了几千棵白杨树，几万株梭梭苗。天天盼着苗木成活，殷勤地希望绿树成荫，我们还没有缓过种树的疲劳，接连的大风，把白杨和梭梭卷得无影无踪。我们的心如同狂风吹过的大漠，一片荒凉和凄惨。"

"我们不甘心失败，"他妻子接上说，"第二年春天，我们又种了大片的树木。苍天似乎开眼，大地好像领情，所种的树苗绝大多数成活，八成萌发了点点嫩绿。我看在眼里，喜在心中，还没等笑到脸上，一场强黑风暴席卷而来，天空一片昏暗，又拔光了我们所栽的树苗，把推平的沙丘又重新堆了起来。大风过后，气候骤冷，我浑身冰凉。眼看着面前的一片惨景，心中难以忍受，就大哭起来。"

她丈夫接上说："你们没见过她的号啕大哭，开始泪水在眼睛里转圈儿，不大一会就像是疯了一般，一下子撕心裂肺地大哭起来，哭声在空阔的大漠上回荡，随风顺气传得很远很远，是那样的伤心，悲恸，痛苦不堪，浑身都在抖动、抽搐，没有个完结。我知道她此时的心情，多年的几万元积蓄被风吹了，所有的辛劳和心血都白费了，能不伤心吗？我望着她声嘶力竭的惨状，心里着急，手足无措，怕她受不了如此沉重的打击和刺激，怕她疯了。我害怕，我恐惧。正在无计可施之际，听到哭声的邻里们围了过来，帮我劝阻、开导。附近国营林场的林场长听到哭声也赶了过来，他听着哭声，看了一眼大风席卷林地的惨景，一切都明白了。当场主动提出，明年送一大卡车梭梭苗，鼓励我们别灰心丧气。她才渐渐地停止了哭声，我扶着哽咽抽泣的她回了家。"

他妻子接上说："又一个植树季节到了。林场长如约送来了一大卡车梭梭苗。我们绿化沙漠的赤诚，感动了深受沙害的邻里乡亲。亲戚朋友都来帮忙，扛着铁锨齐聚到苏武山下，一株株地帮着栽，栽下了两千多亩梭梭林。我又挨家挨户寻来了许多麦草，结成四方四正、纵横交错、密密实实的沙障，来阻挡风沙的移动。为了确保树苗的成活，我们俩一担一担，没明没黑地担水，一棵不漏地浇树。功夫不负有心人，我们第三次栽种的梭梭苗，终于萌发出诱人的绿意。"

其丈夫接上说："让人感动的还不止这些，那些干枯了上百年的胡杨也发了新芽。枯树发新枝也许仅仅是那些深受风沙和干旱之苦的人们的一种善良愿望，但苏武山下干枯的胡杨确实发出了一人多高的新枝。"

妻子接茬说："我的一片赤诚的心，加上苍天有眼，大地领情，林木争气，梭梭成活了，泛绿了，枯树生新枝了，破土而出的麦苗闪出绿油油的光泽。春末夏初，劳动的间隙，我坐在田间地头，一边歇息，一边举目望着梭梭幼林，枯树新枝的胡杨，随风起伏的滚滚麦浪，我的心里也绿意泛起，心潮起伏，遐想联翩，禁不住地自己笑了起来。"

"还是那句老话，"她丈夫接上说，"功夫不负有心人，就是她种活梭梭苗的第四年，春末夏初的一个夜晚，苏武山下，地雷轰鸣，瓢泼大雨倾泻，持续了一个多时辰，干透了的沙地上竟然涌出了多年不见的涓涓溪水。真是久旱逢甘霖。面对这场痛快淋漓的透雨，有的说，是苏武爷可怜他的子孙们的恩赐，有的说是花棒娘的树林子发挥了作用，乡亲们猜测纷纷，莫衷一是。可就是这场透雨和溪水，人们开始格外关注我们的小树林。在往后的岁月里，花棒娘更加认真地呵护着自己的小树林，乡亲们也以她为榜样，种草种树不停，又出现了一片片小树林，一块块的草地。沙漠开始退却，绿地逐步延伸，天在变，地在变，人也在变。"

"我是一个道人，本信奉无为而治，加上风沙的施虐、发狂，也是任其自然。"花棒娘的丈夫接着说："她热烈的赤诚之心打动了我，她的业绩也使我心悦诚服，我不得不跟上她转，一面帮助她种树护林，一面从事道教活动，顺便也把这里的变化，她的故事告诉给道友们。消息传出去后，海内外知名的道教人士，都来齐聚在苏武山苏公祠旧址，共商重建苏公祠的大计。现在苏公祠的重建工程正在有条不紊地进行着。与苏公祠的重建工程同时并举，山下树林也在继续扩大，绿地在不断延伸，湖水开始渗出、积聚，水鸟时有光顾，兔子重新出没，雄鹰又见盘旋。我们相信，碧波荡漾，林木丰茂，饲草稠密，水鸟嬉戏，风吹草低见牛羊的美丽景象一定会再次来临。到那时，如果苏武九泉之下有知，也会为花棒娘等这群子孙而欣慰。"

"人们为什么又称你妻子为花棒娘呢？"张老二不解地问。

道人回答说："这是她的绰号和爱称，源于沙生植物花棒棒。花棒棒是众多沙生植物中的一种，然而开花时又格外引人注目。夏天的季节，它头戴一顶蝶状花冠，身披一袭紫色衣裳，又散发出一股淡淡的幽香，让身处沙漠一带的乡民赏心悦目，怦然心动。花棒是所有沙生植物中最耐旱、生命力最柔韧的一种，只要插进有一丝湿气的沙土，就坚韧地生长，顽强地抵御风沙。人们就以此沙生植物的比喻来称呼她，叫她为花棒娘。她也不愧为花棒娘之称。物有物格，人有人意，妻子承袭了花棒的一切品格，乡亲们亲昵地称呼她为花棒娘，是褒奖她，夸耀她，她也不便拒绝好意，顺之应之。久而久之，习惯成自然，若叫她的真名实姓，反觉拗口、别扭和生分。便习以为常地称呼她花棒娘，就连我们夫妻之间都这样称呼。"

张老二越听越佩服，越听越入迷，越听越觉得耳熟、眼熟。觉得花棒娘就是顾大妈的儿媳妇，曾给自己端过饭的。便问："你婆婆是不是叫顾大妈？"

花棒娘惊奇地反问道："是啊，你怎么知道？"

张老二答道："大地震发洪水那时节，我被洪水冲到苏武山下的沙滩上，在饥饿难耐中，朝冒炊烟的地方走来，到顾大妈家后，给我饭吃，休息到第二天才走，是你给我端的饭。饥时给一口，胜过饱时给一斗，岂能忘了！"

"对了，对了，我想起来了！"花棒娘继续说，"我们快要吃晚饭时，来了一个身材高大、浑身水淋淋的男子。我婆婆是个热心肠，叫我给你端饭。你狼吞虎咽地吃了。休息一夜到第二天吃过早饭送走的。我婆婆早已辞世了。"

张老二说："你们待我的好处，我一辈子也忘不了，想不到今日相见。你防沙植树搞得真好，我一定以你为榜样，回去把绿化搞好。当不上花棒娘，也要做一个老愚公。"逗得大家一阵笑。

县领导又把张老二他们带到南山里来，一路考察，一路议论。林场的护林员既当向导，又任讲解员。介绍道："雪山千仞，松杉万本；保持水土，涵源吐流。"这是古人赞颂松树的诗。接着又引用当代的诗句："山上一片林，山下数眼泉；砍了山上乔和灌，旱了山下米粮川"。似是对古诗的注释，也是对当今生态恶化的担忧。又大发感慨道："父母官考察进山里，一路走来一路议；禾不覆地树无荫，旱情严重风沙急；山里山外景象一，赤日炎炎火烤地；西部开发头绪繁，水土保持乃大计。"

讲解人继续说："森林树冠像一把巨大的雨伞，雨雪先落到树冠，一部分返回大气层，一部分落到林地。大量的树叶、残枝、苔藓，如被子一样，接受并保护它，经过两次遮挡，减少了雨雪对地面的冲力。径流速度缓慢，这个过程叫贮水。森林若固体水库，是冰雪的载体。森林越密，面积越大，雪线便下移，积雪也就越多。一到春夏，太阳一晒，冰消雪化，正赶上庄稼生长，对农业、畜牧业非常有益。相反，如果森林减少，雪线上移，积雪也就减少，冰雪水也就下降，直接影响农业和畜牧业。"

之后，考察组一行来到另一个林场，只见到处是木墩墩，树桩桩。显然是砍伐后的痕迹。据讲解，这原是南山的核心区域，原始森林腹地，但两面山坡没有绿色，一片衰草，几段残垣断壁，河床中尽是嶙峋乱石裸露于外。讲解员说："二十世纪六七十年代，森林工业到这里加工木材，电锯声声，车流滚滚，日夜不断，几年光景，林地锐减，山成和尚头，林地成沙岗子，溪水不再见，河水断了流，环境也就变了。"

护林员又将张老二一行引到林场的育苗基地。约有一亩多，分垄栽植青海云杉、祁连圆柏等当地的树种。只有尺把高，似是营养不良。护林员说："已育了五六年，因山地海拔高，气候寒冷生长缓慢。育苗难，栽树更不易，栽一棵树好比拉扯一个娃娃，十几年才长一人高。要长成大树，要把荒山变成森林，没有几十年上百年不成。绿化荒山，任重道远。"

带队考察的县领导最后总结说："导致生态恶化，农民返贫，甚至举家外迁的原因，固然有气候变暖的原因，也有人为的原因。一是上游山中乱砍滥伐森林，使水源涵养林地面积大幅减少，雪线上移，水源减少，河水断流；二是开垦草场，减少植被；三是超采地下水导致水位下降，湖泊干涸，土地沙化，树木枯死。还有超载放牧，羊群吃草刨根加剧了生态恶化。总之，由于人为的原因，导致沙漠向农田推进，农田向牧区推进，牧区向林区推进，林区向雪线推进，雪线向山峰逼近。积雪锐减，水源锐减，河水断流，水位下降，树木枯死。在这幅生态环境恶性循环图中，可以看出沙尘暴形成的症结所在。"

对于聪明人来说，最好的学习就是从切身经历的痛苦中吸取正反两面的经验教训。张老二已经五十多岁，他虽然识字不多，可他是个聪明人，爱动脑子。对于治理风沙他想得很多，想得透彻，想得很远。看了沙患导致贫困和举家外迁的村庄，参观了苏武山，听了花棒娘的介绍和业绩，看了南山林区的变化，联想到沙尘暴导致三个儿童死亡的惨剧，以及频繁强烈的沙尘暴对古堡乡的威胁，他觉得不论农田和沙漠地带，不论南山林区和山外的川区，与沙尘暴的斗争已不能再拖延，防沙治沙迫在眉睫，必须马上动手。

他又想，这个是苦活累活，长久的任务，绝非一朝一夕能见功效的，而是累月经年的长期斗争，必须要有人铁下心来，真刀实枪地苦干，经得住长期斗争的煎熬。他还想，自己曾是受苦受难过来的人，是共产党使自己翻了身，当了互助组长、合作社主任、副乡长、人民代表，是党和人民给了这么多的信任和荣誉，现在快六十岁了，剩下的岁月不多了，应该腾出职位让年轻同志历练，自己干更适合自己的事情。而植树造林、防风治沙便是既能发挥自己特长，又是党和人民最迫切需要的事情。

可是他又想，让出职位，从领导岗位上退下来去植树造林，这又是人生的大转折，地位、荣誉、工作都要发生新的变化，不仅自己有个适应过程，连乡亲们也有个适应过程。再说，还有许多该办而未办完的事情，有待自己去处理。可是他又想，副乡长这个职务，并不是只有自己能干，别人干不了的事，离开了自己照样水行磨转。"没有张屠夫，不吃活毛猪"。换个别的同志一样能干，可能干得更出色，自己应该急流勇退。

在进退问题想清楚之后，他给妻子张二嫂透露了出来，希望妻子理解和支持。张二嫂与丈夫患难与共，相濡以沫几十年，她深知丈夫的为人处事，对自己对孩子像只绵羊，亲热、体贴有加；对工作对事业则像一头牛，铁面无私，一丝不苟，倔强的很，是说不服，拉不回的。张二嫂明白，丈夫将进退问题告诉自己，并不是征求自己同意与否，而是主意已定，只是寻求理解和支持。张二嫂深知丈夫是个干事业的人，他想的做的，就是为乡亲们谋利益造福。他要植树造林，治沙防风，正是造福乡亲的长久打算，自己没有不支持的理由。便说："我什么时候阻拦过你的工作？我总相信你想的对，做得对、既然你拿定了主意，我支持你，给你减少困难，与你同甘苦，给你送水送饭。可你要知冷知热，毕竟一大把年纪了，可不要累坏了身子。"张老二深情地望一眼妻子，点了点头。

张老二拿定主意之后，正式向组织提出了自己的要求，说明了退下来的理由。

乡长、乡党委书记赵文武听了张老二的要求瞪大眼睛，先是吃惊，又是一怔，良久没有说话。张老二虽是深思熟虑，可赵文武并没这个思想准备，便说："干得好好的，怎么突然要辞职？你年龄也未到，再说也未到换届时候。"赵文武转念一想他辞职的理由，又觉不无道理。还有，他了解张老二，他是说一不二的人，尤其在辞职这样重大的人生进退转折问题上，没想好是不会提出来的。既然已经提了出来，必然是主意已定。

便说："我没有思想准备，你让我想想再说，副乡长的进退问题，也不是我一个人能决定的，要同班子里其他同志沟通，要请示上级组织。"

张老二又强调："我虽然不担任副乡长，专搞防风治沙，一样是人民的事业，人民的需要，我同样可以发挥作用，支持乡政府的工作。"

在沙尘暴频仍，危害日甚的紧迫情况下，县领导正在考虑专司防风治沙的问题，张老二自告奋勇要担当这个苦差事，正好多了一个选择，便示意乡党委集体讨论，提出正式意见，提交县上研究，并经乡人民代表会通过。由于张老二辞职理由充分，态度恳切，乡上和县上便同意了本人要求，让他摆脱行政事务缠绕，专心致志地去植树造林。

张老二想，我既然立下军令状，举起帅字旗，自己就要像一棵大树，顶起一片天，护好一方土，展现风采，干出一番事业。他一到植树造林第一线，干的第一件事就是树立警示牌，制定警戒线，在农田边缘立的牌子上写着：不许沙尘暴夺走一个人的生命，不许沙尘暴毁坏一亩农田。

他做的第二件事是每人每年植树一百棵，包树到户，责任到人。

他做的第三件事是建立苗圃，提供苗木。

并且在动员会上郑重表明：要求别人做到的，自己首先做到。自己一家四口人，一年栽四百棵，一棵不少，缺一棵罚十棵，死的按时补栽，保护生命，保护生存发展条件。

树起警示牌，立下生死约后的第一个春天开始，张老二带头实践承诺。从国营林场佘来树苗，让大家植树，同时带领积极分子来到古堡乡边缘的荒滩、沙岗和乱坟地，拉着帐篷，安营扎寨，驻扎下来植树护树。信迷信的人白天也怕到乱坟堆，更不用说晚上住到此地，一些怕鬼怕神的人经不起黑夜的恐怖跑回家中去，他又挨家挨户动员回来。

人们往往是"现得利"，只顾眼前利益、局部利益，忽视长远利益和全局利益。客观上局部与全局、当前与长远存着利益矛盾，这也正是张老二面对的难题之一。一个符合长远利益、全局利益的认识和办法，要被人们接受是不容易的。但是，既然符合大家的根本利益，就必须任劳任怨地坚持，哪怕是挨骂埋怨，甚至愤怒。他坚信真理终究是真理，是骂不死、骂不倒的，实践终会证明自己是对的，到绿树成荫、成墙，能带来好处的时候，大家会明白的。种树是造福子孙后代的事，即所谓前人种树后人纳凉，可是，好事往往是难事。在商品经济、货币交换条件下，走路得花路费，吃饭得掏饭钱，种树得花树钱，越是长远的大事，越花得钱多，难度越大。而眼前又没有收入，劳动没工钱，买树苗得支付树苗款，佘了树苗还得还账，款子从何而来？只有千方百计克服困难，通过一个春夏的艰苦努力，树终于种上了，成活了，长高了。冬天又给树"戴帽、穿衣"，用草绳、草袋围起来。经过严冬，在又一个春天，他们种的第一批树终于泛绿，发芽，吐翠，长出新枝，同时也给人们带来了希望与信心。

要在沙岗荒地上栽活一棵树是不容易的，要保护好每一棵树更难。这就是要禁止放牧，决不让牲畜啃树。可是，张王李赵各庄，每庄都有几百只羊、几十头大牲畜，以往的习惯都是放牧，如果继续放牧，头一年栽树，第二年就会被吃叶剥皮啃死，植树造林就前功尽弃。若一禁牧，本来对植树有意见的村民，就会反对声四起，甚至激化矛盾，有的村民骂道："不让牲口吃草，是让张老二吃草呀！"

张老二在村民会上说："你们当面跟我吵，骂我都可以，但你们想想，植树是为了啥？是为了叫它成活，防风治沙，保护农田，保护大家的生命财产。要不然还会刮死孩子，卷走羊群，再等黑风暴刮到家门上就来不及了。不是我张老二无情，而是沙尘暴无情。"

另一方面，张老二又想，得有禁有放有严有松。不准在林地放牧，但可以在林中割草，并在树木中种植苜蓿，供大家割草喂养牲畜，既保护了树木，又不妨碍养畜。

在常人看来，辛辛苦苦多半辈子，应该等船到码头车到站，到年龄后正常换届下来，退休过清闲日子，享清福。可张老二非等闲之辈，是个闲不住的人，从没有过消停日子、享清福之说，他要做对党、对人民更需要和造福子孙后代的事情。他过去打井、修水库是这样，筑绿色长城、防风治沙亦是这样。起早贪黑，披星戴月不嫌累，流汗流血都不怕，没明没黑的干，迎来了多少个严寒酷暑，送走了多少个春夏秋冬。夏天一身汗，雨天落汤鸡，春天一身土，冬天满头雪，谁也说不清他手上脱了多少层皮，脚上穿烂多少鞋，磨损了几把铁锨，使断了几根镢头把。总是日复一日、年复一年苦干在林地、苗圃；从五十多岁干到七十多岁，累不垮，病不倒。做一件两件好事并不难，难的是一辈子做好事。张老二已经做了大半辈子的好事，但他仍不停息，他要生命不息，种树不止，做一辈子好事。看着筑绿色林带，这一辈子值得。

张老二并非超凡脱俗的神仙圣人，他也有烦恼、苦闷、疼痛，面对乡亲们的不理解、埋怨，甚至骂街，有时也生气，看见有人折断了小树苗，若伤了他皮肉，刺了心一样疼痛，可一念叨绿化祖国的老主意，又马上平衡了心态，你骂你的街，照样坚持不懈地栽树、护树、务苗圃、嫁接苹果苗，一心扑在绿化上。张二嫂是最理解丈夫、支持丈夫的，每在劳累饥渴时，她便提着开水拿着馍馍出现在丈夫面前，深情地看一眼："老伴，该歇歇了""不要命的二气鬼、愣头青……"

张老二只是诚恳接受，死不改悔，一笑了之。苗圃就是家，树林就是事业，操心的是苗圃，关心的是树林，何时该浇水，何时该嫁接，一清二楚，家中的事一问三不知。

榜样的力量是巨大的，张老二这样做了，邻里们也这样做了，张家庄如此做了，王家庄、李家庄、赵家庄也这样做。日复一日，月复一月，年复一年，道路旁是排排树木，水渠边是树木行行，荒漠、沙冈、乱坟地都成为树林、果园。

他的老冤家李有富也是年过七旬的老人，一日上午，闲来无事来逛树林，恰好与树林中劳作的张老二相遇，似是尴尬，但很快恢复自然。李有富开口："你真好本事，干一件成一件，这树林子又给你长了风光，我真羡慕。"

张老二："不是我本事大，是运气好，赶上好时光，时势比人强，顺了时势，事情就干成了。"

李有富："也在理，是实话。"

十年树木，张老二同乡亲们种植的树林，从古堡乡北面连接沙漠边缘，一直向南延伸到南山脚下，形成了浓密的林带，远远看去，恰似绿色的城墙，与古长城相互辉映、交错，分散和降低了狂风冲击的力度，挡住了沙尘的飞扬。若进入树林之中，又似置身于绿色的海洋，一排排的树木或纵或横，伸向四面八方。春暖花开季节，先是白色的杏花，接着是红色的桃花，紧跟着又是黄色的李花，还有树下紫色的苜蓿花，及种种五颜六色的野花，引来成双成对的蝴蝶，嗡嗡的蜜蜂、麻雀、飞鸟、野兔，融入绿色的海洋，供孩子们捕捉、嬉戏、捉迷藏。

到了夏天的午间，又是人们纳凉的好去处，柳荫中、果树下，或成双成对的男女青年，或三或四的劳动同伴，打牌、下棋、聊天，等到烈日偏西，暑气稍退，再去田间劳作。及到了金秋时节，又是枣子发红，苹果飘香，沙枣溢味，供人品尝。就是那寒冷的冬天，也有林中的乐趣，或放鹰，驾狗，去猎野兔，或砸破林中水池的冰块，捕鱼捞虾，别有一番乐趣。

随着树林成片，花果满园的形成，飞禽来降临，松鼠、兔子也光顾，什么桃花会、夏令营、蟠桃会都来了。地球的面貌全在人安排、修理、美化，本是沙冈、荒坡、乱坟滩的这块地方，却成了幸福林、花果园、娱乐场、人间天堂。

张老二家屋的墙上挂满了锦旗奖状，对每一面锦旗奖状他都能说明其来龙去脉。有乡上的、县上的、省上的、中央的，有搞互助组的、初级社的、高级社的，打井抗旱的、修水库的，如今又得了"防风治沙尖兵，绿化祖国模范"的奖状等等。屋墙上挂不下，又取下一些保存在柜子里。他非常珍惜每一面锦旗奖状，哪怕颁发的人倒了、死了，都保存完好，不时擦拭干净，加以回味，不允许丝毫损坏。而他更珍惜苗圃、树林和果园。操心、务习不停，他的生活是如此充实，如同绿色长城一样，常绿常青，绵延万里。

有人赞扬张老二若一棵白杨，粗壮挺拔插青云，深深扎根黄土中，酷暑严寒浑不怕，干旱少雨亦不惊，前世造就无花果，仅以木质供乡邻，一枝独秀闪其光，集体生长也欢欣。

也有人形容张老二更似梧桐，高大魁梧，树干无节，冠若巨伞，气宇轩辕，知闰知秋，洁净清香。所谓知闰者，是平年的枝条生十二片叶，闰年长十三片叶，这当然是巧合。所谓洁净清香，是因苍蝇、蚂蚁、蚊虫不敢近其身，唯独凤凰，非梧桐不栖，这个形容似有道理。

第四十五集　四喜盈门

破紧箍咒　甩开膀子搞改革
年丰人寿　兄妹双双结良缘

张大德在省城积肥两年多后回到了生产队，老队长张仍久将他推荐给社员们，欲让其接自己的班。社员们认为他太年轻，没经验，当副队长，由老队长带一段时间再说。经过一段工作后，老队长仍以自己年迈体弱为由交了班。

张大德接班后面刘的是公社、大队、生产队三级所有，和以队为基础的所有制形式，一群人的集体劳动方式，实行"好八分，坏八分，不好不坏亦八分"的工分制，平均主义的分配，劳动积极性低落状况。

为了纠正出勤磨洋工，干活混工分、劳动低效率，经济低效益，生活低水平的不良现象，张大德提出搞分组小段包工，依据劳动力的男女强弱情况，农活的轻重难易分组劳动，分段记工分。

分组分段的劳动和记工分，避免了干多干少一个样，干好干坏一个样，但由于劳动不联系产量，终究未解决生产低效益，生活低水平的现象，一些社员的"二话"又来了。

"还不是眉毛胡子一把抓，分不清好坏优劣！"张乖乖说。

王志远应和道："谁说不是，干了那么多的活，记了那么多的劳动日，一亩地能打多少粮食，一个劳动日能分多少钱，仍就是两眼摸黑！"

"到头来，还是一样喝稀汤！"张乖乖应和道。

王志远接着说："最好的办法是包工分，包产量，包成本，超产奖励。"

"对对对，这样子才能分清好坏，"张乖乖继续说，"超了产，得奖励；超得多，奖得多。谁干得好，谁干得坏，小葱拌豆腐，一清二楚。"

张大德处在生产队长的位置上，早有观察和体会。他觉得张乖乖、王志远虽是二话连篇、牢骚满腹，可话丑理端。牢骚反映了相当一部分人的情绪。他明白社员们辛苦一年，亩产仍是二三百斤，人均口粮三百多斤，人均收入不到三百元。吃不饱，穿不暖，这种状况不能再继续下去了。考虑良久之后，便在生产队的骨干会上提出了实行包工分、包产量、包成本、超产奖励的主张。骨干们七嘴八舌就说开了。

王志远："这是个治懒的好办法，免得好坏一个样。"

"也是治偷工减料的方子，可以治治那些好肥料自留地用，劣肥料交集体的毛病。干好干坏产量多少见分晓，得奖多少见高低。"张乖乖说。

会计张多年说："你们说得法子好是好，怕是用不上。社主任这一关就过不去。"

张大德把生产队骨干们的意见私下里给他的叔叔张老二说了。张老二听后皱着眉头，思谋良久，面有难色地说："你们说的当然是个好办法，再不变一变，恐怕连米汤都喝不够了。可是，若要传出去，少不得挨批判，吃不了得兜着走。"

张大德："不要紧，我们保密，只干不说。万一上面知道后追究起来，由我承担，你只说不知道就是了。"

"试了就试一试。"张老二说。

张大德在生产队骨干会上，既未说向上汇报了的话，更没有说"试一试"的意见，却开门见山地说："大活人总不能让尿憋死，眼睁睁地混日子。我们就搞包工包产包成本，超产奖励。汉子做事汉子当，大不了不当这个生产队长！但有一样，千万保密，不向任何人外传。谁说，谁说谁就是吃里爬外。"边说边抻出小指头，与大家一个个地拉钩。

张大德他们搞的超产奖励办法，悄悄地实行到年底，一算账就都超了产，每人平均奖励一百多斤粮食，五六十元钱。

哪里有不透风的墙，不知在哪个环节，谁的嘴里捅了出去，传到了时任大队长的张小宝耳朵里，麻烦也就跟着来了。

张小宝批评道："你吃了老虎心、豹子胆，胆大包天！你可知道你走的什么路？是回头路！搞的什么主义？是资本主义！物质刺激，利润挂帅！"

张大德搞"三包一奖"的消息又传到公社，再传到县上有关部门，可就

成了走回头路、搞资本主义的典型,逮了个正着。调查、追究起来:

"你们是不是搞了'三包一奖'?"调查组问。

张大德:"搞了。"

调查组:"这是物质刺激,奖金挂帅。"

张大德:"我们没有搞奖金挂帅,年终算账超了产,对于超了产的应该有个表示,就奖励了些粮食。"

调查组:"奖了多少?"

张大德:"人均一百斤麦子。"

"你们请示过谁?"调查组问道:"大队知道不知道?"

"没有请示汇报过,大队不知道。"张大德回答。

调查组:"你懂不懂,这是走回头路,搞单干,走资本主义。"

张大德:"我们没有那样认为,只觉得干的好坏应该有个区别,对劳动好的,应该有个表示,要不然,干好干坏一个样,不利于发展生产。"

调查组:"你们要老老实实地作检查,提高到方向路线的高度认识。怎样处理,依交待和认识的情况再定。"

上面对张大德超产奖励的问题,说是说做是做,既未追究,更未处理。

一波未平,一波又起,"文化大革命"爆发了,张大德他们"三包一奖"被认为是资本主义的东西,动摇了三级所有队为基础,是"倒退""走回头路""刮单干风",张大德被停职检查。进而割资本主义尾巴,收自留地、自留羊、自留树,彻底实行平均主义分配,农民的劳动积极性再次受到挫伤,农村经济再一次受到损失,使农村面貌依旧,靠手工工具劳动,用二牛抬杠耕地,全体农民搞饭吃,只能维持简单再生产,农民生活仍在温饱线上徘徊。

社会总得水行磨转,张大德虽然被停了职,然而,乡亲们仍得生活生产。挫折再次提醒了他们,他们回忆着"三包一奖",在比较中鉴别优劣好坏,仍在怀念张大德的做法。

张大德有些像他父亲张老大,是个话不多有心计的人。别看他年轻,可他爱动脑筋。在他身上综合了他父亲和母亲的诸样特点。中等以上个子,眼睛似他母亲的眉清目秀,炯炯有神,脸庞则如父亲的四方四正。棱棱的鼻子，薄唇紧闭，大耳紧贴脸侧，每一样都生长得恰当；各部分协调匀称，整个面目清晰而又协调，像是精心设计、仔细雕刻出来似的。与人交谈，总先听对方说些什么，待摸清对方的真意后才开口，从不咋咋呼呼，随便说话。

他虽然读书不多，可读得认真，体会得仔细。《三国演义》《水浒》他不知读了多少遍，每本书中的那么多故事、人物、细节、场面，都熟记在心。每场战争、每件事情的缘起、经过、结果，都能说个一清二楚。不仅如此，而且能说上刘备何以失败，曹操为什么能胜利，以及梁山好汉为什么是那样一个结局，这正是他爱动脑筋的表现。

在省城积肥的两年多独立劳动、独立生活中，又发展了这种特性，走遍省城的大街小巷，接触学校、医院、机关、民宅那么多肥源户，对人事风物皆有仔细观察和思考，总能从当时当地和对方的实际情况出发，先弄明情况，该怎么接触和对待，少有想当然和想入非非，很少生摩擦、捅娄子。

待担任了生产队长之后，面对几十户家庭几百口人，首先想的是他们的生活生产问题，深知自己肩上担子的分量，知晓自己的一举一动都关系着社员的生计大事，务必慎重对待。凡事都要多问几个为什么，弄清究竟是怎么回事，该怎么办，不该怎么办，要办成什么样子，决不盲动、人云亦云和贸然从事。

当他看出出勤磨洋工、混工分，干活不讲质量，生产和产量脱节，劳动日多而日值低的问题后，就苦苦地思考如何处理的问题，并推断出如此发展下去的后果。

别人对张乖乖、王志远的连篇怪话，满腹牢骚多有非议："那是对着电灯泡抽烟，其实不燃（然）"，而他却能认真听取，用心体会其中真意，觉得确有道理，颇有可取之处，促进他改变思路，拿改进办法。

面对当前的困难局面，张大德认为，根本原因是大集体的劳动方式、平均主义的大锅饭吃法，割断了劳动与产量之间的必然联系。无权不活，无责不明，无利不动。正是这种劳动方式和分配办法，挫伤了社员的劳动积极性，导致了生产的低效率，经济的低效益，农民的低收入，生活的低水平。解决问题的出路，还是联产计酬，超产奖励。

他还认为，自己当不当生产队长不要紧，最重要的是全队几十户家庭，几百号人的生活问题。即使是不当队长了，也同其他社员一样，面临着严峻的生产生活问题。如果继续搞平均主义的分配，就难以摆脱这种困境。况且，虽然停了自己的职，并没有撤职，也没有产生代理人，自己仍然负有队长的责任。只有把生产搞好，改善了社员生活，什么时候都好说。相反，如果生产搞糟了，社员的日子过不下去，无论如何都难以摆脱干系。想到这里，他决心明修栈道，暗度陈仓，继续搞三包一奖。

张大德敢于搞超产奖励还有一个原因，他没有前人的思想包袱和精神负担。办合作社时，他还年幼，未参加集体化过程，不了解其中的艰辛和曲折，无当事者迷，没有对旧事物、旧情结的留恋和缠绕，少患得患失的牵挂和多虑。只考虑劳动效果的好坏，应不应改变，怎么办效果更好，更没有"走老路，是倒退"的顾虑，也少有"资本主义"紧箍咒的约束，一心想得是改变干好干坏一个样、吃平均主义大锅饭的现状。于是，在群众意愿的基础上继续实行包工分、包产量、包成本、超产奖励。

是金子总会闪光的，就在姓资还是姓社的争论仍在喋喋不休之际，党中央十一届三中全会的精神传到古堡乡，肯定了联产计酬的各种责任制。不久，又传来中央一些领导的讲话：包产到户不能堵，堵是堵不住的。究竟是有意还是无意，此言不胫而走，各生产队纷纷选择包产到户。包产到户如和煦的春风，吹拂着大地。

张大德他们乘着改革开放的东风，又搞大包干，不再由生产队按工分分配，交够国家的，留足集体的，剩下全部是自己的。利益更直接，责任更明确，方法更简便，更受社员大众欢迎。

王志远："现在，不再偷偷摸摸了，咱们可以名正言顺地搞责任制。"

张乖乖："什么好苗坏苗，颗粒饱满便是好苗，什么这主义那主义，丰衣足食就是好主义！现在，你不调动，我也有积极性。"

张小宝看到将土地、牲畜、农具固定到户，将集体劳动变为分散劳动，产品分配由生产队统一分配转到农户手里再上交，便转不过弯来："辛辛苦苦几十年，一退退到解放前。"

张仍久附和道："先分田，后分队，一步一步往后退，一直退到旧社会。"

张小宝："已经退到沟底了，我看再往哪里退。"面对此种局面，他想不通，又无可奈何。

赵文武和一些公社干部也知道张小宝对责任制有抵触情绪，而且，顶牛的不是个别现象。于是召集大队、生产队干部开会，学习上面的政策，学习改革开放理论。

张小宝耐着性子听，"搞集体化必须遵循经济规律，生产关系要适合生产力发展水平，所有制规模大小，劳动方式、收益分配都应当与生产力水平相适应。适应者，会促进生产力发展；不适应者，会阻碍生产力发展。好比人穿鞋走路一样，小脚穿大鞋走路会跌跤，大脚穿小鞋，更是难受，都妨碍行走，都要避免。"

"关键是权利、责任与利益要统一。在商品经济和价值规律条件下，商品的易手、劳动的付出，都是有偿的，让度了商品应得到现钱；付出了劳动应有补偿，有出有入，才能收支平衡，不能白吃、白拿，搞平调。否则会坐吃山空。农民的劳动也一样，不能干好干坏、干多干少一样对待，否则，会挫伤他们的积极性。还有，社员是集体经济的一员，应当对土地等生产资料有使用权、经营权，付出了劳动应得到相应的利益，使劳动者的权利、责任和利益相一致。土地集体所有，并不等于社员没有使用权、经营权和产品分配权。少数干部搞瞎指挥，搞平均主义的分配，是违背权责利相统一原则的。"

张小宝越听越新鲜。又听赵爱国讲："合作化只解决了生产资料的集体所有，并没有解决它的经营权、使用权和收益分配问题，在一定程度上，社员只是个单纯的劳动者。生产资料的经营权、使用权、劳动成果的分配权只是由少数干部说了算，忽视，甚至侵犯了社员对生产资料的经营权、使用权，以及劳动成果的分配权，所以挫伤了社员的劳动积极性，影响了生产的发展和生活水平的提高。"张小宝听到这里，好像一把钥匙插入了他的脑子，思路开始活络，开窍。

即使是最革命的人也有保守的一面。张小宝便是这种人。他在成立合作社，建立集体经济的制度、秩序中是积极分子，曾竭尽全力于集体化事业，为之付出了自己全部的时间、精力和生产资料——土地、马匹。如同他栽了一棵树，全心全意浇水、施肥、呵护，促它茁壮成长，不愿叫它枯死，或者被人砍伐。而实行三包一奖、大包干，恰恰是把老一套否定了。尽管有利于生产，也被他视为砍树行为，从而表现出他保守性一面。

但是生活是常青的，实践是最革命的，只要有人群，就有生活，有生活就有生产，有生产便有提高劳动生产率、提高经济效益、提高生活水平的问题，并为提高效率、效益和生活水平不断前进，永无止境。

家庭是社会的细胞和基础，农村小商品生产条件下的家庭，既是生活单位，又是生产单位，实行以家庭为主的联产承包责任制，正是适应了它生产力发展的水平。有权就活，有责就明，有利就动。以家庭为单位的联产承包责任制的改革和推行，权责利的统一，充分地调动了社员的劳动积极性，解放了农村生产力，强有力地提高了生产效率、经济效益、社员的生活。人均口粮由二百六十多公斤提高到五百多公斤，人均纯收入由二百三十多元，提高到近五百元。

在农村改革中，又插上了科学的翅膀。除虫剂、除草剂和优良品种的推广，小麦地里套种玉米或洋芋，以及地膜覆盖、塑料大棚等其他科技措施，切实有效地促进了农业生产。政策好，人心旺，天帮忙，天时、地利、人和凑到一起，张家庄生产队的亩产，由二三百斤提高到八百斤，甚至一千斤。一亩地产粮食四麻袋、五麻袋，张大德一家十几亩地生产四十、五十多麻袋，原有的小仓库、粮囤子装不下了，只好码在堂屋里，甚至廊檐下，若小山丘一样。无论怎样吃用，都是吃用不完的。面对这么多的粮食，他的妈妈、妹妹，若做梦一般，沉浸在丰收的喜悦之中。·家人都喜在心里，笑在脸上。干活有劲，吃饭有味，连睡觉都是甜蜜蜜、香喷喷的。他们队的其他人家也是一样，小麦麻袋码的若山丘，这在过去是做梦都想不到的。

喜讯还不止这些，国家又提高了粮食的收购价格，由先前的一斤二三角钱，涨到五六角钱，张大德他们家一下子就增加好几千元的纯收入。

事实胜于雄辩，堆若山丘的粮食证明，联产比不联产好，包产到户比平均主义好，大包干比包产到户好。在这种体制下，宜包则包，宜统则统，土地以户为单位大包干，水利灌溉、树林、机耕和粮食割晒统一安排，有偿使用，提高了生产效率和经济效益，改善了社员生活，巩固了集体经济。张小宝等一些对责任制有顶牛情绪的人由不通到通，由抵触到顺应、推行，终于接受了，习惯了。

穿衣吃饭量家当，有粮有钱盖新房。

张大德一家原住的是解放前的破旧房子，已经破烂不堪，早欲重建却没有力量。现在有粮有钱，此时不盖更待何时。张老二、欧阳义、张小宝等几家是土改时分的房子，大四合院，四家人同住一个院子，且儿女都已长大，需要成家需要房子，差不多家家户户都是这种情况。

于是，张大德他们统一规划了村落，统一安排宅基地，甚至设计出房屋的建筑结构及样式，供各家选择。最终将东一家西一家、南一户北一户，分散零乱的农家院，规划为一条沿马路通往古堡乡的街道。团结力量大，心齐泰山移。张大德他们统一安排施工力量，在很短的时间里全部盖起了新房，建成了一条崭新的街道，改变了原有的旧面貌。

有了新房，就该办婚姻大事了。张大德、张小梅兄妹俩早都到了成家的年龄，由于种种原因拖了下来。

说起张大德的婚事，如同他搞联产承包责任制，真是好事多磨。起初，由于父亲意外去世，家中景况捉襟见肘无暇考虑。自当了生产队长，队里的事多如牛毛，剪不断理还乱。加之家中房子又破又烂，母亲年迈多病，没有条件。生产队里不搞承包制维持不下去；搞联产计酬责任制，不是点名批判就是停职检查，哪里有心思顾个人婚事。如今，名正言顺搞了大包干，庄稼丰收，收入增加，又盖了新房，年龄也不允许再拖了，更加母亲天天唠叨，便开始谈起恋爱来。经人介绍，谈了一个邻乡的姑娘，可女方提出一个条件：嫁你可以，但不要婆婆，必须小两口单独过日子。

张大德家从来就有孝敬老人的家风，如何能接受这些苛刻的条件，宁可不结婚，也不能抛下母亲。一听女方的这句话，张大德扭头就走开了。婚事又耽搁了下来。

男大当婚，女大当嫁；合乎天理，顺乎人情；不婚不娶，违背情理；不婚不嫁，人说闲话。哥哥和妹妹都是二十好几的人了，哥哥未娶嫂子，妹妹也不嫁人，兄妹两个的婚事都悬在那里，张大嫂的心何能安宁，经常唠叨不停："你们一个不娶，一个不嫁，叫老娘活不活了？"

张小梅："妈妈，我都不急，你急啥？哥哥未娶嫂子，你老人家年迈体弱，我走了，谁操持家务？我能放心吗？"

张大德："妈，你放心，我们又不是缺胳膊少腿的，也不是没人要的丑八怪、窝囊废，你急啥！那种未进门就不要婆婆、闹独立的人，宁可不要也罢！"

"好好好，你们的事我管不了，也不管了，随你们的便。"

人就是各有所好，各有所图。姑娘眼里，有不要婆婆的，还有喜欢婆婆的，李小兰便是一个。她是初小老师李春光的女儿。自小就听过瞎贤小鹦鸽孝母的说唱，又受李老师的教导和率先垂范，还有乡亲们孝敬公婆民风民俗的熏陶，更加上对张大德孝敬母亲的仰慕，将其视为榜样，只缺个牵线搭桥的人。

说来也巧，李小兰的姑妈李玉贞素与王三姐亲密，多有来往。一日来看望王三姐。恰好，为儿女婚事心急火燎的张大嫂也来王三姐处，向妹妹诉说心事，就遇在一起了。妇女们聚一处，不论天下大事，却爱说家务琐事、儿女婚姻。张大嫂一说，王三姐就问李玉贞："李小兰有没有婆家？"

李玉贞："正在物色哩，还没个准信儿。"

张大嫂问了李小兰的属相，又说了儿子的属相，说道："我儿子属龙，李小兰属鸡，正好是龙凤呈祥，互不相克，倒是一对儿。"

听了她们两个的一问一答，王三姐心直口快地说："张大德你是知道的，要人才有人才，要本事有本事，要品德有品德，年纪轻轻的把大包干搞得有声有色，庄稼连年丰收，社员户户满意，与李小兰样样般配，何不撮合撮合！"

李玉贞："没说的，我这就去探探口气。"

王三姐："大姐当母亲的唠叨烦了，不便开口，我去问问张大德的心意。"

三个女人在一起，就把张大德与李小兰的婚事提了出来。

这李小兰本有意于张大德，姑妈李玉贞一问，她不假思索地就说："不知道人家愿意不愿意。"她这是把绣球抛给了对方。

张大德知道李小兰，暗中把她视为意中人。王三姐一问，也说："不知道人家愿意不愿意。"

大姑娘与小伙子的心意，就如同印有诗词和画图的扇子，一面画着圆月、花儿，另一面写着花好月圆，中间只隔一层纸，恰是横着一座山，诗是诗，画是画，互不相知。旁观者则诗画都能看得清，解得透。张大德与李小兰恰如这把扇子的正面背面，若有人捅透了，诗情画意就对上了。

李玉贞与王三姐一串通，双方都是一句话："不知道人家愿意不愿意"，心意一字不差地对上号了。

婚姻历来是人生大事，风化之源，古堡地方的村民，对男婚女嫁向来极为重视，礼仪讲究颇多。什么门当户对，纳彩问名，互换庚帖，了解生辰八字，核对属相，占卜合婚订婚，送彩礼，择完婚吉日，迎娶则女伴娘、男伴郎，拜堂，入洞房，闹新房，招待东客西客，以及拜高堂姑嫂，回门，做试刀面，坐对月等等，不一而足。

于是，王三姐与李玉贞、张大嫂商定，要在提亲的基础上再会面，且约定在王三姐家中进行。

是日下午，阳光明媚，微风拂煦，李玉贞领着李小兰，张大嫂陪着张大德来到了王三姐家中。两个青年男女一见面，别的人都不看，不约而同地都望着对方，甜蜜地向对方微笑。张大德若看见了艳丽的鲜花，且散发着清香，由不得的用舌尖把嘴唇舔了舔，又感觉自己的嘴唇是甜的，趋前握住了小兰的手，像触到了棉花，是多么的柔软和贴切，又举目看小兰的眼睛，恰恰两个人的目光对接在一条视线上。张大德从小兰的目光里看到了柔情和蜜意，是那样的纯洁、真挚，似在追求、恳求，又像表示坦率和信任。小兰也从张大德闪闪发亮的目光中，看到了阳刚、勇敢和渴望、迫切的心情，那是多么的明亮、强烈、温暖，顷刻传遍全身，感到兴奋、激荡，甚至充实、甜蜜、幸福。

古今中外，多少文人墨客，写了多少爱情的妙文，可谁能揭示透爱情的秘密。然而，张大德和李小兰，他们把对方的目光和态度读得懂、解得透，谁都看明白对方喜欢自己，因此，相互都甜蜜地笑着，接受着对方的爱慕，服从对方的渴望、追求和信任，喜形于色，表露无遗。两对秋水映人心，两张笑颜表爱意，完全对上了。又是旁观者清，王三姐、张大嫂、李玉贞都看得清楚，他们两个人甜蜜微笑，都是有意有情的表示，将一把画扇两面的诗情画意，都对号了，解透了。她们也明白，自己穿针引线的使命完成了，该由他俩面对面地谈了，三个人便都退了出来。

李小兰："我佩服你！"

张大德："我喜欢你！"

李小兰："你人小本事大，年纪轻轻的，把生产队那么大个摊子，包产到户搞得有声有色，家家富裕，户户盖新房，不简单！"

张大德："也没什么，是工作压出来的。担子挑在肩膀上，总得挑到目的地，不能撂挑子。"

李小兰："说得也是，我就喜欢你这样敢作敢为的男子汉。"

张大德："生产队事情杂，妈妈年纪大，身体差，现在全靠妹妹，妹妹一出嫁，家里家外可得受苦受累，你可要想清楚！"

李小兰："我想得很清楚，你们一家子都是好人，只要人好，可心，再苦再累也心甘情愿。我也很喜欢伯母，家中有个婆婆，事情有人提醒，话有处说，出门干活放心，我一定孝敬好。"

张大德："对我的婚姻，妈妈唠叨个没完，妹妹也有了对象，可她说，为了母亲，为了我，娶不上嫂子就不出嫁，都等着我。"

李小兰："你妹妹真好，真懂事。"李小兰接着说，"我爹妈也一样，妈妈说，与我同年龄的姑娘都出嫁了，唯有我没个下落，怕人说闲话，爸爸没那么唠叨，可一样提醒我，催我。"

张大德："都说得对，论起来我离三十也不太远了，我的事定不下来，妈妈唠叨不说，把妹妹也拖住了。"

李小兰："我跟你一样。"

王三姐这边呢，三个人都是一个腔调，一个心情。王三姐说："我看很般配，恰恰一对儿。"

李玉贞："谁说不是，看得出来，两个人都愿意。"

张大嫂："儿女都大了，我着急他们疲，叫我的心总搁不下，吃不香，睡不实。女儿等着儿子，儿子拖累女儿，叫人受不了。你们就抓紧点，行行好。"

三个人正议论着，张大德、李小兰都笑眯眯地来到她们面前。李玉贞急忙下炕，拉着李小兰的手出去问情况："怎么样？"

李小兰点了点头。

在屋里，王三姐亦问张大德会面的情况"怎么样？"

张大德亦满脸堆笑地点了点头。

李玉贞拉着李小兰进屋来，三个人一起问："愿意不愿意？"

张大德、李小兰悄悄地异口同声："愿意！"

王三姐又说："大声点，愿意不愿意？"

李小兰、张大德异口同声大声："愿意！"

张大嫂看着这一幕，听着"愿意"二字，甜润到心里，喜悦到眉梢，禁不住地笑了起来。

王三姐说："现在是新社会，李小兰是老师的女儿，张大德是生产队长，旧社会的这规矩、那讲究，不必讲那么多，可礼节不能废，意思还要有，你们两个互相要串串门，小兰应去相相女婿，张大德也应去李家看看家道。大姐你要给小兰准备些首饰、礼品、衣料什么的，咱们再把婚姻正式定下来。"

张大嫂："没说的，我高兴都来不及，我这就抓紧准备。"

说完之后，李玉贞及小兰，张大嫂母子各回各家。

未过几天，李小兰在李玉贞陪伴下，来到张家相女婿。李小兰从未来过张大德家，李玉贞也是第一次来到这个新庄园。张大嫂接到王三姐的知会后，令张大德在大门口等候，自己与女儿小梅准备饭菜。不大一会儿，张大德就看见对象来了，忙进院门："妈，家们来了！"

张大嫂、张小梅及张大德都来到大门口迎客，张大嫂急忙上前，双手握住李小兰的双手，久久不放。张小梅上前迎接李玉贞，张大德则催说："快进，快进！"

进得大门来，李小兰举目四望，只见一个大院子里一派新式把廊房子，墙角的库房、厨房不说，北面三大间，西面三大间，东面是过道，过道两面是耳房。南面没有房子，却长着果树、枣树，院子中间是一块菜地，生长着茄子、辣子等蔬菜，院子宽敞，阳光充足，李小兰的心里也同样亮堂、舒适。

张大嫂先将小兰引进北房，只见窗明几净，新崭崭的大立柜，高低柜，大方桌，靠背椅，沙发，皆一色的红油漆。炕上新崭崭的花被子有好几床，叠得四方四正，有棱有角，码得老高，褥子铺得平展展的。

张大嫂说："这就是给儿媳妇准备的，就等着儿媳妇进门。"又引到西房，两大间又一个套间，一样的新家具、新被褥，干净整齐。

张大嫂说："这是我与女儿住的，若女儿一出嫁，就剩我一个孤老婆子了。"边说边招呼李玉贞和小兰坐到沙发上喝茶、嗑瓜子。

不大一会，张小梅就将饭菜摆了一桌子，五个人围了一圈儿，边说边吃。李小兰觉得这个家庭处处整齐干净，明亮欢快，充满生机与活力；最是张大嫂、张大德和张小梅，热情有加，诚心诚意，使她温暖，亲切，像是进了自己的家一般。

李玉贞告辞说："咱们就看到这里，张大德，你什么时候到小兰家看家道？"

张大德望了望母亲和妹妹，征询道："后天行不行？"

大家都说"行行行。"

且不说张大德到李小兰家看家道的事，这里只表订婚的事。自会面时，王三姐说了准备订婚礼品后，张大嫂亲自动手了，与女儿一道去，购置了两套衣料，一对耳坠子、一对手镯子，专等三姐通知订婚时间。每日里焦急等待，终于盼来王三姐的回话：将八月八日定为订婚时间。

是日，张大嫂与张大德，李玉贞与李小兰都来到王三姐家。俗话说：五月端午穿出来，八月十五端出来。两路客人一进屋，只见满桌子红的黄的果品，西瓜、甜瓜、苹果、李子、核桃、枣子、月饼、花卷等等，张大嫂趁王三姐回厨房端东西之机，跟上去耳语了一阵，二人又同时来到餐桌前。王三姐同李玉贞交换了眼色，扬了扬下巴，示意李玉贞先说。

于是李玉贞开了口："今天咱们来给张大德和李小兰订婚，你们两个再表表各自的态度。"

张大德先说："我爱李小兰，愿意订为对象。"

李小兰亦说："我爱张大德，愿意订为对象。"

王三姐又说："你们都看上了对方，相了女婿，又看了家道，都愿意把婚姻定下来。现在由男方给女方戴耳坠子、手镯子。"张大德动手，李小兰配合默契，终于戴上了耳坠子、手镯子，又收了两套衣料。接着，李小兰又将中山装的蓝色外衣、白衬衣，依次给张大德穿上。

王三姐说道："耳坠子、手镯子都戴上了，衣服也穿上了，口说无凭，礼品为证，你们的婚姻关系就算是定下来了，李玉贞和我介绍人的事情就算完成了，下面谈情说爱的事就由你们自己了，希望你们好好谈。"说完，哈哈一笑。

李玉贞说："三姐说得对，恋爱恋爱，越谈越爱，你们可要谈出个果子来，让我们高兴高兴。"

李小兰说："谢谢姑妈姨妈为我们操心。"

张大德："谢谢姨妈姑妈为我们操劳。"

订婚之后又该送彩礼了，这是古堡地方的老习俗，彩礼是多也罢少也罢，乡亲们自觉不自觉地都遵循着。张大嫂是最熟悉、最讲这个规矩的。便着儿子卖了些粮食，准备了一套单衣、一套棉衣、两千元现金，并选择十月十日，在王三姐的陪同下与儿子一起来到李小兰家，举行"行聘"之礼。

一进其家门，李小兰偕父母都出来迎接。李老师说："小张是队干部，我呢，是老师，婚姻是你们两个自觉自愿的大事，好事，了结儿女的婚姻大事，我们从心底里高兴，'送礼''行聘'都是老传统，旧习惯，还送什么彩礼！"

王三姐："我也是这么想的，可这都是祖先遗留下来的规矩，不在于东西多少，而在于礼节，不讲不行。"

张大嫂也接上说："儿女大事，没有别的，略备薄礼，表个心义，还请笑纳！"

李玉贞打圆场说："你们说的都在理，可道理是道理，规矩是规矩，礼节不能不讲，礼品不能不要。礼轻人意重，好心好意，实实在在。"

李老师看了一眼老伴说："你们真会说话，有规有矩，有情有义，好好好，小兰，收下收下。"

送彩礼过后，张大嫂的心仍放不下来，她是儿媳妇娶不到家，心落不到腹中。仍然在焦急中等待忍耐中度日，殷切地盼着娶媳妇的那一天，好不容易等到十二月二日，她又准备了"礼方子"，即一大块方形猪肉，来到王三姐家，请她陪儿子去李小兰家催订完婚日子。王三姐深深理解大姐的心情，即刻一同来到李家呈上"礼方子"，强调了大姐的心情，并申述："张大德妹妹的婆家也急着要娶亲，等的时日长了，再不能等了。姑娘终究是要出嫁的，迟办不如早办，可否定个完婚的日子？"

"理解理解。"李老师接着说，"我们理解亲家母的心情，你定，你定什么日子，我们同意什么日子！"

王三姐："按规矩，讲双数，那就定在十二月十二日，双月双日，大吉大利。"

李老师看了一眼老伴和女儿道："行行行，十二月十二日，双月双日，大吉大利。"

完婚的日子一定，一切围绕娶亲的日子转。

张小梅的婆家也屡屡催促不止，怕夜长梦多，拖延下去生变。既然张小梅哥哥的对象定下了，也该迎娶张小梅了。都讲究双月双日，也将迎娶的日子定在了十二月十二日，并送来了"礼方子"，一大块方形猪肉。

张大嫂可就犯难了，同一天里，又是娶媳妇，又是嫁女儿，如何忙碌得过来！把她为难的团团转，没了主意，又来王三姐处讨主意。

王三姐毕竟是当过妇女主任，是主持过集体婚礼的人。这件事如何能难住她，一听姐姐所言，毫不犹豫地说："那敢情好，有什么犯难的，各驾各的彩篷车，各娶各的新娘子，一码归一码，一日办了得了，一举两得，岂不美哉，省时省力省事。各准备各的事情，人手不够，我请人帮忙。"

张大嫂听了王三姐的主意脑子也开了窍，娶媳妇嫁女儿一次办，一次办比分两次办省劲，终于带着好主意回到家中。

娶亲嫁女都定在十二月十二日，一切围绕这个日子转。办理结婚登记、做嫁妆、布置新房、准备酒席、请亲朋好友、请锣鼓队，诸般事情，有条不紊地分头进行着。

十二月十二日这天，张大德家可就热闹了。上午，娶亲的人马先到，张小梅的新郎披红戴花，骑着马出现在张家大门前，由两个伴郎陪着。紧接着锣鼓队闹将起来，鞭炮噼噼啪啪，张家的亲朋好友齐出动，陪娶亲队伍饮酒吃菜，吃饱喝足，锣鼓又起，鞭炮又响，在一派喧哗热闹中，张大德将妹妹张小梅抱入娶亲的彩篷车中坐定，由张家庄两个生有孩子的妇女陪伴，新郎官在前引路，彩篷车紧跟，锣鼓队随后，将张小梅娶走了。

前脚走了嫁女的人马，后脚又是娶亲的队伍出发了。张家庄与李家庄之间只隔着王家庄，不大功夫，就把李小兰娶回来了。披红戴花的张大德，骑着高头大马在前，李小兰的彩篷车紧跟其后，锣鼓队尾随，浩浩荡荡地开了过来。

锣鼓、鞭炮声中，送亲的李玉贞等两个伴娘，迎亲的张乖乖和王志远两个伴郎，共同将李小兰接迎下彩篷马车，脚不沾地地踏着红毯子。张乖乖和王志远将新娘走过的红毛毯不断地迅捷麻利地移到新娘的前面，直到跨过火盆，来到洞房前面地方。由张小宝主婚，王三姐与李玉贞证婚，拜天、拜地、拜高堂、夫妻对拜之后，李小兰搂着张大德脖子，张大德将李小兰抱在了怀中，浑身的力气都来了，充满了劲头，快慢力度恰到好处，而李小兰的一举一动，肢体的凹面凸处，协调妥帖。这时候，只有在这时候，他们才体会到，对方是自己的一半，自己是对方的一半，从此构成了一个完整的人，李小兰配合默契地被抱进了洞房，张大德立马揭盖头，双方行合卺礼，喝交杯酒。

接下来是吃喜酒了。张大德的亲朋等东客坐在东边宴席桌周围，李小兰亲朋等西客坐在西客宴席桌周围，先抽烟饮茶，后喝面茶，吃油果子，稍后便是鸡肘席，鸡肉、猪肉、牛肉、羊肉，荤菜素菜，热菜凉菜等四盘子八碗，张乖乖和王志远两个能说会道，能吃能喝的，巡回服侍照料。

张大德、李小兰新婚夫妇，一个举杯，一个执壶，到每个桌子，给每位客人敬酒。待他们轮到张小宝面前敬酒时，张小宝说："你真是时来运转，好上加好，搞大包干迎来大丰收，大丰收后盖新房，盖了新房又嫁妹妹又娶新娘，喜上加喜，四喜临门。我为小弟高兴，可喜可贺，喝少了不行，多喜多喝，碰六杯，来个六六顺。"

张大德明白，在农业改革中，从"三包一奖"开始，同他的观点是对立的，闹过矛盾顶过牛，可张小宝是个光明磊落、知过改过的人，当他真正认识到自己的不对时，也积极推广大包干。所以请他主持了婚礼。今天他高兴，祝贺也是真心真意的，便欣然碰杯，痛快地喝将起来，连喝六杯。

接着轮到岳丈李老师及其父亲李有富，也都毕恭毕敬地敬了酒。又轮到叔叔、婶娘——张老二夫妇，亦殷勤有加地敬了酒。直到东客西客一一敬完，该客人之间互相碰杯为止。

张老二端着酒杯来到了老冤家李有富老人面前。改革开放以来，摘了他地主分子帽子，成了社员，心平气顺，又逢孙女儿与张大德婚礼，便应邀前来，自然与有怨有仇的张老二聚在了婚礼上。张老二道："我们是同顶一片天，共踏一块地，都吃古堡乡的饭，你中有我，我中有你，怨也怨在一起，喝也喝在一起，这就是缘分，与你碰一杯，共同为儿孙幸福、古堡的繁荣干杯。"碰后一饮而尽。

李有富道："你说得好，说得妙，我们怨也是缘分，恨也是缘分，能喝一杯也是缘分。"复碰了一下，一饮而尽。

李春光老师亦端着酒杯，来到张老二面前："你又是打井，又是修水库，还筑绿色长城，尽做好事，我借女儿的喜事敬你一杯，一饮而尽。"

张老二回敬道："你教书育人，桃李芬芳，利在当代，功在千秋。也敬你一杯。"二人叮当有声，一饮而尽。

张大德又给赵瞎弦夫妇敬酒。原来张大嫂一直记着他唱《小鹦鸽孝母》的曲子，且笃行不辍，儿子娶媳妇又念叨不停，并交代张大德无论如何请他夫妇来，捧捧场，于是就出现在喜酒桌子上，且特意由小兰执壶，自己敬酒，让赵瞎弦夫妇喝了喜酒，且要留住几天，唱几天堂会。

一院子的东客西客直吃喝到席终人散，又到闹新房的时候。张乖乖、王志远一班男青年，真是要多怪有多怪，要多刁有多刁，又是令新郎新娘对啃吊苹果，又是令新娘含着烟卷递到新郎的嘴里，花花点子不一而足，难以尽述。

张大德知道，娶了可心的人，闹洞房的又都是自己最要好的哥儿们，自己也老大不小，历经周折，无论如何闹都开心，便沉着应对，你闹我应，直玩耍到夜深人静方入睡。

次日一大早，又陪小兰拜母亲，接着是陪小兰回门，做试刀面，送小兰"坐对月"回娘家。同时出嫁的妹妹，也是应着这种节奏回门、回娘家，来来往往，张大嫂有时把儿媳当闺女，或将闺女当儿媳，好好忙碌了一阵子，生活才回到常态。

第四十六集 和谐之春

百节年为首　家家户户迎新春
花好月又圆　古堡广场闹元宵

古堡的乡亲们在喜事连连中迎来了一年中最重要的节日——春节，格外高兴，由于修建了水库构筑了防风林带，庄稼丰收，邻里和睦，户户合家欢乐，人人喜笑颜开，回味着一年的喜乐，憧憬着新的一年，亦国泰民安，人寿年丰。

有钱没钱照样过年，是穷是富照过不误。过春节的习俗，深深地印在古堡农村男女老少脑海中。自古以来，过年的魅力不减，习俗不断，自觉不自觉地沿着惯例，遵循着习俗在行动，想的是过年，梦的是过年，没有异议，没有他想，外甥打灯笼——照旧（舅）。自然地按着传统，买鞭炮，放鞭炮，写对联，贴对联，剪窗花，贴窗花，炸油果，吃油果，小孩着新装，大人在欣赏。不言而喻，一切的一切，所有的所有就等着那一刻——辞旧岁，迎新春。各家各户，大人小孩，那颗兴奋的心，就像下到锅里的饺子，在旋转着、翻滚着。爆竹的硝烟味，年饭的清香味，对联的诗情，灯笼的画意，新衣的耀眼，满脸的喜气；处处沉浸在过年的浓浓气息之中，洋溢着甜蜜的春节味，上演着过年的喜剧。

过年，是天时、地利、人和的总代谢总体现。一瞬间，送走去年，迎来今年。冬去春来，严寒将退，暖意盈盈，冰雪消融，大地解冻，风和日丽，草木返青，鸟儿唱鸣，处处洋溢出新的气息。

家家户户充满着浓浓的亲情味，辞旧岁，迎新春，小孩长大一岁，青年茁壮成长，壮年更加成熟，老者长寿一岁。拜年拜年，祝福吉祥，口口声声，国泰民安，你祝我贺，合家欢乐，一言一行，大吉大利，期盼新年，人丁兴旺，街坊邻里，团结和睦，友爱和谐，溢于言表。

过年，又充满着厚重的民族文化传统，是民族民间传统文化最集中、最完美的展示。从年饭饺子、元宵到穿衣戴帽，从灯笼、对联到鞭炮、烟火，从舞龙舞狮到高跷秧歌，从祭祀祖先到庙会社火等等，时时处处显示着龙的文化、龙的传人，历经千载，传承延续，继往开来，历久弥新。虽岁月更迭而龙脉不断，魅力不减，显示中华民族的兴旺发达和中华文化的繁荣昌盛，亲情的强大凝聚力、向心力和勃勃生机。

古堡地方的庄稼人，最重视过年，从腊月的准备，经除旧迎新到闹元宵达到高潮。一到腊月，零零星星的鞭炮声开始作响，腊月二十三，过年还有整七天，年味益加浓厚，到除夕夜，更是噼噼啪啪，一阵紧似一阵，一浪高过一浪；火光照射四方，交相辉映，有声有色；震人耳膜，目不暇接；放鞭炮的高潮，则是年关的到来，炮声最激烈，火光最耀眼的时刻，就是辞旧迎新的时刻，送走旧年，迎来新年，仅仅在那一瞬间。

张老二家与邻居们一样，一进入腊月就开始准备年货，到了腊月二十三日，更忙活起来。张老二杀鸡、宰羊、杀猪，采购年货；张二嫂又是洗刷被褥，又是打扫房屋、院落的卫生，还未收拾完，又该炸油果麻花、备菜肴、剁饺馅子。紧接着便是吃年饭。为了大团圆更热闹，张老二一家与张大嫂、侄子侄儿媳一起吃团圆饭。张大嫂在往昔，从来是滴酒不沾，可现在娶了儿媳妇高兴，在张老二夫妇的一再敬劝下，破例抿了抿杯子。接下来是张老二夫妻俩，互相碰杯，各喝了一杯。接着是侄子、媳妇、子女敬酒，都一一喝了一口这才吃起菜来。既是辞旧岁、迎新春，更兼饭菜丰盛，都尽量喝、放开吃，图个热闹，尤其是小字辈胃口兴旺，看着饺子、鸡肉、羊肉、大肉、冷菜、热菜、鲜汤，早引得口中流涎，便争先恐后地吃将起来。

为了好守夜，便是打扑克，人多扑克少，又将两副混合在一起玩争上游。张老二为了大家高兴，卖笨装呆，尽是下游，儿子、侄子、女儿、侄儿媳妇都将帽子、手帕往其头上顶，玩得张老二的头上翻戴了五六顶帽子、手帕。争上游玩腻了又打对对，张大嫂与张二嫂一对，张老二与大侄子张大德一对，其余儿子女儿、侄儿媳妇向着自己的一派，通风报信，当参谋。结果姐妹两个尽输；接下来又玩赶猪牵羊。商定黑桃"Q"为猪，若赶不出去输二百分；方块"J"为羊，牵到者赢一百分；梅花"10"为变压器，不论是猪是羊，都翻番。结果张二嫂尽牵"羊"，而张老二手中的"猪"总是赶不出去，又翻顶了四五顶帽子、手帕。直玩到一个个迷迷糊糊，认不清牌，不知出什么牌了。突然鞭炮声大作，火光四起，原来除夕时刻到了，要翻到新的一年了，这才停止打扑克，放炮的放炮，观看的观看。之后，各回各的被窝睡觉。

因为年前睡得太迟，疲劳过度，新一年的正月初一天光大亮竟不觉晓。太阳老高了，张小宝一班小字辈拜年来了，张老二才揉着眼睛来接待。张老二又是长辈，又是老领导，拜年的络绎不绝，好好忙了个正月初一一整天。

正月初二，该是女婿拜岳家的时间了，张老二夫妇、张大嫂一起，来到岳父母家。正月初二给岳父母家拜年，这是古堡地方不成文的规矩，只要岳父母在世，做女婿的都遵循这个习俗。王三姐自然晓得这个规矩，知道二姐夫、大姐二姐要来，便又蒸、又煮、又炒、又凉拌，张罗了冷盘热菜一桌子，什么核桃仁、枣子、茄子干、萝卜干的冷碟子，鸡肉、羊肉、猪肉、牛肉等热菜一盘盘，还有地方烧酒、纸烟。客人一到，王三姐调度，王春芳跑腿，一碟一碟又一碟，一盘一盘又一盘，还有汤盆饭碗，摆了满满一桌子。

先是张大嫂给爹妈拜年，说我借花献佛，祝佛爷菩萨健康长寿。接下来是张老二夫妇给二位老人拜年、祝寿，深深地鞠了三躬，又是敬酒，王二娘从不喝酒，仍然不喝，仅王老二接了酒杯，一饮而尽，这下该轮着给三姐拜年了。张老二代表大嫂二嫂和自己对三姐敬酒道："三姐又是托儿所长，孩子头头，又要当家做主，操持家务，侍奉孝敬老人，教导儿孙，可是大红人、大忙人，劳苦功高，我们做姐姐做姐夫的，借你的花，献你的佛，给你拜大年，祝愿你在新的一年里身体健康，吉祥如意，事事顺心。"一边说着，一边敬酒。

三姐却说："别敬了，我的姐夫、大功臣，男女平等，公平合理，我们碰着喝算了。"便举起杯子与张老二、大姐、二姐一一碰杯，自个一饮而尽，被碰者也都随量喝了。

王春芳紧随其后说："我是小字辈，先给大姑妈、二姑妈一人敬一杯。"大姐二姐不推不拖，异口同声地说："我们的好侄女，有出息，干得好，你的酒我们一定喝。"边说边脖子一仰，皱着眉头，喝了下去。

王春芳又说："我的好姑爹，你可是今天的头号客人，把你一定要照顾好，你可要好好喝三杯。第一杯，我代表爷爷奶奶回敬你，你不能不喝！"

张老二附和道："好好好！我喝我喝！"一饮而尽，杯口朝下倾了倾。

"第二杯"王春芳接着说，"我代表我妈回敬你，你们共事一场，辛苦一场，你不能不喝。"说着说着，把杯子举到张老二面前。

"没说的，没说的，我喝我喝。"张老二一边应着，一边一饮而尽。

王春芳又说："第三杯，我办卫生所，你出了大力，帮了大忙，你的大恩大德，永不忘记，再敬一杯！"

张老二面对王春芳的伶牙俐齿，热情赤诚，又想到她为乡亲们任劳任怨，受苦受累，办卫生所看病服务，便说："我们都是为了乡亲们，都是为大家服务的，与你一样，我们碰着喝行不行？"

王春芳边听边思谋，姑爹说得诚心诚意，有理有节，便说："行行行，咱们碰着喝。"边说边碰杯，一饮而尽。

大姐夸奖春芳说："三姐，你看春芳这孩子，跟你一模一样，真是你这个模子里脱出来的胚子，说话行事，别无二致。"

二姐应和道："可不是么！看一眼，像一样，听一句，像一句，真是大三姐的小三姐，越发叫人亲切喜欢，无论和哪个男人比，都不矮不差，倒是应了时代不同了，男女都一样这句话。"

两个姑妈的赞美，引得大家都兴高采烈，点头称是。

张老二在岳父母家酒足饭饱，亲热欢乐之后，自然来到欧阳义家，来给老乡长拜年，正好张小宝与赵文武也正在一块饮酒、热闹。少不了互相碰起杯来。张老二欲首先给欧阳义拜年敬酒，欧阳义却反其道而行之，"你来迟了，先罚三杯再说，罚酒喝了，再敬不迟。"

张小宝、赵文武异口同声应和道："该罚，该罚，先喝了三杯罚酒再说。"

面对三个人的罚酒呼声，张老二别无选择，只好如数喝了罚酒，这才给欧阳义敬酒，并执意要敬三杯。

"你老革命劳苦功高，敬的少了说不过去，无论如何不能少！"

欧阳义说："我年迈体弱，已经同他们喝过了，不胜酒力，喝一杯勉强支撑，三杯确实难以承受。"这下子却留下了话把子。

张老二争辩道："你喝他们的不少酒，我敬的酒就只喝一杯，岂不是偏心他们，不一视同仁！"说得欧阳义有口难辩，只好先喝一杯，剩下两杯，他向张小宝、赵文武求助："请他们一人代我一杯。"

接下来，张老二要给赵文武敬酒，张小宝抢先一步说："你来得迟了，老革命罚你三杯，你喝了，我们也要罚你三杯，你得喝了。要不然，你就是看不起我们，厚此薄彼。"

张老二看得分明，他俩与我是二对一，又有先例在前，看来不认罚过不去，只好相讥道："张小宝，你这小侄子，人小本事大，挟嫌报复，倒把你叔叔整住了，好好，我认罚。"咕嘟咕嘟咕嘟连喝了三杯。

"怎么样，你总不能给他们面子而不给我面子。"赵文武说，"不给我面子我不饶你，要给我面子，就一视同仁，照喝三杯。"

"我喝，我喝。"张老二接着说，"别人的面子不给可以，你的面子一定要给。"边说边喝，接连喝了三杯。

接下来是划拳行令，轮流把盏，赢者斟酒，输者喝酒。四个人连喝了三瓶子，意兴未尽之际，欧阳嫂出来劝菜。欧阳嫂来劝菜正是时候，并且说话最有作用，顶灵验。说最灵验，原因在前面早已说过，欧阳嫂原是张三嫂，张老三故去后，经张老二说合，改嫁给欧阳义，欧阳义又是老红军、老革命，弟媳妇变成了欧阳嫂，嫂子劝小叔子吃菜，哪有不给面子的道理！再说，已经喝得够多了，幸亏人逢喜事精神爽，喝高兴酒不易醉，要不然，喝这么多，早都酒醉如泥了。张老二乘此机会便附和欧阳嫂道："快吃菜，快吃菜。"这才都放下酒杯，拿起了筷子。

酒比水热，血比酒浓，就这样你热我亲，先是亲戚间拜年祝福，接着是朋友邻里互致问候，还没拜够问够，不知不觉，就到了正月初六初七，按古堡地方的规矩，该闹社火了。

所谓社火，是古堡地方民间性、群众性、娱乐性的文化活动，正月初五以后开始演练，然后装扮集中，正式闹串，遍及全乡各个村庄，进而挨家逐院的嬉闹，一户不漏。送去祝福，驱除邪恶，祈求国泰民安，风调雨顺，五谷丰登，六畜兴旺，万事吉祥如意。

社火起于何时，兴于何代，无从考证。据传说，起源于古代社会的社祭，社是土地、疆域的象征，也是社会、经济、政治文化的集结地，起因是为了祭祀祖宗、社神，随着这种祭祀活动的不断进行，便延续了下来，又随着社会历史的进步、发展变化，陆续充实新的内容和角色，赋予不同的意蕴，用于不同的场合。

社火规模大小不同，人数多少不等。实际则是越大越好，人越多越热闹。张王李赵各庄都是大村庄，每庄的社火都有百十号人的队伍。里面的角色也是变化的，有春官及其伴当，傻公子、丑婆、大头和尚和柳翠姑娘，卖膏药的、喝曲子的、西游记中的师徒四人、关张赵马黄五虎上将、八仙过海的八个角色等。新中国成立后，随着老解放区秧歌的传入，又增添了新的内容和角色，也剔除了一些角色。有工农商学兵各行各业的形象，英雄模范人物的扮演者。

总之，七十二行，庄稼为王，行行角色有人扮演。就社火队的主要角儿讲，有鸣锣开道的、打彩旗的、腰鼓队、秧歌队、高跷队、旱船队、舞龙的、耍狮子的、武术队、娶媳妇迎亲的，依组织者的意图和人才的情况，可多可少。专业性强，表演难度大的角儿，都是由技艺高超、有特长的人扮演，越活灵活现，逗人喜爱，引人发笑，活泼幽默者越好。

张家庄的社火队，足有百十号人的规模，凡张家庄的住户，不论大家小家，穷家富家，社火队都要到他的院落、门前，敲锣打鼓，唱歌跳舞地闹一番。往昔，社火队在小家小户闹一阵、转一圈后就由这一家转到那一家，对于有钱有势的大户人家，要格外隆重地闹一场，被闹的人家也要格外认真地接应、招待。简单者，给社火队每个队员发一份春节食品；复杂者，则要吃菜、喝酒。集体化以后，单家单户只闹社火不招待，而由生产队统一招待。

正月初八这一日上午，一阵鞭炮声噼啪乱响之后，社火队串门闹到了张老二这个院子，少不了多闹一阵，多唱几首歌。待敲锣打鼓、进退翻转、奔腾跳跃之后，张乖乖可就嗓子发痒了。他咳了几声，清了清喉咙，就唱脱了："打了水井修水库，金水银水滚滚流，芝麻开花节节高，日子一年比一年好。"

社火队的锣鼓伴着张乖乖的山歌节奏，高一阵又低一阵，快一阵又慢一阵，在张老二的院子里共鸣、回荡。

"再来一个要不要？""要！"

张乖乖不得不再唱一首："风和日丽阳艳天，改革开放放光芒；八仙过海显神通，阳光大道长又宽。"张乖乖不愧是久负盛名的民间歌手，不仅嗓音洪亮、富有韵味，而且脑瓜灵，词儿多，能自编自唱，现编现唱，应唱如流，随机应变，什么场合都难不住他，调子是现成的，只填词儿就行了。"辞去旧岁迎新年，送走马年迎羊年，再接再厉往前闯，小康道上创辉煌。"

"完了没有？""没有！"

"再漫一支花儿与少年，好不好？""好"

张乖乖又漫起爱情山歌来："一把扇子两面光，一面妹来一面郎，中间隔着一张纸，好似横着九架山；妹妹有情哥有意，不怕山高路又远，翻山越岭拼命爬，哥妹终究结良缘。"

闹了又闹，唱了又唱，终于闹出了张老二大院，又一家一家的串门、拜年、热闹、唱歌，直闹到每家每户串完为止。接下来该是闹元宵了。

乡文书高文华是个猜谜语、对对联的爱好者，要组织一个猜谜语、对对联的活动。发出通知，向古堡乡所属各村庄村民，征集灯笼、谜语、对联，凡提供谜语、对联者，将谜语、上联贴在自己的灯笼上，署上提供者的大名，于正月十三日下午前送交灯会组织者。由组织者把灯笼悬挂在古堡广场四周，猜准谜语或对上上联者，向灯会组织者领奖品，为节日加油助兴，增加热闹气氛。

人人都有增光添彩、出头露面的爱好，尤其是青年男女，谁不想人夸自己好，谁愿自甘落后、承认不行！面对黄土背朝天庄稼地里刨生活的庄稼人，虽然终年辛劳，日出而作，日落而息，天天背日头下山，过着默默无闻的农家生活，可他们也有人生意义和价值追求。过春节，挂灯笼，猜谜语，对对联，便是表现自己、展示才华、抛头露面、增光添彩的少有机会，岂能轻易放过？便糊灯笼，出谜语，献对联。

发出征集告示，便有响应之人。乡文书征集灯笼、谜语、对联的通知一出，各村庄男女青年和爱好者，跃跃欲试，争先恐后地献上自己的谜语、对联及灯笼。于正月十三日的截止时间,便征集到一百多条谜语、一百多副对联及一百多个灯笼,由灯会组织者悬挂在古堡广场四周,简称"三百灯会",供大家欣赏灯笼,猜谜语,对对联,领奖品。

张老二得到古堡广场办灯会的消息,正月十四日吃过午饭,便动员大嫂、二嫂及子女们,来欣赏灯会。一到广场,举目一看,处处张灯结彩,一片红红火火闹元宵的气派。因来得早,人还不太多,随意从左边开始,绕着广场四周,仔细地观看起来。大嫂、二嫂不识字,只看灯笼的大小、糊得好坏,穗子整齐不整齐,以及灯笼上的图画什么的。粗略地猜出,这个是唐僧取经,那个是八仙过海。还有十二生肖灯,以及茄子灯、辣子灯、玉米灯、南瓜灯,二人异口同声夸奖,糊得好,画得像。至于纸条上写的什么,即不猜,也不问。

张老二及子女们、侄子们,可就不同了,都识些字,除了粗略地看一些图案外,更关心的是字条上写的东西。只见一个大灯笼下面的纸条上写着:

"一家姐妹多又多,先生妹妹后生姐,妹妹浑身晶晶亮,姐姐一身白如雪,妹妹站岗守门户,姐姐端坐在堂屋,小事任由妹妹做,大事方才找姐姐。注:打一人体器官。献谜语者张小宝。"

张小二皱着眉头大费脑筋,一时想不出谜底,便问张老二:"爸爸,小事找妹妹,大事找姐姐也罢了,怎么会先生妹妹后生姐?"还在费脑筋时,

他妹妹张小芹说:"我猜出来了!"

"你猜出什么来了?"张小二问。

"牙齿!"小芹继续解释道,"一张嘴里不是牙齿多又多么?再说,先出门牙,后出大牙,可不是先生妹妹后生姐。还有,吃杏子、果子什么的,门牙咬下来,再交给大牙嚼碎可不是小事由妹妹,大事找姐姐!"

"对了,对对儿的了!我怎么就未猜出来?"张小二自己问自己。

"猜谜语,脑子要放升点,又抓住主要特征,不要被迷住了,你未猜出来,就是被迷住了。"张老二解释道。

接着又看下一盏灯笼,纸条上写着:竹子树下坐着二人乘凉。打一字。献谜语者张乖乖。

张小芹边看边思索,到底想不出是什么字。

"我猜着了"张小二说。

"什么字?"张小芹着急地问。

"'笑'字。"张小二解释道,"二人在那里乘凉,不是'笑'字是什么?"

张小芹一想也对,便点了点头,撇着嘴笑了笑。

张老二说:"你们一人猜对了一个谜,看下一个是什么谜。"

转到下一盏灯笼,下面的字条上写着:路上走着一前一后,一大一小两个人,后面的小孩是前面大人的亲儿子,但大人不是小孩的亲爸爸。请问,他们之间是什么关系?献谜语者王元元。

"小孩是大人的亲儿子,可大人不是小孩的亲爸爸,这就怪了!"张小二重复着疑惑地说。

"我猜着了!"张小芹说,"大人是小孩的亲妈妈!你看,你跟着妈妈走路,你是大人的亲儿子,大人不是亲爸,便是亲妈,这不明摆着!"

"啊呀,一个'亲'字,又把我迷住了!"张小二吃惊地说。

"对了,你算是说对了。"张老二说,"一个亲字把你迷住了,引偏了。"

往下一看,又一个灯笼的字条上的谜语是:两姐妹,一般长;同打扮,各梳妆,满脸红光,年年报吉祥。打一物,献谜者初小李春光。

张小二、张小芹、张大德、张小梅几个端详了好大一会,都说不出来。正在无可奈何之时,张大德抬着头边思索,边观看,正好看见了校门两边贴的对联,一琢磨,灵机一动,岂不就是对联?便说:"我猜着了。"

兄弟姐妹三个异口同声地问:"是什么?"

张大德亦不说出来结果,却用手指着校门口反问:"校门框上贴得什么?"大家还未看出个结果来,张小梅则说:"对联!"众人这才醒悟过来,"对,正是对联,两条对联一样长,同打扮各梳妆,年年贴,报吉祥。"

又一个灯笼上的纸条是绕口令:属马的骑着马,在马路上遛达,突然窜出一群癞蛤蟆,惊狂了乘马,把属马的甩了个大马趴,属马的疼得骂马,他妈的马。要求对绕口令。

"对对联也就罢了,还有对绕口令的,没见过!"大家议论。

张老二说:"我来试试看。属马的连滚带爬,牵马回家,边走边打马,你把老子摔得好疼呀,马的灵性发,点头摇尾巴,属马的连声我的马。"众人连声称赞，绕的好，对的妙。

往下看，又一个灯笼上纸条的谜语是：屏风一副，明镜一方五谷丰登六畜兴旺，献联者乡政府高文华。

亦要求对仗工整，押韵地对下联。张老二父子几个看着看着，都觉得好对，又对不准，一时对不出个结果。太阳已经偏西而且人越来越多，观灯者、猜谜者、对对联者，人山人海，挤了一广场，差不多每个灯笼下都围有人，还要再等待，张大德意欲再思索，反来复去地转悠，对不上不甘心，仍不愿意离去。

张小二却说："我困了，瞌睡得很，腿也累了，我要回家。"

张二嫂也说："该回家了，还要做晚饭。"张老二才领着大伙往家走。回到家里，兄弟姐妹仍在争论猜谜对对联的事，琢磨未对上的对联，未猜出的谜语。争得脸红脖了粗，特别是对高文华的上联，争论很大，争不出个结果。

张大嫂、张二嫂已把晚饭做好端了上来，都归坐吃了起来。唯独张小二站着吃不坐下。张大嫂催他坐下吃，他却说："我坐不成，若坐下吃，就睡着了。再说，语文老师讲过'坐吃山空'，我还是站着吃吧。"又引得大家哈哈哈地笑了起来。

在张老二他们看完灯会吃晚饭时，王三姐却准备晚上观灯。夜色降临，王三姐与父母、子女们吃过晚饭后，来不及收拾碗筷便来赏灯。举目一看，天上一轮明月高照，地上大红灯笼挂满广场四周，月光、灯光相互交织辉映，汇集成美丽的夜景，赏月观灯者熙熙攘攘，你来我往，人影重叠，层层晃动，流动不停，影影绰绰，灯的海洋，人的潮流，流光溢彩，好不赏心悦目。他们却又从广场的右首开始看。

王三姐因工作需要，学习认真刻苦，识了不少字，灯笼上的字，对联、谜语倒能认得八九不离十，再因人生坎坷曲折，阅历丰富，灯笼、谜语、对联的意蕴亦可悟出一二。

王春芳在一幅上联前停下来，只见写着："几多风雨心难老"，注明是小学颉老师。不解何意，边咀嚼边对妈说："我可是对不上下联。"

王三姐却心有灵犀一点通地说："我对着试试。"略一思索后，冒出了"一把年纪情更切"。

春芳一听，连声道："妙妙妙，真妙！我怎么就对不上！想不到我妈竟然有这么高的文墨。"

王三姐说："你才经过多少风雨，更加年轻骨嫩，谈不上人老心难老，更谈不上'一把年纪情更切'，当然不好对。我呢，人老了，去路茫茫，风风雨雨，往事不堪回首，可来路不多，老牛自知夕阳短，不用扬鞭自奋蹄，要做的事很多，所以心难老。人是老了，可对集体、对妇联、对姐妹、对儿女、对娃们情更切，自然就对上了。"

"我的妈哟，想不到你的心眼这么多，人情这么复杂，文墨这么多，连我高中生都自愧莫如。"王春芳佩服地说。

又看到一幅佳句"火树银花合，星桥铁锁开，暗尘随马去，明月逐人来。"是完小颉老师献，叫猜词作者。

王三姐说："我摸不着果子，更答不上来。"王春芳说："让我想想看。"

不久说道："好像是唐朝苏味道写的。"

王三姐说："反正我也不知道，由着你摇唇鼓舌地说，谁晓得对不对。"王三姐说。

王春芳强调说："难道女儿哄你不成！不会错，就是苏味道写的。"

又看下一个佳句"东风夜放花千树，更吹落、星如雨。宝马雕车香满路，凤箫声动，玉壶光转，一夜鱼龙舞。"也是完小颉老师所献，叫答词作者。

王三姐说："什么花千树，星如雨，香满路，鱼龙舞，我只知道摘杏子，晒果子，晾香菜，做豆腐，更不晓得是谁作的！"

王春芳却说："我是学过的，不用问是宋朝辛弃疾《青玉案·元夕》。"

王三姐一家人边议论，边欣赏，转到了下个灯笼跟前，只见纸条上写着"残雪梅中尽"的上联，王三姐看了，只觉得似懂非懂，更谈不上对下联，沉默了下来。

王春芳却说："我能对上。"

王三姐嗯了一声，"娘对不上，你能的很，对来让大伙听听。"

"婴儿腹下生。"王春芳对说道。

"真格是，对上了，经你这一对，上联我也懂了。"三姐说道。

春芳的同胞弟弟王志远也说："正是，切题、工整、对仗、押韵，没说的。"

"你是怎么想到的，可就对上了？"王三姐问道。

"你不想想，我接生了多少娃娃，我干的就是这个行当，不用费脑筋，只要把我做的事如实说出来，自然就对上了。"春芳笑着说。

王三姐也笑嘻嘻地说："看来我女儿真的长大了，我也是生过你们，见过多少生娃娃的，这么平常的事都对不上来，看来我真是老昏匮了。"

接着继续往前走，边看边议。春芳疑问："正月十五为什么又叫元宵节？要闹元宵，我不大懂。"

王三姐回答道："我也似懂非懂，说不全。"

"我来给你回答。"欧阳义说。原来，欧阳义偕妻子、儿女们也一起来赏灯，看见王三姐一行在赏灯，便过来一同赏。听见王春芳问正月十五为什么叫元宵节，王三姐说她似懂非懂答不全，便接上话茬回答说："这个要轮着我来说。中国人最讲究吉利、圆满、和谐、团结，正月十五的月亮正圆，又是一年之中的第一个月圆之夜，开头吉祥，正应验着这些意思，所以就要很隆重地过。如果再说得具体些，这是来自道家的说法。道教是土生土长的中国宗教，它讲三元，即上元、中元、下元。中元是七月十五，下元是十月十五，而正月十五就是上元。上元之夜就称之为元宵节。"

"想不到元宵节有这么多来历。"王春芳继续问，"那么，为什么又把元宵节叫灯节，挂灯笼？"

"这又得从头说起，"欧阳义说，"我们的远祖很早就崇尚火，相传燧人氏钻木取火取出了火，又发现烤熟的食物喷香味，好吃，开始吃熟食，人们就用火来烧烤食物，进而用火来取暖、驱除野兽。因此，土生土长的道家就崇尚火。人总是喜欢好上加好，正月十五月儿圆，吉祥、团圆，又崇尚火，就锦上添花，又在元宵节上点灯、挂灯笼，点篝火，增加节日的热闹气氛。延续、发展到了两千多年前的汉朝，就正式形成了点灯笼、放篝火的习俗。再到后来，佛教传入中国，佛教也倡导'神灯佛火'，这也又应了道家崇尚火的观点，更在元宵节倡导、推广起来，一传十，十传百，到唐朝中期，元宵节灯火就发展成全民性的节日，成了中国的狂欢节。每到元宵节就点灯、挂灯笼、放堆火，彩灯齐放，光明如昼。火药发明后，又放鞭炮、爆竹，进而放烟火，都与火相关，都是崇尚火的发扬光大，借以渲染节日的热闹气氛。到了宋朝，又出现了灯谜，将灯笼和谜语结合起来，内容日益丰富多彩。代代相传，传到了现在。"

"我的妈呀，元宵点灯、挂灯笼，竟有这么长的来历、讲究！"王春芳惊奇地说。

"这还没有完。"欧阳义又说，"元宵节燃灯、放烟火，又有讲究。灯的花样越来越多，诸如人物灯、动物灯、植物灯、走马灯，把唐僧取经、八仙过海、水浒故事、三国演义什么的都搬到了灯笼上，五花八门，无奇不有。灯节的时间也越来越长，美景越来越多，灯节从元宵的那天，延长到十天，从正月初八到正月十八。又划分为上灯、试灯、正灯、落灯。一般是正月十三上灯，正月十四试灯，正月十五为正灯，正月十八落灯。可有的地方有的家庭，干脆乱点灯，灯笼长挂不落，长明不灭。"说得大家你看我，我望他，哈哈大笑起来。

王春芳又问："为什么要吃元宵？"

"万变不离其宗。"欧阳义解释道，"吃元宵是象征团圆、美满的意思。饮食是人们最基本的生活需要和生活内容，一日三餐谁能少得了。过节更吃得好一点，赋予文化意蕴，吃元宵与吃其他节日食品一样，端午节的粽子，中秋节的月饼等等，又赋予专门的节日意义。由于这个原因，吃元宵成了元宵节最重要的饮食习俗。增强元宵节的节日气氛，含如意、吉祥、美满、团圆的意蕴。"

"你真是浑身的武艺，一肚子的文章，不论什么事情，从你嘴里说出来都是头头是道，有根有源。"王三姐赞美着说。

"吃元宵也是说来话长。"欧阳义继续说，"吃元宵据说起源于春秋时代末期，起初的用意是增加食品花样，提高饮食质量，就同咱们这里把烙饼变化为油饼，馒头改为油果子一样，到后来又赋予元宵节的特定文化意义，成为元宵节必吃食品。名称也在变化，传到唐朝叫面茧，参照蚕茧的叫法。宋朝改称团子、园子。元朝，由于朝代叫元朝，忌讳国号，改称汤圆，但它象征美满、团圆的意义未变，传承至今。但是元宵本身的花色品种却越来越多，用糖、豆沙、芝麻、枣泥、百果、花生、核桃、杏仁、山楂、肉丁、蛋黄、火腿、虾米等等原料做馅，用糯米粉滚包而成，包什么馅，叫什么元宵。象征天衣无缝、美满团圆。外国人吃元宵欲找缝隙白费劲，因为本无缝隙。天上月圆，碗里汤圆，家人团圆。台湾民歌所唱'一碗汤圆满又满，吃了汤圆好团圆'，亦是人心企盼。"

"到底是大学问人，"王春芳钦佩地说，"把个元宵也说得有头有尾，有滋有味！"王春芳说。

"可不是么，把我的肚子都说得饥肠辘辘，嘴馋得直流口水。"张小梅笑着说。

王三姐、欧阳义两家人，一路走来，边赏灯，边议论，整整绕了广场的一个大圈子，已近半夜，才转出头，除对各式灯笼一目了然外，对联、谜语，只能对一二，试猜二三，各回各家。

王三姐一家人回到家中，王春芳姐弟俩直叫肚子饿，只好煮元宵，把元宵提前当夜宵吃，汤汤圆圆，又甜又香，又解渴，又解饿，把姐弟两个吃了个美。

到第二天，便是正月十五，是各路社火大会演的时节。王三姐一家子早早又来观看。四周除了已经观赏过的灯笼外，树杈上、屋顶上，都是要看社火的青少年。他们则选择在镇小学校门旁边的街台站立，只见敲锣的、打鼓的社火队已开始进场，一队又一队的社火，雄赳赳气昂昂，浩浩荡荡地滚滚而来。

最先进场的是张家庄的社火队，他们距广场最远，却最先而来，一律是大红色、镶金边的装束。队前由歌手张乖乖挥舞着红旗，吹着哨子指挥社火队，紧随其后，两人举着大幅横额，只见深红色底子上绣着"张家庄社火队"六个金黄色的大字，格外引人注目。横额之后是鸣锣开道的大锣大鼓，两个身着红色古装的壮汉，抬着一个由两大张牛皮蒙的大鼓，一个红色古装、五大三粗的男子在咚咚咚地擂鼓。紧随其后是两面大锣在当当，两对钗钗在嚓嚓，两个吹喇叭的在吹奏，接着是两对红黄斑纹的雄狮，点点晃晃，踏着锣鼓点子在行进。跟在后面的又是几十个腰鼓手，头上都插两根雉鸡毛，伴随鼓手的步伐、动作在敲打、摇晃。最后又是扮演各种故事人物的高跷队，有红里间黄打扮的孙悟空，穿红袈裟的唐僧及猪八戒、沙僧，还有七十二行中的许多角儿，都眼观指挥旗子，踏着鼓点，摇着摆着，点着晃着行进。绕场一周后进入指定位置扎住。不同角儿表演着各自身份的动作、表情，滑稽幽默，诙谐逗人。

张家庄社火队前脚进场，王家庄社火队接踵而来，一律是金黄色的打扮。与张家庄社火队一样，队伍雄伟壮观，各种角儿俱全，足足有一百多人，也是指挥、横幅、大锣大鼓、狮子、腰鼓、高跷，节奏鲜明，步伐铿锵地绕场一周，进入自己的位置。

紧跟王家庄社火队的是李家庄社火队。一概是银色的打扮，与前两队不同的是多了两条银色巨龙，摇头摆尾，奔腾跳跃，弯弯曲曲，回还旋转而来。又是两个新娘，分坐两只旱船，各由一个新郎护卫，并排跟在巨龙之后。

最后进场的是赵家庄社火队，一律是天蓝色白边幅的装束。如前所述，是一样由指挥、横额、鸣锣开道、巨龙、女子秧歌队、男子腰鼓队、高跷队，还有两个新娘，各骑着白眼圈、白肚皮、白蹄子的黑毛驴，各由自个的新郎官奔前跑后，殷勤侍奉。与众不同的是，赵家庄社火队多了两只金黄色、三蹄腾空、右后蹄踩着惊愕回首的之鸟的骏马。

全乡各社火队都进场后，表演比赛开始了。先由李家庄社火队与赵家庄社火队比赛。两个队并排行进，每个队都排成了单行，兵对兵，将对将，指挥对指挥，锣鼓对锣鼓，龙对龙，娶亲队对娶亲队，高跷队对高跷队，看谁家的社火闹得精彩。

但见白队与蓝队比赛敲锣打鼓，看谁家得力，谁家整齐。紧锣密鼓一阵紧似一阵，一队比一队响亮。

接着白龙与蓝龙起舞，你向左转圈，我向右转圈，你回过头来，我亦同时回过头来，齐头并进，摇头摆尾，奔腾跳跃，看谁摇得凶、摆得欢、奔得高、跳得远。真是龙腾龙舞，龙跳龙跃，生龙活虎，非同一般。

跟着巨龙之后的是女子秧歌队。你跳十字舞步，我也跳十字步；你快三步，我亦快三步；你跳快四步，我亦跳快四步；你旋转，我亦旋转。看谁的步伐整齐，队形划一，但见个个翩翩起舞，彩绸纷纷飘举，英姿飒爽，风流至极。

紧跟其后的是腰鼓队比赛。一色的男子汉，一样的阳刚气，你左旋，我右旋，你右旋，我左旋，你围绕着我转圈，我围绕着你转圈，你进我退，我进你退，一阵儿队形变成蒜辫子，一会儿又拧成一根绳，环环相套，丝丝入扣，鼓声阵阵，步伐划一，不纹不乱，紧张有序，直赛得个个额头冒汗，脚下尘土飞扬。

一场紧张激烈的比赛，高强度地对抗争雄，使围观者目不暇接，拍手叫绝，欢呼喝彩不绝于耳。

紧接着又是两只旱船与两头毛驴比赛。只见李有富的孙女儿坐在银色的旱船里，左拐一下，右拐一下，一阵儿走"8"字形，一阵儿转圈圈，绕得飞快，新郎官跟在后头，左转亦不是，右绕亦不对，处处被动，步步乱套，刚跟到左边，旱船拐向了右边，才跟到右边，旱船又划向左面，跟后却往前跑，前跑却后退。

如出一辙，赵家庄骑"毛驴"的新娘子，也是满场疯跑，新郎官紧追快赶追不上，欲去牵缰绳，驴子躲着跑，欲东反西去，欲南却北走，啪地抽了一鞭子，反被毛驴踢了一蹄子。

李家庄的花样都闹完了，赵家庄却跑出两匹马来。原来，赵家庄因挖防空洞时挖出了"铜奔马"，名扬全国，传遍世界。有人出了高招，要在社火队中装扮天马腾空的新花样。于是就出现在社火汇演中两只神骏，齐头并进或奔腾跳跃，或信步行走，或直立，或起卧，或退步，或前进，绕了一大圈，博得众人齐声喝彩。

东北墙角处，李有富与李有实一对老搭档也来观看。"说句公道话，今年的社火闹得阵势大，我看社火不少，哪一次都比不上这一次。"

李有富说，"服装新鲜别致，步伐队形整齐，劲头也大。"

李有实说："此一时，彼一时，生产发展了，财富增加了，闹的气派也就大了。"

"你说得也是。"李有富附和道。

李家庄与赵家庄的两队社火赛完之后，轮着张家庄的红队和王家庄的黄队比赛。两队的指挥张乖乖与王志远商议，将狮子比赛放在最后，其余均按原有排列依序进行。

张乖乖与王志远，各指挥各的社火队，一个红旗一挥，一个黄旗一升，锣鼓齐鸣，唢呐声声，一二三四，呼声阵阵。一个窈窕出众的姑娘领着几十个人的女子秧歌队，随着旗号和鼓点节奏，一阵是纵队两行，一阵变为横队四行，一会儿变成圆圈两行，你往左绕圈，我往右绕圈，一会儿又是两个三角形，一会儿又变成两个五角形。眨眼间，又像鸟离庭树，飞向四面八方，一会儿又纷纷合拢，变成一个正方形，直看井井有条，横看纹丝不乱，斜看是斜线，整齐划一，分毫不差。

秧歌队的彩绸舞还未看完，高跷队、芯子社火又闹起来了。王家庄芯子社火引人注目。由四个小孩子分别扮演唐僧、孙悟空、猪八戒、沙僧，站立在铁杆子顶端，按角色的要求，各自做着自己的动作和表情，唐僧的文静庄重，孙悟空的活泼滑稽，猪八戒的丑陋不堪，沙僧的吃苦耐劳、任劳任怨，一个个居高临下，活灵活现，引得众人昂首举目，仔细观看。铁杆随社火队或左或右，或前或后转动，进退自如，左右逢源，有高度、有难度，耐看，值得一看。

与芯子社火并肩比赛的是张家庄的高跷队，几十个人装扮着社会上各行各业的各种角色，男女队员均踩着三尺多高、安有踏脚板的木棍上，分别扮演着传统文化故事中的各种角儿，戏曲中的生旦净末丑，以及社会上七十二行中的各种代表人物，工农兵学商亦在其中。大头和尚、柳翠姑娘、春官老爷与伴当、傻公子与丑婆、卖膏药的与耍武术的，以及唱曲子的应有尽有。千里做官离不开吃穿，七十二行庄稼为王，种田的庄稼汉赫然在里面。随着敲锣打鼓的节奏，扭扭捏捏，各做各的动作，各显各的神态。展现着时代的文化，反映着庄稼人的喜怒哀乐忧惧欲，时而逗人捧腹大笑，时而激起阵阵喝彩，又引起联想多多。

张小芹本来生得俊俏，长得窈窕，多才多艺，艺高胆大，她的高跷更是出类拔萃，别人踩三尺高的跷子，而她却踩五尺高的跷子，整整高出一个人的身段。她扮演的穆桂英挂帅，手持长枪，银光耀眼，浑身珠光闪闪，伴着鼓点节奏，或进或退，或旋或转，一点一晃，一招一式，有板有眼，尤其英俊潇洒，最是引人注目。

坐在戏台上的欧阳义，本已老眼昏花，更加张小芹打扮得妖娆出众，竟认不出穆桂英是谁扮演的，便问张老二："穆桂英是谁演的？"

张老二故意说："我也认不出是谁演的。"

此时已坐在台子上的王三姐明知故问地说："你问她，不就是张小芹么，你咋看不出来？"

"我看着似像又不像，原来是打扮得叫人认不出来了。"

舞狮队又出场表演了。两只大红狮子与两只金黄狮子，在场中央嬉闹起来，引狮子的两个人各持一个彩色绣球，各引诱狮子行动。时而抛向右，待狮子扑向右，又抛向左，引狮子向左扑。一阵儿抛向后面，引狮子掉转身子去抢，却又抛向前面，引狮子前扑，引诱得狮子难以应付。挑逗的众人哈哈大笑。另一对狮子亦如此这般的耍闹，边耍闹边转圈，两对狮子整整绕场一周。

在绕场的同时，陪伴狮子的人各搬来许多长条凳子，东置一堆，西置一堆。观众正不知作何用处，只见两只红狮子奔向西边的一堆凳子旁边，两只黄狮子奔向东边一堆凳子旁边，原来是要进行垒凳子攀高比赛，看谁垒得快，攀登的高。

只见两个舞绣球者咬耳约定好后，共同吹哨子，两队狮子同时开始垒凳子。只见西边两头红狮子各口含一条凳子相对而放，待摆放停当后，又各"叼"来一条凳子垒在上面。然后，各跳到第二层凳子上，陪员各递一条凳子垒第三层。

东边的两头黄狮子亦如此这般，一层一层地垒起来，你垒到第四层，我也垒到第四层，你垒到第五层，我也垒到第五层，相互攀比追赶，红狮子节节高升，垒到第十层，并且攀到第十层上相互嬉闹起来，一只跳到这条凳子上摇头摆尾，另一只跳到另一条凳子上摆尾摇头，时而左摇右晃，时而点头晃脑。

红队狮子刚垒到第十一层，戏闹起来；黄队狮子亦垒到了第十一层，一样地也嬉闹起来，眨巴眼睛，张嘴闭嘴，扇动耳朵，逗笑不止。

红队狮子岂甘落后，奋力垒高、攀登，一层复一层，直垒到第二十层，又在塔顶打逗起来。

黄队狮子哪能示弱，急起直追，也一直垒到第二十层，也在塔顶嬉闹起来。

垒到二十层，足有十米多高，且春风吹来，阳光闪烁，皎皎者易污，高高者易折，每个凳塔支撑两只狮子的重量，似是难以承受，更加春风吹拂、摇晃，发出咯吱咯吱的响声。

下面围观者仰头观望，都捏着两把汗，心胆吊到了嗓门眼儿。

可两只红狮子竟在塔顶上嬉闹不停，你点头晃脑，我亦点头晃脑，你扇耳朵，我亦扇耳朵，你眨巴眼睛，张嘴闭嘴，我亦眨巴眼睛，张嘴闭嘴。这也罢了，又立了起来，这一立倒不要紧，却露了马脚。原来，每头狮子由两个人扮演，前面的人操纵头部，后面的人操纵着前面人的臀部，当狮子站立起来时，是后面的人将前面人的臀部抱了起来，前者只管翻眼睛、扇耳朵、张嘴闭嘴嬉闹。站立良久，突然倒了下来，狮子的前半截身子跌出塔外，倒悬在半空中，吓得观众呀呀直叫，一些妇女、女孩双手蒙眼，目不敢睹。

张小宝的媳妇肖三姑和张大嫂紧张的捏了两把汗，肖三姑怕张小宝摔下塔来，张大嫂更怕张大德再有闪失，害怕得转过身子，又不得不回过头来看，连张老二也禁不住毛骨悚然，啊哟一声喊叫"我的乖乖"。

不同的人有不同的态度，看过类似表演的人说不要紧的，没有八九分的把握，也不会拿性命冒险开这类玩笑，上得去，就下得来。是惊而不险，后者牢牢稳立在塔上，紧紧抱着前者的屁股。而且塔的这边做这种悬空动作时，另一边的狮子也在做相同的动作，狮子的前半身向外跌出并倒悬，互相牵拉，保持了凳塔的平衡与稳定，都是有惊无险。

当张二嫂把蒙眼睛的双手放下来时，两只狮子已恢复了正常的姿势。张大嫂、张二嫂、肖三姑这才深深地呼了口气。

当红狮子队垒到第二十层时，黄狮子队也一层不差地垒到第二十层，一样地重复着红狮子的每一个动作，仅仅是半步之差。

此时，红黄两队的指挥同时发出了拆塔返回的哨音和旗子信号。上塔不易，下塔更难，若一着不慎，便会出娄子，发生闪失，使凳塔出现倾斜，甚至垮塌。

直到两个狮子队拆完凳子，下到地面，大家才长长地松了口长气。

看着这一幕又一幕又惊又险的动作，欧阳义问左右两旁坐的张老二、王三姐："惊而不险为什么？"

王三姐说："要想到一起，指挥的人、表演的人，鼓点与动作，要协调一致，配合默契。"

"对，完全对。"张老二附和道，"要协调一致配合默契，而且要准确无误，分毫不差，分秒不差。"

"你们两个都说得对，"欧阳义又接着说，"这就叫和谐、团圆、完美无缺，天衣无缝，正如正月十五的月亮一样。"

王三姐道："今年的社火队还有个新花样。"

"什么新花样？"张老二问。

王三姐说："就是'马踏飞燕'，这是第一次出现在社火队。"

"对，过去的社火队中未见过。"欧阳义说，"说到'马踏飞燕'，不仅是新花样，还有新意思。"

"什么新意思？"王三姐问。

"就是和谐、平衡、协调、圆满。"欧阳义接着说，"'马踏飞燕'三蹄腾空，踩着一只燕子，且能平稳地站立在那里，不协调、不平衡不行，它既奋力奔跑，又踩着腾飞的燕子，要是不平衡、不协调，别说飞、跑，就是站立也不行，可见协调和平衡的重要性。"

"对，你说得对。"张老二附和道。

正说笑着，乡文书高文华宣布了社火汇演的评选结果，集体名次是：张家庄社火队、王家庄社火队、李家庄社火队、赵家庄社火队。个人奖是：舞狮的张小宝、张大德，踩高跷的张小芹、李小兰，舞银龙的李家庄李春光，以及扭秧歌的王春芳，唱曲子的张乖乖。

高文华一宣布评选结果，张乖乖高兴得蹦起来，边回家边唱：

让嘹亮歌声陪伴我们生活
用和谐乐曲协调建设征程
唱出时代最强音
唱出劳动那热忱
用劳动汗水荡涤我们的心灵
让奋斗的火焰升华我们的生命
跳吧，跳出浑身的欢乐
唱吧，唱出满腔的激情

我们脚踏古堡大地
我们迎着冉冉旭日
马踏飞燕奋发向上
中华巨龙腾云驾雾
乡里乡亲携手并进
继往开来再创锦绣
再造蓝天风清山清水秀
更筑友好团结和谐社会

小康社会蓝图早已绘就
和谐乐曲业经谱成
幸福坦途已经修好
新长征队伍已经启程
歌声是新长征的号角
唱响是奋进的口令
让歌声协调前进的步伐
用歌声为劳动加油使劲

尾　声

后浪推前浪　古堡乡后继有人
新人追旧人　俊颜欲再续新篇

　　随着时代的发展，社会的进步，劳动生产率的提高，庄稼人也不再是过去那种日出而作，日落而息了。锄草有除草剂，灭虫有灭虫剂，不必没明没黑地忙碌，也有了空闲时间过文化生活，节日、假日也能够抽空度假。

　　二十世纪仲春的一天，天气晴蓝，风和日丽，春暖花开，正好是五一国际劳动节，古堡乡也充满节日气氛。初小、完小学生放了假，乡亲们也去搞春游。往常的节假日多是到镇中心逛街，进商店闲转，现在却变了新花样——赏风景。

　　张老二仍是他的老习惯，不吃早餐就往树林子里跑，叫上儿子张小二有活没活都去找活干，手脚忙个不停，转个没完。

　　张二嫂提着饭盒、水壶来了。这是张老二家夫妇的生活习惯，因为张老二一家爷父俩吃。

　　紧接着，王三姐与女儿王春芳和孙子、张大嫂与孙子、欧阳嫂和孙子，也陆陆续续地来了。孩子们都各依所好，到林子的四面八方捉迷藏、捕蝴蝶去了。王春芳放下出诊箱也追孩子们去了。张大嫂便与王三姐、欧阳嫂在张老二吃饭的树下席地而坐，聊起家常来。

　　"你说怪不怪，平常时节林子里人并不多，今天怎么忽然来了这么多人，你们商量好似的。"张老二疑问道。

　　王三姐说："今天是五一节，我们游春来了，所以人多，并未商量，是各来各的。"

　　"原来如此，我真是老糊涂了，只顾务习树木花草，连'五一'节都忘了。"张老二说道。

张二嫂看了一眼大伙说:"不光忘了五一节,连自己的生日都忘了。大嫂知道的,三月十三日那天是他的生日,我给他过生日,做了长寿面,你听他怎么说,好端端的,吃长寿面干啥,我说是给你过生日,他想了半天,又问我今天是几月几日?我说是三月十三日,你说是什么日子,他才明白那天是自己的生日。若再这样下去,连自己属马的都忘了。"

张大嫂接上说:"他二叔就这么个人,从前操心工作,如今又操心树林子,满脑子塞的是花草树木,光知道往树林子里跑,哪记得过生日、过五一节这些鸡毛蒜皮子事。"

张二嫂又接上说:"他是丢三落四惯了的,可有一件事拉不了——往林子里跑。"逗得大家都笑哈哈,张老二也忍不住咧嘴笑了。

王三姐说:"也难怪,干啥的人,操心的就是啥。再是上了七十岁的人了,忘事情是常有的。我也一样,过去的事忘不掉,如今的事记不住。怪来怪去就是老了,整天丢下耙儿忘扫帚,三昏六迷七十二糊涂。"

"还是三姐说的对,"张老二接着说,"你看今天来的人,尕大碎小一大群,人这一辈子就是这样,谈情说爱,结婚睡觉,生儿育女,一代又一代,老的没有了,大的老了,小的长大了,没有的生了出来。我们倒成了老人。"

王三姐说:"可不是,我们都老了。"

张老二:"怎么能不老,孙子都有了。生老病死,自然规律,人人都有这一天,"他看了一眼欧阳义的孙子又说"就拿欧乡长说,说走就走了。"

王三姐:"说到老红军,我倒想得多,咱们古堡乡原没欧阳这个姓,就是张王李赵四大姓,老红军一来,多了一个复姓'欧阳'。"

"就是",张老二说,"欧阳义一来,不仅多了一个复姓,还带来医术与新文化、新思想,还有他的女儿欧阳雪莲,都将一生献给了咱们乡,他们虽来去匆匆地走了,可留下了好名声,人虽然走了,可乡亲们忘不了他们,会永远记着他们。还有我的岳父岳母两位老人也走了。就跟庄稼一样,一茬又一茬。你看春芳这丫头,印象中小不点点的,我还以为仍是个小孩子,转眼间,她又生了孩子,我们都抱上孙子了,能不老不糊涂吗?三姐原是妇女主任,现在当了托儿所长,小小的李玉贞接了班,当了妇女主任。"

尾　声

正说间，李玉贞和赵爱国这两口子也来了，加入到议论之中："你们有什么好事情，有说有笑红火热闹？"

张二嫂道："你们看，说曹操曹操到，议论妇女主任，妇女主任就来了。"

"你们背着我说我什么坏话了？"李玉贞发问。

张大嫂："你能有什么坏话叫人说，妇女主任上海鸭子似的，呱呱叫，说好都来不及！过去三姐当妇女主任，我们在背地里就夸她，说我们姊妹中数她有出息，人前头走路，台子上讲话，给我们撑面子。没多久李玉贞又当了妇女主任，登主席台讲话，人前头走路！"

三个女人一台戏，又是一场哈哈大笑，李玉贞也笑得前仰后合忍不住。

张老二接茬道："可不是么！我辞副乡长那阵，赵爱国还是年轻人，人们议论他，嘴上没毛，说话不牢，心中没谱，办事难靠。我就说，没有张屠夫，不吃活毛猪，你们看，他上来照样干得好好的，讲话一套一套的，干工作，若木板上钉钉子，有板有眼。"

"话又说回来，"王三姐接上说，"那时候，我看着李玉贞是块好材料，要人才是一表人才，百里挑一；论口才，伶牙俐齿，说话如唱歌一样好听！赵爱国要当志愿军，人家美人爱英雄，就要同赵爱国结婚，换个别的丫头，谁敢出这个风头！果不其然，妇女主任当得响当当。"

正说笑中，传来响亮的歌声，张老二说："咱们看看去。"原来是乡长赵文武一班人，偕同乡完小文老师，带领一队学生往树林中走来。只见男学生穿着一色的白衬衣、蓝裤子，女学生穿红上衣、花裙子，载歌载舞地走来。张老二他们迎个正着，他疑惑不解地望着赵乡长。

赵文武解释道："五一节，我们乡干部一行来看望你劳动模范的，去你家你不在，就往防风林带走来，来得早不如来得巧，半道上遇着游春的学生娃，就顺路一起来了。"

"你们看，树林子里，坐没坐处，喝没喝的，怎么接待你？"张老二说。

"你说到哪里去了！"赵文武说，"在树荫下纳凉，草坪上就座，听孩子们唱歌，看学生们跳舞最是极好。"赵文武便招呼文老师，叫同学们给唱歌跳舞。先是合唱，"我爱北京天安门，天安门上太阳升，伟大领袖毛主席，领导我们向前进……"

"到底娃娃腔,又清脆又响亮,煞是好听!"王三姐夸奖道。

文老师:"你没听说,连鸟儿都是雏凤声清于老凤声,娃娃唱儿歌,就跟小鸟鸣唱一样脆亮的。"

接下来又一支"没有共产党就没有新中国,他指出人民解放的道路,他领导中国走向光明……"

接着又一首接一首地唱了好几支歌,都获得热烈掌声。赵文武又点文老师:"老叫学生唱,你老师怎么不唱!再说,你是音乐老师,就该来一首。"便面对同学喊起来:"文老师""来一个!""要不要?""要!"异口同声地回应。

文老师不得不唱:"在那桃花盛开的地方,有我可爱的故乡,桃树倒映在明净的水面,桃林环抱着秀丽的村庄,啊!故乡!生我养我的地方……"只听歌声随风顺气,在树林里回荡,余音绕树,回声阵阵,经久不息,又是一阵热烈的掌声。"不愧是音乐老师,又洪亮,又有韵味。""那当然,科班出身。"议论不断,赞不绝口。

接着又是小学生跳舞,一队一队地跳。只见树荫里,绿地上,白的蓝的,红的花的衣裙,婆娑多姿,飘飘然然,影影绰绰,绕着树林转,变着队形跳,好一幅美丽如画的画图,锦上添花的景象。

赵文武说:"孩子们又是唱歌,又是跳舞,也跳累了,该歇一会了。"

孩子们一听这句话,立马又向树林四处奔走,玩耍去了。王三姐、张大嫂、张二嫂、欧阳嫂等也要一起随孩子去,赵文武急忙把王三姐叫住,同张老二、张大德、李春光、文老师、王春芳、张小芹几个参观防风林带。在林中向南走去,一路边走、边看、边议。只见高高的白杨,婆娑多姿的柳树,宝塔似的松树、柏树,形状各异的杏树、桃树、李树、果树,冠若雨伞的梧桐,还有叫不上名字的各种各样的树。地面上有苜蓿、马莲草、冰草、蒲公英等等各色各样的花草,随地势分布、生长,花花点点地绽放,还有各种虫子的飞翔,鸟儿的歌唱。正走着,窜出了一只白兔子,原来是受到惊吓,奔向别处,令他们心旷神怡、目不暇接。

赵爱国:"今天好运气,天气好,风景好,人也好,的确是天时、地利、人和的好景象。"

赵文武："我们就是趁五一节来看望张劳模、王三姐和乡亲们,看看防风林带的。"

张老二："你们到底是来看树的还是看人的?恐怕是看树来的吧!"

赵文武："既看人,又看树,说看树,树是你们栽的,说看人,是因为你们栽了树,所以叫一举两得,两全其美。"

张老二："你真会说话,又夸人,又夸树,滴水不漏,面面俱到。"

赵爱国："今年春天的风沙似乎没有以往大,看来,绿色长城起了作用。"

"是有作用,"张老二接着解释,"十里长一里宽的防风林带,是把大风挡住了些,风沙经过树林遮遮挡挡,分散、分解了大风,冲击力就小了,你们再看树下的沙土,就是树挡下的。多的不说,一棵树挡一把沙,这么多的树挡下的沙尘就多了,飞扬到地里的、村子里的就少多了。还有,除经济林不说,梧桐、白杨这些用材林,一棵树一年长一元,这么多树一年就长上万元。"

王三姐："看来还是我二姐夫有远见,我一向赞赏他敢作敢为的作风。可对他辞去副乡长,专门去栽树,颇觉得唐突,似乎轻率。现在看来,筑就绿色长城,防风挡沙,利在当代,功在千秋,确实干了一件造福子孙后代的大好事。若不辞去职务,整天事务缠身,是不会有这样的防风林带的。"

"三姐说得对,说得对。"大家异口同声地赞同道,"栽这么多的树,干这么大的工程,不下大决心出大力,受大苦大累是干不成的。"

"我也是赶着鸭子上架,叫风沙逼出来的。"张老二应对道。

大家走到林带尽头,向后转往回走。赵文武又问水的情况。

张老二说:"自从修了水库,供水有了基本保证。风调雨顺时过得去,干旱年景,山中来水减少,到春夏灌溉高峰期,水仍然偏紧。"

张小芹说:"我是管水库的,由于草地缩小,森林减少,水源涵养面积下降,水库蓄水从未达到最高水位,且有下降趋势。我们为了泄洪,虽然开凿了泄洪洞,也没发挥泄洪作用,倒是安装的小型发电机,能发电、供电,供乡亲们照明。"

走出林带,经过李春光的初小,来到王三姐家看托儿所。王三姐说:"我这托儿所,既不像托儿所,也不像幼儿园,要玩具没玩具,要人手,就我和大姐两个老婆子,要房舍没房舍,就在我家的院子里哄娃娃玩。地里干活的,外出打工的信得过我们,就把孩子托给我们带,哪比得张老二的树林子是绿色长城,气派大,有看头。"

张老二说:"三姐说到哪里去了!十年树木,百年树人,树林子十几年就起来了,要培养人才可没那么简单。"

赵文武说:"张劳模说得对,栽树不容易,培养人更难。将来的社会需要的可不是我们这样的人。社会主义现代化,最要紧的是人的现代化,要培养有理想、有道德、有文化、有纪律的一代新人,不是十年八年能实现的,得从娃娃抓起,打好基础。看来,对托儿所、幼儿园、小学,我们得多花气力。要办好托儿所、幼儿园、小学,得有高水平的老师,而培养高水平的老师,又得多少年。所以,'百年树人'是有道理的。"

大家连连赞同道:"还是乡长站得高,看得远。"

赵文武一行看得多,想得更多。赵文武心想,今天五一节过得有意义,天气晴蓝,风和日丽,看绿色长城,踏遍地碧草,闻鸟语花香,欣赏儿童唱歌跳舞,与老中青三代人欢聚一堂,真是蓝天与绿地,社会与环境,人与自然和谐共处的一天。要是天天能过这样的日子,全古堡乡都这样该多好。他暗下决心,一定要向张老二学习,带领全乡人民再接再厉,奋发图强复兴古堡,致力造就环境优美、社会和谐、乡民幸福的美好明天。

后 记

对于这部书，不是我要写，而是故事要我写。

处在天翻地覆的社会大变革时代，我初尝了旧中国的深重苦难，亲历了新中国的诞生，从事了社会主义革命和建设的伟大实践，饱尝了开拓创新的曲折和艰辛，接触过从事这些实践活动的一大群鲜活人物，改革者和建设者的兴衰际遇，他们的喜怒哀乐忧惧欲，体会过其中的酸甜苦辣，恩怨情仇。并与改革开放事业同呼吸共命运，个中的事件、人物、细节和场面，给我留下了难以忘怀的印象。每每在脑际旋转、萦回，绕不开，放不下。社会脉搏触动着我的神经，他们改天换地的辛勤劳动，开拓创新的奋斗精神给了我勇气和力量，总觉得有必要反映那些波浪壮阔的社会实践，再现那些丰富多彩的生活，描绘、刻画那群鲜活的人物，于是就动了念头，提起了笔。

感觉到的东西不一定理解它，只有理解了的东西才能更深刻地感觉它。我从事了家乡的实践，我又走出了这个实践，观察外面的广阔世界。经过对比，更深刻地体会了其中的伟大意义、文化意蕴。诸如和谐、团结、平衡、协调等等。看戏看民情，观庙观文化。比如民间艺人弹唱的贤孝等民间文化，是家乡社会风俗的反映，是乡亲们从灵魂深处发出的心声。哼它会产生灵感，开窍智慧；又如婚丧嫁娶，最能反映风俗民情；还有打官司等等。都能反映真善美与假恶丑，正义与非正义的区别。

人生不可能都是甜味、香味，还有苦味、酸味，人生之路除了平坦大道，还有曲折坎坷。从中能启迪思想，产生勇气和力量，坚强人的意志，升华人的精神境界，鼓励我克服艰难险阻，鼓舞我的写作。通过更深刻、具体的感觉，凝结为文学作品，若果子、杏子一样，献给建设者，献给家乡的乡亲，与他们一起品尝、体会。

老牛自知夕阳短，不用扬鞭自奋蹄。我早已步入花甲之年，已经退休，且害过大病，做过两次大手术。但是，人退休了人生并没有中止，生活仍在继续，思想也没有退休。人生的老年似是老气横秋，但人生的老年好比一年的金秋，虽不是春意盎然，也不及夏天的繁茂热烈，却是收获季节，有秋收的喜悦。胡锦涛同志说过，人要有健康的生活情趣。我深有体会。健康的生活情趣，总是积极向上、奋斗进取的，必然也是与社会进步、人民幸福相一致的。对我来说，就是继续做一些人生秋季的收获工作，使自己的生活内容丰富、充实、有趣。由于这个原因，回首往事，看着成果，有滋有味，每有所获，都有快乐，且忙忙碌碌，很少无所事事，精神空虚，自觉活力充沛，精神充实，心态年轻。

人应该经常有人生的意义和价值追求。我的人生意义和价值追求，就是通过精神产品、文学作品给社会做些奉献。反映伟大时代的精神风貌，再现大变革的社会生活，描绘那群人的生产与生活，提供一些精神食粮。但是，要使作品高于生活，具有社会意义谈何容易。需要进行艰辛的探索、创造和劳动，需要付出全部的时间、精力，甚至血汗，这就有个必要不必要，值得不值得的问题。从主题的形成、拟提纲、打草稿、反复修改再誊抄，写出几十万字的书，不要说写，就是读，也得一个多月。但是，苦在其中，乐在其中。我觉得通过作品，反映伟大时代的社会生活，讴歌勤劳、勇敢、智慧、奋斗的人民，追求光明与进步，鼓舞人们奋发向上，追求真理，角逐高尚，向往美丽与幸福，是有意义、有价值的。再苦再累，心甘情愿，是值得的。

我相信天道酬勤，只有刻苦勤劳，坚忍不拔的人，才能发现机会，抓住机会，有所作为。从某种意义上讲，成与败，仅仅在于勤奋与懒惰之别，只有在生活与实践的基础再加不畏劳苦，才能获取丰收。

在该书的写作、出版过程中，曾得到有关同志的鼓励和支持。《光明日报》社的陈宗立同志给作了序，邱之伟同志帮助校对，祁萍同志帮助打印，老伴朱声彩从精神和家务劳动给以协助。

值此书出版之际，仅表示诚挚的谢意。